BASTEI
LÜBBE
Paperback

MAGIC COTTAGE

James Herbert

Roman

BASTEI LÜBBE
Paperback

BASTEI-LÜBBE-PAPERBACK

Band 28163

Erste Auflage: März 1988

Deutsche Lizenzausgabe 1988
Bastei-Verlag Gustav H. Lübbe GmbH & Co., Bergisch Gladbach
Originaltitel: The Magic Cottage
Ins Deutsche übertragen von Martin Eisele
Lektorat: Martina Sahler
Titelfoto: Gruner + Jahr
Umschlaggestaltung: Quadro Grafik, Bensberg
Durck und Verarbeitung:
Clausen & Bosse, Leck
Printed in Germany
ISBN 3-404-28163-2

Der Preis dieses Bandes versteht sich einschließlich
der gesetzlichen Mehrwertsteuer.

»Magie hat die Macht,
Dinge zu erfahren und zu ergründen,
die dem menschlichen Verstand
unzugänglich sind.
Denn Magie ist eine große, geheime Weisheit,
gerade so, wie die Vernunft eine
große, öffentliche Dummheit ist.«

PARACELSUS

»Die Herausforderung der Magie
ist eine Herausforderung
des Entdeckens und Anwendens
bisher unbekannter Kräfte der Natur.«

CROWLEY

»Magie bedeutet, etwas zu glauben,
das man nicht glauben dürfte –
und diesen Glauben zu genießen.«

STRINGER

SCHÖNES ANWESEN,
abgelegenes Landhaus am Waldrand,
renovierungsbedürftig,
jed. hervorr. Ausbaumöglichkeiten,
2 Schlafz., 2 Wohnz., Küche, Bad,
mehrere ha Garten,
Angebote erw., Cantrip 612.

Magie

Glauben Sie an Magie?

Ich meine – richtige Magie, großgeschrieben. Nicht das Kaninchen-aus-dem-Zylinder-holen, verschwindende Ladies oder in der Luft tanzende Silberkugeln. Die echte Zauberei, keine Tricks oder Illusionen. Ich meine Bannformeln, Zaubersprüche – sogar Hexerei. Wunden, die über Nacht heilen, Tiere, die dem Menschen blind vertrauen, zum Leben erwachende Gemälde. Schattengestalten, die in Wirklichkeit gar nicht da sind. Und noch mehr, viel mehr. Aber jetzt ist es noch zu früh, Ihnen davon zu erzählen. Höchstwahrscheinlich glauben Sie nicht daran. Oder nur ein bißchen.

Eine Art von Magie, die ich schon kannte, lange bevor wir in das Haus zogen, entsprang diesen Pillen, die man mit Freunden zusammen einnimmt. Aber das war nur Selbsttäuschung. Und Verschwendung. Die richtige Magie lernte ich erst kennen, als wir nach *Gramarye* kamen.

Zuerst war es die gute Magie. Charme.

Dann war es das Gegenteil.

Wenn Sie wollen, und wenn Sie einfach mal für eine Weile vergessen, was Sie bisher für die Wahrheit hielten, dann erzähle ich Ihnen davon.

Suchen

Midge sah die Anzeige zuerst. Wochenlang hatte sie die Kleinanzeigen in der Sunday Times studiert und die interessanteren Angebote mit einem roten Filzstift eingekreist. Ihre Begeisterung für die Idee, die schmutzige Großstadt zu verlassen, war größer als meine eigene. Jede Woche hatte sie mir eine ganze Anzahl roter Kreise zur Begutachtung vorgelegt, und wir waren sie der Reihe nach durchgegangen; wir hatten die Vor- und Nachteile diskutiert und die ausgewählten Grundstücke besichtigt. Bis dahin hatte kein Angebot unseren Erwartungen entsprochen.

An jenem denkwürdigen Sonntag gab es nur einen Kreis. Ein

Landhaus. Einsam gelegen, am Waldrand. Renovierungsbedürftig.

Was soll da besonderes dran sein? dachte ich mir.

»Hey Midge!« – Sie war in der Küche unserer Mietwohnung nahe dem Londoner Baron's Court – einer großen Wohnung mit hohen Decken und hoher Miete, ein Gewirr von Räumen, die es Midge mit ihrer Malerei und mir mit meiner Musik zu arbeiten gestattete, ohne daß es zu größeren Konflikten kam. Aber wir wollten etwas eigenes haben. Wir hatten etwas ›Rustikales‹ im Sinn.

Sie erschien in der Türöffnung, dunkelhaarig, mit Elfenaugen, eins-dreiundfünfzig, zierlich und reizvoll.

Ich tippte auf die Zeitung. »Nur eine?«

Midge warf das Geschirrtuch nach hinten, Richtung Spüle – wir waren gerade mit einem späten (sehr späten) Frühstück fertig geworden – und tappte barfuß zum Sofa, auf dem ich lag. Sie setzte sich, zog beide Beine hoch und strich den sommerdünnen Morgenmantel über die Knie. Als sie sprach, blickte sie auf die Anzeige – nicht auf mich.

»Es ist die einzige interessante.«

Das wunderte mich. »Sie ist doch ziemlich nichtssagend. Ein heruntergekommenes Cottage – das ist alles. Und wo zum Teufel liegt Cantrip?«

»Ich habe nachgesehen. In der Nähe von Bunbury.«

Ich konnte mir ein Grinsen nicht verkneifen. »Ach ja?«

»Das ist in Hampshire.«

»Na, wenigstens das spricht dafür – ich hab' mir schon gewisse Gedanken gemacht . . . über die weltabgeschiedenen Ekken, die du dir in letzter Zeit ausgesucht hast.«

»Ein ziemlich abgelegener Teil von Hampshire.«

Ich stöhnte. »Gibt's das überhaupt?«

»Hast du eine Ahnung, wie groß der New Forest ist?«

»Größer als der Hyde Park?«

»Ein bißchen schon. Ein ziemliches bißchen.«

»Und Cantrip liegt genau im Herzen dieses Waldes.«

»Nicht ganz, aber fast.« Dann lächelte sie, und in ihren großen Augen tanzte der Schalk. »Keine Angst, du kommst von dort schnell in die Studios nach London. Ringsum gibt es jede Menge Autobahnen.«

Vielleicht sollte ich Ihnen an dieser Stelle sagen, daß ich Studiomusiker bin, einer von jener unauffälligen Sorte, die hinter den Kulissen der Pop-Welt ganz gut verdient, in den Aufnahmestudios arbeitet und manchmal mit irgendwelchen Stars auf Tour geht; ersatzweise, meist, wenn die ihre eigene Band aus den USA nicht mit herüberbringen können, aus welchen Gründen auch immer. Ich spiele Gitarre, und was die Richtung betrifft ... naja, was Sie wollen: Rock, Pop, Soul (und mit dem Punk habe ich auch schon mal geliebäugelt), ein bißchen Jazz, und wenn ich gerade Zeit und Lust habe, auch ein wenig leichte Klassik. Vielleicht komme ich dazu, Ihnen später mehr darüber zu erzählen.

»Du hast mir immer noch nicht erklärt, warum du gerade darauf gekommen bist«, bohrte ich.

Sie schwieg und starrte auf die Zeitungsseite, als suche sie selbst nach einer Antwort darauf. Dann wandte sie sich mir zu. »Es klingt einfach richtig«, sagte sie.

Tja. *Es klingt einfach richtig*. Na also.

Ich seufzte, wohl wissend, daß Midge viel Gefühl in diese Dinge einbrachte. Aber ich war nicht bereit, dieses Mal das Ganze einfach so hinzunehmen. »Midge ...«, sagte ich warnend.

Aber sie sagte genauso ernst: »Mike ...«

»Komm schon, im Ernst. Ich werde nicht aus einer puren Laune heraus nach Hampshire fahren.«

Der kleine Kobold nahm meine Hand und küßte die Knöchel. »Ich mag Wälder.« Sie lächelte. »Und der Preis stimmt auch.«

»Da ist doch gar kein Preis angegeben.«

»Angebote erwünscht. Das haut hin, bestimmt.«

Leicht verzweifelt, aber keineswegs verstimmt, antwortete ich ihr: »Möglicherweise ist das Haus wirklich heruntergekommen.«

»Und um so billiger.«

»Denk an die Arbeit!«

»Wir schicken zuerst die Handwerker hin.«

»Mädchen, du schießt ein wenig übers Ziel hinaus.«

Ein winziger Hauch Unsicherheit wischte über ihr Gesicht – vielleicht aber auch nur eine plötzliche Erregung; ich kann eine Menge verschiedene Erklärungen in diesen Gesichtsausdruck hineindeuten – jetzt, wo ich so viel mehr weiß.

»Ich kann's dir nicht erklären, Mike. Laß mich anrufen, morgen. Ich will auch mehr darüber wissen. Und es kann ja auch total danebenliegen.«

Das klang nicht sehr überzeugend, aber ich beließ es dabei. Es war eigenartig, aber langsam hatte ich auch ein gutes Gefühl, wenn ich an das Haus dachte.

Gramarye

Sie haben den Film gesehen, Sie haben das Buch gelesen . . . Sie kennen das; es war schon so oft da: Das junge Paar findet das Haus seiner Träume, die Frau ist überglücklich, der Mann freut sich auch, hat sich allerdings besser unter Kontrolle; sie ziehen ein, die Kinder (normalerweise eins von jeder Sorte) toben durch die leeren Räume. Aber WIR wissen, daß hier irgend etwas nicht stimmt, denn wir kennen den Titel und haben Eintritt bezahlt. Langsam kommen die DINGE ins Rollen. Etwas Schlimmes lauert in jenem abgeschlossenen Raum, den man nur über quietschende alte Treppenstufen erreicht; oder es atmet ETWAS im Keller unten, und der ist möglicherweise sowieso auch der Eingang zur Hölle. Sie kennen die Geschichte. Zunächst einmal bemerkt Papi gar nicht, daß seine Familie um ihn herum durchdreht – *er* glaubt einfach nicht an das Übernatürliche oder an Dinge, die nachts durch die Gegend *schlurfen,* und natürlich existieren für ihn auch keine Vampire. Bis auch ihm etwas zustößt. Dann ist die Hölle los, buchstäblich. Das ist Ihnen so vertraut, als hätten Sie die Geschichte selbst geschrieben.

Okay, die hier ist ähnlich. Aber doch anders.

Am darauffolgenden Dienstag fuhren wir nach Cantrip (bei unserer Art von Arbeit kann man sich solche Freiheiten erlauben), nachdem Midge am Montag angerufen und festgestellt hatte, daß es die Nummer eines Immobilienmaklers war. Er hatte ihr ein wenig mehr von dem Haus erzählt, nicht viel, aber genug, um ihre Begeisterung noch mehr zu schüren. Im Moment war es unbewohnt; der Eigentümer war vor wenigen Monaten gestorben; es hatte lange gedauert, bis die Erbschaftsangelegenheiten geklärt waren und das Haus zum Verkauf angeboten werden konnte. – Midge war auf der ganzen Fahrt mächtig nervös und beteuerte mir immer wieder, daß sie nicht zu viel erwarte, daß möglicherweise sowieso alles eher enttäuschend sein werde . . . Aber der Beschreibung des Maklers zufolge *klin-*

ge es schon auch irgendwie interessant, und vielleicht erweise es sich ja auch wirklich als ideal ...

Die Fahrt dauerte ein paar Stunden, fast drei, da wir auf der Suche nach dem Dorf Cantrip mehrmals falsch abgebogen waren. Doch allein der Anblick, der sich uns bot, nachdem wir den New Forest einmal erreicht hatten, die dichten Wälder und grasbewachsenen Lichtungen, war die lange Fahrerei wert. Wir sahen Ponyherden, und obwohl uns keine Hirsche über den Weg liefen, bemerkten wir doch genügend Anzeichen für ihre Anwesenheit. Das Wetter war Mai-herrlich, die Luft kühl und klar. Sobald wir die Autobahn hinter uns hatten, kurbelten wir die Fenster unseres Cabrios herunter, und Midge sang trotz ihrer Aufregung kräftig mit, als ich in Erinnerungen an die Blue Suedes und Mean Womans schwelgte. – Die frische Luft sorgte dafür, daß ich heiser war, noch bevor wir das Dorf vor uns auftauchen sahen.

Ich muß zugeben – Cantrip war etwas enttäuschend. Wir hatten Strohdächer erwartet, alte Gasthäuser und einen Dorfplatz mit einem rostigen alten Brunnen – das gute alte England in Reinkultur; aber die Wirklichkeit war anders: da gab es nur eine ziemlich uninteressante Hauptstraße, und die Häuser und Geschäfte mochten aus den späten zwanziger oder frühen dreißiger Jahren stammen. Na, bei näherem Hinsehen war es nicht ganz so schlimm; zwischen diesen Gebäuden gab es auch noch ein paar alte, heruntergekommene Anwesen – aber insgesamt war der Eindruck recht trübe. Ich spürte, wie Midges Stimmung sank.

Wir überquerten eine alte Bogenbrücke und fuhren die Hauptstraße entlang; beide hielten wir aufmerksam nach dem Maklerbüro Ausschau, – und behielten unsere Enttäuschung für uns. Schließlich fanden wir das Büro eingezwängt zwischen einem Postamt mit angeschlossenem Kramladen und einer Metzgerei. Das Schaufenster war so klein, daß wir schon vorbei waren, als mir Midge freudig auf die Schulter klopfte und hindeutete.

»Da!« rief sie, als habe sie den Heiligen Gral entdeckt.

Ein Radfahrer kurvte an uns vorbei und schnitt eine Grimasse, weil ich so unvermittelt angehalten hatte. Ich zuckte die Schultern und zeigte auf Midge, damit er Bescheid wußte, wer schuldig war; seine mürrische Antwort verstand ich nicht. Vielleicht auch besser so: Der Bursche sah gemeingefährlich aus.

Ich parkte rückwärts ein, dann stiegen wir aus und schlenderten zu dem Maklerbüro hinüber. Midge war nervös wie ein kleines Kätzchen. Jetzt kam mir das irgendwie neu an ihr vor. Wir lebten schon eine ganze Weile zusammen, und ich war durchaus gewohnt, daß sie ab und zu recht schnippisch und unruhig sein konnte, besonders, wenn sie gerade einen neuen Auftrag bekommen hatte (ich sollte vielleicht erwähnen, daß Midge Bücher illustriert, vor allem Kinderbücher, und daß sie verdammt gut ist). Mir wurde ziemlich schnell klar, daß es nicht der Makler sein konnte; es war die Aussicht darauf, das Haus sehen und besichtigen zu können. Teufel auch, die Stimmung hatte sich seit Sonntag gesteigert, und ich konnte nicht verstehen, warum.

Ich zog sie zu mir herum, bevor sie hineinstürmen konnte. Midge blickte mich abwesend an.

»Nimm's leicht«, riet ich ihr sanft. »Es wird noch jede Menge andere Angebote geben, und vielleicht gefällt uns ja das hier auch gar nicht.«

Sie atmete tief ein, drückte meine Hand und trat vor mir ein.

Drinnen war das Büro nicht annähernd so beengt und überfüllt, wie man eigentlich vermutet hätte. Der winzige Raum erstreckte sich ein ganzes Stück weit nach hinten. Bilder und Detailpläne von Immobilien bedeckten eine Seitenwand wie schlecht geklebte Tapete. Eine Sekretärin hämmerte unmittelbar hinter der Tür auf eine Adler ein, und weiter hinten saß ein Mann in einem sauberen grauen Anzug und mit Hornbrille hinter einem unaufgeräumten Schreibtisch. Er sah jetzt auf.

Ich spähte über Midges Schulter hinweg und fragte: »Mr. Bickleshift?« (Yeah, ungelogen!)

Er schien sich an seinen Namen gewöhnt zu haben, denn er lächelte freundlich. Nein, nicht wirklich; ich glaube, es war mehr wegen Midge. Sie gefiel ihm.

»Jawohl, in der Tat«, sagte er und erhob sich und winkte uns heran.

Ich nickte der Sekretärin zu, die mit ihrem Geklapper aufgehört hatte und uns musterte, als wir vorbeimarschierten. Sie hatte einen mürrischen Gesichtsausdruck.

»Sie müssen Mr. und Mrs. Gudgeon sein«, stellte Bickleshift fest und reichte Midge und mir über den Schreibtisch hinweg die Hand. Er deutete auf die beiden Stühle, die ihm zugewandt auf unserer Seite des Schreibtisches standen.

»Nein. Sie heißt Gudgeon, ich Stringer.« Wir setzten uns, und der Makler blickte uns forschend ins Gesicht, bevor er sich ebenfalls niederließ.

»Dann sind Sie also diejenige, Miss Gudgeon, die ein Haus sucht.« Ich bin mir nicht sicher – aber vielleicht hatte er sie nur deshalb mit Miss angesprochen, um zu zeigen, wie tolerant er war.

»Wir gehören zusammen«, antwortete Midge. »Und wir interessieren uns für das Cottage, das Sie in der Sunday Times inseriert haben; wir würden es gerne sehen. – Ich habe es Ihnen ja schon am Telefon erklärt.«

»Natürlich. Flora Chaldeans Rundhaus.«

Wir machten große Augen, und Bickleshift schmunzelte.

»Sie werden verstehen, wenn Sie das Haus sehen«, versprach er.

»Und Flora Chaldean – sie war die Frau, der das Haus gehörte?« erkundigte sich Midge.

»Das ist korrekt. Eine ... nun, reichlich exzentrische alte Lady. Sie war hier sehr bekannt, eine lokale Berühmtheit, könnte man sagen. Bekannt, und doch wußte man nicht viel von ihr. Sie führte ein sehr zurückgezogenes Leben.«

Sie haben mir gesagt, daß sie gestorben ist ...«, hakte Midge nach.

»Ja, vor einigen Monaten. Ihre einzige noch lebende Anverwandte ist eine Nichte in Kanada. Sie hatten sich offenbar niemals kennengelernt, doch Mrs. Chaldeans Erbverwalter spürte sie schließlich auf und setzte sie von ihrer Erbschaft in Kenntnis. Ich nehme an, ihr wurde auch etwas Geld vermacht, doch es kann nicht viel gewesen sein. Mrs. Chaldean lebte sehr bescheiden. Die Nichte wies den Nachlaßverwalter an, alles zu verkaufen und ihr das Geld anzuweisen.«

»Sie wollte das Haus nicht einmal sehen?« fragte ich.

Bickleshift schüttelte den Kopf. »Keinerlei Interesse. Wie auch immer, Flora Chaldean hat sich genügend Gedanken über das Schicksal ihres Hauses gemacht, um eine gewisse Bedingung hinsichtlich eines Verkaufs in ihr Testament aufzunehmen.«

Midge wirkte bereits wieder nervös. »Was für eine Bedingung?«

Das Lächeln des Maklers verbreiterte sich zu einem Grinsen. »Ich glaube nicht, daß Sie sich diesbezüglich Sorgen machen müssen.« Er hob die Hände und breitete sie auf der Schreibtischplatte aus, und jetzt, die Ellenbogen seitwärts gereckt, sah er für einen Moment aus wie ein Grashüpfer mit Brille. »Doch nun«, sagte er leichthin, »schlage ich vor, sehen Sie sich das Haus erst einmal an, und dann reden wir über die Einzelheiten – falls Sie wirklich interessiert sind.«

»Das sind wir schon jetzt«, platzte Midge heraus, und meine Fußspitze tippte gegen ihre Wade: unnötig, *zu* interessiert zu erscheinen, noch bevor der eigentliche Handel begann.

Bickleshift griff in eine Schublade und brachte einen Ring mit drei Schlüsseln zum Vorschein, alle alt und lang und mit Schildchen behängt. «Das Cottage steht natürlich leer, so daß Sie sich in aller Ruhe umsehen können. Ich werde Sie nicht begleiten, es sei denn, Sie wünschten dies. Ich hatte stets den Eindruck, daß es die Klienten bevorzugen, sich alleine umzusehen und zuerst einmal alles privat miteinander zu besprechen.«

Midge war es, die nach den Schlüsseln griff und sie so ehrfürchtig nahm, als seien sie die Schlüssel zu einem Königreich.

»Fein«, bestätigte ich Bickleshift. »Und wie kommen wir hin?«

Er skizzierte uns eine Landkarte, die einfach genug aussah, vorausgesetzt (so betonte er), wir verpaßten keine der unscheinbaren Abbiegungen. Dann machten wir uns auf den Weg.

»Okay«, brummte ich, als wir die gewundene, schmale Straße entlangjagten; über uns filterte ein Blätterdach das Sonnenlicht und kühlte die Luft. »Ich versteh's noch immer nicht.«

Midge schaute neugierig zu mir herüber, aber sie verstand, was ich meinte – ja, sie verstand es sehr wohl.

»Du benimmst dich, als seist du in diesen Ort verliebt.« Ich klopfte mit dem Handrücken aufs Lenkrad. »Komm schon, laß es raus, Midge: Was ist in dich gefahren?«

Ihre Fingerspitzen streichelten über meine Nackenhaare, aber ihre Stimme klang ein wenig abwesend. »Es ist nur so ein Gefühl, Mike. Nein . . . mehr eine Überzeugung, daß alles gut wird für . . . für uns.«

Ich bemerkte die kleine Pause sehr wohl. »Wieso hab' ich dann nicht das gleiche Gefühl?«

Jetzt war sie wieder voll da, die Rehaugen erfüllt mit spitzbübischem Humor. »Ach, vielleicht deshalb, weil du einfach jeden Ort für unzivilisiert hältst, der weiter als einen kleinen Fußmarsch von einem Pub, McDonalds oder einem Kino-Center entfernt ist.«

Ich war eingeschnappt. »Du weißt doch, daß ich genauso wie du raus aufs Land will.«

Sie lachte kurz auf. »Vielleicht nicht ganz so wie ich, aber es stimmt schon ... Ich muß zugeben, deine Wertmaßstäbe haben sich in letzter Zeit geändert. Allerdings bin ich mir noch nicht ganz im klaren darüber, inwieweit unsere ewig nörgelnden Nachbarn damit zu tun haben.«

»Yeah, und ich gebe zu, daß ich ein Fleckchen Erde brauche, wo ich spielen kann, wann ich will und so laut ich will – aber das ist es nicht allein. Und außerdem – *ihr* Lärm gefällt mir auch nicht gerade.«

»Mir auch nicht. Oder der Verkehr oder der Dreck –«

»– oder das Hasten –«

»– ohne Rasten –«

»– und deshalb hau'n wir ab und sind weg!« sangen wir im Duett und lachten uns an.

»Ich weiß, es ist verrückt«, sagte sie dann und zupfte an der Fahrtskizze des Maklers auf ihrem Schoß herum. »Aber als ich am Sonntag die Kleinanzeigen durchsah, da kam es mir so vor, als würde dieser Ort hier auf mich ... zuspringen. Ich konnte mich auf nichts anderes mehr konzentrieren – immer und immer wieder mußte ich mir diese Anzeige ansehen. Es war, als seien alle anderen irgendwie verschwommen.«

Ich stöhnte auf. »Midge, Midge, ich hoffe nur, daß dir deine Illusionen nicht zu schnell genommen werden.«

Sie antwortete nicht, sondern blickte nur starr geradeaus. Und plötzlich hätte ich am liebsten gewendet; plötzlich wäre ich am liebsten zurückgefahren, immer weiter, bis nach Hause, in die verrauchte alte Stadt. Der Hauch einer Vorahnung? Yeah, ich glaube schon. Aber mit diesen Dingen hatte ich damals noch keine Erfahrung, und so war ich der Meinung, allein die Aussicht auf den Umzug sei schuld daran, daß ich kalte Füße bekam. Möglicherweise hatte Midge recht: Ich war noch nicht ganz bereit für ein Leben auf dem Land.

Natürlich fuhr ich weiter. Wäre ich jetzt umgekehrt, hätte ich mich völlig zum Narren gemacht. Welchen guten Grund hätte ich anführen sollen? Ich liebte Midge genug, um mich selbst zu ändern, und ich wußte, was für sie gut war, würde das schließlich auch für mich sein. Sie hatte Wertvorstellungen und Motive, um deretwillen ich sie bewunderte und liebte, und ich bin nicht zu stolz einzugestehen, daß ich das Bedürfnis verspürte, mir einige dieser Ideale selbst zu eigen zu machen. Ich hatte es mir zu oft gutgehen lassen und viel zu selten das *Richtige* getan. Sie ließ die Dinge *richtig* werden.

Die Abzweigung, nach der ich Ausschau gehalten hatte, tauchte bald darauf auf, und der Makler hatte recht gehabt: sie war leicht zu übersehen; eine scharfe Kurve. Ich fuhr langsamer, bremste ab, und unser Passat nahm beinahe die ganze Straßenbreite ein. Aber wir waren auf dem richtigen Weg, und ich beschleunigte wieder. Nach wie vor befanden wir uns im Wald; Bäume säumten die Straße, soweit wir sehen konnten. Es ging bergauf und bergab, eine Kurve nach der anderen, und Midge genoß jeden Yard, den wir zurücklegten, und ihre Augen strahlten, während ich mich ganz auf die Kurven konzentrierte und gelegentlich verstohlen zu ihr hinüberblickte.

»Müßten wir nicht längst da sein?« Ich fragte mich allmählich, ob ich nicht doch die falsche Abzweigung genommen hatte.

Midge schaute auf die improvisierte Karte. »Dürfte nicht mehr weit sein –«

Ich trat heftig auf die Bremse und griff instinktiv zu Midge hinüber, um sie zurückzuhalten, obwohl sie angegurtet war. Sie ruckte vor; der Wagen stand. Überrascht starrte sie mich an.

»Sieh dir den frechen Kerl an!« Ich deutete mit einem Nicken auf die Straße vor uns.

Das Eichhörnchen saß keck aufgerichtet und wie selbstverständlich in der Straßenmitte und knabberte an einer Eichel oder so etwas, die es mit beiden Vorderpfoten hielt; der rostbraune Schweif war hochgestellt. Der kleine Teufel hatte uns zweifellos gesehen – er drehte auch immer wieder das pelzige Köpfchen in unsere Richtung –, doch wir schienen ihn überhaupt nicht zu stören.

»Oh, Mike, er ist so hübsch!« Midge beugte sich vor, so weit es der Gurt erlaubte, bis sie die Nase fast an die Windschutzscheibe preßte. »Das ist ein rotes. Ich hab' gehört, daß es sie hier jetzt wieder gibt. Oh, ist der schön!«

»Klar, aber er – es – versperrt die ganze Straße.« Ich war drauf und dran, auf die Hupe zu drücken, doch Midge mußte meine Gedanken gelesen haben. »Laß ihn doch noch einen Moment«, bettelte sie. »Er wird schon schnell genug weiterhüpfen.«

Ich seufzte, obwohl es mir auch Spaß machte, dem pelzigen kleinen Burschen beim Mittagessen zuzusehen.

Midge klinkte ihren Gurt aus und spähte immer noch lächelnd aus dem Seitenfenster. Das war zuviel für unseren Freund; er ließ die Eichel fallen und huschte weg.

Ich konnte mir ein Lachen nicht verkneifen. »Großartig! – Von diesem riesengroßen, lauten Metallmonster hat er sich nicht sonderlich beeindrucken lassen, aber dein Gesicht – das war der Schock seines Lebens.«

Und dann verschluckte ich mich fast an meinen eigenen Worten. Das Eichhörnchen hetzte zurück, schnappte sich seine Mahlzeit, blickte für den Bruchteil einer Sekunde in unsere Richtung und hoppelte dann zu unserem Passat heran – auf Midges Seite. »Hallo«, sagte Midge freundlich.

Ich konnte es nicht sehen, aber vielleicht hatte es ihr Lächeln sogar erwidert. Ich lehnte mich hinüber und sah es gerade noch ins Unterholz eintauchen. Ich erwartete schon, daß mich Midge wieder einmal triumphierend anlächelte, aber auf ihrem Gesicht zeichnete sich nur Glück ab . . . und ein enormes, unschuldiges Vergnügen. Ich küßte sie amüsiert auf die Wange und schob den Automatik-Schalthebel auf D. »Alsdann, vorwärts«, kommentierte ich.

Midge lehnte sich zurück und beobachtete die vorbeifliegende Umgebung.

Bald darauf blieb der Wald hinter uns zurück; struppiges Gras grenzte auf beiden Seiten an die Straße und wandelte sich in einiger Entfernung zu schwerem grünen Farnkraut und gelbem Stechginster – eine Barriere gegen das dichte, dunkle Waldland, und wie eine Unmutsäußerung: genug ist genug. Die Sonne stand jetzt im Zenit, und der Himmel ringsum war zu einem zarten Blau verfärbt. Wir hatten uns einen perfekten Tag ausgesucht für diesen Ausflug aufs Land, und meine Begeisterung wuchs weiter.

Midge ergriff meinen Arm. »Ich glaube, ich sehe es«, flüsterte sie in gedämpfter Aufregung.

Ich kniff die Augen zusammen, aber ich sah nichts.

»Es ist wieder weg«, sagte Midge. »Ich dachte, ich hätte etwas Weißes gesehen, aber jetzt stehen die Bäume im Weg.«

Wir fuhren eine langgezogene Kehre aus, und jetzt war der Wald wieder da, dichter als je zuvor. An einigen Stellen wischten tiefhängende Äste über die Seitenfenster.

»Dieser Wald gehört auch mal wieder ausgeforstet«, beklagte ich mich – und dann sahen wir das Haus, ein ganzes Stück von der Straße zurückgesetzt, mit einem niedrigen, verwitterten Zaun (einzelne Latten ragten schräg empor oder waren gänzlich umgefallen), der einen Vorgarten begrenzte. Das kleine Tor war geschlossen; quer darüber war ein morsches, müde wirkendes Schild angebracht. In einer schönen, jedoch verblaßten Schrift stand darauf zu lesen:

GRAMARYE

Das Cottage

Da stand es also vor uns. Und auf den ersten Blick *war* das Haus bezaubernd.

Ich hatte den Wagen durch das Grasgestrüpp bis an den zerfallenden Zaun herangefahren, und nun saßen wir beide da und bestaunten Gramarye, Flora Chaldeans Rundhaus. Midge, wie es schien, in tiefer Ehrfurcht und ich – na, sagen wir, angenehm überrascht. Ich bin mir nicht sicher, was ich erwartet hatte – aber das nicht.

Das Gebäude war wirklich rund, obgleich der Haupttrakt konventionell gerade verlief und sich nur ein Ende von uns weg krümmte (wir verstanden die Architektur ein wenig später); den Dachboden mitgerechnet, hatte es drei Stockwerke, so daß es die Bezeichnung Cottage oder Landhaus eigentlich nicht richtig traf. Doch es *sah* aus wie ein Cottage, weil es an einem grasbewachsenen Hang stand, der es kleiner erscheinen ließ. Die Hügelflanken wölbten sich um die Hausflanken herum. Moosüberzogene Steinstufen schnitten in die linke Hangseite ein, die zum Vorgarten hin verflachte. Auf dem Hügelkamm erhoben sich Bäume, deren Äste an ein paar Stellen die bleichen Mauersteine berührten, und dahinter kam wieder Wald. Die Frontfenster waren klein und mit Butzenscheiben versehen, was den Charme des Ganzen noch erhöhte, und das Dach war mit ausgebleichten roten Ziegeln gedeckt.

Okay, das war nur unser erster Blick, und der Gesamteindruck war mehr als vielversprechend.

»Mike, es ist wunderschön«, flüsterte Midge wie ein atemloses kleines Kind und konnte den Blick nicht abwenden von den übermütigen Farben, die es im Garten gab; Blumen, die sich daran gewöhnt hatten zu wachsen, wie sie wollten.

»Hübsch«, mußte ich zugeben. »Sehen wir's uns genauer an, bevor –« Aber Midge war schon ausgestiegen.

Sie rannte um den Wagen herum auf meine Seite, und dann stand sie nur da und starrte das Haus an, und das Strahlen in ihren Augen war noch viel intensiver geworden. Da gab es keine Enttäuschung, keine geraubten Illusionen. Sie biß sich aufgeregt auf die Unterlippe, aber ihr Lächeln wich keine Sekunde lang. Ich stieg ebenfalls aus und legte ihr den Arm um ihre schlanke Taille; Midges Gesichtsausdruck war ... faszinierend – und dann lächelte ich auch. Ich wandte mich Gramarye richtig zu.

Das Gefühl des Wiedererkennens traf mich wie ein leichter elektrischer Schlag, aber es war nur ein flüchtiges Gefühl, zu nebelhaft, um verstanden zu werden. War ich schon einmal hier gewesen? Nein, niemals, in tausend Jahren nicht. Ich konnte mich nicht einmal daran erinnern, jemals zuvor in diesem Teil des Landes gewesen zu sein. Und trotzdem schien mir alles so vertraut ... Ich schüttelte dieses Gefühl ab, vielleicht eine Art *déjà vu* ... vielleicht auch eine seltsame Auswirkung unserer Vorfreude.

Unnötig, Midge nach ihren ersten Eindrücken zu fragen – sie standen ihr ins Gesicht geschrieben. Sie löste sich von mir und ging langsam auf das Gartentor zu; ich mußte sie erst rufen, um sie an meine Existenz zu erinnern. Sie drehte sich um, und dieser Anblick brannte sich in mein Gedächtnis ein.

Dieses *Foto* habe ich im Kopf, es begleitet mich überallhin, klar und scharf umrissen und beinahe mystisch: Midge, klein und schlank, eine dunkle, seidige Haarflut bis auf die Schultern hinab, die Lippen leicht geöffnet und ein Ausdruck des Staunens und des Glücks in den bezaubernden grau-grünen Augen, die an den Winkeln leicht schräg gestellt waren; ein Ausdruck, der mich beunruhigte und gleichzeitig freute – für sie; sie trug Jeans, und die weite, kurzärmlige Bluse war leger hinter den Bund gesteckt; an den Elfenfüßen Sandalen; und hinter ihr erhob sich drohend – nein, erhob und drohend paßte nicht ... nicht richtig; die ganze Szene mit Midge im Vordergrund war so perfekt, so in sich geschlossen – hinter ihr *stand* Gramarye, die weißen Wände nun sichtbar vom Verfall gezeichnet und schmutzig, die Fenster leblos und doch irgendwie ... aufmerksam – als beobachteten sie mich – jedoch keineswegs böse; der Boden war sonnenhell und von zahllosen Farben überflutet, und dahinter und ringsumher wogte der allumfassende Wald. Eine Szene wie aus dem Bilderbuch, werden Sie sagen, und so schien es wirklich.

Dann wandte Midge sich wieder um, und der Bann war gebrochen; sie beugte sich über das Tor und hob innen den Riegel an; mit einem Quietschen schwang es auf. Midge ging hinein, und ich folgte ihr. Ich wollte ihren Arm berühren, aber sie war bereits wieder weg, weit voraus. Sie eilte den überwachsenen Pfad hinunter wie ein übereifriges Kind – der Haustür zu.

Ich folgte ihr ein wenig geruhsamer und bemerkte, daß die Maiblumen bei genauerem Hinsehen nicht ganz so bunt strahlten, wie dies aus der Ferne ausgesehen hatte. Tatsächlich wirkten sie jetzt eher wie Spätsommerblumen inmitten einer Natur, die ihren Höhepunkt überschritten hat und deren Welken beginnt – die Blütenblätter waren gekräuselt und trocken. Ohne übertreiben zu wollen ... sie sahen ziemlich krank aus. Unkraut hatte sich überall breitgemacht, und das war offensichtlich gesund. Der Weg bestand aus flachen Natursteinen, und in den Ritzen dazwischen wucherte strähniges Gras; an manchen Stellen überdeckte es die Steine ganz.

Ich fand Midge, als sie gerade durch ein schmutziges Fenster spähte (es gab keine Vorhänge). Schmutzig wie die Scheiben waren, waren sie doch von einer guten, altmodischen Dicke – nahe am unteren Fensterrand konnte ich noch geschmeidige Wellen ausmachen, wo sich das Glas vor dem Festigen entspannt hatte. Unglücklicherweise verfielen die Rahmen, und die Farbe blätterte ab.

Nicht gerade ein Musterhaus, was?« bemerkte ich und beugte mich vor, um gemeinsam mit Midge hineinzuspähen.

»Es ist leer«, murmelte sie.

»Was hast du erwartet?«

»Ich hab' geglaubt, daß vielleicht noch ein paar Möbel darin stehen.«

»Die hat man möglicherweise versteigert, gleich nachdem das Testament vollstreckt war. Weil man sich besser vorstellen kann, wie alles einmal aussehen könnte – ohne das Gerümpel der alten Lady.«

Midge warf mir einen strafenden Blick zu und richtete sich auf. »Laß uns einen Rundgang machen, bevor wir hineingehen.«

»Mhmm.« Ich starrte noch immer durch das Fenster, wischte mit den Fingerspitzen über das Glas, um besser sehen zu können. Alles, was ich ausmachen konnte, war ein großer, dunkler Herd unterhalb eines offenen Kamins. »Wird Spaß machen, darauf zu kochen.«

»Der Herd? Wird lustig.« Ihre Begeisterung kannte keine Grenzen.

»Sieht eigentlich eher wie eine Schmiede aus«, fügte ich hinzu. »Schätze, wir sollten beides benutzen: einen Elektroherd und dieses dicke Monster. Immerhin . . . es gibt genug Holz, um das Ding anzuheizen.«

Midge zog mich am Arm. »Komm schon, gehn wir um das Haus herum.«

Ich riß mich los, und sie hauchte einen Kuß in meine Richtung. Sie war weiter unterwegs. Ich schlenderte hinterher und betrachtete im Vorbeigehen die Haustür. Das Holz machte einen stabilen Eindruck, obwohl sich durch die unteren Bohlen der Länge nach zwei Risse zogen. – Darüber, im Türrahmen, waren zwei enge Fenster eingelassen, kaum mehr als vier Inches tief; an den Klinkersteinen befestigt, hing ein Glockenzug. Der gesamte Eingangsbereich wurde von einem nach beiden Seiten hin offenen Sturmdach geschützt; mir kam es völlig nutzlos vor. Der Glocke gegenüber hing eine Stall-Laterne an der Wand; das Innere war mit Spinnweben verhangen. Im Vorbeigehen zog ich am Glockenzug und bekam einen dumpfen und desinteressierten Ton zu hören; das KLONK veranlaßte Midge, sich umzudrehen. Ich krümmte mich zusammen und bot ihr eine erstklassige Quasimodo-Imitation, die Augen irr und die Zunge in eine Backe geschoben.

»Paß auf, daß sich der Wind nicht dreht«, rief sie und stieg die Stufen hoch, die an der gewölbten Hausmauer entlangführten.

Ich keuchte hinter ihr her und holte sie schließlich auf der vierten moosbedeckten Stufe ein. Arm in Arm gingen wir weiter und begannen die Architektur des Hauses zu begreifen. Der Haupttrakt war eindeutig rund, und die Küche und die Zimmer darüber waren später zusätzlich angefügt worden. Alles jedoch in sehr kleinem Maßstab, müssen Sie wissen. Diese Form verlieh Gramarye seinen Charakter und unzweifelhaft auch einen gewissen Charme. Unglücklicherweise war der Allgemeinzustand des Hauses genauso miserabel wie der der ungesunden Blumen im Garten.

Das Mauerwerk, ursprünglich weiß getüncht, aber jetzt eher grau und ziemlich fleckig, bröckelte stellenweise ab. Hier und da fehlte der Verputz vollständig. Dachziegel übersäten den Boden zu unseren Füßen, und so konnte ich mir lebhaft ausmalen, wie viele Löcher das Dach aufwies. Die Stufen hatten uns zu einer weiteren Tür geführt, die einst in einem düsteren Olivgrün gestrichen worden war; die Farbe hatte Blasen geworfen oder war abgesprungen, und darunter kam das faulende Holz zum Vorschein. Die Tür wies nach Süden und zum Wald hin; keine hundert Yards entfernt erhoben sich hohes Gras und Gestrüpp, und einzelne Bäume hier und da wirkten wie die vorsichtigen Angehörigen einer weit vorgeschobenen Patrouille; eine freiere Fläche, offensichtlich im Laufe der Jahre niedergetrampelt, erstreckte sich zehn oder zwölf Yards weit vom Gebäude weg. Kleinere Bäume wuchsen dort – Pflaumen- und Holzapfelbäume, nahm ich an, obwohl ich damals sicherlich kein Fachmann dafür war –; sie trugen keine Blüten, und sie kamen mir wie ausgestoßen vor, obwohl sie dem Haus recht nahe waren. Auf dieser Seite (und da Gramarye in den Hang hineingebaut war) schien das Cottage nur zwei Stockwerke hoch zu sein und war rund wie eine Tabakdarre. Die Fenster, die hier als ›Erdgeschoß‹-Fenster fungierten, wiesen oben einen sanftgeschwungenen Bogen auf; Midge hatte mich bereits wieder zurückgelassen und drückte sich an einer der Scheiben die Nase platt.

»Mike, schnell – sieh nur!« rief sie. »Da drinnen ... das ist fantastisch!«

Ich ging zu ihr und war genauso beeindruckt wie sie – obgleich mir ›fantastisch‹ ein wenig übertrieben vorkam. Die abgerundeten Wände boten Platz für drei langgestreckte Fenster, und somit mußte dieser Raum den ganzen Tag über Sonnenlicht haben. Auf der gegenüberliegenden Seite konnte ich eine offenstehende Tür erkennen und dahinter ein Treppenhaus mit einer Stiege, die nach oben und unten führte und von dort aus vermutlich in den rechteckig abgesetzten Teil des Hauses. Sonnenlicht schimmerte auf den Wänden; nirgendwo konnte ich schattige Ecken sehen, und nicht einmal der Schmutz auf den Scheiben konnte den Glanz trüben. Trotz der Leere sah es dort drinnen warm und glücklich aus. Und, ja – es machte einen *einladenden* Eindruck.

»Setzen wir uns doch einen Augenblick.« Ich hatte eine verwitterte Bank entdeckt – in jener Ecke, die die gewölbte und gerade Hauswand des Cottage miteinander verband; die hölzerne Bank sah aus, als habe sie entweder Wurzeln geschlagen – oder als sei sie aus der Erde selbst herausgewachsen.

»Ich möchte hineingehen«, erwiderte Midge plötzlich ungeduldig.

»Sicher, gleich. Ich würde gern eine kurze Bilanz ziehen.«

Sie zögerte, aber dann ging sie doch mit mir zu der Bank, setzte sich und blickte zum nahen Wald hinüber. Er schien dicht und undurchdringlich, doch wirkte er zu jener Zeit nicht einmal andeutungsweise bösartig.

»Es ist wunderschön«, hauchte Midge überflüssigerweise. »Viel besser, als ich erwartet habe.«

»Wirklich? Ganz unter uns – ich hatte schon den Eindruck, daß du eine ganze Menge erwartet hast.«

Sie verzog das Gesicht, was sie aber nicht weniger hübsch aussehen ließ. »Ich – ich wußte einfach instinktiv, daß es richtig sein würde.«

Ich hob eine Hand. »Warte. Wir waren noch nicht drin.«

»Das ist auch nicht nötig.«

»O doch. Wir sollten nicht abheben. In der Anzeige hieß es, das Haus sei renovierungsbedürftig, stimmt's? Möglich, daß das ausreichen könnte, um es für uns erschwinglich zu machen. Allein im Außenbereich muß eine Menge repariert werden, und Gott allein mag wissen, wie es drinnen aussieht.«

»Das können wir berücksichtigen, wenn wir unser Angebot machen.«

»Ich glaube, der Preis steht für den Makler längst fest. Er hat dir doch schon am Telefon gesagt, was ihm vorschwebt, und wenn wir ihn nicht drücken können, dann werden wir es mächtig schwer haben, das nötige Geld zusammenzubringen. Es wird nicht billig, das Haus wieder bewohnbar zu machen.«

Ich sagte ihr die falschen Dinge, natürlich, aber ich mußte sie dazu bringen, die Sache realistisch zu sehen. Sie starrte zu Boden, als sei dort eine Antwort verborgen. Als sie wieder aufblickte, konnte ich sehen, daß die Sturheit die Oberhand gewonnen hatte – nein, nicht unbedingt Sturheit, das paßte nicht zu Midge, aber nennen wir's mal *festen Willen*. Im allgemeinen war sie eine recht sanfte Person, sogar beeinflußbar (etwas, das mich oft ärgerte, vor allem, wenn ihre Agentin sie dazu brachte, Aufträge anzunehmen, die sie eigentlich gar nicht annehmen wollte), doch mitunter konnte sie sehr resolut sein – wenn sie sich irgendeiner Sache absolut sicher war oder wenn sie diese Eigenschaft brauchte, um eine besonders schwierige Phase durchzustehen. Ich hatte sogar den Verdacht, daß ihre ruhige Bestimmtheit in solchen schlechten Phasen ihres Lebens geboren wurde, und glauben Sie mir, schlechte Phasen hatte Midge einige.

Ich legte ihr meinen Arm um die Schultern und drückte sie an mich. »Ich will nur nicht, daß du dir zu große Hoffnungen machst, Kobold«, sagte ich sanft. »Mir gefällt es hier ja auch, obwohl mir bei dem Gedanken an die Lage etwas mulmig wird.«

»Es ist gut für deine Arbeit, Mike«, antwortete sie, und in ihrer Stimme schwang eine liebenswerte Ernsthaftigkeit mit. »Du brauchst das ... dieses Fernsein von allen Ablenkungen, von – von all diesen sogenannten –« Sie brach ab, und ich führte den Satz für sie zu Ende:

»... diesen sogenannten Freunden.«

»Sogenannten Freunden, ja. Und für mich ist Gramarye auch genau richtig. Ich spüre, daß ich hier arbeiten kann.«

»Und du glaubst nicht, daß wir uns hier einsam fühlen werden?«

Sie schüttelte nachdrücklich den Kopf. »Keine Spur. Nicht, wenn wir beide zusammen sind, Mike, das weißt du. Und hast du vergessen, wie oft wir darüber geredet haben, wie gerne wir weit weg von allem wären, außerhalb jeder Reichweite von Agenten und Musikern, die einfach hereinschneien und sich über Nacht einquartieren? Alleinsein wäre ein Segen. – Außerdem könnte ich darauf wetten, daß es irgendwo hier draußen auch eine ganz lebhafte Gesellschaft gibt. Wir werden schnell neue Freunde finden, Freunde, die man auf Sicherheitsabstand halten kann.«

»Total anders und nicht gerade nach unserem Geschmack ... möglicherweise.«

»Wir sind in Hampshire, nicht in der äußeren Mongolei. Nur ein paar Stunden von der Großstadt entfernt. Die sprechen hier die gleiche Sprache.«

»Vielleicht nicht ganz die gleiche.«

Midge verdrehte die Augen himmelwärts. »Ihr Stadtschleicher seid vielleicht aufgeblasen. Aber du lernst es auch noch, bestimmt.«

»Okay, aber denk dran ... heute scheint die Sonne, der Himmel ist blau –«

»Und kein Wölkchen trübt die Schau«, reimte sie genervt.

»Irgendwann wird es regnen; irgendwann kommt der Winter, und es friert; möglich, daß wir durch den Schnee von der Außenwelt abgeschnitten werden –«

»Mhmmm«, gurrte sie und schmiegte sich an mich, »das wird schön. Möglich, daß wir wochenlang nicht aus dem Haus kommen, okay. Möglich, daß wir ein großes Feuer im Kamin brennen lassen müssen ... ein gemütliches, prasselndes Feuer, das uns wärmt. Oder wir verkriechen uns einfach tagelang unter der Bettdecke. Stell dir mal vor, auf was wir alles kommen, um uns zu unterhalten.«

Midge setzte ihre Tiefschläge sehr geschickt, und natürlich traf sie mit traumwandlerischer Sicherheit meine sämtlichen Schwachpunkte. »Sei vernünftig«, beschwerte ich mich.

»Bin ich ja. Ich werde es uns so gemütlich machen, daß du zum Einsiedler mutierst.«

»Das ist es ja, was mir Sorgen macht.«

»Von Zeit zu Zeit werde ich dich vor die Tür setzen und den feindlichen Elementen preisgeben – du darfst das Brot einkaufen.« »Hör mal, das bringt uns aber nicht weiter, momentan.«

Sie wurde wieder ernst, lächelte aber trotzdem, als sie sagte: »Fühl diesen Ort hier doch mal, Mike. Schließ deine Augen und *fühl* dich richtig hinein. Gramarye ist so gut – es ist perfekt und wie für uns geschaffen.«

Ich schloß meine Augen nicht, doch ein eigenartiges Gefühl des Wohlbehagens kam in mir auf, ein leichter und doch alles erfüllender Rausch. Nein, nicht das, was bei einem guten Joint abgeht; etwas anderes, realer und dauerhafter. Ich will es so umschreiben – es glich der Wärme von Sonnenstrahlen, der Schönheit dieses Tages selbst ... und meiner Umgebung. Meinetwegen sagen Sie, daß mich Midges Überzeugung mitgerissen hat ... Daß etwas von ihrem festen Glauben an diesen Ort auf mich übergesprungen ist ... eine durchaus natürliche Sache bei Liebenden. Es gab Zeiten, da war ich davon überzeugt, daß es nur an solchen Einflüssen liege. Heute glaube ich das nicht mehr. O nein, nicht nach all dem, was ich heute weiß.

»Sehen wir es uns drinnen an«, sagte ich und umging damit eine definitive Entscheidung; Midges Lächeln allerdings wurde nur noch wissender. Sie stand auf und zog den Bund mit den etikettierten Schlüsseln aus ihrer Jeanstasche. Pflichtbewußt reichte sie ihn mir; mit einer Geste, die zu sagen schien: »Okay, du hast das Schicksal in der Hand, und da drinnen findest du es.«

Ich nahm die Schlüssel und ging zur Hintertür, Midge dicht auf den Fersen. Vor der wettergezeichneten und verrotteten alten Tür hielt ich inne, hob die langen Schlüssel und überlegte, welchen ich zuerst ausprobieren sollte. Zwei hatten denselben Bart; daraus schloß ich, daß dies wohl die Schlüssel für den Haupteingang waren. Also schob ich den anderen ins Schloß, und er paßte haargenau. Aber er ließ sich nicht drehen.

Der nächste Schlüssel auch nicht. Und auch der Zwilling des zweiten nicht.

Ich stöhnte. »Sieht so aus, als hätte uns Bickleshift den falschen Satz mitgegeben.«

»Versuchen wir's vorne«, schlug Midge vor.

»Okay, aber wenn es die richtigen Schlüssel sind, dann müßte doch zumindest einer davon auch hier passen.«

Also stiegen wir die sich um das Haus herumziehenden Treppen vorsichtig wieder hinunter (vorsichtig des Mooses wegen) und standen bald darauf unter dem offenen Vorbau. Erneut wählte ich Nummer eins und schob ihn ins Schloß; nur um feststellen zu müssen, daß er sich wieder nicht drehen ließ. Der Frust nahm ziemlich zu, als ich auch Nummer zwei und drei ohne Erfolg ausprobierte. Die Tür bewegte sich keinen Zoll, auch nicht, als ich die Klinke drehte und mit der Schulter dagegendrückte. Das Holz knarrte, aber es bewegte sich nicht im geringsten.

»Laß mich mal«, bat Midge und drängelte sich zwischen mich und die Tür.

»Das bringt nichts. – Entweder ist das Schloß eingerostet, oder Bickleshift hat sich mit den Schlüsseln geirrt.« Ich drehte das Schildchen um – und darauf stand, sauber mit Maschine getippt: Gramarye.

Sie nahm sie mir wortlos aus der Hand und hielt sich einen der ›Zwillinge‹ kurz vor die Augen, bevor sie ihn unbeirrbar ins Schloß schob. Ihr Handgelenk verdrehte sich, und ich glaubte, sie kurz aufkeuchen zu sehen, beinahe so, als habe sich der

Schlüssel ganz allein gedreht. Ich kann mich getäuscht haben. Die Tür öffnete sich leicht und problemlos, ohne auch nur eine Andeutung von Horrorfilm-Quietschen. Die herausströmende Luft war muffig und klamm und schien glücklich über die wiedergewonnene Freiheit.

Das runde Zimmer

Bestürzt wie ich war, war ich dennoch bereit, geradewegs hineinzugehen (obwohl ich nicht verstand, wie Midge das mit der Tür gemacht hatte), aber jetzt war sie es, die zögerte. Wieder bin ich mir nicht sicher – eine ganze Menge jener Vorkommnisse sind mir nach wie vor lediglich vage in Erinnerung –, doch schien mir jetzt eine seltsame Verzagtheit in ihrem Verhalten aufzufallen. Genug jedenfalls, um keinerlei gespielten Triumph in ihr aufkommen zu lassen. Möglich, daß ich mir deshalb nicht richtig sicher bin, weil dieser Stimmungswechsel genauso schnell wieder verschwand, wie er aufgekommen war; ich erinnere mich genau, daß sie bereits im Haus verschwunden war, noch bevor ich irgend etwas äußern konnte.

Ich zuckte die Schultern und ging ebenfalls hinein. Die augenblickliche Kühle war ein unangenehmer Kontrast zu der Wärme draußen. Wir fanden uns in einem kleineren Raum wieder, schätzungsweise kaum mehr als zehn auf zwölf Fuß (die Pläne hatten wir im Wagen gelassen); uns gegenüber stand eine Tür offen, dahinter führte eine Treppe in den nächsten Stock hoch. Rechts konnten wir durch eine Durchreiche in die Küche sehen. Der Fußboden hier und in dem Raum nebenan bestand aus Natursteinplatten. Mir fiel auf, daß die Oberfläche unnatürlich dunkel war. Ich bückte mich und berührte sie.

»Fühlt sich feucht an«, murmelte ich und besah mir die Wandleisten. Deutlich genug zeichnete sich an der gegenüberliegenden Wand nur wenige Inches über dem Boden eine Wasserspur ab. »Vermutlich schließt die Rückwand mit dem Abhang, und wenn es regnet, sickert das Wasser durch das Erdreich ins Mauerwerk.«

Midge schien daran nicht sonderlich interessiert, was mich etwas irritierte; ich wußte, daß diese Art von Feuchtigkeit durchaus ernstzunehmen war, und dachte dabei an die entstehenden Kosten. Midge war inzwischen bereits in die Küche weitergegangen. Mit einem frustrierten Kopfschütteln richtete ich mich auf und folgte ihr. »Midge, du mußt solche Dinge wenigstens beachten«, ermahnte ich sie. »Letzten Endes entscheidet so etwas doch, ob wir dieses Haus kaufen oder nicht.«

»Tut mir leid, Mike.« Sie schmiegte sich an mich, und für einen Augenblick ruhte ihr Kopf an meiner Brust; ich wurde das Gefühl trotzdem nicht los, daß ihre Reue lediglich gespielt war. Dann war sie bei dem riesigen dunklen Herd, den wir durch das Fenster bereits gesehen hatten. Sie bückte sich, zog Ofentüren auf, spähte hinein und quietschte vor Freude. Dann richtete sie sich wieder auf und jubelte noch lauter, als sie seitlich über dem Herd in einer Nische die Topfhaken bemerkte und die Töpfe mit den langen Griffstücken und die ziemlich große Bratpfanne, die daran hingen. Unmittelbar vor dem Herd stand ein gußeiserner Kessel auf einem Dreifuß und verlieh allem noch mehr nostalgischen Charme.

»Es ist wie im Märchen«, rief mir Midge über die Schulter hinweg zu.

»Du meinst, wo die Hexe Frösche und Babyschenkelchen auf dem Herd kocht und daraus einen Zaubertrank braut?« erkundigte ich mich boshaft und ging zu ihr. Ich sah, daß in der größten Ofenöffnung Töpfe untergebracht waren; sie waren ebenfalls aus dunklem Metall.

»Nicht sowas Schlimmes«, beruhigte mich Midge. Sie reckte sich vor und schielte in den Kamin hinauf. Ich zog sie hastig zurück, als ich den gefährlichen Riß in der massiven steinernen Oberkante über dem Herd entdeckte. Sie sah mich überrascht an, bis ich ihr den Riß zeigte.

»Sieht verdammt danach aus, als könnte es jeden Moment herunterbrechen«, warnte ich, und sie war vernünftig genug, um zurückzutreten.

»Ich glaube nicht, daß er ganz durch geht.«

»Möglich, aber warum das Risiko eingehen? Auf jeden Fall muß das auch gerichtet werden.«

Midge runzelte die Stirn; die Liste, die ich bereits aufstellte, gefiel ihr überhaupt nicht.

»Zehn zu eins, daß der Kamin nicht mehr richtig zieht und daß ihn keiner reinigen wird, bevor dieser Stein nicht gesichert worden ist.« Es machte mir keinen Spaß, all diese Dinge festzustellen, aber ich war der Meinung, daß wenigstens einer von uns mit den Füßen auf dem Boden bleiben mußte.

»Ich glaube, die Feuchtigkeit und das da sind die schlimmsten Macken.« Sie sagte es sehr hoffnungsvoll.

Ich hob die Schultern. Bisher hatten wir immerhin nur das Erdgeschoß gesehen.

Unter dem Fenster, durch das wir vorhin hineingespäht hatten, schloß sich eines jener tiefen Email-Spülbecken an; groß genug, um ein Shetland Pony darin baden zu können, und ich schlenderte hin und drehte den Kalt- und Heißwasserhahn auf. Nach einigem Rumpeln in den Rohren und einem jähen Wasserschwall aus beiden Hähnen kamen dünne, braune Wasserrinnsale. Ich ließ es eine ganze Weile laufen, aber die Farbe änderte sich nicht.

»Wahrscheinlich ist der Tank durchgerostet«, kommentierte ich. »Oder die Leute hier trinken es so.« Langsam, aber sicher fühlte ich mich recht trübselig.

Unterdessen öffnete Midge Schranktüren und Schubladen; die Einrichtung war aus Holz gezimmert und sah recht alt aus, aber sie befand sich in keinem schlechten Zustand. Ich erforschte einen weiteren Raum – einen Abstellraum oder eine Speisekammer, wie ich erwartete, als ich die Tür aufdrückte, doch stattdessen entdeckte ich eine Toilette mit einer hoch oben montierten Zugkette für die Spülung.

»Na, wenigstens müssen wir das nicht in einem Holzhäuschen im Garten erledigen.« Ich zog an der rostigen Kette, und die gesamte Vorrichtung stöhnte kummervoll auf, und dann füllte sich die Schüssel mit dem bereits wohlbekannten braunen Wasser; es brauchte ungewöhnlich lange, um wieder abzufließen, und das Ganze klang gewaltig nach Gurgeln und Aufstoßen und Rülpsen. »Ich glaube, in der Hausbeschreibung stand irgendwas von Sickergruben-Drainage«, sagte ich und schloß die Tür. »Bin gespannt, wann die zum letzten Mal geleert worden ist.« Aber im Grunde genommen fragte ich mich, ob sie überhaupt schon jemals geleert worden war.

Midge stand in der Küche, und ich erkannte, daß nichts von alldem, was ich bisher festgestellt hatte, sie von ihrem Vorhaben abbringen konnte.

»Können wir jetzt hinaufgehen?« fragte sie.

»Ich kann's kaum erwarten«, lästerte ich.

»Bleib aufgeschlossen, Mike.«

»Das sagst ausgerechnet du!«

Keiner von uns war wirklich ärgerlich; wir vertrauten uns gegenseitig viel zu sehr: aus der Flachserei wurde keine kleinliche Haarspalterei. Ich glaube, am ehesten könnte man es so erklären: beide waren wir in einer gewissen Erwartungshaltung hierhergekommen; beide waren wir angespannt. Und jeder von uns fürchtete, der andere könne enttäuscht sein. Ich wußte, Midge wünschte sich, daß mir dieser Ort gefiel, und im Grunde genommen war ich zu einer Menge Dinge bereit, wenn ich ihr damit eine Freude bereiten konnte – aber hier ging es nicht nur um einen finanziellen Gewaltakt, sondern auch um einen sozialen. Wenn es gelingen sollte, mußte es einfach *richtig* sein.

Hand in Hand gingen wir in den nächsten Stock hoch. Midge führte, als wolle sie mich hinaufziehen.

Die Treppe beschrieb eine Wendung und mündete in einen kleinen Flur. Rechts war die rückwärtige Tür, die ich vorhin vergeblich aufzuschließen versucht hatte, links schloß sich das runde Zimmer an. Die Sonnenhelligkeit traf uns mit der Wucht einer sanft explodierenden Granate, und für einen unglaublichen Augenblick meinte ich zu schweben. Diese Empfindung war so stark, daß mir schwindelig wurde – allein die Tatsache, daß Midge meine Hand hielt und mich kräftig weiterzog, bewahrte mich davor, rücklings die Treppe hinunterzustürzen. Ich blinzelte mehrmals, von dem jähen Glanz noch immer geblendet, aber dann war da Midge – wie ein Phantombild, das sich in das Schimmern und Gleißen hineinschob und sich vor mir ausbreitete, und es war, als falle ich in eine traumgleiche, langsame Ohnmacht. Ich erinnere mich an das Mitgefühl in ihren Augen und auch an die Wärme, und gleichzeitig spürte ich in mir ein seltsames ... Vertrauen; es verlieh mir Sicherheit. Mein Blick klärte sich, und ich war mir halb bewußt, daß – obgleich das alles kaum länger als zwei Sekunden gedauert hatte – ein enormes Ausmaß an Zeit vor mir vorübergezogen war.

Ich fand mich in dem runden Zimmer wieder, konnte mich allerdings nicht erinnern, es betreten zu haben. Draußen brannte die Sonne vom Himmel, und durch die großen Fenster gesehen, sah die Landschaft mikroskopisch klar umrissen aus, als könne man jedes Blatt und jeden Grashalm einzeln sehen. Der Himmel über uns präsentierte sich in reinstem, klarstem Blau; eine Farbe, die ich nie zuvor in dieser Intensität erlebt hatte. Irrtümlich glaubte ich, diese plötzliche und unnatürliche Klarheit zu verstehen. Ich hatte gehört, daß die Wirkung bestimmter Drogen überfallartig zurückkehren konnte, wenn man dies am wenigsten erwartete; selbst Jahre nach deren Einnahme. Und der Gedanke gefiel mir absolut nicht – ich fühlte mich beschämt und klein. Ich grübelte daran herum: Möglich, daß der jähe Wechsel von kühlen Schatten und blendend-hellem Licht restliche noch in meinem Gehirn verbliebene Chemikalien zu einer Kettenreaktion provoziert und mich auf einen kurzen und verwirrenden Trip katapultiert hatte – Blitzlicht kann das manchmal auch bewirken. Damals war ich bereit, diese Version zu glauben, und auch heute noch kann ich die Möglichkeit zumindest nicht ganz ausschließen.

Mein Sehvermögen wechselte rasch wieder in den Normalzustand (vielleicht wäre es präziser zu sagen, daß es sich entzerrte), und alles verlor diese eigentümliche lineare Tiefe. Midge hielt mein Gesicht mit beiden Händen umschlossen und beobachtete mich.

»Bist du okay?« wollte sie wissen, und ich genoß das Gefühl ihrer sanften Hände an meinen Wangen.

»Mhhh, ja, glaub' schon. Yeah, alles okay.« Und das stimmte tatsächlich, denn jene Stimmung, jene unerwartete Verschiebung meiner Wahrnehmungen – all das war verschwunden, ohne nennenswerte Nachwirkungen zurückzulassen . . . und die Erinnerung daran. »War nur ein bißchen Schwäche – wahrscheinlich der Höhenunterschied«, scherzte ich.

»Du bist sicher, daß mit dir alles klar ist?«

»Ja, ich versprech's dir, alles klar.«

Ich sah mich um, und dieses Mal nahm ich den Raum selbst in mich auf und nicht die Landschaft draußen. »Das ist schon was anderes«, lobte ich nach einem leisen, anerkennenden Pfiff.

»Ist es nicht wunderschön, Mike?« Midges Lächeln drohte ihr Gesicht in zwei Hälften zu spalten, so breit und glückselig war es. Sie tänzelte von mir weg und wirbelte durch den Raum. Die Runde endete vor einem kuriosen Kamin mit großer Ziegelummauerung. Sie stützte sich mit einem Ellbogen auf dem Sims auf und lächelte mich an; ihre Augen funkelten vor Vergnügen.

»Das läßt alles in einem ganz anderen Licht erscheinen, hab' ich recht?« flüsterte sie.

Sie hatte recht; wirklich. In diesem Raum herrschte eine Aura, die, wie ich zu erkennen meinte, dem unbehinderten Sonnenstrahlen zuzuschreiben war; und der Helligkeit, die von den runden Wänden reflektiert wurde ... und doch war das nicht alles, da war mehr, viel mehr, eine Lebendigkeit, eine Vitalität, etwas Nicht-Greifbares und doch sehr Reales. *Aber du mußt dich ihm öffnen,* flüsterte eine leise Stimme in meinem Hinterkopf. *Du mußt es fühlen WOLLEN.* Ich mag ein Zyniker sein, dann und wann, aber ich kannte mich durchaus auch mit den feineren Gefühlsanwandlungen aus, und die wurden durch die Atmosphäre dieses Raumes (und verstärkt noch ganz sicher durch Midges Begeisterung) irgendwie freigesetzt. Lieber Gott, ja, ich *wollte* es fühlen, und ich *wollte* diesen Ort besitzen. Doch dessen ungeachtet raunte mir jene andere Hälfte in mir zu, wie es wohl im Winter sein würde, wenn Schneewolken die Sonne verbargen. Würde die Energie dieses Raumes verlorengehen? Würde die *Magie* – dort, in jenem Raum, kam es mir zum ersten Mal in den Sinn, dieses Wort, obwohl ich die Bedeutung noch grausam unterschätzte –, würde die *Magie* verschwinden? – Doch in diesem Moment war mir das gleich. Die Gegenwart und diese so jäh geweckte Sehnsucht – das war alles, was zählte.

Ich ging zu Midge hinüber und drückte sie so fest an mich, daß sie nach Luft schnappte. »Weißt du, ich glaube, jetzt packt es mich auch«, sagte ich, ohne es wirklich zu verstehen.

Der Rest des Hauses war daraufhin nicht mehr so wichtig. In einem der eher konventionellen Nebenzimmer fanden wir noch einen langen, gezackten Riß, der vom Boden zur Decke hochlief, und im darauffolgenden Zimmer Schimmelflecken. Das winzige Bad war gerade noch funktionell zu nennen. Dunkle Flecken verfärbten die Wanne. Das Treppenhaus verjüngte sich nach oben hin; die Treppe führte empor, in seltsam geformte Speicherräume – sie lagen direkt unter dem Dach und waren mit kleinen Fenstern versehen, die das Tageslicht nur ungenügend hereinließen. Die Decken waren jedoch isoliert; eine Falltür führte auf den Dachboden hinauf.

Ich hätte einen Stuhl oder eine Trittleiter gebraucht, um hochzukommen und einen Blick hineinwerfen zu können; also machte ich mir erst gar nicht die Mühe. Ich konnte mir vorstellen, daß es im Dach einige Löcher gab – jedenfalls nach der Menge von Ziegeln zu urteilen, die draußen verstreut lagen. Wir schnüffelten im zweiten und dritten Stock herum, entdeckten morsche Fensterrahmen, verzogene Schranktüren, die man nicht schließen konnte, und noch mehr Feuchtigkeit und Risse in den Wänden – alles jedoch weniger ernsthaft als der Boden-Decke-Riß. Selbst die Stufen protestierten unter unserem Gewicht, und ein Brett bog sich so stark durch, daß ich schon befürchtete einzubrechen und hastig wegsprang. – Natürlich lag auch überall eine feine Staubschicht.

Ich weiß nicht, warum, aber wir vermieden es wissentlich, das runde Zimmer noch einmal zu betreten – vielleicht warnte uns unser Unterbewußtsein davor, diesen Effekt an einem einzigen Tag zweimal auszukosten, oder vielleicht wollten wir uns auch nur unsere Objektivität bewahren, nachdem wir jetzt das ganze Haus inspiziert hatten. Ohne jede Schwierigkeit konnte ich den Schlüssel drehen, nachdem ich die Haustür hinter mir zugezogen hatte, und dann gingen wir (allerdings sehr langsam) jenen Weg zurück, den wir vorhin gekommen waren.

Außerhalb des Gartentors lehnten wir uns gegen den Kotflügel unseres Passat; ich zog Midge behutsam an mich, und so standen wir da, beide eine ganze Weile gedankenverloren. Der verwahrloste Garten und der schlechte Allgemeinzustand des Hauses bereiteten mir eine Menge Sorgen, und als ich Midge von der Seite her ansah, war ich mir sicher, zumindest auch ein vages Flirren von Unsicherheit in ihren Augen zu bemerken.

Das Auf und Nieder meiner eigenen Begeisterung machte mich schon nervös genug; vielleicht hatte ich mir von ihr eine Bestätigung erhofft. Unsicherheit hätte ich bei ihr ganz zuletzt vorzufinden erwartet.

Ich sah auf meine Armbanduhr und sagte: »Unterhalten wir uns bei einem Bier und einem Sandwich.«

Sie konnte den Blick nicht abwenden von Gramarye; nicht einmal, als sie schon ins Auto stieg – und als wir losfuhren, verdrehte sie den Hals, um weiterhin nach hinten sehen zu können. Ich fuhr nicht nach Cantrip zurück, noch nicht (ich konnte mich nicht daran erinnern, auf der Herfahrt ein Gasthaus gesehen zu haben), sondern folgte der Straße. Annähernd zehn Minuten später fand ich, wonach ich gesucht hatte, und der Anblick hob meine Laune ganz erheblich. Wuchtige Eichenbalken und ein leuchtend weißer Anstrich; und sogar ein betagtes, geflicktes Dach. Rohe Holztische und Sitzbänke im Vorgarten und kein einziger bunter Reklamesonnenschirm, der die ländliche Atmosphäre störte. Das FOREST INN war genau die richtige Tränke für mich.

Auch das Innere enttäuschte mich nicht: niedrige Deckenbalken, an den Wänden Pferdegeschirre und dicke, lederne Joche, außerdem ein riesiger offener Kamin, groß genug, um ein Schwein darin zu grillen; der Zigarettenautomat war diskret in einer dunklen Ecke versteckt. Keine Juke-box, keine *Space Invaders*. Nicht einmal ein Mikrowellenherd hinter der Theke, obwohl an der einen Seitenwand eine Tafel mit einer mit Kreide geschriebenen Speisekarte hing, und darin waren warme Speisen verzeichnet. Das Gasthaus war ziemlich voll, ohne überfüllt zu sein, und ich bestellte ein großes dunkles Bier für mich und einen Orangensaft für Midge. Der Mann, der uns bediente, war ein kräftiger Bursche mit malvenrot geäderten Wangen und langen, dünnen Haarsträhnen, die er seitlich über den ansonsten kahlen Schädel gekämmt hatte. Er besaß die Haltung und Autorität eines Wirts.

»Auf der Durchfahrt?« erkundigte er sich ohne besonderes Interesse, als er den Glaskrug füllte.

Ich war dabei, die Speisekarte zu studieren, und antwortete daher zerstreut: »So in etwa.« Dann kam mir der Gedanke, daß er uns möglicherweise einige Informationen über die nähere Umgebung (vielleicht sogar über das Haus selbst) geben konnte, und so hängte ich an: »Wir haben uns ganz in der Nähe ein Haus angesehen, das zum Verkauf steht.«

Er hob die Augenbrauen. »Das Cottage der alten Flora Chaldean, hab' ich recht?« Er rollte das »r« ein wenig beim Sprechen. Ich nickte. »Yeah, Gramarye.«

Er gluckste vor sich hin, drehte sich um und griff sich eine kleine Flasche Orangensaft; Midge und ich wechselten einen erstaunten Blick.

»Ein nettes kleines Anwesen«, forderte ich ihn heraus, während er den Saft einschenkte, »dieses Cottage.«

Er sah auf, musterte zuerst mich, dann Midge, schenkte immer noch ein und grinste weiter; und alles, was er uns schließlich sagte, waren die Preise der Getränke.

Nun ist Midge für gewöhnlich ziemlich reserviert, um nicht zu sagen: sie ist manchmal schüchtern. Und so war ich geschockt, als sie sehr deutlich und kalt sagte: »Was ist daran so lächerlich?«

Der Barmann betrachtete sie noch einmal, und mir fiel auf, daß er, wie viele vor ihm, von ihrem guten Aussehen nicht unberührt blieb.

»Tut mir leid, Miss«, entschuldigte er sich. »Ich wollte nicht unhöflich sein.« Und dann trollte er sich ans andere Ende der Theke und bediente einen anderen Gast.

»Das Problem liegt darin, Midge«, sagte ich sehr geduldig, »daß wir mit den Einheimischen auskommen sollten. – Wir haben noch nicht einmal unser Essen bestellt.«

»Ich bin nicht mehr sehr hungrig. – Können wir uns nach draußen setzen?«

In dem Gartenlokal waren nur wenige Tische besetzt, und so ließen wir uns in einigem Abstand zu den anderen nieder. Ich stellte unsere Getränke auf der rauhen Oberfläche ab und zwängte mich dann Midge gegenüber auf die Bank (wir genossen den Blickkontakt jedesmal). Ich wußte, daß sie immer noch sauer war auf den Barmann, und so drückte ich ihr die Hand und lächelte sie an.

»Das ist halt die Art dieser Eingeborenen – so machen sie irgendwelchen Besuchern ihren Status klar; sie zeigen ihnen, daß sie ein bißchen mehr wissen als wir.«

»Wie bitte? Ach, der. Nein, das hat mir nichts ausgemacht. Mag sein, daß Flora Chaldean hier die Dorfexzentrikerin war, jemand, über den sie alle lachen konnten, weil sie anders war als sie. Aber wahrscheinlich war sie nur eine einsame alte Frau ohne Familie, die sich sehr zurückgezogen hatte. – Nein, ich dachte an Gramarye selbst.« Sie nippte an ihrem Orangensaft.

»Du bist jetzt nicht mehr so versessen darauf?«

Sie sah mich überrascht an. »Oh, ich bin mehr als nur versessen darauf. Es ist nur ... Diese widerstrebenden Elemente in dem Haus ...«

Jetzt war ich an der Reihe, überrascht aufzusehen. »Worauf, zum Teufel, willst du hinaus?«

»Diese eigenartige Leere des ganzen Anwesens ...«

»Es war längere Zeit nicht bewohnt.«

»Schon, aber ist es dir nicht auch aufgefallen? Es gab keine Spinnen im Haus, nicht einmal Spinnweben oder irgendwelche Insekten. Und keine Spur von Mäusen. Unter den Dachausläufern haben keine Vögel genistet, und dabei ist das ganze Haus von Wald umgeben. Gramarye ist nur eine leere Hülle.«

Mir war nichts aufgefallen – aber sie hatte recht. Normalerweise hätte das Cottage ein Paradies für kleine Kriecher und für Vögel sein müssen.

»Trotzdem«, fuhr sie fort, »sprüht das runde Zimmer vor Leben. Du hast es gefühlt; irgend etwas ist da drin mit dir geschehen.«

»Sicher, mir war einen Moment lang schwindelig, aber das war auch schon alles. – Vielleicht der Hunger.« Ich spähte sehr sehnsuchtsvoll Richtung Gasthaus. »Nur Hunger, nicht mehr?«

Ich wollte mich nicht festnageln lassen. »Was denn, zum Beispiel? – Aber wenn du's ganz genau wissen willst: Ich glaube, die Sonne hat mich einfach gewaltig geblendet, als ich diese Treppe hochgekommen bin. Das grelle Licht hat die Signale an mein Gehirn unterbrochen.«

Ein oder zwei Sekunden lang blickte sie mich forschend an; dann sagte sie: »Okay.« Ganz einfach. Kein Widerspruch, keine weitere Diskussion. Entweder hatte sie akzeptiert, was ich ihr erzählt hatte, oder sie wollte nicht tiefer in mich gehen.

Ich kippte die Hälfte des dunklen Biers hinunter, und sie beobachtete mich. Rehaugen, dunkelhaarig; ein fein geschnittenes, vage spitz zulaufendes Kinn. Yeah, es hatte seinen Grund, daß ich sie manchmal Kobold nannte.

»Also, wie geht's jetzt weiter?« erkundigte ich mich und wischte mir mit dem Handrücken über die Lippen. »Du weißt, daß ich daran herumnage, wie teuer das Ganze werden wird ... Ich meine, das Haus herzurichten.«

»Aber es gefällt dir auch, oder?« Sie beugte sich über den Tisch, und ihre Worte kamen fast wie ein verschwörerisches Flüstern. Und sie fixierte mich wieder mit diesem Lächeln. »Bist du nicht auch der Meinung, daß die Lage ideal ist? Denk nur mal daran, wie wir dort arbeiten könnten! Meine Malerei, deine Musik. Mike, du wirst dort so vieles fertigbringen, das weiß ich ganz genau. Und vielleicht kommst du dann auch endlich dazu, die Kindergeschichten zu schreiben, die ich illustrieren möchte. Wir würden ein Super-Team abgeben!«

Ich dachte darüber nach. Manchmal lebte Midge in einer eigenen Welt.

»Okay, hör zu, ich werde dir sagen, was wir machen«, sagte ich. »Wir bringen dem Makler die Schlüssel zurück und legen unsere Karten auf den Tisch. Wir werden ihm sämtliche Schäden aufzählen, kleinere und größere, und dann machen wir ihm unser Angebot. Ein niedriges Angebot, damit wir auch mit den Renovierungskosten klarkommen. Wenn Bickleshift mitzieht – gut und schön; wenn nicht ... okay, dann müssen wir uns damit abfinden.«

Dem konnte sie nicht widersprechen; trotzdem, ich konnte mir nicht helfen: Ich haßte mich selbst, als ich die Sorge in ihren Augen bemerkte.

Wie auch immer – so geschah es dann. Wir tranken aus und fuhren nach Cantrip zurück, ich mit knurrendem Magen und Midge in brütendem Schweigen. Als wir an Gramarye vorbeifuhren, saugten sich ihre Blicke an dem Cottage fest, und noch einmal drehte sie den Kopf, bis es außer Sicht war.

Es war bereits Nachmittag, als wir das Dorf erreichten, und wir fanden Bickleshift gelangweilt vor, als wüßte er nicht, wie er den Rest des Tages totschlagen sollte. Ich erklärte ihm unsere Lage, betonte, daß wir sehr in das Haus verliebt und äußerst kaufwillig seien, aber daß es eben gewisse unangenehme Schäden gebe, die repariert werden mußten; und daß dies ein beträchtliches Loch in unseren Finanzhaushalt reißen werde. Wie es wäre, wenn er wenigstens um 4 000 Pfund von seinem Preisangebot runtergehen würde?

Er hatte Verständnis dafür. Er verstand wahrhaftig alles. Aber er sagte nein.

In der Anzeige sei ausdrücklich darauf hingewiesen worden, daß Gramarye reparaturbedürftig und dementsprechend mit weiteren – eventuell hohen – Kosten zu rechnen war. Doch er war nicht befugt, unser niedriges Angebot zu akzeptieren – und als Makler war er hierzu auch nicht geneigt. Es *war* ein ›schönes Anwesen‹ in einem sehr schönen Teil der Welt.

Ich spürte, wie Midges Stimmungsbarometer fiel, und meines auch. Obwohl ich, was das Haus betraf, durchaus gemischte Gefühle hatte, traf es mich doch mehr, als ich für möglich gehalten hätte, daß wir es uns nicht leisten konnten. Ich versuchte es mit 3.000 Pfund.

Bickleshift wankte keine Sekunde, erklärte mir jedoch stattdessen, daß Flora Chaldeans Testamentsvollstrecker ein Preislimit festgelegt hätte und daß wir – davon gänzlich abgesehen – nur die ersten einer ganzen Reihe von Interessenten waren, die das Anwesen besichtigen wollten. Er war sehr freundlich, als er uns dies sagte, aber Immobilienmakler sind nicht gerade berühmt für ihre Generosität.

Unser Problem war, daß wir in Gramarye nicht nur wohnen, sondern auch arbeiten wollten; also mußten die Lebensbedingungen für uns beide vernünftig sein. – Außerdem ... ich wollte mir schon seit einiger Zeit ein kleines Aufnahmestudio einrichten, nichts Übertriebenes, verstehen Sie mich recht, aber die Grundausstattung würde eine gewisse Summe verschlingen. Es konnte nicht gutgehen – es sei denn, wir machten uns selbst etwas vor. Eine nette Idee, nur leider nicht durchführbar. Byebye, gemütliches Liebesnest auf dem Lande.

Wir gingen mit bleischweren Herzen und Bickleshifts Versprechen, uns zu benachrichtigen, falls sich doch noch irgend etwas ergeben sollte. Midge war auf der ganzen Rückfahrt schweigsam, und ich brütete ebenfalls vor mich hin, weil ich nicht wußte, wie ich sie hätte trösten sollen.

In dieser Nacht weinte sie im Schlaf.

Drei Volltreffer

Da gibt es ein altes chinesisches Sprichwort, das ich gerade erfunden habe; es lautet: »*Wenn das Glück auf deiner Seite steht, dann kommen dir auch keine Zahlen dazwischen.*«

Am nächsten Morgen weckte uns um 8.30 Uhr die Türglocke. Diese frühe Stunde ist für mich absolut nicht akzeptabel, also mußte Midge aus dem Bett kriechen und an die Tür gehen. Mit einem geöffneten Auge stellte ich fest, daß ihr Gesicht noch immer geschwollen und die Augenlider rotgerändert waren von all den salzigen Tränen in der Nacht; sie streifte ihr Nachthemd über und verließ das Schlafzimmer. Ich stöhnte und vergrub das Gesicht tiefer im Kopfkissen, als sie die Wohnungstür öffnete und ich ein vertrautes »Guten Morgen« hörte. Val Harradine, ihre Agentin, kam als Herold im Morgengrauen. Die Stimmen schwebten Richtung Küche; die von Midge kaum hörbar, die von Big Val keuchend wie ein asthmatischer Zementmixer. Obwohl ... genaugenommen war Val schon in Ordnung, auch wenn ihr Äußeres (ein ziemlich walkürenhaftes Äußeres der bulligen Art) das genaue Gegenteil vermuten ließ; was mich hochbrachte, war die Art, wie sie Midge dann und wann Arbeiten aufdrängte, die sie im Grunde genommen überhaupt nicht wollte. Als ich an diesem Morgen allerdings von ihrer Mission erfuhr, hätte ich ihr großes Gesicht küssen können, sogar inklusive Damenbart und allem anderem drum und dran.

Midge kam ins Schlafzimmer zurückgeflogen und sprang wie ein Derwisch aufs Bett; und auf mich. Ihre hellen Schenkel umklammerten mich, und ihre Hände schüttelten meine Schultern. Ich gab ein jämmerliches Quieken von mir und versuchte, ihr Gewicht zu verlagern.

»Das errätst du nie!« rief sie immer wieder und lachte und lachte.

»Komm schon, Midge, es ist mitten in der Nacht!« protestierte ich.

»Valerie hat gestern den ganzen Tag versucht, mich zu erreichen –«

»Das sind wundervolle Neuigkeiten ... Aber jetzt geh runter von mir!«

»Natürlich konnte sie mich nicht erreichen, weil wir ja weg waren, klar? Und gestern abend konnte sie nicht mehr anrufen, weil sie weg war.«

»Das ist faszi-«

»Hör doch zu! – Gestern morgen hatte sie ein Gespräch mit dem Einkäufer von Gross & Newby.«

»Das ist die Agentur, die du absolut nicht ausstehen kannst.«

»Ich liebe sie! – Sie haben nächste Woche eine große Präsentation, und der Art Director möchte meinen Stil und meine Illustrationen für ihre Poster. Sie wollen *drei* Stück, Mike, und sie sind bereit, dafür zu bezahlen ... und nicht wenig.«

Im Gegensatz zu Buch- und Zeitschriftenverlagen zahlen Werbeagenturen erstaunlich hohe Honorare für Bilder – Gelder ihrer Klienten, natürlich.

»Fünfhundert pro Stück«, konkretisierte eine bärbeißige Stimme. Ich sah auf, und da schwebte Vals Mondgesicht im Türspalt – kein besonders schöner Anblick auf nüchternen Magen. Allerdings war sie an diesem besonderen Morgen wahrhaftig nicht unwillkommen, und so bemühte ich mich, freundlich zu sein. »Minus deine zwanzig Prozent«, schränkte ich ein.

»Das versteht sich«, antwortete sie völlig humorlos.

Ich warf ihr trotzdem eine Kußhand zu – nackt, wie ich war, konnte ich sie aus Anstandsgründen nicht richtig küssen. Meine Hände ruhten auf Midges Hüften; mißtrauisch fragte ich: »Wann ist Ablieferungstermin?«

»Montag«, erklärte sie.

»Ahhh, Midge, du wirst dich kaputtpinseln!«

»Das geht schon okay; ich werde das Wochenende durcharbeiten. Falls die Kampagne ankommt, verdoppelt die Agentur das Honorar.«

»Dreitausend?«

»Minus meine zwanzig Prozent«, warf Big Val ein.

»Das versteht sich«, erwiderte ich.

Der Gedanke, daß Midge drei derartige Illustrationen produzieren sollte, gefiel mir nicht sonderlich; sie arbeitete niemals schlampig oder ließ Wesentliches aus; das war ihr Stil – Detailtreue und ein besonders feiner Strich. Selbst in der knapp bemessenen Zeit, das war mir klar, würde sie alles in diese Gemälde hineinlegen.

»Ist dir klar, was das bedeutet, Mike?« Ihre Augen waren groß und strahlend. »Wir können uns das Haus leisten; wir können ihnen ihren Preis bezahlen!«

»Nicht ganz.« Ich erinnerte sie an die Zahlen, die im Spiel gewesen waren. »Uns fehlen immer noch 1.000 – mindestens, selbst wenn du für diese Poster tatsächlich das volle Honorar bekommst.« Falls ich geglaubt hatte, damit Gewitterwolken aufziehen lassen zu können, hatte ich mich getäuscht: Meine Worte zeigten nicht die geringste Wirkung.

»Ich weiß einfach, daß alles klappen wird. Ich hab's schon in dem Augenblick gewußt, als ich heute morgen aufgewacht bin.«

»Es wird höchste Zeit loszulegen, Margaret«, unterbrach uns Zwanzig Prozent. »Ich habe versprochen, dich kurz nach neun zu einem Vorgespräch in die Agentur zu bringen. Ich geh' jetzt runter und treibe ein Taxi auf, und dir gebe ich genau fünf Minuten, und dann bist du auch unten.«

Innerhalb von sieben Minuten war Midge weg, und mir blieben nur der feuchte Kuß-Abdruck auf der Wange und vage Besorgnis. Ich war froh und unruhig zugleich. Das Geld mochte es uns erlauben, eine Art Kompromiß zu schließen – hinsichtlich dessen, was auf Gramarye an Renovierungsarbeiten notwendig war. – Vielleicht. Aber wie auch immer, bevor Midge aufgebrochen war, hatte ich ihr versprochen, Bickleshift anzurufen und ihm ein revidiertes Angebot zu machen. Allerdings kam dann alles gerade andersherum.

Ich hatte mich rasiert und geduscht und war gerade dabei, meinen Joghurt auszulöffeln, als das Telefon läutete. Bickleshift war am anderen Ende der Leitung.

»Mr. Stringer?«

»Yeah.« Ich nippte an meinem Kaffee (ich hatte die Tasse mit in den Flur hinausgetragen) und zog scharf die Luft ein, als ich mir die Lippen verbrühte.

»Hier spricht Bickleshift.«

Schlagartig wurde ich sehr aufmerksam. »Oh, hi –«

»Ich habe Ihnen versprochen anzurufen, falls sich bezüglich Gramarye irgendwelche neuen Entwicklungen ergeben sollten. Sie müssen wissen, daß ich fürwahr Verständnis aufbringen konnte für Ihre Bitte, und so habe ich mir die Freiheit genommen, mich mit Flora Chaldeans Testamentsvollstreckern in Verbindung zu setzen, nachdem Sie mein Büro verlassen hatten.«

Ich erwähnte die zahlreichen anderen potentiellen Käufer, die er gestern ins Gespräch gebracht hatte, mit keinem Wort. »Tatsächlich? – Das war sehr nett von Ihnen.«

»Ja. Nun, sehen Sie, ich weiß gar nicht, wie ich es am besten ausdrücken soll, doch der Verkauf von Gramarye unterscheidet sich von allen anderen Transaktionen, die ich bisher durchführen durfte ...«

»Versteh' ich nicht.«

»Nun, abgesehen von einem exakt festgelegten Verkaufspreis gibt es da noch einige weitere Aspekte, die berücksichtigt werden müssen – was den Verkauf betrifft. Der verantwortliche Verwalter, ein gewisser Mr. Ogborn von Ogborn, Puckridge & Quenby, bat mich, ihn über die Persönlichkeit der jeweiligen Kaufinteressenten genauestens zu informieren. Es will mir scheinen, als sei Flora Chaldean recht eigentümlich gewesen in Bezug auf jene Person, die ihr Haus im Falle eines Verkaufs durch die Nichte übernehmen wird.«

»Sieht so aus.« Aber natürlich verstand ich kein Wort; was also hätte ich anderes sagen sollen?

»Mr. Ogborn fragte sich, ob es Ihnen und Ihrer – Verzeihung, Miss Gudgeon nicht möglich wäre, morgen im Laufe des Tages in seinem Büro in Bunbury vorbeizuschauen ... oder vielleicht sogar noch heute.«

»Uhh, das wird schwierig. Ich glaube nicht, daß es Midge schafft ... sie ist in den nächsten Tagen ziemlich eingespannt.« Die Aussicht darauf, unter die Lupe genommen zu werden, gefiel mir auch nicht gerade.

»Ah.« Am anderen Ende der Leitung entstand eine kurze Pause. »Nun, es ist offensichtlich recht wichtig, daß Ihre reizende Gefährtin mitkommt. Mr. Ogborn ist sehr erpicht darauf, Sie beide kennenzulernen.«

Manchmal habe ich auch meine Intuitionen, und irgend etwas sagte mir, daß Midge der wichtigere Teil in unserer Partnerschaft war. »Sie ist momentan nicht da, also kann ich nichts Definitives sagen. Aber vielleicht können wir's irgendwie möglich machen und zusammen hinfahren.« – Die arme Midge stand arbeitsmäßig wirklich gewaltig unter Druck.

»Das wäre ausgezeichnet. Lassen Sie mich Ihnen nun die Telefonnummer von Ogborn, Puckridge & Quenby geben, dann können Sie das Treffen persönlich arrangieren. Was Ihr gestriges Angebot für das Anwesen betrifft, so glaube ich sagen zu können, daß es Mr. Ogborn gewiß wohlwollend prüfen wird, obgleich er zweifellos nicht ganz so weit heruntergehen wird, wie Sie das vorgeschlagen haben. Aber ich wünsche Ihnen Glück – so oder so.«

Ich notierte die Nummer, und wir verabschiedeten uns. Ich kam mir irgendwie wie betäubt vor, als ich in die Küche zurückkehrte; eine ganze Zeitlang saß ich nur da und starrte in die Müsli-Schüssel und fragte mich, was, zum Teufel, da eigentlich vorging. Und das war noch nicht die letzte Überraschung an diesem Morgen.

Der nächste Anruf kam ungefähr eine Stunde später. Midge war immer noch nicht zurück, und ich spielte schon mit dem Gedanken, in der Agentur anzurufen und ihr die frohe Botschaft ausrichten zu lassen. Davon abgesehen hatte ich noch eine Menge anderer Gedanken gewälzt und zwischendurch Jeans und einen grauen Pullover angezogen; jetzt saß ich wieder am Küchentisch, ein Blatt Papier vor mir, darauf Zahlen – immer wieder Zahlen; vor mir, gegen eine Milchflasche gelehnt, stand eine Liste mit all den Schäden von Gramarye, die behoben werden *mußten* (wie beispielsweise dieser Boden-Decke-Riß im Schlafzimmer). Wie gesagt – dann klingelte das Telefon. Ich steckte mir den Bleistift hinters Ohr und marschierte wieder hinaus; und murmelte unterwegs noch immer Zahlen vor mich hin.

»Mike? Hier ist Bob.«

Bob ist Tour-Manager (für Rock-Gruppen und ähnliches) und ein guter alter Freund von mir. Wir waren ein gutes Gespann, damals, und wir hatten eine Menge Spielchen zusammen über die Bühne gebracht; aber dann war ich derjenige gewesen, der *das* Mädchen gefunden hatte. Mein Glück, daß Bob keine Spur eifersüchtig war.

»Hey, Mann, was treibst du denn so?«

»Nicht so wichtig, Mike. Hast du nächste Woche schon was vor?«

»Ich könnte noch was reinschieben.«

»Ich meine, die *ganze* nächste Woche. Die Everlys sind wieder mal zusammen.«

»Schon wieder eine Reunion?«

»Sowas kommt immer an. Albert stellt eine neue Background-Band zusammen, und er will wissen, ob du frei bist.«

»Sag mal, nimmst du mich hoch?«

»Hab' ich das je getan?«

»Yeah, allerdings. Ich kann meine anderen Engagements absagen.«

»Kennst du dich mit ihrem Programm aus?«

»Sie gehören zwar ein bißchen vor *my generation*, aber ich kenne die meisten Sachen von ihnen, und was ich nicht draufhabe, kann mir Albert beibringen.«

»Wow! – Außerdem kriegst du dafür einen Tausender in deinen Brotkorb, Alter.«

Volltreffer Nummer drei.

Nachdem wir die Einzelheiten besprochen und uns zu einem ›definitiv letzten Zug durch die Gemeinde‹ (eine seriöse Umschreibung für eine derbe Sauftour) in allernächster Zukunft verabredet hatten, legte ich auf und tappte in die Küche zurück. Ich schüttelte den Kopf über diesen komischen Tag. Jetzt war mir absolut kein Argument mehr geblieben, das Haus *nicht* zu kaufen, aber ich war mir meiner Gefühle darüber absolut nicht sicher. Trotzdem: bei der Vorstellung, wie Midge dreinschauen würde, wenn ich ihr die Neuigkeiten erzählte, mußte ich lächeln; natürlich.

Ogborn

Am folgenden Tag brachen wir früh nach Bunbury auf. Midges Reaktion hatte mich ziemlich verblüfft; denn als ich ihr nach ihrer Rückkehr von den beiden Anrufen erzählte, da hatte sie nur gelächelt, als habe sie diesen Ausgang der Dinge erwartet. Sie hatte mir die Arme um den Nacken gelegt, meine Nasenspitze geküßt und rätselhaft gesagt: »Es sollte so sein!«

Sie hatte sich die Rohentwürfe des Art Directors vorgenommen. Bis zum späten Abend waren bereits alle drei Poster-Illustrationen vorskizziert. Nachmittags hatte ich den Nachlaßverwalter Ogborn angerufen und mit ihm vereinbart, daß wir am nächsten Tag gegen 10.30 Uhr morgens in seiner Kanzlei sein würden. Er betonte, daß er sich darauf freue, uns beide kennenzulernen.

Die Fahrt bedeutete (soweit es Midges Projekt betraf), daß der Großteil des Tages verloren war, aber sie war durchaus willens, den Rest der Woche und auch am Wochenende Tag *und* Nacht zu arbeiten, um die Poster bis Montag fertigzubekommen. Am Montagmorgen bereits wurden sie in der Agentur benötigt; sie mußten fotografiert werden; die Texte mußten einkopiert werden. Zum Wochenende fand bereits die Präsentation für den Klienten statt. Wie bei vielen künstlerischen Arbeiten konnten die Bilder entweder auf Anhieb wunderbar gelingen oder aber total danebenliegen: Um Midges willen betete ich, daß diesmal das erstere zutraf.

Bunbury erwies sich als einer von diesen aufstrebenden Marktflecken mit einer Menge mehr Charme als Cantrip: enge Straßen, Fachwerkhäuser und -gaststätten, überstehende Giebel – und Geschäfte mit Bogenfenstern. Gleich neben dem belebten Marktplatz befand sich ein modernes Einkaufszentrum, aber selbst das fügte sich unauffällig zwischen die älteren Gebäude ringsherum ein. Eine gesunde Betriebsamkeit erfüllte den ganzen Ort, die uns nach dem frühen Aufstehen und der langen Fahrt doch gewaltig aufmunterte. Die Kanzlei von Ogborn, Puckridge und Quenby fanden wir in einer abgelegenen, gepflasterten Sackgasse, wo die Reihenhäuser aus alternden roten Ziegelsteinen gebaut und die Kellerfenster und -abgänge mit schulterhohen Gittern geschützt waren. Das Innere von O, P & Q wirkte dagegen etwas spartanisch, funktionell, ohne Zierrat, würdevoll, ohne Flair. Auch an Mr. Ogborn gab es nicht viel Extravagantes, obgleich er zweifellos eine altmodische Würde ausstrahlte und von der Persönlichkeit her nicht weit von Dikkens abwich. Es fiel nicht leicht, sein Alter abzuschätzen; ich tippte auf zwischen sechzig und achtzig.

Er wirkte eigenwillig ruhig, aber hellwach; sein Rücken war etwas gebeugt, seine Gestalt hager. Eine goldgeränderte Brille ruhte auf einer mächtigen Adlernase, und die Augen unter den langen, beinahe überhängenden Lidern waren vom blassesten Grau, das ich je gesehen hatte. Aber es waren keine unfreundlichen Augen.

Er reichte mir eine schmale, knochige Hand, und als ich sie ergriff und drückte, war ich überrascht von der Festigkeit seines Griffs. Midges Hand hielt er eine winzige Kleinigkeit länger als nötig, wie ich fand – und er betrachtete sie mit einem Interesse, das er mir nicht gewidmet hatte. Vielleicht ist man einfach nie zu alt dafür. – Eine Sekretärin hatte uns in sein Büro geführt, deren Alter von seinem nicht weit entfernt sein konnte und die ihn mit einer ruhigen Verehrung behandelte, gerade so, wie es einem Erzbischof oder einem Nachrichtensprecher im Fernsehen zugekommen wäre; nachdem sie den Raum verlassen und die Tür sanft hinter sich geschlossen hatte, bat uns Ogborn, seinem lederbezogenen Schreibtisch gegenüber Platz zu nehmen.

»Es war außerordentlich nett von Ihnen beiden, den weiten Weg hierher auf sich zu nehmen«, begann er mit einer Stimme, die vermutlich genauso trocken und brüchig war wie seine alten Knochen. »Mr. Bickleshift informierte mich über Ihr Interesse an Gramarye, und so dachte ich mir, es könne angebracht sein, daß wir uns kennenlernen. Ich nehme an, Sie sind ernsthaft interessiert an dem Anwesen?«

Midges Anwort kam sehr schnell. »Wir würden das Cottage wahnsinnig gerne kaufen.«

Ich rutschte auf meinem Sitz umher und nickte, als mich der Erbverwalter beäugte.

»Jedoch scheinen die finanziellen Anforderungen für Sie ein gewisses Problem darzustellen.«

Dieses Mal war ich schneller als Midge. »Im Haus müssen eine ganze Menge Renovierungsarbeiten durchgeführt werden. Es gibt da einen breiten, tiefen Riß, der –«

»Ja, mir ist bekannt, daß sich der Zustand des Hauses in den letzten Monaten beträchtlich verschlechtert hat«, unterbrach er mich. »In meiner Eigenschaft als Flora Chaldeans Erbverwalter habe ich die Autorität inne, jedes vernünftige Angebot zu prüfen, und meiner Meinung nach ist es für Gramaryes Zustand das beste, wenn es so bald wie möglich wieder bewohnt wird.«

»Nun, es wird eine erkleckliche Summe kosten, den weiteren Verfall zu stoppen, Mr. Ogborn«, betonte ich.

»Ganz recht. Geld und guten Willen.«

Guten Willen?

Er belächelte meine stumme Überraschung. »Es ist mein fester Glaube, Mr. Stringer, daß ein Heim durch die Menschen, die es bewohnen, lebt und atmet.«

Darüber wollte ich nicht mit ihm diskutieren, nicht jetzt, da die Verhandlungen auf des Messers Schneide standen. Dessen ungeachtet stimmte Midge jedoch eifrig zu.

»Das ist es, was Gramarye jetzt so dringend notwendig braucht, Mr. Ogborn – Leben in seinen Wänden.«

Ich konnte keinerlei Unmut über diese Störung im festen Blick des Verwalters bemerken, fügte aber sicherheitshalber doch rasch hinzu: »Schließlich wird jedes unbewohnte Haus zu einem Mausoleum, nicht wahr? Abgestanden und vom Verfall gezeichnet. Es hilft schon eine Menge, sie einmal gut durchzulüften. Wissen Sie, manchmal – «

»Darf ich Ihnen eine persönliche Frage stellen, Miss Gudgeon?« sagte Ogborn.

»Bitte«, antwortete Midge.

»Ich habe mich gefragt, ob Sie irgendeine Laufbahn eingeschlagen haben, einen Beruf.«

»Ich bin Illustratorin.«

»Ah.« Das schien ihm zu gefallen.

»Meist illustriere ich Kinderbücher.«

»So, so.« Er betrachtete sie einige Sekunden lang sehr eingehend, und diese Aufmerksamkeit machte mich doch ein wenig perplex.

»Ich bin Musiker«, erzählte ich ihm.

»Ah, ja.« Das Lächeln kam mir plötzlich irgendwie dünner vor.

»Könnten Sie uns etwas über Flora Chaldean erzählen?« bat Midge. »Sie muß viele Jahre auf Gramarye gewohnt haben.«

»In der Tat«, pflichtete Ogborn bei und straffte sich, soweit dies sein verkrümmter Rücken noch gestattete. »Soviel mir bekannt ist, war sie ein Waisenkind. Die Eigentümer des Hauses nahmen sie an Kindes statt an, da sie selbst keine Nachkommen hatten. Dies war kurz vor Ausbruch des ersten Weltkrieges, und sie zogen sie wie ihre eigene Tochter auf. Ich habe keine Ahnung, wie alt sie damals war, denn in jenen schweren Zeiten erfolgte die Registrierung der Menschen noch nicht so gründlich wie heute; als sie starb, wußte keiner genau, wie alt sie war. Ich glaube allerdings nicht, daß Jahre für Flora selbst irgendeine Bedeutung hatten.« »War sie jemals verheiratet?« bohrte Midge.

»Nur für kurze Zeit. Ihr Mann fiel im nächsten großen Krieg; ich glaube, nur zwei oder drei Jahre nach der Hochzeit. Seine Nichte war es, die das Anwesen geerbt hat, und es war verdammt schwierig, sie aufzuspüren, kann ich Ihnen sagen. Sie ist selbst bereits in den Sechzigern und hat keinerlei Interesse an Gramarye und nur wenig mehr an ihrer verstorbenen angeheirateten Tante. Ganz verständlich unter diesen Umständen.«

»Wie verdiente sich Mrs. Chaldean ihren Lebensunterhalt?«

Falls Ogborn Midges Frage für wichtig hielt, so ließ er sich dies nicht anmerken. »Oh, ihre Adoptiveltern hinterließen ihr ein kleines Vermögen, und ich glaube, sie bekam auch die übliche kleine Kriegswitwenrente. Im allgemeinen bin ich zu der Ansicht gelangt, daß sie sich mit ihren Nachbarn auf eine Art Tausch-System geeinigt hatte, wie es in entlegeneren Landesteilen sehr beliebt ist.«

»Ein Tausch-System?« Ich wußte nicht, was das alles mit dem Kauf eines Hauses zu tun hatte, aber ich war gewillt mitzuspielen.

»Flora Chaldean stand in jener Gegend im Ruf einer Art Heilkundigen. Nichts Besonderes, verstehen Sie, aber sie stellte für die Kranken im Ort Heilsalben her und dergleichen ... für schwere Erkältungen, Halsentzündungen und ähnliche Dinge. Im Austausch dafür versorgten sie sie; dann und wann mit einem Hähnchen oder Kaninchen oder mit Gemüse und so weiter. Kleinigkeiten, nichts Außergewöhnliches, nichts, was die Steuerbehörden interessiert hätte. Sie braute ihre Arzneien nach alten, vielleicht uralten Rezepten, wie sie über all die Jahre hinweg mündlich weitergegeben worden sind. Es will mir auch so scheinen, als habe sie sehr gut mit kranken oder verletzten Tieren umgehen können.« Ogborn blickte auf seine Hände hinab, die er auf dem Schreibtisch gefaltet hatte, und fügte – mehr zu sich selbst – hinzu: »Wirklich bemerkenswert gut.«

Es fehlte nicht viel, und ich mußte lächeln, weil ich unwillkürlich an Zaubersprüche und Hexengebräu und gekochte Kinderschenkel dachte. Falls es mir (ohne ertappt zu werden) möglich gewesen wäre, hätte ich Midge einen vielsagenden Schubs gegeben. Stattdessen warf ich ihr einen kurzen Seitenblick zu und erkannte, daß sie noch immer das beschäftigte, was Ogborn gesagt hatte.

Ich räusperte mich und wandte mich an den Anwalt: »Was den Preis betrifft . . .«

Seine Haltung straffte sich augenblicklich wieder. »Ja, natürlich. Ich weiß, daß Sie der Kosten wegen ziemlich besorgt sind. Ich bin bereit zu akzeptieren, daß sich der Zustand des Hauses seit dem Ableben der Eigentümerin – und über die Wintermonate – erheblich verschlechtert hat, so daß der ursprüngliche Preis vielleicht etwas zu hoch angesetzt war. Gleichwohl sehe ich mich allerdings gezwungen, Sie darauf hinzuweisen, daß die Immobilienpreise heutzutage nicht unbedingt im Sinken begriffen sind.«

»Mr. Ogborn, der Preis ist nicht –«, begann Midge, doch ich unterbrach.

»Vielleicht könnten wir uns auf halbem Wege entgegenkommen.«

»Sie erwähnten Mr. Bickleshift gegenüber einen Nachlaß von dreitausend . . .«

»Eh, eigentlich viertausend.« Ich ignorierte Midges scharfen Blick. Ogborn blätterte in einem Notizblock auf seinem Schreibtisch und las etwas nach.

»Oh, tatsächlich. – Ich hielt die Zahl hier für eine drei«, entschuldigte er sich.

»Naja, das war auch im Gespräch, aber je mehr wir beim Kaufpreis einsparen können, desto mehr können wir in die Renovierung des Hauses investieren.«

»Gestern besuchte mich ein anderes Paar, das ebenfalls sehr interessiert – «

»Aber ich schätze, wir können die restlichen tausend schon irgendwie auftreiben!«

»Ich bin verpflichtet, für die noch lebende Verwandte meiner verstorbenen Mandantin den bestmöglichen Preis zu erzielen. Jedoch bin ich auch jenen Wünschen verpflichtet, die Flora Chaldean in ihrem Testament niederlegte – nämlich eine passende Person oder Personen zu finden; Gramarye soll wieder bewohnt werden.

Der Tonfall gefiel mir nicht sonderlich, und noch weniger gefiel mir, daß ich in diese spezielle Gruppierung nicht unbedingt eingeschlossen war. Wieder sah er Midge direkt an.

»Was würden Sie sagen«, fuhr Ogborn fort, »wenn ich Ihnen einen Nachlaß von 1.500 Pfund gewähre?«

»Dann würden wir ja sagen, Mr. Ogborn«, erwiderte Midge prompt.

»Wir wären einverstanden«, sagte ich ein wenig langsamer.

»Dann ist Ihr Angebot angenommen«, erklärte Ogborn.

Ich atmete auf, aber Midge – weniger introvertiert – zappelte auf ihrem Stuhl herum. »Das ist wundervoll!« rief sie begeistert, fiel mir um den Hals und drückte mir einen Kuß auf die Wange.

»Natürlich wird eine Anzahlung vonnöten sein«, instruierte uns Ogborn, »und vielleicht könnte sich Ihr Anwalt baldmöglichst mit mir in Verbindung setzen. Ich nehme an, Sie kaufen gemeinsam?«

Wir nickten. Midges Überschwenglichkeit wegen trug ich noch immer ein ziemlich dämliches Grinsen zur Schau. Nicht nur das: Plötzlich war ich ein Mann mit Überzeugung. Ja, ich würde es *genießen*, auf dem Land zu leben. Niemand hatte behauptet, daß es komplett ›zurück zur Natur‹ gehen mußte. Und Gramarye würde unser erstes richtiges gemeinsames Heim sein.

Doch dieser verflixte Folterknecht saß immer noch in meinem Hinterkopf.

»Mhmm, trotzdem, ich bin ein wenig verwirrt«, sagte ich zu Ogborn. »Mr. Bickleshift hat angedeutet, daß sich eine ganze Reihe von Leuten für das Cottage interessiert.«

»Seit Erscheinen der Anzeige erreichten uns sechs positive Anfragen, und wie ich Ihnen ja bereits sagte, habe ich mich erst gestern mit einem anderen jungen Paar getroffen.«

Ich kam mir vor wie der Elefant im Porzellanladen, aber ich konnte einfach keine Ruhe geben. »Okay . . . Warum dann wir? Verstehen Sie mich nicht falsch – wir wollen kaufen, und der Handel ist so gut wie besiegelt, was uns betrifft – aber ich kann mir nicht helfen: Ich frage mich, ob die anderen Angebote alle niedriger waren als unseres.«

Er schien echt amüsiert. »Im Gegenteil, Mr. Stringer. Sämtliche anderen Interessenten waren gewillt, den vollen Preis zu bezahlen.«

Seltsam und seltsamer.

Er sprach weiter: »Doch wie ich bereits ausführte, bestand Flora Chaldean darauf, daß Gramarye an jemanden geht, der dazu paßt. Mehrere der anderen potentiellen Käufer waren lediglich Immobilienspekulanten – jene Sorte, die renoviert und modernisiert und das Ganze dann zu einem ganz außerordentlichen Preis weiterverkauft hätte, während wieder andere das Cottage nur als Wochenendhaus zu nutzen gedachten. Das war jedoch beileibe nicht im Sinne meiner verstorbenen Mandantin.« Er hielt kurz inne. »Und dann gab es noch welche, die mit dem Haus gänzlich anderes vorhatten.«

Diesen letzten Satz hatte er sehr leise gesprochen, beinahe wie zu sich selbst.

»Das versteh' ich nicht«, gab ich zu.

Er lehnte sich in seinem Stuhl zurück. »Nicht wichtig, Mr. Stringer, nicht wichtig. Nun, da ich weiß, daß Ihnen eine lange Heimfahrt bevorsteht, möchte ich Sie nicht länger aufhalten. Ich werde Bickleshift von unserem Übereinkommen Mitteilung machen. Wenn Sie mir im Verlauf der nächsten beiden Tage die Anzahlung zukommen lassen könnten – selbstverständlich ist mit der Veräußerung des Anwesens meine eigene Kanzlei befaßt.«

»Mike . . .«, sagte Midge auffordernd.

»Ich kann Ihnen jetzt gleich einen Scheck geben.« Ich griff bereits in meine Jackentasche.

»Ausgezeichnet. Ich werde Ihnen eine Quittung ausstellen, und damit hätten wir die Dinge fest im Griff. Der Makler sagte mir, Sie hätten Ihrerseits nicht erst ein Haus zu verkaufen, also dürfte es auch da keine Komplikationen geben.«

»Das ist richtig, momentan wohnen wir zur Miete. – Woher wußte Bickleshift das?«

»Ich hab's ihm gesagt, am Montag, als ich mit ihm telefoniert habe.« Midge lächelte versonnen. »Ich dachte, es könnte möglicherweise ganz vorteilhaft für uns sein, daß wir nicht an eine ellenlange Kette von Verträgen gebunden sind.«

Sie war sich ihrer Sache also wirklich ganz sicher gewesen.

Wir beendeten das Gespräch mit dem Anwalt, verabschiedeten uns und brachen auf.

Draußen war Midge überraschend schweigsam, obwohl ich sehen konnte, daß sie überglücklich war. Wir hätten am liebsten an Ort und Stelle gefeiert, aber dem stand unglücklicherweise ihr Auftrag im Weg. Wir mußten zurück: sie hatte sich um ihre Illustrationen zu kümmern, und ich wollte mit Albert Lee zusammenkommen und an den Arrangements für die Blitztournee nächste Woche arbeiten. Es würde eine Mordsschinderei werden, aber ich freute mich darauf; es war lange her, daß ich *on the road* war, und ich hatte die damit verbundene Aufregung fast vergessen.

Wir ließen Bunbury hinter uns und plauderten ununterbrochen bis zurück in die Stadt; überrascht von unserem Glück und vollauf damit beschäftigt, Pläne zu schmieden. Midge und mir stand eine Menge Knochenarbeit bevor, aber wir waren davon überzeugt, daß es das wert war. Oh yeah, das waren wir.

Umzug

Die darauffolgenden fünf oder sechs Wochen zogen in einem traumähnlichen Wirrwarr von Eindrücken rasend schnell vorbei. Die Tour der Everlys war ausverkauft, und ich genoß jede Minute – für sechs Konzerte landauf-landab zu jagen, strengte mich kein bißchen an. Ich war high, und das ganz ohne Drogen. Bevor ich loszog, hatte ich noch Gelegenheit, die Resultate von Midges mühevoller Tag- und Nachtarbeit zu sehen, und ich muß sagen, trotz all meiner natürlichen Vorbehalte: sie waren BRILLANT! Die ganze Kampagne war speziell auf Kleinkinder abgestimmt, und dementsprechend hatte der Art Director märchenhafte Szenen vorgegeben, mit weißen Schlössern, dunklen Wäldern, herumstolzierenden Elfen, das Übliche eben, in das dann die Fotos der hübschen kleinen modernen Accessoires hineinkopiert werden konnten. Geschickt fotografiert, würde dann alles perfekt zusammenpassen (hoffte man jedenfalls). Ich habe den Werbeslogan vergessen, aber ich weiß noch, daß es auf eine ziemliche Holzhammer-Methode hinauslief. Und dennoch konnte ich mir die Poster wirkungsvoll vorstellen: Sie riefen genau jene Art nostalgischer Eindrücke wach, die den Müttern gefallen würde, und auch die Kleider selbst waren hübsch – und gestylt genug, um den Müttern das Gefühl zu vermitteln, daß sie ihre Kinder modisch nicht vernachlässigten. Ich konnte mich nicht entscheiden, ob ich diese Werbebotschaft für banal oder subtil halten sollte, aber wenn sie damit Erfolg hatten, dann war das – dessen bin ich mir sicher – zu einem guten Teil Midges Illustrationen zu verdanken.

Was alles andere betraf . . .

Aufgrund Midges ausreichenden Bekanntheitsgrades und meiner Möglichkeiten, in musikalischer Hinsicht ständig beschäftigt zu sein, war es kein großes Problem, eine Hypothek aufzunehmen, obwohl wir sie unter unserer beider Namen eintragen lassen wollten und nur ›zusammenlebten‹. Möglicherweise aber hatte auch die Tatsache, daß jeder von uns die entsprechenden Tilgungen mühelos selbst aufbringen konnte, eine Menge damit zu tun, daß die Bankleute dem ganzen Unternehmen so positiv gegenüberstanden. Und im Grunde genommen verlangten wir nichts Unmögliches: Wir hatten, solange wir zusammenlebten, sämtliche Ersparnisse für einen solchen Fall auf ein Bausparkonto eingezahlt, und das hatte sich ganz hübsch summiert.

Im Verlauf der nächsten Wochen konnten wir es nur ein paarmal einrichten, zu unserem Cottage hinauszufahren, und jedesmal war das Wetter schlecht, so daß es nicht dasselbe war wie beim ersten Mal. Sonnenschein vermag alle nur erdenklichen Arten von Wärme hervorzubringen, nicht nur physisch. Trotzdem wuchs meine Freude, denn von Mal zu Mal sah das Haus besser aus.

Ich hatte eine ortsansässige Baufirma mit der Durchführung der entsprechenden Arbeiten beauftragt, und nachdem die endgültigen Verträge unterzeichnet worden waren, nahm alles seinen Lauf. Ich hatte eine Liste mit sämtlichen Schäden aufgestellt, die sofort behoben werden mußten, und eine weitere mit den leichteren, die daran anschließend ebenfalls beseitigt werden sollten. Die Maler- und Tapezierarbeiten konnten wir selbst übernehmen, aber alles, wozu handwerkliches Geschick und fachliches Können erforderlich war, wurde in Profihände gelegt. Wir vereinbarten einen Termin, zu dem die Handwerker loslegen sollten, und an diesem bewußten Morgen kam der eigenartige Anruf.

Midge war einkaufen, ich war damit beschäftigt, meiner Martin neue Saiten aufzuziehen ... und schämte mich ein kleines bißchen, daß ich das Instrument derart vernachlässigt hatte. Dann klingelte das Telefon, und O'Malley, der Vorarbeiter, wollte wissen, ob mir bei meiner Schadensliste kein Fehler unterlaufen sei. Klar war es feucht in der Küche, und die Innenwand, die an den Hang anschloß, mußte wahrhaftig komplett neu isoliert werden, aber er konnte an den Wänden in den oberen Räumlichkeiten nirgends Feuchtigkeit entdecken. Und außerdem – was meinte ich mit ›Riß im Verputz über dem Herd‹? Der Stein komme ihm völlig normal vor. Auch der Boden-Dekke-Riß im Schlafzimmer war nicht so schlimm, wie ich das angegeben hatte – er konnte problemlos behoben werden. Es gab ein oder zwei morsche Fensterrahmen, die man ersetzen mußte, aber er könne auch nicht die ›gefährliche‹ Treppenstufe finden. Das Dach mußte natürlich schon repariert werden, falls ich nicht unter freiem Himmel schlafen wollte, aber auch der Wassertank sei nicht zu schlimm eingerostet. Allerdings riet er mir, ihn im Hinblick auf mögliche spätere Probleme zu ersetzen.

Ich weiß nicht, was mich mehr verblüffte: einen solch ehrlichen Bauarbeiter zu finden oder meine offensichtlichen Übertreibungen bei den Schäden an Gramarye. Immerhin, es waren gute Neuigkeiten, wenn auch rätselhafte. Ich instruierte O'Malley dahingehend, die ihm notwendig erscheinenden Reparaturen durchzuführen, und wandte mich wieder dem Besaiten der Gitarre zu – erstaunt und irgendwie hingerissen gleichermaßen.

Als Midge von ihrer Einkaufstour zurückkehrte, vom Regen durchnäßt, die Haare rings um das Gesicht geklatscht, berichtete ich ihr von den Neuigkeiten. Sie stand da, tropfnaß und wie vom Donner gerührt. Wir hatten die Liste zusammen aufgesetzt, auf einer unserer Fahrten zum Haus, also kam eine Übertreibung meinerseits nicht in Frage. Ich erinnere mich, damals bemerkt zu haben, daß die Schäden nicht ganz so schlimm seien, wie zunächst angenommen, aber es hatte sie nach wie vor *gegeben*, und das recht deutlich. Den ganzen Tag über und auch noch am Abend diskutierten wir das Rätsel, aber als wir zu Bett gingen, hatten wir noch immer keine befriedigende Lösung gefunden. Selbst beim Einschlafen rätselten wir noch herum.

In den folgenden Tagen waren wir zu beschäftigt, um viel darüber nachdenken zu können: Ich hatte Plattenaufnahmen, hauptsächlich für Werbe-Jingles (die sehr gut bezahlt werden), und Midge hatte begonnen, die Illustrationen für ihr neues Buch zu entwerfen – etwas ganz anderes als sonst, denn es war ein bäuerliches Kochbuch. Außerdem mußten wir unser zukünftiges Leben organisieren: Karten mit der neuen Adresse verschicken, dafür sorgen, daß im Haus der Strom wieder eingeschaltet wurde, den Telefonanschluß beantragen, die Sickergrube leeren lassen, Schecks für dies und das unterschreiben und für Gott weiß was noch – einzelne Möbel kaufen, die wir brauchten, einen neuen Elektroherd installieren lassen ... die Liste ließe sich fortsetzen.

Bob trieb für mich billig einen freien Ford-Transporter auf, einen Drei-Tonner, mit dem normalerweise das Equipment zu und von Gigs transportiert wurde, und außerdem noch ein paar Schlepper (Heinzelmännchen, die normalerweise massive Verstärkeranlagen und so weiter von Show zu Show schleppen), so daß wir uns die Umzugsfirma sparen konnten.

Der Umzugstag wurde festgelegt, und Midge und ich lehnten alle weiteren Engagements und Aufträge für einen ganzen Monat ab. Wir nahmen an, daß es so lange dauern würde, bis alles im Lot war, und obwohl wir nach allem nicht gerade in Geld schwimmen würden, hatten wir doch genug, um durchzukommen: die Götter hatten es gut gemeint mit uns. Die Kinderkleiderleute hatten Midges Poster akzeptiert, das nebenbei bemerkt, und dank Big Vals Geschäftsbedingungen, die unter anderem 2¼ Prozent Zinsen vorsahen für den Fall, daß nicht innerhalb von zwei Wochen nach Ablieferung bezahlt wurde (man mußte gut sein, um so etwas durchzudrücken), war das Honorar bereits auf dem Konto. Meine Studioarbeit wurde auf Drei-Stunden-Basis bezahlt, und so erhielt ich dankbar jeden Abend oder nach jeder Halbtagesarbeit meinen Scheck.

Zur Abwechslung war am Umzugstag wirklich schönes Wetter; der Wagen war beladen und wartete unten, und wir standen in unserer nunmehr leeren Wohnung. Übergangslos war uns eigenartig zumute – wir hatten hier schöne Zeiten verlebt, auch wenn wir uns nach etwas anderem gesehnt hatten, etwas Eigenem. Und unsere Liebe war hier sehr tief geworden.

Wir umarmten uns, drückten uns und warfen einen letzten, langen Blick in die Runde. Dann gingen wir.

Die Schlepper folgten dem Transporter dichtauf in einem anderen Wagen, und so fuhren wir nach Hampshire hinunter, in den New Forest, nach Gramarye.

Drin

Gegen 18.00 Uhr an diesem Abend waren die Schlepper weg, die Pfundnoten in ihre Taschen gestopft und auf dem Gesicht ein müdes Grinsen – Midge und ich waren allein in Gramarye.

Wir standen in der offenen Tür und sahen den leeren Dreitonner um die Kurve biegen; aber selbst jetzt zögerten wir noch eine ganze Weile und sogen die sich langsam abkühlende Abendluft ein. Ich ließ meine Blicke über die Wiesen und das Waldgebiet gegenüber dem Haus streifen und überlegte, ob die Straße wohl jemals wirklich belebt wäre . . . und, gleich darauf, ob mich die Ruhe hier nicht irgendwann in den Wahnsinn treiben würde. Vom Baron's Court in die Wildnis – mit einem Satz. Furchteinflößend.

Aber ich fühlte mich wohl, so *wohl*. Erschöpft auch, aber angenehm erschöpft; ich ärgerte mich nicht über meine böse schmerzenden Muskeln. Ich zog Midge an mich, und sie legte mir einen Arm um die Hüfte und ließ ihren Kopf an meiner Schulter ruhen.

»Ich bin so glücklich, Mike« sagte sie sanft. »Ich kann dir gar nicht sagen, wie. Gramarye bedeutet mir so viel.«

Ich lächelte und gab ihr einen Kuß auf die Stirn. »Mir auch, Kobold. Mir auch. Ich glaube, wir haben die richtige Entscheidung getroffen. Sieh nur, sogar die Blumen hier draußen haben sich erholt, um uns zu begrüßen.«

»Das muß von all dem Regen kommen, den wir die ganze Zeit hatten. Die Farben sind so schön!«

»Wenn du Inspiration brauchst, wirst du hier draußen nicht lange suchen müssen.«

»Ich habe alles, was ich brauche – gleich neben mir.«

»Ach, Quatsch . . .«

»Ich weiß, aber es tut gut, dir das zu sagen.« Ihre Augen strahlten mich an. »Es wird doch alles klappen, nicht wahr, Mike?«

»Keine Frage. Es wird ein schönes Leben werden. Gott, ich glaube, ich hab' gerade die Idee für einen Song!«

»Erspar mir das!«

»Es überkommt mich!«

Ich klappte den Mund auf (sehr dramatisch, natürlich), und sie gar mir ihren Ellbogen zu kosten; etwa in Rippenhöhe. »Du wirst die Tiere erschrecken.«

»Mann, yeah. Das hab' ich ganz vergessen. Wow, Jesses, ich könnte eine ganze Woche schlafen.«

»Soll ich dir ein Bier holen?«

»Willst du damit sagen, daß Igor und Mongo noch was übriggelassen haben?«

»Ich habe sie voll mit Möbelschleppen eingespannt. Eine halbe Stunde Pause mit Bier und belegten Broten war alles, was ich ihnen zugestanden habe.«

»Jetzt erinnere ich mich wieder. Weißt du, was ich wirklich möchte?'

»Du hast gesagt, du bist müde!«

»Nicht das. Naja ... jedenfalls nicht gleich. Nein, ich hätte gern einen Tee.«

»Ist das noch der gleiche Teufelskerl, mit dem ich in London die Wohnung geteilt habe? – Muß die gute Landluft sein. Nicht mal Kaffee?«

»No. Ich bin in der Stimmung für Tee.«

»Simply because you're near me. . .«

Und ich rockte weiter: »Funny but when you're –« Kurze Pause, Grinsen, dann (Schluß mit den alten Hits): »Setz den Kessel auf!«

Übermütig und leise lachend hüpfte sie hinein.

Ich schlenderte zum Gartentor und hörte, daß sich ein Auto näherte. Bald darauf erschien es in der Kurve, und ich sah ihm nach, wie es vorbeifuhr; meiner Meinung nach war die Unterhaltung in dieser Ecke der Wälder ziemlich lausig. Die Insassen des Citroen starrten durchs Heckfenster zu mir her, und ich winkte ihnen freundlich zu. Einer von ihnen, ein Mädchen, das auf dem Rücksitz saß, lächelte, und dann war der Wagen verschwunden, und zurück blieb (vorübergehend) nur der schwache Geruch von Auspuffgasen.

Die Show war vorbei. Langsam ging ich den Weg zurück und nahm den Puppenhaus-Anblick des Hauses in mich auf. Ich empfand ein tiefes Glühen von Zufriedenheit. Dieses neue Leben mochte ein wenig Gewöhnung erfordern, und es stand uns auch noch genügend harte Arbeit bevor, um das Haus wohnlich zu machen, doch die guten Geister woben bereits an ihrem Zauber und beruhigten und entzückten mich und machten meine Sinne hellwach für meine Umgebung. Ich war mir überdeutlich Midges Anwesenheit in diesen unregelmäßig geformten Mauern bewußt, als sei sie augenblicklich Teil von Gramaryes Persönlichkeit geworden; Geist von seinem Geist. Sie gehörte in eine solche Umgebung.

Ich blieb unvermittelt stehen. Moment mal, ermahnte ich mich selbst. Nicht übertreiben. Ich will Sie ja nicht vor den Kopf stoßen, Mrs. Chaldean, aber wir sprechen hier von Ziegelstein und Mörtel mit schöner Aussicht und nicht von einem gottverdammten Tempel. Ich schüttelte über die eigenen Anwandlungen den Kopf und ging weiter.

Und dann bemerkte ich den Grünfinken auf der Schwelle und blieb wieder stehen. Der Vogel wandte mir den Rücken zu und spähte mit ruckartigen Streckbewegungen in die Dämmerung hinein; von Zeit zu Zeit legte er den Kopf schräg, als würde er lauschen. Ich verhielt mich ganz ruhig, da ich ihn nicht vertreiben wollte – das hier war mein erstes echtes Zusammentreffen mit einem Nachbarn.

Midge erschien in der Tür und hauchte ein sanftes Willkommen. Behutsam näherte sie sich ihm und kniete nieder – und ich war überrascht, daß der Grünfink nicht weghüpfte oder davonflog. Mit kühnem Interesse blickte er sie an.

Midge hatte Brotkrumen in der ausgestreckten Hand, und sie bot sie dem Vogel an – er beäugte sie mißtrauisch. Ich stand da wie festgefroren und freute mich an dem Anblick. Midge legte die Krumen knapp innerhalb der Türschwelle auf den Boden, nur wenige Inches von dem kleinen Kerl entfernt. Er hielt den Kopf wieder schräg; er ignorierte das Futter – und beobachtete Midge. Dann hüpfte der Grünfink vor, bis zur Kante der Türschwelle, und ich war schon davon überzeugt, daß er sich hineinwagen würde. – Fehlanzeige; er hüpfte wieder zurück, stieß ein lautes Tschirpen aus, das *Wiedersehn* heißen mochte, und weg war er.

Wir lachten beide, als der Kleine in einem übermütigen Auf- und Niedergleiten den Garten umrundete, bevor er im nahen Wald untertauchte, und ich glaube, diese kleine Episode machte für Midge den Tag wirklich vollkommen.

»Das ist das Leben«, sagte ich gut gelaunt, als wir ins Haus gingen. »Und da sie jetzt wissen, daß wir da sind, nehme ich an, sie erwarten eine Einweihungsfete.«

»Wir würden sie willkommen heißen«, meinte Midge, das Gesicht vor Freude gerötet.

Immer noch lächelnd durchquerte ich den Raum, kauerte mich an der Wand nieder und strich darüber. Keine Spur mehr von Feuchtigkeit.

»Sieht ganz so aus, als hätten O'Malley und seine Leute gute Arbeit geleistet«, bemerkte ich. »Hast du schon Zeit gehabt, um dir den Riß in der Mauer oben anzusehen?«

Midge war damit beschäftigt, einen Karton mit Fertiggerichten zu öffnen. »Ja«, antwortete sie und begann zu wühlen. »Man würde nicht glauben, daß es ihn überhaupt jemals gegeben hat. Sie haben das ganze Zimmer getünscht – keine Spur mehr davon übrig. Hast du Hunger?«

»Irgendwas Leichtes genügt.«

»Mehr wirst du auch nicht kriegen. – Morgen sause ich ins Dorf und kaufe Vorräte ein, aber jetzt heißt es: Pizza, Hamburger oder Suppe?«

»Ey, dann Suppe. Aber erst in einer Stunde oder so; schließlich haben wir noch die Teezeremonie vor uns.«

»Okay.« Sie brachte die Teekanne; alles war vorbereitet. »Übrigens, das Wasser ist wieder ganz klar.«

»Ja, hab' schon nachgesehen.« Ich stand auf und nahm ihr den Teekessel ab. »Scheint so, als kämen wir klar, was?« Ich lächelte und legte ihr meine freie Hand um den Nacken.

Ihre Augen begannen feucht zu glitzern, und es war nicht nötig, daß sie antwortete; absolut nicht.

Später entspannten wir uns auf der alten Wurzelbank hinter dem Haus, beobachteten die Sonne, wie sie in das sich verdunkelnde Waldland sank, und tunkten unser letztes Brot in die heiße Suppe. Der Abend war noch warm, und wir wurden in einem sanften Glühen gebadet, und die weißen Wände von Gramarye verwandelten sich jetzt in blasses Rosé. – O'Malleys Leute hatten die Außenmauern fachmännisch gerichtet, Schäden behoben, verputzt und sauber abgeschliffen und ihnen daraufhin mehrere Anstriche mit einer auf Zement basierenden Außenwandfarbe verpaßt. Wir lauschten dem Gezwitscher der Vögel, die sich zum Schlafengehen rüsteten, und manchmal wehten gedämpfte Motorengeräusche von vorbeifahrenden Autos von der Straße heran.

Der Großteil aller wichtigen Dinge war ausgepackt: mein Musik-Handwerkszeug, immer noch in Behältern oder abgedeckt, befand sich in einem der Speicherräume, den ich fürs Schreiben und für Bandaufnahmen vorgesehen hatte; Midges Malsachen und Zeichenbrett waren im runden Zimmer, das – so, wie es aussah – unser Wohnzimmer werden würde, in dem sie aber auch (wie sie beschlossen hatte) arbeiten wollte. Es war ein vernünftiges Arrangement und eines, das wir gewohnt waren, denn speziell ihre berufliche Tätigkeit war mehr als unauffällig.

Unser Bett hatte ich in dem an den frisch gestrichenen Raum angrenzenden Zimmer aufgebaut, weil keiner von uns beim Schlafen Farbendüfte atmen wollte. Weil der andere Raum jedoch etwas größer war, würden wir samt Bett dorthin umziehen, sobald sich das gegeben hatte. Gerahmte Bilder lehnten zu Bündeln verschnürt an den Wänden. Stühle und Tische und Lampen und dergleichen waren allesamt mehr oder weniger am richtigen Fleck; letzte Korrekturen konnten im Verlauf der nächsten Tage immer noch vorgenommen werden. – Vorhin hatte noch Big Val angerufen und sich vergewissert, daß bei uns alles in Ordnung war; glücklicherweise verschwendete sie niemals Zeit mit überflüssigem Geplapper – und außerdem war die Verbindung katastrophal gewesen: Midge war nicht sonderlich lange am Telefon gewesen. Wir hatten beschlossen aufzuhören, sobald die Sonne ihren trägen Rutsch halbwegs zu Ende gebracht hatte.

»Schmeckt gut«, lobte ich und schmatzte anerkennend mit gespitzten Lippen.

»Bist du sicher, daß du nichts mehr möchtest?«

»Gerade recht so. Zu müde, um hungrig zu sein.«

»Mhmmm. Ich auch. Sieht der Wald nicht richtig verlockend aus . . .? So dunkel und geheimnisvoll unten, und darüber alles rötlich-braun vom Sonnenlicht.«

»Sieht ein bißchen unheimlich aus, für meinen Geschmack.« Ich löffelte das letzte bißchen Suppe aus und stellte die Tasse neben mir ab. Dann nahm ich eine Dose Bier und richtete mich wieder auf.

»Und die Nebel steigen auch schon auf.«

»Da draußen muß alles ganz schön mit Wasser vollgesogen sein – nach all dem Regen.« Ich zog den Verschluß auf und trank aus der Dose. »Glaubst du, daß es hier in der Nacht richtig kalt wird?«

»Vielleicht ein wenig kälter, als es gewisse Stadtpflanzen gewöhnt sind, aber ich glaube nicht, daß du deinen Skianzug in nächster Zeit brauchen wirst.«

»Aber es wird auch noch ziemlich dunkel! – Keine Straßenlaternen.«

Midge streckte die schlanken Beine aus und lehnte sich im Stuhl zurück. »Du wirst dich daran gewöhnen, Mike.« Sie seufzte lange und tief, ein Laut des Wohlbehagens; dann sagte sie: »Es tut gut, wieder hier zu sein.«

»Immer noch im Herzen das Country Girl, eh?«

»Muß wohl so sein, glaube ich. Neun Jahre in der Stadt können keine ganze Jugend ausradieren; ich würde es auch nicht zulassen.« Ihre Stimmung änderte sich rasch – wie so oft bei Midge. Sie senkte den Blick. »Ich wünschte, sie hätten Gramarye noch sehen können, Mike. Ich weiß, daß es ihnen hier gefallen hätte.«

Ich stellte die Dose auf dem Boden ab, ergriff mit beiden Händen ihre Hand und hielt sie fest.

Ganz ruhig sagte sie: »Ich glaube, sie haben immer gehofft, daß ich eines Tages einen netten Landtierarzt heirate oder einen Pfarrer.« Sie lächelte, aber dieses Mal war es ein Ausdruck der Traurigkeit. »Dad hätte das gerne gesehen. Stell dir die langen Abende vor, an denen sie gefachsimpelt hätten.«

»Bei mir hätte er nicht viele Gemeinsamkeiten gefunden.«

»O Mike, so hab' ich das nicht gemeint. Dad hätte dich ins Herz geschlossen. Ihr seid euch in vielen Dingen sehr ähnlich.«

»Ich hätte ihn gern gehabt, Midge. Nach all dem, was du mir erzählt hast, glaube ich sogar, daß ich ihn geliebt hätte.«

»Mutter jedenfalls hätte dich für einen Schurken gehalten ... Zumindest hätte sie es so ausgedrückt ... ein *Schurke.* Und sie hätte es genossen.«

Die erste Träne glitzerte und befeuchtete ihre Wange. »Es war so grausam, Mike, so entsetzlich grausam.«

Ich legte ihr den Arm um die Schultern und zog sie noch näher heran; bis wir Wange an Wange aneinandergeschmiegt waren. »Versuch es zu vergessen ... wenigstens diesen Teil. Sie hätten gewollt, daß du dich an die schönen Dinge erinnerst.«

»Ich kann das nicht vergessen; ich weiß, was passiert ist, und –«

»Dann akzeptier es. Akzeptiere das Grausame zusammen mit all den guten Zeiten. Und denk daran, wie stolz sie jetzt auf dich wären.«

»Das ist es ja gerade, was so weh tut. Sie wissen es nicht – sie werden es niemals wissen ... nicht, was ich arbeite, nichts von dir ... von – von diesem Ort. Es hätte ihnen so viel bedeutet. Und mir, mir hätte es so viel bedeutet zu erleben, daß sie stolz auf mich sind.«

Es gab nicht viel, was ich darauf hätte sagen können, also hielt ich sie nur fest und ließ sie weinen und hoffte, wie schon so oft, daß ihre Tränen Teil eines Abnabelungsprozesses waren – jedes einzelne Stück äußeren Kummers Teil des Heilungsprozesses. Wieviel Schmerz trotzdem immer noch tief in ihr eingesperrt war – das wußte ich nicht; ich hatte keine Ahnung. Aber ich konnte geduldig sein; sie war es wert.

»Tut mir leid, Mike«, flüsterte sie nach einer Weile. »Ich wollte nicht alles verderben.«

Ich küßte ihre Tränen weg. »Du hast nichts verdorben. Hier und jetzt und bei mir; es war eine gute Zeit fürs Weinen. Weißt du, ich wünsche mir, ich könnte mehr tun ... irgend etwas, das dir alles erleichtert.«

»Du hast mir immer geholfen, und du hast mich immer verstanden. Ich weiß, daß es dumm von mir ist, immer noch zu trauern, nach all diesen Jahren...«

»Dafür gibt es kein Zeitlimit, Midge, das ist keine Uhr, die man einfach abstellen kann. Sie muß von alleine ablaufen.« Ich hob ihr Kinn mit einem behutsamen Finger an. »Aber denk auch daran, was dir der Arzt gesagt hat: Laß deine Trauer nicht alles andere überschatten. Du hast ein Recht darauf, glücklich zu sein, und genau das ist es auch, was deine Eltern gewollt hätten.« »Bin ich so schlimm?«

»Nein, nicht die Spur. Sieht aber so aus, als würden sich diese Erinnerungen immer dann einschleichen, wenn du glücklich und zufrieden bist; wenn du dich wohlfühlst.«

»Weil ich sie gerade dann so sehr vermisse.«

Ich fühlte mich hilflos, so hilflos, wie man sich in einer solchen Situation nur fühlen kann, und alles, was ich ihr bieten konnte, waren die Geborgenheit in meinen Armen und die Tiefe meiner Gefühle für sie. Ihr Weinen hatte aufgehört; die Finsternis tief in ihr war weit genug gewichen, um andere Gefühle durchsickern zu lassen.

Ihr Kuß war zärtlich, und alle meine Sinne versanken darin. ich war an die sinnliche Intensität unserer Zärtlichkeiten gewöhnt, aber jetzt und hier war sie beinahe überwältigend. Als wir uns voneinander lösten, war mir buchstäblich schwindelig, und ich mußte tief durchatmen, wie ein Taucher, der viel zu spät an die Oberfläche zurückkehrt. Auch Midge war ein wenig erschüttert.

»Diese Landluft hat ziemlich seltsame Auswirkungen«, sagte ich leise und war außerstande, das schwache Zittern in meiner Stimme unter Kontrolle zu bekommen.

»Ich glaube ... ich glaube, wir sollten hineingehen«, murmelte sie, und ihr Gesicht war überhaucht vom warmen Glimmer der untergehenden Sonne. Es war kein Unterton in ihrer Stimme, keine liebevolle stumme Aufforderung; wir waren beide müde, und wir wußten es.

Ich stand auf und zog sie sanft mit mir hoch. »War ein harter Tag«, murmelte ich. »Ein harter Tag, ja«, stimmte sie zu.

»Wir brauchen unsere Ruhe.«

Midge nickte nur. Sie ergriff meine Hand und zog mich zur Tür – und dann hielten wir abrupt inne, als wir die Fenster des Hauses sahen und, dahinter, das runde Zimmer. Der ganze Raum schien in Flammen zu stehen, so lebhaft wurde das Strahlen der sterbenden Sonne von den gekrümmten Wänden reflektiert.

Aber es gab nichts Furchterregendes an diesem Phänomen, denn das Irrlichtern wirkte friedlich, sogar eigenartig beruhigend, ohne jede Wildheit. Stumm beobachteten wir es, und jetzt wurden sogar unsere Schatten zu einem sanften Schimmer gegen die Röte abgemildert.

Ich wandte mich Midge zu, und einen verrückten Sekundenbruchteil lang glaubte ich, winzige Flammen in ihren Augen tanzen zu sehen, aber als ich verwirrt blinzelte, waren sie bereits wieder verschwunden; nur der warme Widerschein der Sonne strahlte von ihnen aus. Unvermittelt wirkte sie heiter, wie sie so dastand, die Lippen zu einem leichten, wissenden Lächeln gekrümmt, das Haar von der dahinterstehenden Sonne tief rot gefärbt und aus einem unerfindlichen Grund empfand ich einen winzigen Stich der ... Ich weiß nicht, der Unsicherheit? Nervosität? Ich konnte das Gefühl nicht definieren.

Dieses Mal war ich es, der sie mit sich zog. Wir gingen ins Haus, und ich schloß die Türen und sperrte ab. Wir waren schläfrig; und das mehr, als wir uns bisher selbst eingestanden hatten – die Müdigkeit begrub uns wie eine wärmende, samtige Decke unter sich und machte unsere Bewegungen langsam, beinahe träge. Wir zogen uns aus, ließen die Kleider liegen, wo sie hinfielen, und krochen erschöpft ins Bett.

Wir schliefen, aber ich habe keine Ahnung, wie lange. Als wir hochschreckten, geschah das gemeinsam, als hätte jeder von uns das Erwachen des anderen gespürt; und wieder gab es keine Furcht in diesem schwarzen Nichts. Midge tastete nach mir, und ich rutschte zu ihr hinüber.

Dann tauchten wir zurück in einen tiefen, alles umfassenden Schlaf.

Geräusche

Klopfgeräusche weckten mich; scharf umrissene Laute in unterschiedlichem Rhythmus, die in meinen traumlosen Schlaf einbrachen. Ich öffnete die Augen und sah zu Midge hinüber – nur um sie wach und glücklich lächelnd vorzufinden. Sie spähte über mich weg, zum Fenster; zum Ursprung des Klopfens.

Ich drehte den Kopf, folgte ihrem Blick und sah die Störgeister. Drei oder vier Vögel saßen auf dem Fenstersims und pickten gegen die Scheibe, als seien sie ungehalten, weil wir noch im Bett lagen.

»O Jesus!« stieß ich hervor. »Hast du den Weckdienst bestellt?«

»Nein, den Job haben sie von ganz allein übernommen.«

»Wie spät ist es?«

»Kurz nach halb sieben.«

»Das glaub' ich einfach nicht. Meinst du, daß das eine Dauereinrichtung wird?«

»Vielleicht, vielleicht auch nicht. Es ist lieb, findest du nicht?«

Ich zog mir das Kopfkissen übers Gesicht, obwohl ich wahrhaftig hellwach war. »Ruhe wäre lieblicher.«

»Alles Teil des Landlebens, Michael. Und auf jeden Fall besser als der Lärm der rush-hour und der Preßlufthämmer.«

»Aber auch nur ein bißchen.«

Sie schlug die Bettdecke zurück, kroch über mich weg und glitt aus dem Bett. Ich rollte mich hinüber, in die warme Kuhle, die sie hinterlassen hatte.

»Grüß sie schön von mir«, bat ich sie und zog die Bettdecke hoch bis ans Kinn.

Dicht am Fenster beugte sie sich vor, und ich genoß den Anblick ihrer nackten kleinen Kehrseite. Obwohl Midge kein Gramm Fett zuviel an sich hatte, gab es jene feinen, sinnlichen Kurven, die mich immer wieder entzückten und mich schwelgen ließen. Ich wollte sie wieder im Bett haben.

Sie gurrte den Vögeln etwas zu und begann, sich mit ihnen zu unterhalten. Sie flogen nicht weg; nicht einmal, als sie von innen gegen die Scheibe klopfte. Stattdessen legten sie die Köpfchen schräg und zwitscherten noch lauter; andere flatterten über ihnen und streiften mit den Flügeln am Fenster vorbei.

»Ich glaube, sie warten auf ihr Frühstück«, rief mir Midge zu. »Ich wette, Mrs. Chaldean hat sie immer gefüttert.«

»Okay, dann bring ihnen mal bei, daß Gramarye ein neues Management hat. Keine kostenlosen Mahlzeiten mehr.«

Ich hatte die Augen für ein paar Sekunden wieder geschlossen – sicherheitshalber, falls doch noch so etwas wie ein bißchen Schlaf zurückkommen sollte, aber im nächsten Augenblick war Midge über mir.

»Du tust immer, als wärst du richtig gemein«, sagte sie und zwickte mich recht schmerzhaft in meine ungeschützte Nase. »Aber unter der rauhen, verwitterten Schale schlägt ein Herz aus purem ...« Noch ein Zwicken, dann: »... aus purem Granit!«

Ich drehte mich auf den Rücken, und sie schmiegte sich auf mich, die Augen voll spitzbübischen Vergnügens. Es ist ziemlich schwer zu protestieren, wenn einem die rosa Spitzen zweier kleiner, jedoch schöner Brüste dicht vor den Lippen schweben.

»Du machst das Wild kopfscheu«, warnte ich sie.

Sie beugte den Kopf vor und zu mir herunter und küßte mich; ihre Zunge sanft-stupsend, ihr Mund feucht und süß. Ich bekam meine Hände aus ihrer Umklammerung frei und streichelte über ihre Hüften.

Aber die kleine Hexe spielte nur mit mir. »Wir haben eine Menge Arbeit vor uns«, flüsterte sie mir ins Ohr und vergaß dabei nicht, die Ohrmuschel sanft mit einer forschenden Zunge zu befeuchten; nur um ganz sicher zu gehen, daß auch alle meine Sinne auf Trab kamen. »Ich geh' runter und mache Frühstück, und du rasierst dich und machst dich gesellschaftsfähig.«

»Hey, es ist ziemlich früh«, erinnerte ich sie – ebenfalls im Flüsterton, weil ich nicht wollte, daß die Vögelchen erröteten. »Und außerdem haben wir einen ganzen Monat Zeit, um uns hier häuslichen einzurichten. Das ist unser erster Morgen hier draußen, und ich finde, er sollte irgendwie richtig zelebriert werden.« Und dann gab sich auch meine Zunge alle Mühe, sie zu überzeugen.

Gespielte Keuschheit gehörte nicht zu Midges Wesen; was sie mochte, umarmte sie. Sie umarmte mich.

Ich hob die Bettdecke an, zog sie zu mir herein, schmiegte sie an mich, und ihr Körper, noch kalt von der früh-am-Morgen-Luft und ganz nah an meinem, fühlte sich herrlich an. Nun hatten Midge und ich schon immer zusammengepaßt, im wahrsten Sinne des Wortes – unsere Körper, nicht nur unsere Persönlichkeiten, schienen füreinander wie geschaffen (und das meine ich wörtlich) – und unser Liebesakt war immer *jenseits* des nur Himmlischen gewesen; doch jene gemeinsame Ekstase, die wir an diesem ersten Morgen in unserem neuen Heim erlebten, war stärker als alles zuvor. Fragen Sie mich nicht, warum; nennen Sie's einfach Magie. Yeah, nennen Sie es einfach nur Magie . . .

Später, bekleidet mit einem alten Pullover, ausgebleichten Jeans und ausgelatschten Turnschuhen (meine übliche Uniform), tappte ich hinunter und fand Midge im Morgenmantel an der Türschwelle zur Küche kauern und die Massen speisend. Die Vögel – Zaunkönige, dicke Blau- und Kohlmeisen, Bachstelzen, Buchfinken, ein richtiges Vielvölkertreffen, wie es schien – zeigten keinerlei Scheu; ein paar von ihnen pickten ihr Futter tatsächlich von ihrer Hand weg, andere hüpften und flatterten in Reichweite herum. Mir fiel auf, daß Größe und Kühnheit nichts miteinander zu tun hatten.

Midge ermutigte sie mit sanftem Murmeln, das für meine Ohren auch beim besten Willen nichts Verständliches ergab, und ich schmunzelte, als ein Zaunkönig auf ihrem Handgelenk landete und mit seinem winzigen, spitzen Schnabel in ihre Handfläche stupste. Ich wartete, bis auch die letzte Scheibe Brot zerzupft und verzehrt war, bevor ich die Stufen vollends herunter und in den Raum kam. Von der offenen Haustür her wehte eine belebende Frische in die Küche, und obwohl es noch früh am Morgen war, gab es kein unter die Haut gehendes Frösteln.

»Hey, was soll das?« Ich deutete zum Tisch hinüber, der bereits fürs Frühstück gedeckt war; und zwar inclusive Sektflasche und Glaskrug mit Orangensaft.

Midge sah über die Schulter hoch und lächelte mich an. »Bestandteil unserer Feier. Ich habe die Flasche gestern in einer Packtasche eingeschmuggelt.« Sie richtete sich auf und wischte sich Krumen von den Händen. Draußen setzten die Vögel ihr Gezwitscher fort – möglicherweise gelüstete es sie nach einem zweiten Gang. Ich ging zu Midge hinüber und drückte sie so herzhaft, daß sie nach Luft schnappte.

»Du bist etwas ganz Besonderes«, raunte ich, und meine Stimme kratzte dabei ganz schön.

»Die Vögel haben dein Frühstück verspeist«, neckte sie.

Meine Umarmung lockerte sich ein wenig. »Sag, daß das nicht wahr ist.«

Aber sie nickte sehr ernsthaft; obwohl . . . das Lächeln blieb.

»Ich wollte dir Buck's Fizz und Toast präsentieren, aber das Brot, das von gestern noch übrig war, hat nicht ganz gereicht – ich meine, für sie *und* für dich. Es waren so viele, Mike; ich hab' mich einfach vergessen. Es tut mir leid.«

»Es tut dir leid.«

»Ich geh' einkaufen, sobald die Läden aufmachen; ganz großes Ehrenwort.«

»Das Fach ist wirklich leer?«

»Ein paar fade Kekse sind noch übrig . . .«

»Wunderbar!« Meine Stimme klang gepreßt und irgendwie schmerzerfüllt – aber ich schauspielerte nur, und das wußte sie.

Sie stellte sich auf die Zehenspitzen und hauchte mir einen Kuß auf die Lippen. »Du machst den Sekt auf, und ich hole die Kekse.«

»Bist du sicher, daß deine Kumpels nicht auch noch den Sekt wollen? – Ich meine, sie könnten darin baden.«

Meine Nase bekam die bereits bekannte Zwickfolter ab, dann verschwand Midge im angrenzenden Zimmer, in dem angeblich die Kekse vor sich hinmoderten.

Wie sich herausstellte, war das Frühstück phantastisch. Selbst Midge, die normalerweise keinen Tropfen Alkohol zu sich nahm, trank ein wenig Sekt mit Orangensaft, und wir brachten eine Menge Toasts aus – auf unsere Gesundheit, auf Glück und sexuelles Leistungsvermögen und überhaupt; und zwischendurch kauten wir unsere Kekse (die übrigens gar nicht so schlecht waren). Unser dritter oder vierter Toast galt Gramarye, und unsere Becher klangen beim Anstoßen äußerst zufriedenstellend romantisch (die Gläser hatten wir noch nicht ausgepackt). Diejenigen Vögel, die ihr Interesse an uns noch immer nicht verloren hatten, schauten von der offenen Tür her zu und fragten sich zweifelnd, worüber wir gackerten.

Nach dem ›Frühstück‹ ging es an die Arbeit. Midge badete und zog sich an, während ich die Becher abspülte und den restlichen Sekt wieder in der Flasche einkorkte (schlechte Manieren, ich weiß, aber ich wollte nichts verschwenden). Ich besah mir noch einmal den Putz über dem alten Herd, weil ich mich gerade in dem Teil der Küche aufhielt und weil ich noch immer daran herumrätselte, wie sich der dünne Riß offensichtlich von selbst hatte schließen können. Spaßig, wie sich das Gedächtnis anpassen kann, wenn gewisse Dinge unlogisch erscheinen; ich schätze, es ist ein instinktiver Reflex – wir brauchen eine geistige Ordnung, damit wir vor dem Durchdrehen verschont bleiben. Ich begann in etwa so zu argumentieren, daß wir höchstwahrscheinlich nur eine verschrumpelte Spinnwebe gesehen hatten, die bizarr über den dunklen Stein geklebt gewesen war; das Ganze hatte nur so *ausgesehen*, als sei es ein Riß, und außerdem – die Lichtverhältnisse waren ja auch wirklich alles andere als großartig gewesen.

Mit dieser Theorie halbwegs zufriedengestellt, begann ich auszupacken, was noch in den Kartons übriggeblieben war, und freute mich, als ich auf das Transistorradio stieß. Ich schaltete es ein und fuhr hoch – ein statisches Inferno dröhnte mich an. Ganz schnell drehte ich die Lautstärke runter und versuchte einen Sender hereinzubekommen, aber das war einfacher gesagt als getan. Dann kam Musik; ich zog die Antenne aus und drehte und drehte, aber der Empfang blieb katastrophal – ein Prasseln und Knistern. Möglich, daß die Batterien ihren Geist aufgeben, dachte ich mir, kramte tiefer hinab in den Karton und fand das Hauptkabel. Ich schloß es an, dann steckte ich den Stecker in eine nahe Steckdose. Das statische Geprassel blieb.

Ich murmelte einige unschöne Dinge vor mich hin, schaltete das Radio aus und drehte mich um, als ich Midge die Treppe herunterkommen hörte.

»Probleme?« erkundigte sie sich beim Hereinkommen.

»Wir haben hier einen miserablen Empfang«, sagte ich. »Schlimmer als schlimm. Hätte ich nicht gedacht. Möglich, daß wir eine Außenantenne brauchen, vielleicht auf dem Dach.«

Sie schien unbesorgt. »Okay – ich bin schon so gut wie weg.« Und damit war das Thema erst einmal vertagt. »Brauchst du irgend was aus dem Dorf?«

»Glaub' schon, aber wahrscheinlich wird's mir erst einfallen, wenn du wieder da bist. – Paß auf die Eingeborenen auf und nimm dich besonders vor denen mit Stielaugen und hohen Stirnen in acht.«

Sie bedachte mich mit einem strafenden Blick, dann hauchte sie mir ein Küßchen zu – und war weg. Ich spazierte zur Tür und sah ihr hinterher, wie sie den Pfad hinunterging und sich hier und da bückte, um an irgendwelchen Blumen zu riechen. Am Gartentor winkte sie mir noch einmal zu, dann stieg sie in den Wagen; der Motor kam. Sie schlug scharf nach links ein, um den Passat von der Grasumrandung fernzuhalten, und winkte mir ein letztes Mal. Der Wagen verschwand um die Kurve, und ich war allein im Haus.

Ich lungerte noch eine Weile in der Türöffnung herum, genoß die helle Frische des Tages und gestand mir ein, daß ich von unserem Sekt-Orange-Frühstück ein wenig beschwipst war.

Den Rest des Morgens verbrachte ich damit auszupacken, Bücherregale zusammenzubauen, neue Steckdosen anzuschrauben und nach verschollenen Dingen zu suchen – das übliche Sortiment von Aufgaben nach jedem Umzug; man hat es irgendwie hinter sich und beginnt sich trotzdem zu fragen, ob man jemals wieder ein ordentliches Leben führen kann. Glücklicherweise hatten wir nicht zu viele Möbel, obwohl wir schon ziemlich lange zusammen waren, und das in einer ziemlich großen Wohnung – das, was wir an Möbeln hatten, reichte für Gramarye.

Schließlich fand ich mich in jenem ganz bewußten Speicherraum oben wieder, und ich gebe zu, ich hatte den ganzen Morgen über darauf gebrannt, dorthin zu kommen. Natürlich wissen wir beide, Sie und ich, daß hier oben mein Equipment untergebracht worden war – und hier oben wollte ich auch mein ganz persönliches kleines Studio einrichten. Ich hockte mich auf eine meiner Lautsprecherboxen und überlegte.

Geräusche waren ein Problem. Und damit meinte ich nicht die Geräusche, die hier drinnen anfallen würden – wen, zum Teufel, sollte ich hier stören? – sondern diejenigen von draußen. Sämtliche Nebengeräusche konnten sich als störend erweisen. Ich wollte nicht jede Bandaufnahme von einem Vogelchor unterlegt haben. Glasfiberplatten, darüber eine gleichstarke Isolierung – möglich, daß so dieses spezielle Problem gelöst war;

für die Decke würde ich auch noch zwei Lagen Styropor brauchen. Die beiden kleinen Fenster mußten entweder durch Doppelfenster ersetzt oder zugemauert werden.

Im Geist stellte ich bereits Mischpult samt Steckfeld und Verstärker auf – natürlich ohne an die damit verbundenen hohen Kosten einer solchen Ausrüstung zu denken; vollauf zufrieden damit, davon zu träumen. Regale würden – des schrägen Dachs wegen – schwer unterzubringen sein, aber die Neunzehn-Inch-Bauteile konnten wechselweise auch seitwärts anstatt oben angebaut werden, falls dies nötig wurde.

Was mir gefiel, war die gute Atmosphäre in diesem Dachzimmer. Sicher, es roch ein wenig muffig hier oben, aber das konnte schnell behoben werden, wenn wir für ein paar Tage die Fenster geöffnet ließen und für kältere Zeiten eine Heizung installierten. Ich fragte mich, wie es um die Akkustik stand, und langte nach meinem besten Stück, einer Martin 28.

Ich holte das Instrument aus dem Gehäuse und war überrascht, daß es trotz Umzugs kaum gestimmt werden mußte. Ich schlug einen E-Akkord an, und der Klang war reich und schön und satt; sanft, aber mit jenem Hauch von Härte, daß – je nachdem, wie die Saiten angeschlagen wurden – abgesoftet oder auch verstärkt werden konnte. Ich probierte ein paar Akkordfolgen, ein paar verschlungene Riffs, ein paar Licks; dann zarte Intervalle und melancholische Tonfolgen; a-Moll und a-Moll-Tonleiter und Septimenakkorde, und der Sound ging durch bis auf die Knochen, und das Ganze machte immer mehr Spaß; die Grundtöne antippen, dann leichtfingrig hoch in höchste Höhen, und überall war Musik, im Raum, in meinen Ohren und in meinem Verstand, und das war es dann – einer von diesen seltenen und erhebenden Augenblicken, in denen man sich ganz als *Master of the Universe* fühlte; ein Augenblick, den man auskosten mußte.

Nur die Geräusche auf dem Dachboden störten; sie holten mich zurück, sie sorgten dafür, daß ich die Finger von den Saiten nahm.

Ich starrte hoch, und ich bin sicher, mein Mund stand offen.

Aber jetzt war alles still. Hatte ich mir die Geräusche nur eingebildet? Ich suchte die Decke ab. Mein Blick blieb an der unscheinbaren quadratischen Falltür hängen, die auf den Dachboden hinaufführte. Ich richtete mich langsam auf und wünschte, ich hätte mir in meiner mißratenen Jugend nicht so viele Horrorfilme angesehen; und machte einen Schritt nach vorn, so daß ich mich direkt unter der Falltür befand. Das Ding war einen knappen Yard entfernt; ich legte den Kopf in den Nacken und starrte es an.

Mein Herz klopfte wie wild, als sich die Laute wiederholten. Ich stolperte zurück und beinahe gegen die Martin, die an einen Verstärker gelehnt dastand. Ich griff zu, bekam den Gitarrenhals zu fassen und bewahrte sie vor dem Fall; die Saiten vibrierten metallisch. Ich griff fester zu; das Dröhnen verstummte.

Was die anderen Laute betraf – darüber hatte ich keine Kontrolle. Sie waren da, und sie waren real – ein Wimmeln und Kratzen und Huschen. Na, vielleicht nicht gerade das, aber sie waren schwer zu definieren.

Ahh, komm schon! redete ich mir zu und verfiel wieder mal in eines meiner Selbstgespräche; der Geheimtrick, mich wieder zu fangen, wenn ich mit irgendeiner Situation nicht fertig wurde. *Du führst dich auf wie eine alte Jungfer. Das erste Mal allein im neuen Heim und ein paar unerwartete Geräusche, und schon machst du dir beinahe in die Hose. Okay, gibt's eben Mäuse da oben. Was können die schon anrichten? Dich zu Tode knabbern? Das hier ist ein altes Haus, und da wimmeln bestimmt 'ne ganze Menge kleiner Tierchen rum. Teufel auch, wir sind hier auf dem Land, und das ist voller Logiergäste, die keine Miete zahlen! Vögel, Mäuse, Spinnen –*

Aber bisher war das Haus leer.

No, Sir, damals, an diesem ganz speziellen Tag, hast du nur gerade niemand zu Hause angetroffen! Jetzt geh rauf und schau dich um.

Ich zog den einzigen Stuhl in diesem Zimmer zu mir heran und plazierte ihn unter der Falltür. Die Laute waren wieder verstummt, aber das war auch nicht gerade ermutigend.

Keine Ahnung, warum ich so nervös war – vielleicht hatte es irgendwie mit der ›Angst vor dem Unbekannten‹ zu tun; möglich – aber als ich auf diesen Stuhl stieg, zitterten mir die Knie.

Jetzt war mein Gesicht dicht unter der Falltür; ich lauschte angespannt. Nichts. Niemand da. Puuh! Kein mit Handschellen gefesselter, grauhaariger, mit klauenartigen Fingernägeln ausgestatteter zerlumpter Irrer, den die gute alte Ma Chaldean das letzte halbe Jahrhundert dort oben eingesperrt gehalten hatte, weil er – *ES!* – das unselige Produkt familiärer Inzucht war. O nein. Kein Kettengerassel da oben, kein wahnsinniges Aufheulen, nur . . .

Oh, Jesus, nur diese wimmelnden, kratzenden Laute. Da waren sie wieder, auf der anderen Seite der Bohlen.

Ich streckte eine nicht gerade sehr ruhige Hand aus. Ich preßte die Finger gegen die Oberfläche. Ich drückte dagegen.

Die Falltür bewegte sich nicht; nicht gleich, etwa eine halbe Sekunde lang widerstand sie meinem Drücken, dann hob sie sich. Nur einen Inch, weiter stemmte ich sie nicht hoch. Die Schwärze da oben gab ihr Geheimnis nicht preis. Langsam streckte ich meinen Arm, und der Spalt verbreiterte sich zu einem dunklen und zahnlosen Maul . . .

»Mike!«

Ich fiel beinahe vom Stuhl; die Falltür klappte zu (und ich bildete mir ein, da oben noch mehr wimmelnde Laute zu hören). Ich zögerte, hob die Hand, um es noch einmal zu versuchen, aber Midge rief wieder nach mir; diesmal kam ihre Stimme von der Treppe her.

»Mike, ich bin wieder da! Wo steckst du? Komm schon, ich hab' ein warmes Mittagessen dabei . . . naja, jedenfalls war es warm. Hey, ich bin wie der Henker gefahren, damit es nicht kalt wird. Mike, hörst du mich?«

»Ja«, rief ich zu ihr hinunter.

Ich starrte immer noch auf die geschlossene Falltür; und dann zuckte ich mit den Schultern. Ich hatte es nicht eilig herauszufinden, was da oben war. Wahrscheinlich sowieso nur Mäuse im Gebälk. Zeit genug, später nachzusehen. Außerdem hatte ich zum Frühstück fast nichts gegessen, ich war halb verhungert.

So oder so, als Ausrede war das gar nicht schlecht.

Ich hüpfte vom Stuhl und ging hinunter zum Mittagessen.

Das graue Haus

Die ›warmen‹ Pasteten, die Midge im Dorf gekauft hatte, mochten zu der Zeit, als wir sie schließlich aßen, nur noch lauwarm gewesen sein, aber sie schmeckten köstlich und sättigten. Ich schlang zwei hinunter; Midge immerhin eine, dann griff ich in den Apfelbeutel, den sie ebenfalls mitgebracht hatte.

»Heute abend werde ich uns ein richtiges Essen kochen«, kündigte sie an.

»Great!« lobte ich zwischen zwei Bissen. »Wie war's in Cantrip?«

»Okay. Die Leute in den Läden waren freundlich, jedenfalls nachdem sie wußten, wo ich wohne.«

»Du hast es ihnen erzählt?«

»Der Gemüsehändler und der Bäcker haben mich gefragt, ob ich auf der Durchreise sei. Sie waren ziemlich reserviert, bis ich sie wissen ließ, daß ich regelmäßiger Kunde in dieser Gemeinde sein würde. Trotzdem blickten sie noch immer mißtrauisch drein, bis ich ihnen sagte, daß wir in Gramarye eingezogen sind. Danach waren sie richtig freundlich.«

»Haben sie irgendwas über die alte Ma Chaldean gesagt?«

»Mike, nenn sie nicht so!«

Ich sah zur Decke hoch. »Nicht böse gemeint, Flora. So bin ich nun mal.«

»Sie haben nicht viel erzählt, aber ich hab' trotzdem herausgehört, daß sie hier so eine Art lokale Legende ist. Aber auch jemand, der sehr zurückgezogen lebte.«

»Wenn man so weit draußen wohnt, ist das ja wohl nicht gerade überraschend.«

»Es ist gar nicht so weit bis ins Dorf.«

»Für eine alte Lady schon irgendwie. Weißt du, wir wissen eigentlich immer noch nicht, woran sie gestorben ist.«

»Altersschwäche, könnte ich mir vorstellen«, antwortete Midge, und vages Bedauern schwang in ihrer Stimme mit. »Sie war ganz allein hier draußen . . . Ich hoffe so sehr, daß sie nicht leiden mußte.«

»Das bezweifle ich. Sie hätte einen Nachbarn oder Freunde angerufen, bestimmt. Wahrscheinlich hat auch die Sozialfürsorge hier ein Auge auf sie gehabt. Trotzdem, irgendwie hast du schon recht. Es muß ein ziemlich trauriges Leben gewesen sein, allein, ohne Verwandte; mit so wenigen Leuten, mit denen sie sich treffen konnte.«

Midge wandte sich auf ihrem Stuhl um, so daß sie aus dem geöffneten Küchenfenster sehen konnte. »Ich glaube nicht, daß es so war, wie du sagst. Ich glaube nicht, daß sie jemals wirklich einsam war in Gramarye.« Ihr Blick konzentrierte sich nicht auf den Anblick dort draußen, sondern auf etwas anderes . . . auf etwas, das viel, viel weiter entfernt und nicht von dieser Welt war.

»Du wirst eigenartig, Midge«, warnte ich sie.

Sie lachte und war augenblicklich wieder im Hier und Jetzt. »Eigenartig – ich?! Wer hat sich denn auf die Eisenbahnschienen gelegt und mich damit gezwungen, ihm ewige Liebe zu schwören? Wer ißt hier hartgekochte Eier mitsamt den Schalen? Wer kam eines Neujahrsmorgens mit Polizeihelm und ohne Hosen an? Wer –«

Ich hob eine Hand. »Das mit dem Ei war wegen einer Wette. Und überhaupt, das war alles in meiner Jugend –«

»Die Eskapade mit dem Helm war vor zwei Jahren.«

»Da siehst du, wie ich gealtert bin. Hey, komm schon, wir haben noch eine Menge Arbeit vor uns.« Das ist meine Taktik – das Thema wechseln, wenn es brenzlig wird. Ich stand auf und schob den Stuhl vom Tisch zurück; die Stuhlbeine schabten über die Bodenfliesen. Midge streckte die Hand aus und berührte meinen Arm.

»Du hast den ganzen Morgen über geschuftet; also . . . warum legen wir keine Pause ein? Es besteht absolut kein Grund, alles gleich am ersten Tag fertigzumachen.«

»Es gibt eine Menge zu schrubben, anzustreichen . . .«

»Wir waren noch nicht mal auf Erkundung. Komm schon, machen wir einen Spaziergang, dann waren wir ein bißchen an der frischen Luft und finden heraus, wo wir eigentlich leben.«

»Ich weiß nicht . . .«, murmelte ich und tat sehr nachdenklich.

»Du bist ein solcher Bluffer, weißt du das? Du kannst es doch gar nicht erwarten, aus all dieser Hausarbeit rauszukommen.«

Ich lächelte. »Ich gestehe alles! – Die Arbeit läuft schon nicht weg. Sollen wir ein Stück fahren?«

»Nein!« entfuhr es ihr verächtlich. »Ich möchte die Umgebung sehen. Ich will in den Wald.«

»Ausgerechnet? – Willst du damit etwa sagen, der sei Wirklichkeit? Ich dachte, der sei bloß Staffage.«

»Ts, ts«, machte sie und schüttelte den Kopf.

Draußen schien gerade jemand eine Backofentür geöffnet zu haben; ein warmer Luftschwall brach über mich herein und durchdrang mich bis auf die Knochen mit einem eigenartigen Wohlbefinden. Eine Biene summte vorbei und schwebte von Blume zu Blume, als könne sie sich nicht richtig entscheiden. Ein Flattern über unseren Köpfen ließ mich herumfahren; ich sah hoch: Vögel nisteten unter den Dachbalken.

»Ach, das war's«, sagte ich laut.

Midge sah mich fragend an. »Das war – was?« Ihr Blick folgte meinem Blick.

»Ich hab' schon geglaubt, wir hätten Mäuse auf dem Dachboden. Ich wollte gerade nachsehen, vorhin, da hast du mich gerufen. Es müssen Vögel gewesen sein; sie haben dort oben herumgescharrt.«

»Innen?«

»Weiß ich nicht genau. Sie könnten zwischen irgendwelchen lockersitzenden Dachziegeln durchgeschlüpft sein. Ich werde später mal nachsehen.«

»Mein Mann«, seufzte sie und duckte sich unter meinen zwickbereiten Fingern weg.

Wir kletterten den Abhang gegenüber der geraden Seite des Hauses hoch, anstatt die Treppen entlang der gerundeten Flanke zu nehmen. Ich zog Midge hinter mir her und sicherte meinen eigenen Halt immer wieder an niedrig hängenden Zweigen. Wir überquerten ein Wiesenstück, passierten Sträucher und vereinzelt stehende Bäume – und dann betraten wir den Wald, Hand in Hand, wie Kinder.

Das war beileibe nicht so einfach, wie es sich anhört, denn zuerst einmal mußten wir uns durch ein Gewirr von Farnen und Brombeersträuchern kämpfen, die am Waldrand entlang eine mächtige Barriere bildeten. Es gab mehrere Durchlässe, aber auf den ersten Blick war kein einziger zu erkennen – und einige führten lediglich zu einer zweiten Verteidigungslinie. Dennoch fanden wir schließlich einen Weg hinein, und bald darauf war das Haus hinter uns außer Sicht; und die Luft war düsterfeucht. Unsere Füße sanken in etwas ein, das sich wie ein federnder, hochfloriger Teppich anfühlte, und Midge klärte mich darüber auf, daß die obere Bodenschicht aus welken Blättern, anderen Pflanzen und verendeten Tieren bestand. Gerade letzteres erschien mir doch ziemlich ungemütlich, und da half es überhaupt nicht, des weiteren von ihr darüber informiert zu werden, daß der ganze Boden unter unseren Füßen von lebenden Organismen nur so wimmelte; Organismen, die ihrerseits ebenfalls wieder abstarben und vermoderten. Davon lebte der Wald, und deshalb häuften sich nicht Jahr um Jahr mehr Abfälle darin – nichts wurde verschwendet, alles Tote, gleich, ob Pflanze oder Tier, trug zum Leben des anderen bei. Interessant, beteuerte ich ihr, und das war es in der Tat.

Es bereitete ihr Vergnügen, mir Bäume und andere Dinge zu

zeigen und zu erklären, nicht, um damit die Allgemeinbildung des Stadtmenschen aufzupolieren, sondern um mich für meine neue Umgebung zu interessieren und mich darin *einzubeziehen.* Eiche, Esche, verschiedene Ahornarten – langsam aber sicher war es mir möglich, die verschiedenen Arten auseinanderzuhalten und ihre Charakteristika zu erkennen (nicht, daß ich so dumm gewesen wäre, wie ich manchmal zu sein vorgab). Sie erzählte mir davon, daß es im Wald mehrere Bodenschichten gebe. Den Unterboden, die Humusschicht, die untere Pflanzenebene mit Kräutern und Waldgewächsen, Baumschößlingen, Farnen und so weiter. Darüber die Sträucherebene, mit Blütensträuchern wie Weißdorn, Hartriegel, Holunder und so weiter. Diese wurde vom Walddach überragt, dem Schirm, wie sie es nannte; und dort oben nisteten die meisten der größeren Räuber – Waldohreule und Sperber und andere, die Saaatkrähe, die Elster und ähnliche.

All das erwähne ich jetzt aber nicht, weil das Ganze zur Naturkunde-Lektion mutieren soll, sondern nur deshalb, um aufzuzeigen, wie eifrig Midge bemüht war, mich zu indoktrinieren – nein, *belehren* trifft es besser. Sie wollte, daß ich verstand, wie sich das Landleben abspielte. Sie wollte mich unbedingt zu einem Teil davon machen, so wie sie es bereits war, denn auf ihre Art war ihr klar, daß ich jetzt, nachdem ich von dem Durcheinander unseres früheren Lebensstils entfernt war, neue Interessen brauchte.

Und ich spielte mit – nicht nur, um ihr damit einen Gefallen zu tun, sondern weil ich mich wirklich in diese andere Welt einleben wollte. Man könnte vielleicht sagen, daß ich wenig desillusioniert war, was die andere betraf, obwohl es das auch wieder nicht genau traf: Ich glaube, ich suchte einfach nach etwas mehr, nach etwas Besserem als bisher. Das mag möglicherweise auf uns alle irgendwie zutreffen, aber nicht viele erhalten die Chance, tatsächlich etwas zu ändern. Nun, vielleicht wäre ich nicht ganz so eifrig gewesen, wenn ich zu diesem Zeitpunkt bereits gewußt hätte, was ich am Ende meiner Suche finden würde.

Wir hielten bei einem umgestürzten Baum; ein Großteil seines Inneren war bereits zu klumpigem, braunen Pulver vermodert, und dunkelgrünes Moos wuchs an den Resten der Rinde empor. Farne und Heidelbeersträucher taten ihr Bestes, den Stamm zu verbergen, doch der Tod des Baumes war auf der gesamten kleinen, stillen Lichtung zu spüren, wie ein Geist über einem Grab. Helle rote Flecken erweckten meine Aufmerksamkeit, und ich ging näher, um sie zu betrachten.

Ich ging in die Hocke und sagte halb über die Schulter zu Midge hoch: »Schau dir die an, und dann sag mir, daß es keine Kobolde und Elfen gibt.«

»Ich habe nie behauptet, daß es keine gibt.« Sie kniete neben mir nieder. »Oh. Wenn ich du wäre, würde ich die in Ruhe lassen, Mike.«

Ich stupste die Pilze mit einem Finger an. Das Arrangement hätte aus einem Bilderbuch für Kinder stammen können, aus einem von Midges Gemälden, so märchenhaft wirkten sie mit ihren hellen Stengeln und den weißgefleckten roten Schirmen.

»Giftig?« fragte ich fasziniert.

»Die können dir deinen Magen für ein paar Tage ganz schön zur Hölle machen. Das sind Fliegenpilze und definitiv nicht zum Verzehr geeignet.«

»Aber hübsch genug sehen sie aus. Was meinst du, sind die Elfen zu Hause?« Ich klopfte gegen ein Pilzdach.

»Elfen lassen sich nicht blicken, solange Menschen in der Nähe sind. Laß sie in Frieden, sonst werden sie möglicherweise noch böse.«

Beide Hände auf die Knie abgestützt, richtete ich mich auf. »Schon gut. Ich hab' keine Lust, verflucht zu werden.« Ich sah sie ernst an und sagte: »Ich hab' mir gerade überlegt, ob es –«

»Nein, Mike, diese spezielle Art von ›Zauber‹-Pilzen findest du nur in manchen Teilen von Wales, soviel ich weiß. Ich bezweifle, daß sie in Hampshire wachsen.«

Ich sah, daß sie sich über meine diesbezügliche Wißbegierde absolut nicht freute, und zog sie an mich. »Hey, du weißt doch – sowas würde ich nie anrühren.«

Sie entspannte sich. »Allein der Gedanke macht mir Angst. Wenn dir etwas passieren würde, wie damals . . .«

Sie beendete den Satz nicht, aber ich wußte Bescheid. Midge spielte auf die schlechten alten Zeiten an, in denen ich einiges eingeworfen und geschnupft hatte – keine harten Dinger, keine Spritzen; Software, Joints, das Zeug, an dem man ziemlich schwer vorbeikam, wenn man mit gewissen Musiker-Freunden zusammensaß. – Auf irgendeiner Party hatte mir irgend jemand eine gespritzte Coke untergeschoben. Später erzählten sie mir dann, daß ich blau angelaufen und drei Tage lang out gewesen war. Midge war nicht von meiner Seite gewichen, solange ich mich damit herumgequält hatte, immer auf des Messers Schneide, und sie hatte sich auch später, während der Nachwirkungen, rührend um mich gekümmert; sie hatte mich kein einziges Mal gescholten. Sie hatte mich hochgepäppelt wie ein krankes Baby, immer besorgt, immer wachsam. – Ich hatte Glück gehabt, damals; ich war ohne Gehirnschädigung davongekommen und ohne polizeiliche Untersuchung . . . schätze, sie waren der Meinung, ich sei schon genug bestraft, außerdem hatte mir das Zeug nicht gehört. Was Drogen betraf, war ich mehr als kuriert gewesen. Nichts mehr, nie wieder. Ich war niemals abhängig gewesen, und, wie gesagt, die harten Brocken hatte ich nie genommen – es war nicht schwer, die Finger ganz davon zu lassen. Deshalb . . . Vielleicht verstehen Sie jetzt, warum ich an diesem ersten Tag in Gramarye so erschüttert gewesen war, als es mich im runden Zimmer erwischt hat. Ich hatte es für einen Rückfall gehalten und hielt es immer noch dafür; niemand kann definitiv sagen, wie lange die Reste dieser Substanzen im Körper kreisen. Vor einigen Fehlern, die man in seinem Leben begangen hat, kann man nicht so leicht davonlaufen.

Ich drückte Midge an mich und streichelte über ihre Haare. Die Stille des Waldes hatte ihren ureigenen beruhigenden Effekt.

»Vertraust du mir noch immer, Midge?«

Ihre Antwort kam ohne Zögern: »Natürlich. Ich möchte nur nicht noch einmal eine solche Angst um jemanden ausstehen müssen, das ist alles.«

Sie sah so klein und verloren aus, daß ich mir nicht helfen konnte: Ich mußte lächeln. »Lieber würde ich mir ein Bein abschneiden, als dir Sorgen machen«, versprach ich.

Sie schniefte, aber an ihren Mundwinkeln erschienen erste Spuren eines Lächelns. »Und wo soll ich dir dein Ersatz-Bein aufbewahren?«

»Du wirst schon irgendwo ein Plätzchen finden.«

Sie stöhnte so laut auf, daß aus einem nahen Busch ein Vogel hochflatterte. »Furchtbar.« Sie raffte welke Blätter zusammen und warf sie nach mir. »Das war wirklich *daneben!* Total!«

Ich wich aus und wischte mir die paar Treffer-Blätter aus den Haaren. Ich rannte los, weg von ihr. Sie schaufelte mit beiden Händen Erdreich hoch, verfolgte mich – stolperte jedoch über eine heimtückische Luftwurzel und schlug in einem Aufruhr aus Erdreich und welkenden Blättern der Länge nach hin.

Sie fluchte, und ich hob mißbilligend einen Finger. »Na, na, was würden all deine Fans unter den Kids wohl von dir halten, wenn sie diese Ausdrucksweise hören könnten? Benutzte Enid Blyton jemals diese Art von Sprache? Hat Christopher Robin jemals *so* zu Winnie Pooh gesprochen?«

Ein Ast segelte heran, und es war wieder höchste Zeit für mich, auf Tauchstation zu gehen.

»Ts, ts«, konnte ich mir jedoch nicht zu sagen verkneifen. »Weiß dein Verleger eigentlich von dieser aggressiven Ader?«

»Ich kriege dich, Stringer. Warte nur, ich kriege dich bestimmt!« Und dann folgte eine beachtlich ausführliche Beschreibung, was sie mir anzutun gedachte, sobald sie mich in die Finger bekam.

Ich blieb außer Reichweite, sicherheitshalber.»Ich kann's einfach nicht glauben, was ich da höre! – Hat Gretel jemals so etwas mit Hänsel gemacht? War Jill jemals so zu Jack? Und hat die Prinzessin je den hübschen kleinen Molch mit solchem Sadismus bedroht?«

»Frosch!«

»Wie bitte?«

»Es war ein Frosch und kein Molch.«

»Was immer dich anturnt, Babe.«

Sie war auf den Füßen und stürmte heran, und ich drehte mich verständlicherweise um, lief ebenfalls los und lachte in mich hinein; hinter mir wurden empörte Schreie laut. Gelegentlich prallte ein Geschoß von meinem Rücken ab, und ringsum wischten die Bäume vorbei. Es gelang mir, einen kleinen Vorsprung herauszuschinden.

Auf diese Art und Weise kamen wir ein schönes Stück Wegs durch den Wald – wobei wir einem kaum sichtbaren Pfad folgten, von dem noch einige jämmerliche Pfade abzweigten; und bevor ich wußte, wie mir geschah, befand ich mich im Freien, gerade so, als hätte ich eine Schwelle zwischen Dunkelheit und Licht überschritten.

Einen Augenblick lang blendete mich das Sonnenlicht, aber nachdem ich ein paarmal geblinzelt hatte und schließlich eine Hand hob und die Augen abschirmte, sah ich die breite, sanft abfallende Wiese. In einem Tal, und von dunklem Wald auch nach hinten abgschirmt, erhob sich ein großes, graues Haus – ein Herrenhaus fast.

An sich war der Gebäudetrakt zweigeschossig; in das Steildach darüber waren Dachfenster eingelassen, auf dem First waren mehrere Kamine auszumachen – angeordnet wie hochgestellte Schachteln. Es müssen acht oder neun lange Fenster gewesen sein, im Erdgeschoß, und genausoviele – kleinere – darüber. Ich konnte eine breite Freitreppe ausmachen, die zu einem wahrhaft gewaltigen Portal emporführte; es gab keine Veranda, anstelle dessen aber viereckige Säulen und ein Karnies, das reliefgleich das Portal umrahmte. Die Wiese erstreckte sich geradewegs hinunter bis zu einem rechteckigen Wendeplatz und zu einer Straße, die schließlich hinter dem verschachtelt gebauten Haus verschwand, wahrscheinlich, um irgendwo in eine öffentliche Waldstraße zu münden.

Das Haus lag wahrhaftig isoliert, und die graue Farbe der Mauern ließ es dunkel und brütend erscheinen, trotz der Sonnenhelligkeit. Obgleich die Anlage wunderschön war, konnte ich mich nicht gegen das Gefühl wehren, daß irgend etwas an dem Gebäude abstoßend wirkte.

Geschmeidige Schritte näherten sich mir von hinten, und dann legten sich Arme wie eine Klammer um meine Taille. Ich ergriff Midges Handgelenke, bevor sie irgendwelchen Schaden anrichten konnte, und sie stieß einen frustrierten Schrei aus. Ich wandte mich um und zog sie an mich, so daß sie völlig hilflos war, und dann biß ich ihr in ihre kleine Nase.

Sie ruckte den Kopf weg, lachend und atemlos gleichzeitig, und all ihr Drehen und Winden, um sich zu befreien, ließ schließlich nach, als sie erkannte, daß es zwecklos war.

»Kraftprotz!« schmollte sie – und genoß jeden Augenblick.

»Wenn du dich wieder beruhigt hast, brauchst du's nur zu sagen.«

»Umpfff!«

»Wie bitte? Ich hab's nicht ganz verstanden.«

»Ratte!«

»Einverstanden. Aber du hast meine Frage immer noch nicht beantwortet.«

Ich spürte, wie sie an meiner Brust nickte. »Heißt das ja?«

Ein muffiges Gemurmel und stärkere Bewegungen.

»Okay.« Ich ließ sie los, paßte aber auf.

Sie huschte weg und trat mir gegen das Schienbein; alles irgendwie gleichzeitig.

»Elende Hexe!« krähte ich, hüpfte auf einem Fuß und rieb mein mißhandeltes Bein.

»Mein Dad hat mir schon beigebracht, wie man mit Unholden deines Schlages fertig wird, da hatte ich noch einen Pferdeschwanz«, rief sie und tänzelte außerhalb meiner Reichweite herum.

Ich warf mich in einem Hechtsprung vor, visierte ihre Fußgelenke an und brachte es gerade noch fertig, eins davon zu erwischen; sie fiel auf mich. Wir rollten ein ganzes Stück weit die Wiese hinunter, Midge kichernd und fluchend in einem.

Irgendwann lagen wir still und rangen nach Luft, ich auf dem Rücken, Midge halb auf mir. Als sie das Haus bemerkte, weiteten sich ihre Augen.

»Was für ein eigenartiger Ort«, murmelte sie – irgendwie unsicher, da sie noch immer außer Atem war.

Sie setzte sich auf, und ich stützte mich auf einen Ellenbogen hoch; gemeinsam starrten wir über die Wiese hinunter. »Sieht grimmig aus, was?« bemerkte ich.

Eine Brise strich über den sanften Abhang hoch und bewegte das Gras; sie berührte uns kurz und war verschwunden. Ich fröstelte, obwohl mir ziemlich heiß war.

»Würde mich interessieren, wer hier lebt«, sagte Midge.

»Jemand mit mehr Geld, als wir jemals sehen werden, und jemand, der seine Privatsphäre zweifellos schätzt. Selbst das Portal liegt von der Straße abgewandt.«

»Es sieht . . . es sieht leer aus.«

»Möglich, daß die Eigentümer gar nicht da sind, oder vielleicht ist es auch eines von diesen alten Familienanwesen, die aus Kostengründen nicht mehr zu halten sind. Wie ich gehört habe, sollen die letzten Jahrzehnte für einige Grundbesitzer nicht gerade rosig gewesen sein.«

»Nein, ich meine eine andere Art von leer.« Sie runzelte die Stirn und versuchte, das Gefühl in Worte zu fassen. »Es sieht bedrückend aus«, meinte sie nach einer Weile. »Eine so schöne Lage, und doch wirkt das Haus . . . unglücklich.« Sie sah auf mich herunter. »Es kommt mir abweisend vor.«

»Komm schon, so weit würde ich nicht gehen. Okay, natürlich besteht die Möglichkeit, daß wir uns auf Privatbesitz befinden. Und daß irgend jemand recht sauer wird, wenn er uns hier sieht –«

Sie stand augenblicklich auf.

»Hey, nur die Ruhe«, bremste ich und blieb, wo ich war. »Ich hab' doch nur Spaß gemacht. Wir haben kein einziges Schild gesehen, das darauf hinweist, daß hier Privatbesitz ist.«

Sie wandte den Kopf, als erwarte sie ernsthaft, daß im nächsten Moment Wildhüter mit geladenen Schrotflinten auftauchten. »Es gefällt mir nicht hier. Ich hab' das Gefühl, als würde man uns beobachten.«

Ich erhob mich und wischte Grasstückchen von meinen Jeans. »Du bist unmöglich. Nirgends könnte es friedlicher sein, und du machst dir in die Hosen.«

»Ich fühle mich nicht wohl. Bitte, laß uns gehen, Mike; okay?«

Nun betrachtete ich sie doch ein wenig besorgt; da war ein Unterton von Angst in ihrer Stimme . . . eine Angst, die die Situation nur schwerlich rechtfertigte. »Okay, Midge«, stimmte ich zu und nahm ihre Hand. »Wir sind schon so gut wie weg.«

Wir gingen zurück, und bevor wir wieder in das schattige Waldland eintauchten, warf ich dem grauen Haus einen letzten Blick zu. Aus dieser Entfernung wirkte das Düsterhaus vollkommen harmlos.

Die verletzte Drossel fanden wir einige Zeit später, als wir den Wald fast wieder durchquert hatten, und zwar auf dem gleichen Pfad, den wir vorhin gekommen waren (jedenfalls versicherte mir Midge immer wieder, es sei der gleiche Pfad). Sie führte unbeirrt, während ich genauso unbeirrt hinter ihr hertappte, die Fingerspitzen in den Jeanstaschen und dabei gelegentlich das Hei-ho der Zwerge singend.

Midge jagte mir einen ziemlichen Schrecken ein, als sie unvermittelt anhielt und eine Hand gegen meine Brust stemmte. Ich erstarrte, die Lippen noch gespitzt.

»Was ist los?« flüsterte ich, aber sie winkte nur ab und bückte sich tief über den Weg. Ich hörte eine verzweifelte, raschelnde Bewegung und bückte mich jetzt ebenfalls.

Midge schob behutsam das Gestrüpp neben dem Pfad beiseite – ein winziges, durchdringendes *Tschiip!* warnte sie. Der Vogel starrte uns mit großen, dunklen Augen an; der kleine Kopf ruckte ängstlich.

»Ach, du armer kleiner Kerl«, flüsterte Midge voller Anteilnahme. »Sieh nur, Mike, er hat einen gebrochenen Flügel.«

Ich schob mich gebückt näher heran, und der verzweifelte kleine Kerl flatterte mit dem gesunden Flügel weg und versuchte zu entkommen. Midge streckte eine sanfte Hand aus, und seine Panik legte sich sofort, obwohl er mich noch immer mit einiger Skepsis beäugte. Sie gab ein paar sanft gurrende Laute von sich, und zu meiner Überraschung ließ der Vogel zu, daß ihre Finger seinen gefleckten Bauch streichelten.

»Das ist eine Misteldrossel«, erklärte mir Midge ganz ruhig. »Sie muß gegen einen Baum geflogen sein oder sich im Gestrüpp verfangen haben. Es sieht nicht danach aus, als sei sie von einem anderen Tier angegriffen worden . . . ich sehe keine Wunden und auch kein Blut.«

Ich betrachtete den graubraunen Vogel einen Moment lang eingehend und bemerkte, daß Midges Streicheln einen beinahe hypnotischen Effekt auf ihn hatte; die dunklen Augen verschleierten sich, als sinke die Drossel langsam in Schlaf. – »Was machen wir mit ihr?« flüsterte ich.

»Wir können sie nicht hier lassen. Sie würde die Nacht niemals hier im Wald überstehen.«

»Wir können sie nicht mit nach Hause nehmen.«

»Warum nicht? Bei uns ist sie sicher und warm untergebracht, und morgen kann ich sie nach Cantrip oder Bunbury zum Tierarzt bringen.«

»Midge, ihr Flügel ist gebrochen, und zwar verdammt böse . . . Du siehst doch selbst, wie verdreht er ist. Selbst wenn der Schock sie nicht umbringt – ihr Flügel wird nie mehr richtig heilen.«

»Du wirst überrascht sein, wie zäh diese kleinen Burschen sind. Wir werden ihn gesundpflegen, du wirst schon sehen.« Sie schloß die Hände um die Drossel und hob sie behutsam hoch. Der Vogel protestierte nur schwach. Midge ließ ihn an ihrer Brust ruhen, und ich glaube, das Kerlchen genoß die bequeme Lage; jetzt schloß es die Augen vollständig und schien einzuschlafen. Midge sah auf den kleinen, gefiederten Körper hinunter, der sich mit einer solchen Zärtlichkeit gegen sie schmiegte, daß tief in mir etwas zerschmolz. Sanft, wie ich ihr gegenüber immer war, gab es da trotzdem noch ein wenig Freiraum für extra Knoten-im-Hals-Sanftheit. Nennen Sie mich einen sentimentalen Narren.

Wir richteten uns beide auf, und ich legte ihr eine Hand auf die Schulter, als sie uns den Pfad entlang zurückführte – mit Bewegungen, die möglicherweise noch graziöser waren als ohnehin, so daß die verwundete Drossel so wenig wie möglich gestört wurde.

Bald darauf erblickte ich weit voraus einen winzigen hellen Fleck und wußte, wir näherten uns dem Waldrand und Gramarye.

Aber ich bemerkte auch noch etwas anderes. Zumindest glaubte ich das – doch als ich genauer hinsah, war es verschwunden.

Ich war davon überzeugt, eine Gestalt gesehen zu haben – jemanden, der in einiger Entfernung zwischen den Bäumen stand. Midges Aufmerksamkeit galt nach wie vor dem in ihre Hände gebetteten Vogel, und so wußte ich, daß sie nichts bemerkt haben konnte. Ich kniff die Augen zusammen, um besser sehen zu können, und überlegte, ob ich möglicherweise nur einen schattenhaften Busch gesehen hatte, den der Wind bewegt hatte; und ich ließ jenen Teil des Waldes dennoch nicht mehr aus den Augen. Fehlanzeige, nichts mehr zu sehen.

Trotzdem, es fiel mir schwer, den Eindruck loszuwerden – dieses Schattenbild von jemandem zwischen den Bäumen. Von dieser dunkel gekleideten Gestalt, völlig reglos, beobachtend. Von dieser Gestalt, die *uns* beobachtete.

Ein Besucher

An diesem Abend saßen wir entspannt im runden Zimmer beieinander, Midge auf dem Teppich ausgestreckt, Kopf und Schultern mit einem Kissen hochgestützt, ich mit der Gitarre – einer spanischen Konzertgitarre – auf dem Sofa; das Schätzchen im Schoß, die Weinflasche und ein Glas auf dem Beistelltisch neben mir. Die verletzte Drossel war unten in der Küche: wir hatten sie in eine weich ausgepolsterte Pappschachtel gebettet, und sie sah recht gut versorgt aus, wenn auch ein wenig traurig. Midge hatte sie mit einer Engelsgeduld mit ein paar kleinen

Happen milchgetränktem Brot gefüttert und den gebrochenen Flügel so bequem wie irgend möglich ausgebreitet. Jetzt lag es an dem Vogel selbst, durchzukommen.

Die Sonne war nahezu hinter den Bäumen verschwunden, und der Raum war wieder in jenes volle, warme Licht getaucht, auch wenn das Strahlen milder war, irgendwie tief beruhigend. Ich strich über die weichen Gitarrensaiten, und die Töne hallten von den gewölbten Wänden wider und erfüllten den ganzen Raum mit einem wunderbaren Klang. Midge sah mich mehr als nur verwundert an, als ich ein Stück spielte, mit dem ich eine zeitlang gewaltige Schwierigkeiten gehabt hatte – Paganinis große Sonate in a-Moll (yeah, ich bin wirklich nicht nur ein Rock-'n-Roller); Midge sah mich eindeutig verzaubert an. Mir erging es ähnlich, durch meine eigene Musik. Nirgends, an keiner Stelle, gab es auch nur das geringste Zögern; kein einziges Mal griff ich daneben. Ich war außer mir vor Freude über die eigene Geschicklichkeit, meine Finger waren selbstbewußt und stark, und die Kompliziertheit und Länge des Stücks überhaupt nicht mehr (wie in der Vergangenheit so oft) entmutigend. Natürlich unterliefen mir Fehler, aber sie gingen irgendwie unter im Strömen der heiteren Musik, und als ich aufhörte, da war ich davon überzeugt, daß mir selbst der alte Segovia persönlich ein Nicken geschenkt hätte. Allerdings genügte mir das Staunen auf Midges Gesicht vollauf.

Sie kroch zu mir herüber und legte einen Arm über meine Knie. »Das war . . .« Sie schüttelte den Kopf – ». . . *großartig!*«

Ich hob die Hände, die Innenseiten mir selbst zugewandt, und betrachtete sie, als gehörten sie jemand anderem. »Yeah«, pflichtete ich ziemlich atemlos bei. »Ich war gut, ich war wirklich gut. Jesus, ich war unglaublich.«

»Spiel noch was« drängte sie. »Bitte . . .«

Aber ich legte die Gitarre beiseite. »Lieber nicht, Midge. Es ist komisch, aber ich glaube, heute abend hab' ich nichts mehr in mir drin. Naja, vielleicht möchte ich nach dem auch nur nichts verhauen . . . lieber aufhören, solange ich die Nase vorn habe, verstehst du das?« – Aber das war nur die halbe Wahrheit; ich wollte beim nächsten Lied nicht versagen, okay. Der andere Grund war: Ich war erschöpft. Was immer notwendig gewesen war, um so spielen zu können, es hatte mich auch leergebrannt, körperlich und geistig. Ich ließ mich in das Sofa zurückfallen, die Augen geschlossen und lächelnd. Wow, das war ein *gutes*

Gefühl gewesen! Midge kuschelte sich neben mich und schmiegte ihr Gesicht an meine Brust.

»Es gibt Magie in Gramarye, Mike, und sie wirkt auf uns beide ein.«

Sie hatte das sehr leise gesagt, und ich war nicht einmal sicher, ob ich sie richtig verstanden hatte. Ich griff nach dem Weinglas und nippte; zufrieden, einfach hier zu sitzen, mit Midge neben mir und einer Welt (falls es da draußen wirklich eine Welt gab), die friedlich war und still.

Mittlerweile hatte ich die lauernde Gestalt am Waldrand natürlich als Einbildung abgetan; mein eigener rationaler Verstand war längst dabei, die Erinnerung zu verwässern: Warum sollte sich jemand verstecken, nachdem man ihn entdeckt hatte? Und wie hätte das überhaupt so blitzartig möglich sein können?

Davon abgesehen hatte es ein anderes ablenkendes Ereignis gegeben, kurz darauf, nachdem wir das Cottage erreicht hatten: Wir hatten das Küchenfenster zu schließen vergessen, und jetzt endeckten wir, daß Gramarye einen Besucher beherbergte.

Das rostrote Eichhörnchen hochte auf dem Tisch und fraß die vom Mittagessen übriggebliebenen Krümel. Ich hatte Midge die Tür aufgehalten, damit sie mit ihrem Schützling eintreten konnte – und der Kopf des Eichhörnchens ruckte hoch und in unsere Richtung. Der kleine Kerl sah sie zuerst, und wenn Tiere lächeln können, dann hat er das in diesem Augenblick getan. Der kleine Bettler zeigte keinerlei Furcht, und er schien es auch überhaupt nicht eilig zu haben mit seinem Aufbruch. Unser Eindringling naschte weiterhin von den Krümeln.

Erst als ich mich dem Tisch näherte, erinnerte sich das Eichhörnchen an seine natürliche Scheu. Es warf mir einen ziemlich schrägen Blick zu und sprang auf den nahen Küchenschrank, was die dort aufgehängten Tassen und Krüge gegeneinanderklappern ließ. Ich hob in einer spontanen Friedensgeste eine Hand, doch dieses allgemein gültige Zeichen sagte dem hastenden Tierchen nichts. Es turnte auf die Fensterbank hinüber und sprang mit einem letzten pfiffigen Blick hierhin und dorthin und überallhin in den Garten hinaus und war verschwunden.

Midge und ich lachten fröhlich, und sie sagte: »Glaubst du, daß in diesem Teil der Welt alle Eichhörnchen so kühn sind?«

Natürlich hatte ich unweigerlich an das andere Kerlchen auf der Straße denken müssen; damals, als wir hier unseren ersten Besuch abgestattet hatten. »Schon möglich«, erwiderte ich.»Vorausgesetzt jedenfalls, das war nicht der gleiche Bursche wie neulich.«

Sie klappte den Mund auf, als ziehe sie diese Möglichkeit tatsächlich in Erwägung, dann sagte sie: »Wir haben Glück, daß wir überhaupt welche sehen. Vor ein paar Jahren hat sie eine Epidemie beinahe ausgerottet; ich hab' gelesen, daß in der Gegend hier nicht viele überlebt haben. Die Grauen haben ihr Revier übernommen.«

»Wir sollten in Zukunft unsere Fenster schließen, wenn wir ausgehen, sonst kommen wir eines Tages zurück und stellen fest, daß hier eine Invasion stattgefunden hat.«

»Hübscher Gedanke.«

»Nicht, wenn die Invasoren Ratten oder Mäuse sind.«

»Daß du immer alles schwarz sehen mußt!«

Einen Moment lang wurde ich ziemlich ernst. »Einer von uns muß auf dem Boden bleiben.«

Sie sah mich komisch an – und merkte dann, daß sie noch immer die verletzte Drossel in ihre Hände geschmiegt hielt.

Ich kramte eine Pappschachtel hervor und polsterte sie mit einem alten Sweater von mir und einem Schal von Midge; sie bettete den Vogel darauf und stellte die Schachtel in eine Nische neben dem Küchenschrank. Dann versuchte sie, die Drossel zu füttern, gab es nach einer Weile auf und versuchte es später schließlich noch einmal, jetzt mit einem gewissen Erfolg. Was vom Nachmittag noch übrig war – und das war nicht viel – wurde damit verbracht, Kleider und Schmuck auszupacken, eine dauerhafte Bleibe für Werkzeuge, Gerätschaften und verschiedene Haushaltsgegenstände zu finden, Bilder aufzuhängen, zu fegen und zu putzen und die Dinge ganz allgemein wieder ein bißchen mehr ins Lot zu bringen. O'Malley und seine Leute hatten gute Arbeit geleistet; das ganze Haus war auf Vordermann gebracht. Selbst die Schranktüren paßten allenthalben genau, und ich nahm an, daß sie abgebeizt worden waren, bevor man sie neu gestrichen hatte. Einige Dielenbretter knarrten noch hier und da, aber sie waren nirgends mehr durchgebogen, und ich konnte auch keine Risse mehr im Holz finden.

Nach dem Abendessen (einem Filet Stroganoff), das Midge mit viel Hingabe und Sorgfalt zubereitet hatte– immerhin war es unser erstes ›richtiges‹ Abendessen in Gramarye –, verlegten wir das gesellige Beisammensein nach oben, ins runde Zimmer. Ich schaltete den Fernseher an, aber das Bild war lausig; pures

Schneetreiben; und da ohnehin keiner von uns wirklich fernsehen wollte, schaltete ich bald darauf wieder ab. Ich nahm mir vor, morgen irgend etwas in Sachen Antenne zu unternehmen. Eine Weile saßen wir schweigend und entspannt bei einem Glas Smilson (einem sehr guten Tropfen), und ich war froh, daß wenigstens der Plattenspieler funktionierte. Beide waren wir an diesem Abend im Einklang mit uns und unserer Umgebung; keine traurigen Erinnerungen schmälerten Midges Zufriedenheit, und was mich betraf – an mir nagten keine Vorbehalte mehr, diesen Umzug gewagt zu haben. Als die LP abgelaufen war, bat sie mich, etwas für sie zu spielen, und das war nicht neu; wenn sie abends noch am Zeichenbrett zu tun gehabt hatte, früher, hatte ich das oft getan, oder wenn mir einfach danach zumute gewesen war.

Ich holte die Gitarre, und Midge öffnete für mich noch eine Flasche Wein.

Und jetzt hing ich zurückgesunken auf dem Sofa, die Fingerspitzen beider Hände kribbelten noch von der Berührung mit den Gitarrensaiten, und Midges Kopf ruhte an meiner Brust; es dauerte nicht lange, bis sich unsere gegenseitige Nähe und Wärme in beiderseitiges Verlangen wandelte.

Anders als bei unserer wahnwitzigen, rauschähnlichen Vereinigung am Morgen war es dieses Mal sanft, beinahe träge; wir kosteten jede Bewegung, jeden Augenblick in vollen Zügen, und genossen selbst die zurückgehaltene Heftigkeit. Und so, wie sich die Sinnlichkeit unserer Körper steigerte, so schien sich auch der Raum um uns her zu drehen und sich mit uns zu verweben, und die letzten verblassenden Strahlen der Sonne verwandelten sich in ein Farbenspektrum, das geprägt war von jener sanguinischen Röte, die allgegenwärtig die Wände befleckte.

Unser Liebesakt wurde langsam zu etwas Großem, zu einer machtvollen Expansion unterschiedlichster Empfindungen, die weit über unsere physische Existenz hinausging und die auch nicht allein in unserem Geist explodierte, sondern zu einem Feuerwerk sich gemächlich ausbreitender Energieschauer eruptierte. Man stelle sich einen Zeitlupenfilm vor: Glas, das in Tausende – *Millionen* – von Bruchstücken zerspringt, jedes einzelne Teil gleißend im Licht, jedes auch noch so winzige Stück ein eigenes Wesen, ein eigenes Ich – das könnte eine körperliche Entsprechung der sinnlichen Reaktion darstellen, die in uns erregt wurde, auch wenn dieser Vergleich bei weitem nicht exakt ist, denn solch ein sprödes Zersplittern ist die genaue Antithese zu jenen sanften Sternenausbrüchen, die wir beide erlebten. Wir vereinten uns, und doch verschmolzen wir nicht allein miteinander, sondern auch mit der Luft rings um uns her und mit den Mauern und mit allen darin lebenden Organismen. Auf eine unfaßliche Art und Weise hatten wir eine andere Ebene erreicht, eine Ebene, die wir vielleicht alle von Zeit zu Zeit einmal erblikken – jedoch immer von deren Peripherie her, an der wir leben, immer genau vom Rand; verschwommen wissen wir von ihrem Vorhandensein, doch sind wir nie in der Lage, sie deutlich umrissen wahrzunehmen, da unser Verstand stets von seiner eigenen begrenzten Wahrheit geschlagen wird.

Schwer verdaulich, hab' ich recht? Ich versuche damit, Ihnen (zugegebenermaßen unbeholfen) einen Schimmer dessen zu vermitteln, was an jenem Abend in Gramarye mit uns geschehen ist. Und vielleicht auch, das Ganze für mich selbst in eine Art Perspektive zu rücken.

Aber da war noch mehr. Wir fühlten die Aura von Gramarye, einen Geist, der nichts zu tun hatte mit Flora Chaldean oder all den anderen, die das Cottage vor ihr bewohnt hatten – ein Geist, der das *Wesen* dieses Ortes selbst war. Seine *ureigene* Natur, wenn Sie so wollen. In den Strukturen des Hauses, in der Natur, in der Atmosphäre ringsum – überall herrschte eine gewaltige Güte, ein Strömen – und Ausströmen – erdener Reinheit.

Doch da alles Positive auch seine negative Seite hat, gab es auch hier etwas Dunkles, Lauerndes . . . etwas Böses. Wir spürten es, an der Peripherie, ein Schatten, der nicht definiert werden konnte, eine Macht, die schlafend lag und wenig Kraft besaß. Doch sie war da.

Wir erfuhren diese Dinge, aber sie waren nicht scharf konturiert, und die Wahrnehmung war bald darauf mit dem Verebben unserer körperlichen Lust verschwunden und mit all deren Empfindungen – jener wesentliche Urdrang, der uns zu unserer Erkenntnis geführt hatte, war es jetzt, der das Bewußtsein dessen mit seinem eigenen Versiegen von uns forttrug. Erst heute, nachdem so viel geschehen ist, gelingt es mir, das, was an diesem Abend passierte, darzulegen und – zum Teil – zu erklären. Trotzdem ist alles nur *meine* Interpretation, und dazuhin lange nach dem tatsächlichen Ereignis niedergeschrieben.

Ich war es, der damals als erster sprach – Midge war noch zu verwirrt oder erschöpft oder beides. »Was hast du in das Stroganoff getan?« – Es war scherzhaft gemeint, eine liebevolle kleine Bosheit, während ich meine Gedanken ordnete; aber sie lachte nicht darüber. »Midge, bist du okay?«

Sie sah in meine Richtung, aber sie sah mich nicht; nicht ganz; ein schläfriges Staunen leuchtete noch immer in ihren Augen.

»Midge?«

Sie machte einen langen, tiefen Atemzug, und ihre Schultern und ihr Brustkorb hoben sich, und dann ließ sie die Luft genauso langsam wieder aus sich herausfließen. Schließlich sagte sie: »Was ist passiert?« Die Frage war sowohl an sie selbst wie auch an mich gerichtet.

Ich lächelte träge. »Wir haben uns geliebt.« Und das Phänomen schwand bereits aus mir – die materielle Wirklichkeit sicherte ihren bewahrenden Einfluß bereits, wie es immer geschieht, nachdem man aus einem Traum erwacht ist.

Midge fuhr sich mit beiden Händen über die Augen, und als sie wieder aufschaute, war es, als hätte sie das Staunen weggewischt. Dann gähnte sie, und davon wurde ich rasch angesteckt; ich gähnte ebenfalls. Ich half ihr, ihre Kleidung zu richten – sie fummelte an den Knöpfen herum wie ein müdes Kind; sie war zerstreut, jede Koordination beinahe verschwunden.

»Ich versteh' das nicht«, murmelte sie. »Mike, ich kann nicht richtig denken, ich ...«

Auch meine Bewegungen waren so langsam und ungeschickter als mir recht war, aber da war zugleich eine Wärme in mir ... Und auch meine Sinne waren jetzt angenehm getrübt. Ich konnte nicht aufhören zu lächeln. »Ich glaube, wir haben gerade eine Art Barriere durchbrochen, Midge ... die Ekstase hinter der Ekstase. Ich glaube, für uns hat sich wahrhaftig die Erde bewegt. Jesus, ich hätte nie gedacht, daß so etwas möglich ist.« (Sehen Sie, wie das menschliche Gehirn funktioniert, wie es um seiner eigenen geistigen Gesundheit willen versucht, das Irrationale rational zu erklären? Ich spielte es auf *Romantik* herunter, du liebe Güte!)

Doch Midge war nicht so leicht zu überzeugen. »Nein, Mike, da war mehr, so viel mehr ...«

Ich unterbrach sie mit einem Kuß. »Wir sind beide müde, Kobold. Du hast es selbst gesagt: die Landluft stellt irgendwas mit uns an. Komm, geh ins Bett; ich schließe ab.«

»Ich brauche ein Bad . . .«

»Nein, brauchst du nicht.«

»Muß mir die Zähne putzen . . .«

»Dazu brauchst du nicht länger als eine halbe Minute. Ich bin bei dir, bevor dein Kopf das Kissen berührt.«

»Schon gut, Mike. – Mike . . .?«

»Ja?«

»Du liebst mich doch, oder?«

»Du weißt, daß ich dich liebe. – Du fühlst es.«

Ich zog sie hoch und stellte sie behutsam auf die Füße; sie sank gegen mich.

»Gott!« murmelte sie. »Ich hab' gar nicht gemerkt, wie müde ich bin. Ich komme mir vor, als wär' ich betrunken.«

»Woher sollst du das auch wissen? Komm schon, ich bring' dich rüber.«

Ich tat noch mehr: Ich hob Midge hoch und trug sie hinüber; sie war federleicht, überhaupt keine Last. Ich legte sie auf dem Bett ab und blieb über sie gebeugt stehen.

»Glaubst du, daß du den Rest allein hinkriegst, während ich mich um die Türen und Fenster kümmere?«

Sie nickte und scherzte dann: »Immer noch nervös wegen des Landlebens, Mike?«

»Es sind all die Bären und Wölfe da draußen.«

»Und die Walddämonen. Vergiß die Walddämonen nicht.« Ihre Worte kamen fast schleppend; der Schlaf war ganz nahe.

»Es wär' mir lieber gewesen, du hättest die Walddämonen nicht ins Spiel gebracht.« Ich beugte mich tiefer zu ihr hinab, gab ihr einen Kuß auf die Stirn und richtete mich wieder auf. Midges Augen waren bereits zugefallen.

Leise verließ ich das Schlafzimmer, ging hinaus in den kleinen Flur und verriegelte die rückwärtige Tür, dann tappte ich in die Küche hinunter. Lächerlicherweise hatte ich mir mit meinem Gerede von Wölfen und Bären selbst Angst eingejagt; nicht, daß ich auch nur einen Sekundenbruchteil lang *wirklich* geglaubt hätte, daß da draußen solche Wesen herumpirschten, aber mittlerweile war die Sonne vollständig untergegangen, und eine pechschwarze Finsternis lastete über dem Land. Und ich begann mich daran zu erinnern, wie einsam das Cottage lag.

Ich schloß und sperrte die Haustür ab, und dann trat ich an das offene Fenster; ich streckte den Kopf hinaus und fühlte einen kühlen Luftzug auf meiner Haut. Ich konnte kaum etwas sehen, nur die vagen Konturen der am nächsten stehenden Bäume. Eifrige Wolken mußten die Sterne bedeckt haben, und es gab keinen Mond und kein Mondlicht, das auch nur die wogenden Wolkenränder säumte.

Und jetzt war mir eher noch unbehaglicher zumute, und ich zog den Kopf wieder zurück, schloß das Fenster und legte sehr sorgfältig den Sperrhaken um. Dann stand ich da und betrachtete eine kleine Weile mein eigenes geisterhaftes Spiegelbild im dunklen Glas – und fröstelte.

»Idiot«, kommentierte ich mich schließlich höchstpersönlich und ging wieder hinauf; und pfiff eine fast schon fröhliche Melodie vor mich hin.

Ich schreckte übergangslos hoch, wie in der Nacht zuvor. Nur daß ich dieses Mal augenblicklich hellwach und voller böser Ahnungen war. Ich konnte Midge gleichmäßig neben mir atmen hören, noch im Schlaf verloren.

Mein ganzer Körper war angespannt; ich lag da und fragte mich, was mich geweckt hatte, und nur die Leuchtziffern des Radioweckers und die schwachen Umrisse von Möbeln linderten die bedrückende Finsternis.

Ich spielte mit dem Gedanken, Midge wachzurütteln, aber das wäre genauso unfair wie feige gewesen. – Als ich vorhin nach meiner Haustour ins Schlafzimmer zurückgekommen war, waren ihre Kleider in einem Haufen am Boden gelegen, und sie selbst hatte sich unter die Decken verkrochen und bereits tief geschlafen. Da war kein Hauch von Zahnpasta, als ich sie auf die Lippen küßte. Der Umzug und die verrückten Wochen davor (die ganze Vor-Umzugshektik) – all das rächt sich jetzt, erinnere ich mich, gedacht zu haben.

Dann: Geräusche. Von oben. Und vertraut.

Ich stieß Midge an, aber sie rührte sich nicht.

Ich starrte hoch zu einer dunklen Masse, die die Decke war. Irgend jemand kroch dort oben herum!

Den Kopf noch immer zurückgereckt, stemmte ich mich auf die Ellenbogen hoch, und ich war mir absolut nicht sicher, ob es nur kalt war im Zimmer oder ob meine Gänsehaut andere Gründe hatte. Die Geräusche klangen gedämpft, und mir wurde klar, daß sie nicht aus dem Raum direkt über mir kamen, sondern aus dem Dachboden. Der erleichterte Seufzer blieb mir trotzdem beinahe im Hals stecken. Wer hatte je von Vögeln gehört, die mitten in der Nacht herumwimmelten und -kratzten? – Aber was, zum Teufel, sollte sonst da oben sein? Mein bösartiger Verstand verwies sofort auf Ratten, und ich ließ mich wieder ins Bett zurückfallen und zog die Decken hoch bis zur Brust. – Vielleicht Mäuse? Ich wünschte, ich hätte mich damit beruhigen können, aber ich wußte – Mäuse verursachen keinen derartigen Lärm.

Vergessen wir den Helden, der mitten in der Nacht sein Bett verläßt, um gewissen rätselhaften Geräuschen auf den Grund zu gehen, den Burschen, der die knarrende Treppe zum Dachboden hochsteigt, nur begleitet von einer einsamen Taschenlampe oder Kerze, die ihm den Weg leuchtet, und, falls er ein Filmstar ist, von einer entsprechend gruseligen Musik. Der Kerl ist pure Erfindung, der dämlichen Phantasie irgendeines Idioten entsprungen: Ich bin ich, und ich bin immerhin mit ein bißchen Verstand zur Welt gekommen.

Um nichts in der Welt würde ich aus meinem behaglichen Bett kriechen und auf dem Dachboden nach dem Rechten sehen. Um *absolut* nichts in der Welt. – Das konnte warten bis morgen.

Das seltsame daran ist, daß ich nicht mehr viel länger wach blieb. Ich horchte noch eine Weile, und mein Herz hämmerte bei jedem neuen Geräusch ein paar Takte hastiger – und ich hörte eine ganze Menge neuer Geräusche im ganzen Haus, Knarren und Ächzen und Knacken – aber schließlich sagte ich mir, daß das nur das alte Holz war, das nach einem sonnenwarmen Tag noch arbeitete, und bald darauf überwältigte die Müdigkeit jede Furcht.

Ich sank in einen tiefen Schlaf; die Finger gekreuzt, daß mich der Schwarze Mann nicht holen konnte.

Erneuter Besuch

»Mike, schnell, wach auf!«

Ich bin mir nicht mehr sicher, wie unhöflich meine Antwort war, aber damit war das Zerren an meiner Schulter nicht erledigt. Ich öffnete die Augen, und das Tageslicht stach durch bis in meine Seele.

»Mike, ich will, daß du es siehst«, beharrte Midge.

Ihr Gesicht schwebte dicht über mir und sah wesentlich fröhlicher aus als gestern abend. Genaugenommen strotzte Midge ziemlich vor Leben, und ihre Berührung mußte wie ein elektrischer Schlag gewesen sein, denn jetzt wurde ich plötzlich sehr lebendig. Das war der zweite Morgen, an dem ich vital und erfrischt erwachte, und wie bereits erwähnt, war das bei mir absolut nicht üblich. Allmählich wurde ich zum überzeugten Frühaufsteher.

Ich zog sie zu mir herunter, und sie balgte sich lachend frei. »Nein, ich will, daß du runterkommst und es siehst!« Sie machte sich los, nahm meinen über einen Stuhl gehängten Morgenmantel und warf ihn mir zu; und schlug gleichzeitig die Bettdekke zurück.

Ich schwang die Beine hinaus und schlüpfte in den Morgenmantel. »Macht's dir was aus, mir zu sagen, was die Aufregung soll?« nörgelte ich; aber es war ein gespieltes Nörgeln.

»Das wirst du schon sehen!«

Sie lachte und zog mich hoch und zur Tür. Das weiße Nachthemd, das sie trug (eins meiner alten, kragenlosen Hemden mit aufgerollten Ärmeln) flatterte um ihre nackten Beine – der erste erfreuliche Anblick an diesem Morgen.

»Schöner Tag wieder«, bemerkte ich, als wir am Fenster vorbeikamen. Die freundlichen Vögel in unserer Nachbarschaft machten auf ihre Anwesenheit aufmerksam.

»Hier ist jeder Tag schön.«

Ich sah keinen Sinn darin hervorzuheben, daß wir erst seit zwei Tagen hier wohnten; also ließ ich mich kommentarlos zur Treppe schleppen.

»Oh, Gudgeon, ich hoffe, du hast einen triftigen Grund!« – Der Treppenläufer, der vor unserem Einzug neu verlegt worden war, war weich und flauschig unter meinen Fußsohlen, und das Holz darunter fühlte sich gut und fest an. O'Malley war nichts entgangen.

Wir kamen in die Küche; Midge zog mich weiter, dann trat sie beiseite und bedeutete mir, allein voranzumarschieren. Die Hände in den Taschen des Morgenmantels, tat ich, wie mir geheißen – und blieb schließlich erwartungsvoll stehen. Ich hatte nicht das Gefühl, daß sich der Raum irgendwie verändert hatte.

Ich drehte mich um und wollte etwas sagen, doch ein heftiges

Flattern ließ mich zusammenzucken. Der Vogel flog durch den Raum und landete auf dem Küchenschrank. Er tschilpte mir eine Begrüßung entgegen, möglicherweise auch eine Warnung; ich bin mir nicht sicher, was.

»Wie kommt der hier rein?« – Daß das Fenster noch geschlossen war, hatte ich bereits registriert.

»Es ist die Misteldrossel, Dummkopf. Diejenige, die gestern noch einen gebrochenen Flügel hatte.«

Ich starrte sie gebannt an; dann den Vogel, der munter auf dem Küchenschrank herumhüpfte. Er schwang sich wieder empor und segelte zum Fenster hinüber. Auf der Gardinenstange darüber bezog er Posten.

»Das gibt es nicht, Midge. Es kann nicht derselbe Vogel sein.«

Midge lachte über meine Ungläubigkeit. »Sieh ruhig nach. In der Schachtel wirst du die Drossel nicht mehr finden.«

»Aber das ist unmöglich!« wiederholte ich und ging tatsächlich zu der Pappschachtel hinüber, die nach wie vor in der Nische stand.

Was mein *unmöglich* betraf, war die Misteldrossel eindeutig anderer Meinung, denn sie flatterte zum Tisch, auf dem bereits ein Häufchen Brotkrumen bereitgelegt war – vermutlich von Midge. Unser kleiner Schützling pickte los; sein Appetit war so gesund wie sein Flügel.

»Midge«, sagte ich warnend. »Wenn das ein hinterhältiger Witz sein soll, dann ... Es ist einer von deinen Freunden da draußen, hab' ich recht?«

»Ich schwör's dir, Mike, es ist derselbe Vogel! – Ist das nicht phantastisch?«

»Ich glaub's einfach nicht!« Ich schüttelte den Kopf, ließ die Drossel nicht aus den Augen und vermutete noch immer, daß ich zum Narren gehalten wurde. »Es ist unmöglich, Midge – *absolut unmöglich* –, daß der Flügel über Nacht geheilt ist. Er war so schlimm gebrochen, daß ich dem Kerlchen absolut keine Chance mehr gegeben habe.«

»Du hast nicht recht behalten.« Midge ging zum Tisch, und unser robuster kleiner Freund hörte auf zu picken und betrachtete sie. Sie hob einen Krümel hoch und hielt ihn vor, und zu meinem Erstaunen nahm ihn der Vogel behutsam aus ihren Fingern, ohne die geringste Furcht zu zeigen.

Ein Vogel sieht aus wie der andere, jedenfalls wenn er zur

gleichen Art gehört, deshalb konnte ich beim besten Willen nicht sagen, ob das hier unser Freund war oder nicht. Trotzdem, die Frage blieb natürlich: Wenn es eine andere Drossel war – wo steckte dann die verletzte? – Und in diesem Moment fiel mir auf, daß ein Flügel irgendwie zerzaust war, daß Federn fehlten, und plötzlich wurde mir kalt. Plötzlich war ich überzeugt. Es *war* unsere Drossel, auch wenn ihre bemerkenswerte Genesung vorerst noch keinen Sinn ergab. So oder so aber stand fest, daß wir uns gestern bestimmt nicht derart geirrrt haben konnten, was ihren Zustand betraf. Oder doch?

Ich nehme an, das war der Punkt, an dem mir mein unterschwelliges Unbehagen bewußt wurde.

Die Misteldrossel saß jetzt auf Midges Hand und trällerte fröhlich. Midges Freude war so groß, daß meine Zweifel wichen. Ihre Augen sprühten vor zurückgehaltener Erregung, während sie besänftigend auf das kleine Geschöpf einsprach – das ihr auf gleiche Weise antwortete. Langsam hob sie die Hand, bis die Drossel auf gleicher Höhe war mit ihrem Gesicht, dann blies sie ihr einen sanften Hauch zu, der ganz leicht nur ihre Federn plusterte und sie blinzeln ließ.

Gebannt sah ich zu, wie Midge ruhig zur Tür ging; ihre bloßen Füße verursachten keinen Laut auf den Bruchsteinfliesen. Sie wandte den Kopf und flüsterte: »Mike . . .«

Genauso behutsam ging ich zur Tür und zog den Riegel zurück; ich gab mir alle Mühe, so wenig Lärm wie möglich zu machen. Der Vogel schien mich völlig vergessen zu haben. Ich drehte den Schlüssel im Schloß, und Midge trat vor und blieb auf der Schwelle stehen.

Sie hob die Hand und sagte: »Ab mit dir. Such deine Familie und grüß sie von mir.«

Die Drossel schien zu zögern, bis Midge die Hand senkte – aber dann flatterte sie hoch und war in der Luft und stieg weit über den Garten empor, begleitet von einem ungestümen Rufen; im nächsten Moment sauste sie über Midges Kopf hinweg, dann über die Blumenbeete – und war bereits wieder hoch droben.

Midge klatschte vor Freude in die Hände, und ich stellte mich neben sie und legte ihr den Arm um die Schultern; und ich glaube, ich habe gelächelt und den Vogel auf meine Art und Weise angespornt. Als er verschwunden war, nahm ich Midge in die Arme und zerzauste ihr die Haare.

»Wie hast du's gemacht?« wollte ich wissen.
»Es war seine Idee, auf meine Hand zu klettern.«
»Ich meine seine Flügel . . .«
Sie schüttelte den Kopf, die Augen noch immer groß und glänzend. »Er hat das ganz allein gemacht. Es war *seine* Magie.«
Wieder dieses Wort – ›Magie‹ –, das zweite Mal seit unserem Einzug, daß sie es so unbefangen gebrauchte. Ich klappte den Mund auf, und vielleicht hätte ich auch eine ganze Menge gesagt – aber die Türschwelle war ganz plötzlich von zahllosen anderen Vögeln belagert, die allesamt lärmend ihr Frühstück forderten. Kopfschüttelnd ging ich hinein, und Midge eilte zu dem in Papier eingewickelten Brotlaib auf dem Tisch und nahm eine Handvoll Scheiben heraus.
»Okay, Jungs«, rief sie, als sie an die Tür zurückkehrte. »Es ist genug für alle da, also die Kleinen zuerst.«
Sie dachten nicht daran, eine Schlange zu bilden, aber nicht einmal der kleinste Spatz ließ sich von einem der großen Häuptlinge einschüchtern: alle eilten sie in einem wahnwitzigen Durcheinander aus Federn und Kreischen zusammen, und gleich darauf flohen die Hurtigsten bereits wieder aus dem Gedränge – mit Beutestücken im Schnabel.
Ich überließ die Fütterung der Menge Midge und ging mich rasieren; und meine Gedanken kreisten weiterhin beharrlich um die ›wunderbare‹ Genesung der Drossel. Der Flügel mußte verrenkt oder verzerrt gewesen sein; und über Nacht hatte sich die Muskulatur entspannt – es gab keine andere Erklärung. Innerhalb von zehn Minuten war ich wieder unten, wo bereits Müsli und Toast und ein starker Kaffee auf mich warteten; eine einzelne Rose, frisch aus dem Garten, in einer winzigen Porzellanvase belebte den Frühstücksschauplatz. Was den Raum allerdings beträchtlich mehr belebte, das war Midges strahlendes Gesicht.
Noch immer lungerten zwei oder drei Vögel auf der Türschwelle herum – eine Art gegenseitige Mutprobe: *wer geht als erster rein*? – aber die meisten waren aufgebrochen und davongeflogen und gingen jener Beschäftigung nach, der Vögel gemeinhin den ganzen Tag über nachgehen.
Während ich den Toast mit Butter bestrich, sagte ich: »Ich kann's immer noch nicht glauben. Er sah gestern wirklich ziemlich übel aus.«
Midge schlürfte demonstrativ ihren Kaffee, bevor sie antwor-

tete. »Was spielt das für eine Rolle? – Der Flügel ist geheilt, das ist die Hauptsache; also, warum sollen wir uns darüber Sorgen machen?«

Und so meinte sie es wirklich. Mehr noch: Ich hatte den Eindruck, daß sie die Heilung nicht in Frage gestellt sehen wollte; sie wollte es nicht weiter ergründen. Ich zuckte mit den Schultern, und ich war bereit, Ruhe zu geben, weil ich meine ›entspannte-Muskeln‹-Theorie ohnehin bereits halb akzeptiert hatte. Dürftig, aber es würde genügen.

»Irgendwelche Pläne für heute?« erkundigte sich Midge, und damit war das Thema endgültig abgetan. – In meinem übergroßen umfunktionierten Hemd sah sie klein und kindlich aus.

»Äh, zuerst ein paar Erkundungen«, antwortete ich ihr, und sie hob die Augenbrauen. »Ich habe letzte Nacht ein paar Geräusche gehört . . . auf dem Dachboden.«

»Du warst der Meinung, daß Vögel unter den Dachbalken nisten.«

»Yeah, das war gestern mittag. Aber gestern nacht – mitten in der Nacht, wenn kleine Vögel schlafen – hat sich da oben irgend etwas unherbewegt.«

Sie war geringfügig beunruhigt. »Hast du eine Ahnung, was es sein könnte?«

»Eigentlich nicht, aber ich bin ziemlich sicher, daß ich es heute herausfinde.«

»Du hättest mich wecken sollen.«

»Ich wollte dich nicht stören.« Und ich ließ mir den Toast schmecken.

Midge umrundete den Tisch und kam zu mir, auf den Schoß; ich schob den Stuhl ein wenig vom Tisch weg, um ihr Platz zu machen. Sie hauchte mir ein Küßchen auf die Stirn.

»Soll ich mit dir auf den Dachboden hochgehen?« fragte sie, und der vage Spott in ihrem Tonfall entging mir keineswegs.

»Damit ich auch noch eine hysterische Lady verarzten muß, wenn wir Mäuse finden?« Ich schüttelte den Kopf und fügte tapfer hinzu: »Danke, ich gehe allein.« – Bei Tag waren jene Dinge stets ein bißchen weniger bedrohlich . . .

»Du weißt genau, daß ich keine Angst vor Mäusen habe! – Aber es gibt noch eine Menge zu schrubben und zu putzen hier unten. Je eher ich mich ans Werk mache, um so besser. Manchmal kommt es mir so vor, als hätten O'Malleys Leute mehr Dreck gemacht als Renovierungsarbeiten.«

»Ach, komm schon, wenn du ehrlich bist, dann waren sie ziemlich gut. Sie haben das Haus wieder in Schuß gebracht, obwohl wir noch eine ziemliche Menge selbst zu richten und zu streichen haben. – Aber das hält sich in Grenzen; mehr, als ich damals nach unserer ersten Besichtigung angenommen habe. Hast du schon irgendwelche Vorstellungen, wie du das runde Zimmer haben willst? Das ist das wichtigste.«

Sie sah mich nachdenklich an. »Ich mag es genau so, wie es ist. Ich glaube, wir sollten nichts verändern.«

»Dein Wunsch sei mir Befehl. Das Zimmer ist okay. Möglich, daß es Flora hat renovieren lassen, bevor sie – äh – verschied.«

»Wir brauchen Vorhänge, weiße vielleicht, oder beige – alle Farben, die wir brauchen, liefert die Sonne. Ist dir aufgefallen, wie sich die Wände jeden Tag verändern?«

»Ja, vom strahlenden Weiß-Gelb am Morgen bis zum feurigen Gold bei Sonnenuntergang. Unmittelbar nachdem die Sonne weg ist: warmes Rot. – Sie führen ein Eigenleben wie dieser große Felsbrocken in Australien, der andauernd die Farbe wechselt.«

»Der Ayers Rock. – Man sagt ihm mystische Eigenschaften nach.«

»Wer sagt ihm das nach?«

»Die Aborigines.«

»Wenn die erst mal unser rundes Zimmer sehen würden!«

»Was muß ich tun, um mit dir ein ernsthaftes Gespräch zustande zu bringen?« schmollte sie.

»Über mich reden?« schlug ich behutsam vor.

»Langweilig«, brummte sie.

Meine Hand glitt unter ihr Nachthemd und hoch, etwa bis zu ihrem unteren Rippenbogen, bevor sie reagieren konnte. »Langweilig!« empörte ich mich.

»Nicht, Mike! Du weißt, daß ich das nicht aushalte –«

Ich nickte sehr verständnisvoll, und da waren sie, diese kitzeligen Zonen zwischen den einzelnen Rippen; ich widerstand der Versuchung nicht. Midge kreischte los. Sie ruckte von meinem Schoß hoch, aber da war meine andere, freie Hand, und die drückte sie wieder hinunter.

»Langweilig – ts, ts!« ließ ich würdevoll vernehmen.

»Mike, bitte, du weißt genau –«

Schon möglich, daß ich *irgend etwas* wußte; meine Finger allerdings – keine Spur; erbarmungslos begannen sie krampfartig zu zucken. Und Midge hüpfte wieder hoch und wand sich und lachte und schrie – und landete wieder auf meinem Schoß; sie bekam Schluckauf vom eigenen Kichern; und meine Finger kitzelten und krochen und tasteten.

»Mike – neiiiiiiin!«

»*Du* hast irgendwas von langweilig gesagt«, erinnerte ich sie.

»Nein, nein! Interessant! Nein – aufregend! – Ja, aufregend!«

So zierlich sie war, aber jetzt konnte ich sie kaum mehr festhalten; und ich lachte und kicherte genauso übermütig und laut wie sie. Sie zappelte und schlug um sich und hüpfte und quiekte; und dann rutschte sie von meinem Schoß, und je tiefer sie glitt, desto höher zog sich das Nachthemd hoch.

Sie kreischte, als ihr nacktes Hinterteil die Steinfliesen berührte. »Ist das kalt! – Oh, du Bas –« Der Rest ging im Gelächter unter.

Ich vergrub mein Gesicht in ihren Haaren, und meine Hände glitten über ihren Körper abwärts und verschränkten sich unter ihren Brüsten. Die Erinnerung an die Zärtlichkeiten der gestrigen Nacht war noch recht frisch; ich liebkoste ihr Ohr. Ich knabberte sanft an ihrem Hals.

»Hey, auch wieder da?« sagte sie fröhlich.

Das war nicht gerade die Reaktion, die ich erwartet hatte. Ich sah hoch und bemerkte, daß sie einen weiteren Besucher begrüßt hatte. Unser freundlicher Nachbar, das Eichhörnchen, belächelte unsere Balgerei von der offenen Tür her.

»Komm schon rein«, lud ich das Tier ein; Midge zog sittsam das Nachthemd über die Knie. »Das hier ist das Haus der offenen Tür, keine Eintrittskarten.«

Das Eichhörnchen schien verunsichert.

»Pst, Mike!« ermahnte mich Midge. »Du machst ihm angst. Komm schon, Kleiner, tu einfach so, als wäre dieses große, alte, häßliche Scheusal hinter mir gar nicht da. Wenn du fauchst, verkriecht es sich sowieso unter dem Tisch.«

Offenbar war das genau die Sprache, die der kleine Kerl verstand; er kam hereingehoppelt, und ich verkniff mir ein paar boshafte Bemerkungen. Es war nicht sonderlich schwer – unser Besucher war zu niedlich.

»Sieht ziemlich zahm aus«, meinte ich.

»Hmmm.«

»Zahm und hungrig.«

»Liebebedürftig, Mike«, widersprach Midge. »Flora war ihre Freundin, ihre Vertraute. Sie hat Generationen von Tieren in dieser Gegend gefüttert. Denk nur daran, wie viele Vögel gestern an unserem Fenster waren. – Es kommt mir fast so vor, als seien dieser Ort und dieses Haus eine Heimat für sie – eine Art Paradies.«

»Du meinst, der örtliche Schnellimbiß. Ich kann verstehen, warum Gramarye so beliebt ist. – Die Frage ist, wie lange es dauert, bis sie auf unserem gemütlichen Landsitz das Kommando übernehmen. Da könnte einiges auf uns zukommen.«

»Oh, Mike, die Vögel, die Eichhörnchen und überhaupt alle Tiere, die hierherkommen, sind genauso Teil von Gramarye wie wir. Vergiß nicht, sie waren vor uns da.«

Sie ließ sich vollends hinuntergleiten, bis sie auf den Fußballen balancierte; ihre Hände ruhten auf meinen Knien. »Wir müssen uns ihnen anpassen, Mike, verstehst du das denn nicht? Sie füttern und ihnen überleben helfen. Sie als Freunde behandeln.«

»Bei Schlangen und Eidechsen hört die Freundschaft auf.«

Sie lächelte zu mir hoch. »Meinetwegen sei dir auch gestattet, Ratten die Tür zu weisen.«

Das erinnerte mich daran, daß ich noch gewisse Nachforschungen zu betreiben hatte. Ich beugte mich vor und küßte sie auf die Lippen – und war mir dabei sehr unseres Besuchers bewußt, der sich mittlerweile zur Tafel begeben hatte und den Toast kostete; und uns beobachtete.

»Alter Spanner«, hänselte ich den Kleinen, als Midge gerade nicht herhörte. Sie löste sich aus meiner Umarmung. »Okay, Kobold, einigen wir uns darauf: Hier sind alle Lebewesen willkommen, gleich, ob groß oder klein – solange sie nicht *zu* groß sind – oder klein genug, um Löcher ins Holz zu bohren. – Gemacht?«

»Ich weiß nicht, mit was du alles rechnest – bisher hatten wir erst einen Vogel und ein Eichhörnchen hier drinnen, aber okay, abgemacht. Elefanten und Holzwürmer bleiben draußen.«

Das besiegelten wir per Handschlag, und ich blinzelte dem Eichhörnchen zu. »Du hast es gehört, Rumbo, du bist drin. Aber mach mich nicht eifersüchtig – oder wahnsinnig.«

Midge lachte. »Warum Rumbo?«

»Keine Ahnung. Er sieht einfach so aus wie Rumbo, findest du nicht?«

Das Eichhörnchen ruckte ein paarmal hastig mit dem Kopf, und die winzigen Schultern bebten; sein Schnarren war wie Lachen. Was Midge zum Schreien komisch fand.

»Ich glaube, er ist einverstanden«, kicherte sie.

»Ja, ein echter Clown«, meinte ich trocken. Vorsichtig stand ich auf, denn ich wollte unseren glucksenden Gast nicht erschrecken. »Okay, dieser Mann hier hat zu tun.«

»Diese Frau auch.«

»Glaubst du, es macht ihm etwas aus, wenn wir ihn allein fressen lassen?« – Jetzt hatte er einen Namen; Rumbo war kein ›es‹ mehr für mich.

»Ich habe vorgeschlagen, daß wir uns mit den Tieren anfreunden – von Babysitten war keine Rede. – Er kann sich allein unterhalten.«

Also ließen wir ihn dort recht glücklich mampfend zurück; Midge ging nach nebenan, Richtung Spüle, und ich (nachdem ich mir eine Taschenlampe aus dem Schrank im Erdgeschoß geholt hatte) Richtung Dachboden. Ich war bester Stimmung, als ich die Treppe hinaufstieg, froh, verliebt und auch ein wenig besinnlich – ich dachte daran, daß wahre Liebe ständig Momente absoluter Frische hatte, gerade so, als hätte man sich eben erst verliebt; es war eine erregende Erkenntnis, richtig fesselnd. Im Laufe der Zeit hatten wir einander kennengelernt, Midge und ich – und ich meine wirklich *kennen* –, aber wir hatten uns nie zu sehr aneinander gewöhnt, wir waren nie gleichgültig geworden. Verstehen Sie mich nicht falsch – unsere Beziehung war nicht immer so rosig wie in diesen Zeiten. Um die Wahrheit zu sagen – es gab sogar eine ganze Menge Stürme, und einige Male kam es fast zum Bruch. Glücklicherweise aber brachten wir es immer irgendwie fertig, wieder zur Vernunft zu kommen und die Fehler (oder Standpunkte, wie es Midge lieber wäre) des anderen zu akzeptieren. Keine falsche Bescheidenheit: Wir haben beide unsere Talente, Kunst und Musik; und haben Sie je einen talentierten Menschen kennengelernt, der ohne jedes Temperament war? Das gehört dazu, wie man so sagt. Und ich meine damit weder Arroganz noch Egotrip, sondern eine gewisse Zielstrebigkeit, die einen umtreibt und die dafür sorgt, daß die Dinge richtig laufen (der eigenen Meinung nach, jedenfalls), und die Frustration, die sich sehr schnell einstellt, wenn die Dinge eben doch nicht ganz so laufen, wie man sich das vorstellt.

Ich öffnete die kleinen Fenster der Speicherräume und schnupperte die leichte Brise, die augenblicklich hereinstrich; der leichte muffige Geruch, der sich gehalten hatte, seit wir eingezogen waren, würde keine Chance haben. Ich widerstand der Versuchung, eine der Gitarren anzurühren, denn mir war klar, daß ich den Vormittag abschreiben konnte, wenn ich das tat; stattdessen näherte ich mich dem Stuhl, den ich gestern direkt unter der Dachbodenfalltür hatte stehen lassen. Die Taschenlampe funktionierte einwandfrei, der Stuhl war robust, die Falltür wartete: Zeit, meinen Zug zu machen.

Also: worauf wartete ich?

Vielleicht hätte ich doch die Trittleiter mit hochbringen sollen; sie hätte die Klettertour auf den Dachboden hinauf ziemlich vereinfacht. Nein, die Decke war nicht hoch; der Stuhl würde genügen.

Momentan waren da oben keine Geräusche zu hören, also existierte das Problem möglicherweise gar nicht mehr. Trotzdem – kein Grund, nicht doch einmal nach dem Rechten zu sehen.

Ich benahm mich wie ein Angsthase, und ich wußte es. Aber irgend etwas sagte mir, daß ich wirklich nicht auf diesen Dachboden wollte. Mag sein, daß es da ein winziges Abteil in jedermanns Verstand gibt, in dem die Zukunft bereits existiert, in dem künftige Ereignisse archiviert werden; und möglich, daß es da einen Archivar gibt (der man schließlich selbst ist), der gelegentlich einen Hinweis unter der verschlossenen Tür durchschiebt. Kann sein.

Die Vernunft siegte. Ich stieg auf den Stuhl und knipste die Taschenlampe an. Mit einer Hand drückte ich die Luke hoch – allerdings nur ein paar Inches. Keine drohenden Augen funkelten durch den Spalt auf mich herab, nichts bewegte sich, nichts röchelte erbärmlich. Alles war still und ruhig. Ich vergrößerte die Öffnung und leuchtete hindurch; ich stand auf den Zehenspitzen und gab mir alle Mühe, über die Kante sehen zu können. Es klappte nicht ganz, aber ich war mir plötzlich sicher, daß es da oben – weit entfernt – ein wenig Tageslicht gab. Ich knipste die Taschenlampe aus, um das definitiv festzustellen – tatsächlich; von unten her, durch die überstehenden Dachkanten, sickerte Helligkeit.

Da war sie, des Rätsels Lösung: Irgendwie hatten sich Vögel

hereingequetscht und aus dem oberen Dachboden eine hübsche, schützende Voliere gemacht. Möglich, daß sie letzte Nacht spontan beschlossen hatten, eine Party zu veranstalten; möglich, daß sie einen triftigen Grund zum Feiern hatten. Ich knipste das Licht wieder an und schwang die Luke zurück, so weit dies ging. Es ging ziemlich weit – das Mistding rutschte weg und fiel nach hinten; allerdings nur ein kleines Stück, irgend etwas fing es auf.

Ich legte die Taschenlampe an den Dachbodenrand, stemmte mich seitwärts ab und zog mich hoch. Dann war ich oben und setzte mich auf den Rand; die Füße ließ ich baumeln. Ich kam wieder zu Atem – und bereute das tiefe Luftholen augenblicklich. Die Luft da oben war faulig; säureartiger Gestank verätzte meine Nase.

»Jesus!« ächzte ich laut – und meinte, nicht weit von mir eine Bewegung zu hören.

Die Lichtspur führte zur Seite hin weg, aber die vagen Umrisse von Sparren und Querbalken konnte ich dennoch ausmachen. Im Dach selbst gab es keine Löcher – die Dachdecker hatten ihre Arbeit gut gemacht. Aber an den Querbalken konnte ich gerade noch etwas erkennen; dunkle Gegenstände, verschwommen in der Finsternis. Sie schienen an den Balken aufgehängt zu sein, und mit einem Schaudern bemerkte ich, daß es eine ganze Menge davon – *eine riesige Menge* – überall an den schrägen Dachsparren gab.

Ich wußte plötzlich, was ich da sah, aber ich nahm trotzdem die Taschenlampe und leuchtete nach oben. Zitternde Abscheu überkam mich, als ich sie sah; Hunderte von dunklen, kleinen, pelzigen Körpern, die allesamt kopfüber, wie welkes Obst an Ästen, dahingen, die in diesem Dachboden zusammengepfercht waren und ihn mit ihrem Gestank erfüllten.

Noch während ich hinsah, zuckte ein Flügel, streckte sich in einer lebhaften Bewegung aus – und wurde an den dunklen Körper zurückgezogen.

»Oh Gott!« murmelte ich, wie erstarrt. In der atemlosen Stille glaubte ich ihre winzigen Herzschläge zu hören, ein ungeheuerliches Pulsieren, wie von einem einzigen gigantischen Herzen, ein regelmäßiger Rhythmus, der alle diese Kreaturen vereinigte und ihnen Masse verlieh.

Ich zitterte am ganzen Leib, als ich mich behutsam wieder in den Speicherraum hinunterließ; ich befürchtete, der geringste

Laut könnte die Fledermäuse in ein wahnsinniges Inferno aus Kreischen und wild flatternden Schwingen verwandeln.

Beobachter

Im Bad hielt ich mein Gesicht unters Wasser und wusch den Schweiß weg, der mir ausgebrochen war. Dann schrubbte ich mir heftig die Hände, als seien sie vergiftet worden von diesen Kreaturen auf dem Dachboden. Mir war hundeelend, aber diese Übelkeit blieb klebrig in meinem Brustkorb hängen.

Fledermäuse! Häßliche, unheimliche, verschrumpelte Ungeheuer. Und nach allem, was ich gesehen hatte, eine Landplage! – O'Malley mußte gewußt haben, daß sie da oben waren: warum, zur Hölle, hatte er nichts gesagt? Jetzt bedauerte ich, alle Ratschläge, einen Gutachter zu beauftragen, in den Wind geschlagen zu haben. Ich hatte am falschen Fleck zugunsten der durchzuführenden Reparaturen gespart – ein Gutachter hätte das Vorhandensein der Fledermäuse entdeckt und uns informiert. Ich fürchtete mich davor, es Midge zu sagen, ich wollte ihr ihre Idylle nicht zerstören – aber sie würde es erfahren müssen; unmöglich, ihr diese Tatsache vorzuenthalten.

Unheimliche kleine Bastarde! – Ich mußte einen Kammerjäger auftreiben; möglich, daß sich auch der Gemeinderat um solche Dinge kümmerte. – Bei der Gelegenheit: Waren Fledermäuse eigentlich ein Gesundheitsrisiko? Sie waren eine psychische Belastung, soviel stand fest.

Ich trocknete Gesicht und Hände ab, und in meinem Kopf kreisten tausend Gänsehaut verursachende Gedanken. Anzunehmen, daß ich viel zu heftig reagierte, aber jenes unangenehme Gefühl, bevor ich die Dachbodenluke geöffnet hatte, und der Schock, mit all diesen schwarzen, hängenden Leibern konfrontiert zu werden – beides zeigte jetzt Wirkung; sehr. Ich dachte darüber nach, wie lange Gramarye bereits Domizil dieser Kreaturen war; waren sie nach Flora Chaldeans Tod eingezogen oder während sie noch am Leben gewesen war? Letzteres war schwer vorstellbar, aber andererseits wußten wir natürlich, daß sie zeitlebens als ziemlich schrullige Lady gegolten hatte; durchaus möglich also, daß Flora sie willkommen geheißen hatte.

Okay, was das anging, behielt sich das neue Management immerhin das Recht vor, gewisse Mieter nicht zu akzeptieren, und Elefanten, Holzwürmer und Fledermäuse waren eindeutig *unerwünscht*.

Ich marschierte durch das angrenzende Schlafzimmer, Richtung Fenster; ich wollte es aufreißen, ich sehnte mich danach, tief durchzuatmen – frische Luft in meine Lungen zu bekommen; der modrige Hauch schien in mir verblieben zu sein. – Aber dann hielt ich die Luft an, als ich mehrere Gestalten am Gartentor bemerkte ... und atmete schließlich sehr flach weiter.

Midge, jetzt angezogen und diesseits des Tores, wandte mir den Rücken zu und unterhielt sich mit drei anderen Leuten, zwei Männern und einem Mädchen. Sie waren lässig gekleidet – Hemden mit offenen Kragen, Freizeithosen; das Mädchen trug einen recht langen, gemusterten Rock und eine Bluse. Sie hatte lange, blonde Hare und kam mir selbst auf diese Entfernung hin seltsam bekannt vor. Ein Citroen war halb auf dem Grasstreifen hinter ihnen abgestellt (wir hatten inzwischen an der Gartenseite eine freie Stelle gefunden, in der unser Passat gut aufgehoben war). Ihre Stimmen wehten durch den Garten zu mir herauf, aber ich konnte nicht verstehen, was sie sagten. Momentan war ich mehr als empfänglich für menschliche Gesellschaft, und so verließ ich das Schlafzimmer und ging nach unten. Wenn unsere Besucher von hier waren, mochten sie vielleicht sogar wissen, wie man mit Fledermäusen fertig wurde.

Der intensive, reine Duft der Blumen befreite meinen Kopf von allen üblen Ausdünstungen. Die drei Fremden sahen an Midge vorbei und mir entgegen, so daß sie sich, jetzt ebenfalls aufmerksam geworden, umdrehte.

»Mike, wir haben unseren ersten Besuch«, rief sie aus und freute sich offensichtlich sehr über diesen Kontakt.

»Den ersten *menschlichen* Besuch«, berichtigte ich und schmunzelte über ihre kurze Verwunderung. Und es gelang mir tatsächlich, für den Moment sämtliche Gedanken an kleine, geflügelte Wesen beiseitezuschieben.

»Mike meint gewisse Tiere, die uns seit unserem Einzug ihre nachbarschaftliche Aufwartung gemacht haben«, erklärte Midge.

»Ich fürchte, Sie werden bald lernen, daß es wir menschliche Wesen sind, die in diesem Teil des Waldes die Eindringlinge sind.« Der Mann, der dies gesagt hatte, war genauso blond wie das Mädchen, obgleich er die Haare beträchtlich kürzer trug; eigentlich in fast militärischer Länge. Er hatte etwa meine Größe – einssiebzig –, und seine Augen waren so blau wie die von Paul Newman. Er kam mir vor wie ein kalifornischer Surfer aus den guten alten 60ern, den es per Zeitkapsel hierher verschlagen hatte, und sein amerikanischer Akzent unterstrich diese Vorstellung noch; ich spürte eine Macht von ihm ausstrahlen, die seine Zurückhaltung Lügen strafte. – Er lächelte, und selbst seine Zähne waren pures Hollywood.

»Hi«, begrüßte er mich und streckte mir über das niedrige Tor hinweg seine Hand entgegen. »Ich bin Hub Kinsella, und –« damit deutete er mit der anderen Hand auf seine Begleiter – »das sind Gillie Slade und Neil Joby.«

Midge übernahm meine Vorstellung, und ich schüttelte allen dreien die Hand. Keiner von ihnen schien älter als Mitte Zwanzig.

»Wir haben Sie gesehen, als wir kürzlich vorbeigefahren sind«, sagte das Mädchen – ihr Händedruck war nur eine flüchtige Berührung.

»Hey, und ich habe mir die ganze Zeit überlegt, wo ich Sie schon mal gesehen habe«, lachte ich. »Sie haben mir vom Auto aus zugewinkt, stimmt's?«

Sie nickte. »Sie haben zuerst gewinkt.«

Jetzt lachten wir beide; Fremde, die sich, dankbar über den geringsten Anflug von Humor, vortasten. – Sie war ziemlich englisch und auf eine blasse Art hübsch. Sie trug keinerlei Make-up; Sommersprossen sprenkelten die obere Hälfte ihrer Wangen und ihrer Nase, und da war eine nervöse Lebhaftigkeit an ihr, die man entweder anziehend oder unangenehm fand – ich war mir noch nicht ganz sicher, wie ich sie fand.

Der andere Mann, Joby, war klein und dünn, und aus der Nähe gesehen, fiel mir auf, daß er nicht ganz so ungezwungen gekleidet war wie die anderen: er trug eine Krawatte zu seinem kurzärmeligen Hemd, seine Hosen hatten messerscharfe Bügelfalten, und seine Schuhe waren auf Hochglanz poliert. Seine unbehaarten Arme ragten wie weiße, krumme Stöcke aus den Hemdärmeln, und sein Händedruck war ein wenig zu fest – eher antrainiert als natürlich. Er sprach mit einem kaum hörbaren Midlands-Näseln, als er mich mit »Hoffe, Ihnen gefällt Ihr neues Zuhause« begrüßte.

»Yeah, tut es«, erwiderte ich, »aber es wird noch eine Weile dauern, bis wir eingerichtet sind.«

»Kommen Sie beide aus London?« erkundigte sich Kinsella höflich.

»Woher wissen Sie das?«

Er lächelte entwaffnend. »Sie sehen einfach danach aus.«

»Entwurzelte Stadtpflänzchen?«

»Oh, nein, das wollte ich damit nicht andeuten. Ich hatte nur den Eindruck, dies hier sei neu für Sie.«

»Für Midge nicht ganz – sie ist auf dem Land aufgewachsen. – Ich bin der Neuling.«

»Bald werden Sie es lieben, hier draußen zu sein«, warf das Mädchen, Gillie, ein. »Mir ist es genauso ergangen.«

Midge hängte sich bei mir ein und lehnte sich an mich. »Du erinnerst dich doch an das große Haus, das wir gestern entdeckt haben, Mike?«

»Das düs – das graue Haus?«

Sie nickte. »Von da kommen Hub, Gillie und Neil.«

»Wirklich? Sie wohnen da? – Sie alle drei?«

»Sogar mehr als nur wir drei, Mike«, sagte Kinsella.

»Wie das? Ist das ein Hotel, eine Art Gesundheitsfarm?«

»Nichts dergleichen. – Aber warum kommen Sie nicht einfach irgendwann einmal vorbei, wenn Sie eingerichtet sind? Dann führen wir Sie herum.«

»Ja, bitte, tun Sie das, kommen Sie«, sagte Gillie, streckte beide Hände aus und berührte Midge und mich am Arm; das kam ziemlich überraschend. »Das Haus ist innen sehr schön, und wir würden Sie gerne bei uns willkommen heißen. Bitte, sagen Sie, daß Sie zu Besuch kommen werden.«

Ich war etwas verblüfft über ihren Enthusiasmus, aber Midge schien die Idee zu gefallen. »Das wäre nett«, sagte sie zu dem Mädchen. »Wir waren gestern richtig gefesselt von dem Haus, nicht wahr, Mike?«

»Ja, richtig gefesselt.« Ich spürte den warnenden Druck von Midges Hand sehr deutlich auf meinem Arm. »Aber vorerst haben wir ein kleines Problem, um das wir uns kümmern müssen. – Vielleicht haben auch Sie ein paar Ideen, die uns helfen könnten. Immerhin wohnen Sie hier ganz in der Nähe.«

Ihre Mienen hätten nicht mehr hilfsbereiten Eifer vermitteln können. – Midge war gespannt.

»Fledermäuse haben die Penthouse-Suite mit Beschlag gelegt«, erklärte ich ihnen und zeigte mit dem Daumen nach hinten, Richtung Cottage. An Midge gewandt, sagte ich: »Das waren die Geräusche, gestern nacht. Momentan hängen sie auf dem Dachboden herum und erholen sich von ihrer Party.«

»Fledermäuse?« wiederholte sie.

»Fledermäuse«, bestätigte ich.

»Oh, das ist kein großes Problem, Mike«, versicherte mir der Amerikaner. »Außerdem richten sie wirklich keinen Schaden an.«

»Mag sein, aber ich fühle mich nicht gerade wohl mit ihnen als Obermieter. Eines Nachts wache ich auf, und sie trinken gerade einen auf ihre Gesundheit – mit unserem Blut. Gefällt mir ü-ber-haupt nicht.«

Sie kicherten darüber, obwohl ... Ich hatte den Eindruck, daß sich Gillie ein wenig unbehaglich fühlte.

»Das steht nicht zu befürchten«, zerstreute Joby meine Bedenken und verschränkte seine Insektenarme vor der Brust. »Meist ziehen sie in der Morgen- oder Abenddämmerung auf Jagd aus. Ich kann mir nicht vorstellen, daß es sich hierbei um Vampir-Fledermäuse handelt; diese Gattung werden Sie in Hampshire nicht gerade häufig vorfinden. – Lassen Sie die Tiere in Ruhe, und sie werden Sie gewiß nicht stören.«

»Das tun sie aber bereits.«

»Hey, komm schon, Mike«, bremste Midge. »Es sind doch bloß Hamster mit Flügeln!«

Ihre Reaktion – oder ihr Mangel an Reaktion – überraschte mich. Okay, ich wußte, sie hatte ein großes Herz für Tiere – aber für *alle* Tiere?

»Unglücklicherweise läßt uns das Gesetz keinerlei Handlungsspielraum, was sie betrifft«, fuhr Joby fort. »Sie stehen unter Artenschutz, müssen Sie wissen. Der Großteil von ihnen ist ausgerottet in diesem Land, hauptsächlich durch Pestizide, aber genaugenommen natürlich durch die Unkenntnis und Angst der Leute – sie wurden absichtlich vernichtet. Glücklicherweise sind die Tierschützer noch rechtzeitig genug eingeschritten; sie haben die Regierung aufgefordert zu handeln.«

»Sie wollen damit sagen, daß wir diesen Tieren kein Haar krümmen dürfen?« fragte ich ungläubig.

Er neigte gewichtig den Kopf. »In der Tat, es sind Säugetiere. Die bei uns heimischen gehören zur Gattung der Pipistrellus oder der Plecodus – sind also Zwergfledermäuse oder Langohrfledermäuse, es kommt auf die Größe an. Die Pipistrellus sind die kleinsten.«

»Ich hab' nicht allzu genau hingesehen.«

»Die Pipistrellus bevorzugt Waldgebiete, ist jedoch auch an Wohngebiete gewöhnt, und die Langohrfledermaus schläft gern in Höhlen oder Kellern oder auf Dachböden.«

»Das hört sich ganz nach unseren Burschen an.«

»Ich gebe Ihnen mein Wort, Sie sind ihretwegen keiner Gefahr ausgesetzt. Sie ernähren sich bevorzugt von Insekten und Motten, und damit tun Sie Ihnen vielleicht sogar einen Gefallen.«

Das bezweifelte ich, aber er schien zu wissen, wovon er sprach. Ich schüttelte bedächtig den Kopf und sagte: »Sieht so aus, als hätten wir sie am Hals, buchstäblich.«

Der junge Mann namens Kinsella sagte im Verschwörerton: »Hören Sie, Mike, wenn sie wirklich zu einer Plage werden, helfen wir Ihnen, sie auszuräuchern oder so etwas. Es muß ja niemand erfahren.«

»Okay, mal sehen, wie es läuft.«

Wieder ließ er diese Perlzähne blitzen. »Sie wissen, wo wir zu finden sind, vorausgesetzt, Sie brauchen überhaupt Hilfe. Aber wir würden uns freuen, Sie irgendwann zu sehen.«

»Soll ich das Geschenk holen, Hub?« Das Mädchen blickte zu ihm auf wie ein Hundewelpe zu seinem Herrn.

»Hey, sicher, das hätte ich beinahe vergessen.«

Gillie tauchte ins offene Wagenfenster hinein und holte eine eckige rote Keksdose hervor. Sie hielt sie Midge über das Gartentor hin.

»Eine unserer Schwestern ist eine phantastische Köchin«, erzählte Gillie. »Als uns klar wurde, daß Sie hier, auf Gramarye, einziehen, haben wir sie gebeten, Ihnen einen Willkommenskuchen zu backen. – Nichts Großartiges, aber ich glaube, er wird Ihnen schmecken.«

»Unsere bescheidene Art, Sie als Nachbarn willkommen zu heißen«, sagte Kinsella und hielt beide Arme von seinen Seiten weg, als könnte er uns umarmen.

»Was für ein wunderbarer Gedanke!« rief Midge und strahlte übers ganze Gesicht, als sie das Geschenk annahm. »Vielleicht können wir Sie auch zu uns einladen, sobald hier alles klar Schiff ist – wir würden uns freuen, nicht wahr, Mike?«

Kinsella sprach, bevor ich reagieren konnte.

»Sie können darauf wetten, daß wir von Zeit zu Zeit guten Tag sagen werden. – Wenn wir erst einmal Freunde gefunden haben, verlieren wir sie nicht gern wieder.«

Er sagte das mit aller Herzlichkeit – und ich wunderte mich, warum es mir trotzdem nicht so recht gefiel; ich fühlte mich unbehaglich.

»In der Zwischenzeit jedoch«, fuhr er fort, »lassen wir Sie in Ruhe weiterarbeiten – ich bin sicher, es gibt eine ganze Menge zu richten. Die Vorbesitzerin war ja bereits ein wenig betagt, sie konnte diesen Ort wohl nicht mehr richtig pflegen, schätze ich.«

»Sie haben Flora Chaldean gekannt?« fragte Midge.

»Oh, die meisten Leute hier in der Gegend kannten sie«, sagte Gillie.

»Aber richtig *kennen*gelernt hat sie niemand«, stellte Kinsella richtig. »Wir haben ein paarmal mit ihr gesprochen, das ist alles. Okay, denken Sie an mein Angebot: Wenn Sie Hilfe brauchen, können Sie jederzeit vorbeikommen.«

»Wir werden daran denken, äh – Hub«, sagte ich. Und dann: »Ist das ein Spitzname?«

»Die Kurzform für Hubris. – Meine Eltern hatten Sinn für Humor.«

Nicht gerade viel, dachte ich; und sagte laut: »Okay, nett, Sie kennengelernt zu haben, und danke für die Informationen über Fledermäuse. Hilft uns zwar nicht viel, aber wenigstens weiß ich jetzt, woran wir sind.«

Wir reichten uns ziemlich förmlich die Hände, dann stiegen sie in ihren Wagen. Kinsella klemmte sich hinter das Lenkrad. Der Citroen zog ab, und sie winkten uns; wir sahen ihnen nach, bis sie außer Sicht waren.

»Waren sie nicht unglaublich nett?« rief Midge aus und hielt mir die Keksdose hin.

»Schon. – Ein bißchen *zu* nett, vielleicht.«

»Oh, Mike, manchmal bist du ein richtiger alter Griesgram. Sie wollen doch nur eine gute Nachbarschaft mit uns haben. Könnte nicht schaden, wenn mehr Leute so wären wie sie.«

»Yeah, bleibt nur die Frage, *was* sie sind, Midge. Wie kommt es, daß ein derart gemischtes Völkchen in einem Herrenhaus zusammenlebt? Außerdem, ist dir aufgefallen, daß Gillie unsere Kuchenbäckerin *Schwester* genannt hat?«

»Was macht das für einen Unterschied? Wahrscheinlich gehören sie alle einer religiösen Jugendorganisation an. Was spielt das für eine Rolle, solange sie nett sind?«

Ich zuckte mit den Schultern. »Auch wieder wahr. – Sie haben uns ein bißchen überrannt, und sie sind ein bißchen zu scharf darauf, uns kennenzulernen, aber das ist auch schon alles, schätze ich.«

»Wie oft muß ich es dir noch sagen: Auf dem Land ist alles anders, die Leute sind freundlicher. Du darfst nicht so argwöhnisch sein.«

»Tut mir leid, Midge, wollte ich nicht sein. Aber diese Fledermäuse haben meinen Seelenfrieden ziemlich gestört.«

Ihre Stimme wurde sanfter. »Das kann ich verstehen. Aber es ist wahr, weißt du: Fledermäuse sind wirklich harmlos.«

»Solange *sie* das auch wissen.«

Ein kaum merklicher Lufthauch raschelte in den nahen Baumkronen und streichelte die Blumen. Midge steckte sich die Keksdose unter den Arm; mit ihrer freien Hand hängte sie sich bei mir ein. So schlenderten wir zum Haus zurück; die Sonne schien warm vom Himmel.

»Sehen wir uns die Ungeheuer mal an, vor denen du dich so fürchtest«, sagte sie.

»Du willst da hinaufgehen?«

Sie wurde ungehalten. »Klar. Ich kann's nicht erwarten, sie zu sehen.«

»Du steckst voller Überraschungen.«

»Ich stecke voller Wißbegierde, weiß du? – Ich male Tiere für Geschichten. Ich *genieße es*, sie zu beobachten. Außerdem bescheren mir diese kleinen Teufel vielleicht eine Idee für ein zukünftiges Buch, eins, das ich selbst schreibe. Oder, noch besser, eins, das du für mich schreibst. Es wird langsam Zeit, daß du dein Talent nutzt.«

»Eine Horrorgeschichte für unsere lieben Kleinen? – Das ist vielleicht die Idee.«

»Nein, nicht sowas. Fledermäuse haben nichts Ekliges an sich.«

»Warte, bis du sie siehst.«

Sie stellte den Kuchen auf den Küchentisch, dann gingen wir nach oben; ich ging voraus.

In der Mansarde, meinem zukünftigen Musik-Studio, lag die Taschenlampe noch auf dem Stuhl. Ich nahm sie auf und klopfte mir damit in die Handfläche; ich sah Midge sehr ernst an.

»Du willst es also wirklich tun . . .?« sagte ich finster. »Obwohl du genau weißt, was damals mit Pandora geschehen ist?«

»Aus dem Weg!« forderte sie, stach mir eine knochige Fingerspitze gegen die Brust und stellte einen Fuß bereits auf den Stuhl.

»Schon gut, schon gut. – Im Ernst, Midge: Mir ist ehrlich nicht danach, noch einmal da hinaufzugehen.«

»Brauchst du auch nicht – es genügt, wenn du mir hochhilfst. Ich werd's schon nicht all unseren Freunden erzählen.« Und damit stellte sie sich in Pose, den Fuß nach wie vor auf der Sitzfläche des Stuhls, eine Faust demonstrativ gegen die Hüfte gestemmt. Ihr Lächeln signalisierte grimmige Entschlossenheit. Und war natürlich mehr als herausfordernd.

Erbärmlich stöhnend zog ich sie weg und stieg selbst auf den Stuhl. Die Luke hatte ich vorhin geschlossen; vielleicht, weil ich geglaubt hatte, die Fledermäuse könnten mir folgen. Ich sagte »Okay, ich mache auf und hebe dich hoch, wenn du schon nicht die Trittleiter holen willst.«

»Du genügst mir.« Sie verschränkte die Arme und wartete.

»Aye, aye, Ma'm.« Ich drückte gegen die Luke, und wieder hob sie sich mit einem saugenden Laut. »Nur keine Aufregung, Jungs«, rief ich leise hoch. »Da ist nur der Hausbesitzer und will die Klimaanlage überprüfen.« Die Flachserei wirkte gezwungen, obwohl ich jetzt, da ich von unseren schläfrigen Gästen wußte, beileibe nicht mehr so nervös war wie zuvor.

Die Luke fiel zurück, wie vorhin, und gegen einen aufrecht stehenden Balken – bei dem jähen Krachen duckte ich mich unwillkürlich tief. Midge verbarg ein Lächeln hinter vorgehaltener Hand, aber ich sah es trotzdem; ich sah es.

»Sag nicht, ich hätte dich nicht gewarnt«, brummte ich mürrisch, stieg herunter und reichte ihr die Taschenlampe. »Halt dich mit einer Hand am Rand oben fest und leg die Lampe hoch, dann hebe ich dich hinauf.«

»Mein Held!« seufzte sie und schob einen Fuß in meine ineinander verschränkten Hände.

Ich richtete mich auf, und sie ließ sich leicht wie eine Feder heben; sie knipste die Taschenlampe an, schob sie hoch und war ebenfalls oben, in einer einzigen, beinahe anmutigen Bewegung. Sie setzte sich zurecht und ließ die Füße (wie ich, vorhin) baumeln.

Ich kletterte auf den Stuhl und zog mich ebenfalls hoch; sie rutschte ein wenig beiseite und machte mir Platz.

Dann saßen wir nebeneinander, und ich flüsterte: »Verstehst du jetzt, was ich meine?« – Der bekannte Geruch verursachte mir Übelkeit.

Sie schwenkte den Lichtstrahl im Dachboden herum, und ich schauderte innerlich, als ich die dunklen, hängenden Gestalten sah.

»Oh, Mike, so viele sind es doch gar nicht«, schnaubte sie verächtlich.

Ich blinzelte und starrte dem kreisenden Licht hinterher. Da schienen wirklich nicht mehr so viele Fledermäuse zu sein wie vorher. »Ich, äh . . . ich bin sicher, es waren mehr da als nur die paar.«

»Wahrscheinlich hast *du* mehr gesehen. – Der Schock . . .« Das klang verdächtig verständnisvoll. »Trotzdem – es müssen mindestens dreißig oder vierzig sein.«

»Hör mal, vorhin hingen sie dicht an dicht. Sieht so aus, als seien eine Menge ausgeflogen.«

»Bei hellichtem Tag? – Komm schon, Mike. Wahrscheinlich hast du ihre Schatten gleich mitgezählt; ich meine, die Taschenlampe ist wirklich nicht optimal für so etwas. Es hat so ausgesehen, als seien es mehr.« Sie klopfte mir beruhigend auf den Oberschenkel. »Wenn man im Grunde seines Herzens ein Hasenfuß ist, dann sehen manche Dinge größer aus, als sie sind, weißt du.« Sie richtete den Lichtstrahl von unten her gegen ihr Kinn, was aus ihrem Gesicht eine Grimasse zauberte.

»He, das ist komisch, wirklich, zu komisch. Gib mir mal die Lampe, ja?«

Ich schnappte die Taschenlampe und kroch tiefer in den Dachboden hinein; sicherheitshalber hielt ich mich an den Querbalken über mir fest, weil ich nicht unbedingt mit einem Knie durch die Decke unter mir brechen wollte. Ich leuchtete selbst die hintersten Schlupfwinkel aus – aber da lauerte nichts. Nur hinter den Wassertank konnte ich nicht sehen. Trotzdem. – Midge gesellte sich zu mir, sehr harmlos und gebückt gehend, nicht kriechend. Ich kam mir noch ein bißchen dämlicher vor als ohnehin schon.

Ich richtete mich auf, balancierte mein Gleichgewicht aus und packte einen Querbalken – sehr darauf bedacht, nicht aus Versehen an einer schlafenden Fledermaus vorbeizustreifen. Natürlich rechnete ich damit, eine ganze Menge Spott in Midges Gesicht zu finden, aber sie war bereits damit beschäftigt, einen der in der Nähe hängenden Körper zu betrachten.

Sie streckte die Hand aus und zupfte leicht an einem zusammengefalteten Flügel.

»He!« zischte ich. »Was machst du da?«

»Leuchte mal her, Mike, ich möchte mir den Burschen hier gern richtig ansehen!«

»Midge, das könnte gefährlich sein. Lieber Gott, vielleicht hat er Tollwut.«

»Hör auf, so ein Jammerlappen zu sein. In der Gegend hier gibt es keine Tollwut. Weißt du noch, was ich dir über die Hamster mit Flügeln gesagt habe? Jetzt komm schon, bring die Taschenlampe her.«

Draufgängerisches Biest, dachte ich widerwillig – und tat, wie mir geheißen; wachsam hangelte ich mich durch das Gebälk voran. »Mich kannst du nicht verantwortlich machen, wenn du gebissen wirst«, stellte ich fest.

Die Fledermaus zuckte und versuchte, ihren ausgestreckten Flügel zurückzuziehen; Midge hielt den Flügel fest. Die häßliche Schnauze des Scheusals klaffte ärgerlich auf und entblößte winzige Lugosi-Zähne – aber das Tier schien nicht zu erwachen. Trotzdem wahrte ich Abstand und versorgte Midge allein per vorgereckte Taschenlampe mit dem erwünschten Licht.

»Siehst du die kleinen Finger?« – Wenigstens sprach sie jetzt mit gedämpfter Stimme. »Siehst du, wie lang die letzten drei sind? Der Flügel ist bloß dazwischengespannte Haut. Da, und er geht bis runter zu den Füßen und zum Schwanz der Fledermaus.«

»Das ist wirklich interessant. Meinst du nicht, daß wir sie jetzt in Frieden schlummern lassen sollten?«

»Und schau dir mal seinen pelzigen kleinen Körper an. Er ist ein niedlicher kleiner Kerl.«

»Niedlich! – Er ist häßlich wie die Sünde!« Ich bedauerte augenblicklich, meine Stimme erhoben zu haben, denn für einen Sekundenbruchteil hoben sich die feinen Membranen über den winzigen Augen der Fledermaus: ein leichtes Beben.

»Er ist beleidigt«, kommentierte Midge.

»Er wird damit leben müssen. Man beachte die schreckliche plattgedrückte Nase und die spitzen Ohren.« Ich ließ einen angewiderten Laut hören.

»Rings um die Nase, das ist sein Radar.«

»Da nützt auch kosmetische Chirurgie nichts mehr. – Können wir jetzt wieder nach unten gehen, Midge? Ich meine, okay, vielleicht müssen wir mit diesen hängenden Backpflaumen unter einem Dach zusammenleben – aber deshalb brauchen wir noch lange nicht Blutsbrüderschaft mit ihnen zu schließen.«

Sie ließ den Flügel los, und er faltete sich mit papierenem Rascheln nach innen. »Ich wußte gar nicht, daß du so empfindlich bist«, bemerkte Midge.

»Um ehrlich zu sein: ich auch nicht. Ich habe bloß ein ziemlich komisches Gefühl, ihretwegen, kann nichts dafür.«

»Wenigstens weißt du jetzt, daß es nicht so viele sind, wie du zuerst geglaubt hast.«

»Ich hätte schwören können ... Egal. Wahrscheinlich habe ich vor lauter Schrecken doppelt gesehen.«

»Oder dreifach. Okay, gehen wir 'runter, ein bißchen frische Luft könnte nicht schaden.«

Wir kreuzten die Hände über dem Längsbalken und tappten zur Luke zurück; dort angekommen, stellte ich mich breitbeinig darüber und ließ Midge auf den Stuhl hinab. Nach einem letzten Blick in die Runde ließ ich die Taschenlampe in ihre bereitgehaltenen Hände fallen, kletterte hinunter, bis ich auf dem Stuhl balancierte, und fingerte die Luke über mir zu; dieses Mal wurde sie mit weit weniger Panik herabgelassen.

Dann hüpfte ich vollends auf den Boden hinunter und klopfte mir den Staub von den Händen; froh, aus der Dunkelheit herauszusein. Midge ging zu einem der kleinen Mansardenfenster hinüber und versuchte, es zu öffnen.

»Ein wenig Frischluft würde hier oben wirklich nicht schaden«, sagte sie halb über die Schulter hinweg. »Aber ich kriege das Fenster nicht auf.«

Ich ging zu ihr. »Könnte Farbe an der Außenseite sein«, vermutete ich. »Man hätte die Fenster offen lassen sollen, bis sie trocken sind. Komm, laß mich mal versuchen.«

Aber noch bevor ich dem Rahmen der einen Hälfte des Doppelfensters einen kräftigen Stoß verpassen konnte, ergriff Midge meinen Arm.

»Bringen dich die Fledermäuse wirklich so sehr aus der Ruhe, Mike? – Weißt du, wir können Hubs Vorschlag immer noch annehmen und uns irgend etwas überlegen; ich meine ... zusehen, daß wir sie loswerden, ohne daß irgend jemand etwas davon erfährt.«

Ich blickte sie forschend an. »Das würde dir nicht sehr gefallen, oder?«

»Mir gefällt der Gedanke nicht, daß sie dir Gramarye verderben. Es ist mir wichtiger, daß du hier glücklich bist.«

Ein paar Sekunden lang standen wir da, Stirn an Stirn. »Wahrscheinlich hast du ja recht«, brummte ich. »Sie werden uns nicht belästigen!« Ich wandte mich wieder dem Fenster zu. Aber nochmal irgendwelche mitternächtlichen Fledermausorgien, und sie sind draußen – das Geräusch dieser wahnsinnigen Flügel halt ich nicht aus.«

Ich stieß eine Handfläche gegen den Schieberahmen; es tat höllisch weh; vor Schmerz biß ich mir auf die Lippe. Ich versuchte es noch einmal, dann ein drittes Mal, und erst jetzt tat das Fenster einen Ruck, minimal nur, aber danach ließ es sich recht leicht nach draußen schieben. Die andere Hälfte leistete ebenfalls schweren Widerstand, aber auch sie bewegte sich nach dem dritten Stoß. Ich schob die Flügelstütze auf ihren Haken und erweiterte den Spalt. Mit einem tiefen Atemzug sonnenwarmer Luft blickte ich auf das gegenüberliegende Waldstück. Und versteifte mich, noch bevor ich ausatmete.

War das eine Gestalt, da drüben, im Schatten, unmittelbar hinter der ersten Baumreihe? – Wieder jemand, der uns beobachtete?

»Midge«, sagte ich angespannt und irgendwie verzerrt. Sie kam näher. »Midge, ich glaube, dort drüben steht jemand und beobachtet das Haus.«

Ich sah sie nicht an, aber ich wußte, daß sie konzentriert hinüberspähte.

»Wo, Mike? Ich sehe niemanden.«

Ich ließ die reglose Gestalt für einen Moment aus den Augen und legte einen Arm um Midges Schultern; behutsam zog ich sie noch näher zu mir heran.

»Genau gegenüber«, flüsterte ich unnötigerweise und zeigte hin. »Unmittelbar unter den Bäumen, hinter der Schattenlinie. Eine dunkle Gestalt. Uns zugewandt.«

Doch als ich wieder hinsah, war die Gestalt verschwunden.

»Ich sehe nichts, Mike«, raunte sie, und ich drehte mich sprachlos zu ihr um und schaute dann noch einmal zu den Bäumen hinüber.

Niemand da, eindeutig.
Ich begann, mir ernsthaft zu überlegen, ob die Landluft möglicherweise einen so hohen Sauerstoffgehalt hatte, daß sie Halluzinationen verursachte.

Fortschritt

Die nächsten Wochen vergingen wie im Flug, und jeder von uns war vollbeschäftigt; ich hatte keine weiteren ›Halluzinationen‹ mehr. Wir verbrachten Tage (und oft auch Nächte) damit, alte Tapeten abzureißen, durch neue zu ersetzen und die Wände und das Gebälk zu streichen; kurzum, wir waren mit all den Arbeiten beschäftigt, die wir nicht den Handwerkern übertragen hatten. Ein oder zwei Abende waren recht kühl gewesen, und wir hatten feststellen müssen, daß es eine Menge Zugluft gab. Ich tat mein Bestes, um die Ritzen abzudichten. Wir putzten, schrubbten, säuberten und brachten das Haus auf Hochglanz.

Ich richtete mir mein Musik-Studio ein und träumte von dem kostspieligen neuen Equipment, das ich mir schließlich irgendwann würde leisten können; und Midge bezog vor einem der großen Fenster im runden Zimmer ihr eigenes, selbstverwaltetes Künstler-Studio. Ich sah ihr an, daß sie darauf brannte, wieder zum Malen zu kommen – Bilder, meine ich, nicht Wände –, genau wie ich mich danach sehnte, mich wieder *richtig* mit Musik beschäftigen zu können. So sehr ich auch mit körperlicher Arbeit eingespannt war – mein Kopf war überflutet von Ideen für Lieder und Geschichten und den Grundzügen zu einem ganzen Rock-Musical. Alle waren sie noch ziemlich provisorisch, aber das ist für gewöhnlich das aufregendste; ich fragte mich, ob sie auf Papier auch so gut aussehen oder auf Band auch so großartig klingen würden. Trotz des beiderseitigen kreativen Drangs widerstanden wir der Versuchung; beide widmeten wir uns weiterhin der Aufgabe, Gramarye gemütlich zu machen.

Auch mit dem Garten gaben wir uns alle Mühe, obwohl, seltsam genug, er von ganz allein zu gedeihen schien. Selbst die Kaninchen verschonten unsere Blumen.

Wir unternahmen mehrere Streifzüge nach Bunbury und kauften uns ein paar gebrauchte Möbel und ein oder zwei kuriose Kleinigkeiten.

Rumbo wurde ein regelmäßiger Gast, und ich fragte ihn oft, warum er nicht ganz zu uns zog. Man konnte sich großartig mit ihm unterhalten. Davon abgesehen nahmen Midge und ich jedoch an, daß es irgendwo im Wald eine Mrs. Rumbo gab und vielleicht auch ein paar kleine Rumbos, eine Familie also, zu der heimzukehren er sich nach den Abenteuern eines jeden Tages freute. Ansonsten genoß er die Spielchen mit uns; er liebte es, hinter davonrollenden Tennisbällen herzujagen und sich auf unsere Schultern zu stürzen, wenn wir das am wenigsten erwarteten, und unsere Bücher und Zeitungen verschlang er buchstäblich. Er war wie ein Hund, dieser kleine Bursche, voller liebenswerter Intelligenz, ständig zu irgendwelchen Streichen aufgelegt und ab und zu mit einer Spur Verschlagenheit, die uns oft amüsierte und noch öfter beinahe zur Verzweiflung trieb. Wir befanden uns in guter Gesellschaft.

In dieser Zeit bekamen wir auch jede Menge Anrufe von Freunden und Kollegen und – besonders von letztgenannten – einige recht verführerische Arbeitsangebote, die wir jedoch standhaft und ausnahmslos ablehnten. Wir hatten uns für einen vollen Monat freigenommen, und daran gedachten wir auch festzuhalten. – Anfangs war ein beständiges Knacken in der Leitung, als seien die Drähte eingerostet, aber je mehr Anrufe wir erhielten, desto besser wurde die Verbindung.

Unsere Freundin, die Misteldrossel, der wir einen gebrochenen Flügel attestiert hatten, kam ebenfalls immer wieder mal zu Besuch (wir erkannten sie an den immer noch fehlenden Federn). Der Vogel fand überhaupt nichts dabei, geradewegs in die Küche zu fliegen und sich auf den Tisch oder eine Stuhllehne zu setzen. Schon bald folgten andere dem Beispiel, und mehr und mehr entwickelten sie Vertrauen. Die Vögel und das Eichhörnchen blieben dann auch nicht unsere einzigen Besucher: Mäuse schauten vorbei und Bienen und ein Fuchs; eines Tages sogar ein Wiesel. Wir gewöhnten uns an die vereinzelt im Haus auftauchenden Spinnen und Schnecken – und daran, sie behutsam mit einer Zeitung aufzusammeln und im Garten, in den Blumenbeeten, abzusetzen.

Unsere drei menschlichen Freunde aus dem grauen Haus hielten sich an ihr Wort: Sie schauten von Zeit zu Zeit vorbei und brachten für gewöhnlich ein kleines Geschenk mit – etwas zum Essen, eine Flasche selbstgemachten Wein, ein paar nicht zu teuere Kleinigkeiten fürs Haus; nichts Großartiges, aber nette Aufmerksamkeiten. Wir waren nach wie vor zu beschäftigt, um allzu lange mit ihnen zu plaudern, und sie drängten sich uns nie auf – sie blieben nie länger als beim ersten Mal. Sie waren freundlich und mitteilsam, was die Umgebung betraf, und dieser oder jener Tip, den sie uns für unser Landleben gaben, erwies sich als recht nützlich. Sie waren in Ordnung.

Nach ein paar Nächten beunruhigten mich auch die Geräusche auf dem Dachboden nicht mehr länger; im Gegenteil, es war sogar faszinierend, in der Abenddämmerung auf der Bank draußen zu sitzen und die Fledermäuse zu beobachten – wie sie von den Dachkanten zum nahen Wald hinüberglitten; ein Anblick, der immer weniger unheimlich wurde, je mehr wir uns an ihn gewöhnten. Wie uns bereits gesagt worden war, waren sie völlig harmlos; von Geselligkeit hielten sie nicht viel (Gott sei Dank), sie blieben lieber unter sich.

Wir schufteten weiter – fest entschlossen, erst dann auszuspannen, wenn wir alles soweit hatten und in der Lage waren, die Dinge auf die leichte Schulter zu nehmen. In dieser ganzen Zeit gab es nur einige wenige bewölkte Tage; die meiste Zeit war es strahlend schön, die Luft klar und belebend am Morgen und behaglich träge am Nachmittag.

Wir kamen voran. Das Leben war gut.

Gewalttätigkeiten

An einem dieser Tage war ich ins Dorf gefahren, um Nägel, ein spezielles Ölgemisch (für den Rasenmäher), Steckdosen und noch mehr weiße Farbe zu kaufen. Ich stellte den Wagen unweit der Hauptstraße auf dem kleinen, aber ausreichenden Parkplatz ab. Der Laden mit den Haushaltswaren war nur ein paar Schritte entfernt. Einige Gesichter waren mir (dank meiner in den letzten Wochen häufigen Besuche in Cantrip) mittlerweise bereits vertraut, und dieser oder jener Einheimische nickte mir im Vorbeigehen sogar grüßend zu. Anzunehmen, daß es sich recht schnell herumgesprochen hatte, daß Midge und ich die neuen Besitzer von Gramarye waren.

Es war früher Vormittag, und in dem Laden herrschte nicht viel Betrieb. Ich nahm einen Einkaufskorb vom Stapel neben der Tür, schlenderte zwischen den Regalreihen entlang und griff im Vorbeigehen nach den Dingen, die ich brauchte; natürlich wanderten auch genügend andere Dinge in den Korb – von denen ich nur annahm, daß ich sie brauchte; irgendwann einmal (komisch, wie selten man damit richtigliegt).

Ich begutachtete gerade verschiedene ›Super‹-Kleber in eigenartigen Plastikkokons, als mich eine ziemlich schroffe Stimme erschreckte.

Die Kassentheke lag hinter dem Regal zu meiner Rechten, und ich umrundete es jetzt mit einer gewissen Neugier, aber auch bereit zu zahlen. Die barsche Stimme gehörte dem Ladeninhaber, einem stämmigen Mann namens Hoggs, der mir gegenüber immer sehr freundlich gewesen war (ich war Stammkunde bei ihm, und er hatte mir schon eine Menge nützliche Ratschläge gegeben); um so überraschender fand ich es daher, ihn jetzt derart brüsk zu erleben.

Ein Mädchen stand an der Theke, den Rücken mir zugewandt; ihre Haare waren zu Zöpfen geflochten. Sie trug ein legeres Hemd und einen langen, gemusterten Rock. Die Riemen ihrer Sandalen schlängelten sich über ihre Knöchel empor und waren direkt unterhalb des Rocksaums gebunden. Vor ihr, auf der Theke, stand ein Metallkorb, aus dem der Ladeninhaber mürrisch diesen und jenen Artikel herausnahm; den jeweiligen Preis tippte er bedächtig in die Kasse.

Hoggs bemerkte meinen Blick und rollte die Augen himmelwärts; vermutlich, um mir so seinen Verdruß zu signalisieren. Als das Mädchen jetzt an die Theke zurückkam, sah ich, daß es blaß war, beinahe fahlhäutig; ihre Miene war so vollkommen ausdruckslos, daß sie ihre Verärgerung entweder meisterhaft verbarg oder eine wirklichkeitsgetreue Spiegelung dessen war, was dahinter lag. Sie griff in eine Schultertasche aus Segeltuch und zog ein Portemonnaie hervor, während der Ladeninhaber die restlichen Waren aus ihrem Einkaufskorb klaubte und auf die Theke *knallte*.

Das Mädchen tat mir leid – und das um so mehr, als er ihr die Summe beinahe entgegenbellte und sie ihm demütig ihr Geld hinüberreichte. Ihre Einkäufe wurden in eine Plastiktüte gepackt, und dann hastete sie an mir vorbei (ohne mich richtig zu bemerken) und aus dem Laden.

Ich stellte meinen Einkaufskorb auf die Holztheke und betrachtete Hoggs mit einiger Bestürzung.

»Morgen, Mr. Stringer«, grüßte er mich, und der auf wundersame Art und Weise wiedergekehrte freundliche Ton munterte mich wieder auf.

Ich nickte Richtung Tür. »Irgendwelche Probleme mit dem Bezahlen?«

»Wie bitte? – Oh, nein, nichts dergleichen«, versicherte er mir, aber da war noch immer eine Spur Gereiztheit in seiner Stimme. »Sie ist eine von dem Haufen, das ist alles.«

»Yeah? – Und was ist das für ein Haufen?«

Er hörte auf, meine Einkäufe aus dem Drahtkorb zunehmen, und bedachte mich mit einem verwunderten Blick. Sein Gesicht war breit und gerötet; ein perfektes Schweinchenrosa, als habe er nicht genügend Zeit für die Sommersonne draußen gehabt. »Naja, Sie können von denen natürlich noch nichts wissen, klar.« Er schüttelte den Kopf und drückte mit energischem Finger eine Taste der altmodischen Registrierkasse. »Sie ist eine von denen ... aus dem Tempel. Eine von diesen ...« Wieder das *Kling!* der Ladenkasse – »von diesen Synergisten.« Hoggs sah wieder hoch. »Verdammt blöder Name, das.«

Ich nickte. »Wissen Sie, was er bedeutet?«

»Was er bedeutet? Er bedeutet, daß das ein Haufen Verrückter ist, genau das bedeutet er.« Er beugte sich verschwörerisch vor. »Wir mögen sie nicht, Mr. Stringer, nicht die Typen. Die bringen ihre komischen Gepflogenheiten und Ideen mit hier heraus. Wir wollen sie nicht hierhaben.«

»Sie gehören zu einer Art religiösem Kult?« Und ich begann bereits die Verbindungslinie herzustellen: das Mädchen hätte ganz gut zu Hub, Gillie und Neil gepaßt.

»Irgend sowas, aber ich weiß nicht genau, was. Wir wollen bloß nicht, daß die Typen hier in unserem Dorf herumhängen und um Geld betteln.« »Sie betteln?«

»Naja, fast. Die verkaufen da so Sachen, wissen Sie, Sachen, die eigentlich gar niemand will. Flechten Körbe und Matten und sowas. Und sie versuchen, unsere Kinder zu bekehren; sie wollen sie in ihren sogenannten Tempel abschleppen. Ich sage Ihnen, mit denen stimmt irgendwas nicht.«

»Und sie wohnen alle draußen, in diesem Herrenhaus? Ich meine, ich hab's kürzlich auf einem Spaziergang gesehen; es liegt ziemlich versteckt, im Wald.«

»Willerby Hall wurde es früher immer genannt, aber heute nicht mehr. Sie haben es in eine Art Kirche umgekrempelt, in ihren dämlichen Synergisten-Tempel.«

Ich tastete nach meiner Brieftasche. »Schätze, sie sind ziemlich harmlos.«

Plötzlich schien Hoggs durch mich hindurchsehen zu können, und ich kam mir wie der weltgrößte Possenreißer vor. Er sagte mir, wieviel ich schuldig war, nahm das Geld und wandte sich mit einem gemurmelten »Ich hole Ihnen einen Karton für Ihre Sachen« ab. Er ging zum Thekenende und griff darunter.

Nachdem mein Einkauf verstaut war, verabschiedete ich mich und verließ den Laden, den Pappkarton unbeholfen unter den Arm geklemmt.

Mein seltsames Unbehagen unseren drei neugewonnenen Freunden gegenüber war also doch nicht völlig unbegründet gewesen. Obwohl . . . ich hielt sie weiterhin für harmlos; die Medien hatten sämtlichen Kulten ein ziemlich übles Image verpaßt – möglich, daß mich deshalb *irgend etwas* zur Wachsamkeit mahnte. Das Mädchen jedenfalls war bestimmt harmlos gewesen, obwohl sie guten Grund gehabt hätte, Hoggs derbe Unhöflichkeit mit gleicher Münze zurückzuzahlen. Ich nehme an, es dauert viele Jahre, bis Außenseiter in einem Dorf wie Cantrip akzeptiert werden, und so war es nur logisch, daß eine Organisation, die einer obskuren Religion huldigte, Probleme hatte. Und überhaupt: Was, zum Teufel, war ein Synergist? Es gab eine Menge seltsamer Religionen, aber die hier war mir neu. War sie echt oder irre? Oder echt irre? – Kinsella und seine Begleiter jedenfalls kamen mir nicht gerade wie auf den Kopf gefallen vor – und erst recht nicht wie religiöse Eiferer (obwohl ihre gezwungen wirkende Herzlichkeit ein wenig abstoßend war). Nun, Midge und ich waren keine Kinder mehr und bestimmt nicht leicht beeeinflußbar – also, was spielte es für eine Rolle, wenn sie sich von Zeit zu Zeit sehen ließen? Es spielte überhaupt keine Rolle.

Ich bog um eine Ecke und marschierte durch einen schmalen Durchgang Richtung Parkplatz; ich hatte den Passat am hinteren Ende abgestellt und spähte hin – und sah das Mädchen. Sie stand neben dem Citroen, und sie war nicht allein. Zusammen mit Gillie Slade verstaute sie ihren Einkauf im Kofferraum. Ihre Gesichter waren steinern – vermutlich, weil sie von drei Jugendlichen beobachtet wurden.

Im Näherkommen sah ich, daß die Jungs (ich schätzte sie auf nicht älter als fünfzehn oder sechzehn) bestenfalls noch als verwässerte Punks beschrieben werden konnten: Igelfrisur, zerrissene und ausgebleichte Jeans, Schnürstiefel. Einer dieser Helden hatte sich trotz der Hitze in eine mit Nieten beschlagene Lederjacke geworfen; seine beiden Freunde trugen zerrissene und wild besprayte T-Shirts. Das Leben auf dem Bauernhof hat sich ziemlich gewandelt, dachte ich.

Lederjacke tänzelte um das Mädchen herum, das ich im Laden gesehen hatte; er zog sie an ihren Zöpfen und gröhlte irgend etwas zu seinen Begleitern hinüber. Der eine fühlte sich davon motiviert; er riß an dem Korb, den Gillie gerade in den Kofferraum zu stellen versuchte. Punk Nummer drei stand einfach nur da und bohrte in der Nase.

Was mich betrifft – ich gehe Tag für Tag sämtlichen Schwierigkeiten meilenweit aus dem Weg, und wenn irgendwo irgendwelche Ladies in Not sind, dann *waren* das Schwierigkeiten – in Reinkultur. Sie kamen mir ziemlich beschäftigt vor, und ich fragte mich, ob sie mich wohl bemerkt hatten. Und dann fragte ich mich, ob ich nicht irgend etwas vergessen hatte einzukaufen – irgend etwas, Hauptsache, ich hatte eine Ausrede für mein sofortiges Umkehren. Aber das war selbst für mich ein wenig *zu* feige. Und so ging ich weiter und tat so, als hätte ich nichts bemerkt.

Punk Nummer zwei verdarb alles, weil er sich Gillies Korb in diesem Moment endgültig schnappte und den gesamten Inhalt auf den Boden auskippte; irgend etwas davon mußte ihm besonders gut gefallen, denn er sprang vor und griff danach. Gillie stieß ihn zurück, und er rächte sich grausam, indem er sie wesentlich stärker zurückstieß. Sie prallte gegen den Wagen. Ihr Gesicht hatte sich rot verfärbt, und sie war den Tränen nahe. Leider erblickte sie in diesem Sekundenbruchteil mich, und Erleichterung und stummes Flehen geboten den Tränen Einhalt.

Ich stöhnte innerlich auf. In der Falle! Rettungslos! – Shit! Ich schlenderte hinüber, ganz Nonchalance und zitternde Knie. Die Stimme in bester Eastwood-Tradition ganz leise, sagte ich: »Sind Sie okay, Gillie?«

Die Punks stierten in meine Richtung: Lederjacke hatte immer noch das idiotische Grinsen auf dem Pickelgesicht. Oh Gott, dachte ich, das ist eine Szene aus einem schlechten Teenie-Film.

Gillie richtete sich auf; das andere Mädchen betrachtete mich mit einem hoffnungsfrohen Interesse.

»Ja, mit mir ist alles okay, Mike«, hauchte Gillie und bückte sich bereits, um ihre Sachen einzusammeln. Punk Nummer zwei kickte irgend etwas davon vor ihren Fingerspitzen weg – und wieherte seine Fröhlichkeit über den Spaß, den das Ganze machte, lauthals hinaus.

Ich baute mich vor ihm auf (und war ziemlich froh, daß er kleiner war als ich); und sagte: »Ich glaube, du ziehst jetzt besser ab.«

Sein forsches Grinsen verlor deutlich an Gehalt; er spähte nach Unterstützung heischend zu seinen Kameraden hin. Lederjacke tappte los, und Nummer drei bewertete seinen Naseninhalt eindeutig als interessanter.

»Und wenn er bleibt, eh, was willst du denn dann dagegen tun?« erkundigte sich Lederjacke mit einem schweren Atmen dicht an meinem Hals (der Kerl war größer!).

»Komm schon, das willst du doch nicht herausfinden«, drohte ich und ärgerte mich granatenmäßig, daß meine Stimme mitten im Satz irgendwie brach.

Bei genauem Hinsehen war klar, daß sie wirklich noch halbe Kinder waren; nicht die *echten* harten Burschen aus dem Ghetto; sie spielten die Rolle nur, und ich glaubte nicht, daß sie bis in die Grundfesten hinein davon überzeugt waren. Das ermutigte mich.

Nichtsdestoweniger – sie *waren* zu dritt, und ich steckte gewaltig im Schlamassel. Lederjacke war wieder an der Reihe, etwas zu äußern, und er schien seine liebe Not damit zu haben, einen Satz zusammenzubringen ... oder vielleicht auch schon den entsprechenden Gedanken. Ich ersparte ihm die Mühe. Ich grollte: »Entweder laßt ihr die beiden in Ruhe, oder es gibt Flugunterricht!« Und ich tat mein Bestes, um recht bösartig auszusehen.

Mir machte es angst, aber was die drei Kids betraf, schien es genau die umgekehrte Wirkung zu zeitigen; einer kicherte. Lederjackte, packte mein Hemd und versuchte seine Stirn in meinem Gesicht zu plazieren. Purer Reflex, daß ich mich duckte – und sein Mund und Kinn mit meiner doch recht harten Schädeldecke Bekanntschaft machten. Sein überraschtes Schmerzgeheul munterte mich allerdings beträchtlich auf, obwohl ein Teil meines Schädels augenblicklich taub geworden war. Ich richtete mich auf und sah, daß er sich beide Hände vor den Mund hielt und daß bereits Blut zwischen seinen Fingern durchquoll ... und ein monotones Stöhnen.

»Wo das herkommt, gibt's noch mehr«, warnte ich ziemlich außer Atem – und verkniff mir das Bedürfnis, den Schädel zu reiben.

Sein Kumpel schien immerhin schlau genug zu sein, um zu begreifen, daß Lederjackes Verletzung mehr durch Zufall als durch Absicht herbeigeführt worden war; er warf sich auf mich, und er brüllte dabei eine Schlachthymne, die sich irgendwie nach »Duuuuuuuuuu ...« anhörte.

Immerhin, wo Schmerz ins Spiel kommen könnte, stehe ich blitzartig meinen Mann: ich wich seinen vorgereckten Händen aus, und sein Bauch rammte voll hinein in meine geballte Faust. Im Grunde genommen war es nicht einmal ein Stoß – er hatte mit seinem eigenen Schwung die meiste Wucht geliefert –, aber er bäumte sich auf und schnappte nach Luft. Ich warf ihn auf die Motorhaube des benachbarten Wagens, und ich glaube, der Lack hatte schon eine beträchtliche Zeit in der Sonne gegart; auf jeden Fall mußte sich der Typ gewaltig die Wange versengt haben, denn er stieß ein kieksendes Schreien aus und ruckte hoch. Aber ich war jetzt dicht hinter ihm, und ich drückte seinen Kopf wieder abwärts, mit meinem ganzen Gewicht, und ich hielt ihn fest und ließ ihn bruzzeln.

Nummer drei hatte endlich damit aufgehört, in seiner Nase zu graben; jetzt kratzte er sich die Achselhöhle.

Ich war leicht außer Atem, brachte aber noch genügend Beherrschung für ein lakonisches Lächeln auf. »Sagt nicht, ich hätte euch nicht gewarnt«, knurrte ich – und genoß den Augenblick beinahe.

Lederjacke gurgelte jetzt wüste Flüche, und sein Partner besann sich ebenfalls gewisser Nehmerqualitäten; zu meinem Entsetzen rückten sie vor. Der Bursche, den ich auf die Motorhaube genagelt hielt, keilte nach hinten aus und versuchte wieder hochzukommen.

»Jungs, Jungs, was geht denn *hier* vor?«

Das war eine neue Stimme, und sie gehörte zu einem ziemlich kleinen Kopf, der aus einem offenen Wagenfenster herausgestreckt wurde; der Wagen hielt mit kreischenden Bremsen. Ich hätte den kleinen Kopf küssen können, und das um so mehr, als ich feststellte, daß er auf einem weißen Ring saß. Der Vikar oder Priester sah ziemlich schockiert aus, etwa so, als wäre er soeben auf den Abschaum Gomorrhas getroffen.

»Miles Carver, bist du das?« Und damit sah er geradewegs in Lederjackes Gesicht.

Miles? Ich schmunzelte; das Amüsement kam zurück.

»Was, in aller Welt, beabsichtigst du zu tun, Junge?« Der Geistliche schaltete den Motor ab und stieg aus dem Wagen; sehr entsetzt blickte er uns der Reihe nach an. Er war ein kleiner Mann mit einem jugendlichen Gesicht.

»Würde es einem der Herren etwas ausmachen, mir zu erklären, was dies alles zu bedeuten hat?« erkundigte er sich.

Miles murmelte etwas vor sich hin; keiner von uns verstand es. Punk Nummer zwei hatte es aufgegeben, sich unter meinem Griff zu winden, bemühte sich allerdings weiterhin sehr, sein Gesicht von der Motorhaube fernzuhalten. Und Nummer drei hatte seine Hände jetzt tief in seinen Taschen verstaut – eine bewußte Anstrengung, sie von Nase und Achselhöhle fernzuhalten.

Gillie war es, die das Wort ergriff: »Diese Jungs haben versucht, uns zu bestehlen. Mr. Stringer kam dazu und hat sie davon abgehalten.«

Ich blickte sie überrascht an ... *Stehlen* war ein bißchen stark.

»Meine Güte!« rief der Vikar aus. »Ist das wahr, Miles?« Er überhörte den Protest. »Wirst du es denn nie lernen? Das letzte Mal war es nur noch meiner persönlichen Intervention zu verdanken, daß dir eine Bewährungsaufsicht erspart geblieben ist, und jetzt muß ich feststellen, daß du mich schon wieder enttäuschst. Ich fürchte, ich werde mich noch einmal mit deinem Vater unterhalten müssen.«

Miles erbleichte sichtlich.

»Es ist nichts passiert«, meldete ich mich. »Die Sache ist ein bißchen außer Kontrolle geraten, das ist alles.«

Jetzt wandte der Vikar mir seine Aufmerksamkeit zu – genaugenommen hatte ich das Gefühl, daß er mich ein wenig kalt taxierte. »Man sollte meinen, es wäre in Ordnung, wenn Sie den Jungen nun losließen«, sagte er und deutete auf Nummer zwei, den ich in meiner Obhut behalten hatte.

»Klar.« Ich lockerte meinen Griff, und der Junge sprang wie katapultiert von der Motorhaube weg. Dann rieb er sich das Genick und bedachte mich mit einer Menge mürrischer Blicke.

»Thomas Bradley, auch du!« Der Vikar schüttelte in trauriger Resignation den Kopf.

Punk Nummer drei ließ seinen Kopf bereits in angemessener Scham hängen – wahrscheinlich würde der Vikar auch mit seinem Vater Klartext reden.

»Ich kann Sie nur bitten, diesen Burschen zu verzeihen«, wandte sich der Geistliche an die Mädchen und mich. »Sie sind im letzten Trimester von der Schule abgegangen, und da es in dieser Gegend sehr schwer ist, eine Anstellung zu finden ...« Er ließ den Rest seiner Entschuldigung offen und stellte es uns anheim, den Grund für ihr Fehlverhalten abzuleiten. So sehr ich es auch versuchte, mir fiel keine plausible Erklärung dafür ein, aber ich ließ es trotzdem durchgehen, froh, daß ich noch einmal mit heiler Haut davongekommen war und außerdem auch noch recht gut dastand.

»Den Jungs tut es äußerst leid, daß sie Sie belästigt haben, Ladies ...« (So kleinlaut sahen sie allerdings auch wieder nicht aus, wie ich fand) »... und ich bin sicher, so etwas wird niemals wieder passieren.« Und damit bedachte der Vikar die Nachwuchs-Punks mit einem unheilvollen Blick und sagte ihnen, sie sollten sich auf den Weg machen, und zwar *»mit Lichtgeschwindigkeit«*.

Sie tappten schwerfällig davon, und Miles zog eine Blutfleckenspur hinter sich her. Es amüsierte mich gewaltig, daß dieser kleine Vikar eine derartige Wirkung auf die Kerle hatte, und ich merkte – nicht zum ersten Mal –, daß es einige gewaltige Unterschiede gab zwischen Dorf- und Stadtleben.

Gillie und ihre Freundin hoben ihre Einkäufe auf und packten sie in den Kofferraum ihres Wagens, und mir fiel auf, daß der Geistliche sie mit kaum verhohlener Verachtung musterte.

»Danke, daß Sie mir aus der Klemme geholfen haben«, sagte ich zu ihm. »Ich hab' gerade angefangen, wütend zu werden.«

Er blickte mich an, und als er schließlich sprach, drückte sowohl sein Gesichtsausdruck wie auch seine Stimme Feindseligkeit aus. »Ja, nun, solche Vorfälle sind bedauerlich. Ich wünschte allerdings wirklich, ihr Leute –« Wieder ließ er den Satz unvollendet.

Nachdem Gillie ihre Arbeit beendet hatte, kam sie zu mir; ihre Freundin schloß den Kofferraumdeckel. »Oh, Mike, wie können wir Ihnen nur danken? Sandy und ich hatten solche Angst.«

»Es waren nur Kinder«, sagte ich bescheiden.

»Schläger«, berichtigte sie, und ich zuckte nichtssagend mit den Schultern. Das andere Mädchen, Sandy, gesellte sich ebenfalls zu uns, und ich sah, daß sie noch immer zitterte.

»Sie sind Mike?« erkundigte sie sich. »Die anderen haben mir von Ihnen und Midge erzählt. Ich hoffe, Sie haben sich in Gramarye gut eingewöhnt.«

Der Vikar schien plötzlich eine Neueinschätzung von mir vorzunehmen. »Sie sind das junge Paar, das in Flora Chaldeans Cottage eingezogen ist?«

»Die eine Hälfte des jungen Paares«, gab ich zu.

Wie von der Sehne geschnellt, trat er jetzt vor; mit ausgestreckter Hand. »Dann erlauben Sie mir, Sie in unserer Gemeinde wilkommen zu heißen – und natürlich muß ich Sie um Verzeihung bitten, daß ich mich noch nicht bei Ihnen und Ihrer Gattin habe sehen lassen. Selbstverständlich habe ich von Ihrem Zuzug gehört, aber meine Pflichten hielten mich in letzter Zeit doch recht beschäftigt. Ich hatte jedoch vor . . .«

Ich schüttelte ihm die Hand und hatte mich bereits an seine unvollendeten Sätze und die dringenden Bitten um Vergebung gewöhnt. »Das ist schon okay, wir waren auch ziemlich beschäftigt. Ich bin Mike Stringer.«

»Peter Sixsmythe.« Er drückte meine Hand. »Reverend Sixsmythe.«

»Wir müssen zurückfahren, Mike«, unterbracht Gillie. »Es war so lieb von Ihnen, daß Sie uns geholfen haben – ich hoffe, Sie erlauben uns, das wiedergutzumachen.«

»Kein Problem«, erwiderte ich und kam mir jetzt doch ein wenig verlegen vor (aber nichtsdestotrotz auch selbstgefällig). »Und es gibt nichts wiedergutzumachen. – Ich bin froh, daß ich zufällig vorbeigekommen bin. Ich seh' Sie dann, okay?«

»Werden Sie, ganz bestimmt.«

Ich hatte es nicht als Einladung gemeint. – Zu meiner Überraschung beugten sich die beiden Mädchen nacheinander vor und hauchten mir einen Kuß auf die Wange, bevor sie in ihren Wagen stiegen. Gillie setzte den Citroen aus der Parkbucht zurück, und der Vikar und ich traten beiseite; sie winkten uns durch die offenen Fenster zu und fuhren davon.

»Mr. Stringer«, wandte sich der Reverend Sixsmythe jetzt mit ernstem Schuljungengesicht an mich. »Sind Sie . . . äh – gut bekannt mit diesen Leuten?«

Ich hob die Augenbrauen und blickte ihn an. »Eigentlich

nicht. Gillie ist ab und zu mit zwei von ihren Freunden bei uns draußen vorbeigekommen. Sie sind sehr freundlich. Gute Nachbarn, mehr nicht.«

»Ja. Ja.« Die Worte kamen sehr langgezogen, als müsse er noch über gewisse Bedeutungen nachdenken. »Hören Sie, würde es Ihnen etwas ausmachen, wenn ich Ihnen morgen einen Besuch abstatte? Ich weiß, ich hätte dies längst tun sollen, aber wie bereits erklärt . . .«

Ich zögerte. Ich war kein Kirchgänger und beabsichtigte auch nicht, einer zu werden. Nicht, daß ich ein Atheist wäre, weit davon entfernt, aber Glaubensinhalte sind für mich eine sehr persönliche und private Sache, und sie mit anderen in starren Formeln zu zelebrieren, das verursacht mir Unbehagen. Kirchen machen mich nervös. Aber sollte ich das jetzt diesem armen, besorgten Geistlichen sagen?

Ich sagte: »Sicher, das wäre schön. Ich werde Midge sagen, daß Sie kommen.«

»Midge ist Ihre Gattin?«

»Meine Freundin.«

»Ah.« Das war ein knappes »ah«, ohne ein *Leben-in-Sünde*-Urteil. »Ich freue mich darauf, Sie beide zu sehen. Ist es Ihnen im Laufe des Vormittags recht?«

Ich nickte.

»Sehr gut. Und ich hoffe wirklich, Mr. Stringer, der kleine Vorfall heute hat bei Ihnen keinen schlechten Eindruck von unserer Gemeinde hinterlassen. Solche Dinge sind äußerst selten hier, das kann ich Ihnen versichern.« Er zog die Wagentür auf, stieg allerdings noch nicht ein; stattdessen stellte er mir eine Frage. »Wußten Sie, daß diese neuen Freunde von Ihnen zu einer Sekte gehören, die sich Synergistentempel nennt?«

»Ich hab's heute erfahren.«

»Ich verstehe. – Sie haben es bisher nicht erwähnt?«

»Nein. Eigentlich hat es mir Mr. Hoggs vom Haushaltswarenladen gesagt.«

»Ich wüßte zu gerne, ob sie Ihnen etwas über Gramarye gesagt haben. Irgend etwas?«

Sonderbare Frage, dachte ich. »Eh – nein. Sie sehen ab und zu nach dem Rechten . . . ich meine, wie wir vorankommen, das ist alles. Warum fragen Sie?«

Er blickte auf die Uhr. »Ich bin verabredet, und es ist bereits recht spät geworden, daher habe ich es im Moment eilig.

Nun ... Vielleicht könnten wir dies morgen weiter besprechen.« Er tauchte in den Wagen hinein, und gleich darauf erschien sein Gesicht im offenen Fenster. »Ein Wort der Umsicht für die Zwischenzeit: Seien Sie sehr auf der Hut vor diesen Leuten, Mr. Stringer. Ja, seien Sie sehr auf der Hut.«

Er fuhr seinen Wagen rückwärts in die von Gillie geräumte Parkbucht. Ich nickte ihm noch einmal zu und marschierte zu meinem Passat; ich wurde nicht so recht schlau aus Sixsmythe – ich wußte nicht, wie ernst ich ihn nehmen sollte. Möglich, daß er einfach nicht gut zu sprechen war auf die Konkurrenz. Oder war da wirklich etwas Unheilvolles an diesen Leuten?

So oder so, ich war sicher, wir würden es bald genug herausfinden. Ich hatte da so ein Gefühl in den Knochen.

Synergisten

An diesem Abend kam Kinsella ohne Begleitung, wenn man von den zwei Flaschen selbstgemachtem Wein absah.

Ich saß auf der Türschwelle und warf Rumbo Brotkrumen zu, die er geschickt auffing und in sicherer Entfernung neben dem Weg hortete; der Kleine verursachte einen ziemlichen Radau dabei, denn es galt, die Vögel der Spätschicht auf Distanz zu halten. Midge war im Haus und spülte das Geschirr, das nach dem Mittagessen stehengeblieben war.

»Du wirst einen Koffer brauchen, wenn du den ganzen Haufen nach Hause tragen willst«, ermahnte ich Rumbo, und er schnatterte mir eine eifrige Entgegnung zurück: Ich sollte gefälligst weitermachen mit dem Spielchen. Bisher war ich immer der Meinung gewesen, Eichhörnchen würden sich nur von Nüssen, Beeren und Eicheln ernähren, und so verblüffte es mich doch, daß der kleine Schurke so ziemlich alles kaute, was ihm angeboten wurde.

Dieses Mal kam Kinsella in einem anderen Wagen an, einem roten Escort, und ich sah neugierig hoch, als er vor dem Tor hielt. Als ich sah, wer da kam, gab etwas tief in mir nach: Die warnenden Worte des Vikars trugen bereits Früchte; sie hatten meine eigenen Vorbehalte gegen diesen Typen und seine Gefährten verstärkt.

Er winkte mir von der anderen Seite des Tores her zu, und

aus irgendeinem Grund blieb er dort, als warte er auf die Einladung hereinzukommen. Mir fiel auf, daß weder er noch seine Freunde je auch nur einen Fuß auf das Gramarye-Grundstück gesetzt hatten; wir hatten uns stets nur über den Zaun hinweg unterhalten. Pure Höflichkeit, sagte ich mir. Ich stemmte mich hoch und schlenderte den Weg entlang, und Rumbo ließ seiner Verärgerung darüber, daß das Spiel unterbrochen wurde, freien Lauf – er ballte seine winzigen Fäuste und kreischte empört. Im Vorbeigehen warf ich die restlichen Krümel auf seinen Haufen, und das besänftigte ihn ein wenig, obwohl er noch immer hörbar grollte, als er sich daran machte, seinen Schatz in Sicherheit zu bringen.

»Hi, Mike«, rief mir Kinsella entgegen und hob einen Arm; die beiden Weinflaschen waren in die andere Armbeuge geschmiegt. Er lächelte breit, ganz Sonnenbräune und weiße Zähne. »Ich habe Ihnen ein kleines Dankeschön für Ihre Hilfsbereitschaft heute mitgebracht.«

»Ah, Sie meinen den Ärger im Dorf?« sagte ich bescheiden und täuschte Überraschung vor. »Es waren nur ein paar Kinder, die Rowdies gespielt haben.«

»Nicht ganz, wie ich gehört habe. Gillie hat mir erzählt, daß Sie ihnen die Hölle heiß gemacht haben. Sie und Sandy lassen Sie grüßen und sagen noch einmal danke; und ich bringe Ihnen Wein.«

»Sie wissen, daß das nicht nötig gewesen wäre.«

»Es ist okay. Hören Sie, warum machen wir uns nicht eine Flasche auf – jetzt gleich? Ich gebe Ihnen mein Wort, das Zeug kann man trinken.«

Er stand da und hielt die Weinflaschen an den Hälsen über das Tor, und es wäre flegelhaft von mir gewesen, ihn nicht hereinzubitten. »Hört sich nach einer großartigen Idee an«, sagte ich.

Ich erwartete, daß er auf der Stelle lossauste. Aber das tat er nicht – er verharrte auf der Schwelle. Ich starrte ihn an, und erst als er sich meiner wieder bewußt wurde, kehrte der alte Glanz zurück.

»Äh, tut mir leid«, sagte er rasch. »Ich habe mich plötzlich gefragt, ob ich mich nicht aufdränge. Sie sind möglicherweise gerade sehr beschäftigt.«

»Nicht um die Tageszeit. Um die Wahrheit zu sagen, ich könnte einen Schluck vertragen.«

Er trat ein, und es kam mir so vor – es kam mir nur so vor –, als würde er zittern.

»Junge, Sie haben was gemacht aus diesem Stück Land«, bemerkte er, als ich voranging.

»Midge hat das meiste gemacht. Ich versteh's heute noch nicht ganz, wie sie mit all diesen verschiedenen Blumen fertiggeworden ist. Ich glaube, der Umzug hierher hat ihre sämtlichen gärtnerischen Instinkte wiederbelebt.«

Rumbo hatte unterdessen zweifellos darüber nachgesonnen, wie er all diese Lebensmittel in sein Nest bekommen sollte, und als er uns jetzt nahen hörte, ruckte sein Kopf herum; die kleinen, scharfen Zähne entblößten sich vor Schreck. Es belustigte mich zu sehen, wie scheu er Fremden gegenüber war; er schoß davon wie eine Rakete, die Bergflanke neben dem Cottage hoch und weiter ins Unterholz.

»Niedliches Haustier«, stellte Kinsella lachend fest.

»Weniger Haustier, mehr Hausfreund. Normalerweise ist er höflicher.«

Wir erreichten die Haustür, und ich marschierte hinein; Kinsella bewies abermals Takt und wartete draußen, vorgeblich, um weiterhin den Garten zu bewundern. »Phantastische Farben«, hörte ich ihn sagen. »Unglaublich.«

»Midge?« rief ich. »Wir haben einen Gast.«

Sie kam aus dem angrenzenden Raum, ein erwartungsvolles Lächeln auf dem Gesicht; hastig wischte sie sich die Hände am Geschirrtuch ab. Ich zeigte nach draußen, und sie eilte an die Tür.

»Hub, was für eine nette Überraschung!«

»Hallo, Midge. Ich habe Ihrem Helden ein Zeichen unserer Dankbarkeit gebracht.«

»Held? Ach, Sie meinen seinen Auftritt heute morgen – der Ritter ohne Furcht und Tadel.«

(Ich bin nicht der starke, schweigsame Typ, und so hatte ich den Vorfall für durchaus erwähnenswert gehalten. Allerdings hatte ich Reverend Sixsmythes Warnung vor den Synergisten vorerst einmal unterschlagen; sollte er es ihr morgen selbst sagen – wenn er sich auch mir ein bißchen mehr erklären konnte.)

»Er hat unseren Schwestern gewiß ernste Schwierigkeiten erspart. Sie kamen reichlich verängstigt zurück, und sie waren voller Lob für Mike.«

»Hey, was stehen Sie immer noch da draußen?« brummte ich, und natürlich war ich rot geworden. »Kommen Sie schon rein.«

Er nahm die Einladung an; genauso zögernd (meiner Meinung nach) wie vorhin. Vielleicht ist *zaghaft* ein besseres Wort dafür, denn er trat ein wie ein Taucher, der unter Wasser geht, mit langsamen und bedächtigen Bewegungen. Die Abenddämmerung brach herein, und so war es in der Küche düsterer als gewöhnlich; seine Augen schienen sich nur schwer an die veränderten Lichtverhältnisse anzupassen – blinzelnd und verunsichert stand er da.

»Wir haben beschlossen, eine Flasche aufzumachen«, informierte ich Midge, und die Idee gefiel ihr eindeutig.

»Ich hole ein paar Gläser«, sagte sie und ging zum Küchenschrank. Sie zog eine Schublade auf; gleich darauf warf sie mir den Korkenzieher zu. Dann ging sie vor einer der Schranktüren in die Hocke und nahm zwei Gläser heraus.

»Sie trinken nicht mit uns, Midge?« erkundigte sich Kinsella und rieb an einem seiner bloßen Arme, als wäre ihm kalt.

»Ich rühre das Zeug nicht an, nie. Aber ich sage Ihnen was: Ich werde mit einer Coke mithalten.«

Alle drei saßen wir um den Küchentisch, und ich schenkte dem Amerikaner und mir Wein ein; Midge trank ungeniert aus der Cola-Flasche.

»Wir sind Ihnen sehr dankbar, Mike«, sagte Kinsella und hob sein Glas.

»Ach, kommen Sie schon. . . Die Jungs haben ein paar Mädchen gesehen, die allein unterwegs waren, und wollten sich einen Spaß machen. Wenn Sie dabei gewesen wären, hätten sie nicht mal krumm geschaut. – Sie kennen die Typen: große Klappe und nichts dahinter.«

»Ich weiß nicht . . . Sieht so aus, als seien wir nicht allzu beliebt in der Gegend.«

»Und? Gibt's einen Grund?« hakte ich nach, als käme seine Feststellung überraschend.

Er nickte grimmig. »Sie halten uns für einen Haufen religiöser Mißgeburten oder sowas. – Sie wissen ja, wie das in diesen winzigen Gemeinden am Ende der Welt ist; man ist allen Außenseitern gegenüber mißtrauisch, und das erst recht, wenn diese Außenseiter auch noch mit etwas zu tun haben, das man nicht versteht.«

»Mit dem Synergistentempel, zum Beispiel? – Ich gebe zu, das verstehe ich auch nicht. Was ist das? Eine Art neue Religion?«

Er lächelte, und Midge hob die Augenbrauen.

»Synergisten?« fragte sie.

»Irgend jemand im Dorf hat Ihnen also schon von uns erzählt«, stellte Kinsella fest.

»Ja, der Besitzer des Haushaltswarenladens.«

»Dann wissen Sie also bereits, daß man uns nicht mag.«

Ich fühlte mich, als sei ich bei einer Lüge ertappt worden, aber Kinsella lächelte mir über den Tisch hinweg zu.

»Synergisten?« wiederholte Midge und klopfte mit dem Flaschenboden recht nachdrücklich auf die Tischplatte, um auf sich aufmerksam zu machen.

Kinsella wandte sich ihr zu. »Das ist der Name unseres Ordens.«

»Seltsamer Name. Ich glaube nicht, daß ich ihn schon jemals gehört habe. Was genau bedeutet er?«

Kinsella beugte sich vor. »Zunächst einmal sind wir keine von den verrückten Religionen, die es heutzutage wie Sand am Meer gibt – daher bringen Sie uns bitte nicht damit in Verbindung. Wir sind auch keine Wohlfahrtseinrichtung und auch keine religiöse Sekte im strengsten Sinne des Wortes.« Er lächelte noch immer, als er mich jetzt beruhigend anblickte. »Okay, lassen Sie mich den Synergismus erklären. Im Grunde genommen ist das der Glaube daran, daß menschlicher Wille und göttlicher Geist jene beiden Kräfte sind, die bei einer allumfassenden Regeneration zur Wirkung kommen müßten.«

Es dauerte seine Zeit, bis diese Darlegung bei Midge und mir eingesickert war. Wir starrten ihn wohl ziemlich verständnislos an, und sein Lächeln verbreiterte sich zu einem Grinsen. Trotz seiner entspannten Haltung bemerkte ich jedoch einen sehr großen Ernst in seinen Augen.

»Gerade so, wie verschiedene Chemikalien eine Verbindung miteinander eingehen können«, fuhr er zu erklären fort, »glauben wir, daß auch die Denkprozesse des menschlichen Geistes – die, wie Sie wissen, allesamt lediglich eine komplizierte Abfolge chemischer Reaktionen sind – eine Verbindung eingehen können . . . eine Verbindung eingehen können mit dem göttlichen Geist, unserer kollektiven Seele, wenn Sie so wollen, um so eine wahrhaft einzigartige Macht zu bilden.«

Ich signalisierte Midge mit einem behutsamen Fußtritt unter dem Tisch, was ich davon hielt, aber sie ignorierte mich.

»Und von was für einer Macht sprechen Sie da?« fragte sie Kinsella.

»Oh, von einer mannigfaltigen. Von der Macht zu heilen, zu beeinflussen; von der Macht, Neues zu erschaffen ... Sie kann auf so vielerlei Art und Weise manifestiert werden.«

»Sie haben das Wort Regeneration erwähnt.«

»Wir gebrauchen dieses Wort, um alle Aspekte unserer Lehre abzudecken. Wir verstehen darunter sowohl die Regeneration unseres eigenen Geistes wie auch –« Da brach er ab, jetzt mit einem entschuldigenden Lächeln. »Wahrscheinlich klingt das alles ziemlich verrückt für Sie, stimmt's?«

Dem mußte ich zustimmen, obwohl ich nichts erwiderte.

»Sehen Sie, alle Gläubigen, ganz gleich welcher Religion, beten zu ihrem jeweiligen Gott; die Christen, die Moslems, die Liste ließe sich endlos fortsetzen. Meist erbitten sie sich ein göttliches Eingreifen; gewisse Dinge sollen geschehen oder möglicherweise auch *nicht* geschehen. Man betet für sich, für die Lieben oder sogar für die Welt im allgemeinen. Das Wesentliche ist, sie alle versuchen auf diese Art und Weise, den natürlichen Lauf der Ereignisse zu beeinflussen, zu lenken – und der jeweilige Gott ist der Mittler oder Katalysator ... oder speziell der Schöpfer dieser Ereignisse. Was nun unsere Lehre betrifft, sie weicht hiervon nicht allzu sehr ab.«

Er lehnte sich auf seinem Stuhl zurück und wartete darauf, daß wir die Offenbarung annahmen.

»Aber es gibt einen Unterschied«, gab ich ihm das Stichwort.

»Nur insofern, daß wir mit Hilfe unseres Gründers und Führers bewußt lernen, unsere Energien in einem mehr physischen Sinne zu einen und zu lenken ... und schließlich in Verbindung mit dem göttlichen Geist zu handeln; natürlich.«

»Tut mir leid«, brummte ich, »aber ich versteh' Sie noch immer nicht ganz. Dieser – äh – göttliche Geist – ist *was?*«

»Sie, ich, unsere Gedanken.« Er machte eine weit ausladende Handbewegung. »Sogar die Luft um uns her. Und die Erde selbst, die pure Kraft, die sie erzeugt.« Er hatte seine Stimme gedämpft, und ich ertappte mich dabei, daß ich den Atem anhielt; kurz wenigstens. Seine Begeisterung schien die Atmosphäre irgendwie aufgeladen zu haben.

Für eine Weile schien niemand die Stille zwischen uns brechen zu wollen. Seltsam losgelöst beobachtete ich, wie es völlig dunkel wurde in der Küche. Die Abendluft hatte übergangslos Kühle angenommen.

Midge hob die Cola-Flasche an den Mund, trank jedoch nicht; ihr Blick wandte sich nicht von Kinsella ab. »Dann . . . leben viele von Ihnen in diesem grauen Haus?« Sie stellte ihre Frage sehr behutsam, fast beiläufig, bevor ihre Lippen den Flaschenrand berührten.

»Wir sind mittlerweile auf vierzig bis fünfzig Personen angewachsen, schätze ich. Wir nennen jenes Anwesen übrigens Heiligtum; es ist sowohl unsere Zuflucht wie auch unser Tempel. – Und unser Orden wächst beständig.« Er stützte die Ellenbogen auf den Tisch, so daß er jetzt wieder unternehmungslustig vorgebeugt saß. »Wissen Sie – Sie sollten einfach mal zu uns kommen und uns besuchen, ich glaube wirklich, daß es interessant für Sie wäre.«

Ich antwortete, bevor Midge reagieren konnte. »Wir haben hier immer noch eine Menge zu tun . . .«

Er lachte und tätschelte meinen Arm. »Werden Sie nicht nervös, Mike, niemand wird versuchen, Sie zu bekehren. Nein, das ist absolut nicht unser Stil.«

Mir fielen Hoggs Worte ein; bei ihm hatte sich eine ganze Menge ziemlich anders angehört.

»Sie würden ein paar sehr interessante Leute kennenlernen«, fuhr Kinsella herzlich fort. »Leute aus allen Teilen der Welt. Und möglicherweise hätten Sie sogar die Chance, mit Mycroft persönlich zu sprechen.«

Ich hob mein Glas an – und verschüttete ein wenig Wein. »Mycroft?«

»Hhmm. Eldrich P. Mycroft, der Gründer unseres Ordens und ein *sehr* einzigartiger Mensch.« Kinsella hatte seinen Wein bisher kaum angerührt, doch jetzt nahm er einen großen Schluck. »Ein guter Tropfen, nicht wahr? – Wir verkaufen ihn und verdienen Geld damit. Wir bitten nicht um milde Gaben, wenn Sie verstehen, was ich meine, wir verkaufen stets selbstgemachte Waren.«

»Und das bringt genügend ein, um die Organisation in Gang zu halten?« fragte Midge.

»Den Tempel, Midge, wir nennen es den Tempel. – Aber um Ihre Frage zu beantworten: nein, im Grunde genommen bringt es nicht genügend ein. Doch wir verfügen über private Mittel. – Es ist ein wenig kühl geworden, meinen Sie nicht auch?« Und dieses Mal rieb er forsch an beiden Oberarmen. Seltsamerweise glitzerte Schweiß auf seiner Stirn. »Ja, es ist kalt geworden.« Er trank wieder, und seine Blicke wanderten im Raum umher.

»Vielleicht sollte ich die Tür schließen?« erbot sich Midge und machte Anstalten, sich zu erheben.

»Nein, nein, ist schon okay«, erwiderte er hastig und sah zur offenen Tür hinüber. »Ah, es ist schön, all diese wundervollen Düfte aus dem Garten wahrzunehmen. Diese Blumen da draußen sind eine echte Freude, Midge. Ja, Mike, Sie haben den Mädchen heute in Cantrip wirklich großartig geholfen. Alles in Ordnung hier draußen bei Ihnen? Noch keine großen Probleme? Abgesehen von den Fledermäusen, meine ich. Sind Sie noch beunruhigt wegen dieser Fledermäuse, Mike?«

Midge und ich wechselten einen Blick. War dieser Bursche etwa von einem Glas Wein betrunken geworden?

»Sie haben uns noch nicht belästigt«, antwortete ich und nippte noch einmal an meinem Wein; er kam mir wirklich nicht so stark vor.

»Sie können immer darauf zählen, daß wir Ihnen in jeder erdenklichen Art und Weise helfen, das wissen Sie.« Mit spitzen Fingern drehte er das Glas immer und immer wieder auf der Tischplatte herum. »Wird früh dunkel in dieser Waldgegend«, murmelte er und lachte – ein scharfes Bellen in der Stille des Abends.

»Sieht so aus, als würde sich ein Sturm zusammenbrauen«, bemerkte ich.

»Ein Sturm? Yeah, das ist es, ein Sturm zieht auf, und ein Unwetter, irgendwie.« Nach wie vor trug Kinsella dieses dämliche Lächeln auf dem Gesicht – und sah gleichzeitig gehetzt aus; als sei ihm unbehaglich ... als fühle er sich in der Falle. Er fing an, mich nervös zu machen.

Ich nehme an, Midge versuchte, ihn abzulenken (vielleicht auch zu beruhigen), als sie noch einmal das ursprüngliche Gesprächsthema anschnitt. »Diese Menschen in Ihrem ... Tempel, Hub, – sind sie alle in Ihrem Alter?«

»Oh, nein, bei uns sind alle Altersgruppen vertreten. Tatsächlich sind sogar ein oder zwei unserer Schützlinge bereits über sechzig. So nennen wir die Angehörigen unseres Ordens, wissen Sie – Schützlinge. Oder Adoptivkinder; alles dasselbe.«

Jesus! dachte ich. »Und das ist auch Ihre Bezeichnung?«

»Nein, Mike, ich bin ein Erster Offizier.«

»Hört sich großartig an.«

»Nun, es ist eine hohe Nummer im Tempel, hat eine Menge Gewicht. Hoffe, daß das da draußen kein schlimmes Unwetter wird. Können Sie den Donner in der Luft auch spüren?«

Konnte ich. Er war beinahe körperlich wahrnehmbar. Ich hatte das Gefühl, wenn ich mit den Fingern schnippte, würden Funken sprühen.

Kinsella trank sein Glas leer, und ich hob ihm die Flasche entgegen. Er winkte ab. »Ich muß wirklich gehen, es ist schon spät.«

»Ein Glas noch für unterwegs?« köderte ich.

»Danke, trotzdem, ich sollte wohl besser aufbrechen, bevor das Unwetter losbricht, meinen Sie nicht auch?«

Er stand auf, und die Stuhlbeine scharrten geräuschvoll über die Bodenfliesen. Midge und ich erhoben uns gleichzeitig mit ihm, aber er war bereits an der Tür, noch bevor wir richtig auf den Füßen waren.

»Denken Sie daran, was ich Ihnen gesagt habe.« Die linke Seite seines Lächelns verwandelte sich in ein Zucken. »Sie können jederzeit bei uns vorbeischauen, wir werden Sie immer willkommen heißen.«

Und dann war er draußen; es war wie eine Flucht.

»Sie bleiben da«, sagte er hastig. »Sie brauchen mich nicht zum Tor zu bringen, Sie könnten naß werden ... wenn es anfängt zu regnen.«

Obwohl es inzwischen recht dunkel war, konnte ich sehen, daß seine Haut schweißüberströmt war; und doch fröstelte er, als hätte ein eisiger Luftzug sein Rückgrat gekitzelt.

Gleich darauf war er weg; er eilte den Weg entlang, als habe er sich einer dringenden anderen Verabredung erinnert. Midge und ich sahen einander erstaunt an.

»Meinst du, er ist wirklich in Ordnung?« fragte sie mich besorgt.

»Eine Vermutung ist so gut wie die andere. Vielleicht haben wir irgend etwas Falsches gesagt.«

Sie fröstelte, zweifellos Opfer desselben Luftzugs. »Unheimlich, Mike. *Unheimlich.* Vielleicht wäre es besser, du gehst ihm nach und überzeugst dich, daß er fahren kann.«

Ich nickte und ging hinaus; und kam gerade noch rechtzeitig, um unseren Gast durchs Tor davonstürzen und in den Escort steigen zu sehen; das Tor ließ er hinter sich offen.

»He, Hub!« rief ich, aber er konnte mich unmöglich gehört haben. Der Wagen zog an, die Reifen drehten durch und hinterließen tiefe Furchen im Gras; dann schleuderte er auf die Straße hinaus, und als ich am Tor ankam, war er bereits nicht mehr zu sehen. »Schönen Tag noch«, wünschte ich der leeren Straße.

Ich schloß das Gartentor und wandte mich wieder Gramarye zu; und sah, daß die Gewitterwolken weitergezogen waren. Ich blieb stehen. Die dunklen Wolken ballten sich am Horizont und verschluckten die letzten Strahlen der untergehenden Sonne; ihre oberen Saumränder färbten sich rot, aber der Himmel über mir war ziemlich freigeräumt und klar. Eine sachte Brise wühlte in den Blumenbeeten, und von der Dämmerung gemilderte Farben wogten in einem ruhigen Rhythmus. Vom unteren Dachrand des Hauses löste sich eine kleine, dunkle Gestalt und schwebte davon; eine Fledermaus auf ihrer abendlichen Futtersuche. Ich stand da und fragte mich, warum wir alle geglaubt hatten, es drohe ein Sturm.

Und dann berührte mich dieser eisige Luftzug.

Ich schauderte zusammen und verschränkte die Arme vor der Brust. Etwas außerhalb des Gartens zog meine Aufmerksamkeit an. Etwas, das sich nicht bewegte; etwas, das keinen Laut verursachte. – Da war sie wieder, die Gestalt, und dieses Mal hatte sie die Schatten des Waldes verlassen; ein bizarres Phantom, das Gesicht nichts weiter als ein vages Schimmern.

Aber ich wußte, daß sie mich beobachtete. Und ich wußte, daß sie wartete.

Die Gestalt bewegte sich vorwärts; nur einen Schritt weit. Und ich floh ins Haus.

Sixsmythe

Mittlerweile dürften Sie der Meinung sein, daß ich nicht gerade zu den weltgrößten Helden gehöre, und Sie haben recht damit. Dann und wann mag durchaus etwas durchblitzen – aber an diesem Abend nach Kinsellas erstem Besuch war das ganz bestimmt nicht der Fall gewesen.

Ich erwähnte Midge gegenüber nichts von dem, was ich gesehen hatte, weil ich sie nicht beunruhigen wollte . . . und weil ich mich ein wenig schämte, daß ich nicht einfach hinübergegangen war und nachgesehen hatte. Sobald ich im Haus gewesen war, war ich nach oben gestürmt und hatte aus einem der Fenster des runden Zimmers geschaut. Und obgleich nur noch Düsternis über dem Land lag, konnte ich sehen, daß die Gestalt verschwunden war. Sie hatte zweifellos keine Zeit gehabt, die Lichtung bis zum Cottage zu überqueren – also konnte sie nur wieder in den Schutz der Bäume zurückgekehrt sein. Als sich Midge erkundigte, wonach ich Ausschau halte, sagte ich ihr, daß ich eines der berühmten New Forest-Rehe gesehen zu haben glaubte; was ein ziemlicher Fehler war, denn sie wollte augenblicklich (und mit Feuereifer) hinausgehen und danach suchen – ich hatte alle Hände voll damit zu tun, sie umzustimmen. Zu dunkel, hatte ich ihr gesagt, und außerdem sei das Tier bestimmt längst auf und davon und wieder tief im Wald.

Sie hatte widerstrebend zugestimmt und wehmütig auf die Lichtung hinausgesehen, bis auch die letzte Helligkeit verschwunden gewesen war (und ich hatte die Lichtung ebenfalls beobachtet – allerdings sehr besorgt).

Als wir später schließlich zu Bett gingen, war ich immer noch mächtig nervös, obwohl ich für den Rest des Tages mein Bestes getan hatte, alles rationell zu erklären. Die Rauferei am Morgen, Kinsellas eigenartiger Wandel nach diesem einen Glas Wein, das Unwetter, das nicht zum Unwetter geworden war . . . anzunehmen, daß mich all diese Dinge mitgenommen hatten. Ich war überreizt gewesen. Ich bezweifelte keine Sekunde lang, daß da irgend jemand am Waldrand gewesen war und mich beobachtet hatte – aber die vorhergehenden Ereignisse hatten mich nervös gemacht; als ich den rätselhaften Beobachter gesehen hatte, hatte ich durchgedreht. Eine übertriebene Reaktion.

Ich schlief miserabel; immer wieder schreckte ich hoch und lauschte den Geräuschen der Nacht. Ich stellte mir irgendwelche Herumtreiber vor, die unten die Fenster zu öffnen versuchten, die Türen prüften. Knarrende Geräusche waren Schritte, und leises Knacken waren Fingernägel auf Glasscheiben.

Es war eine Erleichterung, als endlich der Morgen graute.

Ich war gerade damit fertiggeworden, hinter dem Haus das Gras zu stutzen, und säuberte die Klingen des Rasenmähers, als Reverend Sixsmythe kam. Midge war in Shorts und T-Shirt im

Vorgarten beschäftigt gewesen, als ihr der Vikar sein Hallo über den Zaun zugerufen hatte. Die Überraschung war ziemlich perfekt gelungen (ich hatte vergessen, ihr diesen Besuch anzukündigen), aber natürlich hatte sie ihn freundlich begrüßt. Sie führte ihn ums Haus, dorthin, wo ich arbeitete, und verdrehte – an mich gewandt und so, daß er es nicht sehen konnte – die Augen.

»Guten Morgen, Mr. Stringer«, grüßte er fröhlich, kam heran und drückte meine Hand. – Heute trug er einen braunen Filzhut, der nur dazu beitrug, ihn wie ein in Daddys Kleider gestecktes Kind aussehen zu lassen, denn er war ihm eine Nummer zu groß. »Gut, Sie tüchtig bei der Arbeit zu sehen. Sie mähen zweimal die Woche, nehme ich an?«

»Dreimal. Das Gras hier ist mehr als gesund.«

Er blickte sich abschätzend um. »Ah, ja, pflanzliches und tierisches Leben gedeiht äußerst prächtig in dieser Gegend. Ich glaube, Flora Chaldean hatte einiges damit zu tun, dies alles im Griff zu behalten. Ich bin doch nicht zu einem ungünstigen Zeitpunkt gekommen, oder? Wir waren uns gestern einig.«

»Alles klar, ich wollte gerade eine Pause einlegen«, erwiderte ich.

»Ich auch«, sagte Midge. »Möchten Sie gern einen Tee oder Kaffee? Oder Limonade?

»Eine Limonade wäre großartig, Mrs. – äh – Miss . . .«

»Gudgeon«, beendete sie für ihn.

»Gudgeon«, wiederholte er. »Dieser Name bringt aber eine Glocke zum Klingen . . .«

»Margaret Gudgeon«, ließ ich ihn wissen. »Kinderbücher?«

»Aber natürlich, oh, in der Tat!« Die Begeisterung darüber ließ ihn ziemlich aus dem Häuschen geraten. »Gestatten Sie, daß ich Sie in unserer Gemeinde willkommen heiße, Miss Gudgeon. Meine Güte, ich bin sehr vertraut mit Ihrer Arbeit, da ich selbst drei Kinder zu Hause habe. Meine älteste Tochter beginnt sich für andere Dinge zu interessieren, aber die Sammlung Ihrer Bücher bewahrt sie sehr fürsorglich auf. Wie wunderbar, daß Sie sich entschlossen haben, hierher zu ziehen! Und dann in dieses Haus! Ihnen ist die Bedeutung Gramaryes bewußt, wie ich annehme?«

»Ja«, sagte sie. »Gramarye steht für Magie.«

Ich sah sie verblüfft an. Das hatte sie mir gegenüber nie erwähnt.

»Wie passend!« plauderte Sixsmythe. »Wie überaus passend. Ist es nicht gerade die Magie, wovon viele Ihrer Geschichten handeln?«

»Ich illustriere die Bücher nur.«

»Ja, aber es sind dennoch *Ihre* Geschichten, oder? Die Worte sind lediglich dazu da, Ihren Bildern zu dienen, Miss Gudgeon. Nun, darf ich Sie Margaret nennen? Und das ist Mike, nicht wahr? – Nachnamen sind so förmlich, und wir sind hier doch alle eine große Familie.«

Ich fragte mich, ob ich ihn Pete nennen sollte.

»Für dich auch eine Limonade, Mike?« Midge lächelte mich an; und der heimliche Blick, den sie mir dabei zuwarf, bedeutete in etwa: *Wer ist dieser Kauz?*

»Phantastisch.« Ich grinste zurück.

Wir hatten uns im Dorf einen kleinen Gartentisch und ein paar billige Stühle gekauft und bei der alten Bank aufgestellt; ich machte eine einladende Geste dorthin, und der Vikar nahm Platz, nahm seinen Hut ab und legte ihn auf die Tischplatte. Ich setzte mich ihm gegenüber auf die Bank. Von hier aus konnte ich den Wald hinter ihm im Auge behalten; und nicht zum ersten Mal an diesem Morgen suchte ich die Schattengrenze an seinem Rand ab nach – Sie wissen schon, nach was.

»Ich muß mich noch einmal entschuldigen für das, was gestern im Dorf geschehen ist«, griff Sixsmythe eines seiner Lieblingsthemen auf und tupfte sich mit einem roten Taschentuch die Stirn ab. »Ich nehme an, es muß in jeder Gemeinschaft ein ungebärdiges Element geben, und Sie sind unglücklicherweise gleich auf drei unserer schlimmsten gestoßen. Nun, im Grunde sind es keine schlechten Burschen; sie sind nur uneins mit sich selbst und ohne feste Bindung.«

»Ich hatte es schon fast vergessen«, schwindelte ich (komisch, daß man irgendwie dazu neigt, Männer der Geistlichkeit eher zu belügen; wahrscheinlich, weil man sich eine Art falsche Frömmigkeit überstülpt). »Außerdem hatten sie keinen wirklichen Schaden angerichtet.«

»Gut von Ihnen, es so aufzunehmen. Normalerweise ist dies hier eine friedliche Gemeinschaft, Mike; gut möglich, daß wir hier in mancherlei Hinsicht einen zu sanften Lebensstil haben – ich meine, für dieses Zeitalter. Allerdings gefällt dies den meisten Leuten hier, und ich kann mir nicht vorstellen, daß sich in den nächsten Jahrzehnten diesbezüglich etwas ändert. Jedenfalls nicht, solange man sich nicht entschließt, eine Autobahn durch unseren Teil des Waldes zu ziehen, aber das halte ich doch für sehr unwahrscheinlich.«

Er stieß ein kurzes Lachen aus; ich wurde das unbehagliche Gefühl trotzdem nicht los, daß er mich sehr genau beobachtete. Ich hoffte inbrünstig, daß ihn nicht dieselbe Hysterie befiel wie gestern unseren Freund Kinsella.

Wir sprachen über das Wetter und über die Gegend hier, und wir tippten kurz den Zustand der Nation an; ich wurde den Eindruck nicht los, daß er Midges Rückkehr abwarten wollte, bevor er auf persönlichere Themen zu sprechen kam.

Sie ließ sich Zeit, und ich geriet ein wenig ins Schwitzen (ich bin nicht sehr gut in small-talk); aber schließlich war auch das ausgestanden, und sie kam und stellte ein Tablett mit Gläsern und Limonade mit Eis auf dem Tisch ab. Ich ließ mich recht gerne ablenken: ihre Beine waren leicht gebräunt und wie immer samtglatt von oben bis zu den Zehen. Ich erwischte Sixsmythe dabei, wie er einen verstohlenen Blick riskierte, aber natürlich war auch er nur ein Mensch aus Fleisch und Blut, trotz des schweißdurchtränkten weißen Kragens.

Midge setzte sich neben mich auf die Bank und schenkte Limonade aus dem Krug ein.

»Nun, Margaret«, sagte Sixsmythe, nachdem er sein Glas auf einen Zug bis zur Hälfte geleert hatte, »Sie arbeiten im Moment an einem neuen Buch?«

»Oh, nein. Mike und ich haben beschlossen, daß wir mindestens einen Monat lang nichts machen; nicht, bevor wir's uns in Gramarye gemütlich gemacht haben. Man könnte es auch Anpassungsperiode nennen.«

»Sehr klug. Und was ist Ihr Betätigungsfeld, Mike? Sind Sie auch Künstler?« Er war ehrlich interessiert, seine klaren Schuljungenaugen blitzten eifrig.

»Ich spiele Gitarre und schreibe Lieder, wenn ich Zeit dazu habe.«

Er schien enttäuscht. »Ich verstehe. Sie gehen also keiner regelmäßigen Arbeit nach?«

Midge und ich lachten.

»Doch, tut er«, verteidigte sie mich, halb belustigt, aber auch empört. »Mike ist Studiomusiker, und gelegentlich geht er auch auf Tour.«

»Auf Tour?«

»Ich begleite andere Interpreten«, erklärte ich und verfiel langsam aber sicher in seine geschraubte Sprechweise. »Ich gehe mit ihnen auf Tournee und spiele in ihrer Band – das ist alles.«

»Ah.«

»Und wenn er das nicht macht, dann arbeitet er *sehr* hart an seinen Liedern. Er schreibt Songs. Und er hat sogar schon ein Konzept für ein Musical –«

»Midge . . .«, ermahnte ich sie gutmütig.

»Tut mir leid.« Sie klopfte mir auf den Schenkel und sagte dann, an Sixsmythe gewandt: »Wir haben eine Übereinkunft – daß wir in Gesellschaft anderer nicht über Ideen für zukünftige Projekte sprechen. Mike und ich haben das Gefühl, daß es zuviel von der Energie für die Arbeit selbst wegnimmt.«

»Ja, ich glaube, das kann ich verstehen. Ich nehme an, solcherlei Vorauserklärungen nehmen der Kreativität ihren Biß.«

»Sie sagen es«, bestätigte ich ihm. »Zu viele gute Ideen werden zu Tode geredet, bevor sie auch nur vom Boden hochkommen.«

»Meine Rede, aber was für ein aufregendes Leben Sie beide führen müssen!« Wir mußten beide lächeln.

»Wenn ein neues Buch veröffentlicht wird oder wenn die Arbeit einfach gut vorangeht, dann wird alles sehr aufregend«, sagte Midge. »Aber ansonsten ist es pure Selbstdisziplin und knochenharte Schufterei.«

»Trotzdem müssen Sie beide doch ständig interessante Leute kennenlernen«, beharrte er. »Ich hoffe doch, daß wir einfachen Leute Sie nicht langweilen werden.«

»Glauben Sie mir, einer der Gründe, weshalb Mike und ich hierhergezogen sind, war es, von diesen sogenannten interessanten Leuten wegzukommen. Wir finden das Landleben ganz erfrischend.«

»Nun, ich war gewiß ein wenig herabsetzend gegen mich und meine Gemeindemitglieder. Sie werden feststellen, daß viele von uns nicht ganz so langweilig sind, wie Sie anfangs vielleicht dachten.« Er nickte vor sich hin und spähte dann zur Hauswand über mir empor. »In der Tat«, sagte er gedankenverloren, »gibt es hier wahrlich einige interessante Charaktere. Ich denke, daß Sie Flora Chaldean, zum Beispiel, für eine höchst faszinierende Persönlichkeit gehalten hätten. – Ein ganz und gar außergewöhnlicher Mensch.«

Midge stützte ihre Ellenbogen auf den Tisch und faltete die Hände vor sich. »Haben Sie sie gut gekannt?« fragte sie.

»Flora? Nein, leider; ich fürchte, niemand kannte sie gut. Sie führte ein ziemliches Einsiedlerdasein, müssen Sie wissen. Aber in schweren Zeiten kamen viele Leute aus dem Dorf und aus der ganzen Umgebung hierher, um sie zu besuchen.« Er lächelte beinahe wehmütig. »In der Tat pflegten sogar viele derjenigen zu ihr zu kommen, denen ich nicht helfen konnte, und vielleicht war sie ihnen ein größerer Trost als ich. Oh, sie versuchten diese ihre Besuche hier vor mir zu verheimlichen. Aber ich wußte es trotzdem. Ich kannte die alten Sitten sehr wohl.«

Ich rutschte ein wenig vor und sah, daß Midge gefesselt war.

»Was hat Mrs. Chaldean für sie getan?« fragte ich. »Oder war sie einfach nur jemand, der zuhören konnte, wenn die Leute von ihren Sorgen sprachen?«

»Sie war mehr als das. Ja, viel mehr, glaube ich.« Er runzelte plötzlich die Stirn. »Sie war eine große Heilerin. Eine Heilerin des Geistes und des Fleisches ...«

Vögel flatterten heran und landeten in der Nähe unserer Füße. Wäre Sixsmythe nicht dagewesen, hätten sie sich direkt auf den Tisch gesetzt und ihre Mahlzeit angemahnt.

»Ihr Anwalt hat tatsächlich erwähnt, daß sie eine Art Heilerin sei«, sagte Midge. »Aber bei Ihnen klingt das wieder ein bißchen anders; wollen Sie damit sagen, sie war eine Gesundbeterin?«

»Nicht unbedingt. Oh, ich zweifle nicht daran, daß ein Großteil ihres Erfolges dem völligen Vertrauen der Leute in ihre Heilkräfte zu verdanken war, aber das allein würde niemals alles erklären. Sie stellte Medikamente und Essenzen von jener Art her, wie man sie in alten Heilmittelbüchern finden könnte, die von Generation zu Generation weitervererbt werden, aber sie hatte auch die Fähigkeit, ohne derlei Mittel zu heilen; allein durch Zureden oder durch Handauflegen. Nicht, daß sie jedem gefällig gewesen wäre! Meine Güte, nein! Es gab Leute, die hätte sie niemals auch nur in ihren Garten hereingelassen!« Er schüttelte den Kopf, und er grinste wie eine Bauchrednerpuppe. »Und dann hatte sie natürlich eine wunderbare Art, mit Tieren umzugehen. Sie konnte sie beinahe über Nacht von ihren Leiden heilen, wie mir zugetragen wurde.«

Midge warf mir einen hastigen Blick zu.

»Wie oft hätten Sie hier für einen oder mehrere Tage eine kranke Kuh oder ein krankes Pony angepflockt vorgefunden, die wieder in guter Verfassung waren, wenn ihre Besitzer sie abholten. Hunde, Katzen – gelegentlich eine ziemliche Menagerie! Nun kann man beileibe nicht sagen, die Tiere seien aufgrund ihres Glaubens an ihre Befähigung wieder gesund geworden; dementsprechend fällt es schwer zu ergründen, wie sie geheilt wurden. Ja, ja, eine wunderbare Gabe hatte sie, die Flora. Schade, daß ich sie erst kurz vor ihrem Tode ein wenig kennenlernte. – Dürfte ich Sie noch um ein Glas Limonade bitten, Margaret? Sie ist herrlich erfrischend an einem Tag wie diesem.«

Sie schenkte nach, war aber in Gedanken eindeutig weiterhin in den Bericht des Geistlichen über Gramaryes Vorbesitzerin versunken.

»Nach all dem, was Sie uns über sie erzählt haben, wundert es mich, daß sie nicht richtig berühmt war, ich meine, weit über Cantrip hinaus . . .«

»Himmel, nein! Ihr Geheimnis wurde hier weiß Gott gewahrt, müssen Sie wissen. Man sprach nur hinter vorgehaltener Hand darüber und mit sehr viel *Psst-Psst.* Flora pflegte jene, die mit ihren Beschwerden und Sorgen zu ihr kamen, zu absoluter Verschwiegenheit aufzufordern, bevor sie eine Heilung auch nur versuchte. Allerdings gab es, wie bei allen diesen wundersamen Rätseln, stets Getuschel, eine Vertraulichkeit hier, einen Hinweis da. Ich glaube, die Einheimischen waren der Überzeugung, daß der Zauberbann der alten Dame brechen würde, sobald diese Dinge offen eingestanden wurden.«

»Ein seltsames Wort für einen Vikar«, bemerkte ich, und er verstand, worauf ich anspielte.

Er wirkte einigermaßen verlegen. »Ja, ich gestehe, das Wort *Zauberbann* klingt nach Hokuspokus, aber ich gebe lediglich wieder, was im Verstand der Leute vorging. Und ich denke, es ging tatsächlich etwas . . . Bezauberndes vor, hier draußen, meinen Sie nicht auch?«

»Äh . . . ja, ich glaube schon. Es überrascht mich nur, einen Vikar so reden zu hören.«

Er lachte laut auf. »Ganz recht! – Ich kann Ihre Überraschung verstehen. Aber Zauberbann, Beschwörungsformeln und, ja, auch die Magie selbst haben eine Menge zu tun mit meinem ganz speziellen Handwerk, würden Sie dem nicht beipflichten? Wenn wir Kleriker die allmächtige Kraft der göttlichen Güte des

Herrn predigen, so sprechen wir doch schließlich von Magie.«

»So hab' ich das nicht gesehen«, gab ich zu.

»Natürlich nicht. Und ich necke Sie auch ein wenig. So bemerkenswert Flora auch war, fürchte ich doch, daß derlei Hexerei vor ein paar hundert Jahren oder so aus der Mode gekommen ist. Der Mikrochip – das ist die neue Magie, nicht wahr?« Er trank wieder; und offensichtlich sehr durstig. (Von Midge erfuhr ich später, daß Sixsmythe mit dem Fahrrad gekommen war – dies mit der Begründung, daß an einem so schönen Tag jede körperliche Betätigung besonders gut tue. Und der übergroße Filzhut hatte zwar seine ordentlich gekämmten Haare in Form gehalten, ansonsten aber nicht viel für seine Körpertemperatur getan.)

»Mike«, sagte er, nachdem er sein Glas wieder auf dem Tisch abgestellt hatte. »Diese Synergisten – Sie sagten mir gestern, daß sie Ihnen hier einige Male einen Besuch abgestattet haben.« Er blickte mich forschend an.

Ich war gespannt, was jetzt kam, und nickte. »Ganz recht.«

»Sie pflegten auch Flora Chaldean zu besuchen.«

Was sollte ich dazu sagen? Es kam mir nicht ungewöhnlich vor.

»Das Problem ist, daß sie ihr sehr unwillkommen waren. Flora haßte diese Leute von ganzem Herzen. Dies ging soweit, daß sie sich beim Dorfpolizisten beschwerte, obgleich es natürlich wenig gab, was er unternehmen konnte. Mit welcher Begründung hätte er sie daran hindern können, hierher zu kommen?« Er deutete nach hinten. »Diese Wälder sind Gemeindeeigentum, ebenso die Wege, die an diesem Cottage vorbeiführen: Es war ihr gutes Recht, hier vorbeizugehen oder zu verweilen, ganz gleich, wann.«

»Moment mal. Sie wollen damit sagen, sie haben die alte Dame belästigt?«

»Nach allem, was mich glauben gemacht wurde, ja, ganz zweifellos.«

»Aber warum hätten sie so etwas tun sollen?« warf Midge ein.

»Die drei, die wir kennengelernt haben, könnten nicht freundlicher sein. Warum in aller Welt hätten sie sie aufregen sollen?«

Er hob seine Hände leicht an und ließ sie gleich wieder auf den Tisch zurückfallen. »Wer kann das schon sagen? Flora führte ein sehr zurückgezogenes Leben, trotz – oder vielleicht wäre es richtiger, zu sagen, gerade wegen – jener verschwiegenen Dienste, die sie allen Notleidenden leistete. Sie war sicherlich exzentrisch, um nicht zu sagen gelegentlich ein wenig wunderlich, daher mag sie für ihre scharfe Abneigung gegen diese Leute eine beliebige Anzahl persönlicher Gründe gefunden haben.«

»Ich hatte gestern den Eindruck, daß ziemlich viele Leute hier ihre ganz persönlichen Gründe gefunden haben, um *gegen* sie zu sein, also war sie in dieser Hinsicht bestimmt nicht allein. – Trotzdem, ich verstehe noch immer nicht, weshalb sie so unbeliebt sind. Was haben sie getan, daß sie eine solche Abneigung hervorrufen?«

»Es sind eigenartige Leute, und sie führen ein reichlich eigenartiges Leben.«

Ich seufzte. »Das ist wohl kaum ein vernünf –«

»Es ist eine verdächtige Organisation, Mike, nicht anders als einige andere, die ich erwähnen könnte. Sie kamen vor fünf Jahren hierher, angeführt von einem Mann namens Mycroft. Zuerst waren es nur einige wenige, die Willerby Hall bezogen und dort sehr unter sich blieben. Doch schon bald kamen andere nach, Leute aus den unterschiedlichsten Teilen der Welt, und sie alle versammelten sich auf dem Willerby-Gut, als sei dies der Brennpunkt ihrer Religion. Wiederum nur kurze Zeit später brachen sie auf, um weitere Anhänger zu rekrutieren, viele aus dieser Gegend, Einheimische, hauptsächlich Jugendliche. Sie lockten sie von ihren Familien weg, und es heißt, sie alle seien einer Gehirnwäsche unterzogen worden. Sie haben sie zu ihresgleichen gemacht, sie haben sie ihre Sitten annehmen lassen, Mycrofts Lehren, und sie haben sie abhängig gemacht. Keiner von ihnen wollte wieder weg von diesem Tempel, nicht um alles in der Welt; weder ihre Familien noch ihre Freunde oder Freundinnen vermochten sie zurückzuholen in die reale Welt – nicht mit Überzeugungskraft, nicht mit Liebe ... nicht mit Gewalt.«

»Aber wenn sie so schlimm sind, wie Sie behaupten – warum greifen dann die Behörden nicht ein?« Midges Augen funkelten, wie immer, wenn sie gewaltige Bedenken gegen etwas hatte.

»Da keine Minderjährigen hiervon betroffen waren und da keine Gesetze gebrochen wurden, hatten sie nicht einmal eine Handhabe, um auch nur Nachforschungen anstellen zu können. Befremdliche Kulte und Religionen sind heutzutage schließlich nicht selten. Die Synergisten sind überdies nicht einmal als Wohlfahrtsorganisation eingetragen. Man kann also nicht einmal ihren finanziellen Status in Frage stellen, solange sie ihre Bücher ordentlich führen und dem Finanzamt vorlegen.«

»Gibt es kein Gesetz gegen Geheimgesellschaften?« fragte ich.

»Das ist der Synergistentempel wohl kaum. Sie bleiben unter sich, aber deshalb würde ich sie nicht als Geheimgesellschaft bezeichnen.«

»Haben Sie diesen Mycroft je kennengelernt?«

Midge trank und beobachtete den Vikar über den Rand des Glases hinweg.

»Nein, nie, obwohl ich jenes Haus mehr als einmal aufgesucht habe. Ich nehme an, ich sollte diesen Ort vielleicht als ihren Tempel bezeichnen, aber es fällt mir schrecklich schwer, ihn als solchen zu sehen. Nein, unser Mr. Mycroft schien während meiner Besuche immer entweder indisponiert oder aber geschäftlich unterwegs zu sein. Manchmal glaube ich fast, daß diesen Mann noch niemals irgend jemand aus dieser Gegend zu Gesicht bekommen hat.«

»Sie haben uns nicht gesagt, weshalb sie an Flora Chaldean Interesse gehabt haben sollten«, erinnerte ich ihn. »Sie war ein bißchen zu alt, um einer ihrer Schützlinge werden zu können, oder?«

Sixsmythe hob die Augenbrauen. »Sie wissen, wie sie ihre Anhänger benennen?«

»Einer der drei, die uns hier regelmäßig besucht haben, ist gestern abend noch vorbeigekommen, um sich für meine Hilfe zu bedanken. Er hat uns ein wenig über die Synergisten erzählt.«

»Ich verstehe.«

Ich lächelte. »Machen Sie sich keine Sorgen, er hat nicht versucht, uns zu bekehren. Wir haben uns dafür interessiert, also haben wir gefragt. Und er hat uns die Antworten gegeben.«

Zwei, drei Sekundenbruchteile lang schwieg Sixsmythe. Dann sagte er: »Ich bin nach wie vor der festen Meinung, daß Sie beide äußerste Vorsicht gegenüber diesen Leuten wahren sollten. Ja, mir ist wohl bewußt, daß sie sich sehr liebenswürdig geben, mehr noch, harmlos, und dennoch werde ich das Gefühl nicht los, daß es hinter dieser Fassade . . . noch etwas gibt; etwas, das sie nicht zu offenbaren bereit sind. Noch nicht.«

»Das hört sich sehr schlimm an.«

»Vielleicht ist es das tatsächlich.«

»Hey, kommen Sie, Sie müssen uns schon ein wenig mehr sagen als das«, sagte Midge leichthin.

»Ich fürchte, das kann ich nicht. Nennen Sie es ein instinktives Gefühl, eines, das von vielen meiner Gemeindemitglieder geteilt wird. Wäre es handfester, gäbe es irgendwelche greifbaren Fakten eines Fehlverhaltens seitens der Synergisten, dann wäre unser Gemeinderat möglicherweise imstande, seine Autorität geltend zu machen und etwas gegen ihre Anwesenheit hier zu unternehmen. So aber bleiben sie für sich und haben bis zum heutigen Tage kein öffentliches Ärgernis provoziert.«

»Warum dann das ganze Theater?« Midge war inzwischen ziemlich gereizt. »Nur weil sie sich dem Leben hier nicht anpassen? – Das ist kein Grund, sie zu meiden.«

»Meine Liebe, wenn es nur so einfach wäre. Ich sagte es Ihnen bereits, nennen Sie es ein instinktives Gefühl, Intuition – ganz wie Sie wollen, aber die Einheimischen hier sind auf der Hut vor ihnen und ich, als ein Mann Gottes, auch. Es umgibt sie eine Aura des Geheimnisvollen, die wir alle reichlich beunruhigend finden.«

Midge kicherte, und Sixsmythes Gesicht erstarrte.

»Ich hatte nicht vor, Sie zu belustigen«, sagte er, ein wenig ärgerlich, wie ich meinte. »Wir mögen hier ein recht behütetes Leben führen, aber ich kann Ihnen versichern, daß wir nicht allesamt abergläubische Hinterwäldler sind. Ich habe meinen Rat angeboten, und es gibt wenig mehr, was ich tun könnte.« Er griff nach seinem Hut und machte Anstalten zu gehen. »Aus meiner Sicht ist der Synergistensekte nicht zu trauen; aber natürlich bleibt es Ihnen überlassen, sich eine eigene Meinung darüber zu bilden.«

Ich war bestürzt über seine Empfindlichkeit. »Hey, kommen Sie schon, wir machen uns bestimmt nicht lustig über Sie, und wir sind Ihnen wirklich dankbar dafür, daß Sie den weiten Weg auf sich genommen haben, um uns vor ihnen zu warnen. Wir kennen diese Leute kaum, aber wenigstens sind sie annehmbar gute Nachbarn – möglich, daß es uns deshalb ein wenig schwerfällt, blind zu akzeptieren, was Sie sagen. Sie müssen zugeben, daß Sie bisher keinen einzigen handfesten Beweis für Ihre Behauptungen geliefert haben.«

Seine mißmutige Miene entspannte sich, aber er blieb trotzdem stehen. »Nun, ich verstehe ja, wie es für Sie aussehen muß«, sagte er. »Ich kann mir denken, daß ich mich äußerst töricht anhöre, aber ich bitte Sie ja nur, meine Worte zu beachten. Und mich im Vikariat anzurufen, wenn Ihnen irgend etwas nicht ganz geheuer sein sollte, ganz gleich, was. Versprechen Sie mir, daß Sie anrufen werden. – Könnten wir uns wenigstens darauf einigen?«

»Sicher«, erwiderte ich und stand jetzt ebenfalls auf.

Midge war weniger entgegenkommend, und ich konnte verstehen, warum: gerade war der erste Pfeil auf ihr Shangri-La abgeschossen worden; sie wollte nichts hören von bösen Nachbarn, erst recht nicht, nachdem sie sie bereits ins Herz geschlossen hatte. Trotzdem erhob sie sich höflich und begleitete den Vikar gemeinsam mit mir zu seinem Fahrrad. Sixsmythe war sich ihrer Stimmung sehr wohl bewußt und vermutlich ein bißchen zerknirscht, denn er gab sich Mühe, die Unterhaltung auf angenehmere Themen zu lenken – auf Gramaryes schöne Lage, den wundervollen Garten, den Liebreiz des Waldes selbst.

Ich hielt ihm das Gartentor auf, und er trat hinaus, sicherte seine Hosenbeine mit Clips und hob dann sein Fahrrad an, das wie von der Fahrt erschöpft am Zaun gelehnt hatte.

»Reverend Sixsmythe?« sagte Midge, als er sich in den Sattel schwang.

Er wandte sich um und blickte sie fragend an.

»Würden Sie mir eine Frage beantworten?«

»Natürlich, vorausgesetzt, daß ich sie beantworten kann.«

»Nun, wir ... ich ... es würde mich interessieren, wie Flora Chaldean gestorben ist.«

Er wurde sofort nervös. »Oh, meine Liebe, ich habe Ihnen doch hoffentlich keine Angst gemacht? – Ich wollte mein Anliegen nicht überziehen. Bitte, verzeihen Sie mir, wenn ich Sie in diesem Ausmaß beunruhigt habe.«

»Nein, ehrlich, haben Sie nicht. Ich habe mir schon eine ganze Weile Gedanken darüber gemacht.«

»Flora war eine sehr alte Dame, Margaret. Niemand kann sagen, wie alt sie war – aber es ist wohl vernünftig anzunehmen, daß sie bereits über achtzig war ... möglicherweise sogar Ende Achtzig.« Er lächelte Midge freundlich an. »Ich glaube, man könnte sagen, Flora sei an Altersschwäche gestorben. Ihr Herz wurde müde, und so verschied sie in ihrem geliebten Gramarye. Da sie hier wie eine Einsiedlerin lebte, erfuhr man es erst Wochen später. Obwohl ... es gibt welche, die behaupten, sie erst wenige Tage, bevor ihr Leichnam gefunden worden war, im Garten gesehen zu haben. Aber andererseits geraten die Menschen oft durcheinander mit genauen Zeitangaben, mit ganz speziellen Daten; es ist sehr schwierig, bei solchen Dingen absolut sicher zu sein.«

»Versteh' ich nicht. Warum diese ... Verwirrung?« hakte Midge nach.

»Ah!« gab der Vikar zurück, als sei ihre Frage sehr sachdienlich. »Der Zufall wollte es, daß ich derjenige war, der ihren Leichnam fand. Für gewöhnlich kam ich hin und wieder bei ihr vorbei, um nach ihr zu sehen; nur ein Teil dessen, was ich als meine regelmäßigen Pflichten betrachte, obwohl ich mich nicht entsinnen kann, Flora jemals in meiner Kirche gesehen zu haben. Aber ich lege Wert darauf, die Älteren der Gemeinde zu besuchen, wenn ich Zeit habe; und dies besonders während der Wintermonate.«

Er rückte den Filzhut zurecht und zog ihn sich schließlich tief über den Kopf, damit ihn der Fahrtwind nicht wegfegen konnte. Der Rand knickte die Oberseiten seiner Ohren. »Ich habe sie durch das Küchenfenster gesehen; sie saß am Tisch, Tasse und Untertasse vor sich, als habe sie sich gerade erst frischen Tee aufgebrüht. Es war ein bewölkter Tag und in der Küche dementsprechend sehr düster, so daß ich sie nicht deutlich sehen konnte. Ich erinnere mich noch daran, gedacht zu haben, daß die Fenster sehr schmutzig sind, denn dies behinderte meine Sicht zudem noch. Ich klopfte gegen die Scheibe und bekam keine Antwort, und das ... nun – in diesem Moment begann ich, mir Sorgen zu machen. Ich war bereits an der Haustür gewesen und hatte sie abgeschlossen vorgefunden, was recht eigentümlich war, denn bis zu diesem Tag hatte ich nie erlebt, daß Flora Türen oder Fenster verschloß. Reichlich eigenartig, dachte ich mir und fuhr sofort zur nächsten Telefonzelle. Von dort aus rief ich den Constable Farnes in Cantrip an.«

Er schüttelte traurig den Kopf, als stehe ihm die Erinnerung noch allzu deutlich vor Augen. »Ich wartete vor dem Haus auf ihn, nachdem ich inzwischen festgestellt hatte, daß auch die rückwärtige Tür verschlossen war; und ebenso sämtliche Fenster. Farnes schlug das Küchenfenster ein, öffnete den Riegel, dann kletterte er hinein.«

Midge kam näher zu mir. Ein Wagen raste vorbei, aus dessen

Rückfenster uns ein Holzhund zunickte, als wisse er bereits, was als nächstes kommen würde.

»Er war ziemlich bleich, als er die Haustür öffnete und mich hineinwinkte. Sein Gesichtsausdruck und jener abscheuliche Gestank, der mir aus der Küche entgegenschlug, sorgten dafür, daß ich dem nur mit einiger Bestürzung nachkam . . .«

Sixsmythe schaute jetzt zum Haus zurück und nicht mehr auf uns. »Wie bereits gesagt, Flora Chaldean saß am Tisch, als habe sie gerade eben erst Platz genommen, um Tee zu trinken. Doch die Tasse war mit flüssigem, grünen Schimmel gefüllt. Und Floras Leichnam war bereits in Verwesung übergegangen und wimmelte von Maden; es war offensichtlich, daß sie schon seit mehreren Wochen tot war.«

Mein Magen drehte sich plötzlich wie eine schwerfällige Wäscheschleuder, und ich meinte, Midges Bräune sei eine Nuance heller geworden. Sie griff nach mir, und ich hielt sie fest.

Sixsmythe schien das nicht zu bemerken. Seine Aufmerksamkeit konzentrierte sich ganz auf das Rätsel, das er sich selbst gestellt hatte. »Deshalb konnte sie unmöglich nur wenige Tage vorher von Vorüberkommenden im Garten gesehen worden sein. der Leichenbeschauer bestätigte später, was wir bereits wußten: Der Zustand von Floras Leichnam wies eindeutig darauf hin, daß sie schon vor mindestens zwei oder drei Wochen gestorben war, allein, und die ganze Zeit bis zu meinem Eintreffen unbemerkt. Ziemlich traurig, würden Sie das nicht auch sagen? Ja, ziemlich traurig.«

Damit schob er sein Fahrrad von dem schmalen Grasstreifen herunter und auf die Straße und trat in die Pedale. Er winkte Midge und mir zum Abschied zu, aber er schaute nicht mehr zurück.

Wie Sie sich vorstellen können, war der Rest dieses Tages ziemlich verdorben. Gramaryes Küche hatte einiges von ihrem ländlichen Charme verloren, und Midge verfiel in jämmerliches Schweigen, das bis zum Abend andauerte. Sie saß lange Zeit allein im runden Zimmer, und ich ließ sie in Ruhe.

Ich fühlte mich auch ziemlich unbehaglich, um nicht zu sagen mir war schlecht, und ich hätte den Vikar für seine Gefühllosigkeit erdrosseln können.

Trotzdem – der Tag war nicht nur schlecht. Gegen Abend rief

Bob an, und er hatte eine heiße Neuigkeit für mich. Phil Collins gefiel einer der Songs, die Bob und ich geschrieben hatten; er wollte die Nummer irgendwann nächste Woche für sein neues Album aufnehmen und ließ anfragen, ob ich Lust hatte, bei der Session mitzumachen. Naja, hatte ich? Klar, hatte ich!

Ich brachte Midge die Nachricht bei, und sie freute sich für mich; natürlich. Unsere selbstauferlegte Zwangspause in Sachen beruflicher Unternehmungen war nächste Woche sowieso beinahe abgelaufen, und die Studioarbeit mit einem Megastar war nicht die schlechteste Art, wieder auf Trab zu kommen; und daß eins meiner eigenen Lieder damit zu tun hatte, steigerte die Freude noch. Midge gab sich alle Mühe, mich ihre Niedergeschlagenheit nicht spüren zu lassen. Aber ich *wußte,* daß sie niedergeschlagen war, das war das Problem.

Ich träumte furchtbar in dieser Nacht. Im Traum saß ich in der Küche mit der madenzerfressenen Flora Chaldean zusammen und trank Tee, und winzige, wimmelnde weiße Dinger fielen von ihrer leprösen Hand in das Gebräu, immer wieder, als sie es umrührte und als sie mir die Tasse schließlich reichte.

Gott sei Dank wachte ich auf, bevor ich trank. Das letzte Alptraumbild war das eines verwesten, beinahe fleischlosen Fingers, der auf der grünen pelzigen Flüssigkeit schwamm.

Mycroft

Am Sonntag fuhren wir zum FOREST INN hinaus, um dort ein kleines Mitagessen einzunehmen. Die Aufnahmesession war auf nächsten Mittwoch festgesetzt, und unsere Pflichten zu Hause waren erfüllt – wir waren in der Stimmung zu feiern.

Ich trank zwei Halbliterkrüge dunkles Bier zum Essen, während Midge bei Orangensaft blieb. Möglich, daß ich ein wenig aus der Übung war, aber nachdem ich den zweiten Krug geleert hatte, wurde mir ziemlich leicht ums Herz; und ich war mehr als bereit für einen weiteren. Aber Midge hatte genug von der Gaststätte, und ich konnte es ihr nicht einmal verübeln: nach der Ruhe in Gramarye draußen die Menschenmengen und das Lärmen . . . das war ungewohnt. Zweifellos war das hier eine beliebte Sonntagstränke für Touristen und Einheimische gleichermaßen.

Es war Midges Vorschlag, eine kleine Spazier- und Erkundungsfahrt zu unternehmen. Bisher hatten wir nicht viel Gelegenheit dazu gehabt. Ich wendete und fuhr den Wagen aus der Parkbucht; Midge stieg ein, und dann waren wir unterwegs.

Bald darauf bogen wir in eine stille Nebenstraße ab, die sich durch dichten Wald schlängelte; die zahlreichen Kurven und Kehren erforderten meine ganze Konzentration. Über uns bilde ten die Äste der Bäume einen Blättertunnel und sperrten die heißen Sonnenstrahlen aus; es war eine Erleichterung. Um ehrlich zu sein – ich glaube, wir wußten beide ziemlich genau, wohin diese Straße führte, obwohl es keiner von uns aussprach; die Synergisten interessierten uns, wir waren neugierig geworden. Sixsmythes Warnung hatte unser Interesse eher entfacht als abgekühlt. Nicht, daß wir etwas mit ihnen zu tun haben wollten – genaugenommen war es mir sehr recht gewesen, daß sie uns seit letzter Woche nicht mehr besucht hatten. Wir wollten uns nur das graue Haus – den Tempel selbst – einmal genauer ansehen. Da war kein ernsthaftes Interesse, keine tiefergehende Motivation – es war Ziel einer Spazierfahrt, nicht mehr. – Natürlich hatten wir über die Synergisten diskutiert und waren zu dem Schluß gekommen, daß sie für reife und vernünftige Leute wie uns keine Bedrohung darstellten.

Ich habe es schon erwähnt – es war ein außergewöhnlich schöner Sommer; und ein jedes Ding hat seinen Preis, der irgendwann bezahlt werden mußte. Der Schuldeneintreiber war bereits unterwegs, als wir diese einsame Straße entlangbretterten; gleich würde er an unsere Windschutzscheibe klopfen.

Der Passat hatte wochenlang draußen in der kochenden Sonne gestanden, er wurde regelmäßig benutzt und (Schande über mich) selten überprüft. Als ich den Dampf über der Motorhaube auftauchen sah, versuchte ich mich daran zu erinnern, wann ich das letzte Mal nach dem Kühlerwasser gesehen hatte. Die Temperaturanzeige pendelte sich weit oben in der Gefahrenzone ein, und ein rotes Licht funkelte mich an.

»Shit!« knurrte ich. Jetzt stiegen vorn gewaltige Wolken auf.

Midge, die mit Fahrzeugtechnik nie sonderlich viel im Sinn gehabt hatte, sagte: »Was ist jetzt los, Mike?«

Es gelang mir mühelos, genauso wütend zu funkeln wie das verdammte rote Licht, und Midge sah betont harmlos wieder geradeaus.

»Entschuldige, daß ich gefragt habe«, sagte sie.

Ich hielt an und blieb sitzen, um den Motor und mich selbst eine Weile kochen und dampfen zu lassen.

»Wirst du es reparieren können?« erkundigte sich Midge nach einer Weile sehr vorsichtig und betrachtete dabei die wogenden Dampfwolken, als seien sie Teil unseres Sonntagnachmittagsprogramms.

Ich gab mir alle Mühe, ruhig zu bleiben, und sagte: »Yeah. Wenn ich es schaffe, lange genug in den Kühler zu spucken.« Und ich betrachtete die Wolken ebenfalls – aber mit weniger Ehrfurcht als Midge.

»Glaubst du nicht, daß du etwas unternehmen solltest?«

Ich seufzte. »Schon . . . Vielleicht ist nur der Ventilatorriemen gerissen. Hast du heute zufällig eine Strumpfhose an?«

Sie blickte mich an und schüttelte den Kopf. Mit einem Stöhnen drückte ich die Tür auf. »Zieh das Ding hoch, okay?« – Ich zeigte auf den Zuggriff auf der Beifahrerseite. Sie zog daran, und die Motorhaube federte einen Zoll weit auf.

Ich stieg aus, ging nach vorn, fingerte vor mich hinmurmelnd in dem entstandenen Spalt herum und löste den Sperrhaken. Vorsichtig hob ich die Haube an und wandte das Gesicht ab; Dampf fächerte heraus. Dann sicherte ich die Motorhaube mit der dafür vorgesehenen Haltestange und spähte ins Maul des Drachens. Der Ventilatorriemen war in recht gutem Zustand.

Möglich, daß das Teufelszeug im FOREST INN genügt hatte, meine Sinne zu trüben, vielleicht aber hatte ich auch einfach nur für ein paar Augenblicke einen geistigen Ausfall – auf jeden Fall tat ich etwas sehr Dummes, etwas, wovor alle Kraftfahrer von denen, die es besser wissen, gewarnt werden: Ich zog mein Taschentuch heraus, faltete es über dem Kühlerverschluß und drehte.

Der Gedanke an sich war irgendwie logisch – ich wollte den Druck ablassen; aber das Resultat war katastrophal. Sobald der Verschluß gelöst war, explodierte kochendes Wasser wie aus einem Thermal-Geysir nach oben. Instinktiv riß ich die linke Hand hoch und schützte meine Augen und taumelte zurück; und natürlich stieß ich ein wildes Heulen – nein, ein *Schreien* – aus, als der feurige Wasserstrahl meine Haut verbrühte.

Ich stürzte, hielt den Arm umklammert und wand mich vor Schmerz auf der Straße. Vage war mir bewußt, daß Midge plötzlich neben mir kniete und mich still zu halten versuchte, damit sie die Verbrennungen untersuchen konnte. Gesicht und Hals waren verbrüht worden, aber der alles verzehrende Schmerz wühlte in meiner linken Hand und im Unterarm. Das kurzärmelige Denim-Hemd war naß, hatte jedoch meine Brust vor dem kochenden Wasser geschützt.

Irgendwie vollbrachte ich das Kunststück, mich aufrecht hinzusetzen; Midge legte mir einen Arm um den Rücken und stützte mich; meine Sicht verschwamm, und der Schmerz trieb immer noch mehr Tränen in meine Augen, als ich auf die Verbrennung an meiner Hand hinabsehen wollte. Dieser Schmerz war schlimmer als jeder andere, den ich je zuvor in meinem Leben verspürt hatte.

Plötzlich war Midge auf den Füßen und winkte mit beiden Armen wie rasend. Ich bekam mit, daß ein roter Wagen heranfuhr, zwei Leute ausstiegen und zu mir herübereilten; eine der beiden Gestalten war mir vage vertraut. Es war ein junges Mädchen. Beide knieten sie sich bei mir nieder, und der Mann bewegte leicht meinen verletzten Arm.

»Liebe Güte, liebe Güte«, hörte ich ihn murmeln. Dann zog er mich auf die Füße. »Besser, Sie kommen mit uns, damit wir uns darum kümmern können.«

Ich starrte auf meinen verletzten Arm hinunter und blinzelte die Nässe aus meinen Augen fort. Ich sah, daß die Haut bereits Blasen zu werfen begann. Ich biß die Zähne zusammen, als sie mich zu ihrem Wagen hinüberführten.

Der anfängliche Schock verflog; ich spürte mehr, als daß ich es sah, wie panikerfüllt Midge war, und versuchte, ihr beruhigend zuzulächeln. Es muß ein ziemlich gequältes Grinsen geworden sein, denn ihre Mundwinkel sanken wie die eines Kindes nach unten; sie kämpfte mit den Tränen.

Ich wurde auf den Rücksitz des Wagens gepackt, und ich hielt die ganze Zeit meinen Arm vor mir umklammert; diesen Arm, der mir eigentlich mehr wie ein frisch gekochter Hummer vorkam. Dann klemmte sich das Mädchen hinter das Lenkrad, und erst jetzt erkannte ich die geflochtenen Haare und, als sie sich besorgt zu mir umdrehte, auch das Gesicht: Es war Sandy, das Mädchen, das ich vor einer Woche vor den Dorfpunks beschützt hatte.

Sie sagte: »Mike, wir nehmen Sie mit zu uns; diese Verbrennungen müssen schnell behandelt werden. Der Tempel ist nur ein paar Minuten entfernt.«

»Er muß in ein Krankenhaus!« sagte Midge nachdrücklich.

Der Mann öffnete die vordere Beifahrertür und stieg ein. Er war mittleren Alters; nicht mehr lange, und er würde kahl sein. Er war sehr dünn, und seine Wangen waren so eingefallen, daß die Wangenknochen darüber Schatten warfen. »Das nächste Krankenhaus ist meilenweit entfernt, und gegen den Schmerz muß sofort etwas getan werden. Sie können ihn hinterher immer noch ins Krankenhaus fahren – wenn Sie das dann noch für nötig halten.« Er setzte sich zurecht und sprach während der ganzen kurzen Fahrt kein Wort mehr.

Sandy fuhr mit durchdrehenden Reifen an, wendete auf der schmalen Straße und fuhr in die Richtung zurück, aus der sie gekommen sein mußten. Midge tupfte mir mit einem kleinen Taschentuch den kalten Schweiß vom Gesicht; und ich dachte eigenartigerweise nur daran, daß das hier der Escort war, mit dem Kinsella kürzlich zu uns gekommen war. Midge berührte meine Hand und meinen Unterarm wohlweislich nicht: die Haut dort war in einem glühenden Scharlachrot gesprenkelt, das Fleisch begann bereits anzuschwellen.

Der Wagen stoppte; Sandy sprang hinaus. Hohe, schmiedeeiserne Tore ragten zwischen massiven, grauen Steinsäulen empor; links und rechts schloß sich eine hohe Ziegelsteinmauer an. Jenseits des Tores konnten wir das gigantische Haus sehen – dieses Haus, das wir damals, auf unserem Spaziergang durch den Wald, nur von hinten gesehen hatten ... Das graue Haus, wie ich es insgeheim getauft hatte. Das Mädchen schob die Tore auf; ihr älterer Begleiter sah gleichmütig vom Beifahrersitz her zu. Dann kehrte sie hastig zum Wagen zurück, ihr Gesicht so besorgt wie das von Midge. Sie stieg ein und fuhr weiter.

Obwohl ich mehr als genug mit mir selbst zu tun hatte, nahm ich das Haus zur Kenntnis, als es jetzt vor mir emporwuchs. Ein seltsamer Anblick; der langen Zufahrt und den Toren war die Rückseite zugewandt. Willerby Hall *alias* der Synergistentempel war aus jeder beliebigen Sicht auf kalte Weise eindrucksvoll.

Wir umrundeten das Gebäude und fuhren auf den rechteckigen Wendeplatz. Von dort aus erstreckte sich die Wiese zum Waldrand empor. Inzwischen zitterte ich am ganzen Leib. Nachwirkungen des Schocks, nahm ich an. Der Mann vorn stieg aus und öffnete die Tür auf meiner Seite; ich schützte behutsam meinen Arm, mühte mich aus dem Wagen und schaute am Haus empor. Fragen Sie mich nicht, warum, aber selbst in diesem Moment, als ich kaum an etwas anderes denken konnte als an den heftigen, brennenden Schmerz tief in mir, zögerte ich, da hineinzugehen. Midge schien keine solche Bedenken zu haben.

»Komm schon, Mike, je früher wir deinen Arm in kühles Wasser tauchen, desto besser für dich«, sagte sie und zerrte mich am Ellenbogen mit sich. Sandy stützte mich von der anderen Seite her. Der knochendürre Mann ging die breite Treppe zum Portal hinauf voraus. Noch bevor wir die oberste Stufe erreicht hatten, schwang eine Hälfte der großen Doppeltür auf, und Kinsella tauchte auf; er warf mir einen überraschten Blick zu.

»Mike, was zum Teufel ist mit Ihnen passiert?« rief er.

»Eine Auseinandersetzung mit Kühlerwasser«, witzelte ich, obwohl ich wirklich nicht in der Stimmung dazu war. Genaugenommen rechnete ich damit, mich jeden Moment übergeben zu müssen.

Sein Gesicht erbleichte, als er meine verkrümmte Hand bemerkte. »O Gott, schnell, bringt ihn herein!« Er riß die andere Hälfte der Doppeltür auf, so daß wir nebeneinander eintreten konnten.

Inzwischen zitterte ich wirklich, so sehr ich das auch zu unterdrücken versuchte. Midge klammerte sich an mir fest, als fürchte sie, ich würde zusammenbrechen.

Wir befanden uns in einem weitreichenden Korridor; uns gegenüber führte eine breite Treppe zu einer Galerie empor. Die Schmerzen wurden schlimmer, deshalb widmete ich meiner Umgebung nicht allzuviel Aufmerksamkeit, aber die plötzliche düstere Kühle im Innern des Gebäudes fiel mir dennoch auf.

»Können wir ihn in die Küche oder ins Bad bringen? Wir müssen seinen Arm in kaltes Wasser tauchen«, stieß Midge verzweifelt hervor.

»Wir können viel mehr tun als das«, erwiderte Kinsella. Er wandte sich an das Mädchen und sagte mit kaum hörbarer Stimme: »Sag Mycroft, wer hier ist, und schildere ihm exakt, was passiert ist. Beeil dich!«

Sandy beeilte sich.

Daraufhin sprach er mit dem Knochenmann, und erst jetzt wunderte ich mich über Kinsellas Autorität. »Laß es die anderen wissen«, war alles, was er sagte, und der ältere Mann stürmte los.

»Okay, Mike, kommen Sie, machen Sie es sich bequem.« Der

Amerikaner öffnete eine Tür und führte uns in den angrenzenden Raum.

Es mußte eine Art Gesellschaftsraum sein – möglicherweise auch ihre Bibliothek, so mit Büchern vollgestopft waren die Wände. Die schwere Muffigkeit der Atmosphäre, die selbst in meinem Zustand deutlich wahrnehmbar und irgendwie unangenehm war, ließ vermuten, daß es sich bei den meisten dieser Bände um alte Ausgaben handelte. Nicht, daß ich in der Stimmung gewesen wäre, zu schmökern.

Kinsella plazierte mich an einem großen, ovalen Tisch, dessen Oberfläche auf Hochglanz poliert war. Schräg einfallende Sonnenstrahlen zeichneten deutlich umrissene Linien in das Halbdunkel des Raumes, wie Suchscheinwerfer, und er ging von Fenster zu Fenster, zog die Vorhänge zu und sperrte die Helligkeit aus. Die Tür, durch die wir hereingekommen waren, stand weit offen, und ich sah und hörte Bewegungen draußen; es schien, als würden sich Leute versammeln. Ich war schweißgebadet, fast wie im Fieber, und die Intensität der Schmerzen nahm unerbittlich zu; ich wußte: nicht mehr lange, und ich würde es hinausschreien. Es war, als seien Nerven, die der Schock (oder die Hitze) betäubt hatte, plötzlich wieder funktionsfähig, als könnten sie die Verletzung jetzt vollständiger denn je erfassen.

»Wir müssen etwas *tun!*« drängte Midge, und ich saß da, die Lippen fest aufeinandergepreßt, um mein eigenes Stöhnen zu ersticken.

»Haben Sie noch einen Moment Geduld«, sagte Kinsella ganz ruhig – aber *er* hatte ja auch leicht reden. Er setzte sich neben mich und streckte meinen Arm auf der glänzenden Oberfläche gerade aus; er war sehr darauf bedacht, die Bewegung nur vom Ellenbogen her zu initiieren. Midge stand hinter mir, die Hände auf meinen Schultern.

»Der Kühler ist explodiert, oder?« vermutete Kinsella.

»Nein«, antwortete ich zwischen zusammengebissenen Zähnen hindurch. »Ich war dämlich genug, den Deckel abzuschrauben.«

»Sie haben Glück gehabt, daß Ihr Arm den Großteil abbekommen hat. Im Gesicht wären diese Verbrennungen verhee –«

»Ja, ich weiß. Ich war ein Idiot, und ich hatte viel Glück im Unglück.«

Er untersuchte gerade die fleckigen Brandmale in meinem Gesicht, als die Tür noch weiter aufschwang. Ein Mann trat herein, und Kinsella sagte: »Mycroft.«

Ich bin mir nicht sicher, wie ich ihn mir vorgestellt hatte, aber der Name allein, gepaart mit den düsteren Warnungen des Vikars vor den Synergisten, hatte Visionen von jemand Großem und Mächtigem heraufbeschworen, von einem Burschen mit ledriger, runzliger Haut und mit stechenden, hellen Augen, deren Blick genügte, um die Seele seines Gegenübers nach Belieben ausdörren zu lassen. Eine Kreuzung zwischen Vincent Price und George C. Scott, vielleicht. In Wirklichkeit war er mittelgroß und hatte einen ziemlich dicken Bauch; seine Haut war glatt und fleckenlos und fast – nicht ganz – ohne Besonderheiten. Er trug eine graue Freizeithose und (über einem strahlend weißen Hemd) eine kastanienbraune Strickjacke, dazu eine beige Krawatte, die förmlich erscheinen ließ, was normalerweise recht leger gewirkt hätte – eine Menge Beobachtungen, die erst später als Ganzes zusammengepuzzled wurden, wie man verstehen wird; in diesem Moment war sein Aussehen wirklich nicht meine größte Sorge. Ich gebe zu, sein Blick hätte als durchdringend beschrieben werden können, aber es lag auch eine gewisse Freundlichkeit darin. Schade, daß ich den Mann nicht hinterhältiger einführen kann (schade hinsichtlich der *späteren* Ereignisse), aber das oben Geschriebene war tatsächlich mein erster Eindruck. Er hätte jedermanns Lieblingsonkel sein können.

Kinsella erhob sich, als Mycroft herankam, trat beiseite und zog seinen Stuhl zurück, damit der weißhaarige Mann ungehindert zu mir gelangen konnte. Mycroft stützte eine Hand auf der Tischplatte ab und beugte sich vor; ein schwacher Hauch würzigen Atems wehte zu mir heran. Er blickte zuerst in mein Gesicht, dann auf meine verletzte Hand und den Arm entlang.

»Sie müssen große Schmerzen haben«, mutmaßte er (ziemlich unnötigerweise, wie ich fand). Seine Stimme war sanft und seltsam trocken, und der amerikanische Akzent deutete mehr auf New England als auf den weiten Süden. Doch da war auch eine ganze Menge Sorge in seinem Tonfall, gerade so, als teile er meine Schmerzen.

»Wenn Sie die Wahrheit hören wollen, es wird nicht gerade besser«, gab ich zu; das tatenlose Begutachten machte mich langsam, aber sicher gewaltig nervös. Und das wunde Fleisch meines Arms fing besorgniserregend an zu pochen.

Er sah mir noch einmal direkt in die Augen; dann betrachtete er kurz Midge. »Wir werden keine Zeit mehr verlieren«, sagte er, mehr an sie als an mich gewandt. Auf einen herrischen Wink seinerseits wurde die Tür wieder weit geöffnet: herein kam Sandy; unsere gemeinsame Freundin Gillie war bei ihr. Zwischen sich trugen sie eine gläserne, rechteckige Schale, die eine grünliche Flüssigkeit enthielt. Sie stellten sie zwischen Mycroft und mir auf den Tisch.

»Ruf sie herein«, ordnete Mycroft an, und Kinsella eilte zur Tür und gab entsprechende Anweisungen. Ich sah mich um, und meine Nervosität nahm zu. Gillie lächelte mich beruhigend an, sagte aber kein Wort. Mir fiel auf, daß sich auch Midge besorgt umschaute.

Mycrofts Leute betraten den Raum; schweigend, einer nach dem anderen. – Und sie alle starrten unverwandt auf mich. Neil Joby war auch dabei, doch obwohl er mich direkt ansah, zeigte er keinerlei Erkennen.

Ich wollte aufstehen. »Hey, einen Moment –«

Mycroft legte mir eine feste, aber nicht wuchtige Hand auf die Schulter. »Setzen Sie sich ... bitte. Und haben Sie keine Angst. Ihre Schmerzen werden in wenigen Augenblicken vorbei sein.«

»Da bin ich anderer Meinung«, murmelte ich, aber Midge unterbrach mich.

»Mike, warte.«

Ich starrte sie an. Sie schüttelte kurz den Kopf.

»Ich möchte, daß Sie mir vertrauen, Mike.« Mycrofts Stimme hatte sich kaum merklich verändert: Jetzt war sie gleichermaßen besänftigend und befehlend – man konnte ihr nur schwerlich widerstehen. Ich ließ mich zurückfallen, und er zog einen Stuhl heran und setzte sich ebenfalls. »Ich möchte, daß Sie uns allen vertrauen«, sagte er und schob seine Ärmel bis zum Ellenbogen hoch. Ich wischte mir den Schweiß aus den Augen, gespannt auf das, was jetzt kam, und verunsichert; ich wußte nicht, wie weit ich bereit war mitzuspielen.

Mycroft lächelte mich an, als sei ihm klar, daß ich ihn für verrückt hielt, und als sei er bereit, das Ganze wie einen Scherz auf seine Kosten mit mir zu genießen. Sein Lächeln war wissend und zugleich ermutigend. Und dann tat er etwas, mit dem ich nicht gerechnet hatte: Er tauchte seine Hände in die Flüssigkeit.

Die Leute, die sich in dem Raum versammelt hatten (alle Altersstufen waren vertreten und mehr als eine Nationalität), reichten sich die Hände und schlossen die Augen. Auch Mycrofts Lider senkten sich jetzt; seine Lippen bewegten sich leicht, als intoniere er ein stilles Gebet.

Ich nehme an, ich muß ziemlich verzweifelt ausgesehen haben, denn Midge hielt mich fest, als gelte es, meine Flucht zu verhindern.

»Midge . . .?«

Da war eine friedliche Art von Erregung in ihren Augen, ein tiefer Schimmer, der andeutete, daß sie anfing, an diese komischen Käuze zu glauben.

Ich fühlte, wie mein Arm angehoben wurde, und wandte mich wieder Mycroft zu, bereit, mich loszureißen. Sein Lächeln machte jede derartige Reaktion zunichte, und ich gestattete ihm, meinen Arm in die grünliche Flüssigkeit hinabzuführen.

Ich stellte mich darauf ein zu schreien, aber ich versuchte kein einziges Mal, den Arm zurückzuziehen – ich spürte, daß dieser sanft aussehende Mann eine geheimnisvolle Überzeugungskraft ausstrahlte. Er tauchte meine Hand ein, dann den Arm bis zum Ellenbogen, und obwohl ich die Flüssigkeit nicht spüren konnte, wußte ich, daß sie mehr Substanz hatte als einfaches Wasser. Sie sah ölig glatt aus.

Augenblicklich ließen die Schmerzen nach, von der kühlen Flüssigkeit gelindert; es kam mir vor, als sei meine Hand in Eis eingefroren.

Mycrofts Finger strichen sacht über die Haut, seine Augen schlossen sich wieder, seine Lippen bewegten sich nur mehr vage. Die Erleichterung war so ungeheuerlich, daß ich vor Freude beinahe laut aufgeschrien hätte; aber es wurde nur ein riesiger Seufzer. Der Druck von Midges Fingern an meinen Schultern wurde mir wieder bewußt, und ich drehte mich um und sah zu ihr hoch; auch sie hielt die Augen geschlossen. Konzentration furchte ihre Stirn.

»Midge«, flüsterte ich. »Der Schmerz ist weg.«

Sie öffnete die Augen, sah mich an; sah meinen eingetauchten Arm an. Ihre Erleichterung schien so groß wie meine, als sie mich umarmte und drückte.

Mycroft hielt meinen Arm untergetaucht und strich weiterhin über meine Haut; seine Fingerspitzen hinterließen eine kribbelnde Spur. Als ich mich im Raum umblickte, stellte ich fest, daß die anderen, die um uns versammelt waren, ihre Augen nach wie vor geschlossen hielten – zwei der Frauen schwankten, als würden sie gleich in Ohnmacht fallen; sie alle hielten die Hand des neben ihnen Stehenden fest umklammert, und es war mir, als ströme pure Energie von einem zum anderen, immer wieder, immer wieder, bis der Kreis geschlossen war.

Wahnsinn, formulierte ich in Gedanken – streng mir selbst gegenüber. Trotzdem – ich konnte nicht abstreiten, daß es nicht mehr weh tat. *Yeah, und was passiert, wenn ich die Hand da rausnehme? Die Flüssigkeit ist ein Schmerzhemmer, okay, mal sehn, wie sich der Arm ohne sie anfühlt. Mal sehn.*

Mycroft öffnete die Augen und hob meinen Arm. Er hielt ihn über die Schale, ließ die Flüssigkeit abtropfen und wandte sich währenddessen mir zu – ich war mir nicht sicher, ob da nicht eine Andeutung von Spott in seinem Lächeln war.

Die Schwellung war entschieden zurückgegangen, obwohl meine Finger noch immer aufgebläht blieben; die schreckliche leuchtende Röte war ebenfalls noch da, aber es bildeten sich keine Blasen. Das beste aber war: Ich verspürte keine Schmerzen mehr, nur eine betäubte Steifheit.

»Ich glaube es nicht!« sagte ich fassungslos.

»Das ist auch nicht nötig«, erwiderte er. »Sie brauchen nur zu akzeptieren.«

Mycroft erhob sich, und die Leute ringsum öffneten die Augen. Manche wurden von den neben ihnen Stehenden festgehalten. Sie lösten ihre Hände, Applaus brandete auf, und ich fragte mich, ob sich Mycroft wohl verbeugen würde. – Stattdessen hob er eine Hand, und das Klatschen verebbte.

»Wir müssen nur dankbar dafür sein, daß unser junger Freund nicht mehr länger leiden muß«, sagte er zu ihnen. »Ihr alle seid Zeuge unserer Kraft geworden, nun denkt eine Weile allein darüber nach.« Er war so lässig, so nüchtern, seine Stimme ruhig und freundlich; keine Spur von theatralischem Getue oder von Sich-Produzieren, wie man das von einem pseudoreligiösen Führer erwarten könnte, der gerade eine ziemlich gute Nummer abgezogen hatte.

Seine Anhänger verließen den Raum; die meisten von ihnen glücklich lächelnd, der Rest tief in Gedanken versunken. Es war wirklich ein bunt gemischter Haufen verschiedener Altersstufen und Nationalitäten, wie bereits gesagt, aber darüber hinaus auch der unterschiedlichsten Typen.

Gillie kam und wickelte meinen Arm behutsam in ein Leinentuch; sie wartete, bis die restliche Nässe aufgesaugt war, und nahm das Tuch wieder weg. Dann war Sandy an der Reihe: Irgendwo hatte sie Gaze und Verbandszeug aufgetrieben, und jetzt machte sie sich daran, meinen Arm zu versorgen: die Gaze wurde sehr sanft auf den Verbrennungen ausgebreitet, dann legte sie den Verband an.

»Den Rest sollten wir vielleicht in einem Krankenhaus erledigen lassen«, schlug ich unsicher vor.

Kinsella grinste über sein ganzes amerikanisches Gesicht. »Das ist nicht nötig, Mike. Alles wird in Ordnung kommen, Sie werden sehen.«

»Der Verband ist absolut steril«, versicherte Mycroft, »eine Krankenschwester könnte nicht mehr tun für Sie.«

»Sie könnte mir eine Spritze oder Pillen oder sowas geben.«

»Unnötig, aber natürlich können Sie tun, was Sie für richtig halten. Ich schlage vor, Sie gönnen sich heute noch ein wenig Ruhe und suchen morgen dann einen Arzt auf – vorausgesetzt, Sie fühlen sich unwohl. Sie werden keine Schmerzen mehr haben.«

Was das betraf, hatte ich einige Zweifel; mehr noch, ich fand die Äußerung ziemlich lächerlich – Gott, ich hatte mich gewaltig *verbrüht!* Aber ich wollte nicht kleinlich erscheinen, nicht nach dem, was er getan hatte. »Okay ... Warten wir bis morgen. Mal sehn.« Ich schaffte es zu lächeln.

Mycroft hatte sein Interesse an mir verloren und betrachtete Midge; jetzt wieder mit diesem minimalen Lächeln (mittlerweile war ich mir *sicher,* daß es vage spöttisch war) auf dem Gesicht.

»Und Sie sind zweifellos Midge«, sagte er.

Sein Blick war ein bißchen zu durchdringend für meinen Geschmack, und er erinnerte mich komischerweise an das kaum verhohlene Interesse des Anwalts Ogborn, das inzwischen Wochen zurücklag. Was das betraf, hatte ich schmutzigen alten Männern noch nie sonderlich viel Verständnis entgegengebracht.

»Ich weiß nicht, wie wir Ihnen das je genügend danken können«, erwiderte sie, und ich sah ihr an, daß die Anspannung nur langsam wich. Trotz der herrschenden Düsternis sah ich jedoch auch, daß sie sehr müde war.

»Dank wird weder erwartet noch verlangt. Ich habe viel von Ihnen gehört, und Sie werden mir verzeihen, wenn ich etwas gestehe: So unglücklich die Umstände auch waren – ich bin froh, daß Sie endlich Grund hatten, unseren Tempel zu besuchen.«

Gillie und Sandy waren an die Fenster gegangen und zogen die Vorhänge zurück. Helligkeit breitete sich aus und verlieh dem Raum ein wenig mehr Freundlichkeit.

»Hub hat uns bei mehreren Gelegenheiten eingeladen«, sagte Midge, »aber die viele Arbeit im Haus . . .«

»Ah, ja, Gramarye.« Der Name schien ihm zu gefallen, denn sein Lächeln wurde wärmer.

»Sie kennen unser Haus?« fragte ich.

Er sah nicht einmal in meine Richtung. »Man hat es mir beschrieben. – Sagen Sie mir, junge Dame, sind Sie sehr glücklich dort?«

Wenn Midge von dieser Frage überrascht war, so zeigte sie es nicht. »Ja, sehr. Wir sind es beide. – Es ist ein wundervolles Zuhause.«

»Wundervoll – in welchem Sinne?«

Jetzt war sie doch verblüfft. »Es . . . es ist so friedlich dort, so unbeschwert ruhig. Und doch voller Leben. So viele Tiere werden regelrecht davon angezogen, und da ist so viel . . .« Sie verhaspelte sich, unfähig, das richtige Wort zu finden.

Mycroft sprach es für sie aus. »Lebenskraft.« – Es war nicht einmal eine Frage.

»Ja«, pflichtete Midge eifrig bei. »Lebenskraft, ja, genau das ist es.«

Mycroft schien befriedigt. Er trocknete seine Hände ab und zog die Ärmel wieder herunter. »Es wäre mir ein großes Vergnügen, wenn wir uns bald einmal wieder unterhalten könnten«, sagte er schließlich.

Midge nickte nur und wandte sich dann mir zu. »Wie fühlst du dich, Mike?«

»Ich? Gut. Aber ich werde nie wieder Klavier spie –« Ich brach ab und stöhnte. Plötzlich begriff ich die ganze Tragweite meines Unfalls. »Die Session am Mittwoch . . . Unmöglich, daß ich bis dahin wieder spielen kann!«

»Oh, Mike, daran habe ich gar nicht gedacht.« Midge biß sich in die Unterlippe, kniete neben mir nieder und legte ihren Arm um meine Hüfte, aber das war ein schwacher Trost. Ich war ziemlich ärgerlich auf mich selbst; ich wollte nicht getröstet werden.

»Ich bin mir nicht sicher, ob ich Sie richtig verstehe«, wandte Mycroft ein. »Es gibt eine berufliche Verpflichtung, die Sie nicht wahrnehmen zu können glauben?«

»Ich bin Musiker«, erklärte ich. »Für nächste Woche war eine wichtige Studio-Arbeit angesetzt. Momentan sieht es ganz danach aus, als sei ich aus der Sache raus.« Ich starrte auf meine verbundene Hand, und mir war ganz danach, sie auf den Tisch zu knallen. Natürlich tat ich es nicht.

Mycroft setzte sich wieder mir gegenüber und legte seine Hand auf meine Schulter. »Gehen Sie nach Hause und bleiben Sie einfach nur zu Hause.« Er beugte sich vertraulich vor und fügte hinzu: »Bis Mittwoch wird Ihre Hand vollständig geheilt sein.«

So dankbar ich ihm war – jetzt mußte ich mich zurückhalten, um nicht loszubrüllen. »Okay«, sagte ich ganz ruhig. »Ich gehe nach Hause. Und ich werde dort bleiben. Vielen Dank.« Ich stand auf. »Wir machen uns besser auf den Weg, Midge.« Meine Augen sagten ihr: Schluß mit der Konversation, Schluß mit den Dankeschöns; laß uns bloß von hier verschwinden.

Sie verstand vollkommen.

Doch es war Mycroft, der den Raum vor uns verließ. »Ich werde mich jetzt von Ihnen verabschieden«, sagte er, und seine Stimme verriet keinerlei Verstimmung über meine plötzliche brüske Art. »Bitte, vergessen Sie meine Einladung nicht.«

»Werde ich nicht«, erwiderte Midge – er hatte mit ihr gesprochen, nicht mit mir. Sie streckte die Hand aus, als wolle sie seine ergreifen und drücken, aber er schien es nicht zu bemerken. Geschmeidig wandte er sich ab und verließ den Raum. Ich habe ›schien‹ deshalb geschrieben, weil ich sicher bin, daß er Midges Hand gesehen hat; und daß er unwillkürlich zurückgewichen ist; eine geschickt überspielte Reaktion, eine kleine Bewegung, die sich augenblicklich in ein vollständiges Abwenden verwandelte, als sei er in Gedanken bereits bei anderen Dingen. Ein Irrtum war ziemlich ausgeschlossen und im Licht späterer Ereignisse gesehen erst recht.

»Sie haben immer noch ein Problem, Mike.« Kinsella lächelte mich an, die Finger in die Taschen seiner engen Wrangler gehakt.

Wir sahen ihn seltsam berührt an.

»Einen Kühler, in dem kein Kühlerwasser mehr ist«, erinnerte er uns.

Beinahe hätte ich mir mit der verletzten Hand gegen die Stirn geschlagen.

Er gluckste. »Schon gut, ich werde Ihnen einen Wasserkanister organisieren und Sie zu Ihrem Wagen zurückfahren. Hoffen wir, daß der Motor nicht kaputt ist.«

»Yeah, hoffen wir das.«

Wir verließen das Haus, und ich war froh, draußen zu sein, und glücklich, die Sonne wieder auf dem Gesicht zu spüren. Unheimlich, aber die einzigen wunden Stellen, die ich noch wahrnahm, waren an Gesicht und Hals; dort, wo mich ein paar Tropfen des kochend-heißen Wassers hatten treffen können. Im Vergleich zu dem allerdings, was ich vorhin durchgestanden hatte, war das leicht zu ertragen. Stellenweise fühlte sich auch meine Brust ein wenig empfindlich an, aber das Hemd hatte Schlimmeres verhindert. Mein verbundener Unterarm und meine Hand kribbelten noch – das Gefühl war jedoch nicht unangenehm.

»Unglaubliches Zeug«, bemerkte ich Kinsella gegenüber, als wir zu dritt auf den roten Escort zugingen.

»Wie bitte?« sagte er und blinzelte in die Sonne.

»Diese grüne Flüssigkeit, in der er meinen Arm gebadet hat.«

»Oh, das war nichts Besonderes. Ein Mittel, die Wunde zu reinigen, mit Antiseptikum versetzt.«

»Aber es hat den Schmerz genommen.«

»Mycroft hat den Schmerz genommen, mein Freund.«

»Das ist unmöglich.«

»Ist es nicht, und wir wissen es beide.«

»Aber wie –«

Er grinste. »Mycroft ist ein erstaunlicher Mann.«

Offenbar hielt er diese Erklärung für völlig ausreichend.

Wir erreichten den Wagen, und Kinsella öffnete die hintere Tür für uns. Midge stieg zuerst ein, und ich folgte, darauf bedacht, mit meiner Hand nirgendwo anzustoßen. Kinsella stieg auf der Fahrerseite ein. Gemeinsam warteten wir darauf, daß der Wasserkanister gebracht wurde.

Midge beugte sich vor. »Geht es Ihnen auch wieder besser, Hub?« erkundigte sie sich.

Er drehte sich überrascht zu ihr um. »Wie meinen Sie das?«

»Ich meine Ihren Besuch, kürzlich. Sie sind ziemlich eilig aufgebrochen. Wir dachten, Ihnen wäre nicht gut.«

Er rutschte unbehaglich auf dem Sitz herum und zeigte zum Haus hinüber. »Da kommt Neil mit dem Wasser.« Er räusperte sich und sagte dann: »Ich schätze, an diesem Abend habe ich mich wirklich ein wenig unwohl gefühlt. Tut mir leid, es war bestimmt unhöflich, einfach so davonzustürmen. Ich nehme an, das Mittagessen ist mir nicht so recht bekommen, wissen Sie.«

Die Tür auf der Beifahrerseite wurde aufgezogen, und Neil Joby stieg ein; den Plastikkanister stellte er zu seinen Füßen ab.

»Okay, und los geht's«, sagte Kinsella, als er den Wagen startete. »Ihr werdet in Nullkommanichts zu Hause sein.«

Wir fuhren um das Haus herum und auf die weite Zufahrt; Kinsella beschleunigte, und Midge und ich schauten zurück. Das graue Haus – der Synergistentempel – war wesentlich größer, als wir nach unserem ersten Blick vom Waldrand her geglaubt hatten.

Mir zumindest kam es jetzt viel bedrohlicher vor. Aber Midge sah mit einem kaum merklichen Lächeln um die Lippen darauf zurück.

Geheilt

Als ich am nächsten Tag aufwachte, galt mein zweiter Gedanke meiner Hand: War sie bereits ein riesiger, angeschwollener Klumpen, der unter den Verbänden hervorquoll?

Gestern abend hatten wir (trotz Mycrofts verrückter Versicherung, daß das nicht nötig sein würde) beschlossen, am Morgen als erstes nach Bunbury ins Krankenhaus zu fahren und die Verbrennungen von Experten behandeln zu lassen. Ich hatte fest damit gerechnet, die Nacht mit Schmerzen verbringen zu müssen – aber dann hatte ich wie ein Baby geschlafen und von Gramarye und allerhand angenehmen Dingen geträumt: von blühenden Blumen, von unseren Freunden aus dem Tierreich, von Sonnenschein und strahlend blauem Himmel. Ich hatte nicht einmal ein Stechen verspürt.

Nachdem wir zu Hause angekommen waren, hatte ich Bob anrufen und ihm die schlechte Nachricht mitteilen wollen, aber Midge hatte es mir ausgeredet. Warte ab, hatte sie gesagt. Warte ab.

Für den Rest des Abends hatte Midges sanfte Aufmerksamkeit ausschließlich mir gehört; sie hatte sogar jeden meiner freiliegenden und wund aussehenden Finger geküßt – als könne sie auch damit zu ihrer Besserung beitragen. Ich hatte in jeder Hinsicht geschwelgt, obwohl ich den Zeitpunkt fürchtete, an dem das starke Schmerzmittel nachließ, das zweifellos in das grüne Zeug gemischt worden sein mußte (Kinsellas Versicherung, daß es nur ein Antiseptikum gewesen sei, nahm ich nicht sonderlich ernst). Gnädigerweise ließ es nicht nach.

Midge war neben mir eingeschlafen und sah aus wie ein zehnjähriges Mädchen, was meine *ersten* Gedanken beinahe kriminell machte; aber ich erinnerte mich bald an meine Hauptsorge. Mein linker Arm war unter das Laken gesteckt, und ich hatte Angst nachzusehen. Ich spürte ein leichtes Unbehagen da unten – die Verbände fühlten sich fest an –, aber da war kein pochender Schmerz. Möglich, daß der Schlaf mein Gehirn noch betäubte; ich biß die Zähne zusammen und wartete auf den Schmerz. Er kam nicht, und ich brachte den Mut auf nachzusehen.

Ich zog die Laken weg und hob meine verletzte Hand langsam vor mein Gesicht. Wenn überhaupt, dann hatten sich während der Nacht höchstens die Verbände gelockert; das Unbehagen war eher auf das klebrige Pflaster zurückzuführen, das sie hielt, als auf einen Druck von geschwollenem Fleisch. Die freiliegenden Finger waren nur mehr leicht rötlich verfärbt. Ich winkelte sie an, und sie waren nicht einmal steif. Ich wackelte mit dem Handgelenk, und meine Hand bewegte sich ganz lokker – der Verband war das einzige Hindernis. Ich wedelte mit meinem Arm in der Luft, und es war phantastisch – ich konnte ihn bewegen, und da waren keine Schmerzen, es war unglaublich!

»Midge?« Sie schreckte hoch, die Augen geweitet.

»Midge! Mein Arm! Er tut überhaupt nicht mehr weh!«

Sie schaute von meinem Gesicht auf meinen Arm, und sie stieß einen Freudenschrei aus. Sie klatschte in die Hände, wollte meine erhobene Hand begeistert umklammern – und hielt im letzten Moment inne.

»Mike, bist du sicher?«

»Ob ich sicher bin? Jesus, Midge, glaub mir, ich weiß, ob es wehtut oder nicht. Da, ich kann jeden einzelnen Finger bewegen.« Ich zappelte demonstrativ damit.

»Ich hab's gewußt, Mike, ich hab's wirklich gewußt! Ich war so überzeugt davon, daß alles gut werden wird!«

»Dann hast du an dieses Mycroft-Zeug geglaubt?«

»Nein, aber als wir hier ankamen, war ich ganz sicher! Ich kann's auch nicht erklären ...«

Und sie versuchte es auch gar nicht. Plötzlich hing sie mir am Hals, und wir fielen in die Kissen zurück.

»He, he, nur die Ruhe!« rief ich und hielt die verbundene Hand recht starr hoch. »Zuviel Aufregung könnte das Wunder ruinieren.«

Sie erstickte mich beinahe mit ihren Küssen. »Ich hab's gewußt, ich hab's gewußt!« flüsterte sie immer wieder.

Ich streichelte mit meiner gesunden Hand über ihren Rücken und zog sie behutsam zurück.

»Komm schon, sehen wir erst richtig nach, bevor wir abheben, okay? – Uns ist beiden klar, daß das, was hier geschieht, eigentlich gar nicht geschehen kann. Du hast selbst gesehen, was passiert ist – ich hab' in kochend-heißem Kühlerwasser geduscht und –«

»Klar, du hast völlig recht«, sagte sie in gespieltem Ernst. »Die Magie hat kein bißchen funktioniert, wir bilden uns das alles nur ein.«

Sie nahm mich auf den Arm; sie hatte diese letzte Bemerkung nicht so gemeint. Jedenfalls nicht bewußt.

Ich hielt den Arm zwischen uns hoch. »Okay, Kobold, ich wünsche, daß du diesen Verband ganz, ganz langsam abnimmst, und wenn es wehtut, dann werde ich dich das mit einem Schrei wissen lassen. Möglich, daß wir dann wieder auf den Boden der Tatsachen zurückkommen.«

Sie schälte vorsichtig das Pflaster ab und begann, den Verband abzuwickeln; die Gaze darunter löste sich. Es dauerte weniger als fünfzehn Sekunden, bis mein Unterarm und die Hand vollständig freigelegt waren.

»Wow!« – Es war kaum mehr als ein Hauch, was mir da über die Lippen kam.

Die Haut sah ziemlich zart und empfindlich aus, und sie war fleckig rot, aber da gab es keine Blasen, keine Runzeln und keine Brandmale. Es war der schönste Arm der Welt.

Bewegliche Bilder

Ich kam erst am späten Donnerstagnachmittag nach Gramarye zurück. Die Aufnahmesession war phantastisch gelaufen – und Collins war definitiv einer der professionellsten Musiker/Sänger in diesem Geschäft und außerdem einer, mit dem auszukommen war (jedenfalls, solange man seinen Job *auch* richtig machte); Bobs und mein Song klang hundertmal besser, als er wirklich war.

Sie hatten mich eingeladen, auch noch ein paar von den anderen Stücken mit ihnen einzuspielen, und ich hatte angenommen; natürlich. Ich hatte jeden einzelnen lockeren und unbeschwerten Augenblick genossen. Das war am Mittwoch gewesen; bis dahin war mir nicht klargewesen, wie sehr ich die Scene vermißt hatte. Jetzt kam das Begreifen wie mit einem Hammerschlag, und es war großartig, hinterher in der nächsten Bar von Bob und den beiden anderen Musikern alle Neuigkeiten der letzten Zeit zu erfahren.

Und so begann der Zug durch die Gemeinde. Ich war gut drauf und dementsprechend leicht zu führen. Auch erleichtert, daß mich meine Finger nicht im Stich gelassen hatten (in den vorangegangenen beiden Tagen hatte ich ernsthaft geübt, um die leichte Steifheit loszuwerden, die noch in den Fingern verblieben war – was jedoch genausogut auf die lange Ruhepause zurückgeführt werden konnte). Irgendwann gab es da einen überraschend hartnäckigen Hornissenschwarm in meinem Kopf, und der überlagerte letzten Endes alle Vorsicht und Zurückhaltung; ohne Rücksicht auf Verluste erzählte ich von meinem Unfall – und von der wundersamen Heilung.

Bob nahm das Ganze keine Sekunde lang ernst; er stellte die Theorie auf, daß ich wohl recht schnell ausgewichen sei . . . Ein bißchen verbrüht, okay, aber nicht schlimm. Er war davon überzeugt, daß ich eine Show abzog. Sicher, meine Hand und der Arm waren eher rosa als normal, und da gab es auch ein paar schlimme Flecken in meinem Gesicht, aber es konnten trotzdem nur oberflächliche Verletzungen gewesen sein. Ich erzählte ihm von den Synergisten und von Mycrofts Kunststückchen mit der gefärbten Flüssigkeit. Mächtig verrückt, lautete Bobs Kommentar.

Er schlug vor, daß ich bei ihm übernachten sollte, und ich

mußte zugeben, daß der Gedanke, voll, wie ich war, nach Hampshire zurückzufahren, nicht gerade verlockend war. Also suchte ich mir ein Telefon und rief Midge an.

Sie war auch der Meinung, daß es ziemlich gewagt sei, so spät noch so weit zu fahren, und riet mir, bei Bob zu bleiben und mich zu amüsieren. Aber paß auf dich auf, warnte sie, und ich wußte sehr genau, was sie damit meinte: Manchmal war Bob ein ziemlicher Schneemann.

Ich schwärmte ihr noch eine Weile über die Arbeit mit Collins vor, und sie freute sich mit mir und erzählte dann, daß sie den Tag mit Malen verbracht und ansonsten das Alleinsein genossen hatte – mich aber natürlich sehr vermißte. Wie sehr? Wie hoch sind die Berge, wie tief ist das Meer ...?

Ich kündigte ihr an, daß sie für ihren Spott bezahlen müsse, sobald ich nach Hause kam, und dann überkam uns beide eine gewisse Rührseligkeit, und wir versicherten einander, daß es wirklich schrecklich war, nicht zusammen zu sein, daß wir diesen Zustand haßten, auch wenn er nur einen einzigen Tag andauerte, daß es irgendwie unnatürlich war, voneinander getrennt zu sein, und daß Liebe etwas war, das wehtat – Sie kennen das. Klischees und triviales Zeug, meinetwegen – aber wir meinten es ernst. Ich hatte Tränen in den Augenwinkeln, als ich zu Bob und den anderen zurückkehrte.

Dennoch gelang es mir, mich zu amüsieren. Wir gingen essen, und gegen ein Uhr morgens liefen wir ziemlich aufgekratzt in Bobs Reihenhaus in Fulham ein. In der Zwischenzeit war die Stimmung noch besser geworden. – Seine neue Freundin (Bob war zum zweiten Mal verheiratet, lebte zur Zeit allerdings getrennt von seiner zweiten Frau) war bereits zu Bett gegangen und weigerte sich entschieden (und ein wenig verstimmt, hatte ich das Gefühl), an unserer Party teilzunehmen. Wir spielten die heißen alten Hardrockscheiben, bis energische Klopfsignale an den Wänden andeuteten, daß auch die Nachbarn nicht gerade in Partystimmung waren. Kurz darauf gingen unsere Kumpel, und Bob und ich schwelgten allein in den Erinnerungen an die großen alten Zeiten, die wir gemeinsam überstanden hatten – wie oft hatte es Wirbel gegeben, wie oft waren wir in der Klemme gewesen. Unser Vorrat an Bierdosen schmolz rapide zusammen. Es war eine gute Nacht, eine Nacht zum Reden, und ich war froh, daß der gute alte Bob keine anderen Stimulationen brauchte als das Bier, das wir tranken, und unsere Unterhaltung. Ich habe keine Ahnung, wann wir schließlich abgestürzt sind.

Ich erwachte irgendwann gegen Mittag, auf einem Sofa ausgestreckt, die Schuhe ausgezogen und mit einem über mich geworfenen Morgenmantel. Bob war (überraschenderweise) schon vor zehn aufgewesen und weggegangen, um ›ein Geschäft klarzumachen‹ – wie er das wohl nannte; seine Freundin Kiwi (ich weiß bis heute nicht, wie sie wirklich heißt oder warum sie Kiwi genannt wird) setzte mich davon in Kenntnis, als sie mir eine riesige Kanne mit starkem, schwarzen Kaffee reichte. Ich saß da wie ein Zombie, trank Kaffee und versuchte, meinen Kopf klarzukriegen; und nach einer Weile (eigentlich, als sie nur ein paar Schritte von mir entfernt den Staubsauger aufheulen ließ) war ich der Meinung, daß es Zeit war aufzubrechen.

Kiwi war erfreut genug, um ihr Turbo-Foltergerät noch einmal abzuschalten, und ich informierte sie, daß ich mich jetzt auf den Weg machen würde; sie lächelte bezaubernd.

»Ich freu' mich auf Samstag«, sagte sie. Und ich fragte: »Samstag?« »Bevor Bob ging, hat er mir gesagt, daß Sie uns zum Mittagessen eingeladen haben«, trällerte sie. – »Oh, ja«, sagte ich schlapp und erinnerte mich vage daran. »Okay, also bis dann«, fügte ich hinzu. – »Ich freue mich«, wiederholte sie. Dann dröhnte der Staubsauger wieder los, und ich war sehr schnell unterwegs.

Auf der Rückfahrt nach Hampshire legte ich nur einen kurzen Halt ein, für einen kleinen Imbiß und einen ebenso kleinen Nachschlag an Flüssignahrung, und natürlich wollte ich die Gelegenheit nutzen, um Midge anzurufen und sie über meine bevorstehende Rückkehr zu informieren. Ich ließ es zweimal durchläuten, aber in Gramarye nahm niemand ab; dementsprechend vermutete ich, daß sie spazierengegangen war, obwohl das Wetter ausnahmsweise einmal nicht so großartig war – kein Regen, aber bewölkt. Einkaufen konnte sie nicht sein, weil ich den Wagen hatte.

Bald darauf war ich wieder unterwegs, und das Pochen in meinem Hinterkopf ließ schließlich nach. Als ich die Grafschaft Hampshire erreichte, fühlte ich mich wieder ziemlich gut, obwohl ich mich auf mein Bett freute – die letzten Reste des Katers mußten beseitigt werden.

Schließlich erreichte ich Cantrip und fuhr die Hauptstraße entlang. Plötzlich entdeckte ich Reverend Sixsmythe auf seinem

Fahrrad. Ich hatte ihm seine Schauergeschichte von Ma Chaldeans Tod noch immer nicht ganz verziehen, weil er Midge damit ziemlich durcheinandergebracht hatte (ganz zu schweigen von mir), und so spielte ich ein bißchen mit Rachegedanken; beispielsweise könnte man herzhaft hupen, während man ihn überholte ... Möglich, daß ihn das vom Sattel riß ... Nun, ich widerstand der Versuchung.

Aus dem Dorf hinaus, dann auf die einsamen Landstraßen – und in den Wald. Zaghafte Regentropfen sprenkelten die Windschutzscheibe des Wagens.

Ein paarmal abbiegen, und, Gott segne es, da war es – ein Klecks in der Ferne. Ich strahlte übers ganze Gesicht, als ich auf dem Grasstreifen neben Gramaryes Garten vorfuhr. Jetzt drückte ich doch auf die Hupe, nur um Midge zu signalisieren, daß ich wieder da war. Ich stieg aus, öffnete die Hecktür, hievte meine beiden Gitarrenkoffer heraus und stellte sie auf dem Boden ab, während ich den Wagen abschloß. In jeder Hand eine Gitarre, kletterte ich über den Zaun, statt zum Tor zu gehen, und schlug mich quer durch die Blumenbeete zum Weg – immer in der Erwartung, jeden Moment Midge in der Türöffnung auftauchen zu sehen. Aber ich wurde enttäuscht. Entweder hatte sie mich nicht gehört, oder aber sie war noch nicht von ihrem Spaziergang zurückgekehrt. Andererseits ... sie konnte unmöglich die ganze Zeit über weggewesen sein; das Wetter war wirklich nicht gerade einladend. Vielleicht war sie eingeschlafen oder im Bad. Beides wäre meinen Absichten sehr entgegengekommen.

Ich blickte zu den Fenstern im oberen Stock hoch; sie waren dunkel und leblos.

Ein leises, kratzendes Geräusch, und meine Aufmerksamkeit richtete sich auf die Haustür. Da war Rumbo – er schnupperte am Anstrich. Er drehte sich um, und seine Miene schien zu sagen: »Also, wo zum Teufel hast du gesteckt?«

»Komm schon, Rumbo, laß einen erschöpften Mann in sein Haus«, forderte ich das Eichhörnchen auf und schob es mit einem Fuß sanft beiseite.

Ich kramte meine Schlüssel heraus, überlegte es mir jedoch anders und drückte probeweise erst die Klinke. Wie beinahe erwartet, hatte Midge trotz all meiner Warnungen nicht abgesperrt. Wir sind nicht mehr in der großen, bösen Stadt, hatte sie mich immer zurechtgewiesen.

Ich drückte die Tür auf, und Rumbo hastete vor mir hinein. Drinnen war es mächtig düster, und ich hatte eine unappetitliche Vision von einer verwesenden Leiche, die am Küchentisch saß – und jetzt herumschwang und mich mit einem lippenlosen Grinsen begrüßte. Oh, Stringer, du mußt diese kleine Geschichte des Vikars vergessen!

»Midge! Bist du da?« Ich setzte die Gitarrenkoffer ab und tappte zur Treppe hinüber. »Midge? Der Boß ist wieder da!«

Sie war nicht da; bestimmt nicht. Das Haus war so still, daß es schon wieder *laut* war.

Enttäuscht ging ich in den angrenzenden Raum durch und füllte den Wasserkessel. Rumbo war mir vorausgeeilt und flitzte über den alten, gußeisernen Herd.

»Geh nicht den Kamin hoch«, riet ich ihm. »Du wirst so schwarz herunterkommen, daß dich deine eigene Familie nicht mehr erkennt. Und wie ich gehört habe, habt ihr roten Eichhörnchen schon genug Ärger mit den grauen gehabt – also, stell dir vor, was passiert, wenn plötzlich ein *schwarzes* Eichhörnchen in der Nachbarschaft auftaucht.«

Er spähte hinauf in das, was für ihn wohl eine Art Lichtschacht sein mußte, und nahm meinen Rat an. Er hüpfte vom Ofen herunter und hinüber zum Kühl- und Gefrierschrank; geschickt turnte er hoch, erreichte seinen Ausguck und bleckte – an mich gewandt – die winzigen Zähne.

»Okay, Bursche, ich weiß, was du willst.« Ich griff zu einem Regal hoch, holte die Keksdose herunter und schraubte den Deckel auf. »Einen für dich, einen für mich.« – Ich warf ihm seine Ration zu, er fing sie geschickt mit beiden Pfoten auf und mampfte sofort los. Mein Keks war nach zwei Bissen weg, er brauchte wesentlich länger; er nagte niedlich am Rand entlang, immer rundherum (und schob und drehte mit den Pfoten entsprechend nach) – und gelegentlich spähte er in meine Richtung, vermutlich um festzustellen, ob mit Nachschub zu rechnen war.

Er war wirklich ein faszinierender kleiner Kerl, liebenswert dreist (einmal hatten wir ihn behaglich in unserem Bett schlafend gefunden, tief unter dem Laken vergraben), aber auch energisch – er wußte seinen Kopf durchzusetzen (eines Morgens war er über den Küchentisch gerannt und hatte die Zuckerdose umgeworfen; als ich mit ihm geschimpft hatte, war er auf dem Küchenschrank in Stellung gegangen – und hatte mich mit einer Speckschwarte bombardiert). Noch vor einem Monat hätte ich niemandem geglaubt, daß ein Tier – oder zumindest ein wild lebendes Eichhörnchen – so zahm sein könnte oder so schlau (er wußte immer, wann Frühstück oder Mittagessen serviert wurden, und es kam nur selten vor, daß er zu diesen Zeiten nicht auftauchte).

Dampf stieg aus dem Kessel auf, und ich löffelte löslichen Kaffee in eine Tasse, gab ein Stück Zucker dazu und Milch. Als ich das kochende Wasser darübergoß, kam die Nervosität – nicht zum ersten Mal seit letztem Sonntag. Du hast Glück gehabt, das ist alles, sagte ich mir; Glück, daß die Synergisten aufgetaucht sind, und Glück, daß du deinen Arm gleich unmittelbar nach dem Unfall in dieses Gebräu Marke Märchenmilch hast legen können. Die Formel dafür konnten sie für eine Million auf den Markt bringen. Nein, für mehrere Millionen. Sie mußten nur den Hände-halten-Voodoo-Teil herausschneiden, wenn sie ernst genommen werden wollten. Nur ein Antiseptikum? Mann! Für was hielt mich dieser Kinsella?

Ich trank den Kaffee mit kleinen Schlucken – und verbrannte mir die Lippen. Vielleicht wurde das grüne Heilmittel ja längst umter den Ladentheken verkauft? Das würde erklären, weshalb sie sich einen so großen Besitz wie Willerby Hall leisten konnten. Ihre Geheimniskrämerei ergab nicht viel Sinn, aber andererseits, wenn sie die ausgeflippten Sektierer waren, für die ich sie hielt, dann war das auch nicht nötig. – Es machte das Ganze nur interessant.

Ich verließ die Küche und nahm die Kaffeetasse mit. Rumbo schlang den restlichen Keks hastig hinunter und stürmte vor mir die Treppe hinauf. Das Fehlen der Sonne verwandelte die Atmosphäre dieses Ortes, das ganze Haus war ungewöhnlich glanzlos und grau – ein bizarrer Kontrast zu all den anderen Tagen. Ein langer, stürmischer Winter würde uns beiden zur Qual werden, soviel stand fest. Aber gab es solche Zeiten nicht überall, egal, wo man auch lebte? Ich ging den Flur entlang und direkt ins Schlafzimmer – habe ich erwähnt, daß wir inzwischen in den größeren Raum umgezogen waren, in denjenigen, in dem zuerst der Riß in der Wand behoben und übermalt hatte werden müssen. Keine Spur von Midge; sie war nicht eingeschlafen. Ich fegte Rumbo vom leeren Bett herunter, wo er bereits den Kampf gegen das oberste Laken aufgenommen hatte, und ging ins runde Zimmer hinüber. Selbst hier war es düster.

Der Geruch frischer Farbe hing in der Luft, und da es ein vertrauter Duft war und einer, den ich mit meiner Lebensgefährtin assoziierte, war er nicht unangenehm. Ihre Staffelei stand in einem spitzen Winkel zu einem der Fenster, und mir fiel ein, was sie mir gestern erzählt hatte. Sie hatte gemalt, und für mich war jede neue Illustration von Midge eine Freude. Ich durchquerte den Raum.

Bevor ich die Staffelei umrundete, stellte ich meinen Kaffee auf dem kleinen Beistelltisch ab, auf dem ihre Farben, Pinsel und all der nötige Kleinkram ausgebreitet waren. Wir hatten ein stilles Übereinkommen – weder mir noch sonst irgend jemandem war es erlaubt, mit gefährlichen Gegenständen in die Nähe ihrer Staffelei zu kommen. Ich hatte den Fehler einmal gemacht, kurz nachdem wir uns kennengelernt hatten; ich hatte ihre Arbeit bewundert – und dabei eine Bierdose geöffnet; dreimal dürfen Sie raten, wohin der Schaum gespritzt ist. Midge hatte es mir nicht so sehr übelgenommen, aber ich hatte mir damals geschworen: *nie wieder*.

Ich stellte die Tasse also in sicherer Entfernung ab, umrundete die Staffelei und sah mir ihre Arbeit an. Und war augenblicklich völlig hingerissen.

Sie hatte Gramarye gemalt, in ihrer Lieblingstechnik, in Guache.

Sie hatte ihre Staffelei offensichtlich auf dem Grasstreifen vor dem Gartentor aufgebaut gehabt, denn das Haus war aus dieser Perspektive gemalt, der Garten mit seinen wilden Farbmustern im Vordergrund, während der Wald im Hintergrund seltsam brütend wirkte; aber dies alles war unbedeutend gegen Gramarye selbst – die Mauern waren peinlich detailgetreu ausgeführt; es gab genau die Markierungen, die auch die echten Wände trugen, und die Dachziegel waren genauso abgenutzt wie die echten Dachziegel. Vielleicht waren die Farben ein wenig übertrieben – kein Dach konnte jemals ganz so perfekt die Schattierung von Rostrot annehmen, kein Grashalm und kein Baum konnten jemals so intensiv grün sein – doch dies alles vermittelte die wirkliche Kraft unseres Zuhauses und dessen nächster Umgebung, jene belebende Aura, die wir beide vom ersten Tag an gespürt hatten und die nur Midge mit ihrer einzigartigen und handwerklich geschickten Sensibilität darstellen konnte. Glauben Sie mir, meine Knie wurden tatsächlich weich, als ich das alles in mich aufnahm.

Draußen brach die Sonne durch die Wolken und überflutete den Raum mit strahlender Wärme, und ihr Schein traf auf die klaren Farben vor mir, so daß sie blendend und in funkelnder Energie hoch- und tief in mich hinein*brandeten* und das Bild in meinem Kopf reproduzierten – nicht nur nachbildeten –; gerade so, als habe es sich dort verfestigt, als sei es so wirklich wie das Original.

Erinnern Sie sich noch an den Tag, an dem Midge und ich das Haus besichtigt haben? An meinen um Jahre verzögerten Trip (nun, jedenfalls hatte ich es damals so genannt)? Okay, jetzt ging es wieder los. Entweder war ich es, der zu schwanken begann, oder das Zeichenbrett; das Bild veränderte sich; die Konturen darauf schwankten zwischen scharf und unscharf.

Die Sonne hinter mir brannte auf meine Schultern und meinen Kopf herunter, und irgend etwas geschah ... Die Hitze wurde unerträglich, etwas Grelles, Stechendes. Vage bekam ich mit, daß ich mich bewegte; daß ich einen Schritt machte, daß meine Knie nachgaben – und das in meinem Kopf festsitzende Bild schwoll an, dehnte sich aus, wurde zu gigantisch, als daß es noch Platz darin hätte, es drohte, sich über mein Gehirn hinaus auszuweiten und gegen die Innenseiten meines Schädels zu stoßen. Der Druck wurde fast unerträglich.

Auf phantastische und beängstigende Art und Weise zugleich wurde ich ein Teil von Midges Bild, darin lebend und *atmend,* so real, als stünde ich draußen vor dem Gartentor; nur – ob ich wahrhaftig in dieses Bild eingetaucht war oder ob das Bild in mich eingetaucht war, das wußte ich nicht. Der Geruch frischer Farbe war nur mehr schwach, aber die vielfältigen Düfte der Blumen, des Grases, selbst des Zauns, der Straße – des Himmels! – waren betäubend.

Ich halluzinierte und war mir dessen vollkommen bewußt. Aber nichts, keine noch so große Willensanstrengung, konnte mich zurückbringen. Ich bin davon überzeugt, daß ich aufgeschrien habe – denn ich hatte Angst, ich hatte solche Angst!

Alles war eine Farbreplik, eine Illustration, und alles war real – der Himmel war real, der Wald war real, und Gramarye auch, stilisiert, die Farben noch zu frisch, zu künstlich, das Ganze viel zu sehr ein verdammtes Märchenhaus; aber real. Real. Und die Wolken bewegten sich, und es zogen Vögel träge über den Himmel. Das Bild lebte und existierte. Aber es war nur Farbe! Sich bewegende, *atmende* Farbe! Und ich war ein Teil davon!

Und da war der Weg; zu beiden Seiten duckten sich die Blumen unter einem sanften Windhauch. Und natürlich führte dieser Weg direkt zur Haustür. Die offen stand. Und die frostige Dunkelheit dahinter lud mich ein; eine anziehende Leere, die nicht wirklich leer war – oh, nein, ich sah nichts und niemanden, aber ich wußte, etwas, *jemand* war da. Jemand saß am Küchentisch. Jemand, der eigentlich ein *Etwas* war. Und dieses Etwas begann sich jetzt zu bewegen, begann sich zu erheben; es stützte sich auf dem Tisch ab, auf dem eine Tasse voll schimmelndem Tee stand, Tee, den niemand mehr trinken würde und in dem winziges, wimmelndes Leben schwirrte.

Und der Jemand, der jetzt nur noch ein Etwas war, ein Schatten inmitten all der anderen Schatten, kam zur Tür; mehr schlurfend als gehend; kam, um mich zu begrüßen, kam, um mich heranzulocken. Er – es – würde die Hand heben ... würde mir winken. Ich wußte es. Und dann – sah ich es; ich sah die Finger, die nur mehr Knochen waren und an denen dünne Klumpen verwesenden Fleisches hingen.

Und dieses Etwas war beinahe an der Tür, fast im Licht. Doch es verharrte; die Helligkeit entblößte viel zuviel; Licht war unnatürlich für ein solches Ding. Aber ich konnte den Finger sehen, ich konnte sehen, wie er sich nach innen krümmte, wie mir damit bedeutet wurde, näher zu kommen ... wie mir bedeutet wurde, daß *es* mich haben wollte.

Und ich begriff, daß ich mich in Bewegung setzte. Ich öffnete das Tor, ich trat ein in diesen verwunschenen Garten, ich ging den Weg entlang, und ich dachte darüber nach, weshalb ich keinen Widerstand leistete, und ringsum begannen die Blumen zu welken, zu zerfallen; die Blütenblätter verfärbten sich braun und starben ab, und die Haustür stand weit offen für mich, und dahinter war eine Dunkelheit, die wartete, und etwas, das *in* dieser Dunkelheit wartete.

Und das Tageslicht verging; die Mauern des Hauses waren grau, die Fenster schwarz, und das Dach war schlammdunkel geworden, und da waren dunkle Löcher, wo Dachziegel fehlten, und wie das Licht schwächer wurde und schwächer, wie die Sonne ganz von gemalten ebenholzschwarzen Gewitterwolken verschluckt wurde, da flatterten Kreaturen aus diesen Löchern hervor und wirbelten in der schweren, düsteren Luft umher und kreischten mir ihr Willkommen zu – ein bizarrer Reigen über dem Haus, eine Sintflut dunkler Körper, die sich hob und senkte, ohne sich mir zu nähern, zufrieden damit, abzuwarten, bis ich eingetreten war. Erst dann würden sie kommen ...

Ich war dicht vor der Tür, und irgend etwas in mir bäumte sich auf, versuchte, mich zurückzuhalten; meine Schritte waren schwerfällig, meine Schultern straff nach hinten gedrückt. Aber ich setzte meinen Weg fort, langsam, schleppend; vorangezwungen von dem Etwas, das ich unmittelbar jenseits der Schattengrenze lauern *wußte*, von dieser Kreatur, die mich beobachtete und geduldig erwartete.

Ich setzte den Fuß auf die Schwelle. Und das Etwas schob sich vor. Und trotz der Düsternis konnte ich sehen, daß da kaum mehr ein Gesicht war und daß sich verwesende Hände nach mir ausstreckten – und mein Mund klaffte auf in einem lautlosen Schrei ...

... und eine Stimme rief mich zurück ...

Beschuldigt

Zuerst ihre Stimme und dann sie, Midge; sie stand im Flur, und die Tür hinter ihr war weit offen, und das Grün draußen verschwamm im Nieseln des Regens.

Sie starrte mich an, als sei ich ein Eindringling, ein Dieb in ihrem geliebten Haus, und ich fühlte mich genauso.

Die illustrierte Szene, die mehr in meinem Geist gewesen war als auf jenem Zeichenbrett, wurde mir wie in einem Strudel entrissen, dessen Quelle das Gemälde selbst war. Visionen von zupackenden Knochenfingern zerbröckelten, lösten sich teilweise auf und wurden größtenteils verschluckt und davongesaugt. Ich taumelte zurück, plötzlich freigegeben von den sich spiralförmig drehenden Bildern, wie die abgesprengte erste Stufe einer Rakete, und prallte mit der Schulter gegen den Fensterrahmen hinter mir. Der jähe Schmerz peitschte meine Sinne noch mehr auf, und jetzt klärte sich meine Sicht rasch.

Da war Midges Gemälde, eine helle Landschaft bei Tag, im Wesen korrekt übereinstimmend mit dem Original, jedoch in der Darstellung idealisiert. Ein hübsches Landhaus in einer hübschen Umgebung. Aber ich hatte etwas Dunkles gesehen.

»Mike! Mike, was ist los?«

Ich drehte mich zu ihr um und lehnte noch immer schwach am Fensterrahmen. Ich war zu durcheinander, um etwas sagen zu können.

Midge kam zu mir, und ihre Haare und ihr Gesicht waren naß vom Regen, der Anorak, den sie trug, glänzte vor Nässe; sie kam zu mir, und ich brach fast in ihren Armen zusammen.

»Du siehst schrecklich aus«, sagte sie. »Du bist so blaß. Und deine Augen . . . oh, Gott, deine Augen!«

»Hilf mir. . . muß mich setzen.«

Ich verstand kaum meine eigenen Worte, so verzerrt waren sie, aber Midge wußte Bescheid; sie sah, daß ich kaum mehr in der Lage war zu stehen. Sie führte mich zum Sofa hinüber und stützte mich, als ich mich niederließ. Dankbar lehnte ich mich gegen die Kissen zurück.

Ich starrte zu ihrer Staffelei hinüber, aber aus diesem Blickwinkel waren Zeichenbrett und Bild nicht zu sehen. Midge streichelte meine Wange, ihre Hand war feucht und kalt. Dann verließ sie das Zimmer und kam gleich darauf mit einem kleinen Wasserglas zurück.

»Brandy«, sagte sie und hielt mir das Glas an die Lippen.

Ich nahm es ihr ab, kaum fähig, es richtig zu halten. Der Brandy schmeckte entsetzlich, aber der wärmende Schock tat gut.

»Oh, Midge, du kannst dir nicht vorstellen . . .«

»Deine Augen sind blutunterlaufen, Mike. Wie viel hast du gestern getrunken?«

»Das Bild . . .«

»Okay, vielleicht gefällt es dir nicht, aber glaubst du nicht, daß die Reaktion ein bißchen übertrieben ist?«

»Hör auf, Midge, das ist kein Spaß . . .« Ich nahm einen Schluck von dem Brandy.

Das Glas an meinem Mund zitterte, und sie hielt meine Hand fest. »Sag mir, was los ist«, bat sie mich ganz leise.

»Mein Gott, es ist dieser Ort, Midge. Irgend etwas geht hier vor, das wir nicht verstehen.«

»Komm schon, Mike, wie kannst du das sagen?« wies sie mich zurecht. »Dieser Ort ist vollkommen, und du weißt das.«

»Das Bild hat sich verändert . . . bewegt! Ich hab's mir angesehen, und es hat sich verdammt nochmal bewegt . . .«

Sie sah mich sehr verständnisvoll an – in etwa so, als wäre ich verrückt geworden.

»Es ist wahr, Midge! Es ... es ist lebendig geworden! Ich habe ... Dinge gesehen ... Bewegungen ... ich konnte die Blumen riechen, den Wind *spüren*. Und da war jemand im Haus, und ich bin ganz sicher, daß ich weiß, wer das war ...«

Ich erwartete Verwunderung, Unverständnis. Ich erwartete Betroffenheit, vielleicht sogar eine gewisse Besorgnis hinsichtlich meines Geisteszustandes. Was ich nicht erwartete, war ihr Zorn.

»Was, zum Teufel, habt ihr beide gestern nacht bloß gemacht? Du hast es mir versprochen, Mike, du hast es mir versprochen! Nichts mehr von diesem Zeug! Kein Stoff mehr!« Und mit ihrem Zorn kamen die Tränen.

»Unsinn, Midge! Ich schwör' dir, Bob und ich haben getrunken, aber das war alles. Du weißt, daß ich dich nicht –«

»Lügner!«

Ich hätte beinahe das Glas fallen lassen. Sie hatte diese Anschuldigung gekreischt, und ihre Augen loderten hinter dem feuchten, glitzernden Tränenschleier.

»Wir haben nur getrunken –«

»Sie haben dich gewarnt, die Ärzte haben dir gesagt, mit was für Konsequenzen du rechnen kannst! Sie haben dir klargemacht, was für ein unverschämtes Glück du gehabt hast, daß du am Leben geblieben bist, damals! Allmächtiger Gott, Mike, hast du daraus denn nichts gelernt? Wir sind hierher gezogen – und einer unserer Gründe war, daß wir von diesem Haufen weggekommen, von dieser verdammten Scene. Und jetzt – eine Nacht allein, und –«

»Das stimmt nicht! Was ist bloß in dich gefahren?«

»In mich? Du bist derjenige, der durchdreht! Du behauptest, daß sich ganz normale Bilder bewegen! Was hast du gestern nacht genommen? Wieder Koks? Heroin? Oder die weichen Sachen? – wie damals? Ich hab' dir schon vor Jahren gesagt, daß ich es hasse, dich auch nur auf dem weichen Trip zu sehen! Bedeutet dir das denn so wenig?«

In diesem Augenblick war mir natürlich nicht klar, daß ihre Heftigkeit weniger gegen mich gerichteter Zorn war, als vielmehr Abwehr gegen eine Erkenntnis, die sie sich nicht eingestehen wollte. Erst viel später fand ich heraus, daß Midge lange vor mir zu begreifen begonnen hatte; aber sie hatte die Unwirklichkeit nicht in Frage gestellt sehen wollen, sie hatte sich dagegen gewehrt, daß Logik zerstörte, was in ihrem Innern wuchs und in Gramarye wiedererwachte. An diesem Nachmittag verstand keiner von uns beiden, was mit uns geschah.

»Midge, du kannst Bob fragen. Ich habe ihn für dieses Wochenende eingeladen . . .«

»Oh, großartig! Der gute Bob ist genau die Person, die ich hier sehen will!«

»Jetzt übertreibst du aber! – Warum hörst du mir nicht erst einmal zu?«

»Was denn? Wie du mir deine Halluzinationen beschreibst? – Glaubst du, das macht mir Spaß?«

»Die Tiere hier, der Vogel mit dem gebrochenen Flügel, und dann die Blumen im Garten draußen – wir haben gedacht, sie würden eingehen, aber sie haben sich erholt, und wie; nichts von all dem ist natürlich.«

»Woher willst du das wissen? Was weißt du denn schon von den Dingen, die nichts mit der Stadt zu tun haben . . . und mit der Gosse!«

Ich starrte sie entsetzt an, und sie mied meinen Blick.

Midge kauerte sich vor mir auf dem Boden nieder, und ihr Brustkorb hob und senkte sich in krampfartigen Stößen, als könne ihr Zorn kaum zurückgehalten werden. Aber dann hatte sie sich wieder gefangen, und sie sagte leise, fast ärgerlich: »Ich hab's nicht so gemeint. Es tut mir leid –«

Sie brach ab, stieß sich weg und hoch, und jetzt brachen die Tränen endlich durch und perlten über ihre regenfeuchten Wangen. Sie rannte davon und knallte die Schlafzimmertür hinter sich zu. Ich konnte ihr Schluchzen hören.

Ich saß benommen da. Auch durcheinander. Völlig. Was, zur Hölle, war geschehen? Mit mir. Mit ihr. *Was, zur Hölle, war nur geschehen?*

Ich schüttete den restlichen Brandy in mich hinein und erstickte fast an der rauhen Hitze, dann stellte ich das Glas auf dem Boden ab. Ich wischte mir Augen und Wangen mit beiden Händen ab und war mir nicht sicher, was feuchter war, mein Gesicht oder meine Handflächen. Ich stemmte mich hoch; ich wußte, ich durfte diese Sache nicht auf sich beruhen lassen – Midge zuliebe nicht. Ich wollte sie nicht in ihrem irrtümlichen Elend hängenlassen. – Das scharrende Geräusch hörte ich im gleichen Sekundenbruchteil. Es war hinter dem Sofa laut geworden.

Ich drehte mich um, ängstlich, weil mir noch immer jede

Orientierung schwerfiel und weil ich verwundbar war; es gab nicht mehr viel, was ich an diesem Nachmittag noch ertragen konnte. Das Geräusch wiederholte sich. Ich tappte zum Sofaende und spähte in den schattigen Abgrund zwischen der Sofalehne und der gerundeten Wand. Und war erleichtert, als ich entdeckte, wer da unten versteckt war.

Ich rückte das Sofa von der Wand weg und befreite den winzigen, zitternden Rumbo; sein Schweif war aufgeplustert, seine Pfoten gruben sich in panischer Aufregung in den Teppich.

Mit einem schnellen, verschreckten Blick auf mich schoß er aus seinem Versteck, durch das Zimmer und durch die rückwärtige Tür (die immer noch offenstand) ins Freie; gleich darauf war er im Gestrüpp verschwunden.

Ich fragte mich, warum ich das Gefühl hatte, daß soeben ein sinkendes Schiff verlassen worden war.

Näher

Nach kurzem Überlegen beschloß ich, Midge vorerst in Ruhe zu lassen: Es würde leichter sein, mit ihr zu reden, wenn sie sich beruhigt hatte. Außerdem hatte ich einen gewaltigen Mahlstrom im Kopf, den ein weiterer Brandy möglicherweise besänftigte. Ich hob das Glas auf und ging in die Küche hinunter. Unsere gesamten Alhokolvorräte (beileibe nicht viele) waren im Küchenschrank unten verstaut (was als Getränkefach so gut war wie jeder andere Ort), aber die Brandyflasche stand noch dort auf dem Tisch, wo Midge sie hatte stehenlassen.

Ich zog den Stuhl zurück und griff nach der Flasche, noch bevor ich mich setzte. Der Brandy half nicht sonderlich; natürlich nicht – aber wenigstens hatte ich etwas zu tun, während sich meine Nerven beruhigten.

Vermutlich sind Sie der Meinung, daß ich ziemlich schwer von Begriff bin; es hat tatsächlich seine Zeit gedauert, bis ich gemerkt habe, daß es dort draußen auf dem Land nicht ganz mit rechten Dingen zugeht, aber nichts von alldem, was ich bisher erwähnt habe, schien – zu der Zeit, da es geschah – unnatürlich ... von diesem letzten Vorfall einmal abgesehen. Ungewöhnlich ja, aber nicht spektakulär. Möglich, daß es sich zu betonen lohnt: Der Verstand hat die Angewohnheit, das Unnatürliche natürlich erscheinen zu lassen. Selbst das sich ändernde Bild konnte als Halluzination vertuscht werden (und an diesem Abend *war* ich davon überzeugt, daß es eine Halluzination gewesen sein *mußte* – allerdings keine, die durch Drogen hervorgerufen worden war, wie Midge angedeutet hatte). Es gab hier einen Überfluß an Natur, das war alles. Und die Atmosphäre des Hauses schuf ihre eigene Magie; sie schärfte unsere Sinne und verzauberte Midges und meine Kreativität. Ich glaube daran, daß bestimmte Orte das jeweils Beste oder Schlechteste eines Menschen fördern können; Gramarye war solch ein Ort, und er hatte genau das mit Midge und mir gemacht. Vielleicht hatte das trübe Wetter in den letzten Tagen die Stimmung verändert, und aus gut war jetzt schlecht geworden – und hatte etwas Schlimmes aus unserem Inneren an die Oberfläche geholt; ich hatte Midge nicht oft so erlebt, das ist sicher.

Ich saß dort unten in der Küche (in der Flora Chaldean gestorben war) und trank und grübelte – und hoffte, daß ich Rumbo nicht für immer verschreckt hatte. Weiß Gott, wie ich ihm vorgekommen sein mußte, als es mich vor dem Bild gepackt hatte; kein Wunder, daß er hinter dem Sofa auf Tauchstation gegangen war. Den Blick, den er mir zugeworfen hatte, bevor er an mir vorbeigehastet war, würde ich nie mehr vergessen; als hätte ich ihm Eichhörnchenpastete angeboten, frisch aus dem Fleischwolf.

Das Glas war bald wieder leer, und ich widerstand der Versuchung, mir noch eins einzuschenken. Mein totales Ausrasten verwirrte mich noch immer, und gewisse Bemerkungen von Midge trugen auch nicht gerade zu meinem Seelenfrieden bei; fest stand – hier unten im Dunkeln zu schmollen war keine Lösung. Zeit, mit ihr zu reden, Zeit, die Sache aus der Welt zu schaffen. Ich stieg die Treppe hoch und schloß die rückwärtige Tür. Es hatte hereingeregnet, die Fußmatte war durchnäßt und fühlte sich ekelhaft an – ich wußte sehr genau, *wie* sie sich anfühlte.

Midges Anorak lag zusammengeknüllt auf dem Boden, und sie selbst lag beinahe genauso zusammengeknüllt auf dem Bett, die Beine hochgezogen, die Schultern vorgekrümmt, wie ein Fötus; sie sah sehr einsam aus. Die Luftfeuchtigkeit ließ den Raum modrig riechen. Ich blieb in der Türöffnung stehen und zögerte hineinzugehen; ich fühlte mich schuldig und wußte nicht, warum. »Midge . . .?« sagte ich zaghaft.

Keine Reaktion, zuerst. Dann stützte sie sich auf einen Ellenbogen hoch und schaute zu mir herüber. Sie streckte eine Hand zu mir aus, und ich ging zu ihr und legte mich neben sie. Ich nahm sie in die Arme und zog sie an mich; sie ließ es geschehen, zitternd und schniefend.

Ihre Stirn war an meiner Wange, und der Duft von Regen und frischer Luft war noch in ihren Haaren. »Midge, ich möchte, daß du mir glaubst ... Ich habe gestern nur Alkohol zu mir genommen. Ich gebe zu, daß ich eine ziemliche Menge gepackt habe, aber ich habe nichts anderes angerührt, keine Pillen, keine Drogen – nichts dergleichen.«

Sie versteifte sich, und das Zittern verebbte für einen Moment. Dann fühlte ich ihren Körper schlaff werden.

»Aber was ist dann vorhin passiert, Mike?« flüsterte sie. »Warum hast du so schrecklich ausgesehen ... und warum hast du behauptet, mein Bild sei lebendig geworden?«

»Mir wäre auch wohler, wenn ich das verstehen würde«, seufzte ich. »Aber ich habe nicht übertrieben, es kam mir wirklich so vor, als sei ich *in* diesem Bild, als sei alles ganz real ... Ich habe diese Blumen gerochen, ich habe alles um mich herum gefühlt ...« Ich mußte lächeln. »Erinnerst du dich an den alten Film mit Gene Kelly – als er mit dieser Comic-Maus getanzt hat? Naja, fast genauso war es, als seien Film und Trickfilm zusammenkopiert worden, aber ohne die schwarzen Linien um die gezeichneten Teile. Und um so vieles wirklicher; keine Spur von Hirngespinsten. Und unheimlich. Ich hab' noch nie im Leben solche Angst gehabt.« Ich sah ihr ins Gesicht, und ihre Augen waren geweitet und voller Sorge. »Du mußt mir glauben, Midge.«

»Ich schätze, das tue ich«, erwiderte sie, und jetzt kehrte eine vertraute Sanftheit in ihre Miene zurück. »Sie haben mich darauf hingewiesen, daß es langandauernde Nebenwirkungen geben kann und daß niemand genau sagen kann, wie lange gewisse Drogen im menschlichen Körper aktiv bleiben. Aber nach so vielen Jahren ...?«

»Es klingt unmöglich, ich weiß. Aber das muß die Antwort sein. Es sei denn, ich werde verrückt.«

»Du willst damit sagen, daß du bisher normal warst, ja?« Sie sagte es leise, irgendwie niedergeschlagen, aber wenigstens war es eine Andeutung von Humor. Ich schob meine Finger in ihre Haare am Hinterkopf.

»Du mußt dich durchchecken lassen, Mike. Es könnte gefährliche Ausmaße annehmen.«

»Bisher habe ich noch keinen echten Schaden angerichtet. Okay, ich habe uns einen gewaltigen Schrecken eingejagt, aber –«

»Es war mehr als das. – Was, wenn es wieder passiert ... mit schlimmeren Folgen?«

Ich fragte sie nicht, wer *sie* sein könnten. »Ich bin müde, ich war fast die ganze Nacht auf ... Ich habe mit Bob über die alten Zeiten geredet, und wir haben eine Menge getrunken. *Und* wir haben hart gearbeitet, auf der Session gestern. Möglich, daß mich das mehr angestrengt hat, als ich gemerkt habe. Erschöpfung in Verbindung mit Alkohol ... Ich meine, vielleicht hat das irgend etwas hochgehen lassen, das noch in mir herumschleicht«, sagte ich. Aber im Grunde hatte ich etwas ganz anderes sagen wollen; ich hatte sagen wollen: *»Aber es kann auch das Haus sein, Midge. Möglich, daß hier etwas vorgeht, das unser Begriffsvermögen bei weitem übersteigt, etwas, das Illusionen erzeugt (Habe ich auf dem Dachboden nicht Hunderte von Fledermäusen gesehen, obwohl nur ein paar Dutzend da waren? Sehe ich nicht ständig jemanden, der uns vom Waldrand her beobachtet? Und war ich nicht so in die Betrachtung deines Gemäldes vertieft, daß ich zu einem Teil davon geworden bin, ein menschliches Element). Eine Art Magie, die kranke Tiere heilt und sogar Menschen – jedenfalls, wenn man den Geschichten glaubt, die über Flora Chaldean kursieren (Und wie war das mit meinem Arm? Haben die Synergisten die Verbrennungen geheilt – oder waren das Gramaryes Kräfte, nachts, während ich geschlafen habe? Okay, die grüne Flüssigkeit mag den Schmerz unterdrückt haben, aber hat sie auch wirklich die Verbrennungen geheilt?)«* – Das hatte ich ihr sagen wollen, aber selbst in Gedanken hörte es sich ziemlich lächerlich an. Wahrscheinlich hätte mich Midge vollends für übergeschnappt gehalten, und ich hatte Angst davor, sie könnte recht haben damit. Deshalb hielt ich den Mund, obwohl ich spürte, daß es hier und jetzt das beste gewesen wäre, alles zu sagen. – Wenigstens wäre Midge so gezwungen gewesen, ein paar ihrer eigenen gefühlsmäßigen Erkenntnisse hinsichtlich Gramarye einzugestehen, Eingebungen, die sie bewußt nicht akzeptieren konnte. Aber es hatte nicht sollen sein; jetzt noch nicht.

»Versprich mir, daß du wieder ins Krankenhaus gehst, Mike, in das, das dich damals aufgenommen hat. Die kennen deine

Vorgeschichte, deshalb wissen sie, welche Tests sie machen müssen, wie sie herausfinden, ob du wirklich okay bist –«

»Du redest, als sei ich der Oberfixer gewesen, Midge. Du weißt, daß ich das nie war.«

»Aber du hast es getan.«

»Ab und zu, und nur die leichte Ware, Herrgott, und seit diesem einen Abend nie wieder.«

»Schon gut, Mike. Sei nicht böse, bitte, ich will nicht mehr streiten.«

»Ich auch nicht. Aber laß die Dinge im Lot: Ich war kein Gewohnheitsfixer. Okay, ich weiß – das behaupten fast alle, aber du weißt, daß es in meinem Fall stimmt. Ich hab' zuviel gesehen ... zu viele gute Leben, die verschwendet worden sind. Das hat gereicht. Ich war nicht abhängig.«

Ihre Fingerspitzen gruben sich in meinen Rücken, aber ihr Kuß war sanft. »Verzeihst du mir, daß ich vorhin durchgedreht habe?«

»Ich kann's dir nicht verdenken – weiß Gott, was ich für einen Anblick geboten habe.« Ich erwiderte ihren Kuß, froh, daß es zwischen uns wieder in Ordnung war. »Ich habe heute morgen auf der Rückfahrt versucht, dich zu erreichen. Warst du den ganzen Tag draußen?«

»Ich habe einen langen Spaziergang gemacht.«

»Im Regen?«

»Ein bißchen Regen macht mir nichts aus. Ich hatte das Bedürfnis, im Freien zu sein, unter den Bäumen, Gras unter den Füßen zu spüren. Ich habe gestern den ganzen Tag an dem Bild gearbeitet und heute morgen auch ein paar Stunden – ich wollte meinen Kopf klarkriegen.«

»Deshalb bist du in den Wald gegangen?«

»Ja. Ob du's glaubst oder nicht: Ich habe ein wenig die Orientierung verloren – und kam wieder über Willerby Hall heraus.« Ihre Stimme war wieder leise geworden, geradeso, als sei es ihr unangenehm, dieses Gespräch weiterzuführen.

Ich blieb hartnäckig; natürlich. »Du meinst – den Synergistentempel. Willerby Hall gibt es nicht mehr. – Und? Was hast du gemacht? Bist du hinuntergegangen?«

»Ich wollte einfach nur guten Tag sagen – du weißt, wie nett sie am Wochenende zu uns waren. Ich dachte, daß es sie interessiert, wie es deinem Arm geht.«

»Ach, wirklich? Wen hast du gesehen? Kinsella? Gillie?«

»Ich habe Mycroft gesehen.«

»Wenn man bedenkt, daß er als rätselhafte Persönlichkeit gilt, dann tritt er ziemlich oft in Erscheinung, soweit es dich betrifft.«

»Ich bin ihm erst zweimal begegnet, Mike.«

»Zweimal mehr als der örtliche Vikar.«

»Wer würde *den* nicht meiden.«

»Ich glaube nicht, daß es dem guten Reverend aufgefallen ist, wie sehr er dich – uns *beide* – mit seiner gräßlichen kleinen Geschichte durcheinandergebracht hat. Wahrscheinlich ist er der Meinung, daß er uns Gramarye damit noch ein wenig interessanter gemacht hat – er hat dem Haus Charakter verliehen, sozusagen.«

»Das hat er wirklich; aber einen ziemlich unangenehmen. Jeden Morgen werde ich nervös, wenn ich in die Küche hinuntergehe; jedesmal frage ich mich, was ich da – am Tisch – antreffen werde.«

Ich sagte ihr nicht, daß ich dieselben Ängste hatte. »Vergiß es. Du glaubst sowieso nicht an Gespenster.«

»Nicht an diese Art Gespenster. Aber ich bin davon überzeugt, daß der Tod nicht das Ende ist ... Es muß noch etwas geben, damit all das hier eine Bedeutung bekommt. Wir können nicht einfach existieren und dann nicht mehr existieren, sonst wäre doch alles, was wir tun oder zu tun versuchen, so sinnlos.«

»Tja, das ist wohl eine Sache, die wir erst definitiv erfahren werden, wenn man den Deckel über uns schließt, oder? Ich gebe zu, im Moment bin ich nicht sonderlich neugierig darauf.«

»Mycroft hat mir gesagt, daß wir es erfahren können. Zumindest ist es möglich, daß wir eine Vorstellung von unserem Zustand nach dem Tode zusammentragen.«

»Ach, komm schon, Midge, du wirst doch nicht auf diese Scheiße hereinfallen? ›*Ist da irgendwer, Onkel George, hallo, bist du das, kannst du mich hören, ist da jemand am Tisch, der eine grauhaarige Omi hatte, die kürzlich dahingegangen ist, sagen wir, in den letzten zwanzig Jahren oder so?*‹ – Du machst mir Spaß!«

»Nein, nicht diesen Unsinn, ich halte nichts von Spiritismus.« Sie unterbrach sich und zögerte, als sei sie nicht sicher, ob sie fortfahren solle oder nicht. Dann sagte sie: »Mycroft lehrt, daß unsere Seele eine höhere Wahrnehmungsebene erreichen kann, wenn der Wille wahrhaft mit dem göttlichen Geist in Einklang steht. Er glaubt, daß unsere spirituelle Kraft mit dem ewigen Sein derer vereinigt werden kann, die einst gelebt haben.«

Ich ließ sie ein leises, müdes Stöhnen hören, und das gebot ihr für einen Moment Einhalt.

»Nein, Mike, hier geht es nicht um Humbug, sondern in einem wahrhaftigeren Sinn einzig und allein um Bewußtsein. Bewußtsein möglicherweise in einer Form, die äußerlich weniger substantiell ist als Stimmen oder sich bewegende Gegenstände oder sogar Visionen, aber gerade deshalb um so reiner und unverfälschter. Kein Trick, keine Illusionen; nur ein wechselseitiger Kontakt zweier Energiepole, mit Mycroft als Führer und, wenn du so willst, als Übersetzer. Mit Worten kann man es nicht richtig erklären – und ich ganz bestimmt nicht; du mußt einfach glauben.«

»Und ich wette, das tust du. Ich wette sogar, daß sein ganzer Kult auf dieser Art blindem Vertrauen basiert. Nimmst du das wirklich ernst, was er dir da erzählt hat?«

»Ich habe nie behauptet, daß ich das tue.« Plötzlich klang ihre Stimme wieder sehr hart. »Aber seine Theorien und Auffassungen sind interessant, und wenn man aufgeschlossen genug ist, dann ergeben sie eine Menge Sinn. Du müßtest ihm einmal zuhören, Mike – ihm zuhören, nicht mir. Dann würdest du verstehen, was ich meine ... er ist ein bemerkenswerter Mensch.«

»Nein, danke, ich glaube, ich werde unwissend und unbeeindruckt bleiben.«

»Ich hätte wissen müssen, daß das alles ist, was du zu sagen hast. Stets der Zyniker. Aber irgendwann wirst auch du aus dieser kleinen Welt heraustreten müssen, Mike, irgendwann wirst auch du *versuchen* müssen, die Hand nach ein bißchen mehr auszustrecken.«

»Du liebe Güte, er hat dich tatsächlich erwischt.«

Sie wandte sich mit einer heftigen, entrüsteten Bewegung ab, und ich bedauerte meinen Spott augenblicklich – auch wenn ich ihn nach wie vor für sehr berechtigt hielt. Ich legte ihr eine Hand auf die Schulter; Midge weinte, ein Schluchzen schüttelte ihren Körper.

»Midge, es tut mir leid, ich wollte dich nicht so aus der Fassung bringen. Schätze, heute sind unsere Bio-Rhythmen ganz schön aus dem Takt, was?« Laß die Gags, ermahnte ich mich, rückte zu ihr auf und nahm sie in die Arme; ich schmiegte mich an ihren Rücken, und jetzt waren wir uns wieder so nahe wie Yin und Yang. Ich wünschte, unsere innere Haltung zueinander wäre genauso behaglich gewesen. »Mittlerweile müßte ich wirklich wissen, daß du allen neuen Ideen und Philosophien gegenüber ziemlich aufgeschlossen bist – ohne daß du sie notwendigerweise gleich akzeptierst. Okay, das war immer deine Stärke, die Fähigkeit, neue Gedanken aufzunehmen und darüber nachzudenken.« Sie blieb stumm. Ich mußte sie ziemlich getroffen haben. »Vielleicht habe ich Mycroft und seine Anhänger einfach nicht richtig verstanden. Meinetwegen, ich zweifle nicht an der Aufrichtigkeit seines Glaubens, aber du kannst doch nicht wirklich erwarten, daß ein alter Zyniker wie ich das so einfach schluckt, oder?«

Schniefen von Midge.

»Okay, reden wir darüber«, fuhr ich fort. »Erzähl mir mehr davon, dann kann ich vielleicht ein paar andere Gesichtspunkte beisteuern. In der Vergangenheit hat das bei uns beiden immer geklappt – okay?«

»Mycroft sagt, er kann mir helfen, mit meinen Eltern in Kontakt zu kommen.« Sie sagte es sehr rauh, und sie drehte sich nicht um.

Ich war zu verblüfft, um sofort reagieren zu können – und wahrscheinlich war das auch gut so. Aber schließlich sagte ich: »Oh, Baby ...« – und spürte augenblicklich, wie sie sich verkrampfte.

Aber dieses Mal blieb ich hart; ich zog sie zu mir herum. Das war eine Sache, die ich sehr ernst nehmen mußte.

Es war dunkel, als ich später aufwachte, obwohl draußen irgendwo ein heller Mond sein Bestes tat, um das auszugleichen; das Fenster projizierte ungleichmäßige Rechtecke aus Licht auf die Bettlaken und verwandelte sie in einfarbige Decken. Ich drehte mich zu Midge um – sie war tief eingeschlafen, und ihr Atem war ruhig und gleichmäßig.

Ich hatte mir vorhin alle Mühe gegeben, eine Menge Dinge zurückzuhalten, die ich recht gern über Mycroft und seine verrückten Ideen losgeworden wäre. Ich weiß, daß ich damit den Weg des geringeren Widerstandes nahm und daß es feige war; aber ich wollte diesen dummen Riß kitten, der sich da aufgetan hatte. Das Problem war, daß Midge diesen Mangel an Einwänden als stillschweigendes Einverständnis auffaßte und sich immer mehr für die Idee begeisterte, mit Hilfe dieses irregeleiteten Synergisten einen Kontakt zu ihren Eltern herzustellen. Ich versuchte, die Zügel sanft anzuziehen, aber der Enthusiasmus hatte sie längst davongetragen; die Vorstellung, schon bald wahrhaftig mit ihrer Mutter und ihrem Vater ›reden‹ zu können, überwältigte sie völlig, als könne sie ihnen damit auf eine unheimliche Art und Weise zur ewigen Ruhe verhelfen. Ihre Eltern hatten keinen leichten Tod, müssen Sie wissen, es war kein sanftes Hinübergleiten in ewigen Schlaf, und Midge war besessen von dem Gedanken, daß die traumatischen Begleitumstände, unter denen sie gestorben waren, sie auch nach dem Tode keinen Frieden finden lassen würden.

Ich fröstelte und zog die Laken bis zum Hals hoch. Der Regen des Tages hatte die Nacht kühl werden lassen. Und jetzt erfüllte eine deutliche klamme Modrigkeit das Schlafzimmer – viel stärker, als je zuvor. Die Digitaluhr auf dem kleinen, runden Tisch neben dem Bett zeigte 22.26 Uhr an, und ich brauchte ein paar Sekunden, bis mir klar wurde, daß es tatsächlich schon sechsundzwanzig Minuten nach zehn war. Wir hatten den ganzen Nachmittag und Abend verschlafen.

Ein Schemen huschte am Fenster vorbei, eine Fledermaus oder eine Eule auf ihrem nächtlichen Beuteflug. Das Flattern der Schwingen klang hohl in der Stille der Nacht.

Meine Kehle war trocken, aber das waren noch die Auswirkungen der gestrigen Nacht. Ich verspürte das Bedürfnis, Midge zu wecken – ich wäre gerne mit ihr in die Küche hinuntergegangen, ich hätte gerne einen Kaffee oder eine heiße Milch mit ihr getrunken ... und mit ihr geredet. Es war viel ungesagt geblieben heute mittag, und ich hatte das Gefühl, daß es gut war, wenn wir uns mit dieser Situation auseinandersetzten; hoffentlich gelang es mir, dem Ganzen eine gewisse Logik abzugewinnen. Aber ich mußte behutsam vorgehen, denn Midge war sich ihrer Sache vollkommen sicher – leichtgläubig wie nie zuvor hatte sie alles geschluckt, was ihr aufgetischt worden war –, aber ich zweifelte nicht daran, daß geduldiges Argumentieren früher oder später alles wieder zurechtrücken würde.

Ich beugte mich zu ihr hinüber und küßte ihre freiliegende Schulter. Sie bewegte sich und murmelte etwas Unverständliches, das wahrscheinlich nur in dem Traum, den sie gerade träumte, einen Sinn ergab, und drehte sich dann auf den

Bauch – unerreichbar für die Welt. Ich streichelte ihren Nacken; aber sie schlief wirklich tief und fest. Midge rührte sich nicht. Ich lehnte mich auf einen Ellenbogen zurück und starrte zum Fenster hinüber: Der Mond war weitergewandert und nicht mehr zu sehen, der Himmel hatte sich in schimmerndes Blau verfärbt; unglücklich dachte ich an unsere Zärtlichkeiten, vorhin. Wir hatten miteinander geschlafen, und die Versöhnung der Liebenden hätte eigentlich alles versüßen sollen, aber das Ganze war nicht mehr als ein körperlicher Akt gewesen. Eine Katastrophe. Die Anstrengung, wenigstens zu einem Ergebnis zu kommen, mußte ganz beträchtlich zu unserer beiderseitigen Müdigkeit beigetragen haben – ich weiß noch, daß ich anschließend sofort eingeschlafen bin. Jetzt bat ich Midge in Gedanken um Entschuldigung, allerdings mehr für mein schnelles Abdriften, als für die schlechte Darbietung (wir waren beide alt und lebenserfahren genug, um zu wissen, daß so etwas gelegentlich sogar in den besten und sinnlichsten Beziehungen vorkommt).

Ich warf die Laken beiseite und hoffte ein bißchen, daß diese Bewegung sie aufwecken würde, aber das geschah nicht. Ich streifte mir den Morgenmantel über und ging leise Richtung Tür (es wäre *wirklich* unfair gewesen, einen solch tiefen Schlaf zu stören); es war dunkel im Raum, und ich mußte mich an der Wand entlangtasten. Überrascht bemerkte ich die Nässe. Vorsichtig strich ich über den Putz, und meine Fingerspitzen tauchten in schimmernde Feuchtigkeit. Eine undichte Leitung? Nein, konnte nicht sein – die Feuchtigkeit breitete sich nicht aus. Kondenswasser also? Im Sommer? Es gab keine andere Erklärung, und es *hatte* fast den ganzen Tag geregnet. Ich war gespannt, was dann erst der *Winter* bringen würde! Offensichtlich gab es an unserem Haus noch eine ganze Menge zu richten, was, würden wir erfahren, sobald sich das Wetter verschlechterte.

Ich ging den Flur entlang zur Treppe. Ich knipste das Licht an, aber die Stufen blieben weiterhin schattig, dort, wo sie um die Biegung verschwanden. Um ehrlich zu sein, plötzlich hielt ich nicht mehr sonderlich viel davon, in die Küche hinunterzugehen, und ich schätze, Sie wissen, warum, aber ich redete mir ein, daß ich ein erwachsener Mann war – und ein Skeptiker außerdem. Ich tappte hinunter und hielt auf halbem Weg schließlich an – das schwarze Loch unten, das die Küche war, sah absolut nicht verlockend aus. Die ›Halluzination‹ mit dem

Bild hatte mich doch mehr mitgenommen, als ich gedacht hatte.

Ich knirschte in bester Heldentradition mit den Zähnen und ging weiter. Ich tastete mit der rechten Hand nach dem Lichtschalter, der unmittelbar hinter dem Türrahmen sein mußte. Die Vorstellung – das *Gefühl* –, unsichtbare, kalte und knochige Finger würden sich um mein Handgelenk legen, war unerträglich intensiv, und es fehlte nicht viel, und ich wäre eiligst wieder nach oben gehastet – aber ich widerstand diesem Impuls.

Das Licht flammte auf, und es war eine Erleichterung, den Raum völlig leer vorzufinden. Ich trottete am Küchentisch vorbei auf den Kühlschrank zu und holte die Milchpackung heraus. In der Spüle war ein hohes Glas zum Trocknen abgestellt, und ich füllte es bis zum Rand, trank es im Stehen halb aus und schenkte noch einmal nach. Dann stöberte ich im Kühlschrank herum und fand etwas Schinken, und als ich eine Scheibe Brot mit Butter bestrich, hatte ich plötzlich das böse Gefühl, daß ich nicht mehr allein war. Ich schaute hoch: das Fensterglas über der Spüle zeigte mir lediglich mein eigenes bleiches Spiegelbild. Von dort, wo ich stand, konnte ich den Tisch und die Stühle nebenan nicht sehen. Aber meine Phantasie reichte völlig aus – ich wußte, daß dort jemand saß.

Langsam drehte ich mich um und starrte den Durchgang an. Ich wollte mich nicht vergewissern; wirklich nicht. Eigentlich war mir viel mehr danach, mit dem Besenstiel gegen die Decke zu klopfen und Midge so schnell wie möglich hier herunterzuholen, nur zur Gesellschaft, verstehen Sie mich recht. Aber natürlich konnte ich das nicht tun, und natürlich mußte ich meinen Kopf durch die Tür stecken, wenn ich nicht bis zum Morgen hier unten festsitzen wollte. Ich schob mich vorsichtig, aber unaufhaltsam auf den Durchgang zu, und unvermittelt war es wie eine dieser berühmten Hitchcock-Kamerafahrten – der Blickwinkel veränderte sich, je näher ich kam; immer mehr dessen war zu sehen, was jenseits des Durchgangs lag. Die Tischdecke, ein Einkaufsblock darauf, ein Pfefferstreuer, die Stuhlkante ...

Mein eigenes langsames, bedächtiges Vorwärtspirschen verursachte mir Gänsehaut, und das Gefühl, daß dort jemand saß und darauf wartete, bis ich um die Ecke blickte – daß dort jemand lauerte und grinste und seinen schimmligen Tee nicht anrührte –, war beinahe überwältigend.

Deshalb brachte ich die letzten paar Schritte schnell hinter mich.

Sie war nicht da. Die alte Flora lag auf dem Dorffriedhof; sie saß nicht in Gramarye am Küchentisch. Gott sei Dank.

Ich lehnte mich an den Türrahmen und gab mir Mühe, ruhiger zu atmen. Sie war nicht da, wirklich nicht, aber diese Stimmung im Raum! Vielleicht ging meine Phantasie bereits wieder mit mir durch, aber ich war mir sicher, daß ich eine Präsenz spüren konnte, etwas in der Luft, das beinahe greifbar war. Der Geruch eines alten Menschen erfüllte den ganzen Raum – Sie wissen, was ich meine. Ein Geruch, ein wenig süßlich und muffig und gleichzeitig uralt. Irgendwo hatte ich einmal gelesen, daß bestimmte Parapsychologen behaupteten, Gespenster seien nichts anderes als die Überreste der Aura einer toten Person, und hier und jetzt hielt ich diese Theorie für durchaus auf dieses Haus anwendbar – Flora Chaldeans psychische Rückstände mochten *tatsächlich* die Atmosphäre hier durchdringen, ihre sikkernde Lebenskraft die Möbel überziehen und sogar die Wände. Genau so fühlte es sich an: Sie war tot und fortgebracht, aber ein Teil ihrer Persönlichkeit war in Gramarye eingeschlossen und würde es bleiben, bis er irgendwann im Lauf der Zeit zu nichts verblaßte.

Ich schüttelte mich bei diesem Gedanken.

Ich kehrte an die Arbeitsplatte zurück, belegte sehr hastig mein Brot, nahm es in die Hand, das Glas Milch ebenfalls, und marschierte zur Treppe – und konnte es mir nicht verkneifen, im Vorbeigehen noch einmal zum Tisch hinüberzustarren. Ich hatte das Gefühl, nur die Hand ausstrecken zu müssen, wollte ich sie berühren – so stark war der Eindruck ihrer Anwesenheit. Es gehörte einige Überwindung dazu, das Licht da unten auszuschalten.

Ich ging die Treppe hinauf (wesentlich schneller, als ich sie heruntergekommen war) und ins runde Zimmer; das Flurlicht ließ ich brennen. Aber trotz meiner Unruhe knipste ich kein weiteres Licht an, und das aus einem einfachen Grund: um meine schlafende Lebensgefährtin nicht zu stören, nahm ich meinen Imbiß nicht im Schlafzimmer ein, sondern hier – aber ich wollte mir nicht noch einmal das Bild ansehen, jedenfalls nicht bei vollem Licht; nur für den Fall, daß diese lebenssprühenden Farben wieder ihre eigenartigen Tricks ausspielten. Das Flurlicht und die Helligkeit des Mondes, die durch die Fenster hereinflutete, genügten vollkommen. Ich konnte ausreichend sehen, aber es war dunkel genug, um gewisse Dinge nicht *zu* deutlich zu machen. Ich ließ mich auf das Sofa sinken und biß von meinem Schinkenbrot ab. Meine nackten Knie schimmerten bleich wie schmale Schädeldecken, das Milchglas balancierte ich mit einer Hand auf dem bedeckten Oberschenkel.

Während ich dort saß, dachte ich über Mycrofts Versicherung nach, er könne Midge dabei helfen, mit ihren toten Eltern in Verbindung zu treten, und über die Tatsache, daß sie darauf hereingefallen war, daß sie diesen gruseligen Kerl wirklich für eine Art Mystiker hielt, der imstande war, mit den Seelen der Verschiedenen zu sprechen (naja, vielleicht hätte ich die Möglichkeit eines Lebens nach dem Tod noch einigermaßen akzeptieren können – aber diese verrückte Behauptung, einen direkten Draht zu jener anderen Ebene zu haben, das ging zu weit). Aber um Midge tat es mir in der Seele weh, weil ein Teil von ihr noch immer so sehr um ihre Eltern trauerte.

Ihre Mutter war damals Mitte Fünfzig gewesen, und sie litt bereits seit Jahren an der Parkinsonschen Krankheit; Midge und deren Vater pflegten sie rührend, aber der Zerfall schritt unaufhaltsam fort. Medikamente wie L-Dopa zeigten bereits ernste Nebenwirkungen – die kaum mehr zu ertragen waren. Midge hat mir erzählt, daß ihre Mutter über lange Zeiträume hinweg furchtbare Qualen auszustehen hatte; und doch galt ihre ganze Hinwendung dem Wohlergehen des Mannes und der Tochter. Sie machte sich Vorwürfe, weil sie ihnen eine solche Last war, weil sie ihnen ihr Leben verdarb – oder behinderte – und besonders das ihrer jungen Tochter, die kaum mehr genügend Zeit fand, ihr bemerkenswertes künstlerisches Talent weiter zu entwickeln. Aber Midge und deren Vater waren bereit, jedes Opfer zu bringen, um ihr Leben erträglich zu machen; und sie kamen ziemlich gut klar miteinander.

Bis Midges Vater bei einem tragischen Autounfall schwer verletzt wurde.

Sein Schädel war zerschmettert worden, aber es dauerte fünf grauenhafte Tage, bis er starb. In den wenigen klaren Augenblicken während dieser Zeit hatte seine Hauptsorge ausschließlich Midge und deren Mutter gegolten.

Sein Tod, so schien es, überstieg die letzten Kraftreserven seiner Frau und ließ sie zusammenbrechen (und damit auch jene Geisteshaltung, die es ihr ermöglicht hatte, selbst den schlimmsten Auswüchsen der Krankheit zu trotzen). Im Verlauf der nächsten Tage verschlechterte sich ihr Zustand so rapide, daß sie nicht einmal imstande war, an der Beerdigung ihres Mannes teilzunehmen. Als Midge nach der Kirche allein nach Hause kam, war ihre Mutter tot. Sie hatte ihr Krankenbett verlassen und saß angezogen in einem Lehnstuhl, eine gerahmte Fotografie ihres verstorbenen Mannes auf dem Schoß. Zu ihren Füßen lag ein leeres Tablettenröhrchen, daneben ein umgestoßenes Wasserglas. Eine durchsichtige Plastiktüte war über ihren Kopf gestülpt und um den Hals herum mit einem dicken Gummiband zusammengezogen.

Sie hatte für Midge einen Zettel hinterlegt, auf dem sie ihre Tochter um Verzeihung bat und um Verständnis. Sie hatte dieses Leben nicht mehr länger ertragen können; mit dem Verlust ihres lieben Mannes, Midges Vater, war zu den körperlichen und seelischen Qualen ein weiterer – letzter – unerträglicher Schmerz gekommen. Und bliebe sie am Leben, hatte sie geschrieben, so doch nur auf Kosten ihrer Tochter. – Sie habe Midges junges Leben nicht beeinträchtigen, sie habe sie nicht binden, ihr nicht die Freiheit beschneiden wollen. Und sie bedauere, daß nun kein Elternteil mehr den künstlerischen Erfolg miterleben könne, den die geliebte Tochter zweifellos finden müsse, aber wenigstens werde sie dieses Talent nicht mehr länger behindern.

Es war nur zu verständlich, weshalb Midge so empfänglich war für Mycrofts Schwindelversprechungen.

Ihre Staffelei ragte düster im Halbdunkel auf; das Zeichenbrett war leicht schräggestellt, das Gemälde darauf befestigt. Ohne hinzusehen, wußte ich, daß das Mondlicht das Bild auf seine ganz eigene unheimliche Art und Weise beleuchtete, eine andere Struktur schuf, vielleicht eine weitere gespenstische Dimension. Ich war nicht neugierig genug, um nachzuschauen.

Schwarze Konturen wischten über den Boden und schreckten mich auf, aber im nächsten Moment stellte ich fest, daß unsere Nachtfreunde oben ihre Schlafstätte verließen; ihre geflügelten Körper wirbelten durch den Abglanz des Mondes, und ihre Schatten tanzten im Raum. Nachdem ich das Brot gegessen hatte, erhob ich mich – das Milchglas in der Hand – und schlenderte zu einem der hohen Fenster hinüber. Um die Staffelei machte ich einen weiten Bogen, und ich vermied es sorgfältig, auf das Gemälde hinunterzusehen.

Die Landschaft draußen war in jene besondere Helligkeit getaucht, die nichts mit Wärme zu tun hatte, dafür aber eine ganze Menge mit Eis und Kälte. Das Gras war so farblos, daß es eine frostige Fläche zu sein schien, und die Schatten unter einzelnen Büschen und Bäumen waren so tief, daß sie pechschwarzen Abgründen glichen. Das Dach des Waldes trug einen narbigen, silbergrauen Panzer, eine undurchdringliche Schicht bleicher Dunkelheit.

Ich nippte an der Milch, und flüssige Kälte sickerte in mich hinein. Zögernd sah ich zu der dunklen Waldgrenze hinüber – auf der Suche nach etwas, das ich gar nicht finden wollte. Eine dort lauernde Gestalt auszumachen wäre sowieso unmöglich gewesen, zu allgegenwärtig waren die Schatten; trotzdem – dieses Wissen hielt mich nicht davon ab hinzustarren, und es verhinderte nicht einmal den Seufzer der Erleichterung, als ich tatsächlich nichts entdeckte.

Allerdings war ich mit meiner Erleichterung zu vorschnell.

Plötzlich wurde ich auf etwas aufmerksam, das auf halbem Weg zwischen Wald und Haus stand. Auf etwas, das bisher noch nicht dort gewesen war – nicht, soweit ich mich erinnerte.

Es war so regungslos, daß es genausogut ein hoher Busch hätte sein können. Aber das bleiche Oval oberhalb der ruhenden Schwärze sprach eine andere Sprache; dieses Oval konnte nur ein Gesicht sein.

Und die andere, kleinere weißliche Form, die sich jetzt langsam hob, war eine Hand.

Und diese Hand winkte mir.

Niemand da

Ich hatte Angst. Nein, ich war verdammt entsetzt. Aber ich hatte auch genügend Ärger gehabt für einen einzigen Tag. Ich war verletzt, weil ich beschuldigt worden war, Rauschgift genommen zu haben; ich war noch immer durcheinander wegen der Halluzination am Nachittag; und ich hatte es satt, von diesem geheimnisvollen Beobachter eingeschüchtert zu werden, der nicht den Mut aufbrachte, an meine Tür zu klopfen und mir zu sagen, was er wollte. Das alles vermischte sich in mir zu einem Zorn, der rasch überkochte.

Ich glaube, das Glas Milch gab schließlich den Ausschlag; ich ließ es nämlich fallen – auf meine Füße.

Mit einem Wutschrei rannte ich zur Tür – das heißt, die ersten paar Schritte hüpfte ich dorthin, vor Schmerz. Ich zerrte den Riegel so laut wie möglich zurück (Midge brachte es trotzdem fertig weiterzuschlafen), riß die Tür auf, und dann war ich draußen, in der Nacht – das Gras war noch naß und glitschig vom Regen des Tages, ich rutschte aus, und der Morgenmantel klaffte auf; mir wurde eiskalt. Trotzdem rannte ich um das Haus herum, weiter, dorthin, wo die Gestalt wartete.

Es reichte. Genug war genug. Ich würde diesem verdammten Gaffer im Wald ein für allemal Klarheit verschaffen. Vergessen wir sämtliche entleibten Gestalten und Frauen in Schwarz und überhaupt alle verhüllten Erscheinungen und Prophezeiungen (»Etwas Böses nähert sich diesem Ort ...«) und Omen und Exorzist und die bösen, bösen Toten – ich würde dieser Bestie gegenübertreten, die überhaupt keine Bestie war, sondern ein verdammter Spaßvogel, der seine dämlichen Spielchen trieb, und das auf meine Kosten. Was immer an Furcht in mir gewesen sein mochte – jetzt war sie weg; jetzt war da nur noch zornige Entrüstung.

Ich stapfte über die freie Fläche, und ich ignorierte die scharfkantigen Steine und Zweige, die mir ziemlich schmerzhaft in die Fußsohlen pieksten; ich war wütend genug, um selbst jede Vorsicht außer acht zu lassen.

Aber da war niemand.

Ich hatte mir den Fleck genau gemerkt, an dem die Gestalt herumgelungert hatte, und ich orientierte mich immer wieder anhand einer gedachten Linie vom Fenster zu einer niedrigen Gebüschgruppe weiter links von mir. Ich wurde nicht langsamer, bis ich an Ort und Stelle ankam. Von hier aus – ich war mir ganz sicher – mußte die Gestalt gewinkt haben.

Er, sie – was auch immer – hatte unmöglich Zeit gehabt, zum Wald zurückzuflüchten oder das Haus zu erreichen. Also, wo, zum Teufel, steckte der schwarze Mann? Schließlich konnte er sich nicht in Luft aufgelöst haben.

Ich lief weiter – möglicherweise mehr, um meine bereits wieder erlahmende Tapferkeit hochzuhalten, als aus irgendwelchen anderen Gründen. Ich jagte um nahe Bäume herum, schlug auf

Büsche ein, um alles, was sich eventuell darunter versteckte, aufzuscheuchen – und aus einem Laubhaufen brach tatsächlich etwas hervor und erschreckte mich fast zu Tode, aber dieses Etwas war klein und huschte davon, ein Tier und noch ängstlicher als ich.

Dieser kleine Schrecken kühlte meinen Zorn gewaltig ab, und schließlich blieb ich stehen und schaute nach links und rechts, nach vorn und hinten, und mein Brustkorb hob und senkte sich unter hastigen Atemzügen, und der Schweiß, der meinen fast nackten Körper überzog, wurde bereits kalt. Ich ließ die Schultern hängen.

Ich zog den Morgenmantel um mich herum zusammen, setzte mich auf einen Stein und schlug die Hände vors Gesicht.

Gesellschaft

Wir saßen Seite an Seite auf der Bank hinter dem Haus, Bob und ich, einen Sechserpack Bier zwischen uns, und die Sonne begann rot zu leuchten. Der Abend war warm, und Hummeln brummten noch umher und dachten nicht daran, schlafen zu gehen. Unsere Mädchen waren im Haus, im Erdgeschoß, richteten Salate, schnitten Schinken und veranstalteten wahrscheinlich eine Menge Aufhebens um das, was eine einfache Mahlzeit werden sollte.

Bob genehmigte sich noch ein Bier und blickte auf den dunkler werdenden Wald gegenüber. Er schüttelte den Kopf. »Es ist so verdammt ländlich.«

Ich lächelte über sein Unbehagen. »Morgen früh nehme ich dich mit auf einen Waldspaziergang.«

»Nein danke, nicht ohne eine lange Leine.« Er trank, lehnte sich zurück und blinzelte in die Sonne hinauf; dann wandte er seinen Blick rasch ab. »Ist dir das nicht unangenehm, dieser ganze Frieden und all die Ruhe? Ich meine, es ist großartig und alles, aber kotzt es dich nicht nach einer Weile an?«

»Man gewöhnt sich dran«, beruhigte ich ihn.

»Schon, aber vermißt du nicht ...« Er suchte das passende Wort, »... das *Leben?*«

»Wenn du dir Mühe machst und genau hinsiehst, dann wirst du eine Menge Leben sehen.«

»Nein, nicht die Art Leben, nicht die Natur. Ich meine – das *Leben.* Etwas unternehmen können.«

»Komisch, aber das war wirklich noch kein Problem. Naja, okay, manchmal werde ich unruhig – deshalb habe ich unsere Session letzte Woche auch mächtig genossen, und was den Smog der großen, weiten Stadt angeht: wir leben hier wirklich nicht am Ende der Welt. Stell dir vor, wir können in unseren Wagen springen und abends noch 'reinfahren.«

»Und wie oft habt ihr das gemacht, seit ihr hier seid, eh?«

»Wir sind ja gerade erst eingezogen, Bob. Bisher hatten wir noch keine Zeit, uns wieder nach den hellen Lichtern zu sehnen.«

Er wischte sich ein Biertröpfchen vom Kinn. »Schon gut, Junge, vielleicht hast du ja recht. Möglich, daß das hier das ideale Leben ist, man verbringt seine Tage in Frieden, hört zu, wie das Gras wächst, sieht zu, wie die Vögelchen ihre Nester bauen. Ihr könntet euch noch ein bißchen was dazuverdienen – mit Körbeflechten.«

Ich mußte über seinen Spott lachen. »Wenn du glaubst, das würde ich auch nur ein Wochenende aushalten . . .«

Er schlug mir auf den Schenkel, weil er sich auch amüsierte. »War nur Spaß, Mike, ehrlich. Um die Wahrheit zu sagen, ihr habt einen guten Zug getan. Vielleicht mache ich euch das eines Tages nach, aber erstmal warte ich noch ab, bis ein paar graue Haare durchkommen. He, sieh mal, da ist dieses verdammte Eichhörnchen wieder. Der Bursche kennt keine Angst, was?«

Rumbo hoppelte von der Hangseite des Hauses her näher, offensichtlich noch immer neugierig auf unsere Wochenend-Gäste. Vorhin hatte er sich auf der Türschwelle gesonnt, aber als Bob und seine Freundin angekommen waren, da hatte er sich davongemacht und war auf Distanz gegangen – allerdings nicht völlig verschwunden.

Ich hatte mit dem Gedanken gespielt, Bob von den seltsamen Dingen zu erzählen, aber irgendwie konnte ich mir nicht so recht vorstellen, daß mich mein alter Saufkumpan ernst nahm. Ich wußte sogar verdammt genau, daß er sich kaputtlachen würde.

Rumbo kam näher und ließ den Fremden neben mir nicht aus den Augen. Bob schnalzte mit der Zunge, als ermuntere er einen Hund oder ein Baby, und der Kopf des Eichhörnchens ruckte hoch; ein paar Sekundenbruchteile lang beobachtete es

Bob mit einiger Neugier, dann sprang es kühn auf den Gartentisch, auf dem bereits zwei leere Bierdosen standen. Rumbo interessierte sich für die dreieckige Öffnung, spähte hinein und warf die Dose beinahe um. Schließlich hielt er sie mit beiden Pfoten fest und leckte die Bierreste vom Rand – sehr zu Bobs Freude.

»Wow! – Das ist ein Ding«, rief er. »Ein alkoholsüchtiges Eichhörnchen. Ich seh' schon, das Ungeziefer hast du im Griff, Mike – sollen sie zu den Anonymen Alkoholikern gehen oder sich zu Tode saufen.«

»Rumbo ist kein Ungeziefer, Mann, der gehört zur Familie!«

Bob warf mir einen spöttischen Blick zu und grinste dann. Er gab keinen weiteren Kommentar.

Ich hatte mich auf seinen Besuch gefreut; mehr noch, vor lauter Vorfreude war ich den ganzen Tag sogar ziemlich nervös gewesen – ein *gutes* Gefühl, sollte ich vielleicht hinzufügen. Bob und Kiwi und Big Val (die auch jeden Augenblick eintreffen mußte), waren die ersten geladenen Gäste in Gramarye, und es bereitete Midge und mir (trotz ihrer Vorbehalte gegen Bob) großes Vergnügen. Ich entspannte mich; das zweite Bier und die liebenswerte Gesellschaft des guten alten Bob halfen mir, ruhiger zu werden. Die Kaninchen kamen heraus und zogen ihre Gute-Nacht-Possen ab – obwohl sie heute abend einen gewissen Sicherheitsabstand zum Haus wahrten, als spürten sie, daß Fremde da waren –, und ein paar Vögel segelten wie spätabendliche Einkaufsbummler herum. Ein sanfter Wind wehte, aber er trug angenehme Wärme mit sich.

Ich nippte an meinem Bier und ließ diese Stimmung auf mich einwirken.

Vor dem Essen nahmen wir noch ein paar Drinks im runden Zimmer, diesmal wir alle zusammen; Midge hielt sich an Limonade und Soda, wir anderen gestatteten uns die härteren Sachen. Vor zwanzig Minuten war ihre Agentin angekommen; sie hatte einen doppelten Gin Tonic nötig gehabt, um die Herfahrt zu verkraften. Big Val und Bob waren sich bereits zwei- oder dreimal begegnet, und die Hänseleien zwischen den beiden basierten auf gemütlicher Haßliebe. Bob mochte Frauen feminin und nicht aggressiv (Kiwi schien diesbezüglich ein wahres Musterbeispiel zu sein) – deshalb stellte Val ein ziemliches Problem für ihn dar. Er machte ihr ein paar Komplimente, unter anderem über ihr schweres Schuhwerk – »Damit kann man mühelos durch Schweinescheiße stapfen!« –, wie er sich ausdrückte. Und sie erwiderte diese Liebenswürdigkeit und bewunderte seine rosa Lederkrawatte mit dem Kommentar: »Ideal zum Erdrosseln!«

Nachdem die Begrüßungsscherze ausgetauscht waren, tranken Midge und ich auf die Gesundheit unserer ersten ›offiziellen‹ Gäste, und sie tranken auf unser zukünftiges Glück in Gramarye. Daraufhin plauderten wir eine Weile über Gott und die Welt, aber es war offensichtlich, daß Val darauf brannte, das jüngste Werk ihrer Klientin inspizieren zu können – ihre Augen hatten aufgeleuchtet, als sie hereingekommen war und auf der anderen Seite des Raumes die Staffelei entdeckt hatte; um es kurz zu machen: Sie verlor wenig Zeit, bis sie auch schon hinüberschlenderte. Das Bild des Cottages war noch immer auf dem Brett festgeklammert und mit einem dünnen Layout-Papier gegen Staub abgedeckt. Ich hatte es seit Donnerstag nicht mehr angesehen, aber jetzt beobachtete ich die Agentin, wie sie das Pergamentpapier anhob. Ihre Reaktion interessierte mich. Keine Ahnung, was ich erwartet hatte – ein Stirnrunzeln jedenfalls nicht.

Ich bekam den Ausdruck mit, weil ich sehr genau hinsah; das Stirnrunzeln glättete sich, und Val lächelte.

»Herrlich!« meinte sie. »Absolut herrlich!«

Für sie, eine hartgesottene Miß Zwanzig-Prozent, die an ausgezeichnete Arbeiten gewöhnt war, mußte dieses Urteil ziemlich knapp jenseits der Obergrenze liegen, und Midge strahlte vor Dankbarkeit.

»Es ist nicht zu verkaufen«, sagte sie rasch. »Ich hab's für Mike und mich gemalt, eine Art Erinnerung an unsere ersten Wochen hier. Der erste Eindruck, den Gramarye auf uns gemacht hat – bevor wir uns zu sehr an alles gewöhnt haben. Du weißt, wie leicht man abstumpft, selbst den hübschesten Dingen gegenüber.«

Val betrachtete das Gemälde noch immer, und jetzt drängten sich auch Bob und Kiwi hinter ihr.

»Oh, ja, das ist was anderes!« erklärte Bob in seiner aufrichtig leidenschaftlichen Art. »Sieh dir das nur an, Darling, das nenne ich wahre Kunst. Keine Matschbirne mit Titte und drei Beinen und einer Nase, wo ein Gehörgang sein sollte.«

»Ganz klar, du weißt, was dir gefällt, Bob«, stellte Val trocken fest.

Er war sich nicht sicher, wie sie es meinte; aber er nickte. »Ich weiß gern Bescheid darüber, *was* ich mir ansehe.« Und damit starrte er Val nur allzu vielsagend an.

»Was machen die Plakate, die Midge für die Agentur gemalt hat?« fragte ich, um das Gespräch in ungefährlichere Bahnen zu lenken.

Val entfernte sich von der Staffelei und den beiden anderen. »Ich habe die ersten Andrucke im Wagen draußen – Minis, natürlich, nur zur Farbkorrektur. Ich hab' mir gedacht, wir könnten sie uns morgen ansehen, Midge; dann kannst du auch gleich deine Kommentare anbringen.« Auch sie würde über Nacht bleiben.

»Fein«, stimmte Midge zu. »Kann's kaum erwarten, sie zu sehen.«

»Vergiß aber nicht, daß es nur *erste* Andrucke sind. Wir haben viel Zeit, sie zu korrigieren.«

»Das hört sich bedrohlich an.«

»Ich weiß, wie schwer du zufriedenzustellen bist. – Der Art Director war jedenfalls hocherfreut, mehr noch, er hat sogar schon wieder Arbeit für dich in petto, aber darüber diskutieren wir auch morgen. Oh, und die Leute von Hamlyn wollen mit dir über ein neues Buch reden.«

»Sieht so aus, als würden arbeitsreiche Zeiten bevorstehen«, bemerkte ich.

»Das liegt an der Jahreszeit, befürchte ich. Die Leute wollen die Arbeit verteilen, bevor sie in Urlaub fahren.«

»Ich will noch immer nicht zuviel annehmen« warnte Midge.

»Und wir wollen nicht, daß du die Muße des Landlebens allzu lange genießt«, erwiderte Val und ließ sich auf das Sofa plumpsen. »Eine Menge Leute wären sehr enttäuscht darüber, besonders deine jüngeren Fans.«

»Ganz zu schweigen von deinem freundlichen Bankdirektor, Gott segne ihn«, fiel Bob ein und setzte sich absichtlich sehr dicht neben Val, so daß sie mit ihrem dicken Hinterteil ein wenig wegrücken mußte. »Okay, ich geh' davon aus, daß wir heute abend auch noch was zu essen kriegen, nicht wahr, oder muß da erst die Band Aid noch 'ne Platte machen? Ah, und ich sehe, der Alkoholnachschub rollt zäh wie Leim.« Und damit wackelte er mit seinem fast leeren Glas in meine Richtung.

Bei derart katastrophalen Freunden wie Bob konnte ein richtiger Feind nur angenehm sein. Aber ich wußte, wie ich ihn zu nehmen hatte; Bob war eine alte Gewohnheit, sozusagen, und alte Gewohnheiten sind schwer abzulegen, richtig? Außerdem war mir klar, daß er sich nicht zuletzt wegen Val so aufführte: Er ärgerte jeden, den er nicht richtig zu nehmen wußte.

Kiwi versuchte ihn mit einem entrüsteten »Psst!« zu bremsen und strich ihre blonden Haare hinter ein Ohr zurück. »Manchman sind deine Manieren einfach peinlich«, schimpfte sie und setzte sich dann trotzdem zu seinen Füßen auf den Boden.

»Es ist meine Ungeschliffenheit, die mich so liebenswert macht, hab' ich recht, Mike?«

Ich nahm ihm das Glas ab. »Yeah, absolut. Dasselbe nochmal?«

»Den Wodka etwas stärker, diesmal. Ich gedenke heute nicht mehr zu fahren.«

»Macht das einen Unterschied?«

Er beugte sich vor, schmiegte sich an seine Freundin und lächelte mit geschlossenen Lippen; sehr selbstgefällig, wie die Katze, die nicht nur den Rahm bekommen hatte, sondern außerdem sehr genau wußte, wo es noch mehr davon zu holen gab.

Ich sandte ihm eine telepathische Botschaft: *Bob, altes Haus, benimm dich heute abend, laß mich nicht hängen.*

Und genaugenommen ließ er mich wirklich nicht hängen. Das, was später passierte, war nur teilweise seine Schuld.

Das Dinner war ein großer Erfolg.

Je mehr Wein konsumiert wurde, desto mehr floß die Unterhaltung. Bob und Val bekamen recht bald das richtige Maß füreinander, so daß die Seitenhiebe und schlagfertigen Erwiderungen im Lauf des Abends humorvoller und immer weniger antagonistisch wurden. Salate waren noch nie mein Lieblingsfutter gewesen, aber da Midges Agentin strenge Vegetarierin war, mußte sich das Menü für alle Beteiligten eignen, außerdem gab es für uns Fleischfresser genügend Schinken und kalten Braten.

Wir saßen um den Küchentisch, und die Haustür war weit geöffnet, um nur ja jeden auch noch so geringen Lufthauch einzulassen. Kiwi erwies sich als wesentlich klüger, als sie aussah, (nebenbei gesagt, weigerte sie sich ernsthaft, zu enthüllen, wie sie zu ihrem Spitznamen gekommen war, aber Bob deutete gewichtig und ein wenig lasziv an, daß es irgend etwas mit Stiefelpolitur zu tun hatte) und erzählte bald ohne Hemmungen von ihrer Vergangenheit als Rockband-Groupie.

Mehr als einmal ertappte ich mich beim Abendessen dabei, wie ich Midge beobachtete; der Kerzenschein verwandelte ihr Elfengesicht in das einer Prinzessin, ihre Rehaugen funkelten und waren doch weich und von einer Schönheit, die von tief innen kam. Anzunehmen, daß der Wein mein Urteil bis zu einem gewissen Grad beeinflußte, aber das Gefühl war nichts Neues: Dieser Wesenszug hatte mich schon oft bewegt, und das in nüchternsten Augenblicken. Gut möglich, daß ich sie wirklich auf eine Art Podest stellte (und damit war ich nicht allein), aber ich kannte sie lange genug, ich hätte es gemerkt, wenn es da irgendwelche Risse gegeben hätte. Es gab keine; und es hatte nie welche gegeben. Halten Sie mich nicht für einen vernarrten Idioten: Ich war mir ihrer kleinen Fehler und Schwächen ziemlich bewußt – und sie machten sie nur verwundbarer, menschlicher. Sagen wir es so: Sie brachten einen gewissen Realismus in den Traum ein; sie machten sie mir zugänglicher. Und einer der Hauptgründe, die mich so eng an sie banden, war der, daß sie den guten Kern in mir sah; das machte mich irgendwie freier – ich konnte meine Gefühle leichter offenlegen. Nennen Sie mich einen romantischen Narren.

Auch in anderer Hinsicht war ich an diesem Abend ein Narr, denn Bob, der Mann mit der starken Blase, war im Lauf des Abendessens häufig nach oben, ins Badezimmer, verschwunden, und ich bemerkte erst ziemlich spät, daß er nach der Rückkehr jedesmal auf etwas herumkaute. Viel *zu* spät wurde mir klar, warum er selbst über die dämlichsten Bemerkungen kicherte; wahrscheinlich säbelte er sich da oben winzige Stückchen Cannabis-Harz ab, denn natürlich hütete er sich, in Gegenwart seiner Gastgeberin einen Joint anzustecken – Midges Antipathie gegen Drogen war in unseren Kreisen wohlbekannt. Offenbar genügte ihm Alkohol als Stimulans heute nicht – kein Wunder, daß er in einer derart herzlichen Stimmung war.

Ich ließ es durchgehen, obwohl ich ziemlich besorgt war, daß es auch Midge auffiel. In der vergangenen Woche hatte ich in Sachen Drogen genügend Prügel bezogen, und das zu Unrecht. Glücklicherweise schien sie jedoch nichts zu merken und Bobs leutselige Art allein dem guten Wein, dem Essen und der netten Gesellschaft zuzuschreiben.

Es war ziemlich spät, als wir die Haustür schlossen, die kühlere Nachtluft aussperrten und nach oben gingen. Midge blieb zurück, um Kaffee zu kochen. Ich hatte im Dorf (in einem Straßenausschank) einen guten Brandy gekauft und schenkte Val, Bob und mir ein. Da ich beim besten Willen nicht wußte, wie man einen Tia Maria mixte, gab sich Kiwi mit Wodka mit »viel, viel Limonade« zufrieden.

Ich widerstand der Versuchung, die Gitaren herunterzuholen, weil ich nur zu gut wußte; wenn Bob und ich erst einmal anfingen, dann würden wir die ganze Nacht weiterspielen. Stattdessen legte ich ein Band auf und stellte das Gerät leise, so daß die Musik die Unterhaltung nicht störte.

Sogar Val schien heiterer und charmanter als je zuvor, selbst als wir uns in einer gutmütigen Diskussion über das Thema »Der Agent – Parasit oder Ernährer?« in die Haare gerieten. Ich glaube, sie war damals Sieger nach Punkten, und ich mißgönnte es ihr nicht.

Das erste Gähnen kam gegen eins auf, und natürlich wurde der reinen Landluft sämtliche Schuld daran zugeschrieben; Bob war trotzdem bereit, die Nacht durchzumachen, aber Midge (wie immer mit klarem Kopf) setzte unsere Gäste über die Betten-Arrangements in Kenntnis und schlug einen vernünftigen Turnus für das Badezimmer vor. Bob und Kiwi sollten im runden Zimmer auf dem Sofa schlafen (das natürlich ausziehbar war), und für Val stand im Zimmer nebenan die Klappliege bereit.

Midge und ich gingen noch einmal nach unten und räumten die Eßsachen ab, während sich die anderen zum Schlafen fertigmachten. Ich kicherte, als ich oben Bobs Impressionen zu Michael Jacksons Sangeskünsten hörte.

Später nahmen wir uns noch die Zeit, vors Haus zu gehen und die Sterne zu betrachten, die hier unwirklicher und zahlreicher schienen als in jedem Weltraumfilm. Ich nahm Midge in die Arme, und wir küßten und liebkosten uns wie Teenager, die von irgendeiner Party nach Hause gekommen waren. Ich war froh, daß ich keinen letzten Zug erwischen mußte.

Als wir wieder nach oben blickten, waren die meisten Sterne hinter sickernden schwarzen Wolken verschwunden. Es sah aus, als hätte es im Himmel einen Stromausfall gegeben.

Ich habe keine Ahnung, wie spät es war, als uns die Schreie weckten.

Wir fuhren beide im Bett hoch wie Kastenteufel. Es war gerade hell genug, daß ich Midges Konturen wahrnehmen konnte; gleich darauf spürte ich, wie sie sich furchtsam an mir festklammerte.

»Oh Gott, Mike, was war das?«

»Ich bin nicht si –«

Die Schreie wiederholten sich, schrill und entsetzlich; unmöglich zu sagen, ob sie ein Mann oder eine Frau ausstieß. Ich tastete nach der Nachttischlampe, und stieß sie fast um, bevor ich den Schalter fand und sie anknipste. Beide waren wir nackt, aber Midge verlor keine Zeit mit dem Überstreifen ihres Nachthemds. Ich schnappte mir den Morgenmantel. Die Tür erreichten wir gleichzeitig.

Aber ich gebe zu: Bevor ich sie öffnete, zögerte ich doch einen Sekundenbruchteil lang. Die Schreie jagten mir Eisschauer durch den Leib; und zwar von oben nach unten. Ich setzte das Schaudern in Tatkraft um und drehte den Türknauf.

Die Tür schwang auf, und die Schreie gellten jetzt noch heftiger und unheimlicher.

Im runden Zimmer brannte eine Lampe; auf dem Boden daneben kniete Kiwi: voller Grauen starrte sie auf eine zusammengekauerte Gestalt auf der anderen Seite des Raumes. Diese kauernde Gestalt war Bob, und sein Gesicht war noch mehr vom Entsetzen gezeichnet, es war häßlich und entstellt, wie das eines dieser steinernen Wasserspeier an den Brustwehren der Kathedralen. Was seine Erscheinung um so schockierender machte, war, daß er völlig weiß war. Ich meine es wortwörtlich – vollständig weiß. Vom Gesicht bis hinunter zu Brustkorb und Bauch. Bis zum Bund seiner Pyjamahose. Sogar seine Arme. Nicht nur blaß oder aschfahl, sondern *weiß*.

Er starrte zur offenen Tür – und weiter, zur Treppe, und seine Augen waren grotesk – unmöglich – geweitet. Sein Unterkiefer war fast bis zum Kehlkopf heruntergesunken, sein Mund ein riesiges, klaffendes Loch, und seine Schreie waren jetzt nur mehr trockene, krächzende Laute.

Ich rannte zu ihm und rief seinen Namen, als könne ihn das aus dem Wahnsinn zurückreißen, der in seinen Augen irrlichterte, ich sank vor ihm auf die Knie, rutschte vollends zu ihm. Seine Hände waren wie steifgewordene Klauen, und er hielt sie vor sein Gesicht, als wolle er so eine Alptraumvision abwehren; aber seine Augen starrten irre zwischen den gekrümmten Fingern hindurch. Er zitterte; die Bewegung kam ruckartig und steif, sein ganzer Körper schien irgendwie spröde.

»Bob, was ist denn? Komm schon, Junge, nur die Ruhe, sag mir, was los ist!«

Er schien nichts zu hören; er versuchte zurückzuweichen, an die gerundete Wand zu kommen, und seine nackten Füße schabten und stießen auf den Teppich. Ich versuchte seine Hände wegzuzerren, aber sie waren wie vibrierende Stahlstangen, unmöglich zu bewegen. Irgendwo im Hintergrund hörte ich ein lautes Schluchzen; ich hoffte, daß sich Midge um Bobs Freundin kümmerte – ich hatte genügend mit ihm zu tun, ich konnte sie nicht trösten.

»Bob, um Gottes willen, ganz ruhig!«

Ich packte ihn an den Schultern, obwohl ich eine Höllenangst davor hatte, dieses milchige Weiß zu berühren, und schüttelte ihn; er zuckte heftig zusammen. Versuchte wegzukriechen. Aber ich ließ ihn nicht los, ich glich seine Kraft mit verzweifelter Grobheit aus. Dann schnappte ich mir seine Hände und riß sie nach unten und brachte mein Gesicht dicht vor seines, damit er gezwungen war, mir in die Augen zu sehen.

Vielleicht hätte ich in diesem Moment alles – oder wenigstens einen Teil – begreifen müssen, denn seine Pupillen waren trotz des milden Dämmerlichts im Raum klein, zusammengezogen, als hätte er geradewegs in die Sonne geschaut. Und sein Blick war glasig, ein feiner Schleier, der das Entsetzen in seinen Augen überzog; den gleichen entrückten Blick hatte ich vor Jahren schon einmal gesehen. Öfter. Bei Kollegen, die –

Aber ich begriff nichts. Die Atmosphäre war aufgeladen mit Panik und Entsetzen; unmöglich, einen klaren Gedanken zu fassen. Ich redete ihm zu, leise und besänftigend und beherrscht.

»Komm schon, Bob, dir geschieht nichts, alles in Ordnung. Du hast schlecht geträumt, das ist alles. Vielleicht hast du irgendwas gehört, was dich erschreckt hat. Hey, komm schon. Waren es die Fledermäuse? Wir haben euch nichts von den Fledermäusen in unserem Oberstübchen erzählt, oder? Sie haben mich auch ein paarmal fast zu Tode erschreckt, aber daran gewöhnt man sich. Komm schon, Bob, wir sind alle bei dir, nichts und niemand kann dir was tun!«

Ich kam mir dämlich vor, als ich das alles heraussprudelte,

aber es war tatsächlich, als würde ich mit einem verängstigten Kind reden.

Ein paar Sekundenbruchteile lang gelang es ihm, seinen Blick auf mich zu konzentrieren, und das schien ein wenig zu helfen. Er wehrte sich nicht mehr gegen mich, er versuchte etwas zu sagen – aber es kamen nur weiterhin diese krächzenden Laute. Er hatte Schwierigkeiten damit, den Mund zu schließen; er brachte es nicht fertig, Worte zu formulieren.

Ich schaute weg, nur kurz; ich wollte sehen, ob mit den anderen alles klar war – und gleich darauf wünschte ich, ich hätte es nicht getan. Das runde Zimmer hatte sich *irgendwie* verändert. Oh, alles war da und an Ort und Stelle, die Möbel waren nicht verschoben, der Teppich hatte keine andere Farbe, die Vorhänge auch nicht: aber ich war irgendwo anders. Alles war kalt – ohne daß ich irgend etwas anfassen mußte, *wußte* ich, daß alles grabeskalt war, und überall waren Schatten, wo keine Schatten hätten sein dürfen. Und da war auch wieder dieser modrige, klamme Geruch. Ich meinte wuchernde Schimmelpilze an den gerundeten Wänden zu sehen, aber die Schatten waren zu tief, zu vollkommen; ich konnte mir nicht sicher sein. Und der Raum wurde kleiner, immer kleiner, die Wände schienen langsam, aber unerbittlich zusammenzurücken, und ich blinzelte und starrte wieder hin, und der Eindruck blieb ... irgendwie; alles schrumpfte; alles zog sich zusammen. Aber dieser Vorgang *mußte* Einbildung sein – mußte! Der Modergeruch sickerte in meinen Mund, füllte und verstopfte meinen Hals; ich bekam nur noch mühsam Luft.

Kiwi wimmerte, und Midge kniete neben der blonden Frau. Sie hatte sie in die Arme genommen und tat ihr Bestes, um sie zu beruhigen, und hatte damit in etwa Erfolg wie ich bei Bob. Kiwi versuchte etwas zu sagen, aber ich verstand nur Satzfetzen, halb ersticktes Keuchen.

» ... durstig ... er ... nach unten gegangen ... Oh mein Gott ... ich hab' ihn schreien hören ... Hat jemanden gesehen, da unten ...«

Das war mehr als genug; ich wußte, was los war, und jetzt wimmelten ganze Horden von Tausendfüßlern aus dem Tiefkühlfach über meinen Rücken. Ich ahnte, *was* Bob da unten in der Küche begegnet war.

Fingernägel harkten über meine Brust, und ich ruckte wieder herum; Bob kauerte an der Wand, die Hände ausgestreckt. Ich packte sein Handgelenk. Sein Kopf wackelte wie der eines Gelähmten, seine andere – freie – Hand zeigte Richtung Tür ... annähernd jedenfalls, weil sein Arm heftig hin und her schlenkerte, kaum fähig, ausgestreckt zu bleiben.

Er hätte nicht mehr hinzeigen müssen, sein Blick genügte vollauf, und dieser absolute Wahnsinn in seinen Augen; es war, als würde er mich hypnotisieren, in die richtige Richtung zu sehen, es war, als würde ich (wie in einem Comic) an einer gepunkteten Linie entlang vom Augapfel zum Objekt blicken.

Da war kein Licht im Flur draußen, aber von der Treppenbiegung her schimmerte ein fahles Leuchten; es kam aus der Küche unten. Bob mußte das Licht angeknipst haben.

Und der Raum wurde am Rand meines Sichtfeldes kleiner und kleiner, und die Schatten dunkler, immer dunkler, als hätten sich beide miteinander verschworen, die hier anwesenden Menschen zu zermalmen. Mein Unterbewußtsein raunte mir zu, daß es nur Einbildung war – meine eigene Angst rief diesen Spuk hervor; aber diese flüchtige Erkenntnis bot ziemlich wenig Trost.

Noch immer hielt ich Bobs Handgelenk fest, und mittlerweile zitterte ich fast so sehr wie er. Ich klappte den Mund auf – und starrte ebenfalls durch die offene Tür hinaus.

Ein Schatten kroch die Treppe herauf. Eine ungeschlachte Gestalt, zerfließende Konturen; dunkel wie schwarze Tinte. Kam aus der Küche hoch.

Stufe um Stufe. Nur von hinten schwach erhellt. Jetzt in nahezu völliger Dunkelheit; das Etwas hatte die Treppenbiegung erreicht ... und umrundete sie.

Und trat langsam in die sanfte Helligkeit des runden Zimmers.

Schlechter Trip

Ich brach vor Erleichterung fast zusammen, als Midges Agentin hereinkam.

»Gottverdammt, Val, du hast uns fast zu Tode erschreckt!« Ich schlug mit der geballten Faust auf den Boden.

Sie war ehrlich überrascht. »Großer Gott, warum? – Ich bin

nach unten gegangen, weil ich den Grund für das ganze Theater wissen wollte, das unser Freund da veranstaltet.«

Sie griff nach dem Schalter neben der Tür und knipste das Licht an; augenblicklich sprangen die Wände an Ort und Stelle zurück, und die Schatten zerschmolzen. Val schritt zielstrebig voran, und das voluminöse Baumwollhemd, das sie in völliger Mißachtung der Jahreszeit trug, blähte sich hinter ihr auf. Noch nie hatte sie so großartig ausgesehen. Oder so beruhigend.

»Da unten ist nichts, Bob, absolut nichts«, sagte sie, als sie auf uns zusteuerte. »Was soll der Unsinn?«

Ich zog den Morgenmantel zusammen, da ich mich plötzlich ein wenig unzureichend bekleidet fühlte, und stemmte mich hoch. Gemeinsam sahen wir auf Bob hinunter, und ich atmete erleichtert durch, als ich jetzt bemerkte, daß ein Schimmer von Farbe in ihn zurückkehrte. Aber er sah nicht gesund aus, er sah überhaupt nicht gesund aus.

»Hilf mir«, bat ich Val, und dann ergriffen wir seine Arme und zogen ihn hoch. Er leistete keinen Widerstand mehr; mehr noch – er war seltsam leblos. Wir trugen ihn fast zu dem Schlafsofa hinüber.

»Er ist hier im Zimmer herumgekrochen, als ich kam«, erklärte Val, als wir ihn sanft hinunterließen. »Er hat Zeter und Mordio geschrien und zur Treppe gezeigt. Ich dachte mir, da sind vielleicht Einbrecher, und bin deshalb sofort hinuntergeeilt.«

Ich hatte immer gewußt, daß sie Mumm hatte, aber daß sie *so viel* Mumm hatte –

»Leer, natürlich, keine Spur von Einbrechern in der Küche. Also habe ich die Tür und die Fenster überprüft, aber auch da kein Anzeichen eines gewaltsamen Eindringens. Ich denke, der gute Bob hatte einen äußerst miserablen Alptraum.«

Kiwi schluchzte noch immer, aber sie schaffte es, herauszustoßen: »Nein, nein. Er war völlig wach. Er hat gesagt, er brauche einen Schluck Wasser. Dann ging er nach unten.«

Ich war noch immer erschüttert genug, um nicht einmal von ihren langen Oberschenkeln allzuviel Notiz zu nehmen, die da unter ihrem kurzen und dünnen Nachthemdchen zu sehen waren. »Hast du das Licht in der Küche angemacht?« fragte ich Val.

»Nein, das war schon an. Na gut, dann hat er seinen Weg da hinunter also gefunden, aber ich kann mir trotzdem nicht vorstellen, was dieses ganze Tam-tam ausgelöst hat.«

Midge und ich waren Kiwi dabei behilflich, sich auf den Rand des Sofas zu setzen; Bob lag auf dem Rücken, starrte zur Decke hoch und murmelte vor sich hin.

Ich hob Kiwis Kinn mit einem gekrümmten Finger an und schaute ihr ins Gesicht. »Was hat Bob heute nacht genommen? Ich weiß, daß er fast den ganzen Abend auf Cannabis war, aber als wir zu Bett gingen, hat er noch etwas Stärkeres genommen, hab' ich recht?«

Ich spürte Midges Blicke und sah kurz zu ihr hinüber. Ich schüttelte leicht den Kopf; als Entschuldigung war das so gut wie alles andere.

»Komm schon, Kiwi, wir müssen es wissen«, drängte ich.

»Es ... es war irgendwas Chinesisches ...«

Ich schloß die Augen und fluchte in mich hinein. Smack. Heroin. Billiges braunes Pulver mit allen möglichen Unreinheiten; und außerdem oft mit Strychnin und anderen Giften gemischt. Dieser verdammte Idiot!

»Nicht ... nicht viel«, fügte sie rasch hinzu. »Er hat nur ein wenig gesnieft. Er wollte, daß ich mitmache, aber das Zeug macht mich krank. Es ist nicht gut für meine Stirnhöhlen.«

Bob stöhnte fürchterlich und wand sich auf dem Bett. Dann setzte er sich kerzengerade auf und blickte sich zögernd im Zimmer um. Er war noch immer bleich, aber jetzt hatte seine Haut nicht mehr diese unheimliche weiße Färbung; er zitterte weniger krampfartig als bisher, es wurde ein gleichmäßiges Beben.

»Dieses ... H-haus ...«, stammelte er.

Es war Midge, die vortrat und ihm sanft die Hand gegen die Halsseite legte.

»Bob, hier gibt es nichts, was dir etwas tun könnte« sagte sie mit einer Stimme, die so leise und so sanft war wie ihre Berührung.

Seine Augen brauchten eine ganze Weile, bis sie sich allein auf sie konzentriert hatten, und als das so weit war, sackte er plötzlich zusammen, als sei unvermittelt alle Kraft aus ihm gewichen. »Dieses ... verdammte Haus ...«, stammelte er tränenerstickt. »Ich – ich muß hier raus ...«

»Psst jetzt«, raunte sie, und ich sah, daß ihre Hand beruhigend fester zudrückte. »Hier bei uns hast du nichts zu befürchten.«

Was mich betraf – ich war stinksauer auf ihn und hätte ihn am liebsten hinausgeschmissen. Er hatte nicht das Recht gehabt, dieses Zeug mitzubringen, absolut nicht – und das um so weniger, weil er Midges Abneigung gegen alle Drogen, ganz gleich, ob hart oder soft, kannte. Ich ballte die Fäuste.

Hör auf, Bob, brummte ich. »Du hast schlechten Shit geschnüffelt, das ist alles.« Aber ich dachte an die Bedrohung, die ich selbst *gespürt* hatte.

Er schien sich wieder mehr unter Kontrolle zu haben, und ich bin davon überzeugt, daß Midges Besänftigung eine Menge damit zu tun hatte. Sie sprach weiter zu ihm, ganz leise, und dabei streichelte sie weiterhin über die verkrampften Muskeln an seinem Hals und seinen Schultern.

»Da unten ... in der Küche war etwas.« Er sagte es dumpf, und die Hysterie war einigermaßen im Zaum gehalten – aber nur einigermaßen.

»Außer uns ist niemand im Haus«, sagte ich.

»Nicht irgend jemand – *etwas*! Es hat da im Dunkeln auf mich gewartet ... es saß dort ...! Jesus, der Gestank! Ich kann ihn jetzt noch riechen. Du nicht? – Hier geht etwas Entsetzliches vor!« Seine Stimme wurde wieder schrill.

»Nein, Bob«, widersprach Midge ruhig. »Gramarye ist ein guter Ort, hier gibt es nichts Schlimmes.«

»Da irrst du dich aber ... Etwas ist ... etwas ist ...« Sein Mund hing schlaff offen; er fand keine Worte dafür.

Kiwi schluchzte wieder laut auf, und Bob wandte sich zu ihr um, dann zu mir – fast verzweifelt. »Mike, ich bleibe hier nicht mehr ... ich bleibe hier nicht mehr –«

»Beruhige dich«, sagte ich. »Du bist auf einem schlechten Trip. Das geht vorbei, aber beruhige dich.«

»Nein, unmöglich ... Dieses Zimmer ... die Wände ...«

Ich wußte genau, was er meinte. War ich nicht auch davon überzeugt gewesen, die Wände würden näherrücken? Hatte ich nicht auch die Schimmelpilze gesehen, die in den Schatten gewuchert waren? Oder hatte sich *seine* Halluzination, seine Hysterie, in meinen Verstand eingeschlichen? Ich konnte mir nicht mehr sonderlich vieler Dinge sicher sein in diesem Haus.

»Du kannst nicht mitten in der Nacht aufbrechen«, sagte ich mit einer Milde zu ihm, die ich kaum empfand. »In deinem Zustand kannst du nicht fahren, du mußt dich beruhigen und ausschlafen.«

»Schlafen? Du bist verdammt übergeschnappt, wenn du glaubst, daß ich hier schlafen werde!« Und er schaute sich wieder wie gehetzt um.

»Es ist fast drei Uhr morgens«, warf Val ein, die über uns alle aufragte. »Viel zu spät für jede Reise. Wir werden uns zu dir setzen, bis es hell ist, und wenn du dann immer noch möchtest, kannst du fahren.«

Wir prallten alle zurück, als Bob loskreischte.

»Jetzt! Verdammt, ich will jetzt hier raus!«

Er drosch auf das Bett ein wie ein verwöhntes Kind, das seinen Willen nicht durchsetzen konnte. Er machte Anstalten, aufzustehen, und ich packte ihn an den Schultern und drückte ihn zurück – und brauchte meine ganze Kraft dazu. Geschockt sah ich, daß Speichel in seinen Mundwinkeln glitzerte.

»Laßt ihn in Ruhe«, rief Kiwi und zerrte an meinem Arm. »Ich werde fahren, ich bringe ihn nach Hause!«

»Er ist in einem katastrophalen Zustand –«

»Ich glaube, so ist es am besten, Mike.«

Überrascht schaute ich über die Schulter zu Midge. »Es ist für beide zu gefährlich, solange er in diesem Zustand ist.«

»Er wird sich beruhigen, sobald er von hier wegkommt«, antwortete sie.

»Das wissen wir aber nicht sicher.«

»Es ist gefährlicher für ihn, wenn er bleibt.«

Verwundert wandte ich mich wieder Bob zu; Tränen strömten über sein Gesicht und auf das Kissen darunter.

»Vielleicht hat sie recht«, meinte Val. »Ich würde ihn gehen lassen, Mike.«

Verunsichert lockerte ich meinen Griff, aber ich ließ ihn nicht los. »Bob, hör mir jetzt genau zu.« Ich hielt ihn am Kinn fest, damit er mich ansehen mußte. »Du kannst dich anziehen, und dann bringen wir dich zu deinem Wagen. Kiwi wird fahren, okay? Hast du mich verstanden?

»Klar hab ich dich verstanden, zum Teufel. Laß mich los; laß mich aufstehen. Oh Gott, ich habe ...« Wieder konnte er den Satz nicht zu Ende führen.

Ich ließ ihn los und stand auf. Er setzte sich hin, und Kiwi schob sich an mir vorbei und nahm ihn in die Arme.

»Hilf ihm beim Anziehen«, bat ich sie. »Wir warten unten.«

Trotzdem blieben wir noch, bis wir sahen, daß sich Bob einigermaßen gefangen hatte. Seine Bewegungen waren nach wie vor unstet, und er zitterte wie im Fieber, aber er schien wirklich wieder zur Vernunft zu kommen. Allerdings sahen wir auch, daß er noch immer verängstigt war.

»Ich mache Kaffee«, sagte Midge ruhig, und sie und Val gingen zur Treppe. Ich nahm mir die Zeit, in unser Schlafzimmer hinüberzugehen und Jeans und Turnschuhe anzuziehen; den Morgenmantel ließ ich an. Bevor ich nach unten ging, schaute ich noch einmal zu Bob hinein; Kiwi war bereits angezogen und stopfte Reservekleider und Toilettenartikel in ihre Reisetasche. Bob knöpfte sehr bedachtsam sein Hemd zu und behielt die Wände im Auge, als könnten sie jeden Moment wieder in Bewegung geraten.

Er tat mir leid, und ich war wütend auf ihn. Und natürlich machte ich mir Sorgen um ihn. Aber plötzlich bekam ich auch Angst um Midge und mich; und zwar sehr.

Kiwi war Bob mit seiner Jacke behilflich, und ich war bereit, hinzuzuspringen und ihn festzuhalten, falls seine Panik wieder übersprudeln sollte; ich sah, daß die Hysterie dicht unter der Oberfläche saß – kaum in Zaum gehalten.

»Bob«, sagte ich. »Mir wäre wohler, wenn du nicht fahren würdest ...«

Er starrte mich an, als sei ich derjenige, der in ärztliche Behandlung gehörte, und die Wildheit seines Gesichtsausdrucks war absolut unüblich für jemanden, der unter Heroin stand: Okay, da *war* eine gewisse Verträumtheit, aber eine von der Alptraumsorte.

Plötzlich packte er mich an beiden Armen; seine Worte kamen gepreßt und verzerrt. »Was ist das ... was ist das für ein Ort?« Und das war alles, was er sagte.

Er ließ mich genauso abrupt wieder los und packte Kiwi und zog sie zur Tür. Aber bereits im Flur draußen schwankte er, und seine Freundin mußte ihn stützen. er wackelte noch immer mit dem Kopf, und einen Moment lang glaubte ich, er würde ohnmächtig werden.

»Er will nicht da hinuntergehen«, rief Kiwi über die Schulter zu mir zurück. »Laß uns gleich hier hinaus, Mike, bitte – *beeil dich.*«

Ich schob mich an ihnen vorbei und entriegelte die rückwärtige Tür. Sie waren draußen, bevor ich sie aufhalten konnte.

»He, paßt auf. Laßt mich vorgehen – die Stufen da sind gefährlich.« Aber nur eine Eule antwortete mir – irgendwo drüben, im Wald.

Sie hatten bereits die oberste Stufe erreicht; Kiwi mühte sich ab, einen Arm um Bobs Hüfte gelegt; in der anderen Hand trug sie die Reisetasche. Beide torkelten sie gefährlich, und ich rannte zu ihnen, bevor sie stürzten.

Ich nahm ihr Bob ab, hängte seinen Arm um meinen Hals, umfaßte fest sein Handgelenk und schob meinen anderen Arm um seine Hüfte. So begannen wir einen schwerfälligen Abstieg, und ich war gottfroh, daß ich das meiste Moos von den Stufen gekratzt hatte. Trotzdem fühlten sich die Steinplatten unter meinen Schuhsohlen schlüpfrig an.

Als meine Finger am Mauerwerk des Hauses entlangstreiften, bemerkte ich auch dort seidige Nässe.

Zweimal rutschte ich auf den glatten Stufen aus, aber jedesmal gelang es mir in letzter Sekunde, irgendwo Halt zu finden. Als wir im Garten unten ankamen, stieß ich einen Seufzer der Erleichterung aus.

Wir passierten die Hautür, die im gleichen Moment geöffnet wurde; Helligkeit flutete heraus, und Val kam und stützte Bob von der anderen Seite her. Sie half mir, ihn den Weg entlangzubugsieren, und Kiwi lief voraus und schloß den Wagen auf. Am Gartentor drehte ich mich kurz um und schaute zum Haus zurück.

Midges Silhouette zeichnete sich in der offenen Tür ab, so regungslos, daß sie genausogut ein Teil von Gramarye hätte sein können. Es war ein seltsamer, flüchtiger Moment.

Während Kiwi auf der Fahrerseite einstieg, verfrachteten wir unsere Last im Wagen, und jetzt hielt Bob die Augen geschlossen. Ich hob seine Beine hinein, richtete mich halb auf – mein Gesicht war ganz dicht an seinem –, und da öffnete er die Augen wieder und starrte direkt in meine. Selbst heute friere ich noch, wenn ich an diesen Blick denke, denn ich sah nicht nur seine Angst darin, sondern auch eine abgrundtiefe und elende Verzweiflung. Es war, als würde ich in einen tiefen, schattigen Brunnenschacht hinabsehen, auf dessen Grund sich in der Schwärze etwas Undefinierbares bewegte, sich wand und in einer flehenden Geste die Hände nach oben streckte. Durch die Drogen, die er vorhin genommen hatte, waren gewisse Türen seines Verstandes geschlossen worden (genaugenommen die übliche Wirkung) – aber damit war ein direkter Weg zu anderen, tieferliegenden Sinnen freigeworden. Was immer er dort unten in Gramaryes Küche angetroffen haben mochte, was immer er zu sehen *geglaubt* hatte – es war aus seinen eigenen *dunkleren* Gedanken heraufgeholt worden.

Ich stieß mich ab, richtete mich auf und schloß die Beifahrertür hastig; die Innenbeleuchtung erlosch – und damit auch sein Blick.

Ich hörte Val Kiwi raten, »sehr vorsichtig zu fahren«, und dann fuhr der Wagen an und von dem Grasstreifen herunter und wurde rasch schneller.

Ich war nicht traurig, als ich die roten Rücklichter im Dunkel des Waldes verschwinden sah.

Der Riß

Ich nehme an, keiner von uns hat in dieser Nacht geschlafen. Wir hatten noch eine Weile zusammengesessen und Kaffee getrunken, aber ich schätze, wir waren alle zu geschockt, um Bobs Hysterie zu erörtern, und vielleicht auch ein wenig davon in Verlegenheit gebracht. Midge war sehr still geblieben, als sich Val über die Übel und die unvorhersehbaren Folgen des Drogenkonsums ausließ. Naja, und nicht daß ich viel zu dieser Unterhaltung beigetragen hätte – mein Kopf brummte von anderen Gedanken.

Irgendwann gingen wir zum zweiten Mal in dieser Nacht schlafen, und als Midge und ich im Bett lagen, nahm ich sie in die Arme, weil ich sie ganz nahe bei mir haben wollte, aber sie war völlig teilnahmslos, als gäbe sie mir die Schuld an Bobs Benehmen. Wenigstens hatte Midge keine Angst – im Gegensatz zu mir.

Ich mußte einen klaren Kopf bekommen, bevor ich ihr sagte, was er meiner Meinung nach da unten in der Küche gesehen hatte, und ich wollte, daß sie empfänglich dafür war, wenn ich es ihr sagte: Inzwischen war mir sehr wohl bewußt, daß Midge – was Gramarye betraf – auf einem Auge blind war. – Als ich dort im Dunkeln lag, fiel es mir schwer, die Augen geschlossen zu halten, aber irgendwann vor Morgengrauen muß ich schließlich doch noch eingeschlafen sein; in den folgenden Stunden wachte ich zwei- oder dreimal auf, aber nie richtig, bis ich Bewegungen neben mir spürte. Midge stand auf, und ich war dankbar für das Morgenlicht. Wir gingen zusammen nach unten.

Val traf kurz nach uns ein, angezogen und geschäftsmäßig –

sie hatte die Ereignisse der vergangenen Nacht für den Augenblick vergessen. Midge richtete das Frühstück, und ich stellte fest, daß ich überraschend hungrig war; Midge selbst rührte kaum etwas an. Das Frühstück war eine trostlose Sache, obwohl Val – Gott segne sie – ihr Bestes tat, um eine Unterhaltung in Gang zu bringen; mit keinem Wort erwähnte sie den Vorfall, der uns alle beschäftigte.

Midges Gesicht hellte sich erst auf, als Rumbo in der offenen Tür erschien; draußen und hinter ihm versammelten sich bereits die Vögel und trällerten ihre eigene ungeduldige Forderung nach Futter. Dieses morgendliche Begrüßungskomitee war irgendwie ziemlich beruhigend.

Val beobachtete mit einem verwirrten Lächeln, wie Midge Brot brach und die einzelnen Stücke und Krumen draußen verstreute, und Rumbos Unverfrorenheit entlockte ihr sogar ein dröhnendes Lachen. Der kleine Kerl sprang auf den Tisch und schnappte sich die Speckschwarte von meinem Teller. Er nagte daran und hielt nur gelegentlich inne, um uns alle anzuschnattern: vermutlich erläuterte er uns seine Pläne für diesen Tag.

Ich tippte ihn mit einem Finger sanft an. »Du hast unsern Gast gestern abend nicht kennengelernt«, sagte ich. »Rumbo, das ist Val – Val, das ist Rumbo. Er frißt gern.«

»Unglaublich, wie zahm es ist«, rief Val aus.

»Psst!« warnte ich. »Bezeichne Rumbo niemals als *es* – er ist schnell beleidigt.«

»Wie in aller Welt habt ihr es geschafft, euch so mit ihm anzufreunden? Val stand da, die Hände in die Hüften gestemmt, und schüttelte den Kopf.

»Das war nicht nötig«, erklärte Midge von der Tür her. »Er hat uns von Anfang an vertraut. Alle Tiere hier sind sehr nett. Flora Chaldean, Gramaryes Vorbesitzerin, hat ihr Vertrauen gewonnen.«

»Sie muß eine beachtliche Frau gewesen sein.«

»Oh, das war sie.«

Midge sagte das mit einer solchen Überzeugung, daß ich mich nach ihr umdrehte.

»Erzählt mir von Flora Chaldean«, forderte uns Val auf, während sie die gebrauchten Tassen und Teller einsammelte. Rumbo drückte die halb abgenagte Speckschwarte schützend an seine Brust und hoppelte zum anderen Ende des Tisches.

»Wir wissen nicht viel über sie«, sagte ich und trank den restlichen Kaffee aus. »Nur, daß sie steinalt gestorben ist, den größten Teil ihres Lebens in Gramarye gelebt hat; und daß man sie für eine große Heilerin hielt. Man hat uns erzählt, daß sie Tiere *und* Menschen kuriert hat.«

»Sie hat sie geheilt?«

»Naja, kleinere Unpäßlichkeiten, nehme ich an. Sie wird ihnen Tränke verabreicht haben, und wahrscheinlich hat auch das Daran-Glauben eine Rolle gespielt. Größere Operationen waren wohl nicht darunter.«

»Und sie hat ganz allein hier gelebt?«

Ich nickte. »Ihr Mann ist im letzten Weltkrieg gefallen, kurz nachdem sie geheiratet hatten.«

Val trug das Geschirr in den angrenzenden Raum und stellte es in die Spüle. Ich folgte ihr mit meiner leeren Kaffeetasse.

»Ich mach' den Abwasch«, sagte Midge und kam ebenfalls herein und drehte den Heißwasserhahn auf.

»Okay, ich trockne ab.« Val machte ihr Platz. Dann wandte sie sich an mich! »Solltest du nicht Bob anrufen und dich erkundigen, wie es ihm geht?«

Ich spähte auf die Uhr. »Es ist kurz nach neun – nicht gerade die Zeit für eine Audienz bei ihm.« Ich lächelte grimmig. »Aber es wird mir eine Freude sein, ihn zu wecken.«

Erst auf dem Weg nach oben, zum Telefon im Flur, kam mir in den Sinn, daß Val möglicherweise eine Weile mit Midge allein sein wollte. Midge hatte zu unserer Unterhaltung über die alte Flora nicht viel beigesteuert, also war es nur logisch, wenn Val annahm, sie könnte unter vier Augen mitteilsamer sein.

Ich wählte Bobs Nummer, und ich gestand mir endlich ein, *daß* ich besorgt war, seinetwegen, um ehrlich zu sein: Ich wollte wissen, ob alles in Ordnung war mit ihm.

Ich mußte es ziemlich lange klingeln lassen; dann wurde abgenommen, und Kiwi war am Apparat. »Ja? Wer ist da?« fragte sie mit unverholener Verärgerung.

»Ich bin's, Mike. Seid ihr heil nach Hause gekommen?«

»Zu guter Letzt ja. Mein Navigator hat fast die ganze Zeit geschlafen, deshalb bin ich ein paarmal falsch abgebogen.«

»Wie geht es ihm?«

»Frag ihn selbst.«

Fast übergangslos hatte ich Bob an der Leitung. »Tut mir leid, Alter«, sagte er zerknirscht.

»Da sagst du was.«

»Ja, ich weiß. Aber ich versteh's auch nicht, Mike, ich hab' nicht zuviel erwischt.«

»Aber du hast auch noch eine Menge getrunken. Wie kommt es, daß du dich jetzt so verdammt normal anhörst?«

»War ich so schlimm, letzte Nacht?«

»Schlimmer – hat's dir Kiwi nicht erzählt?«

»Sie sagte, ich sei ein bißchen hysterisch gewesen.«

»Das glaub' ich nicht! Du hast total durchgedreht!«

»Ein Alptraum.«

»Mann, das war kein verdammter Alptraum! Erinnerst du dich denn an nichts?«

»Nur schwach. Ich hatte ziemliche Angst, oder?«

»Du hast etwas gesehen, Bob, in der Küche unten. Bestimmt erinnerst du dich daran?«

Es entstand eine Pause. Dann: »Sieh mal, Mike, ich bin ausgeflippt – keine Ahnung, was ich mir da unten eingebildet habe; ich weiß nicht mal mehr, ob ich überhaupt da hinuntergegangen bin.«

»Kiwi sagt, du bist hinuntergegangen.«

»Okay, vielleicht bin ich das wirklich. Aber jetzt ist alles ziemlich ... weißt du, irgendwie verschwommen. Tut mir ehrlich leid, daß ich euch dieses Theater gemacht habe ... Äh ... wie hat es Midge aufgenommen?«

»Oh, sie fand es ziemlich unverschämt.«

»Sag ihr, daß es mir leid tut, ja?«

»So einfach funktioniert das nicht.« Ich schüttelte verzweifelt den Kopf. »Komm schon, denk nach, Bob. Als du dich an der Wand zusammengekauert hat, als ich zu dir kam – erinnerst du dich noch an die Wände? An irgend etwas ... besonderes?«

»Hör doch auf, Mann! Nichts ist mit den verdammten Wänden passiert. Ich hatte einen lausigen Hit, das ist alles, also blas die Sache nicht mehr auf als nötig, Mike. Ich fühle mich schon mies genug.«

»Das Ganze war mehr als nur ein schlechter Trip. Du hast in der Küche etwas gesehen – etwas Entsetzliches, und als du wieder oben warst, hattest du das Gefühl, die Wände würden zusammenrücken.«

»Das ist doch nichts Ungewöhnliches, oder? Ich meine, Dinge, die aus den Mauern kommen, Ungeheuer, die im Dunkeln lauern, das ist doch normal bei schlechtem Smack.«

»Du hast selbst gesagt, daß du nicht viel genommen hast.«

»Genug, um schlechte Vibrations aufzunehmen.«
»Was?«
Wieder eine Pause, diesmal eine lange.
»Ich muß wieder ins Bett«, sagte er schließlich. »Ich fühle mich nicht so gut, wie ich mich vielleicht anhöre. Ich ruf' dich irgendwann diese Woche an, Mike, und dann entschuldige ich mich auch bei Midge. – Paß auf dich auf.«
»Warte – «
Er hatte aufgelegt. Ich spielte mit dem Gedanken, ihn zurückzurufen, aber ich tat es nicht. Möglich, daß es mir widerstrebte, ihn weiter zu bedrängen. Ich ging in die Küche zurück.

Sie saßen nebeneinander auf der Türschwelle, Midge das Kinn auf die angehobenen Knie gestützt, die Arme unter das Nachthemd gezogen. Val hatte sich gegen den Türrahmen zurückgelehnt und die stämmigen Beine vor sich auf den Weg ausgestreckt. Die Vögel ließen sich von ihrem derben Schuhwerk nicht stören; ungerührt pickten sie ihre Brotkrumen auf. Als mich die beiden Frauen kommen hörten, verstummten sie und sahen über die Schulter zu mir her.
»Wie geht es ihm?« fragte Midge, und sie schien wirklich besorgt zu sein.
»Würdest du mir glauben, wenn ich dir sage, daß er sich an nichts mehr erinnert?«
»O ja, das würde ich«, kommentierte Val trocken. »Er war in dieser Nacht so weit weg, da ist alles möglich.«
»Könnte sein, daß er sich nicht erinnern will«, sagte ich. Sie starrte mich komisch an, aber ich sagte nichts mehr. Midge stand auf. »Ich glaube, ich sollte mich anziehen und aufräumen.«
»Ich werde dir helfen, oben alles zu richten«, meldete ich mich freiwillig.
»Nein, du leistest Val Gesellschaft. Ich werde nicht lange brauchen.«
Ich hielt sie am Arm fest, bevor sie vorbeigehen konnte. »Bob sagt, es tut ihm leid.«
Sie brachte ein dünnes Lächeln zustande. »Ich bin froh, daß er okay ist, Mike, aber ich will ihn hier nicht mehr sehen . . . Du weißt, warum.«
Ich zog sie in meine Arme, und ich war kein bißchen verlegen, weil ihre Agentin das mitbekam.

»Mir tut es auch leid«, flüsterte ich.

Sie erwiderte meine Umarmung nur kurz; es war eine schwache Geste, als koste es sie viel Kraft. »Du kannst nichts dafür«, sagte sie. »Ich mache dir auch keinen Vorwurf, Mike.« Trotzdem kamen mir ihre Augen nicht ganz so leuchtend vor wie sonst. Sie drehte sich um, ließ mich stehen und eilte die Treppe hinauf.

»Ihr habt ein Problem.«

Val hatte sich in der Türöffnung aufgerichtet, sperrte das Tageslicht aus und klopfte sich Staub von der Kehrseite ihres Rocks.

Ich hob die Brauen und fragte mich, wieviel Midge ihr erzählt hatte.

Sie trat ein, und ihre wuchtigen Schritte pochten über die Fliesen. »Nebenan.« Sie deutete mit dem Kinn voran.

»Nebenan?«

»Habt ihr das nicht bemerkt? Mir ist es aufgefallen, als euer Eichhörnchen auf den Küchenherd gesprungen ist. Momentan ist es nur ein Haarriß, aber später könnte das einmal sehr gefährlich werden.«

»Wovon redest – «

»Von dem Riß im Sturz über dem Herd. Er ist nicht leicht zu sehen, ich weiß.«

Ich ging in den angrenzenden Raum, ohne auf Rumbo zu achten, der im Töpfe- und Pfannenschrank (den irgend jemand unklugerweise offengelassen hatte) unter der Arbeitsplatte rumorte; ich marschierte geradewegs zu dem eisernen Herd hinüber.

Der Riß war tatsächlich wieder da; er verlief vom oberen bis zum unteren Ende der Steinkante. Ich berührte den Sturz behutsam, und er schien ziemlich solide zu sein. Ich schüttelte ungläubig den Kopf. Hinter mir ragte ein Schatten auf.

»Ihr solltet das so bald wie möglich richten lassen,« riet Val. »Eigentlich überrascht es mich, daß ihr das nicht vor eurem Einzug erledigt habt. Stell dir vor, einer von euch beugt sich über den Herd, und das Ganze bricht herunter. Es ist lebensgefährlich. Wenn ich nur daran denke, was alles passieren könnte, wenn der Stein im Winter heiß wird über dem Feuer. Meine Güte, ist dir schlecht? Du bist ganz blaß. Dieser verdammte Sturz wird nicht gleich herunterkommen, nur die Ruhe. So, wie es aussieht, hat er ja eine ganze Zeit gehalten.«

Ich reckte mich und sah diese ziemlich große Frau an; ich hatte immer das Gefühl gehabt, daß sie mich nicht ernstnahm – okay, sie hatte mich nicht abgelehnt, und es hatte nie auch nur die geringste Feindseligkeit zwischen uns gegeben, aber andererseits war es auch nicht die große Sympathie gewesen mit uns beiden. Aber in diesem Moment muß sie irgend etwas an mir beunruhigt haben, denn da vibrierte echte Besorgnis in ihrer Stimme, als sie sagte: »Ich glaube, du solltest mir alles sagen, Mike.«

Und das tat ich. Wir setzten uns an den Tisch, und ich erzählte ihr alles, von unserer ersten Hausbesichtigung bis zu den grotesken Ereignissen der letzten Nacht.

Dann fügte ich weitere Einzelheiten hinzu und meine Theorien, meine Vermutungen; und stellenweise kam ich mir absolut dämlich vor, aber ich hörte nicht auf, ich redete mir alles von der Seele.

Erst Midge, die unvermittelt am Fuß der Treppe stand, stoppte meine weitschweifigen Ausführungen. Ihr Gesicht war in völligem Grauen verzerrt und fleckig und tränenüberströmt; eine Hand war erhoben und in ihren Haaren vergraben; sie kratzte unablässig die Kopfhaut.

Ich dachte schon, sie hätte alles mitangehört, was ich gesagt hatte. Aber das war es nicht. Ihre andere Hand zeigte die Treppe hinauf.

Ruinierte Kunst

Ich konnte nichts Vernünftiges aus ihr herausbekommen. Ich hielt Midges Arme und versuchte sie zu beruhigen, aber sie schüttelte nur immer wieder den Kopf und würgte unzusammenhängende Worte zwischen ihren Schluchzern hervor.

Daher zog ich sie zur Seite, so sanft wie möglich, und stürmte die Treppe hinauf und hielt erst an, als ich in der Mitte des runden Zimmers stand. Ich sah nach rechts und links, drehte mich um die eigene Achse – und noch einmal, wieder in die andere Richtung – und suchte nach dem, was sie so sehr aufgeregt hatte. Der Raum war ordentlich aufgeräumt, das Bett in ein Sofa zurückverwandelt; es gab nur noch wenige Hinweise auf die Soiree des vergangenen Abends. Die Sonnenstrahlen flammten durch die Fenster und glorifizierten Wände und Möbel. Ich konnte den Wald draußen sehen, durch die Scheiben wie gerahmte Mosaiksteinchen dargestellt, grün und üppig, ohne die geringste Spur einer Bedrohung.

So sehr ich mich auch umsah, nichts war fehl am Platze, nichts war zu entdecken, was Midges Verzweiflung verursacht haben könnte.

Ich rannte in unser Schlafzimmer.

Leer.

Das Badezimmer.

Leer.

Der unbewohnte Raum.

Leer.

Und wieder ins runde Zimmer.

In dem Midge jetzt, von ihrer Agentin gestützt, stand.

Sie deutete auf ein Fenster. Dann zur Staffelei, die vor dem Fenster stand. Sie schien Angst davor zu haben, auch nur in ihre Nähe zu gehen.

Val ließ sie stehen und durchquerte den Raum, und ich folgte ihr hastig und holte sie ein; wir erreichten die Staffelei zusammen.

Und gemeinsam sahen wir auf das Bild von Gramarye hinunter, dessen Schutzpapier bereits zurückgeschlagen war. Ich hörte Val nach Luft schnappen, und vielleicht schnappte auch ich nach Luft.

Das Gemälde war nur mehr ein Chaos verschmierter Farben, alle Konturen waren verzerrt und verwischt, die ursprüngliche Kraftfülle des Bildes war reduziert auf ein häßliches Durcheinander, getrübt von einem wahllosen Gemisch von Farbkleksen, die Schöpfung eines geistesgestörten Künstlers.

Nicht einmal das Sonnenlicht, das von seiner Oberfläche reflektiert wurde, konnte ihr Wärme einflößen.

Verführung

Als hätten wir nicht genug Probleme, kam ein paar Tage später auch noch Kinsella.

Ich erinnere mich nicht mehr genau, wie spät es war, aber ich weiß noch, daß die Nacht bereits ihre Vignetten über die

Abenddämmerung legte und daß ich erst wenige Minuten vorher eine weitere melancholische Mahlzeit beendet hatte – ich schreibe *eine weitere* deshalb, weil uns die Freude seit dem Wochenende gründlich vergangen war; dreimal dürfen Sie raten, warum.

Weiß der Himmel, welchen Eindruck Val Harradine von uns hatte, als sie am Sonntag nach Hause fuhr; Bobs Zwangsjackenmätzchen, mein *Twilight-Zone*-Bericht vom Leben auf dem Lande und schließlich und endlich Midges Schreikrampf und Zusammenbruch im runden Zimmer. Der pure Wahnsinn. Wahrscheinlich war sie davon überzeugt, daß hier unten etwas in der Luft war, das geistige Verwirrung und Paranoia hervorrief – und wer könnte es ihr verdenken?

Ich übergehe die gegenseitigen Beschuldigungen und tränenreichen Szenen der nächsten Tage, weil sie Sie nur langweilen (und mich gründlich deprimieren) würden; es genügt anzumerken, daß unsere Beziehung eine ziemliche Zerreißprobe durchzustehen hatte. Ich versuchte Midge verzweifelt dazu zu bewegen, sich endlich der Tatsache zu stellen, daß Gramarye unerklärliche Geheimnisse umgaben, und ich glaube heute noch, daß sie es insgeheim längst wußte; aber seltsamerweise hätte sie das niemals offen zugegeben, als sei dies gleichbedeutend damit zu akzeptieren, daß das Cottage doch nicht ganz das Traumhaus war, das sie so inbrünstig gesucht und gefunden zu haben meinte.

Natürlich beschuldigte sie Bob, ihr Gemälde ruiniert zu haben, ich rief ihn an, und natürlich leugnete er es (und zwar sehr energisch). Ich glaubte ihm. Midge nicht.

Ich ging alles mit ihr durch, was seit unserer Ankunft in diesem Hause geschehen war – und betonte besonders die rasche Heilung meiner verbrühten Hand (was sie beharrlich Mycrofts wundersamen Kräften zuschrieb) – wir redeten und stritten und redeten, aber sie ... Nun, wie gesagt, Sie würden sich langweilen. Es endete damit, daß wir einen wackeligen Waffenstillstand schlossen, weil keiner von uns weiter streiten wollte.

Da saßen wir also und sahen uns in der Stille vor dem Einbruch der Nacht über den Küchentisch hinweg an, als es an der Tür klopfte (die wir mittlerweile geschlossen hielten, sobald es draußen dunkel zu werden begann).

Midge warf mir einen überraschten Blick zu, und ich stand auf und öffnete.

Kinsella stand draußen, die Hände in den hinteren Taschen seiner Jeans, ein ungezwungenes Lächeln auf seinem hübschen Gesicht.

»Hi, schön, Sie beide mal wieder zu sehen.« Er blickte an mir vorbei, auf Midge. »Hoffe, ich störe nicht beim Abendessen.«

Midge schien froh, ihn zu sehen. »Überhaupt nicht – wir sind vor ein paar Minuten fertiggeworden.« Sie kam zu uns an die Tür.

»Wie geht es Ihrem Arm, Mike?«

Ich hielt ihn widerwillig zur Inspektion hoch.

»He, sieht gut aus! Kein einziges gottverdammtes Brandmal.«

Er grinste von einem Ohr zum andern. »Keine Schmerzen mehr?«

Ich schüttelte den Kopf.

»Junge, das ist doch was!« Er blickte zum Gartentor zurück und wandte sich dann wieder uns zu. »Sehen Sie, wir wollten nicht einfach so hereinplatzen, aber es ist jemand mitgekommen, der Sie beide gern wiedersehen würde. Sie wissen, wen ich meine?«

Ich sagte im stillen »Scheiße!«, und Midge sagte laut! »Mycroft?«

Sie stellte sich auf die Zehenspitzen, um über Kinsellas Schulter sehen zu können. »Er ist hierher gekommen?« fragte sie.

»Yeah. Er war ziemlich beeindruckt von Ihnen beiden. Wir kamen gerade vorbei, und er war der Meinung, es wäre nett, Ihnen einen Besuch abzustatten – nur um zu sehen, wie es Ihnen geht. Schätze, es interessiert ihn, was Ihr Arm macht, Mike.«

»Ähm . . .«, holte ich aus.

»Oh, wir würden gern Hallo sagen«, sagte Midge. »Bitte, holen Sie ihn.«

Einen Moment lang wirkte Kinsella verlegen. »Die Sache ist die, Mycroft ist ein wenig altmodisch, wissen Sie? Er hat großen Respekt vor der Privatspäre anderer Leute, und er steckt ungern seine Nase in fremde Angelegenheiten. Es wäre nett, wenn Sie ihn persönlich hereinbitten würden, – ich meine, wenn Ihnen das nichts ausmacht.«

»Natürlich macht es uns nichts aus«, erwiderte Midge, und das fröhlicher, als sie die ganze Woche über gewesen war. »Ist er im Wagen?«

»Ja, er sitzt hinten. Er wird sich freuen, Sie zu sehen.«

Kinsella trat beiseite, und Midge eilte den Weg entlang. Wir sahen ihr beide zu, wie sie das Tor öffnete.

»Sie haben wirklich eine großartige Frau«, sagte der Amerikaner, und ich bin mir nicht sicher, ob die Bewunderung in seinen Augen mir galt – oder ihr. Dann lehnte er sich gegen den Türrahmen, die Hände immer noch in den Gesäßtaschen. »Wie ist es Ihnen denn bisher ergangen in Gramarye?« erkundigte er sich, und ich wunderte mich über die Beiläufigkeit, mit der er diese Frage stellte.

»Wunderbar«, antwortete ich. »Könnte nicht besser sein.«

»Das ist großartig.«

Machte er sich lustig über mich? Oder schlich sich jetzt wirklich Paranoia bei mir ein?

Er machte eine vage Geste Richtung Garten. »Nehmen Sie's mir nicht übel, wenn ich das erwähne, aber Sie sollten dieses Unkraut nicht unterschätzen. Wenn es erst einmal Fuß gefaßt hat, dann überrennt es einen.«

Ich sah hin und fluchte leise. Es war mir noch nicht aufgefallen, aber jetzt bemerkte ich, daß er recht hatte; dünne, grüne Ranken breiteten sich durch die Blumenbeete aus, ein unordentliches Netzwerk von Parasiten, und je mehr ich suchte, desto mehr fand ich.

»Die Natur hat so ihre Tricks, sich an einen heranzuschleicheh«, vertraute mir Kinsella an, und ich nickte über seine selbstgebastelte Philosophie. »Ich könnte jederzeit rüberkommen und ein paar Helfer mitbringen, die Ihnen zur Hand gehen, Mike. Wir hätten die Beete in Nullkommanichts wieder in Ordnung.«

»Das ist schon in Ordnung. Ich werde morgen loslegen. Ich bin froh, etwas zu tun zu haben. »Was ist mit Ihrer Arbeit?«

»Ich hatte in letzter Zeit andere Dinge im Sinn.«

»Nun, das Angebot steht; Sie können uns jederzeit anrufen.«

Midge kam zurück, und Mycroft winkte mir beim Näherkommen, und ich stellte fest, daß seine beiden anderen Begleiter Gillie und Neil Joby waren.

Mir fiel auf, daß der Synergistenführer das Haus sehr genau betrachtete – ein wenig zu eindringlich, fand ich, wie ein Gutachter, der nach Fehlern suchte. Und plötzlich, als er nur mehr ein paar Fuß entfernt war, hatte ich das Gefühl, daß seine Gemütsruhe nicht ganz so vollkommen war, wie das sein Auftreten vermuten ließ. Es war etwas in seinen Augen, wissen Sie . . . Sein Blick war so unstet, daß er nirgends lange verweilen konnte. Selbst als wir uns die Hand gaben, konnte er es sich nicht verkneifen, an mir vorbei ins Haus zu sehen. Dann hob er – noch immer ohne ein Wort zu sagen – meine linke Hand und drehte und wendete sie und betrachtete die Finger und den Unterarm. Der Rest dieses liebenswerten Haufens versammelte sich im Kreis um uns, und es fehlte nicht viel, und sie machten *»Oh«* und *»Ah«*.

Sie riefen mir meine angebliche Schuld Mycroft gegenüber so nachdrücklich ins Bewußtsein, daß ich mir ernsthaft überlegte, ob ich ihnen nicht eine Bezahlung anbieten sollte.

Mycroft fixierte seinen Blick auf mich. »Menschlicher Wille und göttlicher Geist, Mike«, nannte er mir seine Erklärung für meinen unversehrten Arm.

»Und ein wenig Unterstützung durch das Zeug, in das Sie ihn eingetaucht haben?« deutete ich an.

»Das war nur eine sterilisierende Flüssigkeit. Ich hoffe, unser Besuch ist Ihnen nicht lästig?«

Aus purer Höflichkeit schüttelte ich den Kopf.

»Wollen Sie nicht hereinkommen?« flötete Midge. »Wir haben seit dem Wochenende wie Einsiedler gehaust, und ein paar neue Gesprächsthemen könnten bestimmt nicht schaden.«

Die kaum verborgene Stichelei entsetzte mich; das paßte überhaupt nicht zu ihr.

»Das wäre sehr nett«. erwiderte Mycroft und ließ sich nicht lange bitten. »Das Ganze war eine spontane Idee, sonst hätten wir ein paar Flaschen Wein mitgebracht.«

»Wir haben immer noch eine von den Flaschen, die uns Hub bei seinem letzten Besuch verehrt hat«, gestand Midge. »Die können wir trinken, vorausgesetzt, Sie mögen Ihr eigenes Gebräu.«

Ihr kleiner Scherz fand allgemein Gefallen bei der Gruppe; Midge lachte mit ihnen. Ich nehme an, mein Lächeln fiel eher gezwungen aus.

Sie schob sich zwischen Kinsella und mich und bat Mycroft, ihr zu folgen, und er schickte sich an, das zu tun – und stockte. Er blieb auf der Schwelle stehen; sehr abrupt, wie ich fand. Die Lichtverhältnisse waren nicht mehr gerade optimal, aber ich bin mir sicher, daß er blaß wurde – nur vorübergehend.

»Es wäre sehr interessant für mich, wenn ich dieses wunderbare Haus erst noch kurz von außen besichtigen könnte, bevor ich eintrete«, sagte er hastig – beinahe zu hastig. »Diese Stufen da sehen faszinierend aus.«

Faszinierend? Alte Steinstufen?

»Soviel ich weiß, gibt es auch einen rückwärtigen Eingang, so daß es kein Umweg wäre«, fügte er hinzu und blickte an den weißen Mauern hoch. Spaßeshalber läutete er die Glocke, die neben der Tür hing, und seine Horde kicherte natürlich pflichtschuldig.

Midge kam wieder heraus, und wenn man sich auf ihr Lächeln verlassen konnte, dann waren die Sorgen dieser Woche vergangen. Ich begann mir zu wünschen, etwas von Mycrofts Charisma zu besitzen.

»Ich freue mich, daß Ihnen Gramarye so gefällt«, sagte sie errötend.

Er berührte für einen Sekundenbruchteil ihre Schulter. »Es ist ein Haus großer Freude.«

Midge blickte mich unsicher an, aber ich hielt den Mund.

»Die Stufen könnten ein wenig glitschig sein, also seien Sie bitte vorsichtig«, warnte sie.

Prompt hakte sich Mycroft bei ihr ein. »Dann wollen wir uns gegenseitig aufeinander verlassen.« Er sagte es leichthin, doch seine Augen waren starr – und ernst.

»Ich . . . äh . . . ich werde die weniger romantische Route nehmen«, rief ich ihnen nach. »Ich bringe den Wein und ein paar Gläser, okay?« Sie überhörten es, da Midge bereits darin vertieft war, Gramaryes Zauber hervorzuheben.

»Hallo, Mike.« Gillie war nicht mit den anderen gegangen. Stattdessen stand sie auf dem Weg, und ihr langer, gemusterter Rock und der dazu passende Zigeunerschal verschmolzen mit der Farbenpracht des Gartens. Sie trug offene Sandalen, die mit dünnen Lederriemen gebunden waren. Als sie jetzt näherkam, bemerkte ich, daß sie ein hauchzartes Make-up aufgelegt hatte, gerade genug, um ihr hübsches Gesicht noch etwas hübscher zu machen. »Kann ich Ihnen mit dem Wein helfen?« fragte sie.

»Sicher, wenn Sie nicht an der Besichtigungstour teilnehmen möchten.«

»Ich habe das Gefühl, daß ich Gramarye mittlerweile gut genug kenne. Es ist der friedlichste Ort, den ich je besucht habe.«

»Seit nicht allzu langer Zeit ist er das nicht mehr.« Die Worte waren draußen, bevor ich das verhindern konnte.

Sie runzelte die Stirn, und ich quittierte es mit einem Lächeln.

»Häusliche Probleme«, erklärte ich lahm.

»Oh. Dann sind wir wohl ziemlich unpassend gekommen.«

Ich seufzte, noch immer lächelnd. »Nein, möglich, daß uns ein bißchen Gesellschaft momentan ganz gut tut.« Ich sagte ihr nicht, daß Mycroft und seine Sippe trotzdem nicht meine erste Wahl gewesen wären. Was das betraf, kam mir Gillie allerdings anders vor als die anderen; ich mochte ihre schlichte Sanftheit. In der Flowerpower-Zeit wäre sie sehr modisch gewesen.

»Beeilen wir uns mit dem Wein, ja?« sagte ich, wandte mich um und ging hinein.

Gilli folgte und zögerte auf der Schwelle; jetzt, da der Einbruch der Nacht so nahe war, sammelten sich die Schatten in der Küche.

»Ich mache Licht an«, beruhigte ich sie, durchquerte den Raum und knipste den Schalter an. Ich fröstelte; mit der Dunkelheit war eine unheimliche Kälte gekommen.

Ich zeigte zum Küchenschrank hinüber und sagte ihr, daß die Gläser unten aufbewahrt wurden. Ich selbst ging nach nebenan und zum Vorratsschrank und holte die Weinflasche. Gillie stellte gerade die Gläser auf den Tisch, als ich zurückkehrte.

»Ich werde die Flasche hier unten aufmachen«, kündigte ich an, wobei ich eine Schublade des Küchenschranks aufzog und den Korkenzieher herausnahm. »Der Wein hat nicht die richtige Temperatur, aber ich glaube nicht, daß das jemandem was ausmacht. Brauen Sie in Ihrem Tempel viel von dem Zeug?«

»Genug, daß es für uns reicht – aber nicht zum Verkaufen. Wir haben keine Lizenz dafür.«

Ich kümmerte mich um den Korken. »Entschuldigen Sie, wenn ich das frage, aber wie *finanzieren* Sie dann Ihre Organisation? Ich meine, diese Körbe und all das können doch nicht viel einbringen.«

Ihre Antwort kam leicht wie der Korken, den ich gerade zog. »Mycroft ist ein sehr reicher Mann. Früher gehörte ihm in den Vereinigten Staaten ein riesengroßes Unternehmen, das in vielen anderen Ländern Tochtergesellschaften hatte.«

»Wirklich? Was hat er produziert?«

»Spielzeug.«

»Sie nehmen mich auf den Arm.«

Sie schüttelte den Kopf und genoß meine Überraschung. »Seine Firma stellte Puppen, Puzzles und Bauklötzchen her – allerlei Dinge für die ganz Kleinen.«

»Ah, deshalb interessiert er sich also für Midge.«

Sie starrte mich fragend an.

»Sie illustriert Kinderbücher«, erklärte ich ihr. »Die beiden sind sozusagen in der gleichen Branche.«

Sie stieß ein kleines Lachen aus. »Oh, ich verstehe, was Sie meinen. Aber Mycroft hat mit der Gründung des Synergistentempels auch sämtlichen kommerziellen Versuchungen des Lebens abgeschworen. Er erzählt uns oft und gern, wie ihm die Kinder der Welt geholfen haben, seine ausgewählten Kinder, seine Schützlinge, zu finden – die Kinder der Welt waren es, die ihm die finanzielle Basis dazu gaben.«

»Aber die Zöglinge des Tempels müssen doch Geld verdienen, damit das Unternehmen bestehen bleiben kann, oder? Immerhin stellen sie Schmuckstücke her und verkaufen sie.«

Das belustigte sie. »Nicht genug, daß wir davon leben könnten, Mike. Das Verkaufen bietet ein gewisses Einkommen, okay, aber wir sehen darin eigentlich mehr eine Gelegenheit, Leute kennenzulernen und die Bewegung publik zu machen.«

»Aber wie –«

»Ich hab's Ihnen schon gesagt: Mycroft ist ein reicher Mann, das hat der Verkauf seines Unternehmens und dessen Tochterfirmen sichergestellt. Und genau wie Mycroft sein ganzes Hab und Gut dem Tempel vermacht hat, haben das natürlich auch seine Anhänger getan. Alles ist willkommen und löst Freude aus, auch wenn es nur ein paar Pfund sind. Jeder Schützling gibt seine materiellen Besitztümer auf und reinigt sich so vor unserem Tempel selbst.«

Hört sich nach einem guten Geschäft an, jedenfalls für Mycroft, dachte ich und schnupperte an der offenen Flasche, um jeden Ausdruck von Zynismus zu verbergen. Immerhin schien auch er seinen ganzen Reichtum in die Sekte investiert zu haben. Ich war neugierig; immer noch. »Was hast du aufgegeben, Gillie?«

»Oh, ein paar Pfund, kaum der Rede wert. Und sie haben mich genauso herzlich aufgenommen wie alle anderen.«

»Nein, ich hab' gemeint, *was* du aufgegeben hast. Dein Zuhause, deine Familie?«

»Wenn ein Adoptiver die Lehre voll und ganz in sich aufnehmen will, muß er allen äußeren Einflüssen entsagen.«

»Adoptiver?«

»So werden wir bei unserer Initiation genannt.«

Ihr Finger umkreiste den Rand eines der Weingläser auf dem Tisch. Über uns konnte ich Schritte und gedämpfte Stimmen hören – die anderen hatten ihren Rundgang um Gramarye offenbar beendet und das Haus durch die rückwärtige Tür im ersten Stock betreten.

»Du siehst deine Familie also nicht mehr?« beharrte ich.

»Das ist nicht nötig. Ich habe das College verlassen, um mich den Synergisten anzuschließen, und ich glaube nicht, daß mir meine Eltern das jemals verziehen haben. Sie haben alles in ihren Kräften Stehende getan, um mich davon abzuhalten, Mike, und alles, was sie damit erreicht haben, ist, daß es jetzt überhaupt keine Familienbande mehr gibt.«

»Wie kannst du nur so über deine eigenen Eltern reden? Gott, sie müssen sich schlimme Sorgen gemacht haben – und tun es vielleicht noch.«

Es schien ihr Unbehagen zu verursachen; als nehme das Gespräch eine völlig andere Richtung als beabsichtigt. Allerdings kümmerte mich das herzlich wenig.

»Wie ist das mit Kinsella?« fragte ich und wechselte den Kurs.

»Wie ist er Synergist geworden, und was hat er weggeworfen?«

»So ist es nicht. Wir werfen nichts weg – wir geben, auf daß wir empfangen.«

»Okay, was hat er also gegeben?«

»Niemand weiß, was der andere dem Tempel bringt. Das ist nur Mycroft und seinen Beratern bekannt.«

»Seinen finanziellen Beratern? – Er beschäftigt also Buchhalter.«

»Ja, genau wie andere Kirchen. Wie überhaupt jede große oder auch nur mäßig große Organisation.«

Wenn diese Entgegnung eine Zurechtweisung war, dann wurde sie sehr sanft vorgebracht.

Sie stand jetzt ganz nah bei mir, und ihre Finger berührten mein Handgelenk. »Interessierst du dich für unseren Tempel, Mike? Stellst du deshalb diese Fragen?« Es klang hoffnungsvoll, und ihre Finger waren weich und warm.

»Nicht genug, um einzutreten«, erwiderte ich.

Ihre Hand glitt weg, aber ihre Augen blickten unverwandt in meine. »Du würdest sehr glücklich werden bei uns«, hauchte sie. »Nach und nach würden dir viele Dinge bewußt werden, die zu verstehen andere nicht privilegiert sind.«

»Was denn, zum Beispiel?«

Jetzt wandte sie ihren Blick ab. »Ich bin nur ein Schützling. – Nur die Auserwählten haben die Autorität und das Recht zu unterweisen.«

»Kinsella?«

»Und andere. Aber ich könnte dir helfen, Mike. Jedem Adoptiven wird ein spiritueller Gefährte gestattet.« Ihre Finger fanden mein Handgelenk wieder, und jetzt war eine beachtliche Festigkeit in ihrem Griff, fast ein Druck. »Wir könnten auch über Dinge reden, die nicht unbedingt mit der essentiellen Lehre zusammenhängen. Wir könnten uns treffen ...«

Glauben Sie nicht, ich wäre nicht in Versuchung geraten. Sie war ein attraktives Mädchen, und soweit es Midge betraf, war ich mir in letzter Zeit eher wie ein Geächteter vorgekommen. Die ruhige und sanfte Festigkeit ihres Griffs deutete an, daß das Ganze mit mehr als nur mit Reden zu tun hatte, daß ein *spiritueller Gefährte* durchaus auch für gewisse andere Aspekte einer ganz besonderen Beziehung zuständig war. Oder redete ich mir das nur ein?

»Du bist nett, Gillie«, sagte ich nach einer ziemlichen Pause, »aber ich kann nur eine spirituelle Gefährtin auf einmal ertragen, und die ist momentan oben. Nimm du die anderen Gläser, ja?« Ich nahm die Flasche und drei Weingläser.

Wenn sie sich zurückgewiesen fühlte, so zeigte sie das nicht; und ich fragte mich wieder, ob meine Phantasie nicht gewaltig mit mir durchging.

»Ich weiß, was du damit meinst«, sagte sie, ein Glas in jeder Hand. »Aber wenn du je doch das Bedürfnis verspürst ...«

Sie ließ den Rest ungesagt, und natürlich war meiner Vorstellungskraft damit Tür und Tor geöffnet. Sie wandte sich ab, allerdings nicht, ohne mich noch einmal mit den Augen anzulächeln, nicht spöttisch, nicht einmal verführerisch, sondern einfach nur so, als verstehe sie eine ganze Menge mehr als ich. Und wahrscheinlich hatte sie recht damit.

»Sag mir nur noch eins«, bat ich sie, und sie stoppte. »Warum hier?«

Sie sah mich verwundert an.

»Warum hat Mycroft seinen Synergistentempel ausgerechnet hier gegründet? Er ist Amerikaner, und nach allem, was ich mitbekommen habe, als ich im Tempel war, sind das auch einige seiner Anhänger, warum also die ganze Organisation nach England verlegen?«

»Weil dies der –«

»Gillie.«

Die Stimme war ziemlich beherrscht, und doch ruckte ihr Kopf herum, als sei sie gepeitscht worden.

Kinsella stand auf der untersten Treppenstufe, die Hände unvermeidlich in die Gesäßtaschen gesteckt. Er lächelte liebenswürdig, aber ich glaubte eine Spur von Verärgerung durch seine zur Schau getragene Miene dringen zu sehen.

»Wir haben uns schon gefragt, was mit euch beiden passiert ist«, sagte er.

»Sind schon unterwegs«, erwiderte ich, wobei ich den Wein und die Gläser hochhielt. »Gillie hat mir nur ein bißchen was über den Hintergrund der Synergisten erzählt, obwohl . . . ich muß zugeben, daß ich jetzt auch nicht viel klüger bin.«

»Nun, der Meister selbst weilt unter Ihrem Dach, Mike. Mycroft kann das Ganze besser erklären als irgend jemand sonst. Aber Sie wissen, daß wir Sie damit nicht strapazieren wollten – das ist nicht unser Stil.«

»So neugierig bin ich auch wieder nicht. Wir haben uns nur unterhalten.«

»Sicher. Erlauben Sie, daß ich Ihnen die Gläser abnehme?«

»Ich schaff's schon. Sie gehen voran.«

Aber bevor Kinsella die Treppe hinaufging, blickte er sich noch einmal um, als suche er nach etwas.

Wieder fragte ich mich, was ihn an Gramarye so nervös machte.

»Die Grenzen des menschlichen Verstandes sind jene, die wir uns selbst auferlegen.«

Mycroft blickte uns der Reihe nach an, um die Wirkung seiner Aussage sowohl auf die Eingeweihten wie auch die Nichteingeweihten zu überprüfen – wobei Midge und ich zu den Letztgenannten gehörten. Er saß im einzigen Lehnsessel des runden Zimmers; Midge und Gillie hatten es sich auf dem Sofa bequem gemacht, ich hockte auf der Armlehne des Sofas, und Kinsella und Joby hatten sich – jeweils auf einen Ellenbogen gelehnt – auf dem Boden ausgestreckt, nippten Wein und ließen ihren Führer nicht aus den Augen. Eine einzelne Lampe erhellte den Raum, und draußen vor den Fenstern schien nichts zu sein als Schwärze.

»Die Zivilisation selbst hat dazu beigetragen, die ursprünglichen Fähigkeiten unseres Verstandes zu trüben«, fuhr er fort, »denn durch das neue materielle und wissenschaftliche Wissen wurde zunehmend unsere Selbstkenntnis gemindert. Es ist kein Zufall, daß ein Kind ohne jedes sogenannte gereifte Wissen größere psychische Fähigkeiten hat als ein Erwachsener.«

»Ich verstehe, was Sie meinen«, sagte ich. »Aber die Theorie ist nicht gerade originell.« (Mittlerweile machte es mir nichts mehr aus, unhöflich zu sein – wir hatten Mycrofts Bekehrungseifer beinahe zwanzig Minuten lang über uns ergehen lassen, und langsam, aber sicher langweilte ich mich gewaltig.) »Sehen Sie, mein Wissen sagt mir, daß ich nicht fliegen kann: Es ändert nichts an der Tatsache, ob ich das jetzt nicht glaube oder mir dessen einfach nicht bewußt bin.«

»Falsch, Mike«, widersprach er geduldig. »Die *Selbst*-Kenntnis informiert Sie darüber, daß Sie nicht fliegen können. Aber selbst hier denken Sie anerzogenermaßen lediglich in Begriffen Ihres physischen Körpers und nicht Ihres Bewußtseins. Letzten Endes gibt es nichts, was Ihre eigene Psyche begrenzen kann. Jene Kraft, die in uns allen ist – die psychische Energie, wenn Sie so wollen – kann nicht in Fesseln gelegt werden durch die physischen Aspekte unseres Lebens. Nicht, wenn wir selbst dies anders diktieren.«

Und jetzt sah er überhaupt nicht mehr milde aus. Möglich, daß Licht und Schatten seinen Zügen Tiefe verliehen, wo zuvor keine sichtbar gewesen war; vielleicht war es auch nur die Kraft in seinen Augen.

Midge ergriff das Wort, und mir fiel auf, daß sie die Arme um sich schlang, als sei ihr kalt. »Wenn diese Energie in jedem von uns vorhanden ist – warum können wir dann nicht zu ihr vorstoßen? Warum können wir sie nicht nutzen?«

»Weil wir diese Fähigkeit zuerst in uns selbst entdecken müssen. Wir müssen uns des Quells vollauf bewußt werden, müssen sein Vorhandensein spüren und gänzlich akzeptieren. Und wir müssen lernen, alles Wissen zu kontrollieren und zu zügeln, welches für unser wahres Ich nicht relevant ist. Hierfür brauchen wir Führung.« Er lächelte Midge sanft zu, aber für mich war es das Grinsen, das sich die Spinne für die Fliege aufhebt. Wie kam es, daß ich diese Leute immer weniger mochte, je öfter ich sie sah? Gut möglich, sagte ich mir, daß ich eine natürliche Abneigung gegen alles habe, was nach Fanatismus riecht. – Und die Synergisten umgab eine gewaltige fanatische Atmosphäre, trotz ihres ruhigen und friedlichen Auftretens.

»Der Synergistentempel«, fuhr Mycroft fort (und seine Ausdrucksweise kam mir immer aufgeblasener und unsachlicher vor), »der Synergistentempel ist nicht mehr, jedoch auch nicht weniger als eine Stiftung, in welcher wir unsere Wahrheit suchen, eine Stätte, in welcher sowohl der bewußte wie auch der unterbewußte Verstand lernt, sich mit dem Allgeist zu vereinen, der uns alle regiert, jenem Geist, der innendrin existiert und doch abgesondert, individuell und doch größer als das Individuum ist.«

Meine Augen wurden glasig. Das war schlimmer als jede Sonntagspredigt (jedenfalls, soweit ich mich erinnern konnte).

Ich warf Midge einen verstohlenen Blick zu; ihr Gesicht war ernst, ihre Augen waren fest auf Mycrofts Augen gerichtet.

»Wie gelingt es?« fragte sie, und ich rutschte ungeschickt auf der Armlehne des Sofas herum; sie gab ihm die richtigen Fragen gleich löffelweise ein. »Wie lernt man es, sich mit diesem Geist zu verbinden?«

Mycroft streute sein Lächeln über seine Anhänger aus, und sie lächelten ebenfalls, als würden sie das Geheimnis teilen. »Es braucht seine Zeit«, sagte er, jetzt wieder an Midge gewandt, »und es erfordert Demut über alle Maßen. Die Adoptiven müssen verzichten auf jedwedes Denken und sogar auf ihren Willen. Sie müssen dem Gründer die Verantwortung belassen für alles, was zu tun ist.«

Selbst Midge in ihrem Zustand blinder Faszination erbleichte jetzt.

»Das ist ziemlich viel verlangt, meinen Sie nicht?« bemerkte ich.

»Die Belohnung jedoch ist eindrucksvoll«, entgegnete er glatt.

»Als da wäre?«

»Einssein im Geiste.«

»Klingt großartig.«

Das Aufflackern von Ärger war kaum wahrnehmbar.

»Eine Regeneration der Kräfte des Geistes.«

Ich nickte, als würde ich eine Liste abhaken.

»Eine Nutzbarwerdung irdischer Zauberkaft.«

Okay, das hörte sich wirklich eindrucksvoll an, was zum Teufel es auch immer bedeuten mochte. Ich hielt es nur für recht und billig, danach zu fragen.

»Solange Sie nicht willens sind, sich selbst einem jeden Stadium synergistischer Entwicklung zu unterwerfen«, dozierte er in der Absicht auf eine großartige Antwort, »können Sie nicht hoffen, zu verstehen. Würden Sie in diesem Augenblick beispielsweise eingestehen, daß gigantische Energiequellen unter unseren Füßen verborgen schlummern?«

Ich bemerkte die gespannt zu ihm gewandten Gesichter der anderen; aber Mycroft blieb gelassen.

»Klar«, erwiderte ich. »Jedes Kind weiß, daß es im Erdinnern ungeheure Energiequellen gibt. – An der Behauptung ist nichts Verblüffendes.«

»Ich beziehe mich auf eine wesentlich immatriellere Energie, Mike, eine Energie, die jedoch gleichwohl genauso real ist. Etwas Nichtstoffliches und doch gigantisch in seinen Reserven. Und wir, die Menschheit, haben nahezu – *nahezu* – vergessen, uns diese Kraft nutzbar zu machen.«

Selbstkenntnis, Einssein, Regeneration, Kraft, Religion (Religion?), das Unfaßbare, Nichtstoffliche (stets natürlich das Gute), und jetzt auch noch die Menschheit – tausend tiefsinnige Klischees, die in Tausenden von Büchern über Religion oder Okkultes auftauchten, die sich großartig anhörten und über die man irgendwann den Kopf schüttelt; bei denen man sich irgendwann fragt, was das alles zu bedeuten hat.

»Ich komme da nicht mit«, sagte ich schlaff.

Er zeigte mir ein aufreizendes Lächeln, und ich nehme an, daß ihm mein dämliches Unverständnis fast wie eine Erleichterung vorkam, ganz so, als hätte ihn meine Provokation dazu verleitet, zuviel zu verraten – jetzt konnte er sich zurückziehen. Seine Philosophie mußte offensichtlich in wesentlich kleineren Dosen verabreicht werden.

Aber Midge war beharrlicher. »Haben Sie deshalb Mikes Hand so schnell heilen können – ich meine, weil Sie Ihren Willen mit dieser besonderen Kraft vereint haben? Und ist diese Kraft gleichbedeutend mit dem Geist – dem *göttlichen* Geist –, den Sie schon einmal erwähnt haben?«

Ich trank einen großen Schluck Wein.

»Ah, so jung und so scharfsichtig«, lobte Mycroft gönnerhaft. »Aber dennoch nicht ganz korrekt. Auch der menschliche Wille selbst vermag äußerst stark zu sein.«

Sie schien verwirrt, und ich wollte sie an mich ziehen. Ich grübelte darüber nach, wie sie es aufnehmen würde, wenn ich unsere Gäste aufforderte, einen kleinen Spaziergang zu machen.

Irgend etwas flog gegen eines der Fenster –, wahrscheinlich ein Vogel, vielleicht sogar eine verirrte Fledermaus – und Kinsella verschüttete etwas von seinem Wein. Er und seine Freunde starrten zu den Fenstern hinüber, aber Midge ließ den Synergistenführer nicht aus den Augen.

»Als wir ... als wir uns kürzlich unterhalten haben, letzte Woche, im Synergistentempel, da haben Sie mir gesagt, daß unser individueller Geist sein Potential niemals verliert – selbst wenn der Körper stirbt und selbst wenn der Geist im Lauf der körperhaften Existenz mißachtet worden ist.«

Er nickte bedächtig.

»Und Sie haben gesagt, daß wir – wir selbst – die Geister der Toten erreichen können.«

»Mit der richtigen Führung«, unterstrich Mycroft. »Aber warum so vorsichtig? Warum haben Sie Angst, Ihre Hoffnungen auszusprechen? – Wir sprechen von Ihren Eltern, und ich versicherte Ihnen, daß eine Verbindung hergestellt werden kann zu ihren Seelen, daß eine Kommunikation möglich ist. Dieser Teil unserer Selbst wird niemals erlöschen.«

»Werden Sie mir helfen ...?«

»Midge!« Ich wollte nicht, daß sie damit weitermachte.

»Nein, Mike. Wenn es möglich ist, dann ... möchte ich es, wie nichts sonst auf der Welt. Mehr als alles andere.« Sie wandte sich wieder Mycroft zu.

»Was soll das?« fragte ich sie. »Du handelst dir nur eine Menge weiteren Kummer ein, siehst du das denn nicht?«

»Ich verstehe Ihre Sorge um Midge«, unterbrach Mycroft. »Doch gerade ob Ihrer Liebe zu ihr sollten Sie sie in dieser Angelegenheit unterstützen. Ich weiß, daß Ihnen bewußt ist, wie sehr sie sich eine Aussöhnung mit ihren Eltern wünscht.«

»Eine Aussöhnung?« Ich starrte sie an, und sie senkte den Kopf.

Mycroft beobachtete sie ebenfalls; seine Lippen öffneten sich wie in einem unausgesprochenen »Ah« des Verstehens, dann lehnte er sich in seinem Sessel zurück.

»Wovon redet er?« Ich beugte mich vor und hob ihr Kinn an; ich zwang sie, mich anzusehen.

»Mike, ich ...«

Sie machte sich frei und wandte ihr Gesicht ab.

»Soll ich für Sie antworten?« erbot sich Mycroft. »Ich hatte ja keine Ahnung, daß Sie diese Ihre Gefühle Mike nicht anvertraut haben, doch jetzt verstehe ich alles. Manches Mal ist es leichter, sich einem mitfühlenden Fremden zu offenbaren, denn einem Menschen, den man liebt.«

»Midge, wenn es da etwas gibt, das ich wissen sollte, dann würde ich das lieber von dir hören«, sagte ich nachdrücklich. »Und ich wäre auch lieber allein mit dir, wenn du es mir sagst.«

Gillie ergriff Midges Hand, und dann war es Kinsella, der das Wort ergriff: »Es hört sich dramatischer an, als es in Wirklichkeit ist, Mike. Aus unserer Sicht ist Midges Schuldgefühl unbegründet, aber es muß ans Tageslicht geholt und beseitigt werden, bevor ein wirklicher Schaden angerichtet ist. – Wir können ihr helfen, das zu tun.«

»Schuldgefühl? Wovon, zum Teufel, reden Sie?« Ich starrte sie alle der Reihe nach an, bestürzt, gereizt und auch ziemlich ärgerlich.

Midge drehte sich abrupt zu mir um; ihre Hände umklammerten mein Bein. »Als mein Vater beerdigt worden ist ... als ich Mutter allein im Haus zurückließ ... da wußte ich, Mike – da *wußte* ich, daß sie sich das Leben nehmen würde! Sie hat so oft davon gesprochen, selbst *vor* seinem Tod, daß es ihr unerträglich war, eine solche Last für Vater und mich zu sein. Aber nachdem er gestorben war, war sie wie besessen von dem Gedanken an Selbstmord, sie hat Tag und Nacht davon gesprochen! Aber ruhig, nie hysterisch, nie emotionell. Sie war so traurig, Mike, aber sie erging sich nie in Selbstmitleid. Sie machte sich nur um eines Sorgen – darüber, daß ihr Elend mein Leben zerstören könnte! Und als ich an diesem Morgen das Haus verließ, als ich sie allein *zurückließ*, in diesem kalten, leeren Haus – da habe ich es so stark gespürt, so überwältigend ... Aber ich bin nicht zurückgegangen. Ich habe nicht versucht, sie davon abzuhalten!«

Ich schüttelte verzweifelt den Kopf.

»Midge, du konntest nicht *wissen*, daß sie sich umbringt. Okay, vielleicht hast du es geahnt, weil sie so verzweifelt unglücklich war und diese Schmerzen hatte, aber du hast ihr nicht diese Tabletten ausgehändigt, und du hast ihr auch nicht die Plastiktüte zugebunden! Ich glaube es einfach nicht, daß du dir all die Jahre diese Vorwürfe gemacht hast!«

»Mir war klar, wenn sich eine Gelegenheit ergeben würde, dann könnte sich Mutter –«

»*Könnte!* Das ist nicht das gleiche wie *sicher wissen*. Es war ihre Entscheidung, verstehst du das denn nicht! Und was war schon so schlimm daran, um Gottes willen? Sie hat sich eine kleine Gnade erwiesen!«

»So einfach ist das nicht!«

»Was ist schon einfach? Aber selbst wenn du dich wirklich so schuldig gefühlt hast – warum bist du zu diesen Leuten gegangen? Warum hast du es ihnen erzählt? – Midge, was wäre so falsch daran gewesen, wenn du's mir gesagt hättest?«

»Ich ... ich habe es so lange verdrängt ...« Ihre Hand krampfte sich um mein Bein. »Aber das Wissen war da, es war da, und es hat mich noch nie so schwer belastet wie jetzt. Erst nach meinem Gespräch mit Mycroft habe ich begriffen ... daß dieses Schuldgefühl schon so lange in mir ist.«

Freund Mycroft. Ich starrte ihn frostig an.

Und stellte ziemlich befriedigt fest, daß er tatsächlich beunruhigt wirkte. Irrtümlicherweise nahm ich an, daß er sich plötzlich in acht nahm; daß er mich nicht provozieren wollte.

Trotzdem fehlte es ihm nicht an Worten. »Ich versuchte nur, das Wesen von Midges tiefverwurzeltem Kummer zu begreifen, möglicherweise, um ihre Selbstzweifel freizulegen. Können Sie denn nicht sehen, daß sie unserer Führung bedarf?«

»Ich sehe nur, daß Sie ihr genau das eingeredet haben! – Sie kann jede Hilfe, die sie braucht, von mir bekommen.«

»Nicht jene Hilfe, die ich meine.«

Zerstreut blickte er sich im Raum um.

»Was können Sie schon tun?« versetzte ich. »Eine Séance abhalten? Wollen Sie ihr *so* helfen?«

»Sie hat eine einzigartige Gabe. . .«

Seine Stimme brach, als jemand stöhnte. Zu seinen Füßen zerrte Neil Joby an seinem Hemdkragen, als sei für ihn die Atmosphäre unerträglich bedrückend geworden. Es war tatsächlich schwül im Raum, aber nicht dermaßen ungemütlich.

»Mike, du hast sie falsch verstanden.« Midge schaute mit ernsten Elfenaugen zu mir auf. »Synergismus ist eine Antwort, wenn er richtig angewandt wird. Wenn – «

»Jesus, du fällst wirklich auf diese Scheiße herein!«

Sie prallte zurück, als hätte ich sie geschlagen.

Ich änderte meinen Ton. »Hör mir zu: Wenn du dich wirklich schuldig gefühlt hast am Tod deiner Mutter, dann minimal. Gott, ich kenne dich besser als irgendwer sonst, und das ist etwas, das du nie vor mir hättest verbergen können. Dieser Bursche da – « Ich stieß einen Finger in Mycrofts Richtung – »dieser Bursche hat dich so weit gebracht, daß du alles übertreibst. Du machst dir selbst etwas vor. Siehst du denn nicht, wie er arbeitet? Das Ganze ist nicht mal neu – die meisten religiösen Irren packen die Leute bei ihrer selbstauferlegten Schande.«

Sie schüttelte noch immer den Kopf; sie weigerte sich, die Worte zu hören.

»Du hast unrecht«, stammelte sie. »Du hast so unrecht . . .«

Einem Impuls folgend, sah ich zu Mycroft hinüber – und bekam gerade noch die Spur eines Triumphes in seinem Lächeln mit. Gleich darauf war das Lächeln wieder in wohlgeübte Freundlichkeit verwandelt und signalisierte wohl, daß er mir meine Torheit verzieh.

»Leck mich am Arsch!« sagte ich ganz ruhig.

Ein Glas kippte um, Wein breitete sich auf dem Teppich aus. Kinsella starrte die einsickernde Flüssigkeit an und dann hoch, zu seinem Führer und Mentor.

Und jetzt sah Mycroft überhaupt nicht mehr so strahlend aus.

Die Fenster klapperten in ihren Rahmen, und jegliche Aufmerksamkeit wandte sich ihnen zu. Ich bemerkte, daß Joby totenbleich war und noch immer Mühe zu haben schien, zu Atem zu kommen.

Oben knarrten Dachsparren.

Die Schärfe dieser Geräusche erschreckte Gillie so sehr, daß sie aufstand und zur Decke hochstarrte.

»Draußen kommt Wind auf«, sagte ich zu ihr, da ich keine spezielle Abneigung gegen sie empfand. »Mach dir keine Sorgen, das Dach wird draufbleiben.«

Sie schien verunsichert.

Ich zeigte auf Joby und sagte, an Mycroft gewandt: »Ich hoffe, er kotzt mir nicht den Teppich voll.«

Jetzt bebte die Tür auf der anderen Seite des Flurs in ihrem Rahmen.

Mycroft erhob sich, schritt zu dem jüngeren Mann und legte ihm eine Hand auf die Stirn. Er murmelte einige Worte, und ich strengte mich an, sie mitzuhören, aber sie waren zu leise gesprochen.

Joby räusperte sich geräuschvoll und erholte sich weit genug, um sich auf die Knie hochzustemmen. Kinsella, der ebenfalls mächtig nervös wirkte, packte seinen Freund von hinten und war ihm beim Aufstehen behilflich. Selbst Gillie schwankte.

Mycroft baute sich vor Midge auf und betrachtete sie aus Augen heraus, die jetzt verhüllt waren. Hatte ich dieses Gesicht wirklich einmal für sanft gehalten? – Es waren nicht nur die Schatten, die es jetzt unheimlich machten; es war vor allem dieser ... Ausdruck ... Mr. Hyde brach durch.

Seine Worte kamen langsam und durchdringend; er sprach leise. »Denken Sie daran, wir können Ihnen helfen. Glauben Sie an die Regeneration des Geistes, begreifen Sie, daß es nur wenige Schranken gibt für den menschlichen Willen.«

Es hätte mich nicht überrascht, wenn er ihr jetzt noch seine Visitenkarte überreicht hätte.

Er entließ sie aus seinem Blick, musterte noch einmal den Raum, verweilte bei den Fenstern und suchte weiter ... nahm *alles* in sich auf.

Ein anderes Geräusch wehte heran; und es wurde irgendwo über unseren Köpfen laut, ein gedämpftes Schwatzen, fast ein leises Vibrieren – das jedoch an Lautstärke und Rhythmus anschwoll ... und sich veränderte.

Das rasende Schlagen kleiner Flügel.

Ich wußte, woher dieses Geräusch kam und wer es verursachte, und schlagartig war ich so nervös wie unsere Gäste.

»Mycroft«, murmelte Kinsella, und jetzt war der Hauch eines Flehens in seiner Stimme. »Es ist Zeit zu gehen.«

Joby sackte sichtbar in sich zusammen und schien mit ihm übereinzustimmen. In der Tat sahen die drei jungen Synergisten aus, als weiche allmählich sämtliche Kraft aus ihnen. Alle waren sie bleich.

Die Fensterscheiben zitterten so sehr, daß ich glaubte, sie würden zerspringen. Dieses Mal war ich derjenige, der aufsprang. Nur Midge blieb sitzen.

»Ich bringe Sie raus«, sagte ich zu den Synergisten.

Mycroft wandte sich mir zu, und da war keine Feindseligkeit in seinem Blick, nur ein kühles Taxieren.

»Sie dürfen sich ihr nicht in den Weg stellen«, sagte er zu mir.

»Was ich nicht verstehe«, erwiderte ich und begann zu frösteln, »ist, warum Sie derart an Midge interessiert sind. Geben Sie sich immer solche Mühe, ein neues Gesicht zu bekehren?«

Äußerlich war seine Haltung entspannt, fast lässig, aber die Augen verrieten ihn; sie waren in ständiger Bewegung wie die eines Dschungelforschers, der jeden Moment mit dem ersten Giftpfeil rechnet.

Midge saß vornübergebeugt auf dem Sofa, die Hände auf den Knien gefaltet – und sie sah mich an, als sie sprach. »Würdest du *bitte* aufhören, über mich zu reden, als sei ich nicht im Zimmer? Mike, es gibt Dinge, an denen du offensichtlich kein Interesse hast und für die du auch kein Verständnis aufbringen willst, also misch dich bitte nicht ein. Diese Leute sind meine Freunde – *unsere* Freunde –, und sie sorgen sich nur um meinen Seelenfrieden.«

»Glaubst du, ich nicht?«

»Dann beweis es mir! Hilf mir!«

»Wir reden darüber, wenn sie weg sind«, sagte ich ruhiger, als ich mich fühlte.

»Ja, das sollten Sie«, meinte Mycroft, der gönnerhafte Bastard. »Mike hat ein Recht auf eine eigene Meinung. Es fällt mir nicht schwer, diese seine Skepsis zu würdigen, angesichts der normalerweise schlechten und voreingenommenen Publicity, die Sekten wie die unsere haben. So fehlgeleitet sie auch sind, aber diese Vorurteile werden von unseren Mitgliedern akzeptiert und toleriert. Wir haben gelernt, uns in Geduld zu üben.«

Meine ging gerade zu Ende. Ich marschierte ziemlich energisch zur offenstehenden Tür und blieb daneben stehen; und der Wink war recht deutlich.

Mycroft lächelte, aber ich konnte die Grimmigkeit dahinter sehr gut sehen. Er streckte die Hand aus und berührte Midges Stirn auf dieselbe Art und Weise wie vorhin bei Joby.

Das rasende, wenn auch gedämpfte Trommeln von oben war kaum mehr zu ignorieren, und die Luft im Raum schien zähflüssig und immer wärmer zu werden, obwohl draußen der Sturmwind gegen die Fenster peitschte.

Mein Kopf ruckte herum, als die Tür auf der anderen Seite des Flurs gegen das Schloß und die Scharniere geschmettert wurde.

Erschrocken wich ich zurück, aber wenigstens wurden die Synergisten auf Trab gebracht. Die drei jüngeren drängten sich zusammen, und Mycroft bedeutete ihnen, daß sie ihm folgen sollten. Sie kamen auf mich zu wie ein Pfadfinderrudel, das den Weg nach Hause suchte – Kinsella und Gillie stützten ihren Begleiter zwischen sich. Nicht ohne Vergnügen bemerkte ich, daß selbst der Synergistenführer unter der bedrückenden Atmosphäre beinahe schlapp machte.

Die Fledermäuse auf dem Dachboden stachelten sich gegenseitig zu einer wahnwitzigen Raserei an, und ich fragte mich nach dem Grund ihrer Verwirrung. War es wirklich nur dieser launische Sturmwind, der durch die Ritzen und Spalten des Daches fegte und dort oben eine Art Mahlstrom erzeugte? Ich glaubte ihr leises, *piepsendes* Kreischen hören zu können, aber das mußte Einbildung sein.

Mycroft hielt an der Flurtür inne, und einen Moment lang glaubte ich schon, er würde die Treppe nehmen; stattdessen wandte er sich noch einmal zu Midge um und sagte: »Ich bin bereit, Ihr Verbündeter zu sein, wann immer Sie mich brauchen, wann immer Sie Mut haben. – Nur durch Suchen werden Sie finden.«

Sie starrte ihn an, eine kleine, verlorene Gestalt, die Hände immer noch auf den Knien gefaltet; aber sie schwieg.

Mycroft marschierte den Flur entlang und riß die Außentür ohne zu zögern auf.

Ich erwartete, daß heulender Sturmwind hereinfauchte, und wappnete mich bereits dagegen. Aber da war nichts. Nicht einmal ein Windhauch, der unsere Haare aufplusterte.

Er tauchte in die Nacht hinaus, und die anderen drängten sich hinter ihm, wie darauf bedacht, in seiner unmittelbaren Nähe zu bleiben, und ich rannte los, um die Tür wieder zu schließen. Aber bevor ich das tat, beobachtete ich, wie sie sich auf ihren unsicheren Abstieg über die Steinstufen machten – die Düsternis da draußen vereitelte jedes zügige Vorankommen. wenn es für mich nicht so lästige Konsequenzen gehabt hätte, hätte ich mit Freuden darauf gehofft, daß sich wenigstens einer von ihnen ein Bein brach.

Sie verschwanden um die Biegung, und ich entspannte mich

ein wenig; ich war mehr als erleichtert darüber, sie los zu sein. Dann blinzelte ich in die Nacht hinaus, verblüfft, wie ruhig es plötzlich geworden war. Kein Grashalm rührte sich mehr (soweit ich das feststellen konnte), kein Blatt wurde geschüttelt. Die Luft war mild und frisch und angenehm zu atmen.

Und als ich wieder hineinging und die Tür hinter mir zuzog und abschloß, hatten sich sogar die Fledermäuse beruhigt – kein Laut war mehr von oben zu hören.

Nur der intensive, muffige Geruch war noch da, und der genügte vollauf, um mich weiter zu beunruhigen.

Geister

Und das war nicht alles. Es war noch nicht vorbei – nicht in dieser Nacht. Irgendwann wachte ich auf, und es war sehr dunkel im Schlafzimmer, und Schatten verschmolzen mit tieferen Schatten, einzelne Möbelstücke wurden zu mehr, als sie wirklich waren – düstere Formen, die eher zu *lauern* als nur dazustehen schienen.

Midge saß starr aufgerichtet neben mir im Bett, und es mußte entweder ihre Bewegung oder aber die Anspannung, die sie ausstrahlte, gewesen sein, was mich aufgeweckt hatte, denn sie hatte weder die Hand nach mir ausgestreckt noch meinen Namen gerufen.

Übergangslos war ich hellwach und stieß mich auf die Ellbogen hoch. Ich berührte ihren Arm; er war starr und unnachgiebig – Gänsehaut hatte sich gebildet.

»Was ist los?« flüsterte ich eindringlich, ohne so recht zu wissen, weshalb ich flüsterte.

Sie antwortete nicht gleich.

Ich tastete nach dem Lampenschalter, als mich ihre Stimme zurückhielt.

»Sie waren hier«, flüsterte sie atemlos. »Oh Mike, sie waren hier.«

Ich hielt sie in der Dunkelheit fest und starrte sie an.

»Wer war hier? Wovon redest du?«

Sie zitterte in meinen Armen.

»Ich habe sie beide gespürt.« Da war eine unsichere Scheu in ihrem Flüstern. »Ich hatte das Gefühl, ich müßte nur die Hand ausstrecken, um sie berühren zu können. Sie waren hier in diesem Raum.«

»Midge – wen, zum Teufel, meinst du?«

Ich hörte sie weinen, aber als sie wieder sprach, war keine Traurigkeit in ihrer Stimme.

»Meine Mutter . . . mein Vater. Sie haben versucht, zu mir zu sprechen. Sie müssen, verstehst du das denn nicht?«

Ich hielt sie fest, und meine Haut prickelte so sehr wie ihre.

Geburts-Tag

Am nächsten Morgen kam das Erwachen nur ganz allmählich.

Noch benommen, drehte ich mich im Bett um und wollte mich an Midge kuscheln. Aber sie war nicht da.

Ich hob die Augenlider, die sich so schwer anfühlten wie Garagentore, und blinzelte auf ihre Betthälfte hinüber. Leer. Ich drehte mich auf den Rücken und starrte zur Decke hoch. Jetzt kamen mir die traumatischen Vorfälle der letzten Nacht – alle beide – unwirklich vor. Und wenn ich die von den Synergisten ausgehende Bedrohung nüchtern überdachte, dann war sie kaum mehr als eine Farce . . . Ich meine, keiner von uns beiden war naiv genug, unter ihren Einfluß zu geraten, wir waren keine Kinder mehr und nicht empfänglich für einen derart lächerlichen Kult. Wir waren nonkonformistische Erwachsene. Allerdings war Midge mehr als nur ein bißchen von Mycroft fasziniert, daran gab es keinen Zweifel, und mir war klar, daß an diesem Burschen mehr dran war, als ich bei unserer ersten Begegnung angenommen hatte. Jedenfalls mochte es gerade einen Teil seiner Ausstrahlung ausmachen, daß seine Normalität jeden Gedanken an Scharlatanerie dementierte.

Nach seinem reichlich unehrenhaften Abgang gestern abend waren sowohl Midge wie auch ich zu erregt gewesen für eine vernünftige Diskussion darüber, was geschehen war und wohin es führte. Als ich allerdings noch einmal hervorhob, daß in Gramarye selbst etwas vorging, verkündete sie lediglich, sie sei zu müde für weitere Auseinandersetzungen und wolle zu Bett gehen.

Ich folgte ihr ins Schlafzimmer und versuchte sie dazu zu bringen, das Ganze vernünftig zu sehen (Vernünftig? Das, was ich sie einzusehen veranlassen wollte, war selbst für meinen Geschmack ziemlich verrückt!), aber sie wollte nichts davon hören. Sie bescheinigte mir, ich würde Scheuklappen tragen. Und das war nun wirklich zum Aus-der-Haut-fahren, wenn man bedachte, daß sie diejenige war, die all das Sonderbare, das um uns her vorging, großzügig übersah.

Allein dieser Abend – ein heulender Sturm schüttelte das Haus, Fledermäuse veranstalteten ein Tohuwabohu auf dem Dachboden ... und alles war augenblicklich vorbei, sobald Mycroft die Tür öffnete und zum Aufbruch blies. Natürlich stellte sich da die Frage: War der Sturm draußen echt gewesen? Oder war es möglich, daß sich ein Unwetter derart übergangslos legte? Und denk doch nur daran, welche Wirkung dieser Ort auf die Synergisten hatte! Gott, Joby hat ausgesehen, als würde er gleich in Ohnmacht fallen, und Kinsella hat Gramarye zum zweiten Mal in einer ziemlichen Eile verlassen müssen. Ich redete und redete. Und irgendwann war *ich* schließlich fix und fertig. Aber ich brachte alles zur Sprache, das ruinierte Gemälde, Bobs Halluzinationen – *meine* Halluzinationen, Herrgott! –, die Heilung des Vogels, ganz am Anfang, die Zutraulichkeit der Tiere, der Vögel, die offensichtliche Erneuerung des Gartens. Selbst unseren großartigen Liebesakt (jedenfalls war er das bis vor kurzem noch), selbst ihr wunderbares Gemälde (vor der Zerstörung) und selbst mein phantastisches Gitarrespielen. Ich schleppte alles an, was mir einfiel.

Aber es war, als würde ich mit einem gottverdammten Zombie reden. Sie wollte es nicht hören.

Aber dann horchte sie *doch* auf, als ich die Theorie riskierte, daß *sie* es möglicherweise gewesen war, die meinen verbrühten Arm geheilt hatte, nicht Mycroft mit seinem magischen Tauchbad und irgendwelchen obskuren geistigen Projektionen – sie und der Zauber, der in Gramarye selbst geborgen sein mochte, in seinen Mauern, seinem Boden, seiner Atmosphäre – *in seinem verdammten Erbe!* –, ein Zauber, der durch sie wirkte, durch *SIE*, Midge Gudgeon; möglich, daß sie unschuldiger Katalysator oder Mittler oder sogar Verursacher des Ganzen war. Genau wie Flora Chaldean dies gewesen war! Oder wer auch immer vor ihr in diesem Haus gelebt hatte!

Ich schweifte ab, ließ meiner Phantasie freien Lauf, griff irgendwelche Dinge aus der Luft. Jedenfalls glaubte ich das. Es konnte meiner Müdigkeit zuzuschreiben sein, vielleicht auch dem emotionalen Zustand, in den ich mich selbst hineinmanövriert hatte – aber dies war einer jener seltenen Momente, in denen das Unterbewußtsein die Oberhand gewinnt und Gedanken freigibt, die normalerweise vage oder sogar unfaßbar sind.

Und vielleicht, nur vielleicht, war mein Unterbewußtsein von etwas Tieferem dazu veranlaßt worden, von etwas noch Rätselhafterem, von etwas, das vollständig außerhalb allen Begreifens war.

Und als ich schließlich damit fertig war, als ich ihr alles gesagt hatte, war ich derjenige, der plötzlich jedes Interesse daran verlor. Ich war derjenige, der seine Augen nicht mehr offenhalten konnte, der sich ausziehen und ins Bett kriechen mußte, ganz und gar erschöpft, aller weiteren Argumente entleert.

Wie gesagt, *sie* hatte plötzlich sehr interessiert zugehört, aber sie versuchte nicht, mich wach zu halten. Bevor ich endgültig in den Schlaf hinüberglitt, war mein letzter Eindruck, daß sie auf der Bettkante saß und mich mit einem eigenartigen Schimmer in den Augen betrachtete. Danach schlief ich ein . . . und erwachte irgendwann später wieder: und dieses Mal saß Midge kerzengerade neben mir und starrte zum Fußende des Bettes hinunter.

Ich war verunsichert. Die ganzen Ereignisse des vergangenen Abends mußten ihr einen schlimmen Alptraum beschert haben. Ich zog sie zu mir unter die Laken, und ich versuchte, sie davon zu überzeugen, daß alles nur ein Traum gewesen war. Sie lag reglos und still neben mir, und als ich ihre Wange berührte, war sie tränenüberströmt.

Ich tat mein Bestes, um sie zu trösten, aber es dauerte nicht lange, bis ich sie im Stich ließ – Sie wissen schon, der Geist ist willig, das Fleisch so schwach – und wieder einschlief.

Ich hoffte nur, daß auch sie bald darauf von der Müdigkeit überwältigt worden und wie ich eingeschlafen war; der Gedanke, daß sie da im Dunkel gelegen und geglaubt hatte, sie habe die Geister ihrer Eltern gesehen, daß sie möglicherweise gedacht hatte, sie würden tatsächlich in dieser Nacht zurückkehren, ließ mich frösteln. Ich fühlte mich schuldig.

Ich schlug die Decken zurück, schwang die Beine aus dem Bett und sah auf die Uhr. Fast zehn. Ich schnalzte mit der Zunge und wünschte, Midge hätte mich geweckt.

Ich saß nackt auf dem Bettrand und kratzte meine Rippen; und bemerkte, daß der modrige Geruch, der mir gestern nacht bereits aufgefallen war, noch immer da war, eine Ausdünstung wie von feuchtem und altem Putz. Dann wurde mir bewußt, daß ich etwas auf der gegenüberliegenden Seite des Zimmers anstarrte, ohne so recht zu begreifen, was. Der lange Riß in der Wand, der sich vom Boden bis zur Decke hochzog, wollte mir einfach nicht in den Sinn.

Und als er es schließlich doch tat, sagte ich: »Scheiße!«

Ich erhob mich rasch, durchquerte den Raum halb – und wurde gestoppt; etwas Kleines und Weiches zerplatzte unter meiner nackten Fußsohle und gleich darauf kam der Schmerz. Ich hüpfte und fluchte noch lauter, ließ mich aufs Bett zurückfallen und griff nach meinem Fuß. Ein winziges, dornenartiges Ding ragte daraus hervor. Ich benutzte meine Fingernägel (an der rechten Hand glücklicherweise auf Gitarrenzupflänge) als Pinzette und zog den Stachel heraus. Der Bereich um das winzige Loch schwoll bereits hellrot an, und ich suchte den Boden nach dem Missetäter ab. Die zerquetschte Biene lag zwei, drei Schritte entfernt, und ich stellte mir ihr Todesröcheln eher als rachsüchtiges Kichern vor.

Ich stand wieder auf, beugte mich vor, schälte die flachgetretene pelzige Erhebung vom Boden ab und brachte sie (hinkend) zusammen mit ihrer letzten Waffe ins Badezimmer, um sie im Klo hinunterzuspülen (jedoch nicht, ohne vorher auf den schwimmenden Kadaver zu pinkeln – meine ganz persönliche kleine Rache). Wieder im Schlafzimmer, untersuchte ich den Riß in der Wand – der neue Verputz, mit dem das Ganze ausgebessert und überzogen worden war, hatte sich in zwei schartige, gezahnte Ränder geteilt. Es war nur eine winzige Trennlinie, aber ein Riß ist ein Riß.

Soviel also zu O'Malleys Handwerkskunst.

Ich holte mir den Morgenmantel, verließ das Schlafzimmer und machte mich auf die Suche nach Midge. Sie war unten; sie saß auf der Türschwelle, die Beine hochgezogen, das Kinn auf den Knien, und betrachtete die Blumen im Garten. Wieder bemerkte ich nicht gleich, was fehl am Platze war – beziehungsweise, in diesem Fall, was überhaupt nicht am Platze war.

Ich beugte mich zu ihr hinab und küßte ihren Hals. Sie reagierte kaum. Als ich mich neben ihr niederließ, rückte sie ein wenig zur Seite.

Obgleich wir hier auf der schattigen Seite des Hauses waren, wußte ich, daß die Sonne strahlend hell am Himmel stand, so, wie sie mit den leuchtenden Farben des Gartens spielte. Und über uns hatte der Himmel die Farbe ausgebleichter Denim-Jeans angenommen, ein verwaschenes Blau, die zarten Wolkenstreifen waren in weiter Ferne. Aber hier, im Schatten, war die Luft kühl.

»Wie fühlst du dich heute, Kobold?« fragte ich bewußt leichthin, es war ein Test; natürlich. Ich legte ihr eine Hand auf den Oberarm.

Ihr Reaktion war geringfügig. »Mächtig durcheinander.« Das war alles, was sie sagte.

»Yeah, ich auch. Aber nicht durcheinander genug, daß ich in Mycroft und seiner gruseligen kleinen Sekte nicht das sehe, was sie sind.« Ihre Stimme klang matt. »Lassen wir das, Mike.«

Ich blieb verständnisvoll. »Ich glaube nicht, daß wir uns das so einfach machen dürfen. Du bist zu sehr in sie vernarrt, und das macht mir angst.«

Sie zuckte mit den Schultern, eine kleine Bewegung, fast ein Zurückzucken.

»Midge, hast du darüber nachgedacht, was ich dir gestern nacht gesagt habe?«

Sie sah mich noch immer nicht an. »Du hast so viel gesagt«, erwiderte sie. »Kannst du dich überhaupt noch an alles erinnern?« Jetzt wandte sie mir ihr Gesicht doch zu.

Momentan konnte ich es nicht. Sie hatte recht: ich hatte soviel gesagt – zuviel. Das Ganze war ein riesiger Wirrwarr in meinem Kopf, weniger durcheinandergewürfelt als vielmehr durcheinander*gerührt*. Erst viel später sollten sich diese Gedanken (oder Wahrnehmungen?) allesamt wieder klären. Mein Kopf tat weh, und auf meiner Zunge hätte man einen Lackmus-Test machen können; ich fragte mich, wie ich von dem einen Glas Wein gestern abend einen Kater haben konnte. Dann merkte ich, *was* im Garten draußen fehlte.

»Was ist mit unseren Freunden passiert? Normalerweise sind um die Zeit immer noch ein paar Futtereintreiber da.«

»Die Vögel sind heute nicht gekommen«, antwortete Midge tonlos.

Ich runzelte die Stirn. »Vielleicht hat man ihnen woanders ein besseres Menü aufgetischt«, meinte ich lahm – und weigerte mich zu glauben, daß diese plötzliche Änderung ihrer Gewohnheit irgendeine Bedeutung hatte (was mir allerdings gewaltig schwerfiel). »Aber Rumbo war doch wenigstens da, oder?« Ich sagte es hoffnungsvoll.

Sie schüttelte den Kopf. »Bis jetzt noch nicht.«

Das beunruhigte mich wirklich. Wenn dieser gierige kleine Kerl nicht auftauchte, dann mußte wahrhaftig etwas nicht stimmen. Bobs Äußerung am Telefon fiel mir ein: »Schlechte Vibrations.«

Midge richtete sich auf, und meine Hand fiel von ihrem Arm ab wie ein überflüssig gewordenes Zubehör-Teil. »Ich muß mich anziehen und einkaufen gehen«, sagte sie steif und wandte sich bereits ab, noch bevor ich auf den Füßen war.

»Hey, warte.« Ich ergriff sie wieder beim Arm und zog sie an mich. »Erinnerst du dich: Wir sind verschworene Verschwörer. Nicht nur Geliebte und Geliebter, sondern verdammt gute Freunde, die besten, die jeder von uns jemals haben wird. Verschließ dich nicht vor mir, Midge, egal, wie schlecht du von mir denkst. Okay, ich habe dich letzte Nacht mit meinen Ansichten durcheinandergebracht, aber das hindert uns doch nicht daran, miteinander zu reden, oder? Was ich getan habe . . . Ich meine es doch nur gut. Jesus, ich liebe dich mehr, als ich dir sagen kann . . .«

Bei einer anderen Gelegenheit hätte sie vielleicht hinzugefügt: *»Love you every single day . . .«* Und ich wäre eingefallen mit *»Love you twice as much tomorrow . . .«* Und den Rest hätten wir dann im Duett gesungen. Bei einer anderen Gelegenheit, aber nicht an diesem Morgen. Sie quittierte es nicht einmal mit einem Lächeln. Alles, was ich damit erntete, war ein unglückliches Schweigen.

Dann schien sich ihr Körper für einen Moment zu entspannen. Sie sah zu Boden; sie mied meinen Blick. »Ich liebe dich genauso sehr, Mike, nichts kann das je ändern. Aber ich muß herausfinden –«

Ich packte sie fester. »Du hast nichts getan, dessen du dich schämen müßtest.«

»Du willst nicht zuhören, oder?«

Ich riß mich zusammen. »Ich versuche doch nur, dich zur Vernunft zu bringen, verstehst du das denn nicht? Weißt du, was ich glaube? Ich glaube, daß du dich schuldig fühlst, weil du glücklich bist. Es geht dir so gut – es geht *uns beiden* so gut –, daß du auf den verrückten Gedanken gekommen bist, deine Mutter habe sterben müssen, damit du das hast erreichen können. Das ist es, was du dir einredest, Midge.«

Sie schüttelte heftig den Kopf. »Das ist Blödsinn!«

»Wirklich? Immerhin *warst* du plötzlich frei, nachdem sie gestorben –«

»Nachdem sie Selbstmord begangen hatte«, sagte sie leidenschaftlich.

»Okay, Selbstmord. Du warst jung, und du warst talentiert ... Meinetwegen, vielleicht *hast* du dir überlegt, wie alles sein würde, ohne Bindungen, ohne Verpflichtungen. Wer, zum Teufel, hätte das in deiner Lage nicht getan? Aber ich sagte *überlegt*. Du hast es nie *gewünscht*. Nie. Vielleicht bist du dir dessen im Moment nicht ganz sicher; es ist so lange her, daß du dir gar nicht sicher sein kannst, wie stark dieses Überlegen war. – Ich bin davon überzeugt, daß dir dieser Schleimer Mycroft deine kleinen Zweifel überhaupt erst eingeflößt hat!«

»Er ist kein –«

»Was hast du vor? Willst du sie um Verzeihung bitten? Nach unserem Einzug hier hast du mir gesagt, du würdest dir wünschen, es gebe eine Möglichkeit, deine Eltern wissen zu lassen, wie glücklich du bist. Weißt du noch? Irgendwie hat sich dieser Wunsch ziemlich verzerrt – plötzlich willst du ihre Vergebung dafür, daß du – verdammt nochmal – glücklich bist! Eine reizende Kehrtwendung! – Wann war es so weit? Wann hast du zum ersten Mal in die Richtung gedacht? Damals, als du Mycroft in seinem Tempel besucht hast? Als ich in London war?«

Sie versuchte sich von mir wegzudrehen, aber ich hielt sie fest.

»Er hat dafür gesorgt, daß ich *verstehe*«, schrie sie mich an. »Du kennst ihn nicht –«

»Das ist auch nicht nötig. Mich interessiert nur eines: Warum er dir das antut!«

Dieses Mal gelang es ihr, sich loszureißen. Zorn und Aufregung glitzerten in ihren Augen, ihr Körper war in der Hüfte leicht gebogen, wie der eines widerspenstigen Kindes.

»Du hast gestern nacht gesagt, es sei etwas Außergewöhnliches an Gramarye.« Es klang fast wie eine Anklage. »Du hast dich anders ausgedrückt, aber das war es, was du gemeint hast. Und du hast angedeutet, daß ich etwas damit zu tun habe, daß ich ein Teil davon bin.«

Ich erinnerte mich vage, etwas in dieser Hinsicht gesagt zu haben, aber momentan fiel mir die richtige Formulierung nicht ein.

»Hältst du mich wirklich für so idiotisch, Mike? Glaubst du

wirklich, daß ich nichts von alldem *bemerkt* habe, was um uns herum geschehen ist?«

»Warum haben wir dann nicht – «

»Weil es zu zerbrechlich ist, als daß man es in Frage stellen dürfte! – Schon gut, ich gebe zu, daß ich bis zu einem gewissen Grad eine Barriere dagegen errichtet habe, aber das nur, weil ich Angst hatte, ich könnte – «

Sie schüttelte hilflos den Kopf, unfähig, die richtigen Worte zu finden. Unfähig (nahm ich an), ihre Gedanken und Gefühle zu erklären. Ich machte einen Schritt auf sie zu, aber sie wich zurück.

Ihre Hände waren zu kleinen Fäusten geballt. »Mycroft ist der einzige, der mir helfen kann.«

»Nein!« Und jetzt war ich dran mit dem Brüllen.

»Er versteht.« Ihre Hände öffneten sich; sie ließ sie sinken. Sie wollte nicht mehr diskutieren wie in letzter Zeit üblich.

Sie schob sich an mir vorbei, und ich hörte sie auf nackten Fußsohlen die Treppe hocheilen – eine der hölzernen Stufen knackte geräuschvoll. Ich dachte daran, ihr nachzugehen, aber die Wahrheit ist: Ich wollte mich auch nicht mehr streiten. Dafür brummte mir viel zu sehr der Kopf.

»Mr. O'Malley?«

»Am Apparat.«

»Mike Stringer hier.«

»Mr. – eh . . . Stringer?«

»Sie haben für uns gearbeitet. Das Cottage. Gramarye.«

»Ah, Mr. Stringer.« Dann, langsamer: »Ja, Gramarye. Am Wald. Was kann ich für Sie tun?«

»Ich fürchte, ein paar Probleme sind wieder aufgetaucht.«

Der Schwung seines Akzents verhärtete sich kaum merklich. »Ich kann mir nicht vorstellen, welche, Mr. Stringer. Wir haben da draußen gründliche Arbeit geleistet.«

»Okay, trotzdem – der Riß im großen Schlafzimmer ist wieder da. Und ein paar Türen schließen nicht richtig.«

»Bleiben Sie eine Sekunde dran, Mr. Stringer. Ich hol' mir den Arbeitsnachweis von Ihrem Haus.«

Ein *Knall,* als der Hörer am anderen Ende hingelegt wurde. Ich stand im kleinen Flur oberhalb der Treppe, die freie Hand in eine Jeanstasche gesteckt, und wünschte mir, die drei Paracetamol Ratiopharm würden mit meinen Kopfschmerzen aufräumen. Der Modergeruch trug allerdings auch nicht gerade dazu bei, meinen Kopf klarzubekommen.

»Also, mal sehen . . .«, ließ sich der Ire wieder vernehmen.

Ein statisches Prasseln folgte dichtauf, und ich hob den Hörer vom Ohr weg. »Ah, ja . . .nun, an dieser Schlafzimmerwand haben wir glänzende Arbeit geleistet. Es überrascht mich wirklich, daß sie wieder aufgesprungen ist. Ich gehe davon aus, daß Sie seitdem keine anderen Bauarbeiten an Ihrem Haus haben vornehmen lassen, Mr. Stringer?«

»Rein gar nichts.«

»Aha. Nun, das ist seltsam. Und was war das für eine andere Sache, die Sie noch erwähnt haben?«

»Die Türen. Sie müssen sich wieder verzogen haben.«

»Türen sind auf meiner Liste nicht aufgeführt.«

»Sie sollten sie vor dem Streichen abhobeln.«

»Nein, nein, davon steht hier überhaupt nichts. Wir haben sie natürlich geglättet, also abgeschliffen, wie sich das gehört, wenn sie gestrichen werden. Jetzt erinnere ich mich, ja, ich weiß noch, daß Sie sie erwähnt haben, als wir das Ganze durchgerechnet haben. Waren da nicht auch noch ein paar Schranktüren und so?«

»Das ist richtig.«

»Ah, ja, mein Vorarbeiter hat mir gesagt, die Türen wären prima. Unnötig, was daran zu machen, vom Glätten der Flächen abgesehen. Ein paar Ihrer Fensterrahmen waren schrecklich verwittert, und die haben wir erneuert. Das stand alles in meiner Rechnung an Sie, Mr. Stringer.«

Über mir war ein dumpfer Laut zu hören.

»Äh, können sich Türen bei warmem Wetter verziehen, Mr. O'Malley?«

»Das kommt ganz darauf an. Wenn das Sonnenlicht direkt darauffällt, vielleicht, manchmal auch bei sehr feuchter Witterung. Nun ist das Haus, in dem Sie da wohnen, zweifellos sehr alt und dementsprechend auch das Holz.«

»Mir ist auch aufgefallen, daß die Farbe draußen nicht besonders gut aussieht. Sie scheint abzublättern.«

Ich hörte ihn einen langen Atemzug machen, wohl ein Hinweis darauf, daß er das Ganze satt hatte. »Das ist jetzt aber eine völlig andere Sache. Ich kann jemand zu Ihnen hinausschicken, damit er sich das ansieht, aber nicht vor nächster Woche, leider.

Momentan brauche ich jeden Mann. Es ist eine arbeitsreiche Jahreszeit für uns, und das Wetter ist gut.«

»Es gibt noch etwas, um das man sich dringend kümmern muß, fürchte ich.«

»Und das wäre?«

»Der steinerne Sturz über dem Küchenherd. Dort gibt es ebenfalls einen Riß, und mir ist aufgefallen, daß der Stein in der Mitte durchhängt. Nur ein wenig, aber es sieht ziemlich gefährlich aus.«

»Das wäre dann aber ein neuer Auftrag ... Und wie bereits gesagt, wir haben zur Zeit sehr viel zu tun ...«

»Dieser Riß stand auf meiner ursprünglichen Reparaturliste. Wir haben den Bruch schon vor unserem Einzug bemerkt.«

»Kann mich nicht daran erinnern ... ah, warten Sie! Stimmt, Sie haben recht, jetzt weiß ich es wieder. Sie hatten da eine ganze Liste mit Reparaturaufträgen, Mr. Stringer, aber um die meisten brauchten wir uns überhaupt nicht zu kümmern. Das ist auch der Grund, weshalb unser Preis unter dem Kostenvoranschlag lag; meine Leute konnten nicht die Hälfte der Dinge ausfindig machen, die Sie behoben haben wollten.«

»Das ergibt doch keinen Sinn!«

»Für mich auch nicht. Mein Vorarbeiter machte damals die Bemerkung, daß Sie vielleicht ein ganz anderes Haus damit meinen, also, daß Sie irgendwelche Listen verwechselt haben. Jede andere Firma hätte da aber Tom Mix mit Ihnen gespielt ...«

»Wie bitte?«

»Wildwestmethoden, Sir. Die hätten Ihnen das Ganze berechnet und kein Wort darüber verloren. Kurz und gut, ich kann Ihnen jemand schicken, der nachsieht, aber nicht auf die Schnelle, fürchte ich. Wie wär's mit Dienstag in einer Woche? Würde Ihnen das passen?« »Dieser Sturz ist gefährlich ...«

»Benutzen Sie den Herd momentan denn überhaupt? Ich denke nicht. Stützen Sie den Stein ab und halten Sie sich davon fern, mehr brauchen Sie nicht zu tun, Mr. Stringer. Ich werde dann einen Mann am Dienstag in einer Woche als erstes zu Ihnen 'rüberschicken, und dann werden wir sehen, was wir tun können. – Okay, ich hab's mir ins Buch geschrieben. Er wird sich auch alles andere ansehen und den Dingen auf den Grund gehen. Keine Sorge, das kriegen wir alles vollkommen in den Griff. Wünsche Ihnen einen guten Tag, Mr. Stringer, hoffe, Sie fühlen sich wohl in der Natur.«

Ein Knacken im Hörer, und das war's. Alle Probleme gelöst, jedenfalls soweit es O'Malley betraf.

Und wieder dieses seltsame Geräusch von oben.

Zwei Stufen, und ich konnte den Kopf um die Treppenbiegung recken. Ich wußte, was das für ein Geräusch war.

Aber jetzt kamen andere Geräusche dazu. Von unten.

Ich horchte mit angehaltenem Atem, unentschlossen, welches Rätsel ich zuerst ergründen sollte; im Grunde genommen war ich nicht abgeneigt, *beide* einfach auf sich beruhen zu lassen.

Weitere Geräusche von unten. Ein Scharren, dann das Rascheln von Papier.

»Midge?« Vielleicht war sie schon aus dem Dorf zurück. Keine Antwort, aber andererseits war es gut möglich, daß sie noch immer ärgerlich auf mich war.

»Midge, bist du das?«

Irgend jemand war es bestimmt, aber er dachte nicht daran, mir zu antworten. Ich stand auf der Treppe und lehnte mich gefährlich weit um die Biegung vor, um zur Küche hinabsehen zu können. Mein Lieblingsplatz.

Eine Teetasse klapperte auf dem Küchenschrank (ich hatte keine auf dem Tisch stehenlassen).

Inzwischen angewidert von meiner eigenen Feigheit, weigerte ich mich, mir Zeit zum Überlegen zu lassen, und marschierte todesmutig hinunter (naja, eigentlich hinkte ich hinunter; der Bienenstich pulste noch immer).

An der Küchentür angekommen, sackte ich vor Erleichterung beinahe in die Knie.

»Rumbo, du blöder Hund!«

Er schalt mich seinerseits von seinem Hochsitz auf dem Küchenregal dafür, *ihm* Angst eingejagt zu haben. Eine Kekspakkung lag aufgerissen auf dem Tisch, der Inhalt verstreut und größtenteils angenagt.

»Wenigstens du hast uns nicht verlassen«, sagte ich, nahm einen zerbrochenen Keks und hielt ihn versöhnlich zu ihm hinauf; und er riß ihn mir aus der Hand und beschwerte sich noch einmal geräuschvoll.

»Wo stecken denn heute alle?« unterbrach ich ihn. »Spüren die auch die schlechten Vibrations in Gramarye? Haben die Vögel wirklich deshalb das Frühstück ausfallen lassen?«

Vermutlich war er genauso verwundert wie ich.

»Aber um dich abzuschrecken, braucht es schon ein bißchen

mehr, stimmt's? Trotzdem, ich glaube, ich sollte dich warnen ... Irgendwas hat sich verändert, und ich hab' selbst ein wenig Angst. Etwas liegt in der Luft – spürst du es? Als würde sich etwas anschleichen und jedesmal wegducken, wenn man sich umdreht. Du weißt, was ich meine.«

Ich glaube nicht, daß er es wußte. Er nagte vor sich hin, stellte ab und zu wie ein treuer Hund den Kopf ein wenig schräg und spähte zu mir herauf – und achtete im übrigen nicht weiter darauf, was ich sagte, aber was erwartete ich überhaupt von einem Eichhörnchen?

Die Tür zum Mansardenzimmer hing starr in ihrem Rahmen (obwohl ich den Gedanken nicht mehr loswurde, daß sich auf der anderen Seite jemand dagegenlehnte).

Ich stand auf der Stufe unterhalb der Tür, drehte den Knauf und stieß gleichzeitig mit der freien Hand dagegen. Rumbo hatte mir auf meinem vorsichtigen Gang die gewundene Treppe hinauf Gesellschaft geleistet – die eigenartigen Geräusche, die zu uns herunterwehten, hatten ihn wohl genauso neugierig gemacht wie mich. Bei jedem neuen Laut (es gab lange, lange Pausen dazwischen) war sein Kopf wie eine Deichsel hochgeflogen; jedesmal hatte er in diese Richtung gestarrt, und das mit schnellen ruckartigen Bewegungn. Die Geräusche klangen wie ein melodisches *Klimpern,* und deshalb kamen sie mir verdammt bekannt vor.

Es war, als würde ein Daumen über Gitarrensaiten streichen.

Jedoch leise, nur eine Resonanz; Vibrationen, die langsam verklangen und eine scheinbar tiefe und brütende Stille hinterließen ... bis die Saiten wieder angeschlagen – *berührt!* – wurden.

Glücklicherweise – mein Mut war mit meinem kühnen Marsch in die Küche hinunter schon wieder aufgebraucht – war mir bereits eine Erklärung eingefallen. Ein Vogel oder möglicherweise sogar eine schlafwandelnde Fledermaus hatte sich in mein Musikzimmer verirrt; im Vorbeifliegen streiften die Flügel des Tieres die Gitarre. Oder aber – eine Mäusefamilie hatte sich in einer der Akkustikgitarren eingenistet, und jetzt streiften winzige Gliedmaßen die Saiten, so oft sie sich in das Schalloch hinein- oder wieder daraus hervorzwängten. Beide Erklärungen kamen mir einigermaßen vernünftig vor, und ich war immer noch bereit, an logische Schlußfolgerungen zu glauben (selbst nach all dem, was geschehen war).

Ich drückte energischer, und die Tür gab ein kleines Stück nach. Mittlerweile herrschte bereits seit über einer Minute Stille in dem Raum dahinter.

Der nächste Versuch; dieses Mal rammte ich mit der Schulter dagegen, und Holz schabte über Holz, und die Tür flog auf. Mit der anderen Hand hielt ich sie und verhinderte, daß sie gegen die Wand schlug. Behutsam drückte ich sie weiter auf.

Auf den ersten Blick schien der niedere Raum leer zu sein. Auf den zweiten Blick schien es keine Veränderung zu geben. Dann stöhnte ich laut auf, als ich sah, in welchem Zustand meine beiden Akkustikgitarren waren. Ich rannte los, fiel vor ihnen auf die Knie, und mein Stöhnen verwandelte sich jetzt in einen gequälten Schmerzlaut.

Der Hals der Martin (das Instrument befand sich in seinem Ständer und war dicht an eine schattige Wand gestellt) bog sich zu mir her, als habe er sich bei meinem Eintreten verneigt. Die spanische Konzertgitarre lag ganz in der Nähe auf dem Boden, offensichtlich umgefallen zu einer Zeit, da ich es nicht hatte hören können; ihr Hals krümmte sich nach oben wie bei einem dünnen Mann, der aufzustehen versuchte. An beiden waren jeweils die erste und zweite Saite gerissen, die anderen waren straff gespannt, von den Zargen bis zum Steg, was den Hals jeweils verzog – die unglaubliche Spannung war nahezu greifbar. Ich begriff nicht, wie das hatte geschehen können: keine der beiden Gitarren war direkt in der Sonne gestanden, was das Holz möglicherweise hätte verziehen können; aber in diesem Fall hätten die Saiten erschlaffen müssen; sie waren aber gestrafft. Und weder die Martin noch die Konzertgitarre war auf hohe Tonlage gestimmt gewesen – ich ließ die Saiten immer normal gespannt, es sei denn, ich wußte, daß ich die Instrumente eine Weile nicht benutzen würde – und dann löste ich die Saiten. Nylonsaiten konnten sich zusammenziehen, wenn sie extremen Temperaturen ausgesetzt wurden – und immer vorausgesetzt, daß sie nicht einfach rissen, aber die Stahlsaiten der Martin? Nicht sehr wahrscheinlich.

Ich schüttelte den Kopf, bestürzt und fassungslos; so, wie ich mich fühlte, würden Sie sich fühlen, nehme ich an, wenn Ihr Lieblingshund überfahren wird.

Eine sanfte Brise wehte durch das Fenster herein, das ich vor ein paar Tagen ein paar Zoll zu weit offengelassen hatte, um den Raum zu lüften (möglich, daß ein stärkerer Luftzug die Klassische umgekippt hatte), und spielte über die überspannten Saiten – die Vibrationen wurden von den Resonanzböden der beiden Instrumente aufgenommen und verstärkt. Das Echo klang mehr wie ein seufzendes Stöhnen dem wie ein melodischer Schimmer.

Ich schlug mit der geballten Faust auf meinen Oberschenkel und fluchte – und fluchte noch einmal. Die Gitarren waren unwiderruflich kaputt (okay, den Hals konnte man erneuern – aber das war ein teuerer Spaß – ohne jede Garantie, daß der Ton hinterher wieder so stimmte wie zuvor); trotzdem schraubte ich die Zargen beider Instrumente auf, um die restlichen Saiten zu lösen. Dann zog ich den Koffer zu mir heran und öffnete ihn – mit einiger Nervosität – und untersuchte die darin liegende elektrische Gitarre (das Gefühl, einen Sarg zu öffnen, um einen Blick auf die Leiche zu werfen, war übermächtig gewesen). Ich war heilfroh, daß mein Arbeitsgerät in Ordnung war.

Danach konnte ich nur noch auf dem Boden hocken und meine tödlich erkrankten Instrumente anstarren, und Rumbo amüsierte sich und flitzte im Zimmer umher. Ich ließ ihn, froh, daß sich wenigstens einer von uns keine Sorgen machte.

Eine Zeitlang saß ich ziemlich schwermütig da, und heute bin ich mir nicht mehr ganz sicher, was mich schließlich aufgeschreckt hat – vielleicht das kreischende Schnattern des Eichhörnchens, vielleicht aber auch das Gefühl von Bewegungen über mir. Es war ein Vormittag der fernen Geräusche gewesen, deshalb war ich jetzt weder beunruhigt noch überrascht, weitere Geräusche zu hören. Und natürlich war dieses Mal der Ursprung der Geräusche ziemlich klar: die Fledermäuse waren unruhig.

Aber es war nicht nur meine Neugier auf sie, was mich irgendwann veranlaßte, einen Stuhl in die Mitte des Zimmers zu ziehen, damit ich die Luke erreichen konnte. Ich hatte Midges Gemälde von Gramarye da hinaufgeworfen, noch am gleichen Tag, an dem wir den grotesken Wandel entdeckt hatten – und ich hatte nur die Luke angehoben und es von mir geschleudert, aus den Augen, aus dem Sinn. Das Bild zu verbrennen wäre zu sehr wie ein Ritual gewesen. Ich rätselte noch immer über diese jähe Verwandlung nach, vielleicht wollte ich deshalb noch einmal einen Blick darauf werfen. Möglich, daß ich wahrhaftig annahm, es könnte wieder normal geworden sein, optimistischer Dummkopf, der ich bin; alles schien möglich an diesem Ort. Was auch immer, ich wollte mir das Gemälde genauer ansehen als beim letzten Mal.

Ich balancierte auf dem Stuhl, eine Hand flach gegen den Lukendeckel gepreßt, die andere mit der Taschenlampe, die seit einiger Zeit speziell für Dachbodenbesuche in der Mansarde aufbewahrt wurde, bereitgehalten (für gewöhnlich war es Midge, die nach unserer geschützten Spezies da oben sah). Ich streckte die Knie und stemmte mich gegen den Deckel, einigermaßen nervös unseren Nachtfreunden gegenüber, aber, nachdem ich so oft aufgeklärt worden war, in dem Glauben, daß sie wirklich harmlos waren.

Die Luke öffnete sich mit einem unheimlichen *Altes-dunkles-Haus*-Knarren, was Rumbo veranlaßte, loszukreischen und die Treppe hinunter zu verschwinden. Ich nahm mir fest vor, daß ich diese Scharniere bei nächster Gelegenheit ölen würde. Nachdem die Taschenlampe angeknipst war, benutzte ich die Stuhllehne als wackeligen Halt und hievte mich mit dem üblichen Mangel an Würde hoch. Auf dem Rand oben sitzend, verfluchte ich mich, weil ich das Gemälde mit solcher Kraft geworfen hatte: Bevor ich den Lichtkegel darauf richtete, konnte ich es gerade noch als rechteckige Form wahrnehmen; ich würde über die Querbalken kriechen müssen, um es zu erreichen.

Bevor ich das tat, schwenkte ich den Lichtstrahl kreuz und quer durch den Dachboden und fror, als ich die schwarzen, hängenden Silhouetten bemerkte; ich hätte jede Wette gehalten, daß sie sich vervielfacht hatten seit dem letzten Mal. Sie hingen dicht an dicht, sie füllten jeden Zoll Platz an den Balken und Sparren. Genau wie beim ersten Mal.

Aber wenigstens waren sie still und ruhig, als habe mein Eindringen jeder vorhergegangenen Aktivität Einhalt geboten. Ich fragte mich, wie sie meine Anwesenheit sahen. Mit Furcht? Feindseligkeit? Oder spürten sie inzwischen, daß Midge und ich ihnen nichts antun würden?

Ein vereinzeltes winziges Quietschen lenkte meine Aufmerksamkeit auf einen Querbalken links von meinem Sitzplatz. Ich leuchtete ein besonders dicht gedrängtes Gewirr von Fledermäusen an; eines der Tiere nahe der Mitte machte – den Kopf nach oben auf den Bauch gekrümmt – kleine, ruckende Bewegungen. Schroffe Zähne wurden von der Helligkeit hervorgehoben, als die Fledermaus ihre häßliche kleine Schnauze öffnete und ein weiteres kaum hörbares Quietschen ausstieß.

Von den dunkleren Bereichen des Dachbodens her wurde ihr mit einem vereinzelten und irgendwie kläglichen Piepsen geantwortet.

Da ich nicht länger als unbedingt nötig in dieser tintenschwarzen Höhle bleiben wollte, zog ich meine Beine hoch und begann, mich auf das Gemälde zuzuschieben. Die Stützbalken unter meinen Knien waren hart, und der Geruch nach Fledermausexkrementen kam mir intensiver und noch unangenehmer vor als bei meinem letzten Besuch hier oben. Ich tröstete mich mit dem Gedanken, daß der Tierkot wenigstens eine natürliche Form der Dachbodenisolierung darstellte. Ich leuchtete mir den Weg aus und paßte sehr genau auf, wohin ich meine freie Hand setzte – aber das Zeug war überall, und bald darauf wischte ich die Handfläche an den Jeans ab, um den Matsch loszuwerden. Ich beschloß, aufrecht über die Querbalken zu balancieren; wenn ich mich tief vorbeugte und das Gleichgewicht gut bewahrte, war das das kleinere Übel. Also stützte ich die Füße auf verschiedenen Bodenverstrebungen ab, die Beine gespreizt wie ein ungeheuerliches Insekt, und richtete mich unsicher auf.

Und streifte sofort eines der hängenden Tiere.

Die Fledermaus quiekte und schlug mit ihren Flügeln nach mir, und ich wich zurück, wankend und mit butterweichen Knien und mit abwehrend erhobenen Händen. Halb gebückt und immer noch ziemlich wackelig auf den Füßen, fand ich das Gleichgewicht wieder und leuchtete die Fledermaus an – ich wollte mich vergewissern, daß sie nicht gerade die Krallen wetzte und im Begriff war, mich anzufallen.

Das, was ich sah, war schlimmer: es zauberte mir einen Klumpen in die Brust, etwas ekelhaft Wulstiges und Weiches, das in meiner Kehle nach oben zu kriechen und zu explodieren drohte. Ich schluckte krampfhaft.

Nur wenige Zoll vor meinem Gesicht zuckte die Fledermaus, die ich berührt hatte, in kleinen, krampfartigen Bewegungen, die Schwingen nach innen gewölbt, während sich der mit einer dünnen Haut überzogene Schwanz nach unten bog. Etwas Errötetes und Glänzendes und Widerwärtiges glitt zwischen den Beinen hervor. Wie hypnotisiert beobachtete ich, abgestoßen und doch auf eine entsetzliche Art und Weise fasziniert.

Das hellrote, verkrümmte Etwas nahm an Größe zu, die zerbrechliche Gestalt glitzerte im Licht der Taschenlampe. Und der winzige Körper drang weiter heraus, glatt und feucht, nahm Gestalt an – eine unansehnliche Gestalt –, wurde von der Gebärmutter ausgestoßen wie ein ovaler Klecks, eine rosa Garnierung, die aus einem Puderzuckerbeutel gedrückt wurde, und plumpste, an der Nabelschnur hängend, auf den Bauch der Fledermausmutter, wo er festgehalten wurde. Sofort barg die Mutter das Neugeborene sicher in ihren Flügeln, und ihr Kopf ruckte nach oben, und die Zunge schnellte hervor, um den klebrigen neuen Körper zu reinigen.

Für jeden Naturliebhaber wäre diese Geburt sicher ein wunderbares Erlebnis gewesen, aber für mich – in dieser dunklen Enge inmitten zahlloser dicht gedrängt hängender Scheusale – war es ein Greuel.

Verzweifelt tastete ich mich weg, darauf bedacht, nicht zwischen die Bodenbalken zu treten – und störte die hinter mir hängenden Tiere. Und als ich herumfuhr (wobei der Lichtstrahl die Finsternis zerteilte), sah ich weitere Tiere gebären, sah ich immer noch mehr hellrote Kleckse aus dunklen Leibern hervorquellen und an den Brüsten ihrer Mütter hängen. Nicht nur zwei oder drei – es waren Dutzende. Ich schwöre, daß ich *Dutzende* zur Welt kommen sah. Überall, wohin ich die Taschenlampe auch schwenkte, bekam ich dieselbe ekelerregende Bewegung zu sehen, und schimmernde Klebrigkeit an winzigen Körpern reflektierte das Licht. Sie sahen aus wie aus offenen Wunden gedrückte durchsichtige Eiterbeutel.

Ich hastete zur Luke zurück, zu der rechteckigen Helligkeit, und ich rutschte auf einem der Balken aus, schlug mit dem Knie dagegen, aber ich hielt nicht an, sondern kroch auf allen vieren weiter, und Holzsplitter stachen in meine Handflächen, und die Taschenlampe tanzte wie wild auf und ab, und die Helligkeit stachelte die Fledermäuse auf – schlagartig begannen sie aus Protest oder vor lauter Schrecken (wahrscheinlich traf beides zu) loszuquieken.

Eine flatterte an meinem Gesicht vorbei, und dumpfe Luft fächelte gegen meine Wange. Etwas stieß weich auf meinen Rücken herab und verweilte dort für einen Moment, bevor es abfiel.

Ich hätte beinahe geschrien.

Dann war ich an der Luke, schwang die Beine hindurch, ließ

mich fallen und schaffte es irgendwie, mich mit Händen und Ellenbogen am Rand festzuklammern und mich vor einem bösen Sturz zu bewahren. Meine Füße ertasteten den Stuhl unten, und ich zerrte am Lukendeckel und zog den Kopf ein – als in letzter Sekunde noch ein kleiner Körper aus der Dunkelheit heranschwirrte und über meinen Arm strich.

Dann fiel die Luke, und ich konnte gerade noch die Finger wegreißen, bevor sie sich mit einem lauten Knall schloß.

Die Taschenlampe flog in hohem Bogen weg, fiel zu Boden und rollte darüber, und ich stand auf dem Stuhl, rang nach Luft und hoffte, daß ich damit mein Frühstück noch einmal umlenken konnte, das bereits auf dem Weg nach oben war.

Seite siebenundzwanzig

Ich ließ Bunbury hinter mir und war verärgert und durcheinander, und ich weiß nicht was sonst noch. Ich fühlte mich hinters Licht geführt, nehme ich an. Oh ja, und irgendwie *benutzt.*

Der Anwalt der verstorbenen Flora Chaldean hatte erst nach beträchtlichem Zögern zugestimmt, mich zu empfangen, obwohl ihm genaugenommen überhaupt keine Wahl geblieben war. Er trug die Verantwortung, was die Sicherheit Gramaryes betraf, und ich hatte auf einem Treffen bestanden. Möglich, daß er Gewissensbisse verspürte.

Ich wollte ihn sprechen, weil hinsichtlich der alten Dame und des Cottage eine Menge Dinge der Erklärung bedurfte, und Ogborn war vermutlich das wichtigste Bindeglied (wenn nicht das *einzige*). Ich wollte Informationen. Ich wollte mehr über Flora Chaldean erfahren. Ich wollte mehr über Gramarye wissen. Ich wollte herausfinden, wo es den Zusammenhang mit den Synergisten gab.

Nun, ich hatte meine Antworten erhalten, aber ich kann nicht behaupten, daß es Erklärungen waren. Jetzt war ich auf eine andere Art und Weise verwirrt.

Bickleshift, der Makler, der uns das Anwesen verkauft hatte, war der erste gewesen, mit dem ich nach meinem (buchstäblich) ekelerregenden Dachbodenerlebnis mit den Fledermäusen Kontakt aufzunehmen versucht hatte, aber er befand sich auf einer zweiwöchigen Urlaubsreise. Insgeheim werden Sie jetzt vielleicht der Meinung sein, daß ich auf dieses spezielle Ereignis ziemlich übertrieben reagiert habe – schließlich waren es nur kleine, geflügelte Säugetiere mit spitzen Ohren, die da ihre Babies bekommen hatten – aber man muß schon dabeigewesen sein, um verstehen zu können, daß da mehr vor sich gegangen, daß an dieser winzigen, glitschigen Nachkommenschaft nichts Niedliches war; daß man dieses Gebären eher einem Ausscheidungsvorgang denn einem Hervorbringen neuen Lebens gleichzusetzen hatte. Sehen Sie, es war, als werde man Zeuge einer Ausbreitung der Disharmonie, der Sicherung böswilliger Einflüsse – und nicht einer natürlichen Freude der Natur; und natürlich war mir inzwischen klar, daß Gramarye *zwei* Gesichter hatte, zwei Klimata oder Breitengrade, ganz gleich, wie man diese einander entgegengesetzten Pole auch bezeichnen will. Verschiedene Ebenen, vielleicht. Positiv und Negativ. Die gute, die positive, hatten wir kennengelernt, als wir eingezogen waren. Jetzt wurde sie von irgend etwas beiseitegedrängt. Um es mit Dylans (Bobs) Worten zu sagen: »*Times they were'a changin'.*« Und wenn ich zurückdenke, dann hatten die Veränderungen mit dem Auftauchen der Synergisten begonnen.

Und jetzt personifizierten diese neugeborenen Fledermäuse irgendwie die ungesunde Metamorphose, die Gramarye durchmachte, ein Wandel, der nicht jäh vor sich ging, sondern etwas Schleichendes war, langsam wie ein Ungeheuer, das aus dem Meer herauskriecht und sich den Strand hinaufschleimt, das zu atmen lernt, das Kraft sammelt, um sich schließlich erheben zu können. Vorangetrieben von jenen, die einen Nutzen aus seiner Kraft ziehen können.

Absurd? Nur zur Hälfte.

Aber ich greife mir selbst vor, und ich erwähne das alles auch nur, weil mir die Einsichten gekommen waren wie zufällige Bewußtseinströpfchen, die von einer hohen Decke herunterfielen und mit winzigen Schlägen auf meinem Kopf zerspritzten ... und schließlich in mein Gehirn einsickerten. Als ich an diesem Tag nach Hause fuhr, erinnerte ich mich wieder an alles, was ich Midge ein paar Nächte zuvor gesagt hatte, daß ich angedeutet hatte, sie sei eine Art Katalysator oder Mittler; oh, ich erinnerte mich an jedes Wort, und ich hätte gern gewußt, ob die Synergisten – oder speziell Mycroft – eine andere Form von Katalysator waren.

Wie auch immer – Bickleshift war nicht da, deshalb hatte ich in der Kanzlei des Anwalts angerufen, und nach einigem »*Uhm*« und »*Ähh*« stimmte Ogborn schließlich einem Termin für den Spätnachmittag des folgenden Tages zu.

Als Midge aus dem Dorf zurückgekommen war, hatte ich kein Wort über mein Erlebnis verloren; ich hatte nicht einmal erwähnt, daß sich meine Gitarren verzogen, daß sich die Saiten, stählerne und normale, unerklärlich zusammengezogen hatten. Ich wollte Tatsachen haben, bevor ich meinen Fall darlegte. Außerdem schien sie ohnehin viel zu sehr mit ihren eigenen Gedanken beschäftigt zu sein. Was den heutigen Tag betraf, nahm sie an, ich sei nach Bunbury gefahren, um Notenblätter zu kaufen.

Ich hatte eine ungemütliche Nacht hinter mir, und auch Midge war unruhig gewesen, aber im Schlaf. Sie hatte gemurmelt und sich von einer Seite auf die andere geworfen, und ihre Finger hatten sich in die Bettlaken gekrallt, als fürchte sie, in einen Traum-Abgrund zu stürzen.

Meine halbherzigen Versuche am nächsten Morgen, ihre Reserviertheit zu durchbrechen, führten zu nichts. Wir waren einen Schritt zu weit gegangen. Als ich nachmittags losfuhr, kamen meine Gedanken (und meine Lebensgeister) wieder auf Trab. Ja, es war eine Erleichterung, diesen Ort hinter sich zu lassen.

Bei der Rückkehr kam mir Cantrip beinahe wie ausgestorben vor, und ich sah auf die Uhr. Fast sechs – ich hatte nicht bemerkt, daß es schon so spät war. Die Läden waren geschlossen, und die Dorfbewohner saßen wahrscheinlich beim Abendessen. Die Sonne hatte beschlossen, sich zu den Hügeln aufzumachen.

Durch das Dorf und in die Waldstraßen. Bald zu Hause sein. Aber dann drängte sich die Frage auf, was das für ein Zuhause war. Mycroft wußte das möglicherweise besser als irgend jemand sonst.

Ich fuhr zügig, versessen darauf, wieder bei Midge zu sein – ich hoffte, daß sie dieses Mal darauf hören würde, was ich ihr zu sagen hatte; Ogborn hatte mir eine Menge erzählt. Nun, ich würde sie *dazu bringen* zuzuhören. Ganz gleich, wie ihre Einstellung aussah, sie würde zuhören müssen. – Danach würden wir gemeinsam Mycrofts finstere Motive erörtern.

Die dämmrige Tiefe des Waldes zu beiden Seiten der Straße machte mich nervös.

Gramarye kam in Sicht, die Wände noch leuchtturmweiß in den langsam abkühlenden Strahlen der Sonne. Der Garten leuchtete in bunten Farben. Erst als ich näherkam, verblaßte die Pracht der Blumen, zeigte das Mauerwerk seine heimlichen Schönheitsfehler. Ich parkte den Wagen auf dem grasbewachsenen Platz und flankte über den Zaun.

Ich konnte das Telefon im Haus klingeln hören.

Die Tür war verschlossen, und das überraschte mich: Midge liebte es, wenn frische Luft das ganze Haus erfüllte; und vor allem liebte sie die gerahmte Aussicht von der Küche in den Garten hinaus. Das Telefon klingelte noch immer.

Ich schloß rasch auf, wollte die Tür öffnen – und traf auf Widerstand. Ein energischeres Drücken ließ die Tür nach innen scharren, und ich stoppte kurz, bis sich meine Augen an die Dunkelheit vor mir angepaßt hatten. Diese Schwärze schien der Helligkeit, die an meinen Schultern vorbeiflutete, nur unerklärlich langsam Platz zu machen.

Ich rief Midges Namen, obwohl ich genau wußte, daß sie nicht da war; die Haustür war verschlossen gewesen, und niemand hatte das Telefon abgenommen ... Und da war noch etwas: Eine fast fühlbare Kälte signalisierte ihre Abwesenheit. Nur das beharrliche Läuten des Telefons erfüllte die klamme Luft.

Ich ging zur Treppe und überlegte mir, daß es möglicherweise Midge war, die anrief, daß sie mir sagen wollte, wo sie war. Aber wohin konnte sie ohne den Wagen schon gegangen sein?

Ich rannte hoch und war davon überzeugt, daß das Klingeln in dem Moment aufhören würde, wenn ich oben ankam und den Hörer hochriß.

Statisches Rauschen flutete in mein Ohr, als ich den Hörer ans Ohr hielt. »Hallo ... hallo ...?«

Ich konnte die leise Stimme jenseits der Störung gerade noch hören; es klang, als werde von einem fernen Schlachtfeld mit Artilleriefeuer ringsum angerufen. Ich schlug den Hörer fest in die Handfläche, und der ferne Kanonendonner legte sich tatsächlich vorübergehend.

»Kannst du mich hören?« fragte die wohlbekannte Stimme.

»Yeah. Bist du das, Val?«

Die Stimme der Agentin blieb fern.

»Mike? Mike, ist Midge da?«

»Äh, nein. Aber ich bin auch gerade erst hereingekommen ... Sieht so aus, als sei sie nicht da.«

»Vielleicht ist das ganz gut so ... ich wollte sowieso mit dir reden.«

Der kalte Hauch einer bösen Vorahnung spannte die Haut an meinem Hals.

»Was gibt's? « fragte ich sie mit gezwungener Lässigkeit.

»Ich bin mir nicht ganz sicher. Eigentlich ist alles sehr eigenartig.«

Die Feuerpause war plötzlich vorbei, und das Sperrfeuer hackte wieder los.

»Kannst du mich noch hören, Mike?«

Ich konnte, aber nur schwach.

»Die Verbindung ist verdammt miserabel.«

»Bleib dran, Val«, rief ich in die Sprechmuschel. Ich klopfte den Hörer wieder gegen meine Hand, stärker diesmal. Das Prasseln blieb, aber wenigstens war es nicht mehr ganz so übermächtig.

»Okay«, brummte ich. »Was wolltest du mir sagen?«

»Möglicherweise wird's dir ziemlich seltsam vorkommen.«

Oh, wirklich? Ich lächelte schwach.

»Es hat mit Midges Gemälde zu tun«, erklärte sie. »Mit diesem Bild von Gramarye.«

»Weiter«, sagte ich argwöhnisch.

»Gleich als ich es das erste Mal sah ... bevor ... bevor es zerstört wurde, fiel mir etwas auf. Ich spürte, daß ich dieses Bild irgendwann schon einmal gesehen hatte ...« Die Statik überlagerte ihre Stimme zwei oder drei Sekunden lang – »... nicht erinnern, wo. Ich habe mir gesagt, daß ich mir das nur einbilde, nach der ermüdenden Fahrt zu euch hinunter kein Wunder. Trotzdem ... Es war, als würde ich das Ganze in natura sehen, sozusagen, als ich an diesem Abend bei euch ankam. Ich nahm an, daß das, was ich für *déjà vue* gehalten hatte, in Wirklichkeit diese Übereinstimmung der Realität mit der Phantasie des Gemäldes war ...«

»Val, die Leitung kann jeden Moment zusammenbrechen ...«

»Schon gut, ich komme zur Sache, Mike. Es geht um ein Buch, das Midge vor Jahren illustriert hat ...«

Plötzlich war sie wieder weg; das Prasseln wurde stärker. Aber nach einem weiteren kräftigen Klopfen legte sich der Aufruhr wieder. Meine Handfläche rötete sich unter den Schlägen, die sie abbekam.

»Es tut mir leid, aber ich hab's nicht mitbekommen. Von welchem Buch redest du?«

»Es heißt *Zauberers Königreich* – vielleicht kennst du's?«

»Ja, ich erinnere mich.«

»Okay, ihr müßtet es haben. Hol's dir her und schau dir Seite siebenundzwanzig an.«

»Was?«

»Sieh genau hin, dann weißt du, was ich meine ...«

Ich riß den Hörer weg; das Rauschen und Prasseln schien fast in mein Ohr hinein zu explodieren. Es hörte sich nach einem ziemlichen Volltreffer am anderen Ende der Leitung an.

»Mike, bist du noch dran?«

»Mit Müh und Not ...«

»Kannst du mich hören?«

»Paß auf, Val«, brüllte ich, »ich ruf' dich später zurück.«

»... die Illustration ...«

»Okay, okay!« Keine Ahnung, ob sie meine eilige Verabschiedung mitbekam, aber es war eine Erleichterung, den Hörer auf die Gabel zu knallen.

Ich blieb einen Moment länger im Flur, um über das nachzugrübeln, was mich Val zu tun gebeten hatte: Ich marschierte geradewegs ins runde Zimmer und ans Bücherregal. Ich suchte die Titel durch – aber *Zauberers Königreich* war nicht dabei. Andererseits hatten wir eine Menge Bücher, und Midge hob die von ihr illustrierten nicht besonders hervor. Der unbewohnte Raum, in dem wir den größeren Teil unserer Sammlung aufbewahrten, war meine nächste Anlaufstelle. Ich suchte die überladenen Regale ab, und da war es – *Zauberers Königreich.*

Es war eine kleinformatige Ausgabe, eine Erzählung von Feen und Hexen und Zauberern und Drachen, die auf Fünf- bis Elfjährige zugeschnitten war, aber auch – wie man vom Herausgeber erfuhr – von vielen Erwachsenen gerade wegen der Illustrationen gekauft wurde, die unter Kennern bereits Kultstatus hatten.

Ich hakte einen Finger am oberen Einbandrücken fest und zog das Buch heraus. Obwohl es nicht dunkel war in dem Zimmer, trug ich meinen Fund zum Fenster hinüber.

Der Wald draußen sah sehr still und sehr dicht aus.

Ich blätterte das Buch durch; die kräftigen Farben der Illustrationen waren nicht mehr als vorbeiwischende kaleidoskopartige Muster.

Siebenundzwanzig.
Ich drückte die Seiten flach.
Fluchtpunkt des Bildes war ein weißes Schloß mit zahlreichen Türmchen. Vage konnte ich mich noch an den Handlungsfaden erinnern: Es war ein verzaubertes Schloß und von einem Magier bewohnt, der zwar die größte Kanone war im ganzen Land, aber auch alt, und der nun immer wieder versagte und einen würdigen Nachfolger suchte, bevor die dunklen Mächte, die Wälder und Unterwelt durchstreiften, seine Gebiete vereinnahmen konnten.
Ich verzog das Gesicht; unfähig, eine Parallele zu Midges jüngstem Gemälde abzuleiten. Das heißt – bis ich genauer hinsah.
Im Vordergrund des Bildes war ein Elfendorf, rotbehaubte Pilze dienten als Häuser, die Straße bestand aus mosaikartig zusammengefügten, leuchtend-bunten Steinen. Auch die Elfen selbst waren ein ziemlich vergnügtes Völkchen. Weiter hinten begann der Wald. Und wie der echte Wald draußen vor dem Fenster war er sehr still und sehr dicht.
Dahinter erhoben sich in helleren Schattierungen die Hügel, eine Straße schlängelte sich aus dem Wald heraus und darauf zu, und auf einem dieser Hügel erhob sich das verzauberte Schloß; der alte Zauberer stand auf dem höchsten Turm – winzig klein, aber deutlich zu erkennen.
Im Wald gab es eine kleine Lichtung, und auf dieser Lichtung stand ein ebenfalls winziges und trotzdem liebevoll gestaltetes Haus. Ein Teil dieses Hauses war rund.
Jeder Zweifel war ausgeschlossen. Dieses Haus war Gramarye.

Stimmen

Für einen Wald gibt es keine Sperrstunde – die ganze Nacht wie auch den ganzen Tag über herrscht dort geschäftiges Treiben. Doch ganz gleich, welche Stunde auch ist, der Großteil des Geschehens vollzieht sich im Unsichtbaren. Nur am Abend oder in der Nacht scheint es mehr Geräusche zu geben, mehr Huschen, raschelnde Blätter und manchmal auch knackende Zweige. Je später die Stunde, desto abweisender und geheimer präsentiert sich der Wald. – Einem Außenseiter gegenüber jedenfalls.

Ich tat mein Bestes, jenem Weg zu folgen, den Midge und ich bei anderen Gelegenheiten benutzt hatten – ich wußte, wohin er mich in etwa führte, und hoffte, daß die Sonne noch nicht zu tief stand, bis ich dort ankam. Ich hatte mir eine Jacke gegriffen, als ich das Haus verließ, denn ich war mir bewußt, wie kühl es um diese Zeit unter den Bäumen werden konnte.

Weicher, laubbedeckter Blätterboden fegte unter meinen Füßen hoch, so daß sich meine Schritte wie ein abgerissenes Hecheln anhörten. Ein federnder Ast verhöhnte mein Vorankommen mehr, als daß er es behinderte; ohne anzuhalten, eilte ich weiter, und er sauste geräuschvoll ins Laub hinter mir davon, als verschaffe er so seinem Unwillen Luft.

Ich hatte im Tempel der Synergisten angerufen, ich hatte herausfinden wollen, ob Midge da war, aber die Verbindung war so katastrophal gewesen, daß ich die Stimme am anderen Ende der Leitung kaum hatte hören können; jede vernünftige Unterhaltung hatte von vornherein zum Scheitern verurteilt sein müssen. Aber instinktiv wußte ich, daß sie dort war, und ich ärgerte mich darüber; unfaßbar, daß sie abgewartet hatte, bis sie allein gewesen war ... daß sie sich buchstäblich davongestohlen hatte. Ohne etwas zu sagen, hatte ich wieder aufgelegt.

Vorausgesetzt, sie hatten Midge nicht mit einem ihrer Wagen abgeholt, mußte sie sich für den Waldweg entschieden haben, um zu ihrem Tempel zu gelangen, und deshalb hatte auch ich diesen Weg genommen: Falls sie bereits auf dem Rückweg war, wollte ich sie nicht verpassen. Außerdem war dieser Weg kürzer; mit dem Wagen und auf der sich dahinschlängelnden Straße nahm man einen Umweg in Kauf.

Wenn sie nur auf mich gewartet hätte; dann hätte ich Gelegenheit gehabt, sie in alles einzuweihen, was ich erfahren hatte. – Blieb die Frage, ob sie den Synergisten dann auch noch so vorbehaltslos vertraut hätte. Ich beschleunigte meine Schritte.

Die Buchillustration war eine weitere Zutat zu dem Gebräu, das meinem Gefühl nach irgendwo im Verborgenen zu kochen anfing. Jetzt verstand ich immerhin, weshalb mir Gramarye damals, bei unserem allerersten Besuch, so eigenartig vertraut vorgekommen war. Und weshalb ich ein so blasses Wiedererkennen empfunden hatte, als ich Wochen später auf Midges Bild hinabschaute. Val Harradine hatte die Verbindung hergestellt, wenn auch nicht sofort; sie hatte erst Midges Arbeiten durchsehen müssen, um sicher sein zu können. Dieses Detail der Buchillustration war so klein, aber andererseits war Midges Stil peinlich exakt und realistisch, einem jedem Teil der Komposition war liebevolle Aufmerksamkeit geschenkt. Das Cottage auf dem Bild war sogar von einem farbenprächtigen Garten umgeben, der bis an die Tür hinanreichte.

Und da war eine Gestalt unmittelbar jenseits der Türschwelle gewesen; ein dunkler Umriß, kaum mehr als ein Schemen.

Es ist verrückt, sagte ich mir immer wieder. *Ganz und gar verrückt!* Ein Märchenbuch, nichts weiter. Eine Gutenachtgeschichte für Kinder. – Trotzdem, hier war ich und jagte durch den Wald, um meine Maid aus höchster Not zu erretten, ein verzweifeltes Unterfangen, sie den elenden Klauen des bösen alten Hexenmeisters zu entreißen oder des Zauberers oder Mystikers oder wie man diese Gebrüder-Grimm-Charaktere auch nennen mochte, deren Magie so düster, um nicht zu sagen, schwarz, war. Fehlte nur noch das weiße Streitroß.

Yeah, lustig.

Ich fiel in einen ausdauernden Wolfstrab; ich wußte Bescheid. O ja, ich wußte Bescheid.

Weil ich lernte, meinen eigenen natürlichen Glauben außer Kraft zu setzen. Wie wir das eines Tages alle einmal lernen müssen.

Ein- oder zweimal dachte ich schon, ich hätte mich im Wald verirrt, aber stets entdeckte ich kurz darauf etwas, das ich wiedererkannte – den umgestürzten, modernen Baum, eine besonders eigenartig verwachsene Eiche, einen vom Regenwasser gebildeten Teich – und wußte, daß ich mehr oder weniger in der richtigen Richtung unterwegs war. Schließlich dauerte es nicht mehr lange, und der Wald lag hinter mir; ich konnte auf das graue Haus am Fuße des weiten Abhangs hinunterblicken.

Als ich hinabging, sah ich, daß das Gebäude, der Tempel, sichtlich verfallen war; die Nähe enthüllte die schadhaften Stellen erbarmungslos. Die tiefstehende, sich rötende Sonne jenseits der Giebel konnte dem Haus keine Wärme verleihen. Meine Schritte waren fest, energisch, nehme ich an, und doch regte sich auch ein Element der Vorsicht tief in mir – ich fragte mich, ob ich aus einem dieser dunklen Fenster heraus bereits beobachtet wurde.

Bald hatte ich die Wiese hinter mich gebracht und schritt über festeren, wenn auch nach wie vor unebenen Boden. Im Wendebereich waren vier Wagen geparkt; einer davon war der wohlbekannte Citroen. Ich überquerte den Platz und ließ das Gebäude nicht aus den Augen, genau so, wie es mich nicht aus den Augen ließ (jedenfalls wurde ich diesen Eindruck nicht mehr los) – und stieg die Stufen zu der großen Doppeltür hinauf. Ich hatte mir vorgenommen, geradewegs hineinzumarschieren, aber das Portal war verschlossen; natürlich.

Ich legte den Handballen auf den großen Klingelknopf aus Messing, der neben dem Türrahmen in Beton eingelassen war, und ließ ihn darauf. Mit der anderen Hand donnerte ich gegen die Täfelung des Portals selbst – eine gute Maßnahme zwar, aber sie verbrauchte einen Großteil meines Zorns.

Gleich darauf näherten sich Schritte. Ein Schlüssel wurde im Schloß gedreht, eine Hälfte des Portals öffnete sich minimal. Der Knochenmann lugte durch den Spalt heraus.

Er tat, als erkenne er mich nicht, aber wir wußten es beide besser.

»Midge ist hier.« Ich hatte es nicht als Frage formuliert, deshalb erwartete ich auch keine Antwort.

»Midge?« erkundigte er sich, und seine Stimme war so skeletthaft wie seine Gesichtszüge.

»Lassen Sie die dummen Spielchen!« herrschte ich ihn an, rammte die Tür auf und stieß ihn zurück.

Und trat ein.

»Einen Moment, Sie können hier nicht einfach eindringen!« wies er mich zurecht und tippte mit knochigen Fingern gegen meine Brust.

Ich wischte seine Hand beiseite. »Wo ist sie?«

»Ich weiß nicht, wen Sie meinen.«

»Midge Gudgeon. Sie ist in diesem Haus.«

»Ich glaube, Sie sollten –«

»Ich will Mycroft sprechen.«

»Bedauere, aber er darf nicht gestört werden.«

Ich seufzte. »Hör mir genau zu! – Ihr kriegt mich nicht los, bis ich entweder mit Midge oder Mycroft gesprochen habe.«

»Ich habe Ihnen bereits gesagt –«

Weiter hinten im Korridor öffnete sich eine Tür, und Gillie Slade erschien; sie sah uns neugierig an und fragte sich zweifellos, was das ganze Theater sollte.

Ich schritt zielstrebig auf sie zu, und der Knochenmann tappte hinter mir her; seine schwachen Proteste waren wie Mücken in der Luft.

»Gillie, sag mir, wo ich Midge finde«, verlangte ich, noch bevor ich das Mädchen überhaupt erreicht hatte.

»Mike, du kannst nicht einfach – «

»Ja, das weiß ich alles. Sie ist hier, nicht wahr?«

Ich starrte sie an, und sie senkte ihren Blick.

»Ja, Mike. Aber sie ist bei Mycroft, und sie dürfen wirklich nicht unterbrochen werden.« Ihre Augen waren mir wieder zugewandt, und sie waren blau und aufrichtig.

»Unterbrochen? – Was, zum Teufel, geht hier vor?«

Andere Türen wurden aufgerissen; Köpfe wurden herausgestreckt. »Um Gottes willen, sag's mir!«

Ihr Blick senkte sich wieder, und ich war nahe daran, sie durchzuschütteln. Stattdessen glitt ich an ihr vorbei und blickte in den Raum hinein, den sie gerade verlassen hatte. Ausdruckslose Gesichter waren mir zugewandt. Die einzigen Möbel im Raum waren unbequem aussehende Stühle mit hohen Lehnen, wahllos verteilt; die Synergisten hatten weder Bücher noch sonst etwas auf dem Schoß oder in den Händen. Anzunehmen, daß das ihre Version der Glücklichen Stunde war. Meditationszeit.

Midge war nicht unter ihnen.

Ich ging rückwärts hinaus und überquerte den Korridor; zwei Männer standen dort in der Türöffnung und wichen ohne einen Laut beiseite, um mich hineinsehen zu lassen. Weitere Synergisten und – von den Stühlen abgesehen – kaum Einrichtungsgegenstände. Mehrere der Anwesenden hockten auf dem Boden, ohne jede sichtbare Beschäftigung.

Auch hier: keine Spur von Midge.

Im nächsten Zimmer auch nicht.

Und auch im darauffolgenden : Fehlanzeige.

Jetzt die Bibliothek. Vielleicht hatte ich ja Glück.

Ich hatte keins. Der Raum, in den man uns bei unserem ersten (und meinem einzigen) Besuch geführt hatte, in dem mein verbrühter Arm in jene grünliche Flüssigkeit getaucht worden war, die nach allem, was ich jetzt wußte, genausogut zum Geschirrspülen oder Metallreinigen hätte verwendet werden können, dieser Raum, in dem sich Mycroft alle Mühe gegeben hatte, uns mit seinen besonderen Kräften zu beeindrucken, war leer. Da war keine verdammte Menschenseele.

Meine Verzweiflung und Enttäuschung wuchs. Ich umrundete die breite Treppe und platzte fast durch die gegenüberliegende Doppeltür. Auch hier: niemand, trotzdem war dieser Raum wesentlich interessanter als die anderen. Lederne Armsessel, kleine und zierlich geformte Tische, eine prächtige, eichene Kamineinfassung, die buchstäblich eine ganze Wand einnahm. Über dem vorspringenden Kaminsims war ein langer Wandteppich aufgehängt, darauf ein Kreuz, in dessen Mitte eine stilisierte Rose; Querbalken und Pfosten des Kreuzes waren mit seltsamen, immer wiederkehrenden Symbolen versehen. An den anderen Wänden, zwischen hohen Fenstern, erkannte ich die Tierkreiszeichen, am anderen Ende des Raumes ein großes, mosaikartiges Mandala – ein Kreis, darin ein Quadrat; unmittelbar daneben ein weiteres, kleineres Mandala. Auf einem Tisch ganz in der Nähe lag eine Holzmaske: hohe, spitze Ohren und schräggestellte Schlitzaugen über einer langen, vorspringenden Schnauze – der bizarre Schädel eines Schakals. Obgleich die Vorhänge halb vor die Fenster gezogen waren, so daß der Raum in passende Düsternis getaucht war, prägte sich mir alles bis aufs kleinste Detail ein, als hätte ich mir genügend Zeit gelassen, mich eingehend umzusehen. In Wirklichkeit stand ich nicht länger als ein paar Sekunden in der Türöffnung. Ich glaube, dieser Eindruck war dem Umstand zu verdanken, daß ich einen solchen Raum erwartet hatte; ich war nicht überrascht, keine Sekunde lang.

Ich wandte mich ab; der Anblick dieses Zimmers verursachte tief in mir unbeschreibliche Traurigkeit. Die Synergisten hatten inzwischen die anderen Räume verlassen und drängten sich im Korridor; einige murmelten untereinander, aber die meisten beobachteten mich nur weiterhin stumm, die Gesichter straff und angespannt . . . verärgert. Ich kam mir vor wie ein Besucher im Irrenhaus, dessen Insassen ihn für den Irren hielten.

Gillie stand fast in der vordersten Reihe, aber zumindest ihre Miene vermittelte etwas mehr als nur kalte Feindseligkeit. Ich ging zu ihr und legte ihr eine Hand auf den Ellbogen, eine sanfte Berührung – ich wollte niemanden provozieren.

»Bitte, hilf mir, Gillie«, sagte ich. »Ich möchte nur mit ihr reden.«

Auch wenn sie nichts sagte, ihre Augen verrieten sie. Ich fragte mich, ob der Blick nach oben Reflex oder beabsichtigt war.

Ich starrte in dieselbe Richtung, zum oberen Ende der Treppe, ließ sie los, ging zu den Stufen und schritt, immer zwei auf einmal nehmend, hinauf. Auf halbem Weg nach oben tauchte Kinsella auf; der Knochenmann war dicht hinter ihm. Letzterer zeigte unnötigerweise auf mich, und Kinsellas Lächeln hatte etwas Widerwärtiges an sich.

»Hi, Mike, gibt es ein Problem?« rief er zu mir herunter.

Ich antwortete erst, als ich vor ihm stand. »Ich suche Midge«, erwiderte ich. »Und ich weiß, daß sie hier ist.«

»Sicher ist sie das. Gehen wir 'runter, ich besorge Ihnen eine Tasse Kaffee, dann reden wir.«

Er legte mir vertraulich die Hand auf die Schulter, und ich schüttelte sie ab.

»Ich würde sie gern jetzt gleich sehen«, sagte ich.

»Eh, okay, das ist im Moment einfach nicht möglich, Mike.« Jesus, ich haßte seine sanfte Stimme. »Sie müssen wissen, sie ist bei Mycroft, und sie dürfen jetzt wirklich nicht gestört werden.«

»Und warum nicht?«

»Sie wissen, was sie auf dem Herzen hatte.«

Ich nehme an, ich muß ziemlich bestürzt ausgesehen haben.

Er nickte, und er lächelte noch immer. Aber jetzt glitzerte eine winzige Spur boshaften Vergnügens in seinen blauen Ami-Augen.

»Sie haben's erraten, Mike. Mycroft ist gerade dabei, Midge zu helfen. Er stellt den Kontakt zu ihren Eltern her.«

»Oh Schei – « Ich drängte ihn beiseite; ich war entschlossen, jeden verdammten Raum hier oben zu durchsuchen, bis ich sie gefunden hatte. Aber ich kam nicht weit. Sein Arm ruckte vor meiner Brust hoch wie eine Stahlschranke. Ich stieß ihn weg und war bereits wieder in Bewegung.

Er packte mich am Handgelenk, wirbelte mich herum, und für einen kurzen Augenblick sah es so aus, als sei Sahne auf seinem Apple-pie-Gesicht geronnen. Dann war das Grinsen wieder da – mit einer Herzlichkeit, die einem Piranha alle Ehre gemacht hätte.

»Tut mir leid«, setzte er an. »Aber Sie wer- «

Dieses Mal stieß ich fester zu, und er taumelte zwei, drei Schritte zurück. Ich hatte mich noch nicht einmal halb umgedreht, da war er schon wieder da und packte zu; eine Hand war an meinem Hals, die andere unter meiner Achselhöhle. Ich krachte ziemlich geräuschvoll gegen die Wand, meine Beine gaben nach, und ich rutschte zu Boden. Nicht immer werden tätliche Auseinandersetzungen von den Gerechten für sich entschieden, müssen Sie wissen.

Gillie, die mir die Treppe herauf gefolgt war, kniete neben mir, und ich versuchte, etwas von der Puste, die ich verloren hatte, wiederzugewinnen. Kinsella grinste nicht mehr, und das war okay für mich. Ich machte mich daran aufzustehen.

»Nicht, Mike«, riet Gillie.

Kinsella sah mich beinahe mitleidig an.

Ich freute mich nicht gerade auf die nächsten paar Minuten, aber freiwillig würde ich dieses Haus ganz bestimmt nicht verlassen.

Ich war auf den Beinen und pflanzte mich in Boxerstellung auf, als wir alle die Erscheinung weiter hinten im Korridor bemerkten. Kinsella und der Knochenmann drehten sich um, als seien sie gerufen worden (ich hatte absolut nichts gehört). Mycroft stand dort, einen dünnen Stock in der Hand. In der Türöffnung hinter ihm tauchte Midge auf.

Sie starrte mich an, und ich spürte ihr Keuchen mehr, als daß ich es hörte. Die beiden Männer, die mir den Weg versperrten, waren abgelenkt, und das nützte ich aus und drückte mich an ihnen vorbei. Ich jagte den Korridor entlang zu Midge.

»Was machst du denn hier?«

Die Begrüßung stoppte mich, denn da schwang eine Menge Gereiztheit in ihrer Stimme.

»Dasselbe könnte ich dich fragen«, erwiderte ich. Dann sagte ich, noch immer nach Luft ringend: »Ich will, daß du mit mir kommst. Jetzt gleich.«

Sie war empört; die negative Antwort verlor sich: »Nein . . .«

»Ich glaube, Sie verlangen dies zu einem reichlich unangebrachten Zeitpunkt.«

Mycroft hatte das gesagt, und ich blickte ihn an. Er kam mir mindestens hundertfünfzig Jahre älter vor; und da war keine Spur mehr von Milde an ihm. Seine Stimme jedoch klang weder ausgetrocknet noch rauh – sie war so glatt und sanft wie immer.

»Es gibt mehrere Dinge, die Midge und ich zu besprechen haben, Mike, und ich habe sie eingeladen, heute abend bei uns zu bleiben. Sie brauchen sich keine Sorgen zu machen – später wird sie jemand nach Gramarye zurückfahren.«

Ich schüttelte den Kopf. »Sie kommt mit mir nach Hause.«

Midge kam zu mir, die Augen funkelnd, aber nicht ohne Zuneigung. »Wer bist du, daß du mir sagst, was ich zu tun oder zu lassen habe? Wer gibt dir das Recht?«

Ich sprach ganz leise. »Er will das Cottage.«

Sie starrte mich mit geweiteten Augen an; dann Mycroft.

»Hast du den Verstand verloren?« Das ging an mich.

»Sie haben versucht, das Haus von Flora Chaldean zu bekommen«, sagte ich nachdrücklich. »Sie haben versucht, ihr das Anwesen rechtmäßig abzukaufen, aber sie wollte nichts davon wissen. Hast du gewußt, daß sie sich die Mühe gemacht hat, eine Klausel in ihr Testament aufzunehmen, die den Verkauf Gramaryes an die Synergisten oder jeden, der mit ihnen zu tun hat, präzise verbietet? Deshalb hat man uns auf Herz und Nieren überprüft. Deshalb hat sich der Anwalt für unser Privatleben interessiert. Ich war heute mittag bei Ogborn, und er hat mir alles erzählt – nach einigen Überredungskünsten. Sie wollte verhindern, daß sie Gramarye bekommen, Midge, und dafür muß es einen verdammt guten Grund geben.«

»Das kann nicht wahr sein.«

»Frag Ogborn. Oder noch besser: Laß es dir von Mycroft sagen. Aber ich bezweifle, daß er dir eine ehrliche Antwort geben wird. Sie wollte nicht verkaufen, und ich denke, daß *man* daraufhin gewisse andere Methoden angewandt hat. Ich denke, daß sie versucht haben, sie rauszuekeln.«

Mycrofts Reaktion beschränkte sich auf ein trauriges Kopfschütteln.

»Angeblich«, sagte ich in seine Richtung, »waren Sie noch nie in diesem Cottage. Aber neulich wußten Sie immerhin, daß es auch auf der Rückseite einen Eingang gibt.«

»Eine vernünftige Annahme, will mir scheinen, angesichts dessen, daß da Treppenstufen um das Haus herum- und emporführten. Und haben nicht die meisten Häuser einen Hintereingang?«

»Wie wahr! – Aber ich meine die Art, wie Sie sich verhalten haben. Wer da nicht nachdenklich wurde ... Ihnen war verdammt unwohl, als wollten Sie auf gar keinen Fall durch die Küche gehen. Selbst Kinsella hat das große Zittern gekriegt, als er da unten saß. Ich kann mir nicht helfen, aber ich frage mich, ob ihr beide nicht einfach einen Höllenschiß gehabt habt, weil die alte Flora dort gestorben ist.«

Midge stieß ein leises Keuchen aus. »Mike, du weißt nicht, was du sagst!«

»Du hast doch alles, was während ihres Besuchs geschehen ist, mit eigenen Augen gesehen ... Lieber Gott, Midge, zum Schluß konnten sie nicht schnell genug hinauskommen.« Ich *spürte,* daß sich Kinsella und der andere Mann von hinten an mich heranschoben. Ich packte Midges Arme. »Okay, mag sein, daß sich alles total verrückt anhört, das gebe ich ja zu, aber ich habe genug Gründe, mir Sorgen zu machen. Jesus, seit wir eingezogen sind, ist genug passiert, um uns beide zu Tode zu erschrecken! Wenn du nicht konsequent auf *dem* Auge blind gewesen wärst, dann hättest du es sehen *müssen.* Soll ich mich darüber etwa nicht wundern? – Ich bin zu Ogborn gefahren. Ich hab' mir meine Antworten geholt.«

»Aber wenn sich Flora von ihnen bedroht fühlte, warum hat sie dann nicht die Polizei benachrichtigt?« fragte Midge.

»Was hätte sie ihnen denn erzählen sollen? Du hast doch gesehen, wie sie arbeiten, wie sie sich in unser Leben eingeschlichen haben. Nicht aufdringlich oder aggressiv – dafür sind sie viel zu raffiniert. Oh, und natürlich ohne jede offensichtliche physische Gewaltanwendung, jedenfalls soweit es die alte Lady betraf. Ein obskurer Kult kann es sich nicht leisten, aus der Reihe zu tanzen; das würde den Hütern von Recht und Ordnung eine zu gute Handhabe geben, um über sie herfallen zu können. Yeah, den Leuten hier wäre das nur zu recht gewesen, wenn man Sixsmythe glaubt. Aber Mycroft und seine Truppe sind nicht dämlich; sie gehen keine Risiken ein. – Allerdings habe ich keine Ahnung, weshalb Gramarye so wichtig ist für sie.«

Kinsella und der Knochenmann atmeten auf meinen Hals herunter.

»Sie haben eine bemerkenswerte Vorstellungskraft, Mike«, sagte Mycroft ohne jede Spur von Gereiztheit. »Natürlich weiß ich Ihre Neugier hinsichtlich unserer Sekte richtig einzuschätzen – nur ist mir unbegreiflich, wie Sie auf derart schmerzlich falsche Schlüsse kommen können.«

»Sie können nicht leugnen, daß Sie Flora Chaldean belästigt haben.«

»Das hieße, einen unrichtigen Begriff zu gebrauchen. Ja, wir waren beharrlich, allerdings wurden unsere Absichten mißverstanden. Flora war eine einsame und irgendwie hilflose alte

Dame, und sie führte ein sehr unbehagliches Dasein. Wir boten ihr lediglich unsere Fürsorge und Aufmerksamkeit an.«

»Sie wollten das Haus.«

Er lächelte gütig. »Eine legale Art, eine stolze Frau dazu zu bringen, unsere Nächstenliebe anzunehmen. Sie hätte unter unserer Obhut weiterhin dort leben können – mit dem einen Unterschied allerdings: ein beträchtlicher finanzieller Gewinn wäre ihr eigen gewesen, ein Gewinn, der es ihr erlaubt hätte, sich unabhängig zu fühlen.

Ich klatschte mir in bester Comic-Manier gegen die Stirn. »Oh Gott, sind Sie gut! – Sie sind so verdammt verschlagen!«

»Ich wünsche mir nichts sehnlicher, als Midge helfen zu können, mit einem persönlichen Kummer klarzukommen, der bereits viel zu lange in ihr steckt.«

»Und sie auf diesem Umweg gleich auch noch zur braven Adoptiven bekehren zu können?«

»Sie hat die Wahl. Doch ich würde auch Ihnen gerne beistehen, Mike, und Sie damit möglicherweise von unserer Rechtschaffenheit überzeugen. Sie sind ein besorgter junger Mann, voll falscher Auffassungen, voller Zynismus. Ich könnte Ihnen helfen, Ihren Weg zu finden.«

»Hab' gar nicht bemerkt, daß ich davon abgekommen bin.«

»Sie haben den richtigen Weg niemals kennengelernt. – Glauben Sie an Magie?«

Der plötzliche Themenwechsel verblüffte mich. »Magie?« wiederholte ich perplex.

»Die Entdeckung und Anwendung der unbekannten Kräfte der Natur durch den menschlichen Willen. Eine Allianz der beiden Mächte. Man könnte sie als Synergismus bezeichnen.«

»Was hat das – «

»Das größte Ziel der Magie ist die Entdeckung von jemandes wahrem und höchstem Ich. Mit meiner Führung und meinem Willen vermag ich Ihnen zu helfen, genau das zu erreichen.«

»Midge, wir gehen.« Ich zerrte an ihrem Arm.

»Ein paar Augenblicke, um mich zu erklären«, sagte Mycroft. »Mehr erbitte ich nicht von Ihnen.«

»Bitte, Mike.« Sie widersetzte sich meinem Ziehen.

»Er ist ein Spinner, siehst du das denn nicht?«

»Mike, ich habe gerade mit meinen Eltern gesprochen.«

Vorhin war ich verblüfft gewesen, jetzt war ich benommen.

»Er hat mir geholfen, sie zu erreichen.« Sie war den Tränen

nahe, aber sie lächelte auch. »Noch vor wenigen Augenblicken habe ich mit ihnen gesprochen, aber der Lärm hier draußen hat uns gestört – er hat die von Mycroft erzeugten Gedankenmuster durcheinandergebracht.«

»Du hast deine Mutter und deinen Vater gesehen?«

»Nein, das nicht, aber ich habe sie gehört, ich habe ihre Stimmen gehört.« Die erste Träne begann zu perlen und sickerte in ihren lächelnden Mundwinkel. »Sie haben mir verziehen, Mike.«

»Es gibt nichts zu verzeihen, Herrgott!«

»Hör mir zu. Sie freuen sich für mich, aber sie haben mir auch gesagt, daß es einen Weg zu gehen gibt . . .«

»Laß mich raten – «

»Hör zu, *verdammt*!« schrie sie.

Mycroft berührte ihre Schulter. »Beruhige dich. Für Zorn gibt es keinen Platz in diesem Tempel.«

Ich verdrehte die Augen.

»Möglicherweise werde ich Sie nur überzeugen können, indem ich es ihnen zeige. Wären Sie bereit, uns Ihren Geist und Ihr Herz zu öffnen, Mike, wären Sie bereit, diesen Schild des Mißtrauens beiseitezulegen?«

»Würde das den Dialog verbessern?«

Midge schlug mit beiden Fäusten auf mich ein, daß es schmerzte.. »Kannst du nicht einmal etwas Neuem gegenüber aufgeschlossen sein? Kannst du nicht . . . kannst du nicht einmal akzeptieren, daß es mehr Dinge zwischen Himmel und Erde gibt, als wir sehen und hören können?«

»Wenn meine Antwort *nein* wäre, würdest du dann mit mir kommen?« Etwas Schweres schleppte sich über mein Allerinnerstes, und ich wußte, ich war dabei, sie zu verlieren.

Und sie wußte das auch. »Ich kann nicht mit dir gehen«, erwiderte Midge, und sie war so klein und wehrlos. »Ich brauche das hier, Mike, verstehst du denn nicht?«

Idiot, der ich war, wandte ich mich an Mycroft und sagte: »Okay, reden wir.«

Die Befriedigung glühte irgendwo hinter seinen Augen; vordergründig aber war da nur Platz für freundliches Wohlwollen. Die Seufzer der Erleichterung von Kinsella und seinem Kumpel konnte ich fast meinen Hals wärmen spüren: Sie glaubten, sie hatten mich.

Mycroft trat beiseite und deutete mit einer knappen Geste seines Stocks zu dem Raum hin, den er und Midge vor wenigen Minuten verlassen hatten. (Diese neue Affektiertheit mit dem dünnen Stock verwunderte mich, aber ihre wahre Bedeutung entdeckte ich erst später.) »Ich glaube, es ist am besten, wenn wir dort weiterreden«, sagte er einladend.

Midge zögerte keine Sekunde lang. Sie schien darauf zu brennen, wieder dorthin zurückkehren zu können.

Ich folgte weniger eifrig.

Und betrat den eigenartigsten Raum, den ich jemals gesehen hatte.

Das Pyramidenzimmer

Es hatte die Form einer Pyramide, die spitz zulaufenden Wände waren steil und hoch und vereinten sich in einem Scheitelpunkt; es gab keine Decke.

Und die Wände waren schwarz.

Selbst der Fußboden war schwarz.

Über uns – mindestens zehn Fuß höher – leuchteten kleine, in die Wände eingelassene Lampen, jeweils eine an jeder Schräge, und ihre Strahlen, hervorgehoben von winzigen Staubteilchen, fielen wie gerade, durchscheinende Stangen nach unten und erzeugten vier weichgeränderte Monde auf dem glatten Boden. Nachdem die Tür hinter uns geschlossen worden war, wurde ihr Leuchten kräftiger.

Und gleichzeitig wurde die Finsternis außerhalb der fahlen Neonpunkte unendlich.

Ich begriff, daß der Raum über uns Teil der Pyramide sein mußte, denn die schrägen Wände durchschnitten die Decke und vielleicht sogar die Decke darüber.

Nur ein einzelner Stuhl stand in der Mitte des Raumes; die Lichtstrahlen waren wie vier schlanke Pfosten darum plaziert.

»Was machen Sie hier drinnen – Rasierklingen schärfen?«

Trotz des Zwielichts bemerkte ich sehr genau, daß meine Bemerkung Mycroft nicht gerade amüsiert hatte. »Ganz so, wie ein Kirchturm dazu ausersehen ist, den unten Versammelten spirituelle Gnade zuzuführen, ist es das Bestreben der Pyramide, psychische Energien zu lenken«, dozierte er. »Dieselbe Form wiederholt sich unter uns, umgekehrt natürlich, so daß die Spitze in der Erde geborgen ist.«

Er ließ sich auf dem Stuhl nieder und legte beide Hände auf den kurzen, gerundeten Griff des Stocks. »Midge, würdest du dich bitte genau wie vorhin setzen; und wenn Sie dies ebenfalls tun würden.« (Er hatte sich nicht die Mühe gemacht, meinen Namen auszusprechen.)

Ich war nicht gerade darauf versessen, zu Füßen des Synergisten zu hocken, aber schließlich war es ein langer Marsch durch den Wald gewesen. Ich folgte Midges Beispiel, obgleich ich die Lotosstellung ablehnte und es vorzog, mich auszustrecken und auf einen Ellbogen zu lümmeln, die Hände verkreuzt; und natürlich versuchte ich sehr ruhig und gelassen zu wirken. Midge und ich befanden uns zwischen zwei Lichtstrahlen, und ich sah zu ihr hinüber; sie hatte das Gesicht zu Mycroft erhoben, ihr Profil wirkte wie eingefroren. Der Geruch von Räucherwerk erfüllte den Raum.

Der Synergist beugte sich zu mir vor. »Sie haben meine Frage nicht beantwortet«, stellte er fest.

»Ihre Frage?«

»Glauben Sie an Magie?«

»Ich kenne ein paar Kartentricks – «

Er unterbrach mich, wenngleich noch immer nicht aufgebracht. (Eine ziemlich ärgerliche Sache, wenn man absichtlich verletzend ist.) »Vermögen Sie den Menschen als identisches Gegenstück des Universums und jeder darin enthaltenen Kraft zu begreifen und daß dieses Universum nicht mehr und gewiß nicht weniger ist als ein unendlich winziger menschlicher Organismus? Daß jene Energie, welche das Universum bewegt und regiert, dieselbe Energie ist, welche in uns selbst enthalten ist? Vermögen Sie zu begreifen, daß der Mensch mit diesem inneren Wissen lernen könnte, alle materiellen Grenzen zu überschreiten und schließlich sogar Raum und Zeit selbst?«

Ich war mir nicht sicher, ob er tatsächlich eine Antwort erwartete, aber ich gab sie ihm trotzdem, aus purer Bosheit und vielleicht in der Hoffnung, sein glattes Furnier zu durchstechen.

»Ich versteh' nicht mal die Frage«, erwiderte ich.

»Nein, natürlich nicht. Vielleicht habe ich Ihre Intelligenz überschätzt.«

Da war er, der erste Riß. Ich nickte grimmig vor mich hin und war dankbar für die Beleidigung.

»Trotzdem«, fuhr er fort, die Augen in Schatten versunken, »bin ich sicher, es überfordert Ihren Verstand nicht, festzustellen, daß sich jegliches menschliche Wissen absichtlich auf eine begrenzte Wirklichkeit beschränkt, auf eine Wirklichkeit, die es nicht zu fürchten braucht und welche uns die Wissenschaftler und die materialistischen Philosophen als wahr darstellen. Traurigerweise ist uns damit verordnet, allein die am wenigsten wichtige Wirklichkeit zu sehen. Die anderen Realitäten rings um uns her – und *in* uns – wurden der Einfachheit halber die letzten hundert Jahre ignoriert.«

»So-so.«

Seine Hände ergriffen den metallenen Stockgriff ein klein wenig fester. »Wie auch immer; man beginnt sich zu besinnen. In jüngster Zeit wurde die Realität der Vorkenntnis, der außersinnlichen Wahrnehmung und der Psychokinese selbst von den glühendsten Skeptikern akzeptiert. Diese verborgenen Kräfte, die von Wissenschaftlern so lange verworfen wurden, sind heute Thema wissenschaftlicher Untersuchungen.«

Ich wurde langsam ungeduldig. »Ich verstehe nicht, was das mit sogenannter Magie zu tun hat.«

»Aber Sie sehen doch wohl, worauf ich hinauswill? Diese Kräfte, die so unvermeidlich von den pragmatischsten Teilen unserer Gesellschaft akzeptiert werden, galten einst als magisch oder übernatürlich. Man war stets der Ansicht, solche Kräfte würden die natürliche Ordnung der Natur aus dem Gleichgewicht bringen, doch dies war eine gewaltige Fehlauffassung: Magier streben lediglich danach, diese verborgenen Kräfte aufzudecken und durch sie und *mit* ihnen zu wirken, ganz gleich, ob sie nun Teil unserer selbst oder Teil des Ganzen sind.«

So sehr ich mich auch bemühte, das Ganze distanziert zu sehen – ich gebe zu, es gelang Mycroft doch, an mich heranzukommen. Nein, ich meine damit nicht, daß ich dem zustimmte, was er sagte, aber seine Stimme war beruhigend und überzeugend geworden, fast mesmerisch (Sind Sie jemals hypnotisiert worden? Sie wissen, was da vor sich geht, aber Sie haben keine Ahnung, was geschieht), und die Eigentümlichkeit dieses Raumes und der Geruch des Räucherwerks und die weichen, nach unten gerichteten Lichter – das alles waren hilfreiche Spezialeffekte. Denen widerstanden werden mußte.

Ich täuschte ein Gähnen vor.

Er tat, als bemerke er es nicht.

»Wir müssen in Etappen lernen, zuerst jene Hemmnisse abzuwerfen, die uns von Geburt an auferlegt wurden; wir müssen uns wieder erneuern. Konvention, Rationalismus, Materialismus, unsere Prinzipien und Ethik – das alles sind nur psychologische Schutzschirme. Wir müssen wieder Kind werden, müssen unbefleckt sein von solcherlei Einflüssen. Die ganz Jungen glauben an Magie, an Zauberei – bis sie entsprechend anders beeinflußt werden. Die Glaubensinhalte unerleuchteten reifen Alters müssen ausgeleert, die hemmenden Lehren der Religion aufgearbeitet werden, denn diese reserviert die göttliche Macht für Gott allein, wohingegen die Magie göttliche Macht für alle bietet.«

Tief in mir krampfte sich alles zusammen, und ich wartete auf einen Donnerschlag. Enttäuschenderweise blieb er aus.

»Jeder Schritt, den der Eingeweihte unternimmt, muß erfahren und beherrscht, jedes neu enthüllte Rätsel muß studiert und jede sich entwickelnde Phase muß erwogen werden. Und vielleicht ist dann das erste und wichtigste Geheimnis jenes, das in uns selbst geborgen liegt.«

Er lehnte sich noch weiter vor, so daß sein Kinn jetzt beinahe auf seinen über dem Stock gefalteten Händen ruhte, und seine Stimme war jetzt nur mehr ein Raunen.

»Das heißt«, sagte er ernst und vertraulich, »das Mysterium unserer eigenen Energie, unserer eigenen Astralkräfte, liegt in der Erde selbst, und daher auch die unendlichen Kräfte des Universums. Ein Magier, mein Freund, ist stets auf der Suche nach diesen geheimen Verbindungen.« Er richtete sich wieder auf, und sein Gesicht sah jetzt wie versteinert aus. Meine Kehle war trocken.

»Und wenn diese Verbindungen entdeckt sind«, setzte er mit derselben leisen Stimme hinzu, »so vermögen sie für die Zwekke des Magiers benutzt zu werden.«

Er ließ mir Zeit, das zu verdauen.

»Das alles, um ein Kaninchen aus dem Zylinder zu ziehen?« sagte ich.

Er erlaubte sich ein frostiges Lächeln.

»Dies alles, um unser wahres Ich zu entdecken und jene verhüllte Kraft, die in uns enthalten ist. Es gibt nichts Grundlegenderes, nichts Hervorragenderes. Mit diesem Wissen hat ein Mensch Zugang zu den grenzenlosen Energien seines eigenen Willens. Und vermag sich, zum Beispiel, etwas so konzentriert und lebendig vorzustellen, daß dies im Astrallicht zur Realität wird.«

Er deutete mit der Stockspitze auf den Boden unmittelbar vor meinem Bein.

»Und diese Realität kann in diese unsere physische Welt projiziert werden – wenn wir das wünschen.«

Mein Kaninchen erschien genau an der Stelle, auf die er zeigte.

Ich prallte zurück, und Midge schnappte nach Luft.

Das Kaninchen zog die Nüstern kraus.

Zaghaft streckte ich die Hand nach dem weißen Fellknäuel aus – ich glaubte einfach nicht, daß es real war.

Und riß sie zurück, als das Kaninchen in eine schwarze Ratte mit bösartig gebleckten Zähnen verwandelt wurde. Ich hasse verdammte Ratten.

Im nächsten Moment war sie verschwunden, und Mycroft trug ein *Was-sagen-Sie-jetzt-Klugscheißer?*-Lächeln zur Schau.

Ich blinzelte und hatte die längst verblaßte Illusion noch immer vor Augen; aber ich verkniff mir die Frage, wie er das gemacht hatte. – Wer mag schon Großtuerei? Außerdem hatte ich genügend damit zu tun, meine erschütterten Gedanken zu beruhigen.

»Eine Art Magie«, erklärte Mycroft geringschätzig. »Ein triviales Beispiel von der Kraft des Willens.«

Er zeigte mit seinem Stock auf eine Stelle zwischen zwei senkrechten Lichtstrahlen zu meiner Linken, und ein schmaler Tisch erschien und darauf eine Flasche Wein und ein leeres Glas. Vor meinen Augen hob sich die Flasche, kippte und füllte das Glas mit einer roten Flüssigkeit.

In meinem Erstaunen wandte ich mich Midge zu, und ihr Gesicht war voller ehrfurchtergriffener Freude. Die bloße naive Unschuld ihrer Miene sorgte dafür, daß ich sie packen und mit mir reißen wollte, fort, hinaus aus diesem dunklen, spitz zulaufenden Raum, indem sich der Duft des Räucherwerks jetzt mehr und mehr in leichten Modergeruch verwandelte. Meine Gedanken waren ausschließlich auf Flucht konzentriert, und als ich meinen Blick wieder dem Tisch und dem Wein zuwandte, flimmerte deren Abbild, die Konturen waren wie aufgeweicht. Aber der Anblick festigte sich, wurde wieder materiell.

»Sie können ihn trinken«, bot Mycroft sehr lässig an. »Der Geschmack wird Sie begeistern, das verspreche ich.«

»Nein, danke«, lehnte ich ab, und er senkte den Stock, und das Bild löste sich auf.

Ich wußte, was er machte; aber ich hatte keine Ahnung, wie er es machte. Bisher hatte ich immer angenommen, ein Hypnotiseur müsse einem mit Worten genau beschreiben, was man sehen oder tun oder wie man reagieren solle. Trotzdem war ich davon überzeugt, daß das, was wir gerade gesehen hatte, pure Einbildung gewesen war.

Ich überlegte mir gerade meine nächste Stichelei, als Mycroft die Lichtstrahlen dazu brachte, sich zu biegen.

Die Lichtfinger begannen sich ganz langsam nach innen zu bewegen; die beiden vorderen berührten die Füße des Synergisten, während die beiden hinteren die Stuhlbeine emporkrochen. Er hielt den Stock so, daß die Spitze auf sein eigenes Gesicht gerichtet war . . . und die staubgefüllten Strahlen wanderten darauf zu, etwa vier Fuß über dem Boden, gekrümmt wie miteinander verbundene Abflußrohre und scheinbar unaufhaltsam, bis sie in einem rechten Winkel zu den senkrechten Strahlen standen. Mycrofts Kopf war nun von vorn und hinten angestrahlt, und seine Haut glühte.

In diesem Augenblick spürte ich mehr in Mycroft, als ich je zuvor gespürt hatte.

Pure Energie, Kraftfülle – wie immer man diese unsichtbare Macht nennen mag – schien auf seinen Wangen zu tanzen, winzige Elmsfeuer züngelten empor, und seine Augen, starr auf mich gerichtet, waren kristallklar und blendend hell, und in facettenartigen Pupillen reflektierte sich das Licht. Die tiefen Falten, die ich draußen, im Korridor, in seinem Gesicht bemerkt hatte, waren verschwunden, fortgespült von diesem Sonnenglanz, und jeder Bereich seines Schädels spiegelte eine andere Helligkeit wider, glänzend und strahlend und machmal auch nicht ganz so grell, jedoch niemals stumpf. Es gab keine Schatten, seine Züge verschmolzen, da war nichts Hervortretendes mehr, die Nase befand sich auf gleicher Höhe mit den Lippen, die Stirn auf gleicher Höhe mit den Augenhöhlen; eine schlichte Maske, deren Form ganz und gar von dem reflektierten Licht abhängig war. Selbst seine Haare strahlten silberhell.

Es war ein Anblick, bei man man schlucken mußte.

Für einen winzigen Moment flammte sein ganzer Kopf auf – oder schien zumindest aufzuflammen –, eine Spektralaura, die nach außen strahlte, sich ausdehnte, bis der dreieckige

Raum mit ihrer Vielfarbigkeit erfüllt und die Schwärze vertrieben war; bis Midge und ich gezwungen waren, unsere Augen abzuschirmen.

Doch bevor wir so reagieren konnten, sahen wir beide die anderen Welten in diesem feinen, emporsteigenden Regenbogenlicht, schwebende Planeten, die Körperzellen ähnlich sahen, Sterne und Sonnen, die grün und blau und in tiefsten Malvenfarben leuchteten, Formen, die manchmal menschlich und manchmal große Weiten protoplasmischer Massen waren, ein Gerinnen von Lebenskräften. Wir durchlebten die einsame Dunkelheit grenzenlosen Raumes, die zugleich auch die pechschwarze Umbrafarbe der Zeit war, und beide, Raum und Zeit, waren Abgüsse desselben Nicht-Seins; wir spürten ungeheuerliche Fluten sich regender Emotionen, welche diese zerbrechlichen Galaxien durchrasten, Schicksale formten und Kräfte erschufen, die Fels und Fleisch und noch mehr Emotionen sein würden, da Emotionen die kreativen Energien waren, die sich mit sich selbst vermehrten, die Quelle von allem, der Mehrer all dessen, was wir wußten und nicht wußten.

Und im Zentrum dieser Offenbarung sahen wir ein Weiß, das unsere Augen versengt hätte, wäre es real gewesen; und dieses Weiß, und nicht die Helligkeit des Raumes an sich, war es, was uns veranlasste, unser Gesicht zu bedecken.

Und all dies war nicht mehr als ein kurzer Blick gewesen; ein Blick, den uns Mycroft gestattet hatte.

Wir kauerten uns zusammen, und die Vision war verschwunden.

Finsternis und der Geruch modrigen Räucherwerks kehrten zurück.

Ich schüttelte benommen den Kopf, mehr ermüdet als beunruhigt; ich hatte ein eigenartiges Gefühl im Magen, als gebe es da ein Glimmen, etwas Erleuchtetes, das auch meine Adern wärmte. Und diese Wärme verteilte sich in mir, kroch in Zehen und Fingerspitzen und verschwand, als habe es sich verflüchtigt.

Ich rutschte zu Midge hinüber, denn ich war mir absolut nicht sicher, ob ich jetzt schon aufrecht stehen wollte. Mycroft war wieder er selbst, und die Lichtstrahlen waren nur mehr starre Pfeiler. Er beobachtete mich gleichmütig, wie ein Insektenkundler einen Käfer beobachtete, der mit einer in seine Flügel gerammten Nadel kämpfte.

»Midge? Midge, bist du okay?«

Ihre Hände waren noch immer vor das Gesicht gehalten, und ich zog sie sanft weg. Sie blinzelte, schien mich nicht zu erkennen – und ich sah das weiße licht noch in ihren Pupillen schimmern, aber fern, schwächer werdend und schließlich verlöschend. Sie sah an mir vorbei, zu Mycroft hin, und ihr Lächeln war zaghaft, unsicher.

Ich drehte mich um; sein Antlitz blieb gleichmütig.

»Was war das?« fragte Midge leise, atemlos.

Ich rechnete mit einer tiefschürfenden Antwort des Synergisten, doch er lächelte nur rätselhaft.

»Yeah, das wüßte ich auch gern«, brummte ich.

»Sie waren Beobachter der Mysterien.«

Ziemlich tiefschürfend.

»Das sagt uns wirklich viel.«

»Was, glauben Sie, haben Sie gesehen?«

Es war Midge, die antwortete: »Ich fühle, daß ich den Quell aller Dinge gesehen habe; das Entstehen allen Seins, aber es war unvollständig, nur ein Fragment.«

Er nickte bedächtig (und ein wenig zu weise, fand ich, als sei es Teil der Show). »Lediglich die *Vision* eines Schimmers. Nicht mehr. Deine Vorstellungskraft hat die Wahrheit in eine Vision verwandelt, die von euer beider Verstand wahrgenommen werden konnte – doch nur bedingt. In solchen Momenten kann das Sehvermögen so nutzlos sein wie Worte, die Vorstellungskraft so unangemessen wie der Verstand. Selbst Träume reichen nur schwerlich aus, diese Ganzheit zu erfahren.«

Was es auch war – es hatte mir Kopfschmerzen beschert. »Eine tolle Show, Mycroft, aber wozu? Um uns zu beeindrukken?«

»Vielleicht.«

»Wir sind beeindruckt. Können wir jetzt gehen?«

»Sie haben uns Ihre Macht gezeigt«, flüsterte Midge und beugte sich vor; die Aufforderung in dieser Geste war klar: Er sollte weiterreden.

»Ich habe einen Kanal zu der Macht enthüllt, einen Kanal, welcher durch meinen Körper und Geist verläuft«, erläuterte Mycroft. »Es gibt andere . . . stärkere Kanäle rings um uns her, die gesucht und aufgespürt werden können. Zugangspunkte, Verbindungen, Leitungen – nennt sie, wie ihr wollt. Sie können benutzt werden . . .«

Und dann, ganz plötzlich, gab er sich zugeknöpft und mied unseren Blick. Ich nehme an, ihm war klargeworden, daß er sich von seinem eigenen Genie hatte mitreißen lassen.

»Trotzdem verstehe ich nicht, was Sie von uns wollen«, sagte ich nachdrücklich. »Wir sind nicht daran interessiert, uns zu Synergisten umschulen zu lassen, oder zu irgend etwas in der – «

»Ich denke, Ihre Partnerin ist da anderer Meinung«, widersprach er mir, rätselhaft wie immer.

»Suchen Sie sie noch einmal für mich«, bat ihn Midge. »Lassen Sie sie mit mir reden. Lassen Sie es Mike mit eigenen Worten hören.« Wir wußten beide, wen sie meinte.

Ich berührte ihre Hand. »Das ist Wahnsinn. Verstehst du denn nicht, was er macht? – Gedankenprojektion, Gehirnmanipulation, die gute altmodische Hypnose – alles ein und dasselbe. Nichts ist wirklich geschehen. Mycroft *bringt* uns dazu, diese Dinge zu sehen – sie sind nicht real – «

»Ihre Präsenz befindet sich in diesem Raum«, unterbrach Mycroft. »Ich vermag sie zu spüren, und du spürst sie ebenfalls.« Damit sprach er Midge an.

»Ja«, antwortete sie schlicht.

»Sie haben dir noch vieles zu sagen.«

Sie nickte.

»Sie wollen, daß du zuhörst.«

Sie nickte wieder, und jetzt schlossen sich ihre Augen.

Und plötzlich konnte ich *etwas anderes* in diesem Raum fühlen. Aber ich war mir nicht sicher; vielleicht, weil ich mir nicht sicher sein wollte; weil ich wußte, daß Mycroft genau das von mir erwartete.

»Sie sprechen . . .«, hauchte Midge dumpf.

»Ich höre nichts.« Auch meine Stimme war nur ein Flüstern.

Ein Windhauch regte sich um uns.

»Sie sind schwach, aber sie sind hier.« Midge öffnete ihre Augen wieder.

Mycrofts Blicke bohrten sich in sie hinein. Dann wandte er sich mir zu, und seine Pupillen waren wie winzige schwarze Löcher, bodenlos tief, aber nicht leer.

Da war ein Schatten hinter ihm. Grau und wie schraffiert. Ein Schatten, der ihn umrandete, der nach vorn kam. Und ein zweiter Schatten, unmittelbar hinter seiner linken Schulter. Beide nahmen sie schimmernd Gestalt an.

Stimmen, eine Ewigheit entfernt. So schwach. Aus einer anderen Dimension. Und doch keine Stimmen. Gedanken, die sich in unsere Gedanken drängten.

»Vater?« sagte Midge.

Und eine der hauchzarten Zusammenballungen an Mycrofts Schulter bewegte sich, wie von einer Luftströmung ergriffen. Und Gedanken, die direkt in meinem Geist waren, antworteten ihr.

Aus dem Windhauch ringsumher wurde ein beständiges Wehen.

»Zeig dich Mike, zeig ihm, daß du wahrhaftig hier bist.« Midge hatte diese Bitte ausgesprochen.

Und das Nebelgebilde nahm weiter Gestalt an; ein dunstiger Kopf entstand, eine Schulterlinie. Es schien ein Spiegelbild im Wasser zu sein, und die Oberfläche kräuselte sich jetzt ... und Gesichtszüge formten sich, Gesichtszüge, die mir langsam vertraut vorkamen, obgleich sie wabernd und undeutlich blieben.

Ein Wort sickerte in mein Bewußtsein ein:

»*... vertrauen ...*«

Aber ich dachte nicht daran, dieser Aufforderung nachzukommen; denn das hieße, Mycroft zu vertrauen – dieser nebelhafte Geist von Midges totem Vater riet mir, an den Synergisten zu glauben, und das wollte ich absolut nicht, denn ich *wußte,* daß er ein Scharlatan war, daß er irgend etwas vorhatte mit Midge, ich wußte nur nicht, was, aber ich würde widerstehen, *widerstehen,* ich würde ...

Mein ungläubiger Blick wurde von der zweiten Phantomgestalt angezogen, die dort neben Mycrofts anderer Schulter schwebte, und auch sie kam mir vertraut vor, dieses Gesicht ... Ich hatte es auf den Fotografien gesehen, die mir Midge in der Vergangenheit so oft gezeigt hatte ... Und auch sie, dieses Gespenst einer Frau, sagte mir:

»*... vertraue ... auf ... ihn ...*«

Midge kauerte auf den Knien, die Hände zu ihnen ausgestreckt, und ihr nach oben gewandtes Gesicht schien aus sich selbst heraus zu strahlen, trotz aller Düsternis ringsumher, und ich hielt sie zurück, schlang einen Arm um ihre Schulter und packte mit der anderen Hand ihr Handgelenk; aber sie rutschte dennoch nach vorn, hin zu Mycroft, ein Krüppel, der sich auf Knien dem Geistheiler nähert, eine Besessene vor ihrem Hohepriester.

Und für einen flüchtigen Moment fiel jetzt seine alles verhüllende Maske, vielleicht, weil er allzusehr in seinem Triumph schwelgte – und darüber seine Selbstbeherrschung vernachlässigte.

Ich sah dieses jubilierende Glitzern, oh, ich sah es ganz genau, und irgend etwas rastete in meinem Kopf ein; und da war ein Geräusch, wie von einem Fingernagel, der auf das Fenster meines Gehirns klopft, immer wieder, und mich so warnte, nichts von alldem zu akzeptieren. Diese Geister waren nur Dampfgebilde, ohne Form und ohne Gedanken.

»Es ist ein Trick!« schrie ich Midge an und riß sie mit mir zu Boden, so daß wir beide zu Mycrofts Füßen ausgestreckt lagen. »Das sind nicht deine Eltern! Er bringt uns dazu, sie zu sehen!«

Sie kreischte auf, sie warf sich herum und wehrte sich gegen mich.

Der Wind schwoll unerbittlich zu einem Sturm an, der unsere Kleider aufplusterte und die Nebel zerfaserte und vertrieb und zu Nichts auseinanderpeitschte.

Mycroft blickte sich gehetzt und offensichtlich erschreckt um, und das verblüffte mich. Ich fragte mich, was für ein neues Spiel er da spielte. Plötzlich schien er genauso verwirrt wie ich. Der Synergist erhob sich halb, doch der Wind zerrte so sehr an ihm, daß er zurücktaumelte. Er hob den Stock und schlug nach dem Sturm, und dann traf sein Blick auf mich.

Bei anderer Gelegenheit hätte ich vielleicht gelacht, so, wie sein Unterkiefer hinabsackte. Doch in diesem Augenblick war die Situation alles andere als komisch. Er starrte mich ungläubig an, und ich verstand nicht, warum.

Bis ich mir der Nebelschlieren bewußt wurde, die mir aus dem Mund tropften, die sich veränderten und kräuselten wie Zigarettenrauch.

Die Nebel brachen auch aus meinem Fingerspitzen; schlängelten sich in Ranken heraus, wanden sich in der Luft und wurden von heulendem Sturmwind davongerissen und im Raum verteilt. Es war, als würden meine Innereien brennen und als seien Mund und Fingerspitzen die einzigen Stellen, durch die der Rauch entweichen konnte; doch da war kein Schmerz, nur eine federhafte Leichtigkeit.

Irgend etwas schien die Nebel aus mir *herauszuziehen*, und sie wogten höher, sie erfüllten den Raum und nahmen an Kraft zu und drehten sich in der Luft wie ein kleiner Wirbelwind, und wir befanden uns in seinem Zentrum.

Und in diesem brodelnden bleichen Nichts gab es andere Stimmen.

Möglich, daß sie wie jene Stimmen zuvor waren; Laute, die allein in unseren Gedanken existierten, aber sie *schienen* von überallher zu kommen. Diese Stimmen hatten nichts mit Mycroft zu tun, denn er kauerte sich hinter seinem Stock zusammen, als sei dieser ein Schild.

Die Stimmen wirbelten und kreisten und formten zusammenhängende Worte, und dieses Mal lautete ihre Botschaft:

». . . verlaßt diesen Ort . . . verlaßt . . . dieses . . . Haus . . .!«

Zwei Stimmen; zwei geistige Verlautbarungen; und sie kreischten mit dem Sturmwind um die Wette.

Midge starrte die brodelnden Nebel an, und ihr Gesicht war tränennaß.

Ihre Stimme war die eines Kindes, einer Fünfjährigen:

»Mami . . . Papi . . .«

Ich kam beinahe um vor Angst.

»Mamiiiii . . . Papiiiii . . .«

Sie sah aus wie ein Kind.

Ich stemmte mich hoch, kam taumelnd auf die Füße, erleichtert zumindest darüber, daß der wolkenartige Strom aus mir herauszufließen aufgehört hatte. Midges Augen waren geweitet; ein Flehen schimmerte darin. Mycroft kauerte auf dem Boden, und auch seine Augen waren geweitet – allerdings vor Angst. Und das paßte mir ganz gut.

»Komm schon, Midge!« Ich zog sie hoch.

Sie starrte mich an. »Ja!« schrie sie. »Ja!«

Ich riß sie mit mir, und der Mahlstrom legte sich rasch, und die Nebelschleier beruhigten sich und zerfielen.

Ich verlor keine Zeit. Ich sah nicht mehr zurück. Wir erreichten die Dreieckstür, und ich zerrte sie auf; als wir hindurchstürmten, schabte die schräge Wand über meine Schulter. Ich ignorierte die Schmerzen. Draußen erwarteten uns bereits Kinsella und der Knochenmann und noch einige Synergisten. Sie sahen ziemlich besorgt aus.

Ich ballte die Fäuste. »Bleibt weg von uns! – Verdammt nochmal, bleibt *weg*!«

Kinsella wirkte verunsichert, aber dann spannten sich seine Muskeln an.

Er warf sich auf mich. Ich konterte, schleuderte ihn zurück.

»Nein!« donnerte Mycrofts Stimme aus den Tiefen des Pyramidenraumes heran. »Nicht hier. Laßt sie gehen!« Dann schwächer: »Laßt sie gehen . . .«

Wir gingen. Wir verschwanden wie *Bats out of hell.*

Flucht

Die Wiese, die sich hangaufwärts zum Wald erstreckte, war mir bisher beileibe nicht so steil vorgekommen. Jetzt hatte ich das Gefühl, wir würden eine abwärtsführende Rolltreppe emporsteigen. Schon bald brannten meine Oberschenkelmuskeln, und Midges Gewicht erschwerte den Aufstieg noch zusätzlich. Die erste Baumreihe schien in weite Ferne gerückt.

Aber wir hatten Angst, und es gibt nichts Besseres als einen ordentlichen Schrecken, um die Adrenalinreserven zu mobilisieren. Unserer Flucht mochte es an Stil gemangelt haben, an redlichem Bemühen jedoch auf gar keinen Fall.

Etwa auf halber Höhe hangaufwärts stolperte Midge, und als ich sie wieder auf die Füße hob, blickte ich zum Haus zurück. Es stand dort wie ein ungeheuerlicher Monolith, brütend grau und grabeskalt; es sah aus, als wolle es sich jeden Moment erheben und hinter uns herschleppen. Obwohl ich es nicht über mich brachte, in diese dunklen Fensteraugen zu sehen, wußte ich, daß uns die Synergisten beobachteten.

Midges Atem kam bereits in krampfartigen Stößen, und da war eine Zerbrechlichkeit an ihr, die mich beinahe zur Verzweiflung brachte.

»Was . . . was ist da drin passiert, Mike?« stieß sie mühsam hervor. »Mycroft«, sagte ich nur.

Ich hielt sie am Ellbogen fest und stützte sie und zog sie weiter, darauf versessen, in die Deckung des Waldes zu gelangen, wegzukommen von diesen Augen. Aber wir schienen immer noch langsamer zu werden, wie in einem schlechten Traum, als sauge sich Morast an unseren Füßen fest; doch der Boden unter dem Gras war sommertrocken und fest. Irgendwann mußte ich meinen Arm um Midges Hüfte legen und sie gegen mich stützen, damit sie weiterging.

Das Licht war miserabel, die Sonne nur mehr eine rosige Kuppel am Horizont. Die Nacht breitete sich über das Land. Und der Wald würde bald ein finsterer Ort sein.

Ohne anzuhalten, sah ich zurück, und vielleicht erwartete ich tatsächlich, die Synergisten (die Eingeweihten – das waren sie wirklich) aus ihrem Tempel strömen und hinter uns herjagen zu sehen; nichts dergleichen war der Fall – keine Menschenseele folgte uns, und das Haus stand so reglos und gewichtig wie zuvor. Warum, zum Teufel, kam es mir trotzdem so vor, als würde *jemand* auf meinen Hals herunteratmen . . .?

Wir erreichten die Baumgrenze, und wir rannten weiter wie zu einem Vangelis-Konzert, wir rannten, obwohl sämtliche Bewegungen langwierig und langsam waren und die Ausführung viel zu viel Kraft kostete. Aber schließlich tauchten wir in das Dämmerlicht des Waldes ein, und die Erleichterung war unbeschreiblich, als sei eine Last von uns genommen worden oder ein Gummiband zerrissen. Ich begründete es mit der belebenden Kühle des Waldes, aber ich spürte, daß das nicht die ganze Wahrheit war. Jetzt konnte man uns vom Haus her nicht mehr sehen.

Midge lehnte sich gegen mich, ihre Arme hingen schlaff um meinen Nacken, ihre Brust hob und senkte sich beinahe verzweifelt; sie war völlig außer Atem. Ich küßte sie auf die Stirn, hieß sie willkommen in der Welt der Lebenden, hielt sie fest, streichelte über ihre Haare; wollte sie ganz nah bei mir haben. ich ließ ihr Zeit, sich zu erholen, sich zu beruhigen; ich raunte ihr zu, daß jetzt alles okay war . . . Aber ich wollte nicht länger als unbedingt nötig hier stehenbleiben.

Die Abenddämmerung nahm schnell bedrohliche Ausmaße an; die Schatten zwischen den Bäumen wurden groß und mächtig und überdeckten alles andere. Die Zweige über uns verwandelten sich in verzerrte Arme – manche beunruhigt gegen unser Eindringen erhoben, andere nach unten tastend, bereit, uns zu packen, sobald wir in Reichweite kamen. Nahes Laub kräuselte sich, als gleite darunter *irgend etwas* heran. Und da waren Augen im Wald, Augen, die sehr auf der Hut und beunruhigt waren wegen unserer Anwesenheit.

»Besser, wir bleiben in Bewegung«, sagte ich zu Midge und streichelte mit einem Finger über ihre Wange. »Bevor es zu dunkel wird und wir den Weg nicht mehr finden.«

»Ich muß wissen, was in diesem Tempel mit uns passiert ist, Mike. Ich . . . muß es verstehen.«

»Wir reden unterwegs.« Sie klammerte sich an mir fest.

»Verzeih mir ... Tut mir leid, daß ich in den letzten Tagen so verrückt gespielt habe«, sagte sie ruhig. »Ich versteh's selber nicht, ich habe keine Ahnung, warum das alles so war – und warum ich dich für so vieles verantwortlich gemacht habe.«

»Es war nicht deine Schuld. Ich glaube ... ich glaube, daß gewisse andere Einflüsse dafür verantwortlich waren. Sieh mal, ich weiß nicht, das Ganze ist so eigenartig, alles, was wir seit unserem Einzug in Gramarye erlebt haben, war verrückt, und wir haben es trotzdem akzeptiert – oder sagen wir's so: Wir haben die Verrücktheit nicht hinterfragt. Es war nicht deine Schuld, Midge; aber es hängt irgendwie mit dir zusammen. Mit dir und dem Haus.«

Ich nahm sie bei der Hand, als sei sie ein kleines Kind, und führte sie, und unterwegs erzählte ich ihr alles; von dem Bild, das sie vor Jahren für dieses Märchenbuch gemalt hatte (*dieses Bild, das wie aus ihrem Verstand getilgt war*) und das eindeutig Gramarye zeigte; und davon, wie sehr Gramarye bereits damals ein Teil von ihr gewesen sein mußte, lange bevor sie diesen Ort tatsächlich zu Gesicht bekommen hatte; er hatte in ihr existiert, verschlossen in ihrem Unterbewußtsein, eine Vorahnung von etwas oder von irgendwo, die schließlich *Wirklichkeit* geworden war. Und ich erinnerte sie daran, daß sie die Anzeige in der Zeitung entdeckt und alle anderen Angebote ignoriert hatte. Sie war die treibende Kraft gewesen, sie hatte den Makler angerufen – und schließlich hatte sich der *Kreis* geschlossen. Alles hatte genau so sein sollen, wie es tatsächlich gewesen war; Flora Chaldeans Anwalt hatte mir von den Anweisungen erzählt, die von der alten Dame noch kurz vor ihrem Tod bei ihm hinterlegt worden waren, genaue Details hinsichtlich des Personenkreises, dem es gestattet sein sollte, Gramarye zu kaufen und darin zu wohnen. Jemand, der jung war, sollte es sein, eine sensible Persönlichkeit, deren Anständigkeit offensichtlich war. Ein besonderer Mensch. Das waren ihre Anforderungen gewesen – kein Wunder also, daß der betagte Anwalt ein solches leidenschaftliches Interesse an ihr gezeigt hatte.

»Das Cottage war für jemanden wie dich bestimmte, Midge.« Ich schob Zweige beiseite, die uns den Weg versperrten. »Frag mich nicht, warum, ich weiß keine vernünftige Antwort darauf. Ich kann nur Vermutungen anstellen ... Vielleicht hast du etwas an dir, das mit Gramaryes Magie harmoniert.«

Sie stoppte abrupt und zog mich zu sich heran. »Magie?«

Ich zuckte die Schultern. »Schon gut, ich hab' rote Ohren. Aber ich wüßte wirklich nicht, wie ich es sonst nennen sollte. Erinnerst du dich noch an den Vogel mit dem gebrochenen Flügel? Wir haben uns gegenseitig beteuert, daß er doch nicht so schlimm verletzt gewesen sein konnte, wie wir ursprünglich geglaubt hatten, als er am nächsten Morgen in der Küche herumgeflogen ist. Und all diese anderen Kleinigkeiten. Die Blumen, die buchstäblich aufgeblüht sind, die Tiere, die Vögel, die sich vor unserer Haustür versammelt haben. Das ist nicht *normal* – aber wir haben uns angepaßt; wir haben so getan, als sei es ganz selbstverständlich. Trotzdem, eine solche Beziehung zu den Tieren hätte sich möglicherweise im Lauf vieler Jahre aufbauen lassen – aber sofort?«

Ich setzte mich wieder in Bewegung, und sie beeilte sich, mit mir Schritt zu halten.

»Und das Haus selbst. Erinnere dich nur an all die Dinge, die nicht in Ordnung waren – die verzogenen Türen, die morschen Fensterrahmen, der gesprungene Sturz! – O'Malley hat nichts davon repariert. Sie haben sich selbst repariert ... oder regeneriert, Herrgott! Deinetwegen!«

Ich zuckte zusammen, als ich die Echos meiner Stimme aus dem Wald heranwehen hörte. Ich blieb erneut stehen und sah Midge an.

»Und dann – mein Arm. Wir haben angenommen, Mycroft hätte die Verbrennungen geheilt, aber mittlerweile glaube ich, daß er absolut nichts damit zu tun hatte. Okay, soll er über gewisse Kräfte verfügen ... soll er eine Art Macht haben – schließlich hat er sie uns gerade demonstriert. Aber die kommt aus seinem Kopf; er macht den Leuten etwas vor! Er hat mich davon überzeugt, daß der Arm nicht mehr weh tut, und vielleicht hat auch diese grüne Flüssigkeit irgendwie geholfen ... Irgend etwas hat meine Skepsis überwunden. Shit, wer will schon Schmerzen haben, wenn es auch ohne Schmerzen geht? Aber ich bin davon überzeugt, daß du es warst ... du hast den Arm *geheilt*. Nein, du *und* Gramarye. Ihr seid ein gottverdammtes Team! Jesus, kein Wunder, daß Mycroft hinter dir her ist wie der Teufel hinter der armen Seele! – Was für ein großartiger kleiner Fang für seine Synergistenhorde! Menschlicher Wille und göttliche Macht – du bist der lebende Beweis dafür!«

Sie betrachtete mich eingehend und schüttelte schließlich den

Kopf, aber ich sah es in ihren Augen, daß sie mir glaubte. Ein Vogel flatterte von einem Baum vor uns hoch, und wir starrten nervös hin. Ein Teil der Blätter war in schwankendem Aufruhr; wir ließen sie erst aus den Augen, als sie sich wieder beruhigten. Dann war der Wald in Reglosigkeit zurückverwandelt, und die Dunkelheit lastete schwerer überall.

»Sind wir überhaupt auf dem richtigen Weg?« fragte ich Midge und blickte mich um.

Einen Moment war sie unschlüssig, dann nickte sie. »Wir müßten bald an eine Abzweigung kommen. Wir nehmen den linken Weg.«

»Hoffentlich hast du recht«, sagte ich verbissen.

Wir gingen weiter, jetzt wesentlich schneller, und hielten Augen und Ohren offen. Wenn die Dämmerung hereingebrochen ist, dann herrscht eine Stille im Wald, die beinahe kirchenhaft wirkt, und ein Husten oder selbst ein Flüstern erscheint respektlos laut; ich hielt meine Stimme leise, da ich niemanden stören wollte.

»Ich kann mir nicht helfen, ich muß immer wieder darüber nachdenken, was zwischen der alten Flora und Mycroft vorgefallen sein muß. Ich meine ... warum hat sie sich die Mühe gemacht, diese Klausel in ihr Testament zu setzen – warum wollte sie mit allen Mitteln verhindern, daß er Gramarye bekommt? Nach ihrem Tod – was macht das schon für einen Unterschied? Und warum, zum Teufel, hat er uns belogen? – Er war an diesem Abend nicht zum ersten Mal in Gramarye. Also – warum das ganze Theater, wenn er nichts mit ihrem Tod zu tun hat?«

»Du glaubst wirklich, daß sie versucht haben, sie einzuschüchtern und zum Verkauf zu zwingen?«

»Ich glaube sogar, es ist ihnen gelungen; sie haben ihr einen solchen Schrecken eingejagt, daß sie daran gestorben ist. Wir haben mit eigenen Augen gesehen, was Mycroft mit seinen geistigen Kräften alles anstellen kann. Kaninchen und Ratten aus dem Nichts erscheinen zu lassen, das ist für ihn ein Klacks. Wein? Ich wette, ich hätte das Zeug trinken können und nicht mal gemerkt, daß es nur eine Illusion ist. Und die Sache mit den verbogenen Lichtstrahlen? – Er ist ein As, Midge, ein *numero-uno*-Illusionist. Ich denke ungern daran, was er der guten alten Flora alles vorgegaukelt haben könnte. Ein Tiger auf der Türschwelle? Daß die Küche rings um sie her in Flammen steht?

Oder daß ihr Brustkorb zu Staub zerfällt? Er hätte sie nicht einmal mit dem kleinen Finger berühren müssen.«

»Ich glaube nicht, daß sie so hilflos war, Mike.«

»Du hast recht, ich eigentlich auch nicht. Wahrscheinlich hätte sie ihm einen ziemlichen Kampf geliefert – normalerweise. Aber sie war in einem Alter ... vielleicht hat ihr Herz einfach nicht mehr mitgespielt.«

Wir erreichten die Weggabelung, und ich trat beiseite, um Midge vorangehen zu lassen. »Jetzt liegt es an dir, Tonto. Du hast die Spürnase. Bist du sicher, daß links richtig ist?«

»Wenn wir nicht in spätestens zwei Minuten auf eine umgestürzte Zeder treffen, dann weißt du, daß ich die Sache vermasselt habe.«

»Hey, jetzt weiß ich es auch wieder. Sie liegt kopfüber in dem Abflußkanal.«

»Das ist sie.«

Sie ging voraus, und ich folgte ihrer schlanken Gestalt; beide beeilten wir uns jetzt – wir brannten darauf, aus dem Wald herauszukommen. Diese Aura der Düsternis gefiel mir überhaupt nicht, und auch Midge blickte sich jetzt ständig um, anstatt geradeaus auf den Pfad vor sich zu sehen. Sie mußte es auch spüren. Obwohl wir die Synergisten weit hinter uns gelassen hatten, war das kribbelnde Gefühl, verfolgt zu werden, nicht verschwunden.

Midge streckte die Hand aus, und ich sah den gestürzten Baum knapp hundert Yards weit voraus schemenhaft auftauchen. Wir fielen in einen lockeren Trab, als gelte es, eine Zielschranke zu erreichen, und unsere Schritte waren in der Stille breiig laut. Auf einem Ast hoch droben entdeckte ich eine goldbraune Eule, die uns mit vagem Interesse beobachtete; die Lider senkten sich gelegentlich wie Kameraverschlüsse über die großen, runden Augen – es war, als zeichne sie das Ereignis auf.

Midge stürzte gegen die borkige Rinde des querliegenden Baumes; ich stürzte gegen Midge.

Sekundenlang stützten wir uns schwer atmend gegenseitig. »Ein Indianer kennt keinen Schmerz«, philosophierte ich. »Komm, weiter.«

Sie zog die Hände über ihr Gesicht herunter und weiter über den Hals. »Waren sie es, Mike? – Oder glaubst du, daß Mycroft nur seine Tricks ausgespielt hat ...« Sie brach ab, sah mich ernst an. »Ihre Stimmen ... sie waren so ... echt ...«

Ich antwortete nach einem kurzen Zögern. »Ich bin ziemlich sicher, daß das Ganze als Bluff begonnen hat. Aber dann ... verdammt, ich hab' keine Ahnung, wie es zu diesem Finale gekommen ist – «

»Zuletzt *waren* es meine Eltern. Ich *weiß*, daß sie es waren! Ihre Warnung ... es war, als würde ich aufwachen; als würde ich wieder zu mir kommen. Mein ganzer Glaube an Mycroft ist plötzlich einfach von mir abgefallen.«

Ich rutschte über den Baumstamm und streckte ihr dann die Hand entgegen. »Wir haben eine Menge zu überlegen, Midge. Aber zuerst einmal will ich nach Hause, solange wir den Weg noch sehen können.«

Sie kletterte herüber und nahm sich die Zeit, meinen Hals zu küssen, bevor wir weitereilten. Ich glaube nicht, daß ich ohne sie zurückgefunden hätte, denn der Weg war jetzt kaum mehr zu erkennen; aber sie ging unbeirrt weiter und blieb nur gelegentlich einmal stehen, um sich kurz zu orientieren (ich konnte mich nur an diese roten Giftpilze erinnern, die unter dem anderen gestürzten und regelrecht ausgeweideten Baum wucherten). Mein Rücken war schweißnaß, und meine Beine wurden mit jedem Schritt schwerer. Vor mir wurde Midge langsamer; das rhythmische Geräusch ihrer Schritte stockte.

Im gleichen Sekundenbruchteil huschte eine riesengroße weißgestreifte Gestalt über den Pfad und erschreckte uns fast zu Tode. Dem Dachs schien es nicht anders ergangen zu sein, denn er schlug sich auf der anderen Seite des Wegs rasend schnell in die Büsche. Äste peitschten, Blätter und Laub wirbelten.

Nur ein paar Schritte weiter stolperte ich über eine Ranke oder Wurzel, die ich übersehen hatte, und ging zu Boden. Der Länge nach ausgestreckt blieb ich liegen und atmete erst einmal durch; Midge kniete sich neben mir nieder, schob eine Hand unter meinen Arm und war mir beim Aufstehen behilflich. Es wurde eine ziemliche Quälerei, aber schließlich stand ich auf wackeligen Beinen, vornübergebeugt, wie ein alter Mann, eine Hand auf dem Knie abgestützt, die andere auf Midges Schulter.

»Noch weit?« fragte ich zwischen zwei mühseligen Atemzügen.

Ihr Gesicht war in den Schatten kaum mehr zu sehen, und sie hörte sich fast so atemlos an wie ich. »Jetzt nicht mehr, wir haben eine ganz schöne Strecke hinter uns gebracht.«

»Ja, etwa hundert Meilen. Bist du ok – «

Der Schatten, den ich sah, als ich mich aufrichtete, war nichts weiter als ein hoher Busch – aber er hätte genausogut auch eine Gestalt mit Kapuze sein könne, die hinter einem Baum lauerte. Das Seufzen, das ich hörte, war nichts weiter als eine auffrischende Brise, die sich in den Blättern fing. Und das Dröhnen in meiner Brust war nichts weiter als mein eigener Herzschlag.

»Gott, ich habe eine Scheißangst«, gestand ich.

Ihre Stimme war sanft. »Vielleicht träumen wir das alles nur.«

»Meine zerschlagenen Knie widersprechen dem ganz energisch. Aber mein Verstand ist sich zumindest nicht ganz sicher.«

Arm in Arm, eng aneinandergeschmiegt (der schmale Pfad), setzten wir unsere Wanderschaft fort, wobei es uns absolut nichts ausmachte, daß wir auf diese Art und Weise unbeholfener vorankamen – jeder von uns brauchte die Nähe des anderen; es war unsere einzige Waffe gegen die Waldgespenster. Dunkelheit nistete überall wie Rauch in einer Raucherlunge.

Wir hinkten, wir hielten einander fest, wir gingen so schnell wir konnten, und dann, Gott sei Dank, sahen wir helleres Grau zwischen den Bäumen schimmern. Die Erleichterung verlieh uns neue Kraft, und wir fielen wieder in gleichmäßigen Trab, wir beeilten uns, wir liefen Hand in Hand, und ich brüllte meine Freude hinaus, und Midge lachte lauthals darüber.

Wie Erbsen aus der Hülse brachen wir aus dem Wald hervor.

Die Abenddämmerung hatte sich längst zu finsterer Nacht verdichtet, aber wenigstens war es im Freien ein paar Schattierungen heller als unter dem Baldachin der Bäume. Wir hetzten auf Gramarye zu, wir wünschten uns nichts sehnlicher, als hinter verschlossenen Fenstern und verriegelten Türen zu sein – und erst als wir näher waren, begannen wir zu merken, daß irgend etwas nicht stimmte – daß das, was wir im Dämmerlicht sahen, keinen Sinn ergab. Wir wurden langsamer. Wir gingen nur noch. Wir starrten Gramarye bestürzt an.

Ich stieß mit dem Fuß gegen etwas Weiches, im Gras Liegendes und hielt an, als ich das tote Kaninchen sah; es war klein, kaum mehr als ein Neugeborenes, und ein böses Grinsen des Entsetzens war auf seinem winzigen Gesicht gefroren. Eine enge Halskette aus Blutstropfen befleckte seinen Hals. Midges

Finger erstarrten in den meinen, und ich sah die andere zusammengekrümmte Gestalt im gleichen Augenblick wie sie. Dieses Kaninchen war größer als das zu unseren Füßen – vielleicht war es das Muttertier. Der Körper war vom Kopf bis zum Schwanz zerfetzt, das Fell bretthart geworden unter dem trocknenden Blut.

Wir sprachen nicht. Jeder von uns nahm an, daß sie möglicherweise von einem Fuchs geschlagen worden waren, aber wir konnten diesen Gedanken nicht in Worte fassen. Da waren noch mehr zusammengesunkene Körper. Wir gingen vorsichtig weiter.

Und konnten Gramaryes Verwandlung nicht begreifen.

Die Wände, im kränklichen Licht auf Grau reduziert, waren nur mehr in unregelmäßigen Flecken zu erkennen.

Schwarz war jetzt die vorherrschende Farbe.

Bis wir sahen, daß die Wände vor Leben strotzten.

Schwarzes, pelziges Leben.

Schwingen, die sich ausstreckten und wieder zusammenzogen. Körper, üppiger als je zuvor; pulsierend, wenn die Kreaturen atmeten.

Wir konnten die Fledermäuse, die Gramarye dichtgedrängt einhüllten, nur benommen anstarren.

Wieder zu Hause

Vorübergehend waren wir zu gaffenden Zuschauern degradiert; unsere Haut kribbelte, und wir waren wie von Sinnen. Wie konnten es so viele sein? Unmöglich, daß sie *alle* von unserem Dachboden stammten. Eine ganze Menge mußte von anderen Orten hierher gekommen sein. Vielleicht eine Fledermaus-Zusammenkunft. Sie waren monströs groß. Warum? Wie konnte das möglich sein? Und die nächstliegende Frage: Was hatten sie vor? Das waren die Fragen, die wir uns stellten, aber jeder von uns hütete sich, sie laut auszusprechen – der kleinste Laut konnte ihre Ruhe stören.

Verständlicherweise war unser erster Gedanke, zur Straße zu laufen, in den Wagen zu springen und so schnell wie möglich wegzukommen von diesem fledermausverseuchten Ort. Das

Problem war, daß ich die Wagenschlüssel im Haus zurückgelassen hatte; als ich das Midge gegenüber erwähnte (sehr, sehr leise), konnte ich ihre Verzweiflung beinahe körperlich spüren.

»Du wartest im Wagen«, raunte ich ihr zu.

Noch während ich sprach, lösten sich zwei Fledermäuse von der Wand und flatterten zur anderen Seite des Hauses davon. Der Mond stand als schmale Sichel am wolkenlosen Himmel, und in seinem reinen, unheimlichen Licht ließ mich die gewaltige Flügelspannweite der Fledermäuse erstarren. Wir kauerten uns nieder; bereit, beim geringsten Anzeichen drohender Gefahr in den Wald zurückzuflüchten.

»Geh schon, Midge«, drängte ich wieder.

»Ich denke nicht daran, Mike«, flüsterte sie. »Ich bleibe bei dir. Wir holen die Schlüssel gemeinsam.«

»Das ist Wahnsinn.«

»Ich werde dich nicht allein da hineingehen lassen!«

Ihre Stimme war, obgleich gedämpft, sehr energisch; es fehlte nicht viel, und ich hätte salutiert.

Ich atmete tief durch und drückte ihre Hand. »Okay, okay. Aber wenn sie uns auch nur krumm ansehen, bist du unterwegs zum Wagen. Du wirst nicht auf mich warten.«

»Was hast du vor?«

»Ich werde vorausgehen.«

Sie erwiderte meinen Händedruck, ohne zu lächeln.

»Wir umrunden sie und versuchen unser Glück mit der Küchentür«, schlug ich vor. »Vielleicht sind da unten nicht so viele.«

Ihre Atemzüge kamen schnell und flach, und es war bestimmt nicht nur das Mondlicht, das ihrem Gesicht diese unnatürliche Blässe verlieh, aber sie folgte mir, ohne zu zögern. Was die Hautfarbe betraf, sah auch meine in diesen Momenten vermutlich nicht gerade gesund aus.

Wir pirschten behutsam zurück, tief vornübergebeugt, da wir nicht die geringste Aufmerksamkeit auf uns lenken wollten. Es kam mir so vor, als würde sich ein ganzer Abschnitt der Hauswand wellenartig bewegen, ein *schwarzes* Wogen, wie von öligem Schlamm. Wir gingen weiter, und dann hielten wir auf den Abhang zu. Alles war still ringsum, irgendwie unirdisch; hinter uns die dunkle Masse des brütenden Waldes, vor uns dieses groteske Schauspiel, das eingehüllte Haus: Die Fledermäuse darauf waren wie eine ungeheuerliche zerfetzte Kappe. Das

Halblicht des Mondes zeigte uns weitere im Gras liegende Kadaver; die ekelerregende Nachwirkung des Freudentanzes der Kaninchen vor dem Schlafengehen.

Wir erreichten den kurzen Hang, und ich rutschte so leise wie möglich hinunter. Sobald ich ebenen Boden unter den Füßen hatte, streckte ich Midge die Hände entgegen, um ihr zu helfen. Sie ließ sich in meine Arme fallen und preßte sich ein paar Sekunden lang an mich. Der graue Streifen war der Gartenweg, der zum Tor führte; er wirkte einladend, da die Straße jenseits des Zaunes eine von Menschenhand geschaffene Normalität darstellte, buchstäblich massive Realität, und die Versuchung, einfach zu Fuß das Weite zu suchen, war stark; aber das Dorf war weit, und die Straße zog sich meilenweit durch Wald. Es war besser, wir nahmen den Wagen.

Ich behielt recht: der Großteil der Fledermäuse hing tatsächlich in den oberen Bereichen des Hauses, ein dunkles, fleischiges Dach, pulsierend und vor Leben strotzend. Vorsichtig, den Blick unverwandt nach oben gerichtet, schoben wir uns auf die Haustür zu.

Eine Fledermaus flatterte über uns von der Mauer weg. Noch eine. Und noch eine.

Der Impuls, loszulaufen, war beinahe überwältigend – aber dann hätten wir sie *alle* aufgeschreckt. Diese Vorstellung genügte, um jede unbedachte Reaktion zu verhindern.

Nur die Ruhe, sagte ich mir immer wieder. Es sind nur fliegende Säugetiere. Kein Vampir darunter.

Aber ein leises, böses Wispern tief in mir erwiderte: Erzähl das mal den Kaninchen.

Die Tür war nur ins Schloß gezogen. Ich zitterte, als ich die Hand ausstreckte und auf die Klinke legte. Die Klinke nach unten drückte. Ein Knacken. Ich biß die Zähne zusammen und erwartete jeden Augenblick *andere* Zähne (Fangzähne, zum Beispiel) an meiner Halsschlagader zu spüren.

Ich öffnete die Tür, und ein Geruch von Moder und Fäulnis schlug uns entgegen – eine kleine Vorwarnung, daß es *in* Gramarye auch nicht gerade rosig aussah; ich drückte die Tür weiter auf, der Spalt vergrößerte sich, und die lauernde Schwärze war in etwa so ermutigend wie der Gestank. Wenn Schatten hätten grinsen können, dann hätten sie in diesem Moment übers ganze dunkle Gesicht gestrahlt.

Das Innere war bedrohlich, und doch . . . es war auch irgendwie *anziehend*. Ich fühlte mich wie früher, als Kind, am ersten Durchgang zur Geisterbahn: Ich war ängstlich, aber ich hatte meinen Eintritt bezahlt, und ich war mir verdammt sicher, daß ich da *hinein*gehen würde.

Beinahe wäre ich über etwas auf der Schwelle Liegendes gestolpert. Aber ich *wollte* ins Haus, und so hielt ich mich nicht auf, um nachzusehen. Ich stieg über das *Etwas* weg, zog Midge mit mir und tastete nach dem Lichtschalter. Ich streifte ihn nach unten, war kurz geblendet und griff nach hinten, um die Tür zuzuschlagen. Midge packte meine Hand, bevor ich das tun konnte.

Ich blinzelte sie fragend an; ich *wollte* die Tür schließen, ich wollte eine Barrikade haben zwischen *ihnen* und *uns*, aber Midge starrte nur traurig nach unten. Auf die Schwelle.

Dort lag Rumbo. Sein pelziger kleiner Körper war blutdurchtränkt, die Kiefer im Schock aufgerissen. Seine Augen waren nur mehr Schlitze; sie starrten uns gebrochen an.

Durchbruch

Wir legten ihn auf den Küchentisch. Midge ließ ihren Tränen freien Lauf, und ich unterdrückte sie mühsam. Erst jetzt merkte ich, wie vernarrt ich in den kleinen Kerl gewesen war.

Die Wunden auf seinem Rücken sahen böse aus; tiefe, blutverkrustete Kerben, die über den ganzen Körper verliefen – mehr als eine Fledermaus mußte ihm dies angetan haben. Die Verletzungen an seiner Kehle waren noch tiefer, aber ich hatte ohnehin nicht angenommen, daß er vor lauter Angst gestorben war. Sein Fell war stellenweise weggerissen, ein buschiges Ohr völlig zerfetzt. Ich denke, er hat ihnen einen rasenden Kampf geliefert.

Ohne rechte Hoffnung lauschte ich nach einem noch so geringen Herzschlag – aber da war nichts. Sein Körper war noch nicht kalt, und ich streichelte ihn und redete die ganze Zeit leise mit ihm, als könne ich seine Tierseele so ermutigen, wieder zurückzukehren, als würden sich die verklumpenden Arterien wieder öffnen.

Rumbo hatte es hinter sich, und überraschenderweise war es

Midge, die diese Tatsache als erste akzeptierte (obwohl – vielleicht war es doch nicht *so* überraschend, denn wenn es wirklich darauf ankommt, sind Frauen immer realistischer als Männer). Sie nahm meine Hände.

»Armer, kleiner Kerl«, murmelte ich und war nicht fähig, den Blick von dem reglosen Bündel abzuwenden.

»Was sind das für Kreaturen draußen, Mike? Es können unmöglich die Fledermäuse sein, die auf dem Dachboden waren. Ihre Größe ... Und warum haben sie die Tiere angegriffen?«

Ich zuckte mit den Schultern – und das war möglicherweise die einzige treffende Antwort auf diesen Wahnsinn. Meine Augen waren wie verschleiert, und ich wollte momentan nicht sprechen; vielleicht, weil ich fürchtete, meine Stimme könnte brechen. Ich wandte mich ab, bevor ich blinzelte, und sah mich in der Küche um. Es war nicht der Schmerz, den ich vor Midge verbergen wollte (Schmerz hatten wir in unserer gemeinsamen Zeit oft genug miteinander geteilt, und Tränen waren nie ein Grund zur Verlegenheit gewesen), es war die Angst; ich wollte verhindern, daß sie meine Angst sah.

Gramaryes Wesen hatte sich verändert. Die Krankheit, die nach Floras Tod an seinen Innereien genagt hatte, war durch unsere Ankunft gestoppt worden, gerade so, wie der Krebs von einem neuen Medikament gestoppt wird. Der Zerfall war zum Stillstand gekommen, die Regeneration hatte eingesetzt. Gramaryes Magie war erneuert worden.

All dessen war ich mir jetzt bewußt, obwohl dieser andere Teil meines Selbst raunte: *»Hör zu, du bist übergeschnappt, du redest von Steinen und Holz, nicht von einem lebendigen Wesen und nicht einmal von einem seelenlosen Organismus. Nur von einem leblosen, gefühllosen Steinhaufen, um Gottes willen!«* – Aber ich wußte es besser. Da war ein Nebenanschluß, und irgend jemand – irgend etwas – flüsterte mir durch diesen Nebenanschluß zu, wie schon einmal, gab mir Gedanken ein und kicherte vielleicht dabei. Vielleicht aber war dieser Jemand, dieses Etwas, auch todernst, besorgt, ich könnte ihm nicht zuhören. Oder verstehen.

Und tatsächlich waren diese Gedanken so unfaßbar, so dürftig, daß ich selbst nicht recht wußte, ob ich sie *hörte* oder mir nur *einbildete*. Wer war ich, daß ich meinen eigenen Seelenzustand beurteilen konnte?

Aber der eine Gedanke blieb. Nicht Gramarye selbst war lebendig, sondern die *Seelen* all derer, die in seinem Schoß gelebt hatten; sie waren aufgenommen worden von Wänden, Decken und Fußböden, waren eingeschlossen darin wie Energie in einer Batterie, so daß dieses Gebäude im Lauf der Zeit mehr und mehr zu etwas Lebendigem geworden war. Bis andere, weniger reine Einflüsse dieses Lebens verdorben und mit einer Art Krebs verseucht hatten. Ich war davon überzeugt, daß der Degenerationsprozeß an dem Tag begonnen hatte, an dem die Synergisten zum ersten Mal in diesem Haus zu Besuch gewesen waren.

Mit Floras Tod war auch die Macht in Gramarye verwelkt und hatte angefangen zu faulen. Nur unsere – oder genauer: – Midges Gegenwart hatte diese Fäulnis aufgehalten und sogar eine Erneuerung angeregt. Das war es, was mir die lautlose Stimme zuflüsterte, und das war es, was ich glaubte. Und zum Teil hatte ich recht.

Ich räusperte mich, dann sagte ich hastig: »Wo, zum Teufel, hab' ich die Schlüssel gelassen?« Das Wort *Schlüssel* klang bereits ein wenig erstickt, und Midge drückte meine Hand fester.

»Vielleicht oben. Gott, es ist so kalt hier drinnen.«

Wie zur Bestätigung fröstelte sie. Aber mir war heiß; ich schwitzte. Möglich, daß wir Gramaryes Fieberdelirium miterlebten.

Ein berstendes Krachen von nebenan; Midge flog in meine Arme, und ihr Schrei ging unter im Poltern nachstürzenden Mauerwerks. Eine Staubwolke brandete in diesen Teil der Küche herein. Irgendwie errieten wir, was geschehen war, aber schnuppert man nicht auch an der Milch, von der man genau weiß, daß sie verdorben ist? Wir schoben uns auf den Durchgang zu, um es mit eigenen Augen zu sehen; um Gewißheit zu haben. Staub wirbelte noch immer, und wir mußten husten.

Der Kaminsturz hatte schlußendlich doch nachgegeben und war auf den Herd heruntergebrochen, und eine gewaltige Menge Steine und Mörtel war nachgerutscht. Der Nachhall des Donnerschlags hing mit dem pulverfeinen Staub verwoben in der Luft, und die rußige Wunde in der Brust des Kamins, klaffend und schartig, gab den Blick frei auf Gramaryes dunkles Inneres – ein Riß im steinernen Fleisch offenbarte die schwarzen inneren Organe.

»Nein, das ist nicht wahr, nicht so!« schluchzte Midge, und ich begriff, daß sie dasselbe Bild vor Augen gehabt hatte. Diese Ver-

zweiflung und Ablehnung auf ihrem Gesicht – es war, als sei ihr gerade eröffnet worden, daß ihr Lieblingsonkel ein Kinderschänder war.

Ich zog sie mit mir, und jetzt hatte ich nur noch einen Gedanken: Wir mußten raus aus dem Haus, und wir mußten so schnell und so weit wie möglich von hier wegkommen. Wir waren aus dem Synergistentempel entwischt – nur um feststellen zu müssen, daß es hier keine Zuflucht mehr für uns gab: das Cottage hatte sich mit dem grauen Haus verbündet, war zu einem Kollaborateur des Übels geworden, das jenen schädlichen Ort beherrschte. Geschockt oder halb verrückt vor Angst, ich hatte keine Ahnung, was ich mehr war; ich wußte *nur*, daß Rückzug das einzig Richtige war.

Wir hetzten nach oben, und wir konnten die Stufen unter dem Spannteppich knarren hören, ein Knacken und Knirschen, so deutlich und laut, daß man glaubte, im nächsten Moment durchzubrechen. Nur der Teppich schien das zu verhindern. Wir hielten uns nicht auf. Im Vorbeigehen knipste ich überall Licht an, und die Lampen flackerten hektisch, bevor sie richtig brannten. Im runden Zimmer war der üble Geruch nach Fäulnis beinahe betäubend stark; die Wände trieften vor Nässe. Ich registrierte es, aber ich dachte nicht darüber nach.

Die Wagenschlüssel lagen auf dem Kaffeetischchen, und ich schnappte sie mir. »Midge! Hol alles, was du brauchst, aus dem Schlafzimmer und beeil dich. Ich will keine Minute länger als nötig hierbleiben.«

Sie gab keine Antwort, sondern wirbelte nur herum und verschwand im Schlafzimmer. Ich hatte einen Moment Zeit, mich umzusehen. Schwarzer Schimmel überwucherte die oberen Bereiche der Wände und die Decke; nach unten hin breitete sich der Pilz in narbigen Flecken aus, als hätte Midge die Wände mit ihrem gröbsten Farbpinsel bespritzt. Noch eigentümlicher war der gewellte Bodenteppich. Der Parkettboden darunter hatte sich verzogen, einzelne Bretter ragten hoch, als versuchten Maulwürfe durch eine panzerharte Oberfläche zu brechen.

»Mike!«

In Nullzeit war ich im Schlafzimmer. »O nein – «

Dort, wo es bisher nur einen haarfeinen Riß in der Wand gegeben hatte, klaffte jetzt vom Boden bis zur Decke eine zollbreite Furche. Ich konnte mir lebhaft vorstellen, wie von draußen gierig die Nacht ins Innere hereinglotze.

»Vergiß das Einpacken«, stieß ich heraus. »Wir verschwinden von hier, bevor das ganze Haus zusammenfällt.«

Sie zögerte. Die Unruhe in ihr war körperlich spürbar. Und da war mehr: Schrecken, Bestürzung; ein Wunder, daß sie nicht völlig traumatisiert war. Midges Traumhaus war zu einem Alptraum geworden, alles, was hier geschah, war unlogisch und (gelinde gesagt) beunruhigend. Eine Idylle war zugrundegerichtet worden – von Mächten, die keiner von uns beiden verstand, und, offen gesagt, die ich zumindest auch gar nicht verstehen wollte. Für sie war es schlimmer, denn sie wußte, daß sie eine wesentliche Rolle in diesem Chaos von Geschehnissen spielte ... und hatte keine Ahnung, was das für eine Rolle war. Und ich, mit all meinen Theorien und Vermutungen, die ich ihr zu vermitteln versucht hatte – jetzt, wo es darauf ankam, was wußte ich da schon? Das einzig *Offensichtliche* war, daß uns Gramarye keinen Schutz mehr bot.

Ich nahm Midge in die Arme und zog sie behutsam aus dem Schlafzimmer (und vielleicht auch aus ihrer Gedankenverlorenheit) – und ihre Augen weiteten sich; sie zeigte zum Fenster.

Draußen, jenseits des Gartenzauns, zerschnitten Scheinwerferstrahlen die Finsternis; weitere Lichtbalken tauchten dahinter auf und strichen über den vorausfahrenden gelben Citroen.

»Bastarde!«

Ich packte Midge am Handgelenk und jagte mir ihr in den Flur hinaus.

»Was jetzt?« Sie klammerte sich an mir fest, als ich den Telefonhörer hochriß, und ihr Zittern übertrug sich auf mich, als hätte ich eine Stimmgabel berührt.

»Wird langsam Zeit, daß sich die Polizei um das hier kümmert. Keine Ahnung, was, zum Teufel, ich ihnen erzählen werde, aber mir wird schon was einfallen. Jemand gegen seinen Willen festhalten, könnte für den Anfang genügen.«

»Aber das stimmt nicht – «

»Dann werde ich eben schwindeln. Wir brauchen Hilfe.«

Statische oder atmosphärische Störungen tobten in der Leitung, als würde eine ganze Menge Kobolde ihren Unfug darin treiben.

Fluchend hielt ich den Hörer vom Ohr weg, während ich wählte.

Noch mehr Rauschen und Prasseln und Knattern, dann ein jaulendes Schrillen ... die Art Geräusch, das wir eines Tages möglicherweise alle hören, nachdem die Bombe gefallen ist und das große Leitungsschmelzen beginnt, obwohl doch jeder noch einmal seine Lieben anrufen will.

»Scheiße!« keuchte ich (unter Druck wird mein Umgangston ziemlich derb). Ich hämmerte auf die Gabel, bis die Störung ein wenig *erträglicher* war, dann wählte ich neu. Dasselbe Geräusch, trommelfellzerreißend scharf.

Wir zuckten beide zusammen, und ich knallte den Hörer hin.

»Da raus«, zischte ich und war bereits an der rückwärtigen Tür. »Wir verstecken uns im Wald – da finden sie uns nie.«

»Nein, Mike. In Gramarye sind wir sicherer.«

Ich starrte sie ungläubig an. »Du bist ein Spaßvogel! – Siehst du denn nicht, was mit dem Haus passiert? Wir stehen hier in einer für unbewohnbar erklärten Ruine!«

»Ich glaube nicht, daß uns hier ein Schaden zugefügt werden kann.«

»Das hat Flora Chaldean wahrscheinlich auch geglaubt. Hör zu, ich weiß nicht, was Mycroft und seine Irren im Sinn haben, aber ich wette, jetzt geht es nicht mehr um die Clubmitgliedschaft, nicht soweit es uns betrifft. Mycroft hat uns hierherkommen lassen, weil er uns hier haben wollte. Weiß Gott, warum, aber er wird schon seine Gründe haben. Und deshalb verschwinden wir, komm schon!«

Ich öffnete die Tür, und Fledermäuse flatterten auf und peitschten wie rasend mit papierdünnen Schwingen dicht vor meinem Gesicht und meinen hochgerissenen Armen – und verschwanden in der Finsternis. In der Hitze des Gefechts hatte ich sie ganz vergessen: Jetzt erwartete ich den Massenstart. Er kam nicht; aber sonderlich viel Zeit für Erleichterung blieb trotzdem nicht.

Lichter tanzten im Wald.

Ich machte kehrt, zog die Tür wieder zu und sperrte ab. »Sie sind uns durch den Wald gefolgt.«

Midges Miene zeigte Bestürzung.

»Er hat seine Streitmacht aufgeteilt. jetzt kommen sie von allen Seiten. Sieht so aus, als hätte ich recht gehabt – er will, daß wir im Haus festsitzen.«

Verstehen zeichnete sich auf ihrem Gesicht ab und schien langsam einzusickern; dann nickte sie und war unvermittelt sehr gefaßt. Sie zitterte nicht mehr.

»Mein Gott, die Haustür! Wir haben nicht abgeschlossen!« In meiner Eile hinunterzukommen, stolperte ich an der Treppenbiegung, konnte einen Sturz jedoch im letzten Moment abfangen; mit ausgestreckten Händen krachte ich gegen die Wand, wurde von der eigenen Wucht herumgeschleudert – und war unten. Ich rammte beide Türriegel vor, oben und unten, lehnte die Stirn gegen das Holz und rang nach Luft.

Es dauerte mehrere Sekunden, bis ich den Mut aufbrachte, aus dem Fenster zu sehen. Die Scheinwerferstrahlen schien es niemals gegeben zu haben, aber jenseits des Zaunes schimmerten Wagendächer im Mondlicht. Keine Menschenseele war da draußen zu sehen; nirgends eine Spur von den Synergisten. Jedenfalls soweit ich das sagen konnte.

»Midge«, rief ich zu ihr hoch. »Such dir Sixsmythes Nummer raus und ruf ihn an – vielleicht haben wir diesmal Glück!«

Ich zog die Küchenvorhänge zu; eine lächerliche Reaktion, aber ich wollte nicht, daß *sie* zu uns hereinstarren konnten. Dann war ich wieder zur Treppe unterwegs; als ich am Tisch vorbeikam, konnte ich nicht anders – ich mußte das kleine Pelzbündel darauf noch einmal berühren. Es war keine bewußte Geste, und ich verlor auch keine Zeit damit; ein flüchtiger Kontakt, vielleicht ein Ausdruck meiner Zuneigung und des Bedauerns, daß er nicht mehr lebte. Vielleicht ein privates *Lebwohl Buddy* für Rumbo.

Dann stürmte ich die Treppe hoch und erwartete, Midge am Telefon oder wenigstens beim Durchblättern des örtlichen Telefonbuchs anzutreffen. Aber der Flur war leer.

Sie war im runden Zimmer, von der Helligkeit des Halbmondes in einen Schattenriß verwandelt, und beobachtete die Versammlung draußen.

»Midge, warum hast du nicht angerufen?«

»Er kann uns auch nicht helfen, Mike.«

»Sixsmythe? Er ist unser einziger Bekannter in dieser Gegend.«

»Es ist zu spät, Mike.«

Ich folgte ihrem Blick, und das, was ich da sah, gefiel mir nicht. Oh nein, es gefiel mir überhaupt nicht.

Mycroft und sein bunt zusammengewürfelter Haufen schwärmten heran, ihre Konturen deutlich und schwarz über dem mondlichtüberfluteten Gras. Jetzt blieben sie stehen, in einer langgezogenen Kette, finstere Individuen, ausgebreitet wie steinerne Menhire und genauso reglos. Diejenigen, die vom Wald her zu ihnen gestoßen waren, hatten ihre Taschenlampen ausgeschaltet, und obwohl jeder von ihnen separat stand, waren sie ein Rudel, eine Meute, vereinigt unter ihrem Synergistenführer – und befaßt mit einer rätselhaften Sache, die mir eine Höllenangst einjagte.

Sie beobachteten das Haus genauso, wie wir sie beobachteten.

Ich stellte mich dicht hinter Midge, und sie sagte ganz ruhig: »Sie wollen, daß wir sterben.«

Eine große Formulierung. Nicht: *Sie wollen uns töten,* sondern: *Sie wollen, daß wir sterben,* als würden die Irren da draußen keinerlei tragende Rolle bei diesem Akt spielen, als würden sie sich nicht die Hände schmutzig machen.

»Ziemlich dramatisch.« Möglich, daß ich mit meinem Spott die Situation ein wenig entschärfen konnte; retten würde er uns allerdings auch nicht. »Sie können nicht einfach losmarschieren und Leute umbringen, nur weil ihnen zufällig ein Haus gefällt. Wir leben hier nicht im Wilden Westen, verdammt.«

»Sie wollten, daß Flora stirbt, und sie ist gestorben.«

Soweit also der Spott.

»Ihr Herz hat versagt. Okay, vielleicht haben sie ihr einen genügend großen Schrecken eingejagt und damit der Sache nachgeholfen, aber sie war eine alte Frau. – Wir sind jung. Er wird kein leichtes Spiel haben.«

»In diesem Tempel, in diesem schrecklichen Raum . . . hast du da keine Angst gehabt? Und im Wald?«

»Doch, eine Scheißangst sogar. Aber hier haben wir den Heimvorteil auf unserer Seite. Mal sehn, was Mycroft hier auffahren will.«

Manchmal ist Tapferkeit die schlimmste Herausforderung für das Schicksal, müssen Sie wissen. Was konnte er hier schon gegen uns ausrichten? Viel, und das sollten wir gleich erfahren.

Es begann ganz langsam, fast beiläufig. Sekunden vertickten, und nichts schien sich zu verändern – nicht einmal Wolken zogen auf. Und es war still, friedhofsstill. Selbst der Parkettboden hatte aufgehört zu ächzen. Der Gestank in der Luft war noch am lautesten.

Ich wollte gerade vom Fenster zurückweichen – wir standen nicht allzu dicht an der Scheibe, nicht nahe genug, als daß uns die Synergisten hätten sehen können –, aber eigenartigerweise war ich plötzlich wie auf der Stelle verwurzelt. Fasziniert, krankhaft neugierig darauf, was da draußen vorging (oder *nicht* vorging). Selbst das Atmen war jetzt eine Anstrengung; meine Haut schien sich fest um meinen Brustkorb herum zusammengezogen zu haben. Wil starrten hinaus, und sie starrten zu uns herein.

Dann hob die am nächsten stehende Gestalt einen Arm; sie hielt einen langen Stock in der Hand.

In diesem Augenblick brach die Hölle los.

Ein gedämpftes Dröhnen wurde laut, wie eine Explosion unter Wasser, ein tiefes Rumsen, das sich aufsplitterte und in ein hektisches, unregelmäßiges Donnern verwandelte. Für die Dauer eines einzelnen Herzschlags war der Mond verschwunden, und ich nahm an, daß sich unbemerkt doch Wolken zusammengeballt hatten; aber gleich darauf brach die Schwärze auseinander, und ein bizarres Irrlichtern begann.

Die Fledermäuse hatten sich erhoben wie ein Körper, wie ein großes Ganzes, und jetzt schwärmten sie aus und wogten über Gramarye: eine Masse dunkler, zielloser Bewegungen.

Sie rauschten höher, dem Mond entgegen, als seien sie unterwegs zu den Sternen, und das rasende Peitschen ihrer Flügel entfernte sich. Wir traten vor, blickten ihnen nach, und dieses Schauspiel war so unglaublich, daß es jegliche Furcht überlagerte.

Wir verloren sie aus den Augen. Wir konnten sie nicht mehr hören. Aber nicht länger als ein paar Sekunden.

Das Dröhnen kehrte zurück, der Zapfenstreich eines Teufels, und es wurde lauter und immer lauter, bis das ganze Gebäude unter seinem Nahen zu beben schien. Wir wandten uns von den Fenstern ab, sahen zur Decke hoch, wagten nicht mehr zu atmen, waren außerstande, zu sprechen.

Das rauschende Donnern ballte sich zusammen, war verwandelt in ein dumpfes Poltern; es riß uns herum. – *Der offene Kamin!*

Sie brachen daraus hervor wie Hitchcocks Vögel, sie explodierten in den Raum herein, erfüllten die Luft mit ihrem Kreischen und ihren schrecklichen, peitschenden Flügeln. Midge schrie wie von Sinnen (Weiß Gott, es hätte genausogut ich sein können) – und verstummte wie unter einem Peitschenhieb. Die Fensterscheiben zerbarsten, Glassplitter brandeten herein.

Ich zerrte sie mit mir zu Boden, und das war gut so. Hinter

den Glassplittern kamen noch mehr Fledermäuse, übergroße Wesen, die sich den anderen anschlossen und wie außer sich, wie ein Tornado aus lebenden, pulsierenden Körpern, durch das runde Zimmer quirlten.

Ich spürte etwas auf meinem Rücken landen, winzige Krallen harkten sich durch meine Kleider. Ich warf mich herum, fetzte die Fledermaus weg; zwei, drei andere Tiere flatterten auf mich herunter, krallten nach meinem Hals, rammten winzige Zähne in mein Gesicht.

Ich rollte weg, packte eines der Tiere am Hals und drückte zu; und zerquetschte ein anderes unter mir. Das Gefühl der kleinen, berstenden Knochen war schon ekelhaft, aber das sich windende Ding festzuhalten, das soeben ein Konto auf der Blutbank meiner Kehle eröffnete, war noch schlimmer. Und über mir tobte ein Mahlstrom flatternder Schwingen, Sturmwind zerzauste meine Haare; die Bewegungen in dem dunklen Raum verschwammen; wurden zu einem grotesken Durcheinander. Und in diesem Aufruhr hörte ich Midge schreien.

Zwei weitere Fledermäuse zappelten auf meinem Brustkorb, und ich drosch sie mit meiner freien Hand weg; mit der andern hielt ich immer noch die Fledermaus an meinem Hals. Sie kratzte und krallte und biß um sich, und ich drückte fester zu. Ich fetzte den Blutsauger weg, spürte, daß meine Haut, mein Fleisch, riß – aber da war kein Schmerz. Mit einem Fluch schleuderte ich das nur noch schwach um sich schlagende Etwas in die wirbelnde, tobende Masse. Dann ruckte ich hoch, riß mit beiden Händen die anderen Fledermäuse von mir ab, und ihre Krallen und Zähne richteten mein Hemd verdammt übel zu. Weitere kamen, landeten auf meinen Armen und Beinen.

In der vagen Helligkeit, die aus dem Flur hereinschimmerte, sah ich Midges sich windenden Körper, halb begraben unter flatternden, hackenden, kratzenden Fledermäusen, so daß sie selbst bereits einem vielgeflügelten Schrecken glich, der wie eine abscheuliche, zu unheimlichem Leben erwachte Bestie zwischen den Seiten eines Schund-Comics hervorquoll. Sie kreischte und schlug in kreatürlicher Panik um sich, und ich kroch auf sie zu, ohne die Fledermäuse zu beachten, die sich jetzt zu Dutzenden auf mir niederließen.

Sie bäumte sich auf, kam hoch und wurde wieder auf die Knie zurückgeschleudert, und ich schlug in blinder Wut auf die sich an ihr festklammernden Ungeheuer ein, riß sie an den Flügeln weg, hörte ihre Knochen bersten – und das steigerte meine Wildheit zu berserkerhafter Raserei, der selbst diese zähen Bastarde nicht länger standhalten konnten.

Sie fielen ab. Zwei riß ich eigenhändig aus meinen Haaren. Ich drosch sie von meinen Schultern, zerrte, riß, klaubte sie von Midges Rücken. Wir mußten raus hier und weg – aber wohin? Alle Zimmer hatten Fenster. Und so sehr ich mich auch wehrte, immer noch mehr Fledermäuse wogten und schwirrten heran und krallten sich von neuem an uns fest. Ich wischte sie aus der Luft herunter, aber für eine, die ich traf, kamen drei andere. Es war aussichtslos. Erschöpfung kam. Das Gewicht der an mir hängenden, zappelnden, wimmelnden Fledermäuse schien mich niederzudrücken. Midge und ich sackten zu Boden, eingehüllt von diesem schwarz geflügelten Ungeziefer.

Dann lagen wir verkrümmt dicht beieinander, und die Schmerzen waren nicht einmal schlimm – Pieksen und Kratzen: mehr spürten wir nicht. Es war das pure Entsetzen, das uns festnagelte.

Verzweifelt ruckte ich herum und warf mich schützend über Midge, obwohl ich genau wußte, daß das letzten Endes völlig sinnlos war; diese Scheißdinger würden uns erwischen. Genau wie sie die Kaninchen erwischt hatten. Genau wie sie Rumbo erwischt hatten.

Ich schloß die Augen und wartete – und plötzlich waren die Fledermäuse verschwunden.

Die Macht

Der Raum war leer. Ihr Gewicht war von uns genommen.

Wir lauschten dem sich entfernenden Geräusch ihrer Flügel, und wir blieben liegen, das Gesicht gegen den gewellten Teppich gepreßt, und warteten, warteten, daß das massenhafte Flappen endgültig erstarb.

Erst als dies tatsächlich der Fall war, hob ich den Kopf, um mich zu vergewissern, daß wir wirklich allein waren. Ein schwaches Flattern ganz in der Nähe schockte mich; hastig suchte ich nach seinem Ursprung: eine der Fledermäuse hüpfte, von einem gebrochenen und nutzlosen Flügel vorangestoßen, immer rundherum. Auf der gegenüberliegenden Seite des Raumes zuckte ein weiterer schattenhafter Körper im Todeskampf. Andere, die ich hatte töten können, lagen überall verstreut. Ihrer aller Geruch – derjenige der toten und der davongeflogenen Bestien – blieb im Raum hängen und vermischte sich mit dem der modrigen Feuchtigkeit und der Fäulnis; nicht einmal der schwache Windhauch, der jetzt kühl durch die zerborstenen Fenster hereinwehte, konnte diesen Gestank vertreiben.

»Midge«. Ich richtete mich auf, doch sie blieb unbeweglich liegen; das Gesicht nach unten gewandt. »Es ist vorbei, Midge. Sie sind weg.«

Ihr Rücken bebte, und ich wußte, daß sie weinte. Ich ging in die Hocke und zog sie (mit blutbeschmierten Händen) herum und hoch und an meine Brust. Es gab nichts zu sagen, nichts zu hinterfragen; alle Fragen waren unwichtig geworden. Wichtig war nur, daß ich sie festhielt, daß ich sie sanft wiegte, gerade so, wie man ein Baby beruhigt.

Unsere Kleider waren zerrissen, stellenweise zerfetzt; doch obwohl wir blutbefleckt waren, war keiner von uns beiden ernsthaft verletzt. Selbst die Halswunde blutete nur spärlich. Ich streichelte über Midges Haare, und ihre Tränen sickerten in mein Hemd.

Ein leises Klicken ließ mich wieder erstarren.

Das Geräusch kam von draußen; vom Flur. *Von der Tür*. Der rückwärtigen Tür. Es war unmöglich, aber der Schlüssel drehte sich im Schloß.

Midge, durch meine jähe Reglosigkeit aufgeschreckt, hob den Kopf. Auch sie starrte jetzt in den hell erleuchteten Flur hinaus – zur Tür; zum Schlüssel.

Er drehte sich weiter.

Der Stahlriegel am Fuß der Tür begann zurückzugleiten, langsam, gleichmäßig; von einer unsichtbaren Hand gezogen. Und erreichte das Ende der Schiene.

Daraufhin geschah nichts mehr; es war wie eine Atempause.

Dann, beinahe müßig, schwang die Tür auf.

Mycroft stand in den Schatten draußen.

Ich stöhnte, und Midge sackte gegen mich.

Er trat ins Licht, und sein Lächeln ließ mich bis in die tiefsten Tiefen meiner Seele erschaudern.

Mycroft schlenderte herein, den dünnen Stock vor sich erhoben, ganz so, wie ein Blinder seinen Blindenstock hält, und obwohl der Kerl nach wie vor seinen schlichten, grauen Anzug trug, wirkte er jetzt überhaupt nicht mehr harmlos. Ganz im Gegenteil, nach allem, was ich jetzt von ihm wußte, war gerade diese zur Schau gestellte Milde um so düsterer; sie hatte eine auffallend gräßliche Intensität angenommen. – Auf der Schwelle des runden Zimmers blieb er stehen, das Gesicht wieder im Schatten, während die Helligkeit von hinten seinen Körperumriß nachzeichnete. Ich hörte ihn einen langen, tiefen Atemzug machen, als koste er die faulige Luft des Raumes, als könne er nicht anders – als müsse er seine Brust mit diesem Gestank füllen.

Er hatte die Fledermäuse benutzt, um uns weich zu klopfen, und jetzt war er höchstpersönlich hier.

Beifall für Mycroft, den Magier, den *außergewöhnlichen* Illusionisten. Nur, daß die Fledermäuse keine Illusionen gewesen waren; der kühle Luftzug, der von den zersplitterten Fenstern heranwehte, und das Blut, das meine zerrissenen Kleider befleckte, sprachen eine zu deutliche Sprache. Und die Tür hatte sich *tatsächlich* von selbst geöffnet – *seine* Anwesenheit war der beste Beweis dafür. Ich fragte mich, ob er mit *dieser* Macht nicht auch genauso lässig Kühlerwasser zum Kochen bringen konnte; und die Antwort darauf lautete natürlich JA, und damit stand fest, daß es für ihn an diesem Sonntag vor ein paar Millionen Jahren kein großes Problem gewesen sein konnte, uns in die Höhle des Löwen zu locken.

Mycroft streckte eine Hand aus und knipste das Licht an, bevor er ganz ins Zimmer hereintrat. Jetzt war sein Lächeln nicht mehr freundlich.

Andere Gestalten drängten sich der Reihe nach hinter ihm herein, eine rechts, eine links, immer abwechselnd, schoben sie sich dicht an den gerundeten Wänden entlang vor – eine Klaue aus Menschenleibern, die sich um uns schloß. Es müssen ungefähr ein Dutzend gewesen sein; die anderen warteten vermutlich draußen; Wachtposten im Mondschein.

Ich sah von einem Gesicht zum anderen, und sie erwiderten gleichmütig meinen Blick. Nicht einmal Gillie (ja, sie war auch dabei) zeigte eine Regung; genausowenig wie mein spezieller Freund Kinsella, von dem ich wahrhaftig mindestens ein boshaftes Grinsen erwartet hätte. Sie alle waren kalt wie Stein.

»Na ...« Meine Stimme brach, und ich mußte noch einmal ansetzen. »Was haben Sie auf dem Herzen, Mycroft?«

Unter den gegebenen Umständen war das wohl nicht übel, allerdings schien es auch niemanden aufzuheitern; am allerwenigsten mich selbst.

»Jetzt nichts mehr«, entgegnete er, und die Vorstellung, daß wir ihm nicht mehr von Nutzen sein konnten, ließ mir noch kälter werden. Er deutete mit seinem Stock auf Midge. »Sie hätte mir behilflich sein können, doch sie zog es vor, sich von mir abzuwenden. Dafür werde ich sie zur Rechenschaft ziehen.« Der Stock sonderte mich aus.

Ich schüttelte protestierend den Kopf. »Ganz ruhig, Mann. Wir wissen doch nicht einmal, um was es überhaupt geht. Wir wollen keinen Streit mit Ihnen, Mycroft, und wir haben auch nicht vor, in Ihren großen Plan hineinzupfuschen, was immer, zum Teufel, das auch sein mag. Also, wie wär's, wenn Sie uns aus der ganzen Sache rauslassen würden?«

»Leider ist es dafür zu spät. Sie sind zu einem integralen Bestandteil Gramaryes geworden.«

»Das ist verrückt. Sie wollen das Haus? Okay, nehmen Sie's. Machen Sie mir ein vernünftiges Angebot. Es interessiert mich einen Scheißdreck.« Und das meinte ich genauso, wie ich es sagte: ich hatte die Nase voll vom Landleben.

Midges Aufschrei ließ mich zusammenzucken. *»Nein!«*

Sie löste sich von mir.

»Verstehst du denn nicht, weshalb er Gramarye unbedingt haben will – und warum Flora dies mit aller Kraft zu verhindern versucht hat?« sagte sie, an mich gewandt. »Er hat es uns doch bereits gesagt, in seinem Tempel, erinnerst du dich denn nicht?«

Wieder schüttelte ich den Kopf, diesmal verdutzt.

»Gramarye, oder wenigstens der Grund und Boden, auf dem es steht, ist ein Kanal jener Energie, die er benutzt; eine Art Reservoir, eine Vorratsquelle ... Und wer immer dieses Haus bewohnt – ist der Hüter dieser Macht. Wie Flora und wie alle, die vor ihr hier gelebt haben. Die Reihe dürfte wahrscheinlich endlos sein.«

Noch vor einem Monat – nein, vor einer *Woche* – hätte ich über eine solche Eröffnung nur gelacht; aber jetzt war ich mir gar nicht so sicher. Es war ein dicker Brocken, okay, aber andererseits – wie war das mit all dem, was in der Zwischenzeit passiert war? Und hatte nicht auch ich ein paar ganz spezielle Ansichten zu diesem Haus, zu diesem Ort gehabt?

Mycroft wirkte belustigt. »Endlich beginnst du zu verstehen. Spürst du die Magie, welche diesem Erdboden Leben verleiht, welche die Luft atembar macht; welche Quellen sprudeln und Flüsse werden läßt, auf daß wir unseren Durst stillen können; und welche uns Nahrung bietet, auf daß wir unseren Hunger besänftigen? Spürst du die große Allmacht, unter der wir leben, oder hältst du das alles nach wie vor für einen riesigen Zufall, glaubst du noch immer, daß die Natur keinerlei Absichten verfolgt und ohne jede treibende Kraft ist? Oder siehst du jetzt, daß es Quellen gibt im Schoße dieses Planeten, die niemals verstanden werden können? Quellen, nach denen seit Jahrhunderten von den Erleuchteten gesucht wird? Hast du es *wirklich* begriffen . . . oder bist du weiterhin töricht genug zu denken, all diese altüberlieferten Legenden, all diese Geschichten von Zauberern, von Hexen, von magischen Königreichen seien nichts als Ammenmärchen?«

Er lachte lauthals, und von seinen Anhängern gab es beifälliges Gemurmel.

»Dieses dumme, alte Weib«, fuhr Mycroft fort und kam jetzt offenbar zur Sache, »hat mich daran gehindert, den Abgrund zu beschreiten, die Macht in mein ureigenstes Ich aufzunehmen; sie hat es gewagt, mich davon abhalten zu wollen, die ätherische Lebenskraft zu nutzen, welche an dieser Stelle aus der Erdkruste sickert. Doch sie war alt und schwach und rasch bezwungen.«

Etwa an dieser Stelle begann ich loszukichern. Ich konnte nichts dafür. Vielleicht kam jetzt die Hysterie, eine Kombination aus Erschöpfung und Angst, und alles geriet aus den Fugen. Weiß Gott, warum, aber ich versuchte mir die ganze Zeit über vorzustellen, wie der gute, alte, nüchterne Bob wohl auf Mycrofts Hetzrede reagiert hätte. – Gott, er wäre eine Woche lang high gewesen! Je mehr ich daran dachte, desto mehr mußte ich lachen. Ich fiel zurück, stützte mich mit einem Arm am Sofa ab.

Aber Mycroft gefiel mein Gewieher nicht sonderlich. Es gefiel ihm sogar absolut nicht. Er deutete mit dem Stock erneut auf mich, und plötzlich wurde mir klar, daß das sein *Zauberstab* war. *Mycroft, der Magier, und seine verdammte magische Wünschelrute.* Tränen kullerten mir aus den Augenwinkeln, so sehr lachte ich.

Midge starrte mich an, als sei ich endgültig ausgerastet (und das war ich zu dem Zeitpunkt vermutlich auch). Ich wollte ihr die Pointe verraten, aber ich prustete so aberwitzig, daß ich kein vernünftiges Wort herausbrachte. *Bobs Gesicht, wenn er die Scheiße gehört hätte, mit der Mycroft gerade herausgerückt war.* Das war zuviel. Zu viel!

Die im Raum versammelten Synergisten funkelten mich an. Gott, *sie* würden den Witz nie verstehen!

Ich vergrub mein Gesicht in der weichen Sitzfläche des Sofas, und meine Schultern bebten vor lauter Lachen, und plötzlich war da ein neuer Gedanke, plötzlich war mir klar, daß ich Mycroft unbedingt fragen mußte, wo er seinen hohen, spitz zulaufenden Hut und den schwarzen Kaftan aufbewahrte, aber ich schaffte es nicht, ich erstickte beinahe an meinem Gelächter. Gleichzeitig begann sich das Sofa unter mir wellenförmig zu bewegen. Noch immer kichernd, hob ich (jetzt alarmiert) den Kopf. Mein ausgestreckter Arm nahm die Bewegung des Sofas auf und wippte hoch und nieder.

Ein stecknadelkopfgroßer Punkt franste auf dem Bezug aus und wurde zu einem Loch. Etwas Schwarzes wand sich heraus. Eine zweite Kreatur folgte, platzte ins Freie und huschte davon. Und noch eine. Und noch eine. Das Ganze wuchs sich zu einem wimmelnden Strom dunkler Käfer mit schimmernden Flügeln.

Weitere Löcher platzten auf. Und noch mehr Käfer krabbelten heraus. Und noch mehr Löcher. Und noch mehr Käfer.

Ich sprang weg und sah grauenerfüllt zu, wie Hunderte – *Tausende!* – durch den Stoff brachen, wie sich das ganze Sofa in eine wimmelnde, glänzende Masse verwandelte. Sie formierten sich in wohlgeordneten Reihen, eilten über die Sofaseiten herunter, krabbelten und krochen und schleimten über den Boden – auf meine ausgestreckten Beine zu.

Und plötzlich fiel mir ein, daß Bob in diesem Raum hier überhaupt nicht sonderlich fröhlich gewesen war (um ganz genau zu sein: er hatte vor Angst fast den Verstand verloren), und damit verlor sich auch mein eigener manischer Humor. Ich zog die Beine an, als der erste Käfer an Bord kletterte.

»Aufhören! – Hören Sie auf!«

Midge war auf den Füßen und schrie Mycroft an. Aber er feixte nur.

»Sie werden Gramarye niemals auf diese Art und Weise nutzen!

Es ist ein Ort des Guten, und deshalb wird es auch dem Guten dienen – und nicht Ihren Perversionen!« In ihren Augen loderte ein unheimlicher Glanz, und ihr Gesicht war in eine Maske des Zorns verwandelt.

»Die Macht dieses Ortes vermag ganz nach Belieben des *Meisters* genutzt zu werden«, widersprach Mycroft. »Die alte Frau war nicht mehr imstande, das zu tun, sie war zu schwach und zu kränklich!«

»Sie haben sie getötet!«

Jetzt grinste er, offensichtlich eingenommen von dieser Vorstellung. »Ja, in der Tat, ich glaube, das habe ich. Ich habe sie mit der anderen Seite in Versuchung geführt, mußt du wissen, das, was ihr und euresgleichen vermutlich als die dunkle Seite der Magie bezeichnet. Ihr Ende kam sehr plötzlich –« Er schien verwundert und schnippte dann mit Daumen und Zeigefinger – »*SO:* Gerade noch lebendig und gleich darauf schon tot. Sie konnte die Offenbarung nicht verkraften, verstehst du, sie konnte das Dunkle in ihrer eigenen Seele nicht akzeptieren. Wie sonst hätte ich ihr eine solche Finsternis enthüllen können, wenn nicht aus ihr selbst heraus? Faszinierend, wie schnell ihr Körper verfallen ist, als habe sich das Böse in ihr wie ein Sturmwind erhoben, glühend heiß, und sie schrumpfen lassen wie eine alte Backpflaume.« Er kicherte darüber, ungeachtet des Abscheus auf Midges Gesicht.

Das Licht schien an Intensität zu verlieren und war gleich darauf wieder *normal,* so, als sei nebenan gerade jemand auf dem elektrischen Stuhl hingerichtet worden; Mycroft schwankte kurz und kaum merklich. Er starrte die Wände an, die Decke, den Boden. Und dann war sein Grinsen wieder da.

»Spürt ihr das Emporwogen der kinetischen Kraft?« rief er seinen Anhängern zu. »Seid bereit zu empfangen – vereint euer Denken und nehmt hin die MACHT. Füllt euch mit *seiner* Lebenskraft!«

Die meisten von ihnen schlossen die Augen; die Gesichter spannten sich an vor Konzentration. Ich beobachtete Gillie, die dicht an der Wand stand; ich sah sie schwanken und fast nach hinten stürzen. Eine andere Frau auf der gegenüberliegenden Seite des Raumes stöhnte laut. Kinsella jedoch starrte Midge und mich weiterhin unverwandt an.

Seltsamerweise schien sich Mycrofts Suggestion nicht auf die Synergisten allein zu beschränken; vielmehr war es so, daß auch ich plötzlich ein Kribbeln in den Fingerspitzen wahrnahm. Diese

Empfindung ging vom Boden selbst aus, rieselte empor, in meine Arme und über meine Schultern in die Brust. Schlagartig erinnerte ich mich wieder an die Käfer, die bereits über mein Bein hochgekrochen waren, doch als ich jetzt hinsah, waren sie verschwunden. Und das Sofa war wieder ein ganz normales Sofa und mit Kissen beladen. Die Insekten waren nur ein weiterer Bluff Mycrofts gewesen.

»Ich kann dich aufhalten«, fauchte Midge. *»Deshalb bin ich hier, deshalb bin ich erwählt worden!«*

»Ah ja, natürlich«, nuschelte der Magier verschlagen. Und richtete den Zauberstab auf sie. Midge wurde zurückgeschleudert . . . aber sie stürzte nicht. Sie fand ihr Gleichgewicht wieder und funkelte Mycroft an, die Schultern nach vorn gekrümmt, die Fäuse geballt.

»Ich kann es!« brüllte sie, und ich liebte sie für ihren Trotz. Ich stemmte mich hoch.

Sie stand da, die Beine leicht gespreizt, die Füße wie mit dem Teppich verwurzelt; langsam hob sie die Hände an ihr Gesicht und brachte sie – die Finger auseinandergereckt – wie im Gebet zusammen. Dann drehte sie die Handgelenke so, daß die Fingerspitzen auf Mycroft gerichtet waren; und plötzlich verriet seine Miene Besorgnis. Nun, das war immerhin ermutigend.

Midge zitterte vor Anstrengung, jeder Muskel ihres Körpers schien angespannt, jede Unze Kraft auf Mycroft konzentriert. Ich wollte aufschreien, sie anfeuern. Sie konnte es schaffen, ich wußte, sie konnte es! Aber mein Schrei war nur ein Flüstern.

»Mach das Arschloch fertig, Midge!«

Ihre Zähne waren so fest aufeinandergebissen, daß ihr Gesicht zur Grimasse wurde; ihr Körper spannte sich wie eine Stahlfeder, wie eine Wünschelrute, die jeden Moment über einer Wasserader ausschlagen mußte.

»Du schaffst es, Midge«, ermutigte ich sie mit einem weiteren angestrengten Flüstern.

Und ich war mir dessen ganz sicher. Sie *war* Flora Chaldeans Nachfolgerin, sie war der rechtmäßige Erbe dieser eigenartigen Kräfte, die Gramarye und dem Erdreich darunter entsprangen. Alles, was in den letzten Monaten geschehen war, hatte sie unweigerlich auf diesen einen kritischen Punkt zuführen müssen. Was immer die mystischen Gesetze der Zauberei (und alles, was damit zusammenhing) regierte, es hatte beschlossen, daß sie diejenige war, die das gute Werk der alten Flora fortführte. . .

Sie war die Hüterin, die Wahrerin der Macht, diejenige, die verhindern würde, daß diese Macht mißbraucht wurde. Auf eine tragikomische Art und Weise war ich stolz auf sie (obwohl, das Trauma nicht unbedingt nötig gewesen wäre).

»Mach den Bastard fertig, Midge!«

Jetzt hielt sie die Arme ausgestreckt vor sich, Handflächen und Finger fest zusammengepreßt. Es war, als richte sie ein unsichtbares Gewehr auf Mycrofts Kopf, und ich schwelgte in seinem Unbehagen. Die Anspannung trocknete meine Kehle aus, ich riß die Fäuste hoch und war bereit, mich nach vorn zu werfen und ihr zu Hilfe zu kommen. Jetzt hatte sie ihn, jetzt würde sie seinen elenden Tricks ein für allemal ein Ende bereiten. Ihre Arme waren gerade wie ein Rammsporn, und ich konnte die Energie beinahe sehen, die in ihnen pulsierte.

Mycrofts Augen hatten sich so sehr geweitet, daß die Pupillen in riesigen weißen Seen schwammen.

Kinsella machte Anstalten, sich zu bewegen, und ich spannte die Muskeln an. Aber er kam nicht vom Fleck; etwas bannte ihn.

Das Blut dröhnte in meinen Ohren.

Midges Hände lösten sich voneinander.

Sie stieß die Luft aus...

... und nichts geschah.

»Scheiße!« brüllte ich.

Mycroft war verblüfft. Und erleichtert. Er hob seinen Zauberstab, und plötzlich hatte Midge keinen Boden mehr unter den Füßen. Eine ungeheuerliche Macht riß sie empor.

Ihr Körper kippte, und sie rief meinen Namen. Sie schwebte horizontal, vier, fünf Fuß hoch, starr wie ein Brett. Sie schlug beide Hände vors Gesicht, als die Decke näherkam, und ich war unfähig zu handeln und starrte wie abgeschaltet hin.

Ihr Körper war nur mehr einen knappen Zoll von der Decke entfernt, als Mycroft auflachte – und *losließ*. Midge stürzte, und ich schnellte vor, war unter ihr und fing sie auf; der Aufprall riß mich mit ihr zu Boden. Und dann lagen wir da, keuchend und wie zerschmettert, und in meinen Ohren gellte Mycrofts Lachen wider – Mycrofts *Gackern*. Und Kinsella und die anderen fanden das auch ziemlich lustig; natürlich. Sie alle, bis auf Gillie – Gillie war ohnmächtig zusammengebrochen.

Wir waren erledigt. Er würde uns umbringen, und vermutlich sah hinterher alles nach einem bösen Streich zwischen zwei Liebenden aus. Vielleicht auch nach einem tragischen Raubmord. Eigentlich hatten es die Einbrecher ja nur auf Geld abgesehen gehabt, doch dann waren sie entdeckt worden. Das Resultat: ein Amoklauf, wie er im Buche steht (man beachte nur den katastrophalen Zustand des Hauses). Und notfalls konnte man sogar Mörder-Fledermäusen die schmutzige Tat in die Schuhe schieben, im übertragenen Sinne jedenfalls. So oder so – Mycroft würde eine einigermaßen rationale Erklärung finden, dessen war ich mir sicher, aber warum zerbrach ich mir darüber den Kopf? – Das war *sein* Problem.

Ich stemmte mich auf einen Ellbogen hoch, auf das Schlimmste gefaßt, jedoch entschlossen, auf keinen Fall kampflos abzutreten.

Als unten die Türglocke bimmelte.

Flora

Es war eine drollige Situation: Midge und ich hingestreckt auf den Boden, die Synergisten im Zimmer verteilt, bereit, uns den Todesstoß zu verpassen – und da kam die Avon-Beraterin vorbei.

Nur daß derjenige da draußen kein Parfüm verkaufen wollte. Und wir hatten auch kein *normales* Türgeläut gehört ... Dieses *Bringt-eure-Toten-raus*-Geräusch kam von der alten Glocke, die neben der Küchentür angebracht war. Und der Nachdruck ihres Bimmelns verriet, daß der Besucher nicht einfach wieder gehen würde (außerdem zeigten die Wagen vor dem Haus an, daß jemand da sein mußte).

Mycroft nickte kaum wahrnehmbar in Kinsellas Richtung, und bevor ich auch nur einen Finger rühren konnte, sprang der Amerikaner vor und schnappte sich Midge. Er legte ihr von hinten einen Arm um den Hals und riß sie zurück; ihre Füße schleiften über den Boden.

Mycroft kam zu mir. »Ganz gleich, wer da draußen steht, Sie werden ihn loswerden. Es ist mir egal, wie, aber Sie werden es schaffen. Wenn Sie versagen, wird es Ihre süße kleine Geliebte büßen. Ein Ruck von Kinsellas Arm, und ihre Luftröhre ist zermalmt. Er kann das, glauben Sie mir; das ist kein Problem für ihn.«

Ich starrte zu Kinsella hoch und bezweifelte keinen Moment lang, daß er das konnte und auch tun würde. Dieses aufgeweckte hübsche Gesicht – was war nur mit Mamis *Apple-pie* und dem *American Way* geschehen?

Ich richtete mich unbeholfen auf und wog meine Chance ab – wenn es mir gelang, mich gegen ihn zu werfen, seinen Arm zu packen und ihn niederzuschlagen, bevor er . . . Aber ich verwarf diesen Gedanken augenblicklich wieder. Der Bastard war zu stark und zu schnell.

»Wenn du ihr wehtust. . .« sagte ich ohne rechte Überzeugungskraft, und offenbar amüsierte ihn das. Mit seiner freien Hand drückte er eine ihrer Brüste, nur um mir zu demonstrieren, was für eine schreckliche Angst er vor mir hatte, und der Wahnsinn in seinem Lächeln ließ mich frieren.

Midge wand sich in seinem Griff, unfähig zu schreien; sein Arm lag wie ein Riegel vor ihrer Kehle.

Ich machte einen Schritt auf sie zu, und er verstärkte den Druck auf ihren Kehlkopf; Midges Augen rollten vor Schmerz nach oben.

»Ich mach' sie fertig, und du bist der nächste«, warnte er liebenswürdig.

Ich hob beide Hände und wich zurück. Ich hatte keine Chance. Unten wurde die Glocke hartnäckiger geläutet.

»Machen Sie keine Dummheiten« riet Mycroft.

Ich zuckte die Schultern, streifte an ihm vorbei und trat in den Flur hinaus. Wahnsinn, hämmerte es hinter meinen Schläfen, als ich die Treppe hinunterging. Die ganze verdammte Sache ist vollkommener, unglaublicher Wahnsinn. Diese Irren würden uns kaltblütig erledigen, also – warum sollte ich nicht alles auf eine Karte setzen und einen Ausbruch wagen, sobald ich die Tür öffnete? Vielleicht schaffte ich es bis nach Cantrip – bis zur Polizei. Aber die Wagenschlüssel befanden sich nach wie vor oben; ich hatte sie in dem Durcheinander vorhin fallen lassen. Andererseits mußte der Besucher mit dem Wagen gekommen sein. Wenn ich ihn (ganz gleich, wer es war) packte und mit mir riß, wenn wir gemeinsam ins Dorf fuhren und Hilfe holten . . . Die einzige Möglichkeit, aktiv zu werden. – Aber Midge in den Händen dieser Freaks lassen? Die Frage brauchte ich mir nicht einmal rhetorisch zu stellen.

Eine Stufe gab unter mir nach, und ich saß unvermittelt auf dem Hintern, ein Fuß tief in den Spannteppich eingesunken.

Über mir ahnte ich Bewegungen; ich wußte, daß zwei oder drei Synergisten oben an der Treppenbiegung lauerten und mächtig genau aufpaßten, ob ich mich auch richtig verhielt, nachdem ich die Tür geöffnet hatte.

Das wilde Bimmeln der Glocke verstummte.

Ich spürte eine schreckliche Verzweiflung in mir.

Dann wurde gegen die Tür gehämmert.

Ich riß mich zusammen und jagte die letzten paar Stufen hinunter, durchquerte die Küche und war an der Haustür. Das Holz hatte sich im Rahmen verspannt, als habe sich die Person draußen ärgerlich und ungeduldig und *verzweifelt* dagegengeworfen, um hereinzukommen. Meine Fingerspitzen berührten den obersten Riegel und erstarrten auf dem kalten Metall; plötzlich *wußte* ich, wer da draußen stand. Keine Ahnung, woher, ich wußte es einfach. Meine Hände sackten wie von selbst nach unten; ich starrte die Tür an.

Sie hatte schon so lange versucht, mit uns in Kontakt zu treten.

Meine Angst erreichte einen neuen Höhepunkt; sie erhob sich aus einem Morast aus Verzweiflung und Panik – eine triefende Kreatur aus den Abgründen eines Sumpfes.

Wollte ich wirklich dieser Gestalt gegenüberstehen, die uns aus der Ferne beobachtet hatte? Wollte ich wirklich dieses Gesicht (diese verwüstete Fratze!) leibhaftig und dicht vor mir sehen? Wollte ich ihre Fäulnis riechen. . . diesen Gestank von Verwesung und Tod, der die Luft im Innern des Hauses bereits mit einer schalen Aura erfüllte? Und schlußendlich: Wollte ich meinem ureigensten Nachtmahr begegnen?

Hatte ich eine Wahl?

Das Klopfen war verstummt, als wüßte sie genau, daß ich hier stand und daß es nur noch eine Frage der Zeit war, bis die Tür geöffnet wurde. Ich packte den Riegel, zerrte, *schlug* ihn zurück – und ein anderer, *fremder* Wille zwang mich dazu.

Meine Finger glitten über das lackierte Holz, fanden den zweiten Metallriegel am Fuß der Tür. Zogen ihn auf. . .

»Nein!«

Noch immer hinabgebeugt, wandte ich mich um und sah Mycroft am Fuß der Treppe ankommen; irgend etwas hatte ihn veranlaßt, mir zu folgen. Dieser Hauch von Panik in seinem Ausruf sagte mir, daß auch er wußte, wer da draußen stand.

»Nicht öffnen!«

Mein Grinsen mochte nervös sein, aber es *war* ein Grinsen. Ich rammte den Riegel vollends zurück, richtete mich auf und drehte den Schlüssel im Schloß. Und zog die Tür auf.

Und starrte die Gestalt vor mir sprachlos, wie betäubt, an.

Denn – natürlich hatte ich mir wieder einmal etwas vorgemacht.

Sie marschierte an mir vorbei, nörgelig wie eh und je. »Ich dachte schon, ihr würdet nie aufmachen«, beschwerte sich Val und war bereits in der Küche, als sie sich endlich zu mir umdrehte. »Ich hab' den ganzen Fuhrpark da draußen gesehen; dachte mir, daß ihr eine Party veranstaltet. Ich läute schon seit Ewigkeiten, und ich habe mir die Hände an dieser verdammten Tür wundgeklopft. Wenn jetzt niemand gekommen wäre, hätte ich das Haus von der anderen Seite her gestürmt.«

Die große, kraftstrotzende Val; zweiteiliger Tweedanzug, schweres Schuhwerk, dicke Strümpfe. Die prachtvolle Val mit ihrem prachtvollen Damenbart.

»Val«, krächzte ich, und dieses Mal – ohne jede Spur von Ärger.

Der Lufthauch von der offenen Tür her kühlte mein schweißfeuchtes Genick.

»Großer Gott, man sollte meinen, ich sei ein Gespenst, so, wie du dastehst. Alles in Ordnung mit dir, Mike? Ich bin hergefahren, weil ich mir Sorgen gemacht habe... Unser Gespräch, die Sache mit dem Bild. Weißt du, ich werde das Gefühl nicht los, daß da etwas sehr Seltsames...«

»Schmeiß sie raus!« kreischte Mycroft.

Val hatte den Synergisten offensichtlich längst bemerkt, doch erst jetzt schenkte sie ihm ihre volle Aufmerksamkeit. »Wie bitte?« schnappte sie, und unter diesem Tonfall (und dem dazugehörigen Blick) war ich in der Vergangenheit einige Male buchstäblich in mich zusammengeschrumpft.

»Sie soll verschwinden!«

Mycroft sprach jetzt wieder leise, beherrscht, aber ich sah ihm an, wie nervös er war. Gott, ich war froh, daß Val hier war, obwohl uns ihre Anwesenheit in dieser Situation auch nichts nützte; so großartig Val war, wir hatten es mit mehr zu tun als mit einer zahlenmäßigen Übermacht.

»Mike, tut mir leid, wenn ich störe, aber würdest du diesen schlecht erzogenen Idioten freundlicherweise darüber informieren – «

Sie hatte sich wieder mir zugewandt, und ihre Entrüstung verlor sich jäh, als sie jetzt an mir vorbei zur Tür schaute.

Die Luft, die in diesem Sekundenbruchteil hereinfächelte, war noch kälter und trug einen eigenartigen, süß-sauren Geruch mit sich.

Eine Hand legte sich von hinten auf meine rechte Schulter.

Mein Kopf flog herum. Ich sah den Schatten. Sein Atem hauchte gegen meine Wange. Ich drehte mich ganz um.

Sie war klein, viel kleiner, als ich sie mir vorgestellt hatte.

Winzig. Und zerbrechlich. Und sie hatte das älteste und reizendste Gesicht, das ich je gesehen hatte.

Ihre Augen waren hell, heller noch als Midges Augen, und es sah aus, als würden Wolken darin treiben. Ihre Lippen waren altersdünn, die Mundwinkel nach unten gebogen; aber trotzdem war es ein freundlicher Mund, und die Furchen ringsum verdarben diesen ersten Eindruck nicht. Und obgleich ihre Nase spitz war, vermittelte sie keine Arroganz, nur eiserne Willenskraft. Runzeln waren in Strudeln und Wülsten über ihr ganzes Gesicht ausgebreitet, doch es war ein klargeschnittenes, reines Gesicht, voller Kraft und Mitgefühl, eine Mutter-Teresa-Vision, eine Frau, die so viel gesehen und erlebt hatte und deren Erfahrung mit diesen Alterslinien so deutlich gemacht wurde, daß man darin lesen konnte wie in einem aufgeschlagenen Buch. Um den Kopf trug sie einen grob gestrickten regenbogenbunten Schal; ihre weißen Haare waren so lang, daß sie unter dem Schal hervor und über die Schultern flossen. Sie trug ein schlichtes, langes Kleid, dunkelgrau, mit hohem Kragen; es war nicht gerade der letzte Schrei und erinnerte ziemlich an *Whistlers Mutter*.

Und jetzt legte mir Flora Chaldean die andere Hand auf die linke Schulter.

Und mit dieser Berührung *spürte* ich plötzlich die Zusammenballung spiritueller Energie, die sie gebraucht hatte, um hierher zu gelangen. Ihr vergangenes Randdasein, ihr allmähliches Sich-Annähern an das Haus – das alles war nicht mehr als eine visuelle (oder visionäre) Versinnbildlichung ihres Kampfes um Materialisierung gewesen, ihres Ansammelns psychischer Kräfte, die nötig waren für die Transformation eines Geistkörpers in fühlbare Materiegestalt. Trotzdem spürte ich, daß allein das, was in dieser Nacht in Gramarye geschah, diese letzte Barriere zwischen der spirituellen und der physischen Welt niedergerissen hatte.

Das alles *sah* ich in ihren Wolkenaugen, als seien diese dunstigen Wogen ihre ureigenen Gedanken. Und ich verstand, daß ihre Anwesenheit hier eine Warnung war, so, wie das ihr Spektralschatten (den ich so oft gesehen hatte) die ganze Zeit über gewesen war.

Sie trat dicht an mich heran, und ihr Mund öffnete sich – und ich weiß heute noch nicht, ob ich das Wort tatsächlich hörte oder nur in meinen Gedanken *spürte*.

So oder so, sie *sagte* nur dieses eine Wort: »*DU*. . .«

und begann vor meinen Augen zu zerfallen. Es war, als habe sie mit ihrem Kommen, mit diesem ihrem Hinweis alle psychischen Energien verbraucht, die letzten Kraftreserven, die noch in ihr gewesen waren; jetzt verkehrte sich der Prozeß der Materialisierung ins Gegenteil, in materiellen Verfall – es war, als spule man ein Videoband zurück. Und plötzlich war ich froh, daß ich ihr während der Anfangsstadien der Verkörperlichung nicht begegnet war, da draußen, im Wald, von wo aus sie Gramarye beobachtet hatte.

Die Runzeln auf Gesicht und Händen vertieften sich und fielen ab und hinterließen blasse Linien, und ihre Haut, ihr Fleisch löste sich. Die Entschlossenheit wich aus ihren Augen, die Wolken darin schienen zu einem alles verdeckenden Nebel verklumpt. Ihre Hände auf meinen Schultern erbebten, zuckten, leise unregelmäßige Trommelschläge, und ihre Haut verfärbte sich, wurde wachsbleich, fast glänzend. Und dehnte sich, wurde papierdünn. Und platzte auf.

Ihr Zerfall war eine Sache weniger Augenblicke, doch jede Sekunde in sich war zeitlos.

Der Verwesungsprozeß setzte ein.

Dort, wo sich Fliegen auf ihr niedergelassen hatten, als sie in sich zusammengesunken in Gramaryes Küche am Tisch gesessen hatte, wimmelte jetzt die Brut dieser Fliegen: weiße, sich zaghaft bewegende Maden, die schmausten und wuchsen und eine Wechselwirkung aus Ruhe und Rastlosigkeit bildeten, ein hervorragend gedrilltes Regiment winziger Fleischfresser. Sie verschwanden in Löchern, die sie selbst geschaffen hatten.

Der intensive Gestank spülte über mich hinweg, und ich hielt den Atem an, aus Angst, diese Dämpfe in mich aufzunehmen.

Ihr Fleisch hing nur mehr in großen Fladen an ihr . . . und fiel ab, entblößte Muskeln und Knochen und jene krabbelnden Wesen, die dort am Werke waren. Ihre Augenlider waren nicht mehr straff genug, die Augen zu halten; bleiche Kugeln quollen über das zerstörte Gesicht herunter. Eine Hand, die auf meiner Schulter geruht hatte, rutschte langsam über meine Brust; Knochenfinger schabten über den zerfetzten Hemdenstoff.

Sie schrumpfte vor mir, eine Gestalt, die zu Lebzeiten bereits klein gewesen war und jetzt, da sich Knochen und Muskeln voneinander lösten, noch kleiner wurde. Ihre andere Hand – das Skelett dieser anderen Hand – fiel herab.

Dinge wanden sich in ihren dunklen, knöchernden Augenhöhlen, schwarze Kreaturen, die übereinander- und durcheinanderwimmelten, Wesen, die wie Fäden waren und die sich krümmten und aufbäumten und Schleim absonderten; sie alle frohlockten in dieser ihrer Nahrungs-Schatzkammer. Ihr Kiefer klappte weit nach unten, denn da gab es nichts mehr, was seine Bewegung kontrollieren konnte, und selbst ihre geschwärzte, verweste Zunge schien sich in die Masse der krabbelnden Wesen eingefügt zu haben; schien eins geworden zu sein mit ihnen.

Der Schal rutschte von ihrem Kopf, und die weißen Haare hingen nur noch in spärlichen Strähnen herunter, und die Haut war zerrissen, aufgeplatzt, geschrumpft – Gewebereste, die wie kleine Inseln waren auf dem grauen Schädel.

Ganz langsam sackte ihr Körper in sich zusammen und löste sich gnädigerweise auf, noch bevor er den Boden erreichte. Kleider, Knochen und sich verflüssigendes Fleisch bildeten eine Masse auf den Fliesen, doch innerhalb eines Sekundenbruchteils war auch sie endgültig verschwunden. Nichts war von Flora Chaldean übriggeblieben; nichts, bis auf den Gestank.

Ich taumelte zurück und prallte hart gegen den Türrahmen. Val starrte noch immer ungläubig auf den Küchenboden. Mycroft war an der Treppe halb zusammengebrochen. Seine Arme hingen schlaff herunter, als sei er zu Tode erschöpft und all seiner Kraft entleert.

Doch seltsamerweise fühlte *ich* mich wie aufgeladen, da funkelte eine Art chemischer Energie in mir und peitschte mein Blut pochend in meinem Körper umher und ließ meine Nervenenden kribbeln und vibrieren. Sie hatte meine Schulter berührt, und ihre Blicke und Gedanken hatten mich erfüllt. *Und doch verstand ich noch immer nicht!*

Bis ich merkte, daß mich Mycroft wachsam anstierte; bis ich seine Angst und seinen Respekt spürte.

Plötzlich wußte ich Bescheid.

Mycroft setzte sich die Treppe hinauf ab, und da waren auch noch andere Schritte, offensichtlich die seiner Anhänger, die außer Sicht geblieben waren. Ich hielt meine Hände hoch und starrte sie an und fragte mich, warum sie derart überdeutlich fühlbar geworden waren. Das also sollte das körperliche Empfinden sein, wenn man Hüter der Macht war?

Hüter der Macht. Ich? Ganz und gar ausgeschlossen. Ich war Mike Stringer, Skeptiker und Teilzeit-Ungläubiger. Aber da regte sich etwas tief in mir, etwas, das beharrlich *DOCH* sagte und das verdammt wenig Rücksicht nahm auf meine Selbstzweifel und Verwirrung.

»Mike. . .«

Val stützte sich auf den Tisch, umklammerte die Kanten mit beiden Händen. Sie wirkte schockiert, und das war nicht sonderlich überraschend nach all dem, was geschehen war, seit sie das Haus betreten hatte. Allerdings überwog ihre Neugier; sie spürte die Wandlung in mir. Ein Wandel, der nicht auf reale Art und Weise sichtbar war. Aber sie *wußte*, daß etwas geschah. Naja, nach allem, was *ich* mittlerweile wußte, hätten mir genausogut blaue Funken aus den Ohren schlagen können. Ich hatte Glück. Da waren keine Funken. Die Veränderung in mir vollzog sich leicht und mühelos; die Metamorphose war beendet, noch bevor ich an überwältigende *Schmerzen* auch nur denken konnte. Die Zeit veränderte sich. Die Zeit blieb stehen; irgendwie. Absolut belustigend war, daß ich eine Höllenangst hatte – und daß mir diese Höllenangst keine Angst machte. Keine Ahnung, ob das einen Sinn ergibt. Diese Angst *erregte* mich, denn es war eine neue Erfahrung, und mit ihrem Auftauchen – oder, besser, mit ihrem *Freiwerden* – kam ein Gefühl des Wohlbefindens, ein Element, das ganz wesentlich dazu beitrug, die MACHT im Gleichgewicht zu halten. Stellen Sie sich vor, blind geboren zu sein, und plötzlich, eines Tages, sind Sie nach einem Schlag auf den Hinterkopf in der Lage *zu sehen* (denn die Fähigkeit, zu sehen, war seit jeher in Ihnen). Die Erregung ist wie pure Energie, die Ergriffenheit unbeschreiblich; Sie versuchen, alles gleichzeitig zu sehen. Und Sie haben Angst davor.

Ich glich das Ganze mit Zweifeln aus. Ich redete mir ein, mir nicht hunderprozentig sicher sein zu können. Floras Berührung,

Floras Gedanken – sie hatten mir dieses Wissen eingegeben, hatten diesen Schalter umgelegt und das *Bewußtsein* aufflammen lassen, aber, zum Teufel – wessen war ich mir bewußt? Möglich, daß ich halluzinierte. Es gab nur eine Möglichkeit, das herauszufinden. Ich ging zur Treppe. Und ein nervöser Schauer jagte mir über den Rücken.

Val machte Anstalten, mich festzuhalten, aber irgend etwas veranlaßte sie, die Hände zurückzuziehen.

Ich jagte die Treppe hinauf; ich war bereit; ich würde es ihnen zeigen.

Die Synergisten erwarteten mich bereits. Aber ihre eisige Gelassenheit war zerschmolzen. Unruhe erfüllte sie. – Nicht wegen Mycrofts offensichtlicher Panikstimmung und auch nicht meinetwegen.

Ein blau-violetter Schimmer strahlte im runden Zimmer von allen Gegenständen aus – vom Sofa, von Stühlen, Lautsprecherboxen, Büchern und Bildern, vom Kaminsims, von Fensterrahmen und selbst von den Vorhängen; von allem. Und dieses Glühen tauchte den Raum in eine unheimliche Helligkeit, und selbst die Deckenlampe war von der elektrischen Farbe getönt. Der gute alte Spielberg hätte keinen verblüffenderen Effekt produzieren können. Und in annähernd gleichem Maße, jedoch geistig unvermindert abschreckend, umriß dieses Leuchten auch jedes Lebewesen im Zimmer. Hätte jemand mit Daumen und Zeigefinger geschnippt, so wäre ein Donnerschlag statischer Elektrizität die Folge gewesen. Hätte jemand niesen müssen – der Luftstoß hätte einen Orkan erzeugt.

Das runde Zimmer war zum Leben erwacht!

Es pulsierte und summte vor ureigener Energie, und doch gab es keinen Laut zu hören und keine Bewegung zu sehen; das Vorhandensein dieser Energie konnte nur erfühlt und bestaunt werden.

Ich stand in der Türöffnung und fühlte den Atem des Raumes. Unweit von mir war Sandy Gillie behilflich, wieder auf die Füße zu kommen. Andere blickten ängstlich zu den Wänden und zu den Möbeln. Neil Joby sah wieder aus, als müsse er sich jeden Moment übergeben. Ich beobachtete, wie einer der Männer die vor den zerbrochenen Fenstern liegende Staffelei berührte: Blaues Leuchten sprang auf seine Hand über und ließ sie heller glühen. Der Mann zuckte zurück. Auch der Knochenmann war anwesend, und ich sah ihm an, daß er rauswollte – nur war das nicht möglich, denn ich versperrte den Weg. Er schien mitten in der Bewegung erstarrt. Kinsella hielt Midge noch immer umklammert, und er schien am gelassensten von allen.

Gelassener sogar als Mycroft, der in der Mitte des Raumes stand, die Augen ausschließlich auf mich gerichtet.

Die Zeit der Wahrheit war gekommen. Ich schluckte.

Zuerst Kinsella.

Ich zögerte – und wer hätte das nicht getan, in meiner Lage? – möglich, daß es deshalb nicht sofort funktionierte. Vertrauen basiert auf einer langen Zeit der Erfahrung – und ich hatte weder Zeit noch Erfahrung.

Kinsella hielt plötzlich einen Ziegenbock umklammert. Keine Ahnung, wie ich gerade darauf gekommen war – es war blitzartig dagewesen, und ich hatte diesen Gedanken in seine Arme projiziert. Leider war die Vision mehr als flüchtig; im nächsten Moment, noch bevor sich auch nur Überraschung auf seinem Gesicht abzeichnen und sein Griff sich lockern konnte, war Midge bereits wieder da und von seinem Würgegriff sicher gehalten. Sein Erstaunen folgte zeitverzögert eine Sekunde später, aber er ließ sie nicht los, sein Unterkiefer sackte herab, seine Augenbrauen rutschten hoch. Er blinzelte, seine Gedanken begannen sich zu überschlagen, und Midge begann sich zu wehren.

Trotzdem – *etwas* war geschehen, und das verlieh dem Unwahrscheinlichen zumindest ein Körnchen Wahrheit, das ich ernstzunehmen gedachte. Es konnte gelingen! Ich mußte mich nur eisern konzentrieren, und alles war möglich! Ich hatte mir die ganze Zeit über etwas vorgemacht: Midge war zweifellos ein wichtiges Element des Ganzen, eine Art Katalysator – aber sie war nicht der Erbe der Gramarye-Macht. O nein, dieser Erbe war *ich* – du liebe Güte. Ich. Und jetzt blieb keine Zeit mehr, großartige Theorien zusammenzugrübeln.

Ich versuchte es wieder; ich rammte Kinsella meine Gedanken entgegen, und ich keuchte vor Anstrengung und lernte die Tricks oder die Kunst oder das Handwerkszeug der Magie buchstäblich im Schnellkurs. Kinsella bemerkte übergangslos, daß er eine grinsende Python im Schwitzkasten hielt. Das Bild flirrte, aber dieses Mal verging es nicht, und er ließ mit einem kindhaften Aufkreischen los. Midge brach zusammen und kroch weg.

»Hierher, Midge!« brüllte ich, und sie kam, auf allen vieren, aber sie kam, und sie hatte offensichtlich keine Ahnung, weshalb sie der Amerikaner freigegeben hatte; aber das war auch nicht wichtig. Wichtig war nur, daß sie frei war, daß sie zu mir kommen konnte.

Mycrofts Stockspitze tippte gegen ihre Schulterblätter und ließ sie erstarren.

»Glaubst du wirklich ernsthaft, du könntest dich mit mir messen?« kreischte er in meine Richtung.

Und, ganz ehrlich, ich gluckste. Wahrscheinlich war die Hysterie zurückgekehrt und überwältigte mich jetzt.

Er geriet unleugbar in Wut. Vermutlich nahm er an, ich würde ihn verspotten (und das war gar nicht so abwegig). Er riß seinen Stock/Zauberstab hoch, und der Türrahmen rings um mich herum verwandelte sich in eine Flammenhölle, die Türöffnung war ein Feuerloch; ich stolperte in den Flur hinaus, angesengt und geschockt.

Val tauchte auf der Treppe auf, ihre Augen schreckgeweitet, das entsetzte Gesicht vom Feuerschein erhellt. Ich hatte noch nie erlebt, daß es ihr die Sprache verschlagen hatte – jetzt war es soweit; allerdings, zu ihrer Ehre sei gesagt, daß sie ihr Bestes gab, um dem abzuhelfen. Sie ohrfeigte sich selbst.

»Frag nicht!« rief ich ihr zu und stürzte mich ohne weiteres Nachdenken durch die Feuertür in das runde Zimmer zurück. In diesem Stadium des bösen Spiels gab es keine halben Sachen mehr – nur noch Glauben oder Nichtglauben.

Ich hörte Vals heiseren Schrei hinter mir; andere Geräusche im Zimmer ertränkten ihn jedoch schnell. Das Feuer erlosch, und ich war nicht einmal verletzt.

Mycroft und ich starrten uns quer durch den Raum an, und ringsum stöhnten und ächzten seine Synergisten – keiner von ihnen war mehr ausschließlich auf mich konzentriert, sondern wesentlich mehr daran interessiert, was um *ihn selbst* herum vorging. Das violett-blaue Leuchten verstärkte sich, breitete sich aus; Stühle, Boxen, sogar Wände pulsten jetzt wie seltsam geformte Herzen. Der Teppich bewegte sich – starke Hände schienen ihn hochzudrücken. Und die Glasscherben der zerborstenen Fenster oszillierten mehrere Zoll über dem Boden wie Spring-Bohnen-Kristalle. Der Knochenmann fand endlich seine Fassung wieder, kreiselte herum und hetzte zu einem Fenster; mehrere von Mycrofts Anhängern folgten seinem Beispiel und drängten sich hinter ihm und brannten darauf, ins Freie und wegzukommen von diesem Haus. Doch als der Kerl den metallenen Fensterriegel berührte, geschah es; ein Peitschenhieb schien ihn zu treffen, seine Haare knisterten wie unter einem Elektroschock. Er prallte zurück, taumelte, krachte gegen die Nachfolgenden und ging in einem Tohuwabohu um sich schlagender Arme und Beine zu Boden. Schreie gellten, Männer und Frauen gerieten in Panik, und ich sah, daß Joby seinen einsamen Kampf letzten Endes doch noch verloren hatte und erbärmlich *kotzte;* nur weigerte sich sein Mageninhalt beharrlich, seinen Körper *vollständig* zu verlassen und quoll ihm als klumpige Masse über Gesicht und Hals und Brust und Schultern. – Ziegelsteine und Ruß brachen durch den Kamin herunter und in die Feuerstelle hinein, eine Staubwolke tobte heraus und kräuselte sich in der Luft und erfüllte den Raum. Die Pilze an den Wänden wurden zu brodelnden Fäulniswunden.

Das runde Zimmer hatte eine Menge seines Charmes verloren.

Mycroft brüllte etwas, das ich durch den entstandenen Tumult nicht ganz mitbekam; ich schätze, es war weniger eine geknurrte Unmutsäußerung als vielmehr eine waschechte Beschwörungsformel; ich war gespannt, was er jetzt im Sinn hatte. Und ich sollte es bald erfahren.

Aber zuerst einmal war jetzt er an der Reihe, zurückzutaumeln; beinahe wäre er gestürzt. In letzter Sekunde fand er sein Gleichgewicht wieder. Er straffte sich und starrte mich in einer Mischung aus Erstaunen und abgrundtiefem Haß an. Der Lehrling hat dem Meister gezeigt, was eine Harke ist, kommentierte ich grimmig.

Und dann offenbarte er mir Dinge, die ich nie wieder sehen – oder mir auch nur vorstellen will.

Mit einer winzigen Geste tat er einen Alptraum vor mir auf und schob mich hinein. Übergangslos befand ich mich nicht mehr in Gramarye, sondern irgendwo anders. In einer fremden Dimension, düster und grenzenlos, in der Fäulnis und Moder Wohlgerüche waren und Schmerzen und Leid Beistand darstellten. Eine dunkle Ebene, auf der Abscheu die Liebe ersetzte und Unanständigkeit für Reinheit stand. Möglich, daß er mich durch einen Seiteneingang direkt in die Hölle verfrachtet hatte – oder auch nur in einen vergessenen Korridor meines eigenen Geistes. Vielleicht war es dasselbe.

Ich wußte nur eines: Wenn ich nicht schleunigst aus dieser Unterwelt verschwand, in deren Finsternis namenlose Schrekken umherschlurften und -huschten, wenn ich nicht augenblicklich den Weg *zurück* fand, dann würde ich für immer hierbleiben müssen. Es hing mit etwas zusammen, das man SELBSTAUFGABE nannte. Und ich sah bereits eine schwerfällige Masse aus den Schatten heraus auf mich zukriechen, eine Masse, die ich für eine bizarre Menschenmenge hielt; hinkende Kreaturen, die Umrisse winkender Arme, hier und da ein auf und ab tanzender Kopf; doch als sie nähergekommen waren, stellte ich fest, daß es *verbrannte* Körper waren, zahllos viele, ein riesiger Klumpen, zusammengeschmolzen von einem unirdischen Feuer. Und ich sah einen gewaltigen Strom, der *über* mir durch die Luft floß, und da waren Kreaturen in seinen stinkenden Wassern, Kreaturen, die weder Fisch noch Mensch waren, teilweise jedoch beides; sie ernährten sich voneinander, stürzten sich auf ihresgleichen, sonderten sie aus und verschlangen sie. Ich sah reptiliengleiche *Dinge,* die über schwarzen Ascheboden rutschten, und als auch sie nähergekommen waren, stellte sich heraus, daß sie lediglich Membranbeutel waren, gefüllt mit einer Unmenge sich windender Gestalten, zahllose Würmer, Maden und Käfer, die allesamt die gleiche durchsichtige Hautschale teilten, so daß ihre Unruhe die Bewegung des Ganzen verursachte. Ich sah ungeheuerliche Formen und Gestalten, die jeder Beschreibung trotzten, und ich nahm Gedanken wahr, die zu erbärmlich waren, um darüber berichten zu können. Ich existierte in einer düsteren und abscheulichen Unterweltregion, deren bloße Schrecklichkeit bereits wieder einen eigenen Reiz ausübte.

Etwas schleimig Kaltes ringelte sich um meinen Fuß, und ich schrie. Und noch bevor dieser Schrei auf meinen Lippen erstorben war, riß mich Midges Stimme in die *reale* Welt zurück, so bizarr und chaotisch sie auch geworden war.

Midge war aus ihrer Starre befreit, und sie war bei mir, und sie schüttelte mich und schlug mir gegen die Brust, zerrte mich aus dieser anderen Dimension heraus, brachte mich von irgendwo tief in mir selbst zurück – zurück aus diesem dunklen und geheimen Ort, der in uns allen existiert.

Sie hörte erst auf, mich zu malträtieren, als das Erkennen in meinen Augen dämmerte; sie warf sich mir an den Hals, drückte ihr Gesicht an meine Wange.

»O Mike, Mike, ich hatte solche Angst! Dieser Mann, der da plötzlich stand – das warst nicht mehr du; einen Moment lang war es nur eine leere Hülle, da war kein Leben mehr – «

Ich umarmte sie, und Erleichterung verwandelte sich in Hochstimmung – das Gefühl, das einen erfüllt, wenn man einen scheußlichen Unfall überlebt hat; das quälende Grauen davor, was hätte sein können, würde sich erst später einstellen.

Obgleich ich mich hinsichtlich Midges Rolle in den Ereignissen, die in dieser Auseinandersetzung gipfelten, getäuscht hatte, war doch nicht alles falsch gewesen, was ich mir zusammengereimt hatte, das merkte ich jetzt erneut; ihr *war* eine größere Rolle zugedacht: Sie war der Katalysator, nur nicht so, wie ich mir das ausgemalt hatte; sie war stets die treibende Kraft gewesen, sie hatte mich motiviert, sie war das Bindeglied zwischen Flora Chaldean und mir – die Mittlerin, die mich nach Gramarye gebracht hatte. Sie hatte ihre eigenen phantastischen Fähigkeiten. Behutsam schob ich sie beiseite.

Mycroft war an den Kamin zurückgewichen; noch immer wehten Ruß und Asche aus der Feuerstelle empor und bildeten dämonische Schleier. Wie hatte ich *sein* Aussehen je als Milde bezeichnen können? – Ich starrte ihn an, und seine Augen glühten unheilvoll, und die gebeugten Schultern wirkten monströs; die Hände waren erhoben, die Finger zu Klauen verzerrt. Sein Mund zeigte ein triefendes Grinsen, und in sein Gesicht waren Furchen geätzt, wo es zuvor keine gegeben hatte. Rußiger Staub überzog es wie eine zweite Haut – Jesus, er sah aus, wie jenem Alptraum entsprungen, den ich durchlebt hatte.

Doch er war am Ende, seine Tricks hatten nichts bewirkt, seine Wundertüte schien leer zu sein; das zu akzeptieren fiel ihm offensichtlich schwer. Yeah, es stimmt, wenn ich sage, daß er nicht nur heillos geschockt . . . sondern fassungslos war. Und es gefiel mir; mehr noch: Mir wurde beinahe schlecht vor lauter Selbstgefälligkeit. Und da war noch Leben in diesem Bastard.

Seine Hände flirrten hoch und schufen einen Wall aus Ungeziefer zwischen ihm und mir; strotzende, haarige, schmutzstarrende Rattenkörper (und ich *hasse* Ratten, ich nehme an, das habe ich bereits erwähnt), die sich fünf Fuß hoch emporstapelten, bis ich nur noch Mycrofts Gesicht dahinter sehen konnte, als sitze sein Kopf auf der Krone dieser bestialisch zuckenden, haarigen, wimmelnden Mauer – ein manisches kleines Pummelchen.

Noch mehr Panik unter den Synergisten – denn dieses Trugbild war auch nicht gerade nach ihrem Geschmack.

Ich schmetterte der Vision eine handfeste Abrißkugel entgegen, rammte sie mitten hinein in das Zucken und Pulsieren, und die Barriere zerbarst, die Ratten huschten in alle Richtungen davon und verblaßten, noch bevor sie Deckung erreichen konnten.

Ich lächelte ihn an und ignorierte den Aufruhr ringsum.

Er zerteilte die Luft vor mir – ließ einen breiter werdenden Riß aus absolutem Nichts entstehen; und ein heftiger Wind schickte sich an, mich in den Abgrund zu saugen.

Ich verschloß die Öffnung mit imaginären Nadelstichen.

»Ich bin jünger als sie, Mycroft«, rief ich zu ihm hinüber, und er wußte, daß ich damit auf Flora anspielte. »Ich stecke den ganzen Streß und die ganze Anspannung mühelos weg; kein Problem. Ganz gleich, was du aufführst, Meister. Jung und frisch, wie das blühende Leben – und das nach dem ganzen Theater, das du hier veranstaltet hast. Da, sieh her. Es tut kein bißchen weh.«

Unverbesserlich. Ich würde es nie lernen. Im Boden entstanden Löcher, und aus diesen Löchern hervor kamen ein paar von den Kreaturen, die ich in der Unterweltregion zurückgelassen zu haben glaubte. Und das war erst der Anfang. Mit explosiver Wucht zerfetzte der Teppich ringsum. Schneckenartige Ungeheuer quollen über die Ränder und auf mich zu; Schleimspuren glitzerten. Hände, pockennarbig und vor Eiter triefend, krallten sich rasend in den Teppich und zerrten und rissen unförmige Körper ins Freie. Diese Hautmembranen voll wimmelnden Lebens hoben zitternde Schnauzen in die Luft, bevor sie sich ebenfalls aus dem Abgrund hervorwälzten. Strähnige schwarze Rauchtentakel wehten in trägen Spiralen herauf, durchsetzt mit Krankheitserregern und Mikroorganismen, das verderbende Böse, das die Tiefen durchstreifte, Verführer, die unablässig nach Wegen suchten, an die Oberfläche zu gelangen, die versessen darauf waren, fruchtbaren Boden und somit *Tatsächlichkeit* zu finden. Dies waren die infiltrierenden Substanzen des Bösen.

Ich sank auf die Knie, weil ich mitverantwortlich war für ihre Existenz; ich war ihr Ursprung, und sie schwächten meine Kräfte.

Kinsella kauerte ebenfalls am Boden, ganz in der Nähe eines der größer werdenden Löcher, die Hände zwischen die Beine gepreßt (und jetzt begriff ich, weshalb Midge nach wie vor frei war), und das Ding, das sich vorhin, während meines kurzen und doch ewigen Aufenthalts in jenem Alptraum meines Unterbewußtseins, um meinen Fuß gwickelt hatte, tastete aus der Öffnung heraus und nach ihm.

Er kreischte und schlug mit beiden Fäusten auf den schimmernden Tentakel ein. Er schrumpfte und zog sich in den Abgrund zurück, und Kinsella kroch wimmernd auf Händen und Knien durch den Raum.

Und immer noch mehr Gestalten wucherten aus der Tiefe empor, Wesenheiten, vor denen selbst Mycroft Angst und Ehrfrucht zu empfinden schien; schlammig und schmierig krochen und wälzten sie sich über den Rand, wie aus dem Erdreich gequetscht, das unter dem runden Zimmer lag.

Wind peitschte auf mich ein, wühlte in meinen Haaren und Kleidern; andere im Raum stürzten, jammerten, hielten sich gegenseitig fest und boten einander so Halt. Das Neonleuchten war intensiver geworden, wie das Glühen einer Höhensonne. Möbel begannen zu schweben, und Bücher kreisten durch den Raum. Midges Staffelei schmetterte gegen einen Synergisten (den Knochenmann), riß ihn mit sich weiter, bis sie beide von der Wand gestoppt wurden.

Und dann zerbarsten die Mauern.

Neben mir stürzte ein Körper, und Midge zog mein Gesicht zu sich herum, starrte mich an.

»Du kannst sie stoppen, Mike«, sagte sie eindringlich über allen Lärm hinweg. *»Du kannst sie vertreiben. Und du kannst Mycroft aufhalten!«*

»Wie denn, verdammt, WIE? Es ist alles ein verdammter Irrtum, Midge, ich bin nicht der Richtige . . . Ich habe keine Ahnung, wie man diese Magie ANWENDET!«

»Alles, was du denkst, geschieht. . . Das ist es. Gramarye will helfen. Gramarye ist die MACHT – du mußt sie nur lenken . . .«

Okay, aber war es tatsächlich so simpel, so einfach? Stimmen – Gedanken – raunten mir eine Bestätigung dessen zu; versicherten mir, daß es die Wahrheit war. Gleich, ob gesprochene Worte oder Eingebungen . . . ich begriff, wer *sie* waren; ich verstand, daß sie jene anderen waren, diejenigen, die vor mir hier gelebt hatten – Bewahrer der Macht dieses Ortes für das Gute, wie ich. Nicht Flora allein, sondern auch alle deren Vorgänger, eine endlose Kette durch die Zeiten, bis hin zu jenen Tagen, da dieser magische Ort nichts anderes gewesen war als eine kreisförmige Lichtung in einem dichten Wald, bis hin zu jenen Tagen, die man heute in Märchen das Zeitalter der Drachen und Zauberer und der weißen Schlösser nennt, die Zeit der Legenden, die wir allesamt für erfunden halten. – Und vielleicht noch ein ganzes Zeitalter weiter.

Ich stellte mir diese Zeiten vor, und die Vorstellung wuchs in meinem Geist und dehnte sich aus.

Und ich schrie die hochquellenden Obszönitäten an, und sie zögerten und begannen zurückzurutschen, hinab in die schleimigen Tiefen, denen sie entsprungen waren; hinab in die tiefsten Abgründe meiner eigenen Gedanken.

Und allmählich wuchs ein anderes Geräusch über den Tumult empor, ein Dröhnen-Flattern, ein unterschwelliger Rhythmus, wie etwas jenseits des Heulens des Windes.

Der Kamin pulsierte unter diesem Schattenklang, und dann brachen die Fledermäuse ein zweites Mal in den Raum herein, kreischend und über Mycroft herwimmelnd und mit ihren Flügeln peitschend. In Sekunden war er eingehüllt von ihnen, und sie trieben ihn gegen die Wand zurück.

Sie begruben ihn, bedeckten beinahe jeden Zoll seines Körpers, und mehr denn je ähnelte er nun jenen Kreaturen, die in ihre Halbwelt zurückkehrten.

Ein Strahlen war in meinen Gedanken, ein Strahlen, das alle Finsternis vertrieb, eine Morgendämmerung, die die Schatten der Nacht unterwarf.

Ich mühte mich auf die Füße hoch, und Midge half mir dabei, und dann starrte mich Mycroft ein letztes Mal an, bevor sein Gesicht endgültig von den schmausenden Dämonen verhüllt wurde. Keine Ahnung, was er in diesem Sekundenbruchteil für mich empfunden haben mochte; da war nur eine gigantische Leere in seinen Augen gewesen.

Blut spritzte zwischen den sich wie rasend gebärdenden Körpern der Fledermäuse, durchtränkte sie und befleckte den Boden. Sie zerfleischten ihn, noch während er stand.

Draußen, im Flur, öffnete und schloß sich die Tür wie ein irrsinniges Lebewesen; eine verlockende Falle für jene, die in panischem Entsetzen zu entkommen versuchten. Manchen gelang dies tatsächlich, andere wurden zwischen Tür und Angel zermalmt und wie Lumpenpuppen in den Flur zurückgespien.

Die Risse in den Wänden verästelten und weiteten sich. Noch mehr Fledermäuse quetschten durch sie herein, andere erschienen in den Fensteröffnungen. Sie erfüllten den Raum, vom Sturmwind getragen, und sie stürzten sich erbarmungslos auf ungeschützte Hände und Gesichter. Steine lösten sich und schleuderten wie Geschosse umher.

Midge klammerte sich an meinen Arm fest und deutete nach oben.

Die Decke wölbte sich in der Mitte empor, ein verzerrter, gebogener Spiraltunnel. Der Parkettboden brach auf; Parkettleisten erhoben sich und trieben zur Decke empor und vereinten sich dort mit Büchern und Kissen und Zierrat. Das Sofa folgte halbherzig, erhob sich und drehte sich – mit einem Standbein noch immer im Bodenkontakt – in der Luft. Mehrere Synergisten wurden gegen die zerbröckelnden Mauern geschmettert und klammerten sich daran fest, als seien sie Todesmauernfahrer auf einer monströsen Kirmes. Die Gravitation *veränderte* sich, und ein ungeheuerlicher Druck lastete auf mir und in mir, ein Druck, der sich nach allen Seiten ausdehnte und der zugleich auch zerrte und riß. Gramarye erbebte bis hinab in seine Grundfesten (und Gott allein mochte wissen, wo DIE verankert waren).

»*Wir müssen hinaus!*« rief Midge, und der Sturmwind ließ die Haare um ihr Gesicht flattern. »*Etwas Schreckliches wird passieren – ich fühle es!*«

Ich auch. Ich wußte, daß sie recht hatte. Unfaßliche Kräfte waren wiederbelebt und freigesetzt worden, und jetzt kamen sie und brausten gleich einer Ölfontäne empor, und ich hatte nicht das Wissen, diesem Strom Einhalt zu gebieten. Wir klammerten uns aneinander fest und taumelten zur Treppe, ließen das Chaos hinter uns und Mycroft, der jetzt einen so grauenerregenden Anblick bot, wir hetzten weiter, weg von den zertrümmerten Gesichtern derer, die von Steinen getroffen oder von den Fledermäusen ausgeweidet worden waren, fort aus dem Zentrum des Sturms, der immer mächtiger anschwoll und immer rundherum an den gewölbten Wänden tobte. Alles war jetzt in diesen unheimlichen, elektrischen Glanz getaucht.

Wir hatten die Treppe fast erreicht, als sich von hinten stählerne Hände um meine Kehle legten.

Ich wurde zurückgerissen und auf den tosenden, auseinanderbrechenden Boden geschleudert. Dann nagelte mich ein unmenschliches Gewicht darauf fest, und die Hände waren jetzt vorn an meiner Kehle und drückten wieder zu. Noch immer benommen, starrte ich hinauf – und da war unser amerikanischer Held, über mich gekauert, das Gesicht eine Fratze, die Zähne gefletscht. Nase und Wangen waren blutverschmiert, und in seiner Stirn klaffte ein waagrechter Riß, der sich von einer Schläfe zur anderen zog; Blut pulste in jähen Spritzern daraus hervor.

Seine blonden Haare waren zerzaust und rußgeschwärzt; ganze Büschel fehlten – waren ihm (weiß Gott, wie) ausgerissen worden – seine Kopfhaut schimmerte rosa-blau im Irrlichtern der Gespensterhelligkeit. Der Wahnsinn in seinen Augen bestätigte, daß er wahrhaftig ein treuer Schüler Mycrofts war.

Ich packte seine Handgelenke und versuchte seinen Griff zu lockern. Aber er genoß meine Gegenwehr und grinste wie von Sinnen auf mich herunter und verstärkte den Druck gnadenlos.

Dann war Midge über ihm, harkte ihre Fingernägel durch sein Gesicht und blieb in dem Riß in seiner Stirn hängen – und zerrte die Haut wie eine Klappe hoch. Der Knochen darunter war blutverschmiert; das Weiß kaum zu sehen.

Kinsella ignorierte den Schmerz und das Blut, das ihn beinahe blendete, fuhr halb herum und drosch sie mit einem lässig anmutenden Schlag mit dem Handrücken beiseite. Aber die ungeschlachte Gestalt, die jetzt schwerfällig heranstapfte, war nicht so leicht abzutun.

Eine fleischige Hand packte ihn unter dem Kinn, riß seinen Kopf nach hinten; ein blitzschneller Handkantenschlag rammte gegen seine Luftröhre. Speichel spritzte in mein Gesicht, aber das machte mir nicht das mindeste aus.

Sie schleuderte Kinsella zurück, und noch bevor er sich wieder aufrichten konnte, malmten ihre derben Schuhe in sein Werbespot-Grinsen hinein. Val ging aufs Ganze.

Sie beugte sich zu Midge hinunter und zog sie hoch und duckte sich, um den herumwirbelnden Gegenständen und Fledermäusen auszuweichen; dann war sie da, um mir zu helfen. Aber ich kam aus eigener Kraft auf die Füße und stand schwankend.

Der Raum explodierte: Der Mittelteil des Bodens war vollständig verschwunden, viele der restlichen Parkettleisten ragten schräg nach oben und wippten – wie erstarrte Wimpel. Erde und Morast wurden aus der Öffnung gespien und besudelten die Decke. Mauerwerk stürzte in riesigen Brocken von den Wänden, zu schwer, um vom Wind ergriffen und davongeschleudert zu werden. Und die Synergisten – jene, die nicht entkommen und noch nicht tot auf dem sich emporwölbenden Boden lagen – klammerten sich weiterhin an den Wänden fest, unfähig, sich zu rühren.

Trotz ihrer offensichtlichen Todesangst unbeugsam und resolut wie eh und je, stieß Val Midge und mich zum Hinterausgang.

Die Tür schlug noch immer wie wild auf und zu und forderte uns heraus, unser Glück zu versuchen – das Spiel mit dem Teufel persönlich zu wagen; hereinspaziert – aber seid behende und schnell.

»Durch die Küche!« kommandierte Val.

Wir hasteten zur Treppe, stolperten über hochgeschmetterte und zerborstene Dielenbretter und Teppichknäuel und stürzten in einer sich überschlagenden Lawine aus Armen und Beinen die Treppe hinab. Aber wir kamen hinunter. Die Wände pulsierten.

Mit viel Stöhnen lösten wir uns aus unserer grotesken Umarmung und stemmten uns hoch, und der Lärm ringsum schwoll zu geiferndem Tohuwabohu an. Wir durchquerten die Küche, Midge voran, und das Deckenlicht flackerte in grellen Stößen. Die steinernen Bodenfliesen hatten sich gelockert und klapperten wie monströse Zähne gegeneinander und machten es uns beinahe unmöglich, auf den Füßen zu bleiben. Irgend etwas fiel mir auf, aber ich rannte weiter, von Val gestoßen. Midge riß die Haustür auf, und dann waren wir draußen, mit einem letzten, gewaltigen Satz, und brachen buchstäblich aus dem Haus hervor und rannten weiter, den Weg entlang, und Blumen und Unkraut winkten uns von beiden Seiten her zu, und wir *wußten,* daß hinter uns gleich etwas Katastrophales geschehen würde, daß das ganze Haus explodieren oder in sich zusammenfallen oder von der Erde verschluckt werden würde.

Aber auf halbem Weg zum Gartentor stoppte ich.

Midge und Val waren am Tor, bevor sie merkten, daß ich fehlte.

»Mike!« schrie Midge hinter mir her.

»Lauft weiter!« herrschte ich sie an und setzte meinen Weg fort – zurück zum Haus; zurück zu Gramarye.

Ich konnte sie noch immer meinen Namen schreien hören, als ich wieder hineinstürzte...

Das Ende?

Okay, das war's, das ist die ganze Geschichte.

Ich habe Sie vorgewarnt und Ihnen geraten, alles, was Sie bisher zu glauben gelernt haben, für eine Weile zu vergessen, und falls Ihnen das schwergefallen sein sollte, können Sie sich vorstellen, wie ich mich gefühlt habe, während dies alles geschah. Selbst heute noch frage ich mich manchmal...

Ich wünschte, ich könnte mehr erklären und alle losen Enden ordentlich verknüpfen, wie der Psychiater am Schluß von Psycho, als er uns da die Gründe für Norman Bates' seltsames Verhalten erläuterte; aber er hatte es nur mit menschlichen Verwicklungen zu tun, und das ist etwas anderes. Hier geht es um Magie. Da sind die Erklärungen nicht ganz so leicht bei der Hand.

Immerhin, was das betrifft – ich habe gelernt, daß es weder eine gute noch eine schlechte Magie, weder Weiß noch Schwarz gibt. Es gibt nur die Magie an sich. Und es kommt ganz darauf an, wie sie eingesetzt wird und von wem. Sie unterwirft sich unserem Willen, unserer Kontrolle, *wenn* wir die Kraft dazu haben.

Ich hatte die ganze Zeit über Midge für den Dreh- und Angelpunkt des Ganzen gehalten; und dann stellte sich heraus, daß ich das war. – Ein ziemlicher Schock, zugegeben – obwohl, einmal verdaut und akzeptiert war plötzlich alles ganz leicht, wie Sie bemerkt haben. Wie Fahrradfahren – sobald man *wußte*, daß man es konnte, tat man es auch. Bei der Magie kam hinzu, daß man zudem herausfand, wie viel (oder wie wenig) man wirklich über sich wußte, und darüber, was in einem schlummerte und vermutlich niemals benutzt werden würde. Die Magie zeigt uns, wie wenig wir über die Regeln wissen, die solche Dinge regieren – als gebe es nicht schon Regeln genug.

Midge war bei all dem wichtiger Bestandteil; sie war die treibende Kraft, sie hatte mich und Gramarye zusammengebracht; ein Funken in ihrem Unterbewußtsein hatte sie dazu veranlaßt. Sie war etwas Besonderes – aber das hatte ich schon immer gewußt; sie war eine Auserwählte im großen Plan aller Dinge. – Wessen großem Plan? In dem des großen Planers, natürlich, wer immer ER, SIE oder ES sein mochte.

Dementsprechend war Mycroft die Rolle des altmodischen Schurken zugefallen, der die Welt regieren wollte: Er hatte Gramaryes Macht für seine eigenen Ziele verwenden wollen – und ich habe keine Ahnung, was das letztendlich für Ziele waren. Er ist mit dem Cottage untergegangen, genau wie diejenigen seiner Anhänger, die es nicht mehr geschafft hatten, zu entkommen, bevor alles zusammenbrach; und das galt auch für Hub Kinsella (schwer, *ihm* auch nur eine Träne nachzuweinen). Nebenbei bemerkt: Gramarye ist nicht explodiert, und es ist auch nicht *nur* eingestürzt. O nein. Es ist *implodiert*, in sich selbst zurückgekehrt. Ein schwelendes Trümmerfeld, nicht mehr und nicht weniger. Und der darunterliegende Kanal ist verschlossen, hoffentlich für immer.

Das Ganze der Polizei und der Feuerwehr auseinanderzusetzen, die später anrückten und mit ihren Nachforschungen begannen, war noch das schwierigste. *Wir* gestanden, daß wir keine Ahnung hatten, wie das alles hatte geschehen können. Und *sie* stellten schließlich die Theorie auf, daß es unter dem Haus ein natürliches Gasvorkommen gegeben haben mußte, eine ziemlich große Blase, die sich über Jahre hinweg ausgedehnt hatte und schließlich hochgegangen war wie ein Schnellkochtopf mit einem falschen Deckel. Das ergab nicht gerade sonderlich viel Sinn (für mich nicht und für sie wahrscheinlich auch nicht), aber damit war die Sache vom Tisch und ordentlich in einer Schublade verstaut, und an der Oberfläche war wieder alles sauber und vernünftig; Sie wissen ja, wie Behörden sind. Gillie Slade (ja, sie war eine der Glücklichen, die an der rückwärtigen Tür behende und schnell genug gewesen waren) sagte im Verlauf der Nachforschungen zu unseren Gunsten aus und zerstreute jeden eventuellen Verdacht, daß zwischen uns und den Synergisten irgend etwas gewesen sein könnte. Und was von der Sekte noch übrig war, löste sich bald darauf endgültig auf. Mycrofts Jünger verstreuten sich in alle Winde – und ich hoffte, daß sie da auch blieben.

Bleibt die Frage, warum wir nicht einfach die Wahrheit gesagt haben. Hätten Sie's getan? Meinen Sie wirklich, irgend jemand hätte uns geglaubt? Ganz bestimmt nicht.

Wir drei blieben bei unserer Geschichte: Wir hatten keine Ahnung, von nichts. Die Synergisten hatten uns einen privaten Besuch abgestattet, und in dessen Verlauf war es zur Katastrophe gekommen. Das war alles. Mehr gab es nicht zu sagen.

Midge und ich leben mittlerweile wieder in der Stadt, und Val hat ein mütterliches Auge auf uns beide. Ich muß zugeben, ich bin ziemlich vernarrt in die gute alte Big Val. Und nach einigem Hin und Her mit der Versicherung (Was *deklariert* einen Akt von höherer Gewalt?), erhielten wir einen hübschen kleinen Scheck, der uns den Verlust des Hauses ersetzte und es uns ermöglichte, ein neues Haus (oder, wie geschehen, ein Appartement) zu kaufen. Momentan läuft alles ziemlich gut: Ich habe mein Rock-Musical fertig, und die letzte Version ist mit einer Menge Zauberer, Elfen und Magie angereichert; und Midge hat ein atemberaubend schönes Bühnenbild dazu entworfen (das, wie ich glaube, ganz wesentlich zum allgemeinen Erfolg der Show beigetragen hat). Zur Zeit wird es oben in Manchester gespielt, und Bob ist dabei, in London eine angemessene Bühne aufzutreiben, denn wir wollen es auch hierher bringen. Ich habe ein paar Stücke geschrieben, die (hauptsächlich dank der großen Namen der Interpreten) in den Charts gelandet sind, und bin dabei, mein zweites Buch mit Kindergeschichten vorzubereiten. Midge wird es illustrieren; natürlich. – Und Midge? Sie wirbelt herum, läd sich konsequent mehr Arbeit auf, als sie bewältigen kann (obwohl sie längst auswählen und sich auf die interessantesten Aufträge konzentrieren könnte), und Val hat sogar ein paar Einzelausstellungen für sie arrangiert. Es gab Sonntagsbeilagen-Berichte über sie und ihre Arbeit, und einmal erschien sie sogar im Vormittags-Fernsehen. Sie ist hübsch wie eh und je, und dabei noch immer bescheiden. Und ich liebe sie mehr als je zuvor (und das Gute daran ist, das beruht auf Gegenseitigkeit).

Soweit, schätze ich, könnte man sagen, wir leben glücklich und zufrieden.

Und ich und die Magie? Nun, die Macht ist nicht mehr mit mir, und es war sowieso Gramaryes Macht; ich habe nur darauf zurückgreifen können. Ab und zu tue ich etwas, das uns beide verblüfft, aber das ist selten. Sehr selten. Ich habe immer noch meine Schwierigkeiten mit dem Drei-Karten-Trick.

Ich nehme an, ich brauche die Nähe der Energieversorgung, der Quelle an sich, ganz gleich, wo immer sie sich in den Kosmos ergießt; aber das ist meine geringste Sorge. Aus purer Neugier haben Midge und ich kürzlich einen kleinen Ausflug in den New Forest hinunter gemacht. Ein vollkommen runder Fleck schwarzer Erde auf dem Abhang, dort, wo das runde Zimmer war – mehr war nicht übrig von Gramarye. Ein eigenartiger Anblick – aber er ließ uns lächeln. Wir sind dann nach Cantrip zurückgefahren. In der einzigen Gaststätte des Ortes erfuhren wir, daß der Gemeinderat sehr genau über das Gramarye-Gelände wachte. Denn dort seien in Hülle und Fülle diese sogenannten magischen Pilze aus dem Boden geschossen – die Art, aus der Meskalin gewonnen wird; und das habe diese Gegend zu einem wahren Wallfahrtsort umherreisender Hippies gemacht.

Der Gemeinderat habe alles getan, diesem Treiben Einhalt zu gebieten: Man habe den Boden umgegraben und gespritzt und gesprüht und mit Giften imprägniert, aber es dauere immer noch, daß diese Pilze zu wachsen aufhörten.

O ja. – Und bestimmt werden Sie wissen wollen, weshalb ich in jener Nacht, kurz bevor das Haus eingestürzt ist, noch einmal dorthin zurückgerannt bin. Erinnern Sie sich noch: Mir ist etwas aufgefallen, als wir wie der Teufel durch die Küche gestürmt sind... Naja, mir ist Rumbo aufgefallen. Er war tot gewesen, aber in diesem Augenblick hatte er seine Nüstern in die Luft gereckt und sich umgesehen und offensichtlich gefragt, was der ganze Krach sollte.

Erst draußen begriff ich, *was* ich da gesehen hatte, und deshalb habe ich kehrtgemacht. Deshalb bin ich noch einmal da rein.

Ich habe es geschafft, ihn zu schnappen und mit ihm wieder hinauszukommen – Sekundenbruchteile bevor sich Gramarye endgültig auflöste.

Ich glaube, er wußte zu schätzen, was ich da getan hatte, vielleicht aber war er auch nur froh, wieder am Leben zu sein – auf jeden Fall leckte er mir das Gesicht und die Hände wie ein Hundewelpe. Er wird nie wieder das hübsche Eichhörnchen sein, das er einmal war – auch wenn die Narben an seinem Hals und an seiner Kehle irgendwann einmal verblassen werden, das Fell wird niemals nachwachsen. Trotzdem, ich glaube nicht, daß er auch nur einen Pfifferling darauf gibt.

Sobald wir das Gartentor hinter uns hatten, ließ ich ihn laufen, und er huschte in die Dunkelheit davon, munter wie eh und je, und verschwand Richtung Wald und Eichhörnchen-Familie, die er irgendwo darin wußte. Das war das letzte, was wir von Rumbo sahen.

Okay, mittlerweile liegt das alles hinter uns, und das Leben meint es ziemlich gut mit Midge und mir.

Und doch... Manchmal packt uns beide eine ziemliche Unruhe. Heute hat Midge eine Anzeige in der Zeitung eingekreist und mir das Ganze demonstrativ auf den Frühstückstisch gelegt. Die Anzeige war unter der Rubrik *Grundstücke zu verkaufen* abgedruckt. Ein kleines, aber hübsches Haus, abgelegen. Irgendwo oben, in den Cotswolds.

Vielleicht werde ich den Makler morgen anrufen.

Vielleicht.

ENDE